TREIZE

Seth Patrick

TREIZE

Traduit de l'anglais
par Diniz Galhos

SUPER 8 ÉDITIONS

Directeurs de collection : Fabrice Colin et Arnaud Hofmarcher
Coordination éditoriale : Marie Labonne et Marie Misandeau

Titre original : *Reviver*
Éditeur original : Pan Macmillan

Super 8 Éditions
21, rue Weber
75116 Paris

www.super8-editions.fr

CHAPITRE 1

JONAH MILLER AVAIT HORREUR DE PARLER AUX MORTS. Le cadavre en lambeaux de la femme reposait au fond du petit bureau. Le meurtrier l'avait traîné du centre de la pièce pour l'asseoir au pied du mur, tête inclinée sur le côté. L'équipe scientifique était passée en vitesse et l'avait laissé seul afin qu'il en tire ce qu'il pouvait. Jonah comprenait. Entendre les morts évoquer les circonstances de leur décès n'avait rien d'agréable.

La combinaison blanche intégrale qu'il portait avait autant pour fonction de protéger ses vêtements que de laisser la scène du crime intacte. Il avait enfilé une paire de gants et recouvert ses baskets de couvre-chaussures. Il inspira lentement, à fond, ignorant les effluves ferreux qui empoisonnaient l'air de la pièce. L'odeur de sang lui était familière. Tolérable, en l'occurrence, n'ajoutant à la fraîcheur de l'air conditionné qu'un léger parfum de décomposition.

Le meurtrier avait abandonné la chaise en bois à côté de la fenêtre après s'en être servi pour frapper sa victime à mort et détruire tout ce qu'il pouvait dans le bureau. Il y avait des éclaboussures de sang un peu partout, et des arcs circulaires maculaient les murs et le plafond. La chaise, hormis des taches de sang et quelques éraflures, était intacte.

Les coups répétés avaient réduit la victime à une masse de chair informe. Ses membres avaient été rompus, son torse défoncé, la partie postérieure de son crâne arrachée.

L'examen préliminaire du corps avait été rapide, essentiellement visuel. La gorge semblait en bon état. Les poumons, du peu qu'on en voyait, paraissaient intacts. C'était là l'essentiel. Trois caméras avaient été installées dans la pièce, prêtes à enregistrer ce qui allait se passer. Les mots devaient absolument être prononcés à haute voix.

Le légiste en charge n'avait pas déplacé le cadavre de la femme. Modifier sa position aurait compliqué la ressuscitation, réduisant d'autant les chances de succès. L'heure de la mort avait été estimée à 21 heures la veille, soit douze heures auparavant.

Le nom de la victime était Alice Decker. Elle était psychologue clinicienne et ce bureau était son cabinet. Une photo gisait au sol, dans un cadre brisé : Decker, souriant aux côtés de son époux et de ses deux filles adolescentes.

Avec précaution, Jonah contourna une caméra montée sur trépied et sa combinaison bruissa. Evitant un câble, il vint s'agenouiller à côté d'Alice et retira le gant de latex de sa main droite. Le contact direct était une condition *sine qua non*, désagréable mais nécessaire.

« Tout est prêt ? », demanda-t-il en regardant l'objectif de la caméra la plus proche. Son oreillette lui transmit une confirmation. Les diodes des caméras passèrent du rouge au vert, signe que l'enregistrement venait de débuter.

Jonah saisit la main brisée de la victime. « Ressuscitation du sujet Alice Decker. Reviver en charge : J.P. Miller », déclara-t-il. Et il se concentra. Plusieurs minutes passèrent. Ses paupières étaient closes. Son visage avait beau ne rien trahir de la difficulté de son travail, c'était là la phase qu'il détestait le plus : ce plongeon dans les ténèbres afin de ramener le sujet.

Les morts violentes étaient toujours les plus difficiles à gérer, et Jonah n'avait affaire qu'à des morts violentes.

Il s'attendait à ne disposer que de cinq minutes pour interroger Alice, pas plus. Il la relâcherait aussi vite que possible. Envers les sujets qui faisaient coup sur coup l'expérience d'une mort violente puis d'une ressuscitation, c'était à son sens le moins qu'il pouvait faire.

Jonah rouvrit les yeux et respira profondément. Cela faisait maintenant douze minutes qu'il travaillait : le pire était derrière lui, il était à deux doigts de réussir, mais il avait besoin d'un moment de concentration avant l'ultime effort.

Les paupières de la victime tressaillirent, signe avant-coureur du réveil. Le regard de Miller s'attarda un instant sur la paupière gauche d'Alice. Durant l'agression, l'œil avait été crevé et s'était partiellement vidé sur la joue ; la surface du globe oculaire était à présent légèrement ridée. On distinguait la pointe de l'éclat d'os qui l'avait percé.

Un pan de cuir chevelu avait été partiellement arraché au-dessus de l'oreille gauche. La bouillie qui se trouvait en dessous se réduisait à un amalgame de couleurs : toute une palette de blancs, gris et rouges où s'emmêlaient les cheveux blonds d'Alice. La partie la plus endommagée de la tête, collée au mur, demeurait invisible.

Enfin prêt, Jonah referma les yeux. Quelques instants plus tard, la gorge de la victime trembla fugacement. Une dizaine de secondes supplémentaire et il la tenait.

« Elle est ici », dit-il.

Le cadavre inspira ; un raclement humide et désagréable émanait de sa poitrine. Jonah ne put s'empêcher de remarquer combien cette dernière était endommagée, percée de blessures qu'on distinguait à travers le tissu déchiré. En entrant dans les poumons de la morte, l'air grondait dans de faibles craquements d'os et de cartilage. Ses cordes vocales se contractèrent légèrement, produisant un râle sourd.

Il inspira, et bloqua sa respiration.

« Je m'appelle Jonah Miller. Pouvez-vous me dire qui vous êtes ? »

Jonah se raidit et attendit. Il était tout sauf certain qu'elle soit en mesure de lui répondre, et encore moins de manière audible.

Elle poussa un soupir à peine perceptible. En comparaison, le crépitement lugubre qui sourdait de ses poumons semblait presque assourdissant.

Le souffle devint alors mot. « Ouiiiii..., répondit-elle. Alice. »

Pour les caméras, sa voix était un murmure monocorde et distant. Mais du point de vue de Jonah, c'était comme si le cadavre lui parlait à l'oreille. L'état émotionnel du sujet était tout aussi limpide du point de vue du reviver. À la suite d'un meurtre, la colère prédominait souvent. La colère d'être mort. La colère d'avoir été *dérangé*.

Saisissant la main d'Alice, Jonah se pencha. Il réunit tout son courage et plongea ses yeux dans ceux du cadavre. Les morts ne pouvaient voir mais il se serait senti le dernier des lâches s'il avait évité le regard de ses sujets.

« Vous êtes en sécurité, Alice. » Sa voix était calme, chaleureuse.

La poitrine de la victime se creusa. Des grésillements, des bruits de chair se décollant. Elle inspira à nouveau.

« Non... », répliqua-t-elle. Sa voix était pleine de désespoir : mauvais signe. Miller avait besoin d'indignation, pas d'apitoiement.

Il observa une pause, ne sachant pas vraiment si elle se rendait compte de son état. C'était fréquent chez les sujets adultes. Certains ignoraient tout bonnement qu'ils étaient morts. S'ils refusaient la vérité, la ressuscitation pouvait tourner court : une incohérence soudaine dans les propos, puis le silence.

« Savez-vous où vous êtes, Alice ? »

« Mon cabinet », répondit-elle. Dans le ton de sa voix vibrait un sentiment de perte. Miller n'avait plus le moindre doute. Elle savait ce qui s'était passé et, c'était bien compréhensible, elle avait peur.

« Laissez-moi, dit-elle. S'il vous plaît. »

Jonah hésita. Un souvenir douloureux lui revenait en mémoire. Ces mots, il les avait entendus bien des fois, mais ils avaient toujours le pouvoir de briser son élan.

« Je vais vous laisser mais je dois vous poser quelques questions avant cela. Que s'est-il passé, Alice ? Que vous est-il arrivé ? »

Alice expira mais ne répondit pas. Les secondes qui s'écoulaient étaient précieuses. Jonah imaginait parfaitement l'agitation des observateurs face à ce témoin-clef qui se laissait désirer alors que le temps leur était compté. Mais il resta patient. Enfin, la poitrine bougea de nouveau, et Alice inspira.

« S'il vous plaît, répéta-t-elle. Laissez-moi. »

Miller considéra les choix qui lui restaient et opta pour une autre approche. Sa voix devint froide et dure.

« Dites-moi ce qui s'est passé, Alice. Je vous laisserai ensuite. »

Une autre pause.

« Nous voulons retrouver celui qui vous a fait ça mais vous devez m'aider. »

Toujours aucune réponse. Il prit alors le risque de la réprimander.

« Ce qu'on vous a fait n'a donc aucune importance à vos yeux ? »

Il sentit de la colère, alors, comme si le désespoir d'Alice se coagulait en ressentiment.

« J'étais seule, dit-elle. L'immeuble était vide. Je travaillais. On a ouvert la porte. » Elle inspira, observa une pause. À chaque nouvelle bouffée d'air, à chaque nouvelle interruption, le risque qu'elle se taise à jamais devenait plus important. Le temps dont ils disposaient s'amenuisait dangereusement.

Jonah attendit quelques secondes avant de l'inviter à poursuivre : « Quelle heure était-il ?

– 23 heures. A peu près. Je lui ai demandé ce qu'il faisait ici.

– Qui était-ce, Alice ?

– Il a dit que George l'avait laissé entrer mais George était parti depuis plusieurs heures déjà.

– Qui était-ce, Alice ?

– Il avait pleuré, ça se voyait, il y avait du sang sur sa main. Il s'est rendu compte que je l'avais remarqué, et il l'a cachée dans son dos.

– Qui était cet homme, Alice ? » Miller tenait avant tout à obtenir un nom, au cas où elle cesserait brutalement de parler. Les détails pouvaient attendre.

« J'ai dit quelque chose à propos de la porte, pour faire diversion. Il a détourné les yeux et j'ai voulu me servir du téléphone. Je savais que j'étais en danger. »

Elle s'arrêta, sans inspirer cette fois.

« Qui était cet homme, Alice ? Comment s'appelle-t-il ? » Jonah entendit l'un des observateurs jurer dans son oreillette et fut tenté de l'imiter. Alice inspira beaucoup plus profondément. Son dos glissa de quelques centimètres contre le mur.

À contrecœur, Jonah s'approcha pour passer son bras autour d'elle afin de la stabiliser. Il cala son genou contre ses jambes, assez fort pour l'empêcher de s'affaisser. Cette proximité le rendait horriblement conscient de son état. Un éclat de côte pressait son avant-bras. Elle parla, et il sentit son souffle sur son visage.

« Il a vu ma main sur le combiné. Il a écarté le téléphone. Il m'a frappée violemment sur le côté de la tête. Je suis tombée. Il m'a relevée, et il m'a jetée à terre. J'ai vu la rage sur son visage. Je l'ai supplié, supplié. S'il vous plaît, laissez-moi. » Elle s'interrompit à nouveau.

« Comment s'appelle-t-il, Alice ? *Son nom* ? »

Jonah se surprit à retenir son souffle. Quinze secondes passèrent. Avec une soudaineté qui le fit sursauter pour de bon, elle inspira : Jonah sentit les muscles se déchirer, les os frotter les uns contre les autres.

« Roach », répondit-elle enfin d'une voix faiblissante. Sa concentration commençait à vaciller. « Franklin Roach. Il a soulevé la chaise. Je l'ai vu l'abattre sur ma tête. Toute cette colère. »

Silence. Son intuition lui disait que c'était fini : Jonah attendit quelques instants avant de s'adresser à la caméra la plus proche.

« Je crois qu'on n'obtiendra rien d'autre. »

On lui confirma que cela suffirait, et les diodes des caméras passèrent du vert au rouge, indiquant que l'enregistrement était terminé.

« On le retrouvera. » Sa voix était douce, à nouveau. « Vous pouvez reposer en paix, à présent. » Il était sur le point de la relâcher lorsqu'elle s'exprima, d'un ton où perçaient la terreur et l'urgence.

« Quelque chose approche, murmura-t-elle. Je vous en prie, laissez-moi, quelque chose approche ! »

Elle était confuse. Il ne savait pas comment, mais elle était parvenue à se reconcentrer. Jonah rechignait à la laisser partir ainsi, refusant que ce sentiment de peur soit le dernier qu'elle éprouve. Il voulait la rassurer. La terreur qu'elle manifestait était considérable, et Jonah avait du mal à garder son calme. Les revivers partageaient les émotions de leurs sujets. Parfois, ils pouvaient littéralement perdre pied.

« Ce n'est rien, Alice. Vous pouvez reposer en paix, à présent. C'est fini. Vous pouvez dormir.

– Quelque chose est en train d'approcher... Je vous en supplie...

– Alice, tout va bien, tout va bien. Vous êtes en sécurité.

– Je n'arrive pas à voir ce que c'est ! Je n'arrive pas à le voir ! »

Ses lèvres bougeaient à peine et sa voix était moins qu'un murmure mais, du point de vue de Jonah, elle hurlait.

« Alice, vous êtes en sécurité, je vous assure que...

– C'est juste en dessous de moi ! » La terreur surgit alors, soudaine, totale. Jonah resta pétrifié, submergé par ce sentiment d'une intensité sans précédent. L'image de ténèbres rampant s'imposait à lui. « Je vous en supplie, laissez-moi ! Je vous en supplie, c'est... »

Jonah lâcha sa main et s'écarta brusquement d'elle avant de se relever tant bien que mal, les yeux rivés sur le cadavre. Il n'avait rien pu faire. La confusion s'était emparée d'elle, tout simplement, et ses derniers mots ne voulaient rien dire. Il aurait dû la laisser partir plus tôt.

Et pourtant. Il ne s'était pas attardé uniquement pour la rassurer. Il avait bel et bien ressenti quelque chose. Il se tourna vers l'une des caméras.

« Vous avez filmé ça ? », demanda-t-il, mais il ne reçut aucune réponse. Plus personne n'observait. La diode rouge de la caméra faiblit avant de s'éteindre complètement. Jonah la considéra, perplexe, et surprit le reflet d'un mouvement sur la lentille de la caméra. Il se retourna. La tête d'Alice, penchée sur le côté pendant toute la durée de la ressuscitation, se relevait par degrés. Lorsque la nuque fut verticale, ses yeux se posèrent sur lui.

Ce n'était plus Alice. Jonah n'avait pas la moindre idée de ce que pouvait être cette chose qui le regardait droit dans les yeux et qui ouvrait à présent la bouche, mais ce n'était plus Alice.

« *Nous te voyons* », susurra la chose. Puis elle quitta le cadavre.

CHAPITRE 2

IL ÉTAIT 13 H 30 PASSÉES LORSQU'ON FRAPPA À LA PORTE de Daniel Harker.

C'était une journée ensoleillée, chaude et lourde. Daniel ne s'était levé qu'une heure auparavant, et il n'était pas d'humeur à accueillir qui que ce soit. Il avait entendu les pneus d'une voiture crisser sur le gravier devant chez lui, puis des bruits de pas s'approcher. Lorsque les coups retentirent à sa porte, sa décision était déjà prise. Il les ignora.

Il était assis seul dans sa cuisine, rideaux encore tirés, en train de déjeuner de quelques toasts et d'une pauvre soupe de tomates. C'était à peu près tout ce qu'il était capable d'ingurgiter. Il considéra les deux bouteilles de vin vides posées sur le bord de l'évier et se jura de ne plus boire pendant plusieurs jours. En tout cas pas avant ce soir.

Il avait bien conscience de trop boire mais cela faisait partie d'un cycle annuel. Chaque année, avril revenait. Avril, le mois maudit. Chaque année, il se renfermait sur lui, cessait de communiquer avec le monde extérieur, et sombrait dans une dépression qui ne le lâchait pas avant la fin du mois de juin.

On était à mi-juin, justement, et sa fille Annabel s'apprêtait à le rejoindre dans la maison familiale pour le 4-Juillet[1] depuis l'Angleterre, où elle travaillait comme journaliste.

Daniel avait une semaine pour se ressaisir et remettre de l'ordre dans la maison, afin de la rendre un minimum accueillante. Elle savait par quelle épreuve il passait chaque année. Les causes de cette dépression chronique la concernaient autant que lui, mais elle était encore jeune, elle avait sa façon à elle d'appréhender les choses.

Sa visite annuelle marquait la fin des tourments de Daniel, en tout cas jusqu'à l'année suivante. C'était pour lui une *deadline*, une limite qu'il ne devait jamais quitter des yeux. Sans ses visites, Daniel était quasiment certain que ce passage à vide se serait prolongé indéfiniment. Il savait que sa fille pensait la même chose. Et chaque année, elle restait tout juste le temps qu'il fallait, pas plus. Chaque année, depuis la mort de sa mère.

Robin lui manquait. Bon sang, que sa femme lui manquait.

Elle était professeur d'école primaire, boulot qu'elle adorait et qu'elle avait continué à exercer même après que Daniel eut acquis richesse et succès.

« Nous sommes riches, lui répétait-il fréquemment. On devrait en profiter à fond, ne faire plus que ça. » La réponse de Robin était des plus simples et elle suffisait à le faire taire. Elle ne laisserait tomber son boulot que s'il arrêtait d'écrire. Et il était inconcevable pour lui d'arrêter.

---

1. *Independence Day* (jour de l'Indépendance), fête nationale des États-Unis (note du traducteur).

Ce n'était pourtant pas ses romans qui lui avaient valu de devenir riche.

À sa sortie de l'université, diplôme de littérature anglaise en poche, il avait suivi durant un an une formation de journalisme, à la fois pour remettre à plus tard le choix d'un véritable job, et pour s'assurer un moyen de subsistance pendant la rédaction acharnée de son roman.

Le roman en question tourna court, et il en entama un nouveau. Il trouva du travail, papillonnant entre presse quotidienne et magazines, gagnant raisonnablement sa vie grâce à ses compétences et son sérieux.

Il était parti pour rester un gratte-papier anonyme. Ses articles étaient bien tournés et toujours rendus à l'heure, mais il n'avait ni la chance ni la finesse de certains de ses collègues. Du reste, il lui manquait autre chose : la capacité de détourner, de déformer, de mentir, celle de faire de la plus infime des vérités le papier du siècle. Il se contentait donc d'articles mineurs tandis que son écriture, faute de travail régulier, périclitait.

Mais un jour, il y a douze ans de cela, il avait découvert Eleanor Preston : la première reviver de l'Histoire.

*

Un ami lui avait suggéré une idée de papier : le cas d'une médium qui, apparemment, arnaquait des parents endeuillés.

Eleanor Preston, 60 ans, avait travaillé pendant vingt ans en tant qu'administratrice d'un hospice avant que l'intervention d'une certaine Trudy Brewer lui vaille d'être licenciée. L'oncle de Brewer était mort à l'hospice. Selon elle, Eleanor Preston avait alors proposé ses services à ses parents contre des émoluments importants.

D'emblée, Daniel se fit une mauvaise impression de Trudy Brewer. Ses soucis semblaient être essentiellement d'ordre financier, son oncle et ses parents étant relativement riches. Daniel devina vite où se trouvait vraiment le problème : l'argent empoché par Preston amputait d'autant l'héritage de Trudy Brewer.

Lorsque Daniel s'entretint avec ses parents, l'affaire lui parut tout à fait banale. Ils restèrent d'une discrétion presque suspecte quant à la nature du service que Preston leur avait rendu, mais ils lui assurèrent qu'elle n'avait pas reçu un sou. Daniel perdit tout intérêt pour l'affaire : il s'était attendu à une histoire croustillante, quelque chose qu'il aurait pu proposer à un journal, mais il n'y avait rien à raconter.

Les parents de Brewer étaient convenus d'un rendez-vous avec Preston afin que Daniel puisse faire sa connaissance. Par politesse, il se sentit obligé d'accepter.

« Je n'ai pas du tout compris ce dont il s'agissait la première fois », lui confia Eleanor Preston. Tous deux étaient assis sur le banc d'un parc, à cinq minutes de chez elle. Le soleil de novembre déclinait déjà, et il faisait bien froid. Daniel espérait pouvoir rentrer avant la tombée de la nuit.

Avec son léger embonpoint et son sourire perpétuel, Preston semblait une personne fort aimable. Daniel s'en voulait de lui faire perdre son temps.

« C'est arrivé il y a à peine moins d'un an, poursuivit-elle. Maggie. Une femme seule, 73 ans. Les membres de sa famille s'étaient assurés qu'elle ne manquait de rien à l'hospice mais ils ne lui rendaient quasiment jamais visite. J'avais l'habitude de passer mes moments libres avec celles et ceux qui, à mon sens, étaient délaissés par leurs proches et, pendant quelques semaines, je me suis occupée de Maggie. Je serais la seule à l'accompagner jusqu'à la fin, nous le savions toutes les deux. Je pensais qu'elle en avait encore pour deux ou trois semaines mais un matin, avant le petit déjeuner, ça a été fini. On m'a laissée veiller son corps. Je suis restée un moment seule avec elle. J'ai saisi sa main, et je lui ai expliqué que je regrettais de ne pas lui avoir dit au revoir. Je n'ai pas compris ce que j'ai fait ensuite. En vérité, je ne le comprends toujours pas. »

Saisi par le froid, Daniel changea de position sur le banc et se frotta les mains afin de les réchauffer. Le regard d'Eleanor Preston pesait sur lui. Il s'efforça de masquer son impatience : « Il y a un an, vous ne saviez même pas que vous étiez médium ? »

Eleanor sourit. « Oh, je suis tout sauf une médium, monsieur Harker. Très honnêtement, j'ignore ce que je suis en réalité. Depuis cet épisode, j'ai aidé cinq familles. Je refuse d'être rémunérée. Et je savais que cela finirait un jour par se savoir. Mais je suis tout sauf une médium. »

Daniel lui demanda ce qu'elle entendait par là, et Eleanor Preston entreprit de lui raconter. Les morts lui parlaient, expliqua-t-elle. Au sens littéral du terme. *Pas une médium*, songea Daniel. *Même pas un charlatan. Juste une folle*. L'incrédulité se lisait sur son visage, il le savait, mais Preston poursuivit, l'observant d'un air amusé. Elle lui parla d'une autre « séance » prévue pour la nuit du lendemain, « séance » à laquelle la famille du défunt acceptait qu'il assiste, s'il le désirait. Et qu'il était libre, en outre, de filmer.

Elle croit vraiment tout ça, se dit Daniel. Il voulait comprendre comment une femme en apparence tout à fait rationnelle avait pu se convaincre d'un tel monceau d'âneries. Peut-être y avait-il là matière à un article.

Trente heures plus tard, il se rendit dans une chapelle mortuaire en compagnie d'Eleanor Preston. Dans une petite pièce, un mort reposait, allongé sur un drap blanc. Les seules personnes présentes étaient l'épouse et l'enfant du défunt, qui saluèrent Daniel avec une telle chaleur qu'il en rougit, sachant parfaitement qu'ils se fourvoyaient autant que Preston.

On lui demanda de prendre un siège, et il s'exécuta. Quinze minutes plus tard, il croyait, lui aussi. Et cinq jours plus tard, il en fut de même pour le reste du monde.

*

De nouveau, on frappa à la porte de Daniel. Avec plus d'insistance, cette fois. Il ignorait pourquoi l'intrus s'obstinait ainsi. Il ne se sentait pas d'humeur à parler à qui que ce soit. Au cours de ces cinq dernières semaines, il n'était sorti de chez lui qu'à deux reprises, parvenant tout juste à surmonter son irrépressible besoin de solitude, et pour quel résultat ? L'homme qu'il était allé trouver n'avait pas même daigné se présenter la seconde fois.

Quiconque se trouvait sur le seuil n'avait qu'à laisser une note et lui foutre la paix. Daniel déposa sa vaisselle dans l'évier et la lava.

À côté de l'évier, les deux couvertures encadrées qui avaient changé sa vie. La première était celle du *Time*, pour une reprise de l'article qu'il avait écrit douze ans auparavant. « Parler aux morts », clamait le titre, avec son nom en dessous.

Et puis la couverture de son premier livre, auquel il devait sa fortune, et Eleanor la sienne. Le livre parlait d'Eleanor, bien sûr, mais s'intéressait surtout au *Revival Baseline Research Group*, groupe de recherche fondé, en pleine tourmente médiatique, afin d'étudier ce nouveau mystère qu'était la ressuscitation.

Daniel aimait regarder ces couvertures. Il était fier de ce qu'il avait écrit, et fier de la réaction suscitée par son article : unanimement, ses lecteurs avaient éprouvé de la fascination. Pas de la peur.

Dans la chapelle mortuaire, face à ce cadavre qui parlait, Daniel était resté figé, tentant tant bien que mal d'imaginer comment Eleanor aurait pu simuler pareil phénomène. Mais la réalité de ce qu'il avait sous les yeux était indéniable, quasi *viscérale*. L'un après l'autre, chaque mot qui sortait de cette bouche morte avait réduit son scepticisme à néant. Un bref instant, il avait été envahi par une horreur innommable : il savait à présent que tout était vrai, et ce qui en découlait ne pouvait que le terrifier. Mais à mesure qu'Eleanor Preston posait au défunt ses questions bienveillantes, les craintes de Daniel s'étaient évanouies.

Dans une atmosphère calme et douce, le mort s'était entretenu avec sa famille. Avec tendresse, il avait partagé plusieurs de ses souvenirs, des moments intimes, qu'il avait chéris avec eux. Puis il avait fait promettre à sa femme et à sa fille de vivre pleinement leurs vies et de se souvenir toujours de lui un sourire aux lèvres. Sa famille, en larmes, avait réitéré les « je t'aime » et les « tu me manques ». Ils s'étaient fait leurs adieux, heureux désormais, et rassurés. L'article de Daniel avait saisi sur le vif cette joie et cet espoir.

*

Le monde réagit comme il le fait toujours face à une grande découverte : d'abord, par la moquerie, puis par l'hostilité, enfin, par l'acceptation. Le cynisme fut de mise au cours des premiers jours, mais il disparut bien plus vite que Daniel ne s'y était attendu. La vidéo qu'il avait réalisée rendait parfaitement compte de la portée de l'évènement : il suffisait de l'avoir vue une fois pour ne plus prêter foi à ceux qui l'accusaient de mise en scène. Les partisans du canular perdirent rapidement toute certitude. Lorsque Eleanor Preston réitéra l'opération sous les yeux d'un panel d'observateurs, le monde entier fut bien obligé de l'admettre : la ressuscitation était une réalité.

La colère et la peur prirent le relais. Beaucoup dénoncèrent ce phénomène comme une abomination. Daniel fut notamment pris pour cible. Le fait qu'il ait révélé l'existence de la ressuscitation lui conférait une autorité certaine en la matière, mais le désignait également comme premier responsable. Il reçut des lettres de menaces, des e-mails, des appels plus qu'hostiles. Ce fut une période particulièrement difficile. La situation d'Eleanor, elle, était encore plus délicate. Sa maison fut incendiée. Les autorités furent forcées de la cacher.

Le monde aurait pu facilement se dresser contre la ressuscitation mais, peu à peu, la colère s'estompa. Daniel voulait croire que le ton de ses articles n'était pas étranger à ce retournement d'opinion. À sa suite, d'autres journalistes s'étaient concentrés sur les détails les plus macabres du processus, jouant à fond la carte du sordide. Lui défendait une position opposée. Nous sommes en présence d'un phénomène nouveau, avait-il écrit dans son tout premier article. Un phénomène, au moins dans ce cas précis, indéniablement positif.

Mais la colère, il le savait, s'était essentiellement dissipée pour une raison très simple, et on ne peut plus humaine : la ressuscitation était la preuve que quelque chose survivait à la mort. Chaque religion l'interpréta à sa façon mais on considéra dès lors l'existence d'une vie après la mort comme un fait.

Le nombre de ceux qui persistaient à rejeter violemment le phénomène fut largement dépassé par la masse de ceux qui *voulaient savoir.*

*

Eleanor Preston refusa toute sollicitation des médias, choisissant Daniel comme porte-parole exclusif. Il écrirait sa biographie et ils se partageraient les droits d'auteur. Elle lui confia qu'elle savait d'ores et déjà ce qu'elle ferait de sa part.

Le gouvernement américain constitua une commission chargée d'examiner les allégations d'Eleanor. Cette dernière restait sur ses gardes. Tout ce qu'elle voulait, c'était prouver aux derniers sceptiques que la ressuscitation n'était en rien une supercherie pour revenir enfin au but premier de son existence : aider les morts à faire leurs adieux, et réconforter les vivants.

Elenaor accepta de prendre part aux études, mais à deux conditions. Elle ne procéderait à des ressuscitations qu'au profit de proches endeuillés. Les chercheurs devraient calquer leurs méthodes sur les siennes, qui se voulaient non intrusives et totalement respectueuses des sujets.

Une fois ces contraintes acceptées, le *Revival Baseline Research Group* fut fondé. Très vite, on désigna ce groupe de recherches sous le simple nom de « Baseline ». Les scientifiques désireux de prendre part au projet affluèrent. Il y avait des donateurs américains mais aussi étrangers, des fonds publics aussi bien que privés.

On conclut très vite, et sans l'ombre d'un doute, que la ressuscitation était un phénomène *réel.*

Eleanor était depuis longtemps convaincue que la ressuscitation était un don fait à l'humanité, et que d'autres possédaient cette faculté. Les faits lui donnèrent raison. Nombreux furent ceux qui se firent connaître. Des personnes qui se reconnaissaient dans les descriptions données par Eleanor. Des personnes qui éprouvaient la même sensation de froid lorsqu'ils touchaient quelqu'un, sensation que les revivers baptisèrent très vite « le frisson ».

Le fait de trouver d'autres revivers susceptibles de s'affranchir des restrictions imposées par Eleanor était l'une des priorités de Baseline. Et, bien que la plupart échouèrent à l'épreuve finale – à savoir la ressuscitation d'un mort –, il s'en trouva certains pour réussir.

Eleanor prit alors ses distances avec Baseline. Trois mois après que son existence eut été révélée au monde, elle renoua avec sa vocation originelle. Un peu plus tard, grâce à l'incroyable succès du livre de Daniel, elle se servit de sa part des bénéfices pour fonder la première agence privée de ressuscitation, donnant du même coup naissance à un nouveau secteur économique particulièrement rémunérateur.

Le monde entier attendait impatiemment les premières conclusions de Baseline, les premières grandes vérités. Quelle était la nature profonde de la ressuscitation ? D'où venait ce tout nouveau don de l'humanité ? Et que *signifiait*-il au juste ?

Le monde entier fut déçu.

Certes, il y eut plusieurs découvertes d'importance.

Les ressuscitations d'Eleanor n'étaient pas représentatives du véritable taux de réussite : la ressuscitation était bien plus facile à obtenir au terme d'une mort naturelle qu'à la suite d'une mort violente.

Le réveil de l'activité cérébrale n'était pas le seul élément entrant en jeu. Des blessures à la tête compliquaient la ressuscitation. Pour autant, elles ne la rendaient pas impossible. Dans ce type de cas, et lorsque la ressuscitation aboutissait, les sujets se révélaient parfaitement lucides, quelle que soit la gravité de leurs lésions cérébrales.

Apparemment, aucune activité électrique n'était décelable, que ce soit dans le cerveau du sujet, dans les muscles de la cage thoracique permettant la respiration ou dans les cordes vocales. La source d'activité de tous ces organes demeurait un mystère absolu.

À la fin de sa première année d'existence, forte de son écurie de douze revivers, Baseline concentra ses recherches sur les conditions de réussite de la ressuscitation (comment s'assurer de son succès, comment étendre sa durée), au détriment de l'étude de la nature du phénomène.

Ce qu'il restait d'éléments hostiles forma un groupe contestataire du nom d'Afterlifers, généreusement financé par une coalition disparate de plusieurs organismes et individus religieux qui considéraient la ressuscitation comme une profanation, un dérangement sacrilège de la paix des morts. Malgré leurs vociférations très médiatisées, les Afterlifers échouèrent à imposer leur idée de moratoire, les actes isolés de certains membres extrémistes ayant soulevé l'indignation de l'opinion publique. Leur appel à l'interdiction pure et simple de la ressuscitation fut relégué à l'arrière-plan ; ils mirent en avant la nécessité d'un contrôle accru de cette activité, d'une déclaration de « droits des morts », et de l'instauration d'un statut officiel pour les revivers – autant de doléances qui furent dès lors mieux perçues.

Aux yeux de beaucoup, Baseline était un échec. Malgré le nombre toujours croissant de ses revivers (plus d'une centaine, sur trois cents recensés dans le monde entier), l'organisation n'avait jamais effleuré le mystère profond de la ressuscitation, sa véritable raison d'être. Aucun indice de la volonté de tel ou tel dieu.

L'organisation subsista cinq ans encore avant de fermer définitivement ses portes : le financement public s'était tari à mesure que les chances de découvertes nouvelles s'étaient amenuisées. Chacun se résolvait à ce que la vérité ne fût jamais connue. Beaucoup de champs de recherche furent abandonnés. Certaines entreprises ayant participé au projet récupérèrent leurs équipes afin qu'elles poursuivent leurs travaux, axés sur l'utilisation de la ressuscitation dans le domaine privé et la médecine légale, les deux voies les plus prometteuses en terme de profit.

Pour Daniel, qui jouissait soudain d'une sécurité financière dont il n'aurait jamais pu rêver, ce fut comme un nouveau départ. Robin et lui achetèrent leur maison. Il se remit à écrire, utilisant un pseudonyme pour ses polars afin de voir si leurs qualités seules pouvaient assurer leur succès. Par la suite, lorsque l'usage de la ressuscitation se généralisa dans le cadre d'enquêtes criminelles, il lança sous son propre nom ses « Chroniques de Revivers », une série d'ouvrages présentant des cas réels de ressuscitation dans une veine aussi peu sensationnaliste que possible. Pendant un temps, il se retrouva même producteur exécutif de l'inévitable adaptation en série télé, jusqu'à ce que ses associés prennent un peu trop de libertés vis-à-vis de la vérité.

Il était surchargé de travail. Il était heureux. Pour un temps, en tout cas.

*

Une voix résonna dans le vestibule : un homme l'appelait du perron. De nouveaux coups ébranlèrent la porte. *Bon sang, laissez une foutue carte de visite et dégagez*, pensa Daniel en se rasseyant à la table de sa cuisine. Il souffla un nouveau juron, furieux contre lui-même, furieux de se renfermer de la sorte chaque année, furieux d'avoir autant de mal à briser le cercle vicieux de cette solitude.

Sur sa gauche, deux photographies encadrées étaient accrochées au mur. Sur la plus grande, on pouvait le voir en compagnie de Robin et d'Annabel, alors âgée de quinze ans, à Myrtle Beach. Il se souvenait de l'appareil photo, posé en équilibre précaire sur un rocher. Il se souvenait de sa brève course pour rejoindre les siens avant la fin de la minuterie. C'était sa photo de famille préférée. Les sourires étaient chaleureux, naturels. Le cliché avait été pris deux ans après qu'il eut découvert Preston, au moment de la publication de son deuxième roman policier, salué par la critique.

Cela remontait à dix ans, et c'était sans doute le moment le plus heureux de toute son existence.

Quatre ans avant la mort de Robin.

Leur première rencontre… Il repensa à son sourire : la première chose qu'il avait remarquée chez elle. Son délicieux accent anglais, à mi-chemin du Yorkshire, dans le nord de l'Angleterre où elle avait passé son enfance, et du Sussex, plus au sud. Elle ne perdrait jamais cet accent.

« À quoi bon venir aux États-Unis pour étudier l'anglais ? », lui avait-il demandé. En effet, elle avait traversé l'Atlantique pour décrocher son diplôme. Daniel n'avait aucune intention de la blesser en lui posant cette question, mais elle avait suffi à assombrir l'expression de Robin. Il s'était alors juré de faire tout ce qui était en son pouvoir pour qu'elle sourie à nouveau.

Ils se marièrent trois ans plus tard, et tout alla pour le mieux, en dépit des finances fragiles du couple et de la frustration qu'éprouvait Daniel à propos de sa carrière. Ni l'un ni l'autre n'avaient de famille proche : tous deux étaient enfants uniques, et leurs parents étaient morts. Cela ne fit qu'augmenter l'importance qu'ils avaient l'un pour l'autre. Malgré les nouvelles difficultés financières qu'elle suscita, Daniel accueillit la naissance d'Annabel comme une bénédiction. Mais il éprouvait également une sourde anxiété, redoutant que la malchance à laquelle il avait enfin échappé en rencontrant Robin ne revienne le hanter. Lorsqu'il rencontra le succès et la richesse, Daniel considéra que son existence avait atteint son point de perfection.

*

Et puis, un certain mois d'avril, Robin s'effondra en pleine classe. Lorsque Daniel arriva à l'hôpital, elle était déjà morte. Hémorragie cérébrale.

Ce fut comme si on lui avait arraché le cœur. Une partie de lui, une partie de ce qui avait fait de lui ce qu'il était, avait disparu. Six ans après, sa douleur était aussi vive que le jour de sa mort.

C'était à Annabel qu'il devait d'avoir survécu. Elle était en première année de fac en Angleterre et était revenue immédiatement pour le trouver anéanti, et presque incapable de parler. Apprenant que l'une des dernières volontés de sa femme était d'être ressuscitée, Daniel refusa d'assister à la séance privée : Annabel y participa seule. Il était convaincu qu'elle ne le lui pardonnerait jamais. Une haine de soi incoercible l'envahit au cours des semaines qui suivirent. Emmuré dans son désespoir, il s'écartait chaque jour un peu plus de la vie, et de sa propre fille.

Robin s'était toujours montrée plus forte que Daniel, et Annabel était de sa trempe. Malgré le mutisme et la colère de Daniel, elle resta à ses côtés cinq mois durant, mettant ses études de côté. Lorsqu'il parvint enfin à s'extraire de son désespoir, leur relation avait considérablement changé. Mais malgré les dégâts provoqués par le deuil et ces cinq mois de cauchemar, Annabel avait tenu bon pour ne pas laisser leurs liens mourir. Et, chaque année, elle continuait à tenir bon.

Avril serait toujours le mois de la mort de sa mère. Son père se renfermait sur sa douleur et son comportement compliquait considérablement les choses. Daniel avait honte de son autocommisération, de sa faiblesse. Chaque année, et quoi qu'il fît pour se changer les idées, il devenait incapable de travailler : il se mettait à boire et devenait étranger au reste du monde. Chaque année, pourtant, il finissait par émerger.

Bientôt, Annabel serait de retour. Il était temps de mettre un terme à cette période de souffrances, il était temps de vivre : le souvenir de Robin ne devait pas constituer un fardeau, mais un moteur.

De nouveau, on frappa à la porte. Daniel consulta sa montre. Dix minutes maintenant que l'individu insistait, malgré le mépris qu'il lui témoignait. Ça suffit, se dit Daniel, et il se leva.

Résolu à affronter la vie, il s'avança vers la porte et l'ouvrit.

Vingt-cinq jours passèrent avant qu'on retrouve son corps.

CHAPITRE 3

Le Bureau de la côte Est centrale du Forensic Revival Service (Service de ressuscitation médico-légale) avait installé ses locaux dans un immeuble anonyme de deux étages au sud de la ville de Richmond. On passait devant sans même remarquer la façade, et la plaque à côté de l'entrée était plus que sibylline : « FRS (CEC) ».

Ceux qui vivaient dans le quartier et ceux qui travaillaient sur le même site savaient pourtant à quoi s'en tenir. L'installation du Bureau s'était accompagnée d'un certain malaise. Au cours de la première année, des groupes d'Afterlifers avaient manifesté devant le bâtiment – jusqu'à ce que le FRS ouvre d'autres antennes, plus importantes, dans tout le pays. À présent, sept ans après, les voisins étaient fiers de cette contiguïté.

Il était tout juste 8 h 15 : c'était un beau lundi matin, et la journée s'annonçait déjà très chaude. Jonah Miller glissa son passe le long de la fente, traversa le hall de réception désert, gravit une volée de marches et entra dans l'open-space. En temps normal, on pouvait trouver ici trente revivers et vingt-deux techniciens, mais à cette heure matinale, seule une poignée de personnes était déjà présente. Jonah Miller se dirigea vers son bureau en s'efforçant de sourire à ceux qui le saluaient.

Il s'était réveillé à 6 heures aussi fatigué qu'après une nuit blanche et s'était rendu au travail dans l'intention d'expédier une partie de la paperasse qu'il avait laissée s'accumuler ces dernières semaines. Mais il était exténué. Cette énième nuit entrecoupée de cauchemars lui avait passablement embrumé l'esprit.

Il regarda par la fenêtre. Ses yeux se fixèrent sur les nuages qui passaient et il laissa ses pensées vagabonder. Regarder les nuages avait toujours été son refuge, un spectacle toujours changeant mais dénué de complexité. S'il avait baissé les yeux, il aurait risqué d'apercevoir des silhouettes empressées, et il se serait demandé qui ils étaient, ce qui les attendait. Avec au bout, quoi qu'il arrive, la mort, seule certitude en ce bas monde.

Cette méditation morbide le fit sourire. Etant donné la nature de son métier, il était impossible de ne pas penser à ce genre de choses. La plupart des sujets qu'il avait ressuscités avaient été surpris par la mort au beau milieu d'une journée aussi normale que les précédentes. Il baissa finalement le regard. Des gens faisant la queue à la boulangerie pour acheter leur sandwich ; les voitures, pare-chocs contre pare-chocs, dans les embouteillages matinaux. Pour toutes ces personnes, le jour viendrait. Qui les pleurerait alors ? Une mère ? Un père ? Une épouse ? Un enfant ?

Et qui le pleurerait, lui ? Ses amis le regretteraient, mais le vrai deuil, cette désolation absolue dont il avait été témoin et qu'il avait lui-même vécue, ce deuil-là ne pouvait se vivre qu'au sein d'une famille, et Jonah n'en avait plus. Cela faisait maintenant huit ans qu'il n'avait plus échangé un mot avec son beau-père.

Il secoua la tête, cherchant tant bien que mal à chasser ces pensées de son esprit.

C'était la ressuscitation d'Alice Decker qui lui valait cet épuisement. Quatre jours après, il ne s'en était toujours pas remis.

Son imagination lui avait joué un vilain tour, lui avait-on certifié, mais, malgré tous ses efforts, il n'était pas convaincu. Cette ressuscitation l'avait touché au plus profond de son être, laissant dans son sillage une peur irrationnelle, et le sentiment permanent d'être épié.

Cette paranoïa alimentait ses rêves. Il avait fait un cauchemar horrible, la première nuit. Alice Decker se tenait dans son salon, le visage écorché, et elle lui parlait. Un véritable charabia. Jonah s'était réveillé à l'aube, terrifié, avec l'impression que ce mauvais rêve avait duré plusieurs jours.

Depuis, toutes ses nuits avaient été hantées par le visage ravagé de Decker, à une exception près : la nuit où il avait rêvé de la mort de sa mère. Il s'était réveillé en larmes, perdu dans les ténèbres, incapable de se rendormir.

*

La ressuscitation de Decker avait été d'autant plus pénible qu'il s'y était attelé seul – sans personne, en tout cas, à qui se confier.

Il s'était enfui sans échanger un mot avec les policiers en charge de l'enquête, ni même avec JJ Metah, le technicien du FRS qui l'avait secondé. Le flic de faction à l'étage du cabinet d'Alice Decker l'avait regardé quitter les lieux, précipitamment, le visage pâle.

Le lendemain, un jeudi, Jonah avait discuté avec JJ, convaincu de l'existence d'une trace physique de l'évènement.

« Est-ce que tu as vu quelque chose après avoir cessé de filmer ? lui avait-il demandé, s'efforçant de ne rien laisser percer de son trouble.

– Non, lui avait répondu JJ. La transmission des images non enregistrées était coupée. Qu'est-ce qu'il s'est passé ? Tu étais déjà parti lorsque je suis arrivé.

– Je... J'ai eu un petit étourdissement, avait répliqué Jonah avec un sourire forcé. Besoin d'un peu d'air. »

Parler à Never Geary : voilà ce que voulait Jonah. Mais ce dernier participait à une conférence à Vancouver, et ne reviendrait que mardi au bercail.

Soucieux de ne pas l'alarmer, Jonah avait d'abord hésité à l'appeler, mais il avait fini par lui téléphoner dans l'après-midi. Le fait d'entendre la voix de Never à l'autre bout de la ligne avait été un véritable soulagement.

Il lui avait tout raconté.

« Ils vont te dire que c'est du surmenage », avait répondu Never. Il y avait eu un bruit de fond, que Jonah avait pris pour les murmures d'un hall de centre de conférences, puis il avait entendu le tintement d'un verre.

« Tu es dans un bar, Never ? »

Silence, mais Jonah *savait* que Never affichait un large sourire.

« Peut-être bien. J'en ai fini avec les présentations de techniciens, j'ai rejoint quelques personnes. Mais n'essaye pas de changer de sujet. C'était du surmenage, point. Tu le sais parfaitement. »

Jonah avait hésité : il aurait voulu abonder dans son sens afin de pouvoir laisser tout cela derrière lui, mais il nourrissait trop de doutes pour ne pas les partager avec son ami. « C'est bien le problème, avait-il répliqué. Je n'en sais rien.

– Qu'est-ce que ça peut bien être d'autre ? »

Jonah savait que cette question était purement rhétorique. Il ne put pourtant s'empêcher d'y réfléchir : « Je gagne ma vie en parlant aux morts, Never. Il y a tant de choses que nous ignorons.

– Il faut que tu parles de tout ça à Jennifer. » Jennifer Earley était la conseillère du FRS, et ce n'était pas une mince affaire.

« Je ne voudrais pas en faire une montagne...

– Parles-en avec elle, Jonah. Promets-moi que tu vas le faire. »

Jonah avait promis.

*

À 9 heures, le bureau grouillait déjà d'agitation. Ceux qui avaient travaillé durant le week-end informaient ceux qui les relayaient des détails des ressuscitations réalisées. Jonah n'écoutait que d'une oreille distraite : le point de Sam Deering, prévu à 9 h 30, suffirait amplement à le mettre à la page si quelque information cruciale se détachait des autres. Il avait déjà assez de mal à se concentrer pour tenter d'avancer dans la paperasse. Les cancans du bureau pouvaient attendre.

« Salut, Jonah. » Jonah releva les yeux, et aperçut Sam qui lui souriait. Lorsqu'ils avaient fait connaissance, douze ans auparavant, Jonah n'était qu'un jeune garçon de 14 ans, proprement terrifié. Cela faisait à peine six mois que l'existence d'Eleanor Preston avait été révélée au monde. Sam avait alors 52 ans mais en paraissait beaucoup moins, tant il avait d'énergie à revendre. C'était toujours le cas, mais les années avaient fini par avoir raison d'une partie de sa chevelure.

Jonah lui renvoya son sourire : « Salut, Sam.

– Comment ça va ? » Le regard de Sam reflétait son inquiétude. C'était une vraie question, pas une politesse de bureau. Après sa conversation téléphonique avec Never, Jonah s'était résolu à voir Sam et lui avait tout raconté. Sam l'avait immédiatement envoyé dans le bureau de la conseillère et Jonah avait lu de la déception dans son regard. Il en connaissait la raison. Ils avaient beau se connaître depuis la mort de la mère de Jonah et la découverte de son don en de terribles circonstances, il avait fallu vingt-quatre heures et l'intervention de Never pour que Jonah daigne s'adresser à lui.

« Ça va beaucoup mieux, mentit Jonah, sans pouvoir déterminer si Sam le croyait ou non.

– Bien. J'ai discuté avec Jennifer. Tu pourras passer dans mon bureau, tout à l'heure ?

– Bien sûr », répondit Jonah, parvenant à sourire alors que Sam s'éloignait.

L'angoisse lui nouait les entrailles. Il savait qu'on allait le suspendre pendant un moment. Une nouvelle pause, afin qu'il puisse récupérer.

Deux ans auparavant, Jonah avait connu un épisode dépressif. Son comportement autodestructeur, induit par une surcharge de travail, avait culminé en une dépression sévère à la suite d'une ressuscitation particulièrement désagréable. Cela lui avait valu deux mois sans travail, et l'expérience s'était révélée douloureuse.

La ressuscitation, pensait Jonah, était tout ce qu'il avait à offrir au monde, et il n'était pas avare de son don. La ressuscitation n'était pas un job. C'était purement et simplement ce qu'il était.

*

Il était à peine plus de 9 h 30 lorsqu'il rejoignit le reste de l'équipe devant le bureau de Sam.

Sam se tenait sur le seuil, main levée, attendant que le silence se fasse.

« Bonjour tout le monde. C'est une superbe journée qui s'annonce aujourd'hui, et à première vue, une journée assez tranquille aussi. Tout d'abord, la conférence de Vancouver s'est bien déroulée. Félicitations à tous ceux qui s'y sont exprimés. Je vois que la plupart d'entre vous sont déjà de retour, j'espère que les gueules de bois ne sont pas trop sévères. » Ces derniers mots suscitèrent quelques rires dans l'assistance. Jonah vit Pru Dryden secouer la tête avec un sourire penaud.

« La majorité des interventions ont été filmées, poursuivit Sam. Les vidéos seront disponibles sur l'intranet d'ici quelques jours. Je crois que Never revient demain... ? » Il regarda en direction de Jonah, qui approuva. « Il se chargera de ça et vous transmettra le lien par e-mail. Le week-end a été bien chargé, comme toujours, et nous sommes un peu à court d'effectifs, mais le Nord-Est est vraiment dans la panade et risque de nous demander de leur envoyer des revivers. Que tous ceux qui doivent comparaître au tribunal cette semaine se renseignent afin de savoir si leur présence est absolument requise. Nous ne pouvons nous permettre d'avoir des revivers bloqués toute la journée sans savoir s'ils seront ou non appelés à la barre. Nous avons besoin d'un maximum d'effectifs. Des questions ? » Aucune main levée. « Alors j'en ai terminé. Et, comme toujours, bon courage à tous. » Jonah croisa le regard de Sam, qui inclinait la tête en direction de son bureau d'un air interrogatif.

Jonah acquiesça. Autant en finir au plus vite. A contre-courant, il se fraya un chemin parmi la marée de collègues qui regagnaient leur bureau. Mais alors qu'il arrivait à la hauteur de Sam, Hugo Adler, l'assistant de ce dernier, le coiffa au poteau et se mit à discuter budget avec son supérieur.

« Entre dans mon bureau, dit Sam. J'en ai pour une minute. »

Jonah s'assit, et parcourut les murs du regard. Des photos de Sam y étaient accrochées, rappelant les temps forts de sa carrière au sein du FRS. Bientôt, ces photos seraient enlevées : dans deux semaines, Sam prendrait sa retraite.

Le FRS sans Sam Deering, cela risquait d'être assez bizarre. Sam avait quasiment inventé la ressuscitation médico-légale.

Il travaillait pour le FBI au laboratoire de médecine légale de Quantico lorsque l'existence de la ressuscitation avait été révélée, et c'est en tant que membre du labo qu'il avait rejoint Baseline. À l'origine, il était censé observer et valider les méthodes utilisées, mais il ne lui avait pas fallu longtemps pour former son propre groupe de recherches, au but différent des autres : étudier l'aspect pragmatique de la ressuscitation.

Et tandis que les autres équipes de recherche de Baseline peinaient à trouver quoi que ce soit, celle de Sam avait brillé par son travail sur les possibles utilisations de la ressuscitation dans le cadre médico-légal.

Avec du temps et beaucoup de travail, le groupe de Sam était parvenu à établir deux faits irréfutables. D'une part, un sujet ressuscité ne savait ni plus ni moins que ce qu'il savait de son vivant. D'autre part, tout reviver se trouvait en prise directe avec l'état émotionnel de son sujet et partant, était capable de déceler chaque vérité, chaque mensonge et chaque faux-fuyant. Ce deuxième point se révéla bien entendu le plus important dans le développement de la ressuscitation en tant que méthode d'enquête.

Le fait d'entendre le nom d'un assassin de la bouche même de sa victime et de savoir sans le moindre doute qu'il s'agissait d'une vérité représentait une avancée tout bonnement époustouflante.

Il fallut du temps pour que les témoignages par ressuscitation soient reconnus légalement, mais Sam et son équipe firent preuve de patience et de détermination, et leurs efforts finirent par payer. À mesure que le nombre de revivers augmentait dans le monde entier, la conviction profonde de Sam devenait irréfutable : la ressuscitation médico-légale avait vocation à devenir une technique de routine.

La première application criminelle concerna une affaire d'homicide assez simple. La victime, morte d'un coup de poignard en plein cœur, identifia sans mal son assassin. Confronté à la vidéo du cadavre l'accusant par-delà la mort, le meurtrier avoua. La presse s'enflamma, appelant à un emploi généralisé de cette technique. L'opinion publique opina du chef.

On demanda à Sam de diriger une équipe restreinte de revivers durant une période d'essai au laboratoire du FBI de Quantico. Un petit immeuble de bureaux accueillit Sam, cinq assistants administratifs, quatre techniciens, et les six meilleurs revivers qu'il parvint à arracher à leurs groupes de recherche respectifs au sein de Baseline.

Beaucoup s'attendaient à ce que cette période de probation se solde par un échec. Les criminels s'adapteraient, avançaient-ils. Si l'on infligeait suffisamment de dégâts au corps, toute ressuscitation devenait impossible : la décapitation risquait de passer dans l'usage courant.

Mais ces pessimistes se trompaient de débat. Cet incroyable débouché ne visait pas en priorité les criminels professionnels. Certes, les plus chevronnés, une fois au courant, redoubleraient d'efforts et d'application mais, au fond, cela ne changerait pas grand-chose : on n'avait pas attendu l'avènement des ressuscitations pour savoir que le meurtre parfait était celui où le corps disparaissait. Au contraire, la ressuscitation s'avérerait cruciale pour des meurtres peu préparés, ou maladroitement exécutés : dans la précipitation, ou sans préméditation. Et ces cas-là, Sam le savait, représentaient l'écrasante majorité des homicides.

Bien évidemment, certains meurtriers à la petite semaine appliquaient de leur mieux les méthodes susceptibles de leur épargner une ressuscitation incriminante mais, même lorsqu'ils parvenaient à leurs fins, les complications et les traces occasionnées par ces mêmes précautions permettaient de les inculper.

Le grand public n'avait qu'une vague idée de ce dont étaient capables les revivers. Les films et les romans sensationnalistes prenaient de grandes libertés avec la vérité pour de simples raisons narratives, comme ils avaient l'habitude de le faire avec tout autre fait scientifique. En conséquence, les croyances allaient d'un extrême à l'autre : certains étaient convaincus que tout dégât important infligé à un cadavre rendait impossible la ressuscitation, d'autres que même un état de putréfaction plus qu'avancé ne pouvait l'empêcher.

La période d'essai de la technique fut couronnée de succès. L'équipe de Sam s'installa dans les locaux de Richmond, constituant la première antenne du FRS. On leur faisait parvenir des sujets des quatre coins du pays, même si le fait de transporter un corps diminuait de 20 à 30 % les chances de réussite de la ressuscitation.

Grâce au désengagement des partenaires de Baseline et de sa fermeture finale, le FRS se développa rapidement. D'un bureau, on passa d'abord à cinq, répartis dans tous les États-Unis, sous la coordination de Sam. Puis on arriva à douze. La direction générale fut transférée au bureau régional le plus important du FRS, celui de Chicago. Sam Deering ne regretta pas ce remaniement, et continua à exceller, comme il l'avait toujours fait, au sein de ce qu'on appela dorénavant le Bureau de la côte Est centrale du FRS.

« Désolé pour ce contretemps », fit Sam dans le dos de Jonah.

Celui-ci se retourna avec un sourire nerveux. « Des problèmes ?

– Oui, avec le budget. Voilà au moins une chose que je ne regretterai pas une fois à la retraite. » Sam s'assit à son bureau et pianota sur son clavier en plissant les yeux face à son écran, avant d'enfiler des lunettes de vue. « Jennifer a envoyé son rapport hier soir et on en a discuté à la première heure, aujourd'hui. Mais avant d'en parler, je tiens à te féliciter à nouveau pour ton travail sur le dossier Decker. C'était un boulot difficile, et j'espère que tu as conscience de la valeur de ton intervention. Tu es au courant de la suite ?

– Seulement par les infos, répondit Jonah. Ils n'ont pas donné beaucoup de précisions, mais ils ont dit qu'on avait attrapé un type le jour même. J'ai supposé qu'il s'agissait de Roach. À part ça, je ne sais rien d'autre.

– Un ami m'en a touché deux mots. Ils rendront publique une partie de l'histoire d'ici quelques jours mais tu mérites de tout savoir. Roach était un fanatique du body-building. Consommation abusive de stéroïdes. Les substances qu'il s'administrait provoquaient des épisodes psychotiques. Il est parvenu à reprendre le contrôle mais sa femme est partie avec leur fils. Il a fait des pieds et des mains pour obtenir la garde de son gamin. Alice Decker appartenait au panel d'experts chargé de dresser le profil psychologique de Roach. Le rapport était accablant, et Roach l'a jugée responsable de la perte de sa garde parentale. Il a dû reprendre ses mauvaises habitudes et a cessé de suivre son traitement. Il a pété un plomb, et a décidé de se venger. Tu as obtenu son nom durant la ressuscitation. Vingt minutes plus tard, la police frappait à sa porte.

– Ils l'ont retrouvé chez lui ?

– Non.

– Il s'en est pris à d'autres personnes ?

– Non plus. Decker était son unique cible au sein du panel d'experts. C'était également la seule femme de l'équipe, ce qui à mon avis ne relève pas de la coïncidence. Non. Ils l'ont retrouvé chez son ex-femme. »

Le visage de Jonah s'allongea soudain. Le pire était à craindre : « Merde. »

Sam lut l'émotion de Jonah dans son regard : « Ne t'inquiète pas, elle va bien. Elle n'était pas chez elle, et n'était censée revenir que deux heures plus tard. Mais Roach l'attendait lorsque la police est arrivée. Il avait forcé la porte de derrière. À la suite de son interpellation, ils ont trouvé sur lui assez de cachetons pour tuer un éléphant. Je doute qu'il ait eu en tête une simple visite amicale. »

Jonah demeura silencieux.

« Tu as de quoi être fier, Jonah. Decker était un cas à 10 % de réussite. Même pour toi, c'est impressionnant. »

Jonah hocha la tête mais le cœur n'y était pas vraiment. Une réussite, oui, mais c'était bien le moins qu'il exigeait de lui-même. Il était l'un des meilleurs revivers du pays, en ce qui concernait les cas difficiles, en tout cas. Certains revivers étaient plus doués que lui, posaient instinctivement de meilleures questions et faisaient montre d'une plus grande insistance pour obtenir ce qu'il leur fallait, sans parler de leur aisance au tribunal. Mais lorsque les conditions semblaient réunies pour un échec ou qu'un reviver se révélait incapable de ramener un sujet, Jonah était toujours l'homme de la situation.

Mais tout ce qui l'intéressait en vérité, c'étaient les conclusions du rapport de Jennifer. « D'accord, Sam. On peut aller directement au fait ?

Sam soupira. « Très bien. Le fait est que Jennifer nourrit de sérieuses inquiétudes quant à ta façon de gérer tout ça. Et je les partage. »

Jonah était visiblement mal à l'aise. « Elle a dit que j'avais halluciné.

– Tu as halluciné, Jonah. Sans le moindre doute possible. Ça t'est déjà arrivé. Je ne comprends pas pourquoi tu éprouves autant de mal à... »

Jonah l'interrompit : « Ce n'était pas la même chose. Cette fois, j'étais parfaitement lucide. Je n'ai pas perdu connaissance, je n'ai même pas tourné de l'œil. C'est bel et bien arrivé.

– Jennifer mentionne tes difficultés à trouver le sommeil, depuis mercredi. Et tu as dit que tu avais la sensation d'être observé.

– Je n'ai pas halluciné, insista Jonah. La caméra qui s'éteint toute seule, je ne l'ai pas imaginé. Pas plus que le reste.

– Personne n'a rien vu à part toi.

– Ils avaient cessé de filmer. Et personne ne regardait la retransmission des images non enregistrées. »

Sam parcourut le rapport de Jennifer sur son écran. « Après le problème que tu as connu il y a deux ans, ta charge de travail a été réduite. Mais ça n'a pas duré. Au cours des quatre derniers mois, le nombre de tes ressuscitations dépasse en moyenne d'un tiers le nombre maximal d'interventions permises. Ce n'est pas acceptable. Tu en fais trop, et depuis trop longtemps. Tu souffres de surmenage, et tu présentes clairement des symptômes de dépression. Tu es l'un des mieux placés pour savoir ce que cela signifie. »

Jonah baissa les yeux pour éviter le regard de Sam. Il savait ce que cela signifiait, bien évidemment. Il le savait même avant sa dépression. Le contrecoup des ressuscitations était bien connu de tout reviver.

Le fait de se plonger dans les émotions et les souvenirs d'un sujet laissait toujours une marque, une marque qu'il fallait constamment surveiller. Eleanor Preston n'avait souffert que de légers symptômes, mais elle n'avait traité qu'avec des personnes s'attendant à leur mort ainsi qu'à leur bref réveil. Avec les sujets non préparés, ceux qui devaient leur décès à un accident ou un homicide, le contrecoup était beaucoup plus important pour le reviver : fatigue extrême, perte temporaire des facultés basiques. En outre, le reviver écopait parfois des émotions extrêmes éprouvées par la victime, voire de ses souvenirs : on appelait cela des « vestiges », et ils pouvaient le hanter plusieurs jours.

Les périodes de repos étaient le seul moyen véritablement efficace d'éviter ces difficultés. La plupart des revivers étaient ce qu'on appelait des « longs-récup », le terme « récup » désignant le temps qu'ils devaient attendre entre deux ressuscitations. Si la période de récup n'était pas respectée, les chances de réussite s'amoindrissaient considérablement. Un reviver lambda devait attendre trente-six heures avant de revenir à 50 % de ses capacités, et soixante-douze heures pour les retrouver complètement.

Les « courts-récup » étaient ceux qui recouvraient leurs capacités plus rapidement que la moyenne. Jonah était le plus rapide du bureau de Richmond : vingt-quatre heures lui suffisaient pour être à nouveau opérationnel. C'était en partie à cause de cela qu'il était si sujet au surmenage.

Jonah gardait les yeux baissés : « Ça avait l'air vrai.

– Précisément, Jonah : c'est souvent le cas. Certains de tes collègues ont vécu ce type d'expériences. Arrête de parler de ça comme si c'était autre chose qu'une hallucination, cela ne nous aide en rien. Tu as déjà eu des hallucinations par le passé. »

La voix de Jonah s'éleva sous le coup de l'indignation. « Pas comme ça. »

Sam observa une courte pause. « Je te l'accorde. Mais parles-en à Pradesh. Parles-en à Stacy. Tous deux ont vraiment craint que... »

Jonah l'interrompit : « Tous deux sont tombés dans les pommes, Sam. Sous les yeux d'autres personnes.

– Je sais bien. Mais ils étaient néanmoins convaincus que ce qu'ils avaient vécu était réel. C'est là où je veux en venir. Parle-leur. Et ne prends pas tout ça autant à cœur. Ce genre de choses arrive et tout ce que ça signifie, c'est que tu as besoin d'une pause. »

Jonah changea de position sur son siège. « Quel genre de pause ?

– Eh bien, nous sommes en effectifs réduits, ce qui signifie qu'on a besoin de toi cette semaine. Jason rentre de vacances jeudi : une fois qu'il sera là, nous serons en mesure de mieux nous organiser. Contente-toi d'étoffer les effectifs, d'accord ? Profite de ces quelques jours pour rattraper ta paperasse en retard. En cas d'absolue nécessité, tu auras le droit de t'occuper d'un cas simple mais pas avant mercredi, sans quoi Jennifer m'arrache les yeux, O.K. ? Après ça, tu prends une semaine de congé, et ce n'est pas négociable. Et interdiction de passer nous voir. Je te connais. »

Jonah détourna le regard sans répondre.

Sam poursuivit : « Après ça… Eh bien, tu n'es pas sans savoir que San Diego va nous envoyer un groupe. » Jonah acquiesça. Cinq nouveaux revivers et une douzaine de techniciens étaient censés les rejoindre pour être formés. « Il était de toute façon prévu que tu participes à la formation mais je crois qu'en regard de ce qui s'est passé, tu pourras te consacrer exclusivement à cette tâche. Pas de ressuscitation. »

Jonah lui adressa un regard sombre. « Pendant combien de temps ?

– Deux autres semaines minimum. Puis six autres avec des récup d'une semaine. Et après ça, retour progressif à un rythme normal. »

Le visage de Jonah se rembrunit.

« Désolé, ajouta Sam. Mais crois-moi, Jonah : tu ne souffres de rien qu'un peu de repos ne puisse guérir. »

Jonah releva les yeux et poussa un soupir résigné. « D'accord, Sam. D'accord. »

*

Un peu après 17 heures, alors que la fin de sa journée de travail approchait, Jonah se rendit dans la cuisine du bureau pour se faire un café et tuer un peu le temps. À travers la cloison, il entendit la voix de Never Geary. Il trouva ce dernier dans la cuisine, en train de discuter avec Sam Deering.

« Quand on parle du loup, fit Never en affichant un large sourire. Comment ça va ? »

Jonah répondit à son sourire. « Qu'est-ce que tu fabriques ici ? Tu n'es pas censé reprendre le boulot demain ?

– Je suis juste passé dire bonjour. »

Sam interrompit leur échange : « Je vous laisse. On reparlera de ça plus tard, Never, O.K. ?

– O.K. », répondit Never. Sam quitta la pièce, et Never lança un sourire conspirateur à Jonah. « Sam veut que je te chaperonne jusqu'à ton congé forcé.

– Il t'a tout dit ?

– Bien sûr. Alors, comment tu te sens ?

– À cran. Epuisé.

– Je te comprends. Ça a dû être une expérience violente.

– C'était sans précédent, Never. Sam et Jennifer n'ont pas arrêté de me dire que ce n'était que du surmenage, que j'avais déjà connu ça. Mais c'était différent. J'aurais aimé que tu sois là à la place de JJ.

– JJ bosse bien, répliqua Never en haussant un sourcil.

– Toi, tu continues à filmer. JJ coupe les caméras aussitôt qu'on a obtenu un résultat. »

Tout comme JJ, Never était un technicien du FRS chargé de l'installation et de la manipulation du matériel nécessaire aux interventions. Les trois vidéos n'étaient qu'une partie du dispositif : deux micros supplémentaires étaient systématiquement installés, et toutes les sources étaient enregistrées à la fois sur clef USB et sur disque dur. Ces précautions, alliées à une préparation draconienne, permettaient de réduire considérablement les risques de problèmes durant une séance : jusqu'ici, les rares impondérables n'avaient jamais été désastreux. Never était fier de ce système ; après tout, il avait contribué à sa création. Cette procédure était à présent un standard national, utilisé par de nombreuses équipes de ressuscitation dans le monde entier.

Les techniciens de ressuscitation se devaient de posséder certaines qualités bien précises. Consciencieux et précis, pleins de ressources et d'assurance, ils devaient se sentir à l'aise en présence des revivers, et être capables d'affronter la mort d'autrui. En tant que technicien le plus expérimenté du bureau de Richmond, Never était affecté aux enquêtes les plus importantes et les plus difficiles, ce qui signifiait qu'il travaillait principalement avec les trois meilleurs revivers : Jason Shepperton, Pru Dryden et Jonah.

« En règle générale, dit Never, la police tient à obtenir l'enregistrement au plus vite. Si JJ avait continué à enregistrer les sources vidéo, tout ce qu'on aurait vu, ç'aurait été toi en train de flipper pour rien.

– Peut-être, mais au moins comme ça, j'aurais pu avoir la certitude que ce n'était que le fruit de mon imagination. Et toi, tu enregistres toujours jusqu'au bout. Toujours. » Jonah le regardait droit dans les yeux.

« C'est vrai, répondit Never. Une vieille habitude. » Jonah ne le quittait pas du regard : impossible de l'éviter. « D'accord, d'accord. Je vais en parler aux autres. »

Jonah acquiesça en souriant : « Merci.

– Bref, enchaîna Never en regardant ostensiblement sa montre. D'ici une demi-heure, ta journée sera finie. Je vais donc aller consulter mon courrier, et j'attendrai un peu. Comme ça on pourra prendre un taxi à deux. »

Jonah plissa les yeux. Son appartement se trouvait à dix minutes de marche. « Pourquoi est-ce que je prendrais un taxi, Geary ?

– J'ai besoin de boire un verre. Et toi, plusieurs. »

*

Never Geary savait qu'une seule tactique pouvait contraindre Jonah à un semblant de vie sociale : l'embuscade.

Jonah avait 19 ans lorsqu'ils avaient fait connaissance, et Never 25 : petit génie de l'informatique et de l'électronique travaillant au labo de Quantico, où il était chargé de la récupération de données, il était parvenu à s'immiscer dans l'équipe de test de Sam Deering et avait rapidement trouvé sa voie. Il s'était d'abord comporté comme un grand frère vis-à-vis de Jonah, mais il ne leur avait pas fallu longtemps avant de devenir amis.

Et Never connaissait son ami sur le bout des doigts.

Il écarta la demande de Jonah de passer chez lui pour prendre une douche et se changer, demande qu'il perçut pour ce qu'elle était en réalité : une excuse pour rentrer chez lui et tenter de le convaincre de ne plus ressortir. Au final, ils atterrirent au fond de l'un des rares bars que Jonah appréciait. Les lieux étaient calmes, d'autant plus qu'on était lundi, et confortables. Le genre de bar où l'on ne se sentait jamais obligé de se mêler aux autres, songea Never. L'endroit idéal pour Jonah.

Le matin même, dans l'avion qui le ramenait chez lui, Never s'était demandé non sans inquiétude ce qui l'attendrait. Jonah lui avait toujours paru fragile, et plus encore après sa dépression. Et à présent, loin du havre de paix que constituait à ses yeux son appartement, il restait muet, replié sur lui-même. *Pas pour longtemps*, se promit Never en payant sa première tournée au comptoir. Un plateau à la main, il revint à leur table.

Jonah releva les yeux et haussa un sourcil en voyant ce qui se trouvait sur le plateau. Une pinte de Guinness chacun, et leurs alcools forts préférés : un whisky sour pour Never, un shot de tequila pour Jonah.

« Je n'avais pas prévu de me saouler ce soir, commenta Jonah. On bosse, demain.

– On n'est pas là pour se saouler, on est là pour se détendre. Ça, dit Never en soulevant son whisky sour, c'est pour atténuer l'effet de mon décalage horaire. Et ça, ajouta-t-il en pointant le shot de tequila, c'est pour effacer ton putain de froncement de sourcils. »

Jonah haussa les épaules en soulevant son verre, et Never crut voir un semblant de sourire s'esquisser sur ses lèvres.

Ils venaient d'entamer leur deuxième tournée lorsque Never Geary commença à parler de la conférence à Jonah.

« Le premier soir, Pru était complètement torchée. Merde, tu aurais dû voir le type avec lequel elle a fini. L'archétype même du groupie. »

Les groupies de revivers étaient un genre à part, sautant sur la moindre occasion de s'approcher de leurs idoles. Nombre d'entre eux étaient sensibles au frisson, et c'était là la principale raison de leur engouement.

L'intensité du frisson que la plupart des personnes éprouvaient au contact d'un reviver était extrêmement variable : elle dépendait de la puissance des facultés du reviver et de la sensibilité de l'autre personne. C'était une sensation de froid extrême, comme plonger une main dans de l'eau glacée, qui s'atténuait dès que le contact était rompu. Dans les cas extrêmes, on pouvait parler de douleur – une douleur vive et amère, laissant derrière elle un arrière-goût de mort et de terreur.

La moitié des membres du FRS non revivers n'éprouvaient pas le frisson et Never faisait partie du lot, ce qui signifiait qu'il n'avait pas la moindre idée des sensations suscitées par ce phénomène – contrairement à Jonah, bien sûr. Tout reviver éprouvait en effet autant le frisson que la personne avec qui il entrait en contact. Certains prenaient l'habitude de porter des gants afin de s'en prémunir.

Le niveau du frisson suscité et éprouvé par Jonah était considérable : les gants légers utilisés habituellement par les autres ne suffisaient pas à l'atténuer. Jonah portait des gants de cuir lorsque les circonstances s'y prêtaient (lorsqu'il faisait froid dehors, par exemple) mais, le reste du temps, il les trouvait trop chauds et peu pratiques : il essayait simplement de se garder des contacts physiques impromptus.

Never était pris de malaise rien qu'à l'idée que certains puissent vouloir éprouver ne serait-ce qu'une forme bénigne de frisson. L'intensité du frisson de Pru, par exemple, se situait bien au-dessus de la moyenne. À condition d'ingérer une dose suffisante d'alcool, elle était en mesure de ne plus l'éprouver. Et cette dose, Never et Jonah le savaient pertinemment, était synonyme de gueule de bois carabinée.

Les conférences étaient assez fréquentes. En tant que co-inventeur du protocole standard d'enregistrement des ressuscitations, Never s'absentait trois ou quatre fois par an. La moyenne de Pru Dryden était plus élevée encore. Toutes qualités confondues, elle était sans doute la meilleure reviver de leur équipe. Son pouvoir de ressuscitation était moindre que celui de Jonah, mais elle restait inflexible face aux jurés et aux avocats, et elle savait interroger les morts avec une ruse et une précision sans égales.

Jonah évitait les conférences autant qu'il le pouvait. Never Geary passait une grande partie de son temps à tenter de le convaincre de l'accompagner, convaincu que les problèmes de Jonah étaient en grande partie dus à un manque chronique d'activité sexuelle. Les conférences représentaient autant d'occasions de multiplier les expériences, en particulier pour les revivers. Tout le monde finissait par savoir qui ressentait le frisson, et qui y était insensible.

Dans de telles situations, Never le savait, la présence de Jonah représentait un atout considérable. Le sourire qu'il affichait constamment et son accent irlandais lui valaient bien de temps à autre l'attention de quelque admiratrice, mais l'aura de Jonah était sans commune mesure. Celui-ci, du reste, n'en avait pas conscience : il ne se souciait nullement de sa tenue vestimentaire ou de l'impression qu'il pouvait donner au reste du monde. Il allait chez le coiffeur le plus rarement possible, oscillant en conséquence entre une coupe extrêmement courte et la tignasse noire et désordonnée qu'il arborait en ce moment. Ces deux versions de lui-même lui convenaient parfaitement. Cette désinvolture ne faisait qu'augmenter l'intérêt de ses admiratrices, et Never tirait bien souvent profit d'un schéma sans cesse répété : en général, il se retrouvait en train de converser avec une superbe jeune femme qui, après s'être présentée à Jonah, s'était finalement rabattue sur lui, découragée par le mutisme du reviver.

Cette année, le Symposium international de ressuscitation médico-légale se tiendrait à Richmond afin de saluer le départ à la retraite de Sam Deering. Jonah avait accepté d'y présenter sa contribution : sa dernière participation à une conférence remontait à plus d'un an. À cette occasion, Never était parvenu à lui présenter quelqu'un, mais la jeune femme en question s'était avérée trop compliquée à gérer : mariée, un peu perdue, et très instable. L'affaire avait vite tourné court. Et cependant du point de vue de Never, l'espace de quelques jours, Jonah avait consenti à se retirer le balai qu'il avait dans le cul et avait un peu profité de la vie.

Tous deux cancanèrent comme des petites vieilles jusqu'à 22 heures, heure à laquelle Jonah se mit à grommeler à propos du boulot qui l'attendait le lendemain. Fidèle à sa parole, Never consentit à mettre un terme à la soirée, et tous deux se quittèrent, partant chacun de son côté. Jonah riait, détendu, sans même se rendre compte que, pour la première fois en quatre jours, il avait complètement oublié l'existence d'Alice Decker.

CHAPITRE 4

Le MERCREDI MATIN FUT ANORMALEMENT tranquille. Jonah se jeta à corps perdu dans sa paperasse après une bonne nuit de sommeil réparateur aussi inattendue que bienvenue. Il était d'excellente humeur : sept jours s'étaient écoulés depuis la ressuscitation de Decker, et la semaine de récupération imposée par Jennifer Earley touchait à sa fin.

Les choses se bousculèrent dans l'après-midi.

Peu après 14 heures, Sam passa la tête par l'entrebâillement de sa porte. Sa voix porta jusqu'à l'autre bout de l'open-space.

« Pru, à toi de jouer. On a un accident de la route à la sortie de Greensboro. Vois avec Never quel technicien est en mesure de t'accompagner et partez au plus vite. »

Pru Dryden était un petit bout de femme de 29 ans. Sa taille et sa beauté attiraient systématiquement des regards médusés de la part de ceux qui la croisaient pour la première fois sur une scène de crime, où elle apparaissait systématiquement comme la gentille fée de la ressuscitation.

Sortie de son bureau, elle s'approcha de Sam sans enthousiasme. « Des détails ? »

Sam lui tendit la demande d'intervention qu'il venait d'imprimer. « Jette un œil. »

Il s'agissait d'une requête de ressuscitation in situ pour un accident de la route : un van blanc avait percuté un break familial, l'envoyant droit dans un arbre. Le père, qui se trouvait au volant, avait été tué sur le coup. Son épouse, inconsciente, se trouvait dans un état critique, et leurs deux jeunes fils étaient blessés, mais stables. Dans le van se trouvaient un homme et sa petite amie, deux abrutis finis qui s'inquiétaient plus de l'état de leur véhicule que de celui des victimes. L'homme se trouvait manifestement sous l'emprise de l'alcool, mais selon leur version des faits, c'était la petite amie qui conduisait : dans un virage, le break s'était soudain rabattu vers leur voie, trop rapidement pour qu'elle puisse l'éviter. Les accidents de la route ne faisaient pas régulièrement l'objet d'une ressuscitation, mais ce cas présentait plusieurs incohérences ainsi qu'une absence de témoins, et tout portait à croire que la petite amie ne s'était pas trouvée derrière le volant.

Le témoignage du père défunt pouvait permettre de résoudre l'affaire. La gravité de ses blessures rendait nécessaire l'intervention d'un reviver de premier choix.

Pru baissa la voix : « Chef, je vais être honnête. Je me suis réveillée avec une bonne migraine. Je ne me sens pas trop d'attaque. »

Sam la regarda. « Tu es la seule personne à pouvoir obtenir quelque chose dans ces conditions, Pru. Fais de ton mieux. »

Pru traîna les pieds jusqu'au bureau de Never. Celui-ci rafla un paquet en plastique orange au sommet d'une pile. Les kits de ressuscitation contenaient divers objets utiles pour les revivers, mais c'étaient les vêtements de protection et l'équipement de nettoyage qu'ils contenaient que ces derniers considéraient comme vraiment indispensables. À des degrés divers, les revivers étaient obsédés par la propreté. Never n'avait jamais réussi à comprendre pourquoi mais, dans certains cas, cela confinait carrément au trouble obsessionnel compulsif. Les ongles récurés à fond, les mains frottées jusqu'à en devenir rouges.

Il tendit le kit à Pru, qui défit la bandoulière pour le passer à son épaule.

« Ça va être coton, ce coup-ci, soupira Never.

– Tu m'étonnes.

– Mais ça va aller, ajouta-t-il. Vas-y avec Ross : il t'attend dans la salle d'équipement. Amuse-toi bien. »

Elle fit la grimace et poursuivit son chemin, passant devant Jonah.

« Bonne chance ! », lui lança celui-ci, et elle acquiesça. Elle semblait anxieuse, et il était loin de l'envier. En dépit de son passé, lui aussi s'occupait parfois d'accidents de la route. En règle générale, on essayait toujours de les refiler à d'autres – le souvenir de la mort de sa mère demeurait très vif, et pouvait nuire à la ressuscitation – mais il arrivait qu'on n'ait tout simplement pas le choix. Deux ans auparavant, il avait travaillé sur une ressuscitation non vocale qui l'avait forcé à tendre le bras à travers l'amas de tôle froissée pour toucher l'épaule du cadavre, encastré dans l'épave. On avait découpé l'habitacle juste suffisamment pour confirmer la mort du conducteur (même si l'état de la voiture était à ce titre assez éloquent), mais pas plus, de peur d'endommager plus encore le corps, chair et métal semblant s'être agglomérés l'un à l'autre. C'était l'une des ressuscitations qui le poursuivaient encore : la seule qu'il avait dû effectuer sans pouvoir voir son sujet. C'était elle, également, qui avait déclenché le processus de détérioration morale le menant à la dépression. Tous ceux qui le connaissaient s'accordaient à dire que le stress de cette ressuscitation avait été le facteur le plus déterminant, et Jonah les avait confortés dans cette opinion. Il préférait garder la vérité pour lui.

Une demi-heure plus tard, on appela le bureau du FRS pour une autre intervention in situ. Un tir de pistolet, une balle à la base du crâne – l'une des blessures les plus redoutables pour un reviver.

Jonah se voyait déjà dépêché sur place, mais Sam envoya Tunde. Never lui lança un kit en lui souhaitant bonne chance, et sourit à l'approche de Jonah.

« Je vais rester assis là à rien faire pendant le reste de la semaine ? lui demanda Jonah.

– Si par « rien faire », tu veux dire t'occuper de la montagne de paperasse dont tu te plains constamment, alors oui : c'est bien ça l'objectif. »

*

L'objectif changea dès le lendemain matin.

Il y avait un prix aux ressuscitations. De toutes les règles relatives à la charge de travail, une seule était drastiquement respectée : il fallait obligatoirement attendre trente-six heures entre deux ressuscitations. Même lorsqu'il s'agissait de courts-récup.

Les interventions de la veille avaient mis deux des meilleurs revivers sur la touche. Toute intervention délicate serait désormais du ressort de Jason Shepperton, qui rentrait de vacances… ou s'il n'y avait vraiment pas d'autre choix, de celui de Jonah.

Lors d'une semaine classique, deux ou trois cas requéraient les talents des revivers les plus doués : les chances étaient donc grandes que la semaine s'achève sans accroc. Mais, lorsque à 8 h 30, Jonah arriva au bureau pour apprendre qu'une suspicion de meurtre planait sur un cas, il sut que Sam Deering enverrait Shepperton. Cela ne le gênait pas en soi : si les spécificités de l'affaire requéraient les talents de Shepperton, son affectation était justifiée. Ce qui l'ennuyait, en revanche, c'était la façon de travailler de Shepperton. La mort semblait ne lui faire aucun effet, et le respect qu'il témoignait aux défunts était très limité. Aux yeux de Jonah, il les traitait avec mépris. Ce dédain était peut-être subtil, et, assurément, Shepperton ne faisait rien qui eût pu lui attirer les foudres de la hiérarchie, mais Jonah trouvait son attitude intolérable.

De la nature même de l'affaire dépendrait l'intérêt d'envoyer Jason.

Jonah vit Never sortir de la cuisine, les yeux encore gonflés de sommeil, une tasse de café entre les mains. Il l'arrêta tandis qu'il se dirigeait vers son bureau et lui demanda s'il en savait plus.

« Une gamine de 9 ans, répondit Never. Apparemment, elle aurait surpris un cambrioleur. Son père l'a retrouvée agonisante à 5 heures du matin.

– Une affaire simple, alors ?

– Pas vraiment, fit Never en grimaçant. La ressuscitation ne devrait pas poser de problème, par contre. Tiens, regarde… » Il tendit à Jonah un petit tas de documents : l'e-mail demandant l'intervention du FRS, et un rapport préliminaire décrivant les blessures de la victime.

Jonah le parcourut en diagonale. L'affaire avait eu lieu à Manassas, dans la banlieue de Washington. En temps normal, il revenait au bureau du Nord-Est, plus important que celui de Richmond, de s'occuper des interventions sur Washington et ses environs, mais les revivers du Nord-Est devaient eux aussi faire face à des problèmes d'effectifs. Ils avaient donc l'habitude de faire appel à Richmond pour les cas les plus difficiles : il n'échappait à personne qu'en tant que tout premier centre du FRS, Richmond abritait la crème de la crème des revivers.

Nikki Wood, c'était le nom de la petite fille. Léger traumatisme crânien. « Merde. Mourir de ça, c'est vraiment pas de chance. Mais, dis-moi un peu, pourquoi est-ce que ce n'est pas une affaire simple ?

– Il existe quelques doutes au sujet du père. »

Jonah inspira.

« L'inspecteur en charge de l'enquête s'appelle Bob Crenner, ajouta Never. C'est un bon flic, j'ai bossé avec lui à plusieurs reprises. La demande d'intervention émane de lui. Si on ne peut pas leur envoyer quelqu'un, le bureau du Nord-Est procédera à l'opération dans ses locaux, après-demain. »

L'extrême irrégularité du nombre d'interventions rendait parfois toute ressuscitation sur site impossible. Tous les bureaux du FRS comportaient des salles de ressuscitation, où l'on pouvait intervenir dans un environnement contrôlé. Il existait en outre des chambres froides, permettant de maintenir les corps en bonne condition, et des zones d'observation destinées aux parties intéressées. Ce type de ressuscitations demandait évidemment plus de temps et, dans la plupart des cas, les chances de succès étaient moindres, mais il n'existait souvent pas d'autre choix.

« Et Sam compte envoyer Jason ?

– Sam ne sera pas ici avant cet après-midi, répondit Never. C'est donc Hugo qui décidera, et il n'est pas encore arrivé. Je suis sûr qu'il enverra Jason. Le seul... Ah. » Il s'interrompit, reconnaissant l'expression de Jonah. « Les deux seuls choix qu'il nous reste, c'est Jason et toi. Et il ne t'enverra pas. »

Jonah jeta un œil aux alentours : l'open-space s'emplissait d'un concert de murmures autour du café matinal. Il baissa la voix, d'un ton conspirateur. « Shepperton est déjà arrivé ?

– Non, répondit Never en fronçant les sourcils. Mais il sera là d'un instant à l'autre. » Une brève pause, et les yeux de Never s'illuminèrent : il venait de comprendre. « Même pas en rêve. »

Jonah sourit. « Sam et Hugo étant pour le moment absents, la décision appartient au reviver et au technicien les plus expérimentés, pas vrai ? C'est-à-dire toi et moi.

– On m'a recommandé de te tenir à l'écart de toute situation délicate.

– Les blessures ne sont pas graves. Rien ne suggère qu'il s'agira d'une ressuscitation difficile.

– Mis à part le fait que le sujet est une gamine de 9 ans, tu veux dire ?

– On est en train de parler d'un couple qui vient de perdre son enfant, d'une enfant qui a peut-être été assassinée par son propre père. Un père qu'on soupçonne, alors qu'il est peut-être innocent. Tu tiens vraiment à ce que ce soit Shepperton qui s'en occupe ? »

Bien que Never ne se fît pas une aussi mauvaise opinion que Jonah de leur collègue, il avait secondé Shepperton à de nombreuses reprises, assez pour savoir que la subtilité et la compassion n'étaient pas ses qualités premières. Rien qu'en l'imaginant s'occuper de ce cas, Never se sentit mal à l'aise. Et comme il l'avait dit à Jonah, la ressuscitation en elle-même s'annonçait assez simple.

Encore partagé, il avala une gorgée de café. Puis regarda Jonah droit dans les yeux. « Et puis merde, dit-il. T'as gagné. »

*

Never passa derrière le volant de l'une des six voitures du FRS. Deux heures plus tard, ils arrivèrent sur les lieux du crime, une rue coquette bordée de maisons, et encombrée de voitures stationnées. Devant l'une des maisons se dressait la vaste tente blanche de l'équipe scientifique. Never avait déjà reçu un appel furibond de Hugo Adler, mais il était parvenu à le convaincre du bien-fondé de son implication.

Il n'était que 10 heures, et la chaleur était déjà oppressante sous le soleil de plomb.

De part et d'autre de la maison, les badauds étaient tenus à distance par des barrières de fer et la fameuse bande jaune des scènes de crime. Une poignée de jeunes flics en uniforme se tenaient à proximité.

En proie à un mélange de crainte et de curiosité, tous avaient les yeux rivés sur les enquêteurs vêtus de blanc qui inspectaient le jardin. Un à un, ils se retournaient au passage de la voiture verte, dont les portières étaient estampillées « FRS » en lettres blanches et discrètes. Une vague d'intérêt se propagea dans la foule, et tous les regards se tournèrent vers eux. *Ils savent*, pensa Jonah. *Ils savent ce que je suis.*

Dans certains de ces regards se reflétaient des sentiments qu'il avait horreur de susciter : la peur et l'admiration. Tout ça avait peu changé au fil des ans. L'image que l'opinion se faisait d'eux dans le domaine médico-légal avait toujours été confuse (curiosité et aversion se mêlant au bon sens et au pragmatisme) mais, lorsque les gens étaient directement confrontés aux revivers, c'était en général le malaise qui l'emportait.

Jonah s'était souvent étonné de l'engouement du public pour la ressuscitation, étant donné l'aversion tangible que suscitait toute confrontation réelle avec les revivers. Il se disait qu'en définitive on retrouvait ce type d'ambivalence dans bien d'autres domaines. Les gens pouvaient faire preuve d'ouverture d'esprit sur bien des sujets à condition de ne pas être directement impliqués. La liberté de culte ? Bien sûr, du moment que personne ne construit de mosquée dans mon quartier. Le don d'organe ? Un devoir de citoyen – à moins qu'il s'agisse de mes organes à moi.

Jonah baissa les yeux pour éviter les regards des curieux, mais la voix de la créature qui avait pris possession d'Alice Decker s'imposa soudain à lui, claire et distincte : « Nous te voyons. »

De sa main gauche, il attrapa le flanc de son siège et le serra. En proie à la panique qui opprimait sa poitrine avant chaque ressuscitation, il tâcha de ralentir sa respiration. Cette fois, la sensation l'avait envahi plus tôt que d'habitude, éveillée par ces mots gravés dans sa mémoire. Et elle était plus intense.

Les murmures de la foule gagnaient en volume.

Jonah ferma les yeux pour mieux se concentrer sur son souffle, tentant de faire abstraction du bourdonnement croissant qui emplissait son crâne, et il entendit à nouveau ces mots, partiellement couverts par le vacarme ambiant : « Nous te voyons. » Il savait que, s'il rouvrait les yeux, il verrait Alice Decker plantée à hauteur de sa vitre, retroussant ses lèvres mortes sur des dents souillés de sang.

Une main se posa sur son épaule. Il sursauta et rouvrit les yeux. Never le dévisageait avec inquiétude. Jonah se rendit alors compte que la voiture s'était immobilisée.

« Ça va ? lui demanda son ami.

– Je n'aime pas la foule. Dépêchons-nous d'entrer. »

CHAPITRE 5

TANDIS QU'ILS APPROCHAIENT DE LA MAISON, l'inspecteur Bob Crenner sortit par un pan latéral de la tente de la police scientifique. Vêtu d'une combinaison protectrice, son crâne dégarni luisant au soleil, il leva la main en signe de salut. Âgé d'une quarantaine d'années et en surpoids, il arborait un sourire discret qui parut sincère aux yeux de Jonah. Tous les flics ne se réjouissaient pas de l'arrivée du FRS sur une scène de crime, même lorsque leur intervention était nécessaire. Comme partout ailleurs, on trouvait même dans les rangs des forces de l'ordre des partisans des Afterlifers, surtout depuis que ceux-ci avaient adouci leur message et leurs méthodes. De nombreux flics considéraient la ressuscitation comme un mal nécessaire, et il n'était pas rare qu'ils expriment leur gêne et leur dégoût à haute voix.

« Monsieur Geary, lança Crenner d'une voix claire. Jonah. On sera bientôt prêts pour l'intervention. Le petit bureau vous plaît ? », demanda-t-il en désignant la tente.

– Un petit bureau ? reprit Never. On se demandait si le corps avait été retrouvé dehors.

– Non. Les experts scientifiques ont dressé cette tente afin d'avoir de l'ombre. Ils ont un peu de mal à rester dans leurs camionnettes surchauffées avec tout leur équipement. C'est l'un des seuls coins du quartier où il fait frais, alors profitez-en bien. »

Jonah jeta un coup d'œil par l'entrebâillement. Il devait y avoir une douzaine de personnes à l'intérieur, toutes, à l'instar de Bob Crenner, vêtues d'une combinaison protectrice. Des caisses d'équipement avaient été empilées dans le fond. Jonah adressa un mouvement de tête à l'inspecteur. « Vous devez cuire, là-dedans.

– Je suis à poil en dessous.

– Cuisson intégrale ? demanda Never dans un large sourire.

– Quand même pas, j'ai gardé le bas, répondit Crenner. » Il les invita à entrer : la fraîcheur qui régnait à l'intérieur était vraiment agréable. « Mon coéquipier depuis six mois, Ray Johnson, annonça l'inspecteur en désignant un jeune homme noir à l'autre bout de la tente. Il est en train de superviser les derniers préparatifs. Je ne pense pas que vous ayez été présentés. Hé, Ray ! »

L'inspecteur Ray Johnson était en train de parler à une jeune femme, l'une des rares personnes à ne pas porter de tenue protectrice (pas plus que d'uniforme, ce qui laissa penser à Jonah qu'elle était inspectrice, ou membre de l'équipe scientifique). À l'appel de Crenner, il conclut rapidement la conversation et se dirigea vers eux.

La jeune femme lança un coup d'œil à Jonah, qui détourna aussitôt le regard pour le reporter sur elle quelques secondes plus tard. Elle lui souriait, et lui adressa un hochement de tête.

Jonah se sentit rougir alors qu'elle disparaissait par l'autre côté de la tente.

Johnson tendit la main en direction de Never. « Inspecteur Ray Johnson. Never Geary, je suppose ? C'est vous, le technicien du FRS ?

– Ma renommée me précède, répondit Never en serrant la main de Johnson.

– Je vous ai déjà vu à l'œuvre sur une autre enquête mais j'étais encore en uniforme. Ce n'est que ma deuxième ressuscitation depuis que j'ai pris du galon. » Il se tourna vers Jonah. Sa main était toujours tendue. Il recula brusquement : « Vous êtes le reviver ? »

Jonah ne portait pas de gants, détail que Johnson avait de toute évidence remarqué. L'inspecteur avait-il commis l'erreur de serrer la main nue d'un reviver lors de la dernière ressuscitation ? Ce n'était pas le genre de choses qui arrivait deux fois. « Jonah Miller, répondit l'intéressé avec un sourire.

– Mets-les à la page, dit Crenner. Je pense que l'équipe de Fennell en aura fini avec le salon d'ici une dizaine de minutes. Après ça, ce sera à vous d'entrer en piste. »

Johnson les conduisit dans un coin et les invita à s'asseoir sur des chaises en plastique vert qui ressemblaient terriblement à du mobilier de jardin. Un voisin les avait probablement prêtées. Il retourna la sienne, prit place en s'appuyant sur le dossier, et commença à voix basse.

« La victime est une petite fille de 9 ans, du nom de Nikki Wood. Les urgences ont été contactées à 3 h 50. Aucun signe de vie à l'arrivée des ambulanciers. Ils ont passé cinq minutes à tenter de la ranimer là où ils l'ont trouvée, mais ont fini par la déclarer morte à 5 heures. Le rapport préliminaire du légiste suggère que le coup a dû être porté plusieurs dizaines de minutes avant le décès, une heure maximum. La raison du décès est à première vue une blessure à la tête, mais nous n'avons pas encore retrouvé l'arme du crime. Pas d'autres blessures. Le père prétend avoir retrouvé sa fille après avoir entendu du bruit au rez-de-chaussée : selon lui, quelqu'un aurait pénétré chez eux. » Jonah haussa un sourcil à l'attention de Never. Johnson poursuivit : « Nikki était sujette à des crises de somnambulisme : le père pense qu'elle a surpris un cambrioleur, et que le cambrioleur l'a frappée.

– Et vous, dit Jonah, vous soupçonnez le père.

– Bob, non… Mais selon Stu Fennell, le chef de l'équipe scientifique, il existe plusieurs éléments contradictoires. Il a qualifié les lieux du crime de «mise en scène», et je vois parfaitement ce qu'il veut dire par là. Il y a des signes de lutte, une table basse retournée, des magazines éparpillés, mais tout est un petit peu trop ordonné. En plus de ça, le type a l'air bien calme pour quelqu'un dont la fille a été assassinée ce matin même. Sa déclaration était… je ne sais pas, trop bien rodée. Trop claire, à mon goût. Comme je l'ai dit, Bob n'est pas de cet avis.

– A-t-on volé quelque chose ? demanda Never.

– Mme Wood a déclaré la disparition de plusieurs bijoux de famille, pour une valeur totale d'environ 20 000 dollars. »

Never émit un sifflement : « Un bon mobile pour un cambriolage. »

Les bijoux se trouvaient dans une boîte rangée dans un buffet. Si le voleur connaissait leur emplacement, il n'avait qu'à se servir et disparaître mais, s'il voulait se faire passer pour un petit chanceux, il fallait nécessairement créer un peu de désordre. Le problème, c'est qu'en procédant de la sorte, on peut facilement donner l'impression d'un désordre non naturel, et c'est précisément le cas ici. Bien sûr, on peut imaginer que quelqu'un était au courant de l'existence de ces bijoux : c'est la piste envisagée par le père. L'une des vitres de la porte d'entrée principale a été brisée. Le seul problème... » Il se pencha en avant, et Jonah et Never se surprirent à se pencher eux aussi vers lui. « Le seul problème, c'est que le carreau a été cassé de l'intérieur. On peut donc envisager que ce n'était pas un véritable cambriolage. Imaginez. Quelque chose se passe entre le père et la fille. Le père panique, et la seule histoire qu'il trouve pour tout cacher, c'est celle d'un cambriolage. Si c'est effectivement ce qu'il s'est passé, nous retrouverons les bijoux sous peu, et pas loin d'ici. Peut-être même dans la maison.

– Mais Bob Crenner n'est pas de cet avis, intervint Never.

– Non. Il croit que le père dit la vérité.

– Pourquoi pensez-vous qu'il ait pu la tuer ? », demanda Jonah, mais, déjà, son intuition lui disait où Johnson voulait en venir.

« Nos soupçons ne viennent pas de nulle part. Il y a des antécédents. Il y a deux ans de ça, Nikki a atterri aux urgences avec un bras cassé, apparemment à cause d'une chute en pleine crise de somnambulisme. L'année dernière, nouveau passage aux urgences, cette fois pour deux doigts brisés et, là encore, on met ça sur le compte de ses crises. Les services sociaux s'en sont mêlés. Ils n'ont rien trouvé, mais ils envisageaient la possibilité de mauvais traitements, voire de sévices sexuels. Et si on ouvrait les paris, c'est là-dessus que je miserais, les yeux fermés. » Johnson se tourna vers l'autre bout de la tente. Un flic venait de faire son entrée, avec entre les mains un plateau en carton chargé de cannettes et de verres en plastique. « Les rafraîchissements. Génial. Je vous prends quelque chose ? »

Malgré la chaleur qui régnait, Jonah opta pour un café. Never, lui, demanda un Coca. Ray Johnson alla leur chercher.

« Ça ne me dit rien qui vaille, murmura Jonah une fois qu'il se fut éloigné. S'ils nous mettent la pression pour qu'on questionne la petite à propos de sévices sexuels, on perdra sur tous les tableaux. » Un sujet récalcitrant pouvait à lui seul faire capoter une ressuscitation réussie. Ramener un mort à un état de conscience momentané, le tirer de sa confusion et l'amener à parler était une chose. Inciter un enfant à dire la vérité sur un sujet aussi douloureux que l'inceste en était une autre. Et l'expérience pouvait facilement se solder par un silence obstiné, d'autant plus si l'accusation s'avérait sans fondement : le simple fait de la mettre sur le tapis braquerait définitivement le sujet.

Jonah poursuivit : « Si l'intuition de Johnson se révèle juste, il est très peu probable que la petite le confirme explicitement. Sa réponse sera nécessairement ambiguë. » Ambiguë, et sujette à controverse. Et c'était précisément sur cela que reposerait une éventuelle mise en accusation. Aux yeux de Jonah, cette perspective n'avait rien de réjouissant.

« Bob Crenner est un type intelligent, répondit Never dans un haussement d'épaules. Il ne te poussera pas à poser des questions aussi maladroites. Et vu qu'il n'est pas partisan de cette théorie, il y a de grandes chances que tu n'aies même pas à aborder le sujet. »

Ray Johnson revint avec les boissons, qu'il leur tendit. D'un mouvement de la tête, il désigna la petite foule qui se massait non loin.

« Vous voyez la bombe avec les bracelets ? » Il indiquait la femme avec laquelle il s'entretenait à leur arrivée. « Nala

George. L'officier de liaison avec la famille. » Jonah ne l'avait pas remarqué jusqu'alors, mais son poignet droit disparaissait effectivement sous une multitude de bracelets. Il l'observa plus attentivement. Elle portait un jean blanc et une chemise à manches courtes assortie qui mettait en valeur sa peau noire. Caribéennes, polynésiennes, il ne parvenait pas à déterminer ses origines mais cela importait peu : elle était superbe, elle lui avait souri et, à coup sûr, elle serait saisie d'une horreur sans nom s'il l'effleurait.

« Elle est en rogne après nous à cause de notre petite théorie.

– Elle en a eu vent ? demanda Never.

– Ouais... Je lui ai demandé comment se portait le père. Elle est franchement maligne. Elle a tout de suite capté où je voulais en venir. »

Jonah se surprit à contempler Nala George avec un mélange de convoitise et de déception. Elle se retourna, et s'apercevant qu'il l'observait, lui sourit avant de quitter la tente. Jonah tourna la tête vers Johnson. « On va accorder le bénéfice du doute à la famille, dit-il. Et en procédant avec prudence, on sera à même de découvrir la vérité sans prendre de risques.

– Dix dollars que j'ai raison », lança Johnson.

Jonah jeta un regard noir au policier. « Ça n'a rien d'un jeu, bordel. »

Ray Johnson écarquilla les yeux. « Désolé... » Il se retourna vers Never. « Je vais voir s'ils en ont terminé. Après ça, comme dit votre ami, on sera à même de découvrir la vérité. »

« Évite de nous mettre à dos toutes les personnes avec lesquelles on travaille », dit Never en souriant en regardant Johnson s'éloigner.

Jonah hocha la tête. « Tout ce qu'on leur demande, c'est de faire preuve d'ouverture d'esprit pendant quelques heures. Au lieu de quoi ils préfèrent prendre le risque que le père entende leur petite théorie.

– Je suis dans ton camp », répondit Never. Il tenta de changer de sujet : « Plutôt mignonne, cette Nala George, hein ?

– Qui ?

– L'officier de liaison avec la famille. Tu es aussi discret qu'un éléphant dans un magasin de porcelaine. Rassure-moi, tu en as bien conscience, au moins ? »

Jonah ignora la pique. « C'est vrai, elle est mignonne. Et quelles sont mes chances ? Mes chances d'arriver à quoi que ce soit ? Les chances qu'elle soit insensible au frisson ?

– Tes chances s'élèvent à que dalle. Tout comme les miennes, ce qui nous met à égalité. » Il leva sa cannette. « À nos amours. »

Jonah trinqua avec son verre en plastique. « À nos amours », répéta-t-il.

*

L'inspecteur Johnson revint deux minutes plus tard pour leur faire savoir qu'ils pouvaient commencer. Jonah et Never enfilèrent leur combinaison protectrice et leurs gants en latex dans un silence dont tous deux avaient l'habitude, puis ils fourrèrent des couvre-chaussures dans leurs poches en prévision du moment où ils pénétreraient dans la maison. Durant la ressuscitation, Jonah ne porterait plus qu'un gant, le gauche ; l'autre main, nue, lui permettrait d'entrer en contact physique avec la victime, mais il attendrait d'être sur les lieux du crime pour retirer le gant droit.

Jonah se rassit sur sa chaise, son café entre les mains, tandis que Never conduisait Johnson jusqu'à leur voiture. Chacun saisit deux caisses d'équipements avant d'entrer dans la maison.

Il faudrait une bonne vingtaine de minutes à Never pour tout installer et tout vérifier. Jonah passa la main sous sa combinaison et tira de la poche de son pantalon une petite boîte en plastique bleu. À l'intérieur se trouvaient quatre plaquettes de cachets, un mal nécessaire pour tout revivre. Une plaquette d'antinausée. Une plaquette d'antiémétiques. Une plaquette de BPV, une molécule spécialement conçue à l'attention des reviveurs et qui supprimait l'effet-vestige. La quatrième plaquette ne contenait que de simples comprimés d'aspirine. Il prit un cachet de chaque dans la paume de sa main, et les considéra d'un regard sombre.

Les vomissements en phase initiale de ressuscitation étaient un problème commun mais susceptible de compromettre l'opération. L'antinausée et l'antiémétique réduisaient les probabilités d'en passer par là, mais ce cocktail lui laissait la bouche sèche et le rendait passablement nerveux pendant les quelques heures qui suivaient. Le BPV lui valait un bon nombre d'effets secondaires, parmi lesquels des migraines, sévères à l'occasion. C'était pour cette raison qu'il prenait toujours de l'aspirine à l'avance.

Avalant les quatre comprimés avec une gorgée de café, il attendit qu'ils fassent effet.

Assis sur sa chaise de jardin, il prenait soin d'éviter de croiser le moindre regard, afin de s'épargner toute interaction avec ses congénères. Cela faisait partie de sa préparation (il devait se concentrer, pas se laisser distraire), mais c'était surtout dû à sa nature. Timide. Solitaire.

Le fait d'être entouré d'inconnus qui savaient pertinemment qui il était et ce qu'il faisait compliquait passablement les choses. Ce n'était pas aussi désagréable que de comparaître au tribunal, mais même les personnes accoutumées à assister à des ressuscitations sur les lieux du crime pouvaient prendre ombrage de la présence de revivers, ces tripoteurs de cadavres qui ne les gênaient pas tant qu'ils n'avaient pas à les croiser et, à plus juste titre, leur adresser la parole.

Jonah commençait à sentir le léger vertige qu'occasionnait parfois le BPV. Ses cachets commençaient à faire effet.

« Tout va bien ? »

La voix le fit sursauter. Il releva les yeux. C'était Nala George, l'officier de liaison avec la famille. Elle désigna la chaise vide qui se trouvait à côté de lui.

« Je vous en prie », dit-il automatiquement en évitant son regard. Elle s'assit.

« Je vous cherchais. Je ne vous avais pas reconnu, dans votre combinaison. Quelqu'un vous a passé la demande de présence ? »

Le regard de Jonah s'assombrit. Les parents du sujet avaient le droit de demander à assister à la ressuscitation mais, dans 80 % des cas, ils ne le faisaient pas. Même lorsque c'était le cas, la décision finale était laissée à la discrétion du reviver chargé de l'intervention. Jonah savait l'importance des derniers adieux. Il tâchait toujours d'accéder à la requête de la famille. Cela n'en demeurait pas moins une complication supplémentaire.

« Ils veulent y assister ? »

Nala George acquiesça : « Tout à fait. Cachez un peu votre joie.

– Pardon. » Il s'en voulut d'être aussi transparent. « Je ferais de mon mieux. Ils en sont vraiment sûrs ?

– Ils ont déjà assisté à une ressuscitation privée, celle de la grand-mère de Nikki, décédée l'année dernière. Nikki était présente. Elle avait même dit qu'elle aimerait faire pareil, dire une dernière fois au revoir si quelque chose lui arrivait. »

Jonah réfléchit un instant aux ennuis que cela entraînerait, et choisit d'être honnête. Il baissa d'un ton : « Vous avez bien conscience qu'il existe un doute au sujet du père ? »

Nala secoua la tête en grimaçant. « Foutaises. Il a suffi que quelqu'un évoque cette possibilité pour que tout le monde se mette à le traiter différemment. Ils adorent s'imaginer le pire. »

Jonah acquiesça. Il n'était pas très difficile de s'imaginer le pire lorsqu'on était confronté jour après jour à des crimes et à ceux qui les commettaient. « Quoi qu'il en soit, il y a de grandes chances pour que l'interrogatoire porte en partie sur ce sujet. En conséquence de quoi, je préférerais qu'ils n'y assistent pas. »

L'expression de Nala se figea. Elle ouvrit la bouche pour protester mais il leva la main. « L'enfant est jeune, ses blessures sont mineures. Selon toute probabilité, ses propos seront toujours cohérents après l'interrogatoire. À supposer que son père soit innocent…

– Il l'est », coupa Nala.

Jonah acquiesça en guise d'excuses. « S'il l'est, et si Nikki reste cohérente, je vous ferai signe et ils pourront entrer. Est-ce que cela pourrait leur convenir ?

– Je le leur demanderai.

– Ils doivent bien comprendre que ce n'est pas un dû. Qui plus est, l'équipe scientifique tient à ce que nous laissions la scène intacte : vous aurez à leur trouver des tenues protectrices, et il leur faudra se tenir prêts. Si je donne mon accord, ils devront entrer aussitôt. Il se pourrait que les minutes soient alors comptées.

– Entendu.

– S'ils acceptent toutes ces conditions, j'aimerais m'entretenir avec eux avant de débuter. »

Nala George lui sourit.

« Merci à vous, dit-elle en posant une main sur son épaule.

– Je vous en prie», répondit-il en baissant les yeux. Grâce à la double barrière de sa combinaison et de ses habits, elle n'éprouva rien. Mais, concentré comme il l'était, Jonah ressentit un léger frisson, une sensation identifiable entre toutes. Comme prévu, elle aussi lui était interdite. *Dommage*, pensa-t-il. *J'aimais bien ses yeux.*

Nala George alla retrouver les parents, et leur demanda s'ils étaient prêts à parler à leur fille défunte selon les conditions du reviver.

*

Never Geary avait un petit souci avec la troisième caméra. Dressée dans le coin de la pièce le plus éloigné de la porte, elle était dotée d'un objectif grand angle, et était la moins importante, mais le test avait montré une légère imperfection du signal. On assisterait à la ressuscitation dans la salle à manger qui se trouvait juste à côté, ce qui avait poussé Never à utiliser ses câbles les moins longs. Aussi minime soit-il, un problème de signal sur une aussi courte distance ne pouvait avoir pour cause qu'un défaut. Aussi avait-il décidé d'opter pour un câble plus long, et d'enrouler les mètres en trop en un gros tas, à côté de sa console. Alors qu'il enfonçait le jack doré dans la caméra, il sentit la présence de l'inspecteur Johnson, qui se tenait nerveusement sur le pas de la porte.

« J'en ai presque fini », expliqua Never, que l'impatience du policier amusait assez. Peut-être avait-il hâte d'en finir au plus vite avec la ressuscitation, afin de poursuivre l'enquête à proprement parler. Peut-être éprouvait-il de la gêne à se trouver dans la même pièce qu'un cadavre. Si c'était ça, Johnson avait intérêt à prendre sur lui, s'il voulait continuer à bosser avec Crenner sur des affaires d'homicide.

Never se rappela soudain la présence du corps. Les caméras avaient beau être braquées dessus, et il avait eu beau passer les dix dernières minutes à faire la mise au point et les tests d'enregistrement, il ne s'en était pas réellement soucié. Quand il travaillait, le cadavre cessait d'être un cadavre. Ce n'était plus qu'une image.

Lorsqu'il avait mis un pied dans la pièce, il avait passé un petit moment à regarder l'enfant. Les affaires impliquant des enfants le touchaient plus que les autres. À cause de leur innocence et de leur jeune âge, bien sûr, mais il aurait été naïf de croire que c'était la seule raison. La rareté de ces cas était également en cause. Never était certain que, s'il était amené à voir suffisamment de cadavres d'enfants, il deviendrait immunisé contre l'horreur de ce type de spectacle, comme cela avait été le cas pour les cadavres d'adultes. Pourtant, il avait été rassuré de sentir les larmes enfler ses yeux lorsqu'il avait posé le regard sur le corps de Nikki Wood. *Pas encore immunisé*, s'était-il dit.

Il s'écarta de la caméra et regarda de nouveau le sujet. Le corps de Nikki Wood reposait devant un sofa beige clair. Elle était étendue dans la position où l'avaient laissée les ambulanciers : sur le dos, les bras le long du corps, le haut de son pyjama déboutonné. Ses yeux étaient encore ouverts. La partie latérale de sa tête reposait dans la petite flaque de sang sombre qui maculait un tapis clair.

Cela faisait à présent sept heures qu'elle était morte. La rigidité cadavérique la gagnait déjà, mais ce phénomène n'affectait pas nécessairement la ressuscitation. Les forces éveillées chez le défunt suffisaient à étirer les fibres musculaires contractées tout en laissant intacte la structure du muscle. Lorsque la rigidité était trop avancée, cet étirement pouvait endommager les tissus au point de compromettre toute ressuscitation vocale et, par la suite, de compliquer plus encore la tâche du médecin légiste. Dans ces cas, on pouvait soit attendre qu'elle se résorbe (douze heures supplémentaires au bas mot), soit procéder à une série d'injections d'enzymes destinées à décontracter les muscles.

Aucune de ces solutions n'était optimale. Une longue attente réduisait les chances de succès de la ressuscitation et nécessitait de conserver le cadavre à basse température afin d'enrayer le processus de détérioration, ce qui n'était jamais simple. Quant aux injections d'enzymes, elle représentaient, du point de vue des légistes, le scénario catastrophe par excellence. Le kit de Jonah contenait des enzymes, et il n'excluait pas d'aller à l'encontre des craintes de ses collègues en procédant à des injections, mais cette solution, quand elle était choisie, occasionnait invariablement des frictions avec l'officier de liaison du FRS. Sur cette affaire, l'officier en question était Sally Griggs, du bureau du Nord-Est. Aucun problème ne s'étant encore posé, elle se contentait de rester en liaison téléphonique avec eux, mais Never n'avait aucun mal à s'imaginer le genre de dialogue qui s'installerait si Jonah l'appelait pour l'informer qu'il optait pour les enzymes. La scène n'aurait rien d'agréable.

Un mouvement de Johnson, suivi d'un toussotement discret, l'arracha à ses pensées. Le temps pressait.

« Je vais voir si ça marche comme ça », annonça Never en se dirigeant vers la salle à manger. « Après ça, je procéderai aux derniers tests.

– Combien de temps ? demanda Johnson.

– Deux minutes. Vous pouvez aller chercher Jonah et votre boss. » Alors qu'il parlait, un policier en uniforme passa devant la porte. Never plissa les yeux. « Personne ne leur a dit qu'ils ne devaient pas entrer ? Nous ne voulons aucune intrusion. »

Johnson acquiesça. « Je vais faire sortir tout le monde, à l'exception de ceux qui sont autorisés à assister à l'intervention.

– C'est-à-dire ? »

Johnson eut un sourire contrit. « Ça va dépendre de Bob. À peu près tout le monde veut être présent. On pourrait même vendre des tickets d'entrée. »

Johnson s'éloigna, et Never passa dans la pièce contiguë afin de s'assurer que le problème de signal était résolu. Considérant le cadavre de Nikki Wood, il pensa à Jonah et éprouva une bouffée d'inquiétude à son sujet. L'interrogatoire, à n'en pas douter, s'avérerait des plus délicats. Au moins, le processus de ressuscitation devrait être assez simple. Pour autant qu'on pût qualifier de simple le fait d'arracher un enfant à la mort.

*

Deux minutes à peine s'étaient écoulées lorsque Nala George réapparut dans la tente. L'organisme de Jonah s'était adapté aux effets des comprimés. La sensation de vertige avait été courte, cette fois, et assez ténue.

Sans un mot, il leva un regard éloquent sur Nala, qui répondit à sa question silencieuse par un acquiescement : les parents avaient accepté les conditions. Jonah se leva et la suivit dehors.

Au sortir de la pénombre, il cligna des yeux. Le soleil frappait de toutes ses forces : Jonah le sentait en particulier sur la peau de son visage, plus sensible à la lumière crue – l'un des effets secondaires du BPV. Un bref instant, il regretta de ne pas avoir imité Bob Crenner en retirant sa chemise avant d'enfiler sa combinaison. Mais il rejeta presque aussitôt cette idée : il se sentait assez vulnérable comme ça pendant une ressuscitation.

Ils arrivèrent à hauteur de la bande jaune qui délimitait la zone interdite. La foule des curieux était moins dense de ce côté-ci : la rue finissait en effet en cul-de-sac. Ceux qui se pressaient devant l'autre barrière venaient très probablement des rues voisines. Ils soulevèrent la bande jaune, et un flic en uniforme déplaça l'une des barrières métalliques afin de les laisser passer.

Nala parla alors à voix basse : « Julie et Graham. Ils sont chez une amie, Dawn Hannick. Au numéro 30. Par ici. »

Cinq maisons après celle des Wood, ils trouvèrent une policière en uniforme, de faction devant un jardin. Nala et elle échangèrent un signe de connivence. Nala frappa ensuite à la porte, qui s'ouvrit sur une femme aux traits tirés.

« Dawn », dit Nala. Dawn Hannick ne répondit pas, se contentant de tourner les talons pour retourner à l'intérieur. Nala et Jonah lui emboîtèrent le pas, et Jonah referma la porte derrière lui.

Julie et Graham Wood se trouvaient dans la cuisine, assis à une petite table en bois dans un coin de la pièce, silencieux, les yeux rivés au sol. Ils relevèrent des regards vagues, à la dérive. Jonah doutait que tous deux comprennent le sens profond de leur demande. Il lui faudrait s'en remettre au jugement de l'officier de liaison, et garder un œil sur les parents si, au terme de la ressuscitation, il lui était possible de les faire entrer.

Dawn Hannick s'approcha de l'évier afin de s'occuper comme elle le pouvait. Méfiante, hagarde, elle semblait plus âgée que ses amis, peut-être la soixantaine (les parents de Nikki, eux, devaient avoir une quarantaine d'années), mais dans ce genre de circonstances, les personnes impliquées avaient tendance à paraître plus vieilles qu'elles ne l'étaient en réalité.

Le fait d'assister à la ressuscitation d'un proche était une épreuve très difficile mais sa valeur était incommensurable : c'était la preuve que les revivers qui optaient pour les ressuscitations privées n'étaient pas motivés par le seul appât du gain.

Le fait de contribuer à ce que justice soit rendue prodiguait à Jonah un sentiment d'utilité et une profonde satisfaction quant à la façon dont il utilisait son don. Il était commun parmi les revivers du FRS de sous-estimer le travail de leurs homologues du secteur privé. La vérité était que les morts qui intéressaient Jonah et ses collègues ne représentaient qu'une infime minorité des décès. Ces morts-là, pour la plupart, étaient inattendues. Pour la plupart aussi, c'étaient de véritables tragédies.

Les ressuscitations privées aidaient les gens à faire leur deuil. Les assurances-ressuscitation standard n'offraient pourtant que de faibles garanties : la crème de la crème des revivers était destinée aux plus riches, tandis que le reste de la société payait à prix d'or les services de soi-disant spécialistes dont le taux de réussite n'avoisinait parfois que 10 % pour les cas les plus faciles. Le plus mauvais des revivers du FRS se devait d'être classé D3, avec un taux de réussite de 85 % pour des cas simples.

Régulièrement, des revivers quittaient le domaine de la médecine légale pour travailler dans le privé, reconversion logique pour des revivers confrontés systématiquement à des morts atroces. Jonah ne partageait pas le mépris de beaucoup de ses collègues vis-à-vis d'un tel choix : il comprenait parfaitement que certains puissent être tentés par les salaires du secteur privé, mais il savait également qu'un tel choix n'était jamais motivé que par l'appât du gain ou la diminution du stress.

Plus d'une fois, Jonah avait envisagé d'échanger la satisfaction de rendre la justice contre celle d'aider les proches en deuil – ce qu'Eleanor Preston avait considéré comme sa vocation. Dans un cas tel que celui de Nikki Wood, il était en mesure d'obtenir les deux.

Nala s'approcha des époux Wood et s'assit à leur table. Tous deux avaient les yeux rougis et semblaient amaigris, comme si la perte de leur fille les avait littéralement rongés. Julie Wood portait une chemise de nuit sous sa robe de chambre, et était chaussée de sandales. Graham, lui, était vêtu d'un vieux T-shirt, d'un bas de jogging et d'une paire de baskets.

Jonah demeura debout, conscient qu'il devait contaminer le moins possible sa tenue protectrice. À côté de Nala, il se sentait particulièrement gauche.

« Voici le reviver. Il s'appelle Jonah. » La voix de Nala était douce, pleine de compassion. Julie Wood prit la parole en premier, s'adressant directement à Jonah.

« Merci. Merci de nous permettre de parler à notre fille. Nous voulons simplement lui dire au revoir. » Sa voix était désincarnée, défaite. Graham Wood acquiesça en silence, visage impassible, regard perdu.

Jonah s'accroupit afin de les mettre plus à l'aise. « Je vais tout d'abord interroger Nikki. Vous resterez dehors pendant ce temps-là. La durée de la ressuscitation est toujours difficile à estimer mais si, une fois l'interrogatoire terminé, j'estime que Nikki est en mesure de le supporter, je vous ferai entrer. Soyez rapides, et précautionneux. Faites attention où vous marchez. Je transmettrai vos questions à Nikki : elle ne pourra pas vous entendre directement. Vous pourrez ou la voir sur écran, dans la pièce voisine, ou être à ses côtés, dans le salon. Savez-vous déjà ce qui vous plairait le plus ? »

Le couple échangea un regard.

« À ses côtés, s'il vous plaît », répondit Julie Wood. À l'aide d'un mouchoir, elle sécha ses yeux.

« Très bien. On vous fournira une combinaison protectrice comme la mienne. Surtout, ne touchez à rien. Et réfléchissez bien à ce que vous voulez dire à votre fille. Faites court, et simple. Lorsque vous en aurez terminé, dites-lui bonne nuit. Les enfants préfèrent « bonne nuit » à « au revoir ». Et quand je vous le demanderai, sortez. Avez-vous bien compris ? » Ils acquiescèrent. « Je ne peux qu'insister sur ce point : ce sera très difficile. Si vous sentez que vous n'en avez pas la force, faites-le savoir immédiatement à Nala. Inutile d'avoir honte. Vous devez bien être conscients qu'il y a des chances pour que nous ne puissions pas terminer l'interrogatoire avant la fin de la ressuscitation. Auquel cas je lui transmettrai un message de votre part, alors réfléchissez bien à ce que vous... »

Julie Wood l'interrompit, les joues à nouveau ruisselantes de larmes : « Dites-lui que nous l'aimons. »

Jonah approuva à son tour. C'était toujours le message que choisissaient les parents des défunts. Et en fin de compte, qu'y avait-il d'autre à dire ?

CHAPITRE 6

NEVER GEARY AVAIT INSTALLÉ SA CONSOLE de commande dans un coin de la salle à manger. Un PC portable contrôlait tout; un autre portable posé à côté servait de console de secours, et l'on pouvait passer de l'un à l'autre en un clin d'œil si besoin était. Les deux écrans présentaient la même image : une rangée de fenêtres retransmettant les plans des caméras. Dans celle du milieu, le visage de Nikki apparaissait de face, silencieux et immobile. Pour l'instant.

Les deux portables reposaient sur une petite table pliante, et Never était assis sur un tabouret de camping. Les années passant, jamais il n'avait trouvé plus confortable.

« Sympa, le tabouret », commenta Bob Crenner en entrant dans la pièce.

Tout sourire, Never désigna l'une des caisses noires que Johnson et lui avaient sorties de la voiture. « J'en ai un en rab si ça vous dit.

– Ça ira, je vais rester debout.

– Comme vous voulez. L'inspecteur Johnson nous avait promis une foule de spectateurs, dit Never en considérant la pièce quasi déserte.

– Il y a ce que les gens veulent, et il y a ce que les gens obtiennent, répondit Crenner. On sera en effectifs resserrés : officier en charge de l'enquête, et officier chargé de la coordination de la ressuscitation. Personne d'autre. » En l'espèce, Crenner et Johnson. « À moins que Jonah donne le feu vert aux parents. Vous êtes au courant ? »

Never acquiesça. Jonah avait brièvement passé la tête dans l'encadrement de la porte pour l'informer des derniers développements, et cette complication supplémentaire avait un peu contrarié Never. Hors de question, cependant, de le laisser entendre à Bob Crenner. « Ouais, ça ne devrait pas poser de problèmes. » Effectivement, tout se passait bien en général, mais Never se crispait toujours lorsque des parents faisaient leur entrée sur la scène d'un crime. En particulier quand ils piétinaient ses câbles. Personne ne s'était jamais pris les pieds dedans, personne n'avait jamais renversé une caméra. Mais il serrait les dents à chaque fois.

Après l'avoir averti, Jonah était parti se conditionner. Never connaissait la chanson. Dans les derniers instants précédant l'intervention, Jonah paniquait, parfois au point de vomir en dépit des cachets qu'il ingurgitait. Ça ressemblait à s'y méprendre à du trac, mais Never trouvait assez pertinent de se vider l'estomac *avant*, à un moment où les vomissements ne pouvaient poser problème.

L'inspecteur Johnson arriva un instant plus tard. Pâle et anxieux, Jonah lui emboîtait le pas.

« Comment ça va ? lança Never.

– Je suis prêt, répondit Jonah. Les parents attendent sous la tente, en compagnie de Nala George. »

Johnson tenait un radio-émetteur. Il le secoua. « Si Jonah donne son accord, je les préviendrai.

– Parfait, décréta Crenner avant de se tourner vers Jonah. Une fois que vous l'aurez ramenée, on commence par son témoignage. Les questions de base, et après on joue à l'oreille. Il y a néanmoins un petit souci... »

Jonah acquiesça. « La théorie des sévices ? Ray m'en a parlé. Il m'a également dit que vous n'y croyiez pas.

– Effectivement, mais la possibilité a été évoquée, et les éléments en notre possession nous obligent à en tenir compte. On va devoir faire avec. Mais en douceur.

– Comptez sur moi.

– Bonne chance, Jonah. Vous êtes prêt, Never ?

– Deux petites secondes. »

Jonah, Crenner et Johnson se turent, les yeux rivés sur les écrans de Never, où était figé le visage de l'enfant mort. Le silence n'était troublé que par les doigts de Never qui pianotaient sur le clavier, apportant la touche finale aux préparatifs. Puis même ce son finit par cesser.

« C'est bon », conclut Never.

L'oreillette de Jonah se trouvait sur la table de Never. Sans un mot, Jonah s'en saisit et quitta la pièce en refermant la porte derrière lui. Un instant après, on le vit entrer sur l'image grand angle. Il referma également la porte du salon, s'avança précautionneusement vers le corps de Nikki Wood et s'agenouilla à son côté.

Songeant aux parents de la victime, il rabattit les pans du haut de son pyjama sur sa poitrine. Certains boutons avaient été arrachés lors de l'intervention des ambulanciers mais il en restait assez pour refermer le haut.

Ses mains expertes palpèrent la gorge de la petite fille afin de déterminer le degré de la rigidité cadavérique. Elle était bien présente, mais pas au point de poser problème. Il ôta le gant de sa main droite et mit son oreillette en place, avant de regarder l'objectif de la caméra qui se trouvait devant lui. Le flot d'adrénaline n'arrangeait rien à sa nausée. Il inspira et expira longuement jusqu'à ce que le calme revienne.

« Je suis prêt », annonça-t-il. La diode rouge de la caméra passa au vert. « Ressuscitation du sujet Nikki Wood, reviver en charge : J.P. Miller. »

*

Jonah commençait à souffrir du genou gauche. Il décida de changer de position. Pressé contre le tapis, son genou droit resta à sa place, mais il leva la jambe gauche afin de s'appuyer sur son pied. C'était plus confortable ainsi, et il lui serait plus facile de réagir.

Ou de fuir.

Il eut un sourire amer en prenant conscience de ce qu'il avait en tête. C'était sa première ressuscitation depuis Alice Decker. Peut-être s'agissait-il d'une réaction naturelle.

Auprès de la conseillère du FRS, il avait exprimé ses doutes quant à sa façon de gérer sa prochaine intervention : il se demandait si la terreur absolue qu'il avait éprouvée ressurgirait en cas de difficulté, s'il allait perdre à nouveau la face en s'enfuyant. À présent qu'il tenait la main de cette petite fille morte dans la sienne, les réponses allaient lui être données.

Une partie de lui voulait croire que l'entité qui s'était adressée à lui par le biais du cadavre d'Alice Decker n'était qu'une simple hallucination. Mais une autre partie se rassurait en considérant que si cette entité revenait, Never serait cette fois-ci témoin du phénomène. Réconfort tout relatif, sans doute, mais qui lui procura le courage dont il avait besoin pour s'acquitter de sa tâche.

Jonah se détendit et changea à nouveau de position.

Il observait le corps, scrutait le visage. La blessure était quasi invisible : seule la tache maculant le tapis sous la tête témoignait de son existence. L'expression de la face était impassible. Jonah considéra les cheveux, châtain foncé, coupés court.

Aux murs du salon, plusieurs portraits de famille étaient accrochés. Sur l'une des photos, on voyait les deux parents. Sur une autre, Nikki, leur fille unique. Et sur une troisième, Nikki encore, vêtue de l'uniforme de son école, les cheveux longs, souriante, le regard plein de vie. Jonah se retourna et contempla les yeux morts qui lui faisaient face. Où qu'elle puisse se trouver, il allait devoir retrouver cette vie.

Il ralentit sa respiration et ferma les yeux. Les bruits du salon faiblissaient : il venait d'atteindre un nouvel état de conscience.

Ce qu'il fit alors fut assez simple, assez naturel, en somme. Mais cette chose si simple, atteindre un mort, dans quelque vaste espace au-delà de ce qui l'entourait, soulevait à elle seule des questions sur la nature même de cet espace, sur la nature de ce qu'on entendait par « atteindre », et ces questions demeuraient sans réponses. En fin de compte, tout se résumait à cela : atteindre, et ramener.

Jonah prit soudain conscience de la présence de Nikki. Il eut tout juste le temps de se préparer, avant de se sentir tiré puissamment vers l'avant. Il se trouvait à présent *dans* le cadavre, il en éprouvait chaque fibre, ressentait les premiers signes de décomposition, et jusqu'au minuscule caillot de sang dans le cerveau de la fillette, ce caillot qui avait fini par la tuer.

C'était le premier stade de la ressuscitation : l'*inversion*. Sentir les lésions qui avaient conduit à la mort ; sentir la dégradation qui s'en était suivie. Le reviver entrait dans la victime, et la mort l'entourait. À partir de là, pour aller plus loin, il devait *accepter*. Laisser la mort l'emplir, l'*engloutir*. Lorsque la victime revenait, le reviver sentait que la mort et la souffrance la quittaient. Plus le cas était délicat (lésions graves, putréfaction avancée), plus cela prenait de temps, et plus le processus d'inversion était insupportable.

Jonah eut l'impression de changer de position mentale. Il sentait à présent ce cadavre comme s'il s'agissait de son propre corps. Comme s'il était mort et qu'il gisait là, sur ce tapis. La légère odeur de putréfaction se dissipait à mesure que le processus de dégradation s'inversait et que les muscles se ravivaient. Jonah sentit le caillot se dissoudre, les tissus se rejoindre. La plaie se refermait.

Dix minutes : il n'en fallut pas plus avant que l'inversion soit terminée. Jonah se prépara alors à la deuxième phase : la *déferlante*.

La déferlante était l'instant qui précédait le retour de la victime : un flot d'images, de bruits et d'émotions – comme si la victime *hurlait* son existence au reviver. Tout ce que celui-ci pouvait faire, quelle que soit la violence de cette phase, c'était de l'endurer, sachant que s'il vomissait ou rompait le processus de quelque manière, il lui faudrait tout recommencer depuis le début.

Après une première tentative de ressuscitation, le temps jouait plus que jamais contre l'intervenant. Le reviver était souvent affaibli, et ses chances de réussite s'en voyaient diminuées. Il fallait effectuer une autre tentative dans les deux heures, idéalement avec un autre reviver. Toute ressuscitation devenait impossible au-delà de ce délai.

Parce qu'on ne pouvait jamais prévoir son intensité, Jonah avait une peur panique de la déferlante. Tout dépendait du sujet. L'indignation, la surprise, la colère, la peur : toutes les émotions ayant accompagné sa mort se trouvaient démultipliées. On pouvait s'attendre à quelque chose de simple, et tomber sur quelque chose de beaucoup trop massif à gérer. Trop, et trop vite. C'était une sensation horrible, une chevauchée infernale qu'on ne pouvait se permettre d'interrompre. Et, au moment précis où cela s'arrêtait, il fallait être prêt à parler au sujet.

Une image s'imposa soudain à lui : celle d'un clair ciel d'été, longtemps auparavant. Il se raidit, dans l'expectative. Une autre image arriva : des herbes hautes, une plage, une odeur d'océan.

C'est alors que la déferlante surgit, le submergeant d'un coup. De la douleur, d'abord. De la colère aussi, mais écrasée sous le poids du chagrin. De la confusion, également : la déferlante enflait en un maelström d'images, de bruits et de sensations, elle le compressait, le malmenait. Il traversait l'esprit de la petite fille comme une flèche, et la sensation de vitesse lui soulevait l'estomac. *Pas si mal*, se dit-il comme en prière, *pas si mal cette fois* – et il tint bon, tandis que la déferlante formait une crête, et retombait.

Il se rendit compte qu'il retenait sa respiration. Il expira, inspira profondément.

Puis il rouvrit les yeux : il était toujours accroupi à côté du cadavre de Nikki Wood. Il avait réussi.

« Elle est ici », déclara Jonah à la caméra. Le cadavre de Nikki inspira tranquillement : rien de dramatique, comme avec Alice Decker, rien qu'un soupçon de bruits spongieux. Jonah ne sentait qu'elle – aucune autre présence. Brièvement, il grimaça et chassa cette pensée de son esprit. L'interrogatoire pouvait commencer.

« Je m'appelle Jonah Miller, Nikki. Est-ce que tu m'entends ? »

Une réponse instantanée, d'une douceur à briser le cœur. « Oui.

– Est-ce que tu sais où tu es ?

– Je suis morte. »

Pendant un bref instant, Jonah fut pris de court par la franchise de Nikki. Souvent, les enfants acceptaient l'idée de la mort plus facilement que les adultes : leur évaluation de la situation était immédiate, sans déni ni faux-fuyants.

« Exactement, Nikki. Et je dois te poser quelques questions sur la façon dont tu es morte. Tu comprends ?

– Comme Mamie Mo. » Sa grand-mère. La ressuscitation mentionnée par ses parents.

« Oui, Nikki. Comme Mamie Mo. Est-ce que je peux te poser quelques questions ?

– Oui. Maman est là ?

– Tu pourras lui parler une fois que tu auras répondu aux questions. Je te le promets. » Promesse qu'il ne pourrait peut-être pas tenir.

« D'accord. »

Il sentit sa déception. « Raconte-moi ce qui s'est passé. Pourquoi es-tu descendue ?

– J'étais en train de dormir. Sûrement à cause de mon somnambulisme. J'aime pas ça, je voudrais tellement que ça s'arrête… » Elle s'interrompit. Jonah attendit dix secondes.

« Nikki ? », dit-il. Nikki reprit sa respiration.

« Je me suis réveillée debout dans le salon. Il y avait un monsieur qui fouillait les tiroirs de la commode. Il faisait noir, et il avait une lampe torche. Il ne regardait même pas ce qu'il y avait dans les tiroirs. Il les ouvrait, et il jetait tout ce qu'il y avait dedans par terre. Et puis il retournait aussi le tiroir pour tout renverser par terre. Et puis comme ça avec tous les tiroirs. J'ai eu peur. Il était tellement silencieux, je comprenais pas pourquoi. J'ai reculé. »

L'enfant se tut alors. Jonah sentait que c'était la peur qui la bloquait, la peur des évènements qui avaient suivi.

Il décida de faire preuve d'un peu plus de fermeté, sans pour autant la brusquer. « Je t'en prie, Nikki. Continue. » Quelques secondes passèrent avant qu'elle inspire à nouveau.

« Il m'a entendue. Je ne savais pas quoi faire. Il a braqué sa torche sur moi et il a dit qu'il tuerait mes parents si je faisais du bruit. Il m'a dit de rester dans le coin du salon et de lui tourner le dos. J'ai fait comme il disait. Je l'ai entendu retourner un autre tiroir. J'étais en train de pleurer. J'ai essayé de ne pas faire du bruit et j'ai regardé par-dessus mon épaule. Il avait trouvé la boîte à bijoux de ma mère. Je ne voulais pas qu'il la vole. C'était la boîte de Mamie Mo. Maman l'aime beaucoup. »

Elle se tut à nouveau.

« Tu t'en sors très bien, Nikki. On en a presque terminé.

– Je lui ai dit de la remettre à sa place, que c'était important. Il m'a dit de me taire. Je pleurais. Il m'a dit d'arrêter, et ça m'a fait pleurer encore plus. Il s'est approché de moi, j'ai eu peur et j'ai essayé de m'enfuir. Il m'a attrapée, j'ai crié mais il a plaqué sa main sur ma bouche. J'ai donné des coups de pied et il m'a jetée devant lui. Je me suis cogné très fort la tête contre le mur. »

Jonah entendit Crenner chuchoter quelque chose à Ray Johnson : « Pas d'arme, donc. Peut-être quelque chose sur le mur. »

Nikki poursuivait. « J'ai eu mal à la tête, et puis ça s'est arrêté. Je me suis sentie très fatiguée. J'avais envie de m'asseoir, alors je suis allée m'asseoir sur le sofa. Il était en train de me regarder. Il m'a dit de rester là où j'étais et de fermer les yeux et de pas faire de bruit ou il me battrait encore une fois. De toute façon, je n'arrivais pas à parler. Il est passé derrière moi et s'est remis à ouvrir des tiroirs et à les vider. Il est sorti du salon, j'ai entendu des bruits mais je ne sais pas ce qu'il faisait. J'ai essayé de me lever mais je suis tombée. Je suis restée par terre. Et puis il est revenu. »

Bob Crenner prit la parole : « Demandez-lui combien de temps il est resté hors du salon. »

Jonah relaya la question, et Nikki répondit : « Quelques minutes. Il a braqué sa lampe torche sur moi. Il m'a demandé si j'arrivais à l'entendre. Il avait l'air inquiet, je crois pas qu'il avait compris que je m'étais vraiment fait mal. Il arrêtait pas de dire des gros mots. Je respirais plus beaucoup. Il était terrifié. Il a voulu partir, mais il avait oublié la boîte à bijoux, alors il est revenu la prendre. Il m'a regardée encore une fois. Je crois qu'il s'est dirigé vers la porte. J'ai entendu du verre qui se brisait, et après la porte qui s'ouvrait. »

Elle se tut. Dix secondes passèrent.

« Nikki ? » Rien. Jonah attendit encore.

« Elle est partie ? demanda Crenner d'un ton pressant. Il nous faut une description du type. Est-ce qu'elle est partie ? »

Jonah hocha la tête à l'attention de la caméra. Elle était toujours là, et sa présence était très forte. Elle se reposait un peu. Jonah savait quand pousser son sujet, et quand le laisser reprendre son souffle. Il patienta quelques instants supplémentaires avant de la relancer.

« Que s'est-il passé, ensuite. Nikki ?

– J'ai entendu une voix. C'était mon père. »

Crenner émit une nouvelle suggestion : « Demandez-lui d'où venait la voix. » Jonah comprit, et posa la question à Nikki.

« D'en haut, à l'étage. C'était maman et papa qui parlaient. J'ai entendu la porte de leur chambre s'ouvrir et puis j'ai entendu le monsieur sortir à toute vitesse, en claquant la porte derrière lui. Papa a descendu l'escalier très vite, et j'avais peur que le monsieur revienne pour lui faire du mal à lui aussi. Papa répétait "Il y a quelqu'un ?", il était en colère, et il avait peur. Il s'est arrêté et a répété encore sa question, je pense qu'il voulait faire peur au cambrioleur mais il était déjà parti. Papa a allumé la lumière. Maman a demandé ce qui se passait. Il n'a pas répondu, il me regardait. Il est arrivé, avec la vieille canne de Mamie Mo dans les mains. Il m'a vue, et je voulais lui dire que le monsieur était parti, que j'allais bien, même si j'y croyais pas. Il s'est mis à pleurer. Il a crié pour appeler maman. Il m'a dit de m'accrocher, et il a fait très noir. Je crois que c'est là que je suis morte. »

Regardant de nouveau la caméra, Jonah lui adressa un ferme acquiescement. Elle disait la vérité, aucun doute là-dessus, et tout avait été enregistré. Une vague de soulagement l'envahit.

« Bien joué, fit la voix de Never dans son oreillette.

– Oui, bien joué, ajouta celle de Crenner. Maintenant, tâchons de réunir autant d'éléments que possible. N'importe quel signe particulier. Tout ce dont elle peut se souvenir concernant cet homme. »

À présent qu'ils en savaient assez pour disculper le père, Jonah se demanda combien de temps Crenner prolongerait l'interrogatoire. La présence de Nikki était toujours forte, mais le temps leur manquait. Il n'avait qu'une hâte : permettre à la petite fille de parler à ses parents.

« Nikki, j'ai encore quelques questions, et ensuite, tu pourras parler à tes parents, d'accord ? » Cette phrase était autant adressée à la petite qu'à Crenner. Si l'interrogatoire s'éternisait, l'inspecteur risquait de priver Nikki de sa dernière chance de dire à ses parents qu'elle les aimait.

« D'accord. »

Crenner guida l'interrogatoire. « Commencez par ses vêtements. Puis sa voix. Et pour finir, tout ce dont elle peut se souvenir », dit-il.

« Est-ce que tu peux me dire quel genre d'habits portait ce monsieur, Nikki ? demanda Jonah.

– Je crois qu'il avait un jean. Un blouson marron. Mais il faisait très sombre, et il avait une torche, je n'ai vu que ses jambes et ses pieds. Je crois qu'il avait des gants noirs. Et une écharpe qui cachait le bas de son visage.

– Peux-tu me décrire l'écharpe, ou des parties de son visage ?

– Je sais pas. J'ai rien vu. Peut-être qu'il avait une casquette, mais il faisait tellement noir. Où est maman ? » Nikki Wood commençait à s'impatienter, et la peur grandissait en elle. La peur que Jonah lui ait menti en lui disant qu'elle parlerait à ses parents.

« Elle arrive, Nikki. Ton papa aussi. » Il regarda l'objectif de la caméra et acquiesça encore, espérant que ce simple geste serait compris. Il entendit Crenner contacter Johnson.

« O.K., O.K. Tu peux nous les envoyer. Mais Jonah, il nous faut quelque chose d'autre. N'importe quoi. Sa voix, peut-être ?

– Nikki, insista Jonah, quelques petites questions avant que tes parents arrivent. Est-ce que tu peux me décrire la voix du monsieur ? Il avait un accent ? Une façon particulière de parler ?

– Il avait une grosse voix mais pas très bien faite. »

Jonah observa un court instant pour tenter de comprendre sa phrase. « Tu veux dire qu'il faisait la grosse voix mais que ce n'était pas naturel ?

– Oui. La première fois qu'il a dit quelque chose, il avait une voix normale, et après il a fait la grosse voix.

– La première fois qu'il t'a dit quelque chose, est-ce que tu as reconnu sa voix ? Est-ce qu'elle t'était familière ?

– Non. »

Les secondes s'écoulaient ; ils allaient manquer de temps.

Crenner intervint : « Les parents viennent d'arriver. Demandez-lui si elle se souvient de quoi que ce soit d'inhabituel. N'importe quoi. Après, c'est vous qui décidez. Si vous pensez qu'elle peut nous en apprendre plus, faites-la parler.

– Une toute dernière chose, Nikki. Est-ce que tu te rappelles quoi que ce soit qui pourrait nous aider à l'attraper ? »

Nikki demeura silencieuse pendant presque vingt secondes. Jonah se raidit. Il entendit la porte de la maison s'ouvrir, les parents de Nikki et Nala George entrer en chuchotant.

« Il toussait, répondit enfin Nikki. Il arrêtait pas de tousser. » Et elle se tut à nouveau. Jonah lui laissa quelques instants de répit. Il entendit Crenner jurer. Jonah partageait sa frustration, mais son instinct lui disait que la fillette n'avait plus rien à leur offrir, et il se fiait toujours à son instinct : ils n'obtiendraient rien de plus.

Jonah regarda la caméra.

« C'est tout ce qu'elle sait, lâcha-t-il, abattu. Elle est toujours là, mais plus pour très longtemps. »

Crenner observa une courte pause, puis posa au couple Wood la question de rigueur : « Êtes-vous prêts à parler à votre fille ? »

Jonah entendit la réponse du père de Nikki : « Oui, je vous en supplie, oui. »

Jonah sourit à l'enfant. « Nikki, ta mère et ton père sont ici. Tu veux leur parler ? » Lui aussi devait obtenir une ultime confirmation.

« Oui, répondit Nikki Wood. Merci. »

*

Lorsque les parents en eurent fini, Jonah relâcha la petite fille. Elle était heureuse, à présent, et prête : c'était dans cet état d'esprit que Jonah aimait laisser partir ses sujets. Elle disparut, et les épaules de Jonah se détendirent. Il se releva, tremblant, soudain, et faible – il mit cela sur le compte de son manque chronique de sommeil. Il s'accroupit pour se concentrer sur sa respiration, mais la nausée le tenaillait. Il éprouvait un léger mal de tête et pria pour qu'il ne se transforme pas en migraine. De nouveau debout, il se dirigea vers le vestibule, comme à tâtons. Les parents se tenaient sur le pas de la porte et s'entretenaient avec Crenner. Johnson, qui était resté dans la salle à manger en compagnie de Never, aperçut le visage livide de Jonah. Il le rejoignit dans le vestibule.

« Vous avez une tête pas possible.

– Les toilettes. Ou un seau.

– Venez », répliqua Johnson en l'aidant à sortir de la maison.

La foule s'était clairsemée mais cette sortie impromptue attira l'attention des badauds. Johnson traîna Jonah deux maisons plus loin sur le perron où se tenait un couple de personnes âgées.

« On a besoin de vos toilettes », les informa Johnson sans marquer le pas. En voyant Jonah, ils s'abstinrent de répondre et reculèrent pour les laisser passer.

La simple vue de la cuvette déclencha la réaction souhaitée, et Jonah vomit un puissant jet de bile et de café. Johnson referma la porte des toilettes.

Pendant quelques minutes, Jonah se vida. Puis il ôta son gant gauche, le seul qui lui restait, le fourra dans sa poche, et ouvrit le robinet d'eau froide afin de se débarbouiller.

Il releva les yeux vers le miroir, presque étonné d'y voir son propre reflet. Un peu perdu, il ignora cette impression étrange et ouvrit la porte. Il était essoufflé, mais ses joues avaient retrouvé un peu de couleur.

« Besoin de prendre l'air », glissa-t-il à Johnson, et tous deux sortirent, non sans remercier les voisins serviables. Derrière la barrière du jardin, Nala George les attendait, visiblement inquiète. Arrivé à sa hauteur, Jonah sentit ses jambes se dérober, et dut s'accroupir pour tenter de maîtriser sa respiration.

« Désolé, expliqua-t-il. Ça nous tombe parfois dessus à la fin. » *Mais jamais aussi violemment*, pensa-t-il.

« Vous excusez pas, franchement, répliqua Johnson. C'était incroyable.

– Mes vomissements ? »

Ray Johnson éclata de rire. « Ce que vous avez fait. Vous l'avez ramenée, et le père est innocenté. J'ai comme l'impression que je vais devoir présenter des excuses.

– C'est clair, lança Nala George, un soupçon de colère dans les yeux. Et vous n'êtes pas le seul. » Elle se tourna vers Jonah, et toute trace de colère disparut. « Merci infiniment. »

Jonah releva la tête. « Ouais. Mais à part ça, on a que dalle. Un homme plus grand que Nikki, qui tousse, et qui est incapable de faire une grosse voix crédible. Affaire classée. » S'appuyant sur la barrière, il tenta de se relever. « Ça aurait pu mieux se passer.

– Vous vous en êtes quand même super bien tiré, dit Johnson.

– Pas assez bien, non. C'était une chouette gamine. » Il ressentait quelque chose qu'il était incapable de définir. Il se frotta le visage, grogna un peu, et glissa jusqu'à se retrouver assis par terre.

« Vous voulez que j'aille chercher Never ? demanda Johnson.

– Donnez-moi une minute, ça va aller. Et puis vous n'êtes pas censé vous trouver… »

Il s'interrompit : une image d'herbes hautes dans le sable s'était imposée à son esprit. Une forte odeur d'océan. La même que lors de la déferlante de Nikki. L'image s'imposait à tout son être : la mer à marée basse, tout au bout d'une longue grève de sable humide. Une voix criant un nom.

Nikki.

Il se retourna, et vit une vieille femme s'avancer lentement vers l'endroit où il était assis, sur le sable.

Mamie Mo, pensa tout de suite Jonah. Le fait qu'il l'ait reconnue de façon indubitable le rendit particulièrement perplexe.

Il grogna à nouveau.

Cela faisait un certain temps qu'il n'avait pas fait l'expérience de vestiges et pourtant, aucun doute, c'était bien de cela qu'il s'agissait. Des souvenirs morts, qui n'étaient pas les siens. Des reliquats d'images et de sensations dont il avait été bombardé durant la déferlante.

Il faut que je fasse changer ma prescription, pensa Jonah. Il entendit Nala George répéter sa question : « Ça va ? »

Jonah releva les yeux et tenta de dissimuler son trouble. « Je suis fatigué, rien de plus. » Il avait hâte de retrouver Never. Les vestiges n'étaient pas censés survenir aussi tôt. À sa connaissance, on n'en faisait les frais qu'au bout d'une journée, et ce n'était alors qu'une sorte de diaporama, déprimant certes, mais inoffensif en définitive.

Et puis il y avait autre chose aussi : ce sentiment indéfinissable. Jonah se sentait distant. Flottant, pour ainsi dire.

Une nouvelle vague. La même image. La grand-mère était toute proche, à présent.

« *Comment va ta jambe, mamie ?*

– *Ça peut aller, ma chérie.* » Jonah fut frappé par la curieuse familiarité de la réponse. Frappé par la chaleur qu'il ressentit en entendant la voix de la vieille femme, ainsi que par le singulier détachement qu'il éprouva en rouvrant les yeux.

Le mal de tête empirait. *Ce ne sont que des images*, se dit-il. *De simples souvenirs parasites.*

Il se releva en s'appuyant de tout son poids sur la barrière. Cette complication inattendue le rendait furieux – certainement aussi furieux que Sam Deering le serait contre Never et lui.

Julie et Graham Wood venaient de sortir de chez eux et la foule se massait de nouveau. Jonah avança. Le désir de voir Never l'emportait sur le dégoût qu'il éprouvait à l'idée de devoir passer parmi ces gens. Son ami était certainement toujours dans la maison, occupé à démonter l'équipement. Il chancela.

« Hé, doucement, vous feriez peut-être mieux de vous reposer encore un peu », lança Johnson en lui emboîtant le pas. Nala George les suivait, légèrement en retrait.

« Il faut que je parle à Never », lança Jonah en passant sous la bande jaune qui délimitait le périmètre interdit. Sur le trottoir, Julie et Graham Wood s'entretenaient avec Crenner. Ils semblaient réellement soulagés : la valeur thérapeutique de la ressuscitation ne faisait aucun doute.

En les voyant, Jonah fut pris de panique, une panique qu'il ne parvenait pas à analyser. Il aurait voulu passer devant eux sans s'arrêter, mais Julie Wood l'arrêta.

« Je tenais à vous remercier en personne », dit-elle à voix basse.

Jonah acquiesça. « C'est très gentil, mais je dois... »

Il la contourna, pour se retrouver nez à nez avec son époux qui lui tendait la main.

« Désolé, je ne peux pas vous serrer la main, déclara Jonah en levant les siennes.

– Je voulais simplement que vous sachiez..., commença Graham Wood, un nœud dans la gorge l'empêchant de venir à bout de sa phrase. Je voulais simplement que vous sachiez à quel point nous vous sommes reconnaissants. »

Mais Jonah était incapable de se concentrer. Il ne désirait qu'une chose : entrer dans cette maison. Il interrompit le père de Nikki : « Veuillez m'excuser, mais il faut absolument que j'y aille. »

Il fit un pas, et entendit soudain un bruit. Il tendit l'oreille. Il savait que c'était important, mais il ignorait pourquoi. Julie et Graham le contemplèrent sans un mot.

« Où est Never ? », demanda Jonah d'une voix faible, regardant tout autour de lui sans rien voir. Il trébucha et resta un moment accroupi avant de se relever.

Johnson et Nala échangèrent un regard.

« Je vais chercher Geary, décida Johnson en se précipitant.

– Qu'est-ce qu'il a ? demanda Julie Wood. On peut l'aider ?

– Je n'en sais rien », répondit Nala.

Jonah observait les curieux qui se pressaient derrière les barrières. Il s'avança vers eux, et les murmures se turent à la vue de cette erreur de la nature. Nala s'avança et effleura son bras : un soupçon de frisson.

« Jonah, je vous en prie, entrez dans la tente. Il faut que vous vous asseyiez. Il faut vous reposer. » Il la repoussa. La foule était parfaitement silencieuse à présent, et Jonah sentait le poids de son regard.

Il était aussi décontenancé que ces gens. Il se sentait contraint malgré lui de trouver la source d'un son qu'il ne parvenait pas à entendre, le seul bruit audible se résumant désormais à la rumeur lointaine de la circulation. La sensation de distance croissait toujours : il avait l'impression d'être spectateur de ses propres actions.

C'est alors qu'il entendit. Un raclement de gorge. Ce que Nikki Wood avait voulu dire en expliquant qu'il toussait. Ce son lui était à présent familier et il était tout proche. Jonah fit un pas de côté et attendit. Nouveau raclement de gorge. Plus proche encore. Les visages qui lui faisaient face reflétaient un malaise palpable.

Il sentit une main se poser sur son épaule. C'était Never, inquiet.

« Rentrons à l'intérieur. Je t'en prie, viens avec moi. »

Jonah hocha la tête. L'impression de distance faiblit un court instant, et Jonah se pencha vers Never pour lui murmurer : « Quelque chose… il y a quelque chose dans ma tête… »

Une fois encore, le bruit se fit entendre. Jonah tourna brusquement la tête, et aperçut l'homme, tout au fond, caché en partie derrière un groupe de femmes et de jeunes enfants. Il posa les mains sur la barrière métallique et, ignorant les protestations de Never, l'enjamba, pour retomber lourdement de l'autre côté.

Les yeux écarquillés, les femmes le regardèrent avancer.

Il s'avança vers l'homme, qui l'observait désormais avec méfiance, et il baissa les yeux. L'individu portait de vieilles baskets usées. Jonah les scruta. Pourquoi s'intéressait-il à ces chaussures ? Il l'ignorait. Sur le côté extérieur de la basket gauche, les deux premières lettres du logo *Reebok* avaient disparu. Il se souvint des paroles de Nikki pendant la ressuscitation : *je n'ai vu que ses jambes et ses pieds.*

Elle n'avait pas décrit les baskets, mais Jonah les reconnaissait.

Toi, pensa-t-il. *Toi.*

Jonah se retourna vers Never, qui l'avait déjà rejoint. « Les chaussures, Never. C'est lui. Ce sont les mêmes chaussures. »

Jonah se retourna de nouveau pour regarder l'homme droit dans les yeux. Il y lut de la peur, et de la consternation. Une lueur de défi également : Jonah sentit la colère monter en lui, une rage sans limite dont il ne connaissait pas la source. Et cela le terrifia.

Les vertiges le reprirent, et la sensation de distance s'accrut. Il s'entendit parler, d'une voix faible, d'abord, hésitante. « Tu m'as tuée », dit-il à l'homme. L'individu recula d'un pas. Jonah sentit qu'il s'apprêtait à s'enfuir. « Tu m'as *tuée* », répéta-t-il d'une voix plus forte.

La foule observait, perplexe, son attention passant du reviver en combinaison à l'homme qu'il était en train d'accuser.

Soudain, l'homme fit volte-face pour s'enfuir à toutes jambes, mais Jonah fut plus rapide : il se jeta littéralement sur lui. Il était complètement perdu : il avait l'impression d'être un simple observateur, comme si ses actes ne lui appartenaient plus, il s'entendait crier encore et encore, sentit ses mains serrer quelque chose, dans un violent frisson, et comprit que c'était la gorge de l'homme.

Des bras le saisirent, tentèrent de l'arracher à l'homme, des gens criaient autour de lui, des voix qu'ils connaissaient : celles de Johnson, de Nala George, de Crenner et de Never.

Graham Wood, Julie Wood. *Papa*, entendit-il dans sa propre tête. *Maman*.

On parvint à l'arracher à sa victime, à le tenir à l'écart. La colère, peu à peu, s'estompait, et tout ce qui l'entourait avec. Lumière, couleurs et sons se résorbaient. Son regard croisa celui de Graham Wood, dont le visage n'était séparé du sien que de quelques centimètres. Stupéfait, il le maintenait toujours à l'écart alors que la lutte avait cessé.

Jonah entendit alors sa propre voix, avec la certitude absolue que ce n'était pas lui qui parlait : « Pardon. C'est lui, papa. C'est de sa faute. C'est lui qui m'a tuée. »

Et tout ne fut plus que ténèbres.

CHAPITRE 7

« C'EST LA PREMIÈRE FOIS QUE VOUS ALLEZ AUX STATES ? »

Annabel Harker fronça les sourcils et se maudit intérieurement. Elle avait passé son temps à regarder par le hublot les mécaniciens et les bagagistes faire leur boulot. La dernière chose qu'elle désirait, c'était d'avoir à converser avec un inconnu.

Elle avait pris le premier vol de la journée en partance de Heathrow. L'atterrissage était prévu aux alentours de 13 heures à l'aéroport international de Washington-Dulles. Avec le décalage horaire, il serait 18 heures pour son organisme. Elle aurait aimé suivre la petite routine qu'elle affectionnait en avion : avoir la paix, avancer un peu dans son travail, éviter de s'endormir. Ainsi, une fois que son père l'aurait conduite de Dulles jusque chez eux, il leur resterait encore pas mal de temps avant qu'elle s'écroule dans son vieux lit, sous le poster jaunissant de Leonardo DiCaprio.

Mais, jusqu'à présent, elle n'avait pas eu la paix qu'elle espérait.

Son froncement de sourcils se transforma comme par magie en un sourire poli, et elle se retourna. L'homme qui était assis à un siège d'elle approchait la cinquantaine et, malheureusement, il faisait son âge. À peine s'était-il assis à sa place, côté couloir, qu'il s'était mis à bavasser. Annabel occupait le siège côté hublot : celui du milieu était vide.

À chacune de ses phrases, Annabel avait répondu aussi brièvement que possible, en espérant qu'il comprendrait qu'elle n'avait nulle envie de discuter, mais une plus grande fermeté semblait s'imposer. Cela avait toujours été l'un de ses problèmes : elle avait hérité la politesse de sa mère, politesse dont, en tant que journaliste, elle se serait bien souvent passée. Néanmoins, elle avait également hérité sa beauté, ce qui compensait largement ces désagréments.

« Je suis née là-bas, répondit-elle, et j'y ai grandi. Je suis partie à 18 ans.

– Et comment ça se fait que vous n'avez pas l'accent américain ? Ça doit pas remonter à si longtemps ! »

Ce compliment maladroit la fit grimacer. « A dix ans, répondit-il.

– Eh ben vous savez quoi ? Maintenant que je le sais, j'entends un tout petit peu votre accent. Combien ça vous a pris pour le perdre ?

– Pas longtemps », répondit Annabel. Elle fit semblant de bâiller en fermant les yeux afin de donner l'impression qu'elle essayait de dormir. L'homme finit enfin par se taire.

En vérité, elle avait perdu son accent en à peine une semaine. Annabel avait quitté la maison de ses parents pour la *University College London* et s'était surprise en un rien de temps à parler comme sa mère. Cette dernière n'avait jamais perdu son doux accent anglais, et Annabel avait grandi avec. Était-il vraiment surprenant qu'elle l'ait adopté aussi vite, et aussi naturellement ? L'accent anglais avait cédé la place à son accent de Virginie lorsqu'elle était retournée pour la première fois chez ses parents, mais il avait repris ses droits sans tarder dès qu'elle était rentrée au Royaume-Uni. Au cours de la première année, il s'était imposé et s'était différencié de celui de sa mère, pour devenir son propre accent à elle.

Annabel savait qu'une fois de retour aux États-Unis, elle reprendrait l'accent américain. Ses collègues britanniques ne manqueraient pas de l'asticoter à ce sujet dès son retour, mais elle s'en moquait. Lorsqu'elle revoyait son père, elle s'efforçait toujours de parler avec l'accent américain afin que sa voix ne lui rappelle pas celle de sa mère. Elle savait pourtant que ces inflexions anglaises étaient loin d'être le seul point commun qu'elle avait avec sa mère. Bien que ses cheveux fussent du même châtain foncé que ceux de son père, et non blond roux comme ceux de sa mère, elle était quasiment son portrait craché.

Chaque retour aux États-Unis se doublait d'une certaine appréhension. Elle aimait tellement son père que chaque année qui passait rendait la séparation un peu plus douloureuse. Mais il restait intraitable : il tenait à passer cette épreuve dans la solitude. Les premiers jours étaient toujours difficiles : lui s'efforçait de sortir de son isolement, et elle essayait de pardonner ce qu'elle considérait comme un profond égoïsme.

La dernière fois qu'elle lui avait parlé remontait à douze jours. Le dernier e-mail qu'elle avait reçu de lui, en réponse au sien, où elle lui indiquait ses horaires de vol, remontait à dix jours. « Merci Annie bisous », avait-il simplement écrit, et c'étaient là les dernières nouvelles qu'elle avait reçues. Même leur dernière conversation avait été très brève : Annabel avait compris que son père était en train de traverser la phase la plus délicate de sa dépression annuelle et qu'il avait hâte qu'elle rentre. Ils avaient parlé du livre sur lequel il travaillait, et des problèmes qu'il lui posait, le tout en des termes très vagues : il n'aimait pas trop parler de ses livres avant de les avoir achevés. Il lui avait dit qu'il ne s'agissait pas d'un roman mais d'une enquête, et lui avait promis de lui expliquer le projet plus en détails à son arrivée.

Ce matin, elle l'avait appelé à neuf reprises avant de se mettre en route pour l'aéroport. Elle avait tenté sa chance pour la dernière fois une heure avant d'embarquer, et, sans surprise, elle était tombée sur sa boîte vocale et son annonce laconique.

Le fait qu'il ne réponde pas signifiait qu'il n'était toujours pas sorti de sa phase dépressive, contrairement à ce qu'elle pensait, et cela ne faisait qu'accroître la colère qu'elle ressentait à son encontre.

*

Elle arriva à Dulles à 13 h 15, heure locale, exténuée par le voyage.

En attendant ses bagages, elle sortit son téléphone de sa poche et le ralluma en espérant qu'il se connecte au réseau local. Ce fut le cas, et elle appela immédiatement son père sur son portable, pour tomber sur un message automatique l'informant que son téléphone avait été éteint. Elle tenta de le joindre chez lui et entendit une énième fois ce message qu'elle connaissait par cœur : « Vous êtes bien chez Daniel, merci de laisser un message.

– Salut, c’est Annabel, je viens d’atterrir. Décroche, papa. » Rien. « Allez... Papa ? » Puis, froidement : « T’as intérêt à être en route. » Elle raccrocha, et soupira.

Ayant récupéré ses bagages, elle s’acheta un Coca afin de se redonner un peu d’énergie, et trouva un siège libre au point rencontre de la zone des arrivées.

Durant la demi-heure qui suivit, elle rappela son père à cinq reprises. Et laissa, en guise de message, cinq variations de « Salut, c’est Annabel, je viens d’atterrir. Décroche. »

Elle attendit trente minutes supplémentaires avant de rappeler une énième fois. Elle avait du mal à dissimuler sa colère. « Papa, je vais prendre une voiture et j’arrive, dit-elle. On se voit dans deux heures. »

En dépit de sa fatigue, elle essaya de se concentrer. Les tâches terre-à-terre qu’elle devait accomplir pour louer une voiture lui firent oublier un moment son irritation. Très vite, elle se retrouva au volant d’une petite Renault. Très vite, elle se trouva sur l’autoroute US 29, sûre de son trajet. Il lui faudrait environ deux heures pour arriver chez son père, dans les environs de Charlottesville, et impossible de se changer les idées.

« Merde, Annie », dit-elle à voix haute. Au cours des sept dernières années, elle n’avait accompli ce trajet seule qu’une seule fois. Cela remontait à trois ans, lorsqu’elle avait décroché un poste de journaliste à *Metro*, le gratuit londonien. Elle avait retrouvé son père à moitié saoul : il avait cru qu’elle n’arriverait pas avant deux jours, et s’en voulait de cette confusion dans les dates. Elle lui avait crié dessus, pleurant des larmes de rage et de peur mêlées, et la situation ne s’était apaisée que peu avant son retour au Royaume-Uni. La perspective d’avoir à en repasser par ce genre d’épisode était loin de la réjouir.

Sans sommation, un camion se rabattit soudain sur sa voie, la tirant brusquement de ses pensées. Elle appuya sur son klaxon et le maintint enfoncé en évitant le véhicule.

Le trafic était fluide. Elle calquait sa vitesse sur celle des voitures les plus rapides et atteignit Charlottesville sans rencontrer le moindre embouteillage.

Ces séjours aux États-Unis offraient toujours un curieux mélange d'inconnu et d'éléments familiers. Elle insistait pour que son père vienne la chercher à l'aéroport : c'était pour eux un moyen de renouer contact sans chichis, et cela obligeait son père à redevenir sobre et à sortir de chez lui.

« Bientôt à la maison », se dit Annabel à voix haute. *Bizarre*, pensa-t-elle. *Ça redevient toujours « à la maison » quand je m'en rapproche.*

Ses parents avaient acheté leur maison grâce au succès du livre de son père, *La Première Reviver*, qui leur avait fait gagner plus d'argent qu'ils n'en avaient jamais eu. C'était une superbe demeure, située à l'extrémité sud du parc national de Shenandoah, un endroit que sa mère adorait. C'était elle qui avait trouvé la maison, elle en était tombée instantanément amoureuse. Alors âgée de 15 ans, Annabel avait eu le coup de foudre elle aussi. Il s'agissait d'une maison ancienne, pleine de caractère, nichée au milieu de cinq hectares boisés. L'emplacement isolé avait achevé de convaincre son père.

La maison était en effet loin de tout : le bâtiment le plus proche était une ferme qui se trouvait à une demi-heure de marche, et avait été revendue quatre ans auparavant. Son père s'était un jour vanté, avec une fierté déplacée, de n'avoir toujours pas croisé les nouveaux propriétaires.

Annabel sortit de Charlottesville. Un virage, et elle entra dans une sorte de tunnel végétal. La petite route était surmontée d'une voûte verte, faite de branches lourdes entrelacées, bordée d'énormes buissons taillés par les passages des camions qu'elle espérait ne pas croiser. La lumière filtrait entre les frondaisons épaisses et la jeune femme se sentit pleine de dépit : elle aurait adoré cette fin de trajet si elle ne s'était pas fait autant de souci pour son père.

Le chemin privé qui menait à la maison apparut, et Annabel s'y engagea. Elle aperçut la demeure entre les vieux chênes qui bordaient la route et, à sa grande surprise, sa poitrine se serra soudain. Elle n'avait éprouvé qu'une sourde irritation jusqu'alors, irritation qui avait fini par se muer en colère. Mais il y avait autre chose à présent. Une chose que sa colère avait masquée, mais qui devenait maintenant trop puissante pour qu'elle puisse l'ignorer.

De la peur.

Non, pensa-t-elle. *Pas toi. Pas maintenant.*

Elle se gara aussi vite qu'elle le put, se précipita vers la porte, et appuya sur le bouton de la sonnette. Elle compta mentalement jusqu'à dix et sonna de nouveau. Elle appela son père, puis fit le tour de la maison au pas de course, jetant un coup d'œil aux fenêtres. Rien.

Le double des clefs se trouvait sous un gros pot de fleurs près de la porte de derrière. Annabel refit le tour de la maison et ouvrit la porte principale.

« Papa ? appela-t-elle sans conviction. Papa ? » Silence complet. Laissant la porte ouverte, elle ouvrit celle du salon et resta pétrifiée. Une crainte dominait : celle de retrouver son père, immobile, froid et seul. Le salon était vide. La cuisine aussi. De la vaisselle propre sur l'égouttoir, des bouteilles de vin vides à côté de l'évier. Elle ouvrit le réfrigérateur. Quelques feuilles de salade noircies dans un saladier. Le lait avait tourné. L'odeur âcre lui fit réaliser quelque chose. Elle n'avait pas senti la moindre odeur en entrant. Cette pensée suffit à lui soulever le cœur.

Continue, se dit-elle en passant à la salle à manger puis à la salle de jeu, avec son billard et son énorme télé sur laquelle son père et elle avaient coutume de s'affronter, lorsqu'elle parvenait à le convaincre de jouer à un jeu vidéo.

L'étage, à présent. Son ancienne chambre, avec sa juxtaposition rassurante de couleurs et ses posters vieux de onze ans. Les deux chambres d'amis. Vides. La salle de bains, à l'instar des pièces du rez-de-chaussée, était légèrement en désordre, mais dans les limites de l'acceptable. La maison aurait bien besoin d'un coup de balai et d'aspirateur : où que son regard se posât, il y avait de la poussière.

La porte de la chambre de ses parents. Elle se prépara mentalement, posa sa main sur la poignée, et entra. Le lit était défait. Le panier à linge sale qui se trouvait dans un coin débordait. Mais il n'y avait personne. « Alors où peux-tu bien être ? », demanda Annabel à voix haute.

La dernière pièce était le bureau de son père. C'était là, en principe, que se trouvait son ordinateur. Daniel Harker n'avait pas de portable : il préférait rester enchaîné à son lieu de travail. Annabel comprenait son raisonnement. Pour elle, quitter les locaux du journal ne signifiait nullement arrêter de travailler : son boulot la suivait partout. La plupart du temps, elle considérait cela comme une liberté, mais il lui arrivait d'admettre que cela avait quelque chose d'oppressant.

Annabel espérait trouver une liste de ses contacts dans cette pièce : ainsi, elle pourrait appeler ses amis dès qu'elle se serait assurée que rien ne lui avait échappé – une note, par exemple, épinglée au mur ou tombée par terre. Peut-être ses e-mails lui révéleraient-ils quelque chose ? Elle pénétra dans la pièce et s'accroupit devant le bureau de bois de pin où se trouvaient le moniteur et le clavier. Elle tendit les doigts pour allumer la machine mais se figea soudain, stupéfaite. L'ordinateur n'était plus là : il ne restait que des câbles débranchés et les marques de la tour sur la moquette.

L'état du bureau était inhabituel : il n'y avait là que le moniteur, la lampe et la boîte à crayons. Elle releva les yeux, juste au-dessus du bureau, là où son père avait fixé une planche de liège qui disparaissait généralement sous une myriade de petits papiers – autant de notes pour son travail. Excepté quelques punaises, le liège était vierge.

Elle ouvrit les tiroirs. Plusieurs ramettes de feuilles A4 dans l'un, rien dans les autres. Son bureau avait été *vidé*. La peur qu'elle éprouvait commençait à se changer en panique. Quelque chose clochait terriblement. Et elle le savait depuis plusieurs heures.

Appelle la police, se dit-elle, mais cette simple suggestion la terrifiait plus encore. *Commence plutôt par appeler une de ses connaissances. Quelqu'un aura peut-être une idée de l'endroit où il se trouve.*

Elle descendit l'escalier à toute vitesse et attrapa le téléphone sans fil : le cadran scintillait, signe que des messages avaient été laissés. Bêtement, elle se dit que l'un d'eux était peut-être un message de son père. Elle étudia le combiné afin de déterminer comment on accédait à la boîte vocale, terrifiée à l'idée d'effacer les messages par mégarde. Elle finit par comprendre.

Il y avait quatorze messages. Tous émanaient d'elle. Faisant les cent pas, Annabel écouta sa propre voix, posée d'abord, puis de plus en plus furieuse.

Rien qu'elle ne sût déjà.

Poussant un juron, elle posa violemment le téléphone sur la table de la cuisine. Il tomba par terre, et ses piles se répandirent au sol. Main sur la bouche, Annabel s'agenouilla pour tout ramasser et remettre en place. Dieu merci, l'appareil fonctionnait encore.

Annabel sentait ses forces la quitter. Elle reposa le téléphone et se laissa lourdement tomber sur l'une des quatre chaises de bois. Tout tournait autour d'elle. Elle s'autorisa une courte pause et ferma les yeux en respirant à pleins poumons. Elle avait l'impression de chuter, de chuter sans fin. Le sol, ses mains, ses pensées, tout tourbillonnait et tremblait. De nouveau, elle se saisit du combiné et le reposa instantanément, comme s'il avait été chauffé à blanc. Le fait d'appeler la police cristalliserait tout, ferait de cette situation une *réalité*.

Où est-il ?

C'est alors qu'une pensée lui traversa l'esprit : sa voiture. Elle sortit de la maison en trombe. Elle n'avait pas la clef du garage mais il existait une fenêtre latérale, bordée d'aubépines et de houx. Elle se contorsionna, ignorant les griffures des massifs. À l'intérieur du garage se trouvait l'unique extravagance de sa mère, un Boxster Porsche rouge que son père avait gardé même s'il ne s'en servait jamais. Il avait toujours préféré les modèles sans prétention. À côté de la Porsche, la place où aurait dû se trouver sa Volvo était vide.

Des images de carcasse en flammes lui traversèrent l'esprit. *Allez, du nerf*, se dit-elle. Elle avait la force de sa mère : il n'était pas dans ses habitudes de se laisser aller. *Où que tu sois parti,* pensa-t-elle, *quelle que soit la raison qui t'a poussé à partir, sois prudent. Sois prudent afin que je puisse te crier dessus, te traiter de vieil égoïste de merde, et que tu puisses me serrer dans tes bras en t'excusant. Sois prudent, parce que je veux te pardonner.*

Il lui fallut plusieurs minutes pour se remettre. Une fois éloignée la menace de la crise de larmes, elle se rendit compte qu'elle mourait de soif. Elle prit un verre sur l'égouttoir, le rinça et, alors qu'elle le remplissait d'eau, aperçut quelque chose qui la pétrifia.

Sur le bord de la fenêtre, juste au-dessus de l'évier, entre le pot de basilic mourant et un cactus de Pâques, se trouvait l'alliance de son père. Il l'avait retirée pour faire la vaisselle, mais ne l'avait pas remise.

Il ne l'aurait jamais laissée là comme ça, pensa Annabel. Il l'avait perdue une fois, un an après la disparition de sa mère, et cette perte, bien que de courte durée, l'avait anéanti. Il l'avait finalement retrouvée dans le range-pièces de sa voiture. Depuis cet épisode, il ne la retirait que pour prendre une douche ou faire la vaisselle.

Il ne l'aurait jamais laissée là. Annabel s'en saisit, les doigts tremblants. Il ne l'aurait jamais laissée là, pour quelque raison que ce soit.

« Bon sang, papa, où est-ce que tu peux bien être ? », dit-elle à haute voix. La peur la saisit à la gorge et les sanglots la submergèrent.

CHAPITRE 8

« Eh bien ! fit une voix. Ça fait plaisir de vous voir réveillé. »

Jonah regarda sur sa droite, désorienté. La voix était celle d'une infirmière qui lui souriait. Il regarda autour de lui : une chambre de clinique. Un léger bruit de circulation perçait à travers les stores vénitiens de l'unique fenêtre. Jonah ressentait une impression de déjà-vu qu'il ne parvenait pas à définir. Il avait déjà fait un séjour à l'hôpital lors de sa dépression nerveuse, mais ce n'était pas ça.

L'infirmière saisit la planche de données médicales accrochée au pied du lit et y consigna quelque chose. « Comment vous sentez-vous ? », demanda-elle sans relever les yeux.

Jonah voulut parler, mais dut s'éclaircir la gorge d'abord. « J'en sais trop rien. » Il s'efforçait de saisir tout élément susceptible de clarifier le contexte. N'importe quel souvenir aurait fait l'affaire. Mais la seule image qui lui revenait en mémoire était celle d'une plage sous un ciel bleu. « Que s'est-il passé ? Je ne me souviens plus pourquoi je suis ici. »

L'infirmière lui adressa un regard compatissant et éluda la question. « Je vais prévenir le docteur Connelly. Il viendra vous expliquer tout ça dès que possible. Vous avez faim ? »

Un souvenir lui revint soudain : il vomissait dans des toilettes qui ne lui étaient pas familières. « Non », répondit-il, tâchant de s'accrocher à ce souvenir et de le prolonger pour découvrir ce qui s'était passé.

L'infirmière acquiesça en reposant la planche. « Bon. N'hésitez pas à sonner si vous avez besoin de quoi que ce soit. »

Elle sortit, et Jonah tenta de s'asseoir. Il ressentait une pression désagréable au niveau du bras. On lui avait posé une perfusion.

Jonah se concentra de toutes ses forces. L'affaire Nikki Wood lui revenait par bribes. Le puzzle était incomplet, mais il était dans de beaux draps, aucun doute. Se rappelant qu'il avait attaqué un homme, il fut parcouru d'un frisson. Qu'est-ce qui avait bien pu le pousser à faire ça ?

Des vestiges. Des vestiges qui l'avaient complètement déboussolé. Il y avait autre chose aussi, quelque chose d'important, mais les détails lui échappaient encore.

« Merde. » D'abord, les illusions et les hallucinations de l'affaire Alice Decker. Et, à présent, un cas de vestiges et une crise de paranoïa aiguë. Il s'en était pris à quelqu'un. Assurément, Sam ordonnerait sa mise à pied. Ses semaines d'arrêt forcé allaient se transformer en mois.

Jonah soupira.

La sensation de déjà-vu qu'il avait éprouvée à son réveil ressurgit, et il s'efforça d'en déterminer l'origine. Soudain, il comprit : un jour, tout juste âgé de 14 ans, il s'était réveillé seul dans une chambre de clinique, totalement désorienté et traumatisé par l'accident. La première personne à entrer dans sa chambre avait été son beau-père : tout lui était alors revenu en mémoire, le plongeant dans une horreur panique.

De nouveau, il frissonna. Ce n'étaient pas des souvenirs agréables. L'espace d'une seconde, il s'attendit à ce que son beau-père fasse de nouveau irruption, avec ce visage froid, tiraillé entre le devoir et la révulsion – cette colère contenue au côté de laquelle Jonah avait vécu durant les quatre années qui avaient suivi.

Le lendemain de son réveil, Jonah avait reçu la visite d'un autre homme, le docteur Deering. Il l'avait d'emblée trouvé sympathique, et un peu nerveux aussi. Longtemps après, Sam lui avait avoué que l'ensemble des responsables de Baseline s'était refilé la patate chaude. Sam avait été le seul à accepter la tâche peu enviable de lui parler.

« Je ne suis pas venu seul, avait annoncé le docteur Deering. Cela ne vous ennuie pas ? »

Jonah avait hoché la tête. D'un geste, le docteur Deering avait alors fait entrer un jeune homme assez beau, au sourire incertain. Sur ses talons, une femme aux cheveux auburn coupés court et aux yeux fauves dont Jonah avait le plus grand mal à détacher son regard.

« Voici Will Barlow, déclara le docteur Deering. Et voici Tess Neil. Ce sont des revivers. Avez-vous déjà entendu parler de la ressuscitation, Jonah ? »

Jonah le considéra et haussa un sourcil. Le monde entier savait ce qu'était la ressuscitation, et il avait passé ces dernières vingt-quatre heures à ne penser qu'à ça. Il sourit nerveusement aux nouveaux venus. Tess Neil lui rendit son sourire. Will Barlow ne lui en rendit que la moitié.

« Je peux vous serrer la main ? », lui demanda-t-il dans la foulée. Jonah n'avait encore qu'une conception assez floue du frisson : il en avait appris l'existence en lisant des articles sur la ressuscitation mais l'idée qu'il s'en était faite était celle d'une sensation assez discrète, une sorte de picotement. Il ne se passerait pas longtemps avant qu'il en découvre l'étendue et prenne l'habitude d'éviter tout contact physique, mais à cet instant, intrigué, Jonah tendit simplement la main et serra celle de Will Barlow. Il n'y avait pas de frissons entre revivers : juste une sensation indéfinissable, comme une reconnaissance mutuelle.

Will Barlow se tourna vers le docteur Deering en acquiesçant. « Très puissant », dit-il.

Du haut de ses 14 ans, Jonah avait observé Will Barlow et s'était demandé pourquoi il lui était spontanément antipathique. Peut-être ce sourire incertain ? Non, s'était-il dit, autre chose. Il s'agissait de cette arrogance dans son regard, soigneusement dissimulée. Pire encore : de la cruauté.

Puis Jonah avait porté son regard sur Tess Neil qui lui souriait toujours et, pour la première fois depuis le décès de sa mère, il avait entrevu un rayon d'espoir.

*

La porte de la chambre s'ouvrit. Un médecin grand et mince fit son entrée et referma derrière lui avant de saisir la planche de données médicales.

« Bonjour, Jonah. Je suis le docteur Connelly. Heureux que vous soyez à nouveau parmi nous. J'ai bien peur qu'on m'ait demandé de ne rien vous révéler de votre état en détails. Le docteur Deering tient à vous parler seul à seul. Il est en chemin. »

Connelly jeta un coup d'œil aux courbes et releva les yeux. « On va pouvoir vous enlever la perfusion. »

Le regard de Jonah s'attachait aux mains du docteur : il ne portait pas de gants. Le médecin le surprit. « Ne vous inquiétez pas, Jonah. Il ne nous a pas fallu longtemps avant de découvrir qui dans notre équipe était sensible au… frisson, c'est bien ça ? » Jonah acquiesça, et Connelly sourit. « On peut accomplir certaines choses avec des gants épais mais, pour d'autres, il faut un maximum de sensibilité tactile.

– Avant que je remarque ce cathéter, fit Jonah, il ne me posait aucun problème mais, maintenant je le sens constamment au creux de mon bras. »

Le docteur sourit à nouveau : « On va s'en occuper tout de suite. »

Jonah détourna les yeux pendant que le médecin retirait la perfusion. Puis il lui posa une question qu'il avait à la bouche depuis son réveil. « Depuis combien de temps suis-je ici ? »

Le sourire du docteur Connelly s'effaça. « Comment vous sentez-vous ? Reposé ?

– Pour être honnête, oui. J'ai un peu mal partout, mais oui.

– Tant mieux. Cela fait deux jours que vous êtes inconscient. Lorsqu'on vous a pris en charge, on s'est demandé si vous n'étiez pas dans le coma. Mais il s'est avéré qu'il ne s'agissait que d'une fatigue extrême. Vous êtes le plus gros dormeur que j'aie jamais rencontré. » Connelly se pencha vers lui, souriant à nouveau. « Vous étiez fatigué, tout simplement. »

Jonah poussa un rire nerveux. « J'étais fatigué. Soit. » Clairement, le docteur ignorait tout du reste de l'histoire. À commencer par l'agression du quidam. « Alors on est, euh… lundi, c'est ça ?

– Dimanche. On m'a dit que vous n'aviez pas faim mais j'aimerais vraiment que vous fassiez un effort pour avaler quelque chose. Physiologiquement, rien ne vous en empêche. Au contraire, même. Comment puis-je espérer vous convaincre ? »

Jonah s'apprêtait à décliner à nouveau mais son estomac parla à sa place : un puissant gargouillement se fit entendre. Le sourire du médecin s'élargit. « Fort bien. Je vais vous faire servir quelque chose. Le docteur Deering m'a fait savoir qu'il serait là dans une heure », ajouta le médecin avant de laisser Jonah seul avec ses pensées.

*

Et ses pensées le ramenèrent à l'époque où on lui avait enfin permis de rejoindre Baseline. Après la visite de Sam, Will et Tess, il avait pu en visiter les locaux à plusieurs reprises. Au cours de ces mois, il s'était habitué au trajet de deux heures qui le séparait de l'ensemble hétéroclite de bâtiments décrépis et d'immeubles flambant neufs, tous aussi gris et mornes les uns que les autres. Le but premier de Baseline à l'époque (l'étude du phénomène de ressuscitation, et de ce qui se trouvait au-delà de la mort) contrastait fortement avec l'aspect de cet endroit, maussade et mal entretenu. Jonah s'était attendu à un ensemble d'acier poli et de verre, et non à ce tas de béton usé.

Jonah ne rencontrait aucun reviver lors de ses visites. À cette époque, il était à fleur de peau. A l'école, et même si ses camarades ignoraient ce qui s'était vraiment passé, il se trouvait frappé d'ostracisme. Tous sentaient désormais qu'il était différent des autres. C'était à cause du frisson, dont l'intensité ne cessait de croître. Jonah tâchait d'éviter tout contact physique. Bien vite, il devint expert en la matière.

Un mois avant son dix-septième anniversaire, Jonah fut finalement convié à rejoindre Baseline en tant que reviver. Sa toute première ressuscitation, accidentelle, avait eu pour sujet sa propre mère : le souvenir de cette expérience était si profondément ancré en lui qu'il redoutait d'avoir à la revivre. Mais, dans le même temps, il désirait à tout prix en savoir plus sur ce pouvoir. Il voulait savoir ce qu'il était, et s'il fallait en passer à nouveau par là pour le découvrir, alors il n'y avait pas à hésiter.

Le matin même, Jonah fut présenté aux revivers. Le fait de serrer la main à autant de personnes, toutes intéressées par lui, se révéla un grand moment. Entouré d'une attention à laquelle il n'était pas accoutumé, il se mit à pleurer sans pouvoir s'arrêter, incapable d'expliquer pourquoi, cachant son visage dans ses mains. Quelqu'un finit par l'entraîner hors de la pièce afin qu'il se remette.

Il essuya ses larmes, et constata qu'il se trouvait dans une petite cuisine : une bouilloire, un évier, un four à micro-ondes et quelques chaises. Il tenait un mouchoir en tissu serré dans sa main. Il s'empressa de se moucher.

« Allez, dit une voix féminine. Fais sortir tout ça. Ça a dû être très difficile pour toi. »

Jonah releva les yeux : « Je n'ai pas trop l'habitude d'être entouré d'autant de personnes », bégaya-t-il en la reconnaissant. C'était Tess Neil. Il ne l'avait pas revue depuis sa visite à la clinique.

Tess acquiesça en souriant et Jonah se rendit alors compte à quel point elle était belle. Elle devait avoir autour de 25 ans.

Il lui rendit son sourire, et son imagination de jeune garçon de 16 ans s'enflamma aussitôt. De toutes ses forces, il tâcha de la dominer.

« Je m'appelle Tess, dit-elle en tendant la main. On s'est déjà rencontrés. »

Jonah lui serra la main. « Je m'en souviens. » À ce contact, il éprouva une douce sensation de chaleur, et le même sentiment de reconnaissance mutuelle que lorsqu'il avait serré celle de Will Barlow. Mais autre chose passait également. Comme un courant électrique. Et cela n'avait rien à voir avec le don de ressuscitation qu'ils partageaient.

Sans le vouloir, il avait les yeux rivés à ses lèvres.

Elle émit un petit rire bienveillant, avant de lâcher sa main pour l'inviter à s'asseoir. « Un café ? »

Jonah acquiesça, reniflant, finissant d'essuyer ses larmes. « Deux sucres, s'il vous plaît.

– Au fait, nous sommes tous au courant. Pour ce qui t'est arrivé... » Le regard de Jonah reflétait sa nervosité. « Pardon, je ne voulais pas dire ça comme ça. Sam nous a informés de ta venue et nous a raconté un peu ta vie. Tu es entouré d'amis, à présent. Tu vas te plaire, ici.

– J'espère. » Il se moucha à nouveau.

Tess prit deux tasses de café et en tendit une à Jonah, avant de s'asseoir à côté de lui. Il sentit son parfum, subtil, enivrant.

« Tu peux garder le mouchoir », dit Tess, toujours en souriant. Jonah rit, et se sentit plus à l'aise. « Alors, tu es vraiment sûr d'être prêt ?

– Je suppose que oui. Ça fait assez longtemps qu'on me briefe. Il faudra juste que je fasse attention aux crises de sanglots. » Avec un sourire nerveux, il avala une gorgée de café.

« Le truc le plus bizarre, c'est que j'ai insisté pour être accepté. Et maintenant que c'est fait, je ne sais plus très bien quoi en penser. Je pense que je tenais absolument à travailler ici pour avoir la sensation d'appartenir à un groupe. C'est plutôt bête, hein ?

– Pas du tout. »

Il lui adressa un autre sourire, penaud. « Comment ils vous ont trouvée, vous ?

– La plupart des revivers ont été découverts lors de campagnes menées par Baseline. Personnellement, je savais. Certaines choses me frappaient dans le livre d'Eleanor Preston, des choses qui ne touchaient pas les autres lecteurs. Je crois que c'est vrai pour bon nombre d'entre nous. Je me suis présentée ici parce que je savais ce que j'étais. D'autres étaient venus pour l'argent. Un à un, ils ont été examinés et ils sont repartis, déçus. Du lot, il n'est plus resté que moi. »

De nouveau, Jonah regardait sa bouche. Il eut envie de l'embrasser. Il se sentit idiot, s'efforça de réprimer les sentiments qui s'emparaient de lui.

Tess poursuivait : « On m'a fait entrer dans une pièce. Will était en charge des premiers tests, ceux qui avaient trait au frisson. C'est un type très sympa, notre meilleur reviver. Et il le sait ! » Elle éclata de rire. Jonah était contrarié qu'elle ait qualifié Will Barlow de « type très sympa », mais il passa outre. « Tous ceux qui m'avaient précédée avaient éprouvé le frisson. Quand je suis entrée, Will a simplement dit : "Aucun doute, vous êtes des nôtres." Avant même de me serrer la main. Comme ça, comme s'il n'avait même pas besoin de vérifier. Je ne connais personne qui puisse déceler ça avec une telle facilité. On s'est quand même serré la main et là... j'ai été définitivement fixée. »

Jonah sourit, et acquiesça à nouveau. Il se moucha encore, trop conscient du bruit humide qu'il produisait, ainsi que de l'état de son mouchoir, totalement imbibé. « Vous aviez peur ? demanda-t-il.

– C'est naturel, d'avoir peur. »

Jonah approuva sans rien dire. De nouveau, il sentait les larmes monter.

Tess Neil passa un bras autour de ses épaules et lui sourit. « Tout va bien se passer, Jonah. On sera là pour te soutenir. »

La chaleur de ce sourire submergea Jonah. Elle le porta pendant le reste de la journée et le reste de la semaine, tandis qu'il apprenait ce qu'on lui enseignait et regardait les morts revenir brièvement à ce qu'il fallait bien appeler la vie.

*

Sam Deering entra dans la chambre alors que Jonah finissait le dîner que le docteur Connelly lui avait fait porter.

« Hé », lança Sam en arborant un large sourire de soulagement.

Jonah releva les yeux, la bouche pleine de dessert, et s'empressa d'avaler. « Rien de tel qu'une glace vanille aux morceaux de cookie pour se remettre d'un simili-coma. »

Sam tira une chaise et s'assit. « Comment tu te sens ?

– Je suis désolé. J'ai merdé. »

Sam fronça les sourcils. « Tu m'étonnes, que tu as merdé. Ce que je n'arrive surtout pas à comprendre, c'est que tu te sois occupé de cette affaire après ce que je t'avais dit. Jason aurait pu s'en charger. Ça a été la seule intervention de toute la journée.

– Tu n'as pas été trop dur avec Never, au moins ? C'est moi qui l'ai poussé à le faire.

– Je dois dire que ça m'a beaucoup déçu, Jonah. Je lui avais demandé de veiller sur toi pour une raison précise. Je te connais, ajouta Sam en lui tapotant le bras, tu ne sais jamais ce qui est bon pour toi. »

Jonah baissa la voix. « L'homme que j'ai agressé... Est-ce qu'il a porté plainte, ou quelque chose dans ce goût-là ? »

Sam détourna les yeux. « Après qu'on vous a séparés, Bob Crenner a pris le type à part pour lui parler un peu.

– Pour le convaincre de ne pas porter plainte ?

– Non. Pour lui parler de Nikki Wood. À ton avis, qu'est-ce qu'il s'est passé, Jonah ? De quoi te souviens-tu, au juste ?

– C'est assez nébuleux... Des bribes par-ci par-là. » Il se creusa la tête un moment. Quelque chose d'important lui échappait, quelque chose qu'il sentait à portée de main, mais qui lui glissait encore entre les doigts. « Je... Je crois que j'ai souffert de vestiges. Je me suis laissé emporter.

– C'était bien trop tôt pour que ce soient des vestiges, Jonah. Tu venais à peine d'achever la ressuscitation.

– Qu'est-ce que ça pouvait bien être, alors ?

– Tu as cru reconnaître ses chaussures. C'était ce que tu hurlais. Tu sais pourquoi ?

– Je ne m'en souviens pas. Pas précisément, en tout cas. J'ai vraiment eu l'impression que c'étaient des vestiges, Sam. Ce truc m'a submergé... » Il se tut un instant. « Ça n'explique pas l'agression.

– Je crois qu'il s'est passé la même chose qu'avec Alice Decker, Jonah. Des hallucinations, une fatigue extrême. Tous les symptômes d'une dépression.

– Alors… cet homme va porter plainte ? »

Sam secoua la tête. « Bob a suivi son intuition. Il a interrogé le type. Ils ont examiné ses chaussures. Ils ont retrouvé des particules de verre dessus, qui correspondent à la vitre brisée sur les lieux du crime. »

Jonah regardait fixement Sam. « Et ?

– L'homme a avoué. Il a amené Crenner jusqu'à l'endroit où il avait caché les bijoux dérobés. »

Jonah fut pris de vertiges. « Qu'est-ce que ça veut dire ?

– Tu as dû voir ces chaussures au cours de la déferlante, voilà tout. »

Soudain, Jonah se souvint de quelque chose : « Nikki n'avait pas vu son visage, et n'avait fait aucune mention de ses chaussures au cours de la ressuscitation. C'était nécessairement un vestige de souvenir, Sam. Qu'est-ce que ça pourrait bien être d'autre ? »

Les choses ne semblaient pas s'arranger.

« Il n'existe aucun cas de vestiges survenant aussi tôt. »

Jonah savait ce qui l'attendait : une mise à pied d'un mois avec prise en charge psychologique et une nouvelle batterie d'examens, au terme de laquelle le dosage de ses médicaments serait revu. « J'ai reconnu les chaussures, murmura-t-il alors que d'autres détails lui revenaient en mémoire. Son enrouement, d'abord, ses chaussures ensuite. Et ce n'était pas qu'un simple souvenir, Sam, c'était beaucoup plus violent, comme une sorte de… »

Jonah se souvint soudain pleinement de ce qu'il avait éprouvé lorsqu'il s'en était pris à cet homme. Il regarda Sam droit dans les yeux, et se rappela l'étrange sensation qu'il avait éprouvée – celle de se trouver hors de soi, simple spectateur. Il ne pouvait pas se l'expliquer, mais Nikki Wood était restée en lui. Les souvenirs, les images qui s'étaient imposés à lui ne correspondaient pas à de quelconques « vestiges ». Nikki Wood avait été bel et bien présente, et pire encore : elle avait pris le contrôle de son corps. Elle avait oublié, pour les chaussures. Mais elle s'en était souvenue lorsqu'elle les avait revues.

« Jonah ? » L'expression de Sam ne promettait rien qui vaille. Jonah risquait déjà d'attendre plusieurs semaines sa prochaine ressuscitation. Combien en plus s'il lui révélait la vérité ?

Lui serait-il seulement permis de retravailler en tant que reviver au sein du FRS ?

« Je crois qu'il faut que je voie à nouveau Jennifer Earley.

– Il faut surtout que tu prennes du repos, que tu te retapes un peu. Essaye de ne plus penser à tout ça. Tu peux t'occuper de la cession de formation à mi-temps, mais je veux que tu restes à l'hôpital jusqu'à demain. Je t'ai pris un rendez-vous avec Stephanie Graves ce vendredi. Elle est ce qui s'approche le plus d'une spécialiste des vestiges : s'il existe la moindre chance pour que ce soit bien ce que tu as éprouvé, alors nous devons nous pencher très sérieusement sur le sujet.

– Ses services coûtent cher, commenta Jonah dans un sourire.

– Elle va bien s'occuper de toi. Et tu pourras lui dire tout ce dont tu n'oses pas me parler. »

Jonah se sentit rougir. Sam lisait en lui comme dans un livre ouvert.

Sam poursuivit : « C'est à elle seule que reviendra le droit de te déclarer apte à reprendre du service. Je pars dans une semaine et demie, et il est hors de question que Hugo te laisse reprendre les ressuscitations sans l'accord de Stephanie.

– Sam, je…

– Ça n'est pas négociable, Jonah. Tu as prouvé que tu ne savais pas t'occuper de toi-même tout seul. Tu vas donc rester ici cette nuit. Je n'ai pas encore prévenu Never que tu t'étais réveillé. Il m'aurait pris de vitesse. Il pourra te rendre visite demain et te ramener chez toi par la même occasion.

– J'ai hâte de partir d'ici, répliqua Jonah avant d'ajouter : Sam ?

– Oui ? »

Une partie de Jonah voulait lui dire la vérité. La partie de lui qui était terrifiée, terrifiée par la certitude que ce n'était pas lui qui s'en était pris à l'homme, mais bien Nikki Wood.

« Non, rien », dit-il finalement. Sam lui aurait répondu qu'il s'agissait d'une simple hallucination. Jonah savait que c'était bien plus que cela.

Une fois seul, Jonah se rallongea et repensa à son avant-dernière ressuscitation, celle d'Alice Decker. Quel était le fin mot de tout ça ?

CHAPITRE 9

Le matin venu, il se réveilla avec dans la tête le bruit persistant qui l'avait taraudé, jusqu'à le tirer de son sommeil. Des sons aigus, brefs et familiers. Il finit par ouvrir les yeux.

« Il était temps que tu te réveilles », lança Never, assis à sa gauche. Jonah tourna la tête : Never Geary était en train de jouer à une mini-console de jeux, source des bruits aigus. Never appuya sur le bouton « pause », releva les yeux et afficha un large sourire en apercevant la mine déconfite de Jonah. Il tendit la main pour se saisir d'un petit drapeau américain qu'il secoua. « Joyeux 4-Juillet. Comment ça va, aujourd'hui ? »

Jonah s'assit dans son lit et réfléchit sérieusement à sa réponse. « Je crois que ça va. Je suis peut-être fou à lier, mais ça va. Tu as parlé à Sam ?

– Il m'a dit que Bob et Ray avaient mis la main sur le coupable. Il m'a dit aussi que tu avais dû voir quelque chose durant la déferlante, juste assez pour reconnaître le type. Ta crise serait due au stress de la ressuscitation allié à ton surmenage chronique. Ça tient plutôt la route.

– Je ne... », commença Jonah avant de s'interrompre pour ne pas mettre Never dans une position délicate. « Oui, ça tient la route. Sam m'interdit de réaliser des ressuscitations tant que je n'aurai pas le feu vert de Stephanie Graves. »

À la mention de ce nom, Never haussa les sourcils. « O.K., parvint-il à répondre.

– Tout va bien se passer », reprit Jonah, soudain mal à l'aise : le fait que Never se trouve à court d'arguments était particulièrement déstabilisant. « Je préférerais ne plus parler de tout ça.

– Comme tu le sens, consentit Never. Écoute, euh... Bob Crenner nous invite à boire un verre après-demain soir, si tu te sens d'attaque. On se retrouve à mi-chemin de nos bureaux respectifs, dans un bar d'anciens flics, à Stafford. Il veut fêter la résolution de l'affaire, et il tient à ce que tu sois présent. »

Jonah grimaça : « Je ne crois pas que ce soit une très bonne idée.

– Oh, allez. On ne t'a pas interdit de boire. Je sais, j'ai demandé.

– Tu as demandé ?

– Histoire d'anticiper tes fausses excuses. Ton docteur a dit qu'une petite sortie te ferait le plus grand bien. Tu es autorisé à boire un verre, deux grand maximum. Et c'est moi qui conduirai.

– Ils vont passer la soirée à parler de l'affaire, Never. Ça ne m'enthousiasme pas plus que ça.

– Je vais quand même prendre ça pour un "oui". Tu as l'autorisation de rentrer chez toi dès midi. » Never secoua à nouveau le petit drapeau avant de le tendre à Jonah. « Des fois que tu aurais hâte de fêter l'Indépendance.

– Tout ce que je veux, c'est rentrer chez moi, fermer la porte à double tour et prendre une douche. Je te laisse les célébrations nationales.

– Je ferai de mon mieux. D'ici là, on a une heure à tuer. On joue un peu ? » De son sac posé à terre, Never tira une deuxième mini-console. Jonah reconnut la sienne.

« Tu es passé chez moi ?

– Exactement, répondit Never. Ton chat va bien, au fait. »

Jonah jura. Il avait complètement oublié son chat, Marmite. C'était Sam qui lui avait offert l'animal, après qu'il se fut remis de sa dépression deux ans auparavant. Au début, Jonah avait refusé de le garder, et Never en avait profité pour choisir son nom ridicule.

C'était surtout l'intention derrière le cadeau qui lui avait déplu : de toute évidence, le but de Sam était de pousser Jonah à se responsabiliser et à l'empêcher de réitérer son erreur. Mais, même ainsi, Jonah s'était vite attaché à Marmite. Le chat avait fait ses besoins sur les genoux de Never en ce tout premier jour : Jonah ne pouvait qu'aimer cette bestiole.

« Et ton lait était périmé, poursuivit Never. Et avec la chaleur, la vaisselle que tu avais laissée dans l'évier dégageait une drôle d'odeur. J'aurais pu laver tout ça, mais j'étais pressé : il fallait que je te prenne quelques vêtements. Bref. » Never lui tendit sa console. « À toi de choisir le jeu. »

*

Jonah devait bien le reconnaître : il était heureux de sortir en plein soleil. Le vent frais atténuait la chaleur féroce. Il était plus reposé que nécessaire et débordait à présent d'énergie.

Mais il avait envie de passer du temps seul. Never comprenait, et le fit monter dans un taxi en lui arrachant la promesse de l'appeler plus tard dans la journée pour lui donner de ses nouvelles.

En chemin, le taxi passa devant les bureaux du FRS. Son appartement se trouvait à dix minutes de marche : cette proximité était l'une des raisons pour lesquelles il avait jeté son dévolu dessus. L'intimité dont il y bénéficiait en était une autre : il habitait au cinquième et dernier étage, avec personne au-dessus de lui, et des voisins discrets.

Il grimpa les marches quatre à quatre jusqu'à sa porte et trouva un appartement singulièrement bien rangé.

Dans la cuisine, la vaisselle était étincelante, et il y avait une nouvelle bouteille de lait frais dans le réfrigérateur. « Parfois, Never Geary, vous me surprenez vraiment », marmonna Jonah en souriant.

Il jeta son sac sur le sofa, à côté de son chat endormi, et alluma la télévision, passant d'une célébration du 4-Juillet à l'autre. Cerveau débranché, il regarda bêtement les images.

*

Jonah et Never arrivèrent avec vingt minutes de retard dans le petit bar de Stafford. À en croire Never, Bob Crenner avait choisi cet endroit parce que l'un des propriétaires, un ancien inspecteur de Philadelphie, avait pour habitude lorsqu'il était saoul de servir des consommations à l'œil à ses confrères policiers. Jonah considéra les lieux et approuva le choix. C'était un bar calme.

Il aperçut Bob Crenner et sept autres personnes, dont Nala George, assise au bout des deux tables qu'ils avaient approchées l'une de l'autre. Crenner les salua d'un mouvement de la tête et Jonah répondit en agitant la main, avant de désigner le comptoir.

« Je m'en charge, dit Never. Va t'asseoir. » Son expression disait qu'il plaisantait. Never savait que Jonah n'aurait jamais osé s'asseoir seul parmi tant d'inconnus.

« Je vais attendre. »

Ils commandèrent, et le barman les informa que Bob Crenner leur offrait leurs consommations. Bière à la main, ils prirent place à côté de Crenner et Ray Johnson, à l'extrémité de la table la plus proche du comptoir.

« Jonah ! s'exclama Bob Crenner. Heureux que vous ayez pu venir.

– Never m'a dit que vous aviez organisé cette soirée rien que pour moi. »

Crenner esquissa un sourire narquois. « Je crois qu'il vous a eu, sur ce coup-là ! » Il leva son verre, et s'adressant aux autres personnes présentes, donna de la voix : « À Jonah. Du bon boulot. Santé ! »

Tous les autres levèrent leurs verres. Jonah se sentit rougir, et son sourire se crispa. À son plus grand soulagement, les conversations reprirent rapidement.

Bob Crenner fit tinter son verre contre celui de Jonah. « On s'est tous fait du souci pour vous. Je me suis dit que je vous devais au moins un verre pour ce que vous avez accompli.

– Aucun problème, Bob. Étrangler les badauds, ça fait partie du job. Une chance que ce soit tombé sur le bon type. »

Bob sourit. « La chance n'a rien à voir là-dedans. » Il baissa la voix. « Ça arrive souvent, ce genre de trucs ? »

Le reviver grimaça. « Pour moi, c'est une première. Et on m'a interdit momentanément de réaliser des ressuscitations. Surmenage.

– Ouais, intervint Ray Johnson. Me parlez pas de surmenage.

– Je crois que dans son cas, réplique Bob, c'est pas tout à fait la même chose. »

Jonah avala une gorgée de bière. « Je vous dois une fière chandelle. Si vous ne l'aviez pas interrogé...

– On serait passé à côté du meurtrier, vous auriez été accusé d'agression et on vous aurait suspendu, c'est ça ? » Jonah acquiesça en ricanant nerveusement et Bob Crenner éclata de rire. « Moi aussi, ça fait partie de mon boulot. Rien à voir avec un quelconque talent de médium. Vous auriez dû voir sa tête quand on a réussi à vous séparer. Ce mec suait la culpabilité. Il voulait voler les bijoux, en mettant tout sens dessus dessous sans réveiller personne, histoire de faire passer le tout pour un cambriolage au petit bonheur la chance. »

Ray Johnson intervint à nouveau, brûlant d'envie de tout révéler : « Pour Nikki, ça a été un accident. Il ne s'est rendu compte de la gravité de sa blessure qu'au moment où il s'apprêtait à partir. Il a brisé le carreau pour donner l'alarme. C'est vraiment abject : un minable foire son coup, et une petite fille meurt. » Ray observa une pause en hochant gravement la tête. « Bob a sous-entendu que le verre sur ses chaussures suffirait à l'inculper mais le mec était convaincu que son nom avait été cité au cours de la ressuscitation. On lui a dit qu'on ne pouvait rien lui révéler là-dessus. Ça l'a fait réfléchir, et il a dû penser que c'était sa dernière chance de tout avouer, d'expliquer clairement que c'était un accident. Il a mordu à l'hameçon. »

Jonah repensa à Nikki, à l'absurdité de sa disparition : sa mort n'était qu'une erreur grotesque, commise par un imbécile qui s'était littéralement donné à la police en essayant de la sauver – quoique trop tard.

« Il connaissait la famille ? demanda Never.

– Il habite dans la même rue, répondit Bob. Il les connaissait de vue. »

Jonah s'assura qu'il ne restait aucune trace de Nikki Wood dans son esprit. Rien à signaler. Il regarda Bob. « Quelles sont les charges retenues contre lui ?

– On pourrait l'accuser de cambriolage et d'homicide volontaire, mais je suppose qu'après tractations on arrivera à le faire plaider coupable d'homicide involontaire. »

Plongés dans leurs pensées, les quatre hommes observèrent un silence grave.

« Enfin bon, ça n'enlève rien à ce qui nous réunit ce soir, lança Bob Crenner. Santé. » Et il leva à nouveau son verre.

*

Jonah sirotait sa bière en écoutant Bob Crenner et ses collègues se raconter d'anciennes enquêtes. On ne reparla plus de l'affaire Nikki Wood, et il s'en félicita. Il ne voulait plus se retrouver sous les feux de la rampe : les coulisses lui convenaient parfaitement.

Après un passage aux toilettes, il retrouva Never qui l'attendait au comptoir, un Coca dans une main, une bière dans l'autre.

« Tu conduis, dit Jonah.

– Voilà pour toi, répliqua Never en lui tendant la bière. Je me suis dit qu'on ferait bien de rester encore un peu. Ça change, de ne pas te voir faire ta tête de couillon habituelle. »

Jonah sourit en acceptant le verre. « Qu'est-ce que dirait mon docteur ?

– Il confirmerait que tu as tendance à faire une tête de couillon. Au fait, Jonah... tu as bien remarqué la présence en ces lieux de la charmante mademoiselle George, n'est-ce pas ? »

Jonah comprit le sous-entendu et hocha la tête. « Peine perdue. La semaine dernière, elle a posé la main sur mon épaule et j'ai senti le frisson. Ma chemise et ma combinaison la protégeaient, elle n'a rien remarqué, moi si. C'était assez puissant.

– Désolé pour toi. Euh... ça t'embête pas si je... ?

– Si tu veux tenter ta chance, pas de problème. »

Sourire aux lèvres, Never tapota l'épaule de Jonah. « Ça, c'est ce qu'on appelle un ami. » Jonah ne répondit pas, mais il en avait autant à son service.

Lorsqu'ils se rassirent, Ray Johnson pointa du doigt le Coca de Never. « C'est vous qui conduisez ? »

Never éclata de rire en remarquant le jus d'orange de Johnson. « Exactement. J'ai l'impression d'avoir passé toute la journée derrière un volant. Une ressuscitation à Elizabeth City. Cinq heures de route aller-retour, plus deux heures sur place. Un suicide, apparemment. Un vieux riche retrouvé pendu dans les bois.

– Un vrai suicide ? », demanda Ray Johnson. Un suicide sur huit faisait l'objet d'une ressuscitation. L'idée était de dissuader les candidats potentiels ainsi que ceux tentés de déguiser un meurtre.

« Oh, ça, définitivement, répondit Never en lui lançant un regard las. Le type était vraiment en colère qu'on le réveille comme ça et il s'est montré tout sauf coopératif. Un vrai suicide, pas de doute.

– Mon dieu, dit Ray Johnson. Vous devez en avoir vu des belles, les mecs.

– Nikki Wood était votre deuxième ressuscitation, c'est ça ? », demanda Never.

Ray acquiesça : « La deuxième en tant qu'inspecteur. La troisième en tout. Un an avant que je sois promu au rang d'inspecteur, j'ai été le premier à arriver sur les lieux d'un homicide près du lac artificiel de Motts Run. On avait partiellement décapité la victime sur place pour éviter toute ressuscitation, mais le ou les coupables avaient été interrompus dans leur besogne. Il y avait du sang partout. J'ai assuré la surveillance de la scène de crime pendant que les mieux payés prenaient le relais de l'enquête. » Cette dernière remarque déclencha quelques grognements chez les autres inspecteurs assis à leur table. « J'ai causé avec l'officier de liaison dépêchée par le FRS afin d'évaluer la situation. Elle a jugé que ce serait sans doute peine perdue ; la suite lui a donné raison. J'ai assisté à la ressuscitation, et c'était franchement lugubre. Et puis tout ce sang. Un coup d'épée dans l'eau. Ils ont quand même réussi à identifier la victime. Ses assassins étaient tellement obnubilés par la nécessité de décapiter leur homme qu'ils avaient oublié de le fouiller. On a trouvé son permis de conduire dans une de ses poches. » Ray attendit que les rires se taisent. « Quatre jours après, j'ai appris qu'ils avaient appréhendé les meurtriers. Au final, ce sont ces traces de sang qui ont permis de les incriminer. Dieu merci, même ceux qui croient savoir comment s'y prendre se plantent. »

À l'autre bout de la table, Nala George adressa un signe de tête à Jonah et Never. « On vient de raconter nos histoires, à votre tour, tous les deux. Quelle est l'affaire la plus étrange que vous ayez eue ? »

Never et Jonah échangèrent un regard.

« Des suggestions ? demanda Jonah à son ami dans l'espoir de se défiler.

– Merde, mon pote. Tu as bossé à Baseline. Tu as dû en voir un paquet, de trucs bizarres. »

Les autres étaient visiblement impressionnés par cette mention de Baseline, et Jonah avait juste ce qu'il fallait d'alcool dans le sang. Mais que raconter ? De nombreuses ressuscitations l'avaient fortement marqué, à commencer par celle qu'il avait réalisée sans voir son sujet, en tendant le bras à travers la carcasse écrasée d'une voiture. Mais cette histoire-là était bien trop sinistre. Il fallait trouver autre chose. « O.K., O.K. Pour rester au chapitre décapitation, Ray. Au tout début, les chercheurs de Baseline ne savaient pas grand-chose, et ils devaient se contenter pour leurs recherches des corps qu'on voulait bien leur fournir. Mais lorsque les recherches en médecine légale ont pris leur envol, ils ont vraiment tout essayé. Une fois, j'ai dû ressusciter une *tête*. Rien qu'une tête, sans corps. » Il avala une gorgée de bière en considérant les mines dégoûtées. « Je me suis assis, et j'ai tendu la main. Mais comment m'y prendre ? Fallait-il attraper une oreille ? J'ai posé mes doigts sur la joue et je me suis concentré. » Jonah baissa la voix, affichant une mine aussi sérieuse que possible. Les autres, silencieux, avaient cessé de sourire. « Dans un silence absolu, tout le monde me regardait, prêts à voir les yeux de la tête sans corps s'ouvrir. Et au bout de cinq minutes… »

Il les fit mariner quelques secondes.

« Qu'est-ce qu'il s'est passé ? demanda Nala.

– J'ai éclaté de rire. Une crise de rire contagieuse. Toutes les personnes présentes se sont roulées par terre. Fin de la tentative de ressuscitation. »

Au milieu de l'hilarité générale, Ray Johnson s'immobilisa soudain en fronçant les sourcils : « C'est vraiment malsain. » Et il éclata à nouveau de rire.

« Comme Never l'a si bien dit, Baseline a mené des recherches très bizarres.

– Une autre ! », s'exclama Ray.

Jonah vida son verre et le leva : « Une histoire contre une bière, décréta-t-il.

– Adjugé ! répondit Ray.

– Autant vous prévenir tout de suite, intervint Never. D'habitude, ce type reste muet comme une carpe, mais si vous commencez à le faire boire, il n'y aura plus moyen de le faire taire. »

Ray partit chercher une bière au comptoir, et Jonah réfléchit à l'histoire suivante. La ressuscitation de Lyssa Underwood ferait l'affaire : un exemple supplémentaire des extrémités absurdes auxquelles les chercheurs de Baseline se trouvaient parfois réduits. Un verre dûment rempli à la main, il reprit : « On m'a demandé un jour de participer à un projet en cours sans me donner la moindre information quant à sa nature ; à l'époque, c'était chose courante. La plupart des revivers de Baseline n'étaient pas affectés en permanence à tel ou tel projet : il arrivait qu'on nous charge d'une mission de façon totalement impromptue. Quand je me suis présenté, j'ai vite réalisé que je ne connaissais personne dans l'équipe de recherche, et ces visages nouveaux m'ont mis d'emblée mal à l'aise. C'est alors que j'ai découvert le sujet de la ressuscitation. Une jeune femme, la vingtaine. Une rareté à Baseline, où on nous présentait plutôt des patients d'un certain âge qui, de leur vivant, avaient accepté de faire l'objet d'une ressuscitation en échange de meilleurs soins durant leurs derniers jours et d'un dédommagement conséquent versé à leur famille. Ce qui m'a véritablement foutu les jetons, c'était ce qui se trouvait *autour* du sujet.

« Son corps reposait sur un lit roulant, comme c'était l'usage. À côté de lui se trouvait une machine ressemblant à un appareil de dialyse : un liquide clair, légèrement bleu-vert, coulait dans des spirales transparentes et sortait par des tubes qui s'enfonçaient dans le cadavre au niveau du cou, des bras et de la poitrine. La machine émettait un faible vrombissement, ainsi qu'un autre bruit que je trouvais particulièrement irritant : un rythme régulier.

« La machine avait un pouls.

« On m'a expliqué que c'était pour conserver le corps. Réduire la rigidité, augmenter les chances de ressuscitation. Ils enlevaient tout le sang et ils le remplaçaient par un substitut de synthèse. Jusque-là, ils n'étaient arrivés à rien, mais il est vrai qu'ils n'avaient pas encore eu recours à mes talents. » Jonah afficha un large sourire, recueillant quelques rires gênés. « On s'y est mis, et le début a été assez... délicat. Mais j'ai fini par trouver le truc, et au final, ça a été un vrai jeu d'enfant : comme de remarquer la petite pancarte « pousser » sur une porte qu'on tire en vain. »

Jonah se souvint du moment où il avait senti la présence de Lyssa Underwood. Elle avait semblé distante, ce qui l'avait intrigué. « L'équipe travaillait avec une liste de questions : l'un des chercheurs prononçait un numéro, et je devais lire à haute voix la question correspondante. Dès le début, le sujet paraissait confus, horriblement seule. Ils ont dit « question 1 », et je lui ai demandé son nom. Tout ce qu'elle a réussi à me répondre, ça a été : *les villes brûlent*. Question 2, sa date de naissance. Et sa réponse : *l'ombre est arrivée*.

« À chaque question, elle répondait toujours la même chose. Les villes brûlent. L'ombre est arrivée. Il n'y avait aucune trace de faux-fuyant ou de mensonges là-dedans mais, de toute évidence, la malheureuse se trouvait dans un état de confusion déplorable. J'ai voulu lui demander si elle comprenait ce qui était en train d'arriver, mais les chercheurs m'ont ordonné de me cantonner aux questions rédigées.

« La question dont je me souviens le plus est la dernière. Je me suis demandé ce qui pouvait les pousser à poser une question pareille : *pourquoi avez-vous peur ?* Pendant un moment, elle est restée silencieuse. Puis elle a répondu : *les villes brûlent. L'ombre est arrivée. Tout meurt.* Après cela, les chercheurs ont mis un terme à la ressuscitation. Ils avaient l'air aussi perplexe que moi.

– Qu'est-ce qui a bien pu se passer ? », demanda Nala George.

Jonah la regarda, et prit conscience de son trouble.

« Il arrive que les sujets reviennent dans un état de confusion psychologique assez extrême. Aujourd'hui, je suis habitué à ce genre de cas mais comme je l'ai dit, à l'époque, les sujets de Baseline étaient quasiment tous des patients en phase terminale, préparés à la ressuscitation. Cette Lyssa Underwood n'avait probablement pas été préparée du tout. Les techniques de préservation de son corps avaient dû aggraver le processus de détérioration psychique, parce que dans son cas, c'était bien plus que de la simple confusion. Les réponses qu'elle m'a soumises ne voulaient rien dire. J'ignorais la finalité des recherches menées par cette équipe, mais il suffit de considérer les faits : vous avez tous dû remarquer qu'aucun reviver n'a recours à ces techniques de conservation. Je me rappelle parfaitement la solitude du sujet. Son profond isolement. Sa confusion totale. »

Jonah considéra les visages qui l'entouraient. Il n'était pas le seul à se sentir mal à l'aise. Soudain, il regretta d'avoir raconté cette histoire. Il l'avait choisie parce que c'était la plus effrayante, mais il aurait dû y regarder à deux fois. Elle était trop solennelle, trop sinistre : rien à voir avec ce que son auditoire désirait éprouver, le frisson bénin de l'histoire d'horreur racontée autour d'un feu de camp. Mais ce n'était pas la seule raison qui lui faisait regretter son choix. Cette ressuscitation lui rappelait une époque sombre, pleine d'agitation et de controverses, une époque dont il aurait préféré ne pas se souvenir. Mauvaise pioche.

Il posa les yeux sur Never. « À toi, dit-il. Quelque chose de plus amusant, j'espère. »

Ray intervint aussitôt : « Commençons par le commencement, Never[1]. C'est quoi, ce prénom ? C'est irlandais ? »

À cette question, Jonah et Never sourirent simultanément.

« C'est le nombre de fois où il la met en veilleuse, répondit Jonah.

– La ferme, rétorqua Never. Ne faites pas attention à lui. En vérité, c'est le nombre de fois où mon matos tombe en panne. » Ray et Nala échangèrent un bref regard avant d'éclater de rire. « Hé, ce n'est pas du tout ce que je voulais dire ! », s'exclama Never en regardant Jonah afin que celui-ci prenne sa défense.

Jonah se contenta de hausser les épaules. Never avait beau disposer d'une dizaine d'explications différentes pour son sobriquet, Jonah savait que celle qu'il venait d'évoquer était la bonne. Dans les premières années du FRS, Never n'était connu que sous son véritable nom, Rob Geary. L'équipe dont il faisait partie, chargée de mettre au point le système d'enregistrement des ressuscitations médico-légales, s'était vu attribuer un taux d'échec de 1/1 000. Rob Geary avait mené une campagne si

1. « Jamais » en anglais (N.d.T.).

farouche en faveur d'un taux d'échec de 0 qu'on avait fini par l'appeler « Never », « Jamais ».

« Raconte-leur plutôt une histoire, Never », proposa Jonah, et son ami se lança dans l'un de ses récits préférés.

Une fois qu'il en eut fini, d'autres prirent le relais, et il alla s'asseoir à côté de Nala George, manifestement fascinée par le sujet, et désireuse d'en apprendre plus. Jonah écoutait les autres, mais gardait un œil sur Never, lui souhaitant toute la chance du monde, tandis qu'il continuait à faire rire et trembler la jeune femme.

À 22 h 30, Ray se leva. « Désolé, les amis, il faut que j'y aille. Je reprends le service de bonne heure. »

Des grognements désapprobateurs s'élevèrent, et ceux qui avaient prévu de se faire raccompagner par Johnson rassemblèrent leurs affaires. Nala George était du nombre : Never attira discrètement l'attention de Jonah. Jonah haussa un sourcil interrogateur, auquel Never répondit par une moue impuissante. *Ça n'a rien donné.*

Nala se leva et fit le tour de la table. Elle s'arrêta face à Jonah et s'agenouilla. Jonah se raidit.

« Je tenais à vous remercier, dit-elle. La façon que vous avez eue de gérer les parents… ça les a vraiment aidés à traverser cette épreuve. » Elle désigna Never d'un hochement de tête. « Il m'a raconté comment certains de vos collègues s'en seraient chargés. Ça m'a fait froid dans le dos. Enfin bref, merci beaucoup. »

Never avait dû lui parler de Jason Shepperton ; Jonah espérait qu'il ne l'avait pas nommé. Il ouvrit la bouche pour répondre. Tout occupé à choisir ses mots, il n'anticipa pas le mouvement de Nala.

Never eut tout juste le temps de lever la main. « Non !... »

Nala George s'était approchée de Jonah pour l'embrasser sur la joue.

Un baiser d'amitié, une façon de dire sa gratitude. Le frisson qu'éprouva Jonah fut instantané, intense. Un froid absolu, la souillure de la mort. Brusquement, il rejeta la tête en arrière, et se retourna vers Nala. Celle-ci le fixait, horrifiée, les yeux écarquillés et gonflés de larmes. Jamais elle n'avait ressenti le frisson, et les sensations qu'elle venait d'éprouver avaient sans doute été plus puissantes encore que les siennes.

« Oh mon Dieu..., lâcha-t-elle. Je ne voulais pas... je ne savais pas que... »

Elle se mit à frotter machinalement ses lèvres sur le dos de sa main. Puis, devant l'expression dévastée de Jonah, elle se releva et recula.

Elle ne savait pas. À l'instar de beaucoup de personnes. Elle ignorait qu'il n'était pas nécessaire de toucher la main d'un reviver pour faire les frais d'un frisson. Et elle ne se doutait pas que l'expérience puisse être à ce point intense.

Ne sachant où poser son regard, Jonah baissa les yeux sur son verre. Toute la table faisait silence. Il se leva soudain et se rua droit vers la sortie, sans prêter attention à Never qui tentait de le retenir.

« Et merde », soupira Never. Il retint Ray Johnson par le bras et désigna Nala George. Affalée sur une chaise, les yeux rivés au plancher, la jeune femme se frottait les lèvres toutes les deux secondes. « Offrez-lui un petit remontant avant de reprendre la route, Ray. Elle en a bien besoin. » Puis il se tourna vers Bob Crenner. « Navré, Bob. Il faut que je file.

– Ça va aller ? », demanda Crenner en voyant la porte du bar se refermer derrière Jonah.

« Ne vous inquiétez pas pour lui. Ce sont les risques de la vie en société. Il a l'habitude. »

Never gagna rapidement la sortie, s'attendant à voir son ami enfiler la première rue venue. Mais Jonah se tenait là, devant le bar, si tendu qu'il en tremblait presque.

Ils rentrèrent en voiture sans se dire un mot. Lorsque Never se gara devant l'immeuble de Jonah, il posa la main sur son épaule.

« Tu n'y es pour rien », dit-il. Aucune réponse. « Tu n'y es pour rien », répéta-t-il.

Jonah releva lentement les yeux. « Je dois rentrer. » Il voulait sortir, grimper les marches quatre à quatre, s'enfermer à double tour. Il parvenait tout juste à se contenir.

« Regarde-moi, dit Never. Regarde-moi et dis-moi que ça va aller. »

Jonah perçut l'inquiétude qui perçait dans son ton. Il regarda Never droit dans les yeux. « Ça va aller. Je te jure. Je t'appelle demain.

– Marché conclu. Mais avant midi, alors, ou je te jure que je me pointe chez toi. »

Avec un sourire triste, Jonah descendit de voiture. Malgré la chaleur de cette nuit d'été, il était transi de froid. Il boutonna sa veste, et se dirigea vers la porte de l'immeuble.

*

Jonah ouvrit son frigo afin d'y prendre une bière, et jura en constatant qu'il ne restait plus la moindre bouteille. Il en avait bu quatre au bar, mais il n'était pas d'humeur raisonnable. Il considéra les choix qui lui restaient : vodka, Jack Daniel's, ou une bouteille de vin que Sam lui avait offerte pour son anniversaire.

Il attrapa un verre et se concocta un JD-Coca bien corsé, puis passa au salon. À la télé passait un vieux film avec Boris Karloff.

Jonah avait le plus grand mal à retrouver son calme. Il ne cessait de repenser à son choix mal inspiré et à la ressuscitation de Lyssa Underwood.

Quand il était entré dans la salle de ressuscitation, il n'avait reconnu personne, à une désagréable exception près. Will Barlow se tenait là, au milieu de ces chercheurs inconnus, arborant son fameux sourire factice. Au fond de la pièce se trouvait un homme au complet noir et à l'air aussi las que sévère. Jonah l'avait déjà croisé, mais il ignorait quel rôle il jouait dans ce groupe de recherches.

On avait sollicité Jonah parce que Barlow se trouvait en phase de récupération et que l'autre reviver de l'équipe avait la grippe. Jonah avait lu le descriptif détaillé de la session avant de le signer. Les données étaient somme toute assez maigres. Lyssa Underwood. 31 ans. Embolie cardiaque causée par des antécédents.

« Quelles difficultés as-tu rencontrées ? demanda Jonah à son collègue.

– Quelque chose rend l'opération très difficile, dès le début. Impossible d'aller nulle part, une véritable impasse. Toute aide de ta part sera la bienvenue. Nous aimerions que tu nous décrives avec autant de détails que possible les problèmes qui se présenteront à toi. »

Jonah avait entamé la ressuscitation. La difficulté était évidente, et il avait le plus grand mal à en déterminer la cause. Au bout de cinq minutes, il remarqua l'air résigné de l'homme au complet noir. Barlow affichait une mine suffisante, l'air de dire : « Je savais qu'il échouerait. »

Mais c'est alors qu'il comprit. Il savait ce dont il s'agissait, parce qu'il avait déjà rencontré le même problème auparavant.

Elle est encore trop fraîche, se dit-il. C'était pour cette raison que la phase initiale était aussi ardue, pour cette raison qu'ils avaient jusqu'ici échoué. Leur machine la maintenait dans un état de fraîcheur extrême, et la seule personne qui s'était montrée capable de ramener des morts aussi frais n'était autre que...

C'était tout sauf une coïncidence. C'était précisément pour cela qu'il avait été réquisitionné. Jonah avait été victime d'une manipulation : l'autre reviver n'avait probablement pas la grippe, et il y avait fort à parier que Will Barlow n'était même pas en période de récupération.

Ils avaient fait appel à Jonah à cause de sa mère.

La majorité des revivers étaient incapables de quoi que ce soit durant la première heure suivant le décès du sujet. En la matière, le record avéré et scientifiquement contrôlé était de quinze minutes. En ce jour funeste où sa mère était morte, Jonah y était parvenu quatre minutes à peine après qu'elle eut rendu son dernier souffle, si l'on en croyait les témoins.

Will Barlow avait dû avoir vent de cette première ressuscitation de Jonah, et à présent, cette équipe de chercheurs inconnus attendait qu'il réitère son sinistre exploit, croisant les doigts pour que les problèmes engendrés par le système de conservation des corps ne se révèlent pas insurmontables. Espérant que Jonah soit à même de leur montrer la voie.

Une partie de lui aurait aimé tout arrêter sur-le-champ et leur dire d'aller se faire voir. Mais une autre partie (celle qui ne pouvait supporter l'air supérieur de Will Barlow) voulait tenter le coup.

Barlow lui avait demandé de leur soumettre la moindre de ses impressions durant la ressuscitation. Jonah leur expliqua leur erreur.

Il se demanda à quand remontait la ressuscitation d'Underwood. Huit ans, sans doute. Soit un an avant qu'il soit transféré de Baseline au FRS. Il n'avait alors que 18 ans. Une éternité s'était écoulée depuis.

Jonah avait trouvé sa vocation. Il s'était fait un véritable ami, le premier depuis son arrivée. Mais l'incident avec Nala George soulignait cruellement ce qui manquait à sa vie.

Marmite sauta sur ses genoux et s'étira, tandis que Boris Karloff faisait se dresser au milieu de bambous des zombies rongés par la pourriture.

Jonah continua à boire.

Il ne se passa pas longtemps avant que le souvenir de la carcasse de métal ne lui revienne en mémoire. La ressuscitation de ce sujet qu'il n'avait pu voir. C'était toujours cette lugubre intervention qui hantait son esprit lorsqu'il était saoul ou déprimé.

Un chauffard avait perdu le contrôle de sa voiture et traversé la glissière de sécurité pour déboucher à contresens sur l'autoroute. Il avait tué une famille entière avant de s'écraser contre un pilier d'échangeur. Père, mère, et deux gamins, de 2 et 6 ans. Leur break avait pris feu. Les témoins les avaient entendus hurler pendant de longues minutes sans rien pouvoir faire. On avait réussi à identifier le propriétaire du véhicule responsable du sinistre : un certain Dominic Pritchard – probablement le chauffeur. Sur le bitume de l'autoroute, on avait retrouvé son bras, tranché au niveau du coude. À l'aide d'une lampe torche, les policiers avaient pu éclairer le regard fixe du conducteur à travers les entrelacs de métal, mais il était impossible d'identifier ce qui restait de son visage ensanglanté. Selon son casier judiciaire, Pritchard était un spécialiste de la conduite en état d'ivresse et des excès de vitesse.

Les témoignages étaient contradictoires. Un automobiliste qui se trouvait devant lui avait émis l'hypothèse selon laquelle une troisième voiture aurait percuté celle de Pritchard, le poussant à se rabattre sur la glissière.

Cette théorie avait rendu nécessaire la ressuscitation du père défunt. Jonah s'était chargé de l'essai, mais sa tentative s'était soldée par un échec. Avec la décapitation, le feu était l'un des éléments empêchant le plus sûrement la ressuscitation. Le père en question était le moins grièvement brûlé du break familial, mais le degré de ses blessures s'était révélé trop important. La chaleur de sa main avait même blessé Jonah.

L'attention des enquêteurs s'était par conséquent reportée sur le conducteur de la voiture de Pritchard.

Ambulanciers et pompiers avaient jugé bon de laisser le corps à l'intérieur du véhicule, au cas où. Les lésions du conducteur rendaient les chances de ressuscitation particulièrement ténues, mais extraire le corps de la carcasse les aurait réduites à néant.

L'installation technique fut des plus inhabituelles. Une caméra unique filmait le sujet, ou plutôt sa seule partie visible : ce regard fixe et mort. Précautionneusement, Jonah enfila un bras entre les lames de métal et parvint à poser la main sur l'épaule du cadavre.

Un décès bien plus enviable, pensa Jonah. Mort sur le coup. Rien à voir avec le long supplice par le feu enduré par la famille. Il n'eut aucune difficulté à ramener la victime, et dans un tout premier temps, à confirmer son identité : c'était bel et bien Dominic Pritchard. Jonah lui demanda si une troisième voiture était impliquée dans l'accident. Pritchard saisit aussitôt la perche, avançant que ce n'était pas de sa faute et qu'il y avait bien eu une troisième voiture. Jonah n'avait pas besoin de plus : il sut que Pritchard mentait. Il lui recommanda de tout avouer afin de laver sa conscience, mais Pritchard refusa. Jonah n'obtiendrait pas d'autres détails, mais il savait l'essentiel. Affaire classée.

Mais ce que Jonah ne parvenait pas à se pardonner, c'était ce qui s'était passé *ensuite*.

Le policier chargé d'assister à la ressuscitation avait noté l'heure de la fin de l'interrogatoire. Pritchard était toujours présent, furieux, insultant Jonah, le traitant d'abomination et de menteur. Jonah était sur le point de le relâcher, mais il hésita. Il demanda au policier et au technicien qui le secondaient de le laisser seul un moment. Tous deux pensaient qu'il avait déjà relâché le sujet et qu'il en avait fini. Il n'en était rien.

Le break familial se trouvait à dix mètres à peine. En tournant la tête, Jonah pouvait voir les visages carbonisés de ses occupants. Il les avait observés de près, et savait qu'ils le hanteraient jusqu'à son dernier jour. Alors, non, il n'en avait pas fini. Il lui restait deux ou trois choses à dire à cet homme.

Jonah avait encore mal à la main à cause de la tentative de ressuscitation opérée sur le père. Malgré les jets des lances à incendie, la chair carbonisée avait conservé une partie de sa chaleur. Pas de quoi provoquer des cloques, mais assez pour que Jonah ait cette douleur bien présente à l'esprit.

Cette douleur infligée par l'homme qui se trouvait devant lui.

Personne à portée de voix. Jonah était libre d'agir comme bon lui semblait.

Pritchard s'était tu. Jonah savait ce que signifiait ce silence. L'homme commençait à prendre conscience de sa situation. Peu à peu, la futilité de ses dénégations s'imposait à lui.

« Vous êtes mort, Pritchard », fit Jonah à voix basse. Toute personne se trouvant à son côté aurait eu du mal à comprendre ce qu'il disait, mais Pritchard l'entendait parfaitement. « Et vous avez emporté une famille entière avec vous. »

Aucune réponse ; toujours ce déni obstiné. Jonah aurait voulu montrer à cet homme ce qu'il avait fait, lui assener la vérité d'une façon irréfutable.

Brièvement, il repensa à son beau-père. Lui aussi avait refusé d'assumer ses responsabilités, préférant se focaliser sur ce qui était arrivé juste après l'accident : la profanation du corps de sa femme par son propre fils.

Un accident, dit Pritchard. Il disparaissait, mais c'était la commisération qu'il éprouvait à l'égard de lui-même qui l'éloignait du monde des vivants. Pas la honte de ses actes.

« Aviez-vous bu, Pritchard ? »

Non. Il mentait.

« Ce n'est pas la première fois que vous faites ça. »

Si. Jamais rien fait de pareil.

« Vous avez des enfants ? »

Pas de réponse, mais une angoisse soudaine, terrible. Puis : *Longtemps que je les ai pas vus. Je... je suis...*

Jonah repensa aux cadavres carbonisés sur la banquette arrière du break : le petit garçon de 6 ans, déformé au point de ne plus paraître humain ; son petit frère de 2 ans, dont une moitié du visage était quasiment intacte, au bras droit encore relevé, comme pour se protéger.

Jonah sentit remuer l'esprit de Pritchard.

Intrigué, Jonah repensa au plus jeune enfant, cette fois en se concentrant avec force. Pritchard réagit plus vivement.

S'il vous plaît... Non...

La colère de Jonah était à son comble. Mentalement, il se représentait la famille hurlant dans sa cage de métal brûlant. Il se représenta les deux enfants, en proie à l'agonie la plus atroce, agitant les bras dans les flammes. Et il se représenta Pritchard, au volant de sa voiture, se rabattant soudain sur la glissière, riant, se foutant de tout.

Pritchard tentait d'échapper à ces flammes dans des supplications déchirantes, et Jonah éprouva de la honte. Un soupçon, pas plus. L'homme commençait enfin à comprendre.

La colère de Jonah était intacte, et elle avait trouvé une cible bien précise. Il déversa toutes les horreurs qui l'habitaient, cette agonie par le feu, interminable, mêlée aux images les plus sordides, aux émotions les plus atroces auxquelles Jonah avait été confronté lors de ses précédentes ressuscitations.

Il entendit Pritchard hurler, le cœur froid, insensible à ses supplications.

Ce ne fut que lorsque la présence de Pritchard s'estompa à nouveau qu'il se rendit compte de ce qu'il était en train de faire. Il s'interrompit enfin, saisi d'horreur.

Il avait lâché l'épaule du cadavre, s'était reculé, et avait vomi à côté de l'épave.

Tout cela remontait à deux ans. Il était là, le véritable déclencheur. Ce qui s'était passé, il ne l'avait raconté à personne, pas même à Never, et on avait mis sa dépression sur le compte du surmenage. Surmenage ? Peut-être cela pouvait-il expliquer pourquoi il avait agi ainsi.

Mais, en définitive, il savait qu'il ne s'agissait là que de mauvaises excuses pour se libérer de la culpabilité qu'il éprouvait. Oui, il pouvait toujours pointer du doigt des circonstances atténuantes : le stress, l'extrême fatigue, et le fait que le déni de Pritchard lui ait rappelé celui de son beau-père.

Tout cela ne retirait rien au fait que c'était lui qui avait glissé son bras dans la carcasse pour toucher l'épaule de Pritchard. Que c'était lui qui avait terrorisé le mort.

Depuis le début de sa carrière, Jonah s'était efforcé de toujours tirer quelque chose de positif de ses ressuscitations. Son rôle n'était pas d'agir en juge. Il avait en horreur le peu de considération dont faisaient preuve certains revivers à l'égard de leurs sujets, effectuant chaque ressuscitation comme s'il s'agissait d'un travail à la chaîne et traitant la victime aussi froidement que l'assassin.

D'ici quelques semaines, il prononcerait un discours à l'occasion du Symposium international de ressuscitation médicolégale, un discours qu'il avait intitulé « Le respect dû aux morts ». Il espérait pouvoir démontrer que les revivers adoptant une approche agressive étaient en réalité moins efficaces que les autres.

Tout n'était qu'une question de contrôle à ses yeux. Le contrôle des émotions du sujet, le contrôle de ses propres émotions, telle était la pierre angulaire du travail d'un reviver : très précautionneusement, il lui fallait choisir la meilleure stratégie pour obtenir de son sujet un aveu ou un témoignage.

Pas de place pour quelque châtiment que ce soit. Pritchard avait été son seul faux pas : il s'était alors gravement fourvoyé. Les États où la peine de mort n'était pas encore abolie ressuscitaient les détenus exécutés afin d'obtenir des aveux précis et complets, voire de résoudre d'autres affaires. Bien entendu, il s'agissait également de vérifier la culpabilité des condamnés (75 % des sujets s'avéraient coupables, proportion que certains gouverneurs considéraient comme admirablement élevée) mais, dans les cas où la culpabilité était bel et bien avérée, les revivers impliqués se devaient d'observer le plus grand professionnalisme, en dépit de l'horreur des crimes perpétrés ou de la mauvaise volonté des sujets.

La plupart des données que Jonah avancerait à l'occasion de sa présentation concernaient ces ressuscitations de condamnés à mort. Les chiffres montraient clairement que, même lorsque le recours au châtiment suprême paraissait justifié, il ne pouvait que nuire aux résultats finaux.

Jonah n'avait jamais ressuscité un condamné à mort. Si les circonstances l'exigeaient un jour, il espérait pouvoir faire preuve du même professionnalisme que celui dont il se prévalait à chaque intervention.

De son point de vue, cette question du professionnalisme était cruciale. Et les cris de Dominic Pritchard, qui résonnaient toujours à ses oreilles deux ans plus tard, ne faisaient que souligner son importance.

CHAPITRE 10

LE LENDEMAIN, LE TÉLÉPHONE SONNA À 13 H 30. Le répondeur s'enclencha au bout de cinq sonneries. Never était en train de laisser un message lorsque Jonah décrocha et répondit d'une voix rauque.

« Salut, Never.

– Tu m'avais dit que tu m'appellerais.

– Tu viens de me réveiller.

– Mais ça va ? »

Jonah se redressa : sa gueule de bois était bien trop sévère pour qu'il puisse estimer aller bien, mais ce n'était pas des conséquences de sa cuite que Never voulait parler. « On ne peut mieux.

– Ça n'a pas l'air. Tu n'as pas continué à boire de retour chez toi, quand même ?

– Une demi-bouteille de bourbon. Ce qui explique pourquoi je ne suis pas encore tout à fait debout

– C'est une façon comme une autre de prendre du recul. Mais évite peut-être d'en parler à ton docteur.

– Merde. » Jonah se frotta les yeux du dos de la main. « Je ne dirai rien si tu dis rien. » Il observa une courte pause. « Tu as eu des nouvelles de Nala ? Tu sais si ça va ?

– Ray Johnson m'a envoyé un mail. Elle a bu deux, trois verres, et ils l'ont ramenée chez elle. Elle va bien. Plus ou moins. »

Plus ou moins, se répéta intérieurement Jonah. *Encore quelques jours, et elle ira vraiment mieux.*

« Tu vas voir Stephanie Graves à Baltimore, demain, non ? demanda Never. Tu veux que je t'accompagne ? Je pourrais te conduire, je suis sûr que Sam serait d'accord.

– Merci, mais je préfère y aller seul. Je serai d'attaque, demain. Et crois-moi, ce soir, je ne fais rien du tout.

– Écoute, tu es vraiment certain que ça va ? J'étais franchement inquiet, hier soir. »

Jonah réfléchit un instant. « J'ai encore la chair de poule en repensant à la ressuscitation de Decker et à ce qui s'est passé après celle de Nikki Wood, mais je suis sûr que c'est passager. Je me sentirai beaucoup mieux après avoir vu Graves.

– Tu as prévu quoi, pour cette semaine ?

– Tu veux parler de ma semaine de congés forcés ? Je vais lire, regarder des films, jouer un peu à la console. Manger. Boire. Prendre des bains de trois heures. » *Présenté comme ça*, pensa Jonah, *ça n'a pas l'air mal.*

« Je crois avoir saisi l'idée, fit Never. Pas de conversation avec les morts, alors ?

– Je vous laisse ce genre de compagnie. Et j'ai également prévu de réduire au minimum toute interaction avec les vivants.

– Tu l'as mérité, répondit Never. Seulement, demain soir, c'est la fête de départ de Sam. Il va falloir que tu endures un peu la compagnie de tes congénères avant de pouvoir jouer les ermites.

– J'y serai », confirma Jonah, bien conscient qu'il lui faudrait faire acte de présence, même brièvement. *Jouer les ermites.* C'était plus que tentant.

*

« Fixe la croix, Jonah. Et détends-toi. »

Il était enfermé dans quatre tonnes de métal et de plastique, bombardé d'un mélange de rayons X et de champs magnétiques haute fréquence, les oreilles endolories par le martèlement de la machine. *Détends-toi ?* pensa Jonah. *Mais bien sûr !*

Il était allongé de tout son long sur une planche de métal recouverte d'un mince rembourrage, la tête maintenue en place par un collier cervical très serré. En voyant la planche sur laquelle on lui avait demandé de s'allonger, il avait pensé à la table d'opération d'une morgue. Et lorsqu'on l'y avait accroché pour le pousser à l'intérieur du scanner médical, il avait pensé à un cercueil.

« Continue à fixer le centre de la croix, Jonah », recommanda le docteur Stephanie Graves. Elle essayait de le rassurer. Juste au-dessus du visage de Jonah se trouvait un moniteur où s'étalait un « + ». Jonah avait les yeux rivés sur le signe.

Lorsqu'il avait commencé à fréquenter Baseline, Stephanie Graves avait été l'une des personnes qu'il avait vues le plus souvent. À l'époque, elle étudiait la physiologie des revivers en quête d'éventuels traits communs, et cherchait à déterminer les raisons du contrecoup physique et mental de la ressuscitation. Sam et elle étaient amis depuis déjà un certain temps. Leurs rapports étaient devenus un peu électriques, et à en croire les rumeurs, ils avaient eu une relation amoureuse, mais Jonah n'en croyait rien. Cinq ans auparavant, lorsque Baseline avait définitivement fermé ses portes, Stephanie Graves avait décroché un poste à l'université Johns Hopkins. Sa spécialité demeurait la ressuscitation : sa connaissance des conséquences médicales à long terme faisait d'elle « *la* » spécialiste vers laquelle se tournait tout reviver du secteur privé assez riche pour se payer ses services.

Et c'était à présent au tour de Jonah de se retrouver allongé, à fixer bêtement une croix.

« Très bien, Jonah. L'image va maintenant se modifier par flashes successifs. Continue à fixer le centre de la croix. Si tu as mal au cœur, dis-le-moi tout de suite.

– O.K. »

L'écran se mit à changer de couleur, passant de l'une à l'autre de plus en plus vite. Puis chaque quart d'écran découpé par la croix se mit à changer de couleur indépendamment des autres. Jonah continuait à fixer le centre. Bientôt, il fut incapable de penser à quoi que ce soit. Les flashes se succédaient à une allure folle, et il eut l'impression de tomber dans le vide. Le haut-le-cœur était là.

« M'sens pas bien », lâcha-t-il en fermant les yeux. La sensation de tangage était presque insupportable. Il serra les dents jusqu'à ce qu'elle passe. Lorsqu'il rouvrit les yeux, l'écran était vide.

« On va te faire sortir, Jonah », dit Graves. Une minute plus tard, on le tirait effectivement du scanner médical et on défaisait ses sangles. Jonah s'assit et reprit son souffle, heureux d'en avoir terminé. Graves s'approcha en souriant. « Tu t'en es très bien sorti, lui dit-elle. On te laisse cinq minutes, et on remet ça. »

Jonah grimaça.

*

Au bout de quarante minutes d'examens supplémentaires, ils en eurent fini avec le scanner. Jonah fut conduit dans une autre pièce et attendit que Graves ait terminé son analyse.

Elle entra enfin, sourire aux lèvres. « Tout va bien, dit-elle. En tout cas, tout va rentrer dans l'ordre.

– Tu as trouvé quelque chose ?

– Ça demande vérification.

– Tu cherchais quoi au juste, Stephanie ? »

Son sourire s'assombrit. « Quelque chose de très peu étudié mais dont on a quand même une idée. Je recherchais des marqueurs de vestiges. Les vestiges sont les résultats du surmenage et d'une demi-douzaine d'autres facteurs aggravants, mais la plupart du temps, il ne s'agit que de phénomènes assez simples : des images, des odeurs, le fait de reconnaître des choses qu'on n'a jamais vues. Selon l'une des théories existant à ce sujet, toutes ces sensations proviendraient de la déferlante, mais cela reste encore à prouver. L'importance de ces pseudo-souvenirs peut prendre des proportions anormales et aboutir à une situation préoccupante.

– Une situation préoccupante ?

– Les illusions associées au type de dépression spécifique aux revivers peuvent se nourrir des vestiges, Jonah. Il arrive alors qu'on se sente détaché du monde, comme si quelque chose de spécial était en train d'arriver.

– L'impression d'être le spectateur de ses propres actions, par exemple ? »

Stephanie acquiesça. « Exactement. C'est ce que tu as ressenti ? Tu avais l'impression d'avoir perdu le contrôle de ton propre corps ?

– Oui. Je ne voulais pas le dire à Sam. Les conséquences m'inquiétaient.

– Sam était d'avis que c'était probablement ça qui t'était arrivé. C'est pour cette raison qu'il t'a envoyé me voir. Ça, plus la ressuscitation de Decker.

– Il t'en a parlé ?

– Bien sûr. Hallucination, un symptôme classique. Et mineur : pas de quoi t'inquiéter. Ce qui t'est arrivé après la ressuscitation de Nikki Wood est en soi beaucoup plus inquiétant. En particulier, l'illusion dissociative. Rien de ce que tu as vu n'était vrai, Jonah. Mais l'illusion peut se révéler très puissante. Le cerveau sait que ces souvenirs ne sont pas les siens. En un sens, il est capable de les rejeter, les isoler. Le patient peut perdre… » Elle chercha le mot le plus approprié.

« La tête ? », plaisanta Jonah, regrettant aussitôt d'avoir prononcé ces mots. Son ironie n'était qu'une façade. Ce que Stephanie était en train de lui dire le terrifiait, et il tentait de relativiser le tout en faisant montre de désinvolture.

L'expression de Stephanie se fit terriblement solennelle. « Le patient peut perdre ses repères. Cela peut déclencher des troubles extrêmement graves.

– Alors tu me crois ? Quand je disais que j'avais l'impression de voir Nikki réfléchir ?

– Tout à fait. Mais j'ai de bonnes nouvelles pour toi, Jonah. Grâce aux cas que j'ai étudiés par le passé, j'ai pu déterminer des indicateurs irréfutables, ces marqueurs que je cherchais justement. Et tu n'en présentes aucun. Quelle que soit la nature de ce trouble, il n'était que passager. C'est déjà de l'histoire ancienne.

– Ça veut dire que je peux me remettre au travail ? »

Stephanie eut un bref éclat de rire. « Sam m'avait prévenue que tu dirais ça. Non. Le facteur déclencheur a été le surmenage : tu dois te reposer. Dans une semaine, tu pourras t'y remettre, en suivant les récupérations les plus longues possibles. Et il faudra modifier ta médication. Je vais recommander une augmentation de ton dosage en BPV. C'est la panacée absolue pour ce genre de problèmes. »

Jonah fronça les sourcils. « Une augmentation du BPV ? »

Graves pencha légèrement la tête. « Je vois peut-être dix sujets par an, Jonah. Des revivers du secteur privé qui prennent peur, mais qui peuvent s'offrir une séance de scanner. Dans la moitié des cas, ce ne sont que de simples craintes. Pour l'autre moitié, une augmentation de la dose de BPV suffit largement à régler les problèmes. Le FRS a pour politique d'augmenter la dose de BPV lorsque des vestiges surviennent, aussi mineurs soient-ils. Et ça fonctionne. Tu es le premier membre du FRS que je vois depuis trois ans. Inutile de faire d'autres scans, ça ne t'avancera à rien, même si je dois t'avouer que des examens plus approfondis seraient fort utiles à mes recherches. À en croire ton dossier médical, ton dosage actuel est déjà supérieur à la moyenne.

– J'ai eu quelques... petits problèmes. Il y a deux ans. On a revu ma médication, et ils ont augmenté le dosage de BPV.

– Et ils ont laissé le rythme de tes ressuscitations retrouver leur ancien niveau, n'est-ce pas ? » Graves secoua la tête. « Ils devraient veiller à ce que ça n'arrive pas. Toi aussi. Court-récup et efficace : c'est le profil de la majorité de mes clients.

– J'essaierai de faire attention », dit Jonah, même s'il n'était pas responsable à 100 % de sa charge de travail.

« Je sais parfaitement la pression qui règne dans le secteur médico-légal, Jonah, et il m'est déjà arrivé de recommander à certains revivers de passer dans le privé, ne serait-ce que pour un an. Les cas sont plus simples, et tu peux facilement réduire ta charge de travail sans pour autant gagner moins. »

Jonah sourit, puis haussa les épaules. « C'est ce que j'ai entendu dire. J'y ai déjà réfléchi mais à mon avis, le travail dans le secteur privé, ce n'est pas pour n'importe qui.

– On peut augmenter tes doses de BPV, mais il va surtout falloir que tu prennes soin de toi. Il est impératif que tu réduises le nombre de prises médicamenteuses, et que tu observes des pauses suffisantes entre chaque ressuscitation. En clair : les récup les plus longues possibles. Je vais recommander une augmentation de 50 % des doses de BPV. Ça ne prêtera pas à conséquence, à condition que tu suives mes consignes concernant les récupérations, et que tu t'astreignes à limiter strictement le nombre de ressuscitations. Nous ferons un point dans six mois.

– Et j'irai mieux ? » Jonah se sentait mal à l'aise. Vu la puissance de l'« illusion dissociative » qu'il avait subie, il avait besoin d'un peu plus que de simples paroles de réconfort.

« Je te le promets. » Graves le considéra. L'incertitude devait se lire sur son visage. Elle soupira. « Bon. Nous en avons terminé, Jonah, mais, avant que tu partes, je vais te demander de me suivre. J'aimerais te montrer ce sur quoi je travaille. »

Elle le conduisit dans une petite salle et le fit asseoir à côté d'elle, face à trois moniteurs, avant de sortir un petit objet de sa poche.

« Ceci, dit-elle en brandissant une clef USB, contient les résultats des travaux que je mène depuis six ans sur le phénomène des vestiges. J'espère les publier dans le courant de l'année, mais j'ai encore pas mal de choses à mettre au clair. Les découvertes les plus intéressantes sont survenues au cours des trois dernières années, après que nous avons fait l'acquisition de ce nouveau scanner. » Elle inséra sa clef dans la tour du PC qui se trouvait sous le bureau. « L'essentiel des données dont je dispose sont les résultats de scanners effectués sur des revivers souffrant de vestiges, mais j'ai pu également me pencher sur d'autres éléments. Ceux qui m'intéressent le plus sont les scans de ressuscitation à proprement parler : l'observation de l'activité cérébrale d'un reviver durant une ressuscitation. On en a fait quelques-unes à Baseline. Tu as sans doute vu certains résultats de ces scans, mais la résolution et la sensibilité de notre scanner sont très franchement supérieures. À l'époque de Baseline, on ne pouvait observer l'activité cérébrale que par tranches de plusieurs secondes, et on devait sans cesse répéter l'opération pour espérer en tirer quoi que ce soit. Les travaux menés là-bas n'ont abouti à rien de bien palpitant. Le fait d'observer ainsi un reviver en pleine ressuscitation est aussi délicat que coûteux, ce qui explique qu'on n'ait pas poussé plus loin ces recherches. De nos jours, personne ne s'y intéresse, et surtout pas dans le domaine universitaire. Le matériel utilisé dans le domaine privé dépasse complètement celui dont nous disposons, au même titre que notre scanner dépasse largement ce avec quoi nous travaillions il y a dix ans. Si les gens du privé ont poursuivi leurs recherches en secret, leurs travaux doivent avoir des centaines d'années d'avance sur les miens. Il m'arrive de regretter de ne pas avoir donné suite aux propositions d'Andreas Biotech et des autres compagnies ayant prêté leur concours à Baseline.

– Pourquoi as-tu refusé de travailler pour eux ?

– Je craignais qu'ils ne gardent pour eux les résultats de mes recherches. Et puis tu l'as dit toi-même, Jonah : bosser dans le privé, ça ne convient pas à tout le monde. Maintenant, regarde un peu ça. » Sur l'écran qui se trouvait en face d'eux apparut la représentation d'une tranche de cerveau. Toutes les deux ou trois secondes, une lueur bleue irradiait la partie centrale. « Cela a été l'expérience la plus facile à réaliser. Nous nous intéressions au frisson. Dans ce cas précis, un reviver saisissait et relâchait à tour de rôle la main du chercheur le plus sensible au frisson de mon équipe. Regarde. » Graves pointa le centre de l'image. « Partie inférieure gauche de l'amygdale. C'est là que le frisson débute, avant de se propager. Généralement, sa puissance va de pair avec la qualité du reviver, mais il existe d'excellents revivers moyennement sensibles au frisson, et de moins bons souffrant de frissons considérables. On n'a trouvé aucune explication à ça. Pour l'instant.

– Puisqu'on sait ce que c'est, on doit savoir comment l'empêcher, non ?

– On peut bien sûr perturber cette activité cérébrale. Tu savais que l'alcool affectait le phénomène ?

– À haute dose, oui, acquiesça Jonah en souriant.

– On en revient toujours au même problème. J'ai travaillé un peu avec l'équipe d'Andreas Biotech qui a développé le BPV à Baseline. Le BPV agit essentiellement comme un perturbateur au niveau de l'amygdale et de l'hippocampe. Il a été conçu à partir des traitements du stress post-traumatique mis au point par la compagnie. Nous avions l'intuition que les mécanismes à l'œuvre dans le phénomène des vestiges étaient similaires, et le BPV s'est effectivement avéré très efficace. Mais le frisson est un phénomène beaucoup trop puissant. La dose qui serait nécessaire pour le juguler entraînerait l'amnésie et l'inconscience du reviver. » Elle sourit. « Comme c'est le cas avec l'alcool. »

Graves fit apparaître une autre image sur l'écran. « Voici une ressuscitation, dans sa totalité. » Jonah observait, fasciné. « Je n'ai pu en faire que quatre comme ça. En trois ans. Dans celle-ci, la déferlante a été très puissante. » Une vague rouge orangé irradia la même partie que sur la première image, mais envahit la totalité de la tranche pendant près d'une vingtaine de secondes.

« Nom de dieu, souffla Jonah.

– Même si la réaction est plus rapide, tu as dû remarquer qu'elle partait de l'amygdale pour se répandre, provoquant une suractivité cérébrale. Mais regarde bien, juste avant. Si on supprime les signaux plus puissants... »

Juste avant la soudaine suractivité, Jonah nota autre chose : un halo fugace sur le pourtour du cerveau, convergeant en son centre avant le début de la déferlante.

« C'est un signal *extrêmement* faible, déclara Graves. L'électroencéphalogramme ne le distingue même pas du bruit de fond. Seul notre nouveau scanner a pu le détecter.

– Et à quoi ça correspond ?

– Peut-être à rien. Mais on le retrouve dans toutes les ressuscitations que nous avons observées. On a baptisé ce type de signal « TF », et il y a peut-être une chance pour qu'on puisse un jour déterminer sa nature et son origine. Mais quelles qu'elles soient, c'est bel et bien une découverte. La seule véritable depuis le début des recherches sur la ressuscitation. Ça peut nous permettre d'espérer de nouveaux crédits de recherche, et peut-être que d'autres équipes se pencheront sur ce phénomène.

– Et ça, c'est quoi ? », demanda Jonah. Tandis que Graves parlait, une séquence similaire était apparue sur l'écran : l'apparition d'un foyer d'activité rouge orangé, répétée avec une sensibilité accrue et un filtrage des signaux plus puissant.

« Tu es en train d'assister à la phase d'interrogatoire d'une ressuscitation. La partie rouge correspond à l'analyse sonore des mots prononcés par le sujet. Tu remarques la symétrie, oreilles gauche et droite, ainsi que le passage du signal de l'oreille aux zones d'analyse du cerveau. Ce qui est particulièrement intéressant en l'occurrence, c'est que le reviver observé est atteint d'une surdité profonde de l'oreille gauche. Pourtant, on ne voit absolument aucune différence ni dans le point d'origine de l'activité, ni dans son traitement. Nous savons que la capacité d'un reviver sourd à entendre son sujet dépend de l'emplacement et de l'étendue de la lésion dans le canal auditif. Ça nous a poussés à croire que nous pouvions déterminer son origine, mais notre scanner n'a pas été à la hauteur de la tâche. Et maintenant, regarde ça... » L'image montrait une faible lueur bleue à deux extrémités opposées du cerveau, près des oreilles. De fins sillons s'en échappaient pour converger au centre, semblables à d'infimes rivières. « Revoilà nos TF. Le plus important à retenir, c'est que ces signaux apparaissent avant que le sujet s'exprime, avant que le moindre son ait été émis. C'est un peu comme un signal précurseur – l'activité cérébrale précédant une action effective. Dans ce cas précis, le signal ne survient que quelques centièmes de seconde avant l'action. Ce n'est pas assez pour que le reviver s'en aperçoive, mais ça suffit pour qu'on le remarque grâce aux outils d'observation dont nous disposons. Le reviver commence à entendre les mots du sujet *avant même que celui-ci les prononce.* On retrouve exactement les mêmes traces dans les cas de ressuscitations non vocales. Cela semble suggérer que tout provient du reviver, ou du moins transite par lui, avant d'atteindre le corps du sujet. »

Jonah acquiesça, et une question lui traversa soudain l'esprit. « À quoi cela correspond, ces initiales ? "TF" ? »

Graves eut l'air penaud. « J'ai gardé la première expression qui m'était passée par la tête, je ferais peut-être mieux d'en changer avant de publier. Je n'ai pas pu résister au ton légèrement dramatique. Je trouvais que "traces fantômes" collait assez bien. »

Jonah sentit le sang se glacer dans ses veines. « Et qu'est-ce que tu recherchais au juste, dans mes scans ? »

Graves fouillait parmi ses vidéos. « Tous les cas de vestiges que j'ai pu étudier grâce à ce scanner présentent un certain nombre de marqueurs récurrents. Ces marqueurs sont autrement puissants, mais leur durée et leur emplacement sont identiques à ceux des TF. Lorsque les vestiges cessent, ils disparaissent également. La gravité de l'état du reviver est proportionnelle à la puissance des marqueurs. Quelque chose ayant trait à la ressuscitation, ou au stress du reviver durant l'intervention, pousse le cerveau à reproduire ces signaux, lesquels entraînent à leur tour ces vagues d'activité singulières. Et ces vagues d'activité débouchent sur une perturbation du processus de raisonnement et de perception, ça tombe sous le sens.

– Et je ne présente aucun de ces marqueurs ?

– Absolument aucun, Jonah. Et à condition de suivre mes instructions, tu continueras à n'en présenter aucun. » Graves se leva de son siège. « À présent, rentre chez toi, et repose-toi bien.

– Ce soir, c'est la fête de départ à la retraite de Sam. Tu y seras ?

– Je suis bien trop occupée, Jonah. » Il lut le regret dans ses yeux. Pour la première fois, Jonah se dit que les rumeurs étaient peut-être partiellement vraies. Stephanie Graves hésita, avant d'ajouter : « Tu lui souhaiteras tout le bonheur du monde de ma part.

– Je n'y manquerai pas. »

Jonah regagna sa voiture d'un pas léger. Il avait pleine confiance en Stephanie Graves. Si elle pensait que ce qu'il avait vécu durant la ressuscitation d'Alice Decker n'était qu'une hallucination, alors ce n'était rien de plus. Si elle était d'avis qu'il se remettrait, alors il se remettrait, sans le moindre doute. Le fait d'y croire véritablement nécessiterait un certain effort, mais Jonah commençait à se dire qu'il y parviendrait.

Il se souvint soudain du terme « traces fantômes », et du froid qui avait parcouru ses veines lorsqu'il l'avait entendu de la bouche de Graves. *Ce ne sont que des mots*, se rassura-t-il. *Pas de quoi s'inquiéter.*

Tout cela serait bientôt derrière lui. La surcharge de travail, et les complications engendrées.

Bientôt, l'affaire Alice Decker appartiendrait définitivement au passé.

CHAPITRE 11

PLONGÉE DANS LES TÉNÈBRES, ASSISE DANS LE FAUTEUIL de son père, Annabel Harker attendait, les yeux rivés sur le téléphone qui refusait de sonner.

Cela faisait maintenant plus d'une semaine qu'elle était arrivée, et elle se sentait vide. La terreur avait fini par laisser la place à un engourdissement total.

Sur la petite table à côté d'elle, une bouteille de brandy semblait l'appeler, mais elle l'ignora.

La situation avait changé. Elle le savait, dans sa chair et dans ses os. Elle savait que les nouvelles, lorsqu'elles arriveraient, ne seraient pas bonnes.

*

Deux jours après son arrivée, elle avait appelé la police pour leur expliquer la situation. Tout cela lui avait paru irréel. Alors même qu'elle parlait, elle s'était soudain sentie idiote : elle aurait dû attendre. La raison de cette disparition devait être toute simple, bénigne.

Elle avait répondu à leurs questions dans la mesure de ses moyens.

« Est-ce que quelque chose de spécial est arrivé récemment, mademoiselle Harker ? Quelle profession exerce votre père ?

– Il est auteur. »

Annabel sentit la surprise de son interlocuteur.

« Votre père est *Le* Daniel Harker ?

– Oui », répondit-elle, l'esprit ailleurs. *Est-ce que quelque chose de spécial est arrivé récemment ?* Comme aurait-elle pu le savoir ? Chaque année, son père se renfermait sur lui-même et se coupait du reste du monde. Chaque année, il redevenait un inconnu.

« Dans quel état d'esprit se trouvait votre père, mademoiselle Harker ? Est-il possible qu'il ait eu l'intention de se nuire ? »

Elle en resta pétrifiée.

Elle repensait à ce moment, un an après la mort de sa mère, lorsque l'humeur de Daniel s'était singulièrement assombrie. Elle était restée auprès de lui, de mi-avril à mi-juin, terrifiée à l'idée qu'il puisse se faire du mal, en se saoulant, par exemple, ou en s'ouvrant les veines.

« Tu ferais mieux de rentrer chez toi, lui avait-il confié un soir. Je vais mieux. Beaucoup mieux.

– Pas encore.

– Qu'est-ce que tu attends ?

– Je veux être sûre. Sûre que tu ne feras rien de stupide. »

Son père l'avait regardée, triste, fier, et désolé. Il l'avait serrée dans ses bras. « Je serais incapable de te faire ça, ma chérie. »

Ils étaient restés un moment ainsi, dans les bras l'un de l'autre, avant qu'il ajoute : « Et je serais incapable de soutenir le regard de ta mère si je faisais une chose pareille. »

Cela sonnait comme une blague. Annabel savait que son père ne croyait pas en une vie après la mort, en tout cas pas dans le sens d'une réunion ultime des êtres chers. Ironie du sort pour l'homme qui avait découvert Eleanor Preston.

« Mademoiselle Harker ? »

À l'autre bout du fil, la voix la tira de ses pensées.

« Excusez-moi...

– J'ai bien conscience de la difficulté de cette question, mais c'est important. Avez-vous des raisons de craindre que votre père ait attenté à sa vie ? »

Non, pensa-t-elle. *Bien sûr que non.*

« C'est probable, répondit-elle. Il est passé par plusieurs dépressions. » Ses joues étaient brûlantes. Le dire à haute voix, c'était comme une trahison. Impliquer la police : une trahison de plus. En divulguant ce secret de famille, elle devenait la cause de tout ce qui s'ensuivrait. « Il y a autre chose que vous devez savoir. »

Elle expliqua que son père avait reçu plusieurs menaces des Afterlifers. Le policier lui assura qu'ils étaient au courant, qu'ils savaient ce qui s'était passé, mais il lui assura aussi que tout lien était peu vraisemblable. Précision de pure forme : rien qu'au ton du policier, Annabel comprit que la police envisagerait cette possibilité comme une piste sérieuse.

Dans sa mémoire restait gravée l'image d'un homme hurlant face à leur maison, le pantalon maculé de sang, une main blessée. Deux moignons sanguinolents à la place de ses doigts.

Au fil des années, les Afterlifers avaient mis de l'eau dans leur vin, essentiellement par nécessité : l'opinion publique, dans sa grande majorité, avait été gagnée à la cause de la ressuscitation. Mais dans les premiers temps, le mouvement avait attiré à lui des individus extrémistes, prompts à l'action et résolus à empêcher toute ressuscitation, quel que soit le prix à payer. Neuf ans plus tôt, Daniel avait reçu une série de menaces. Il avait ignoré les lettres qui le sommaient de dénoncer publiquement la ressuscitation, et la police avait minimisé leur importance. Jusqu'à ce qu'il reçoive un colis piégé. Annabel se trouvait à la maison ce jour-là. Elle fut la première à entendre la faible détonation, puis les cris de douleur. C'était elle qui avait ouvert la porte et qui avait vu le jeune facteur. Elle était restée sans voix, hypnotisée par le sang qui coulait, tandis que son père se précipitait pour venir en aide à la victime.

Les huit mois qui avaient suivi furent les plus longs de la vie d'Annabel. Son père eut recours aux services d'une agence de sécurité. Même à l'école, Annabel ressentait la peur, en particulier lorsqu'elle ouvrait son casier ou qu'elle sortait de l'établissement.

À présent, elle se demandait si les Afterlifers avaient décidé de revenir à l'attaque. Elle ferma les yeux, et vit de nouveau l'homme qui hurlait. Mais cette fois, il avait les traits de son père.

*

Elle s'était mise à faire les fonds de bouteille de son père cette nuit-là, jusqu'à une ivresse avancée qu'elle regretta le lendemain matin en pleurant. La symétrie était frappante :

assise dans le fauteuil de son père, elle s'était laissée aller à la boisson et au désespoir comme il avait coutume de le faire chaque année.

Le pire, c'était la solitude. Elle avait besoin de parler à quelqu'un, mais qui appeler ? Son père était la seule famille qui lui restait. Elle avait beaucoup de collègues, et considérait certains comme des amis, mais à chaque fois qu'elle avait été sur le point de les appeler, elle avait suspendu son geste. Aucun d'eux n'était assez intime pour pouvoir partager ce fardeau.

Neuf semaines auparavant, elle aurait téléphoné à son petit copain d'alors, une relation record de quatre mois dont la fin brutale l'avait littéralement assommée. L'alcool aidant, elle avait failli composer son numéro.

Au matin, séchant ses larmes, elle repensa à toutes ses relations ratées et au temps qu'elle passait chaque année à s'inquiéter pour son père, à se préparer à l'épreuve qui l'attendait, et qui augmentait d'autant le ressentiment qu'elle éprouvait à son égard.

Il y avait là un curieux paradoxe. À chaque rupture, elle se sentait libérée. Ses parents s'étaient aimés d'un amour absolu, mais cet amour avait plongé son père dans un désespoir plus absolu encore, dans un deuil si profond qu'il s'y noyait encore aujourd'hui.

L'amour finissait toujours par se changer en deuil. Alors était-il si étonnant qu'elle éprouve du soulagement à chaque fois que l'amour lui échappait ?

En proie à une gueule de bois lancinante, Annabel ne fit rien d'autre ce jour-là. Une phrase lui revenait sans cesse en tête : je n'étais pas là. Je n'étais pas là pour l'aider.

Elle hésita à vider le reste d'alcool dans l'évier, mais préféra finalement ranger les bouteilles pour ne plus les avoir sous les yeux. Après tout, il se pourrait qu'elle en ait à nouveau besoin.

*

Deux inspecteurs frappèrent à sa porte le lendemain après-midi. Il faisait encore très chaud et humide, mais la journée semblait vidée de ses couleurs. Les deux policiers avaient l'air fatigué.

« Bonjour, mademoiselle Harker », dit le plus âgé des deux, un homme grisonnant vêtu d'un costume gris. Apparemment, même la police était victime de cette perte de couleurs. « Inspecteur Bill Harrington. Voici l'inspecteur Jude Weathers. » L'autre policer était une femme tout aussi incolore que lui, à l'exception d'une touche discrète de rouge à lèvres. L'inspectrice adressa un salut de la tête à Annabel lorsque son collègue la présenta.

Annabel restait sur le pas de la porte, répugnant à les faire entrer. On lui avait téléphoné ce matin pour la prévenir de leur arrivée, mais les accueillir ici, c'était couper le dernier fil de déni auquel elle s'accrochait encore. Aussi dangereux que d'inviter un vampire à franchir son seuil.

« Vous avez du nouveau ? demanda Annabel. On ne m'a pas dit grand-chose au téléphone.

– Oui. On peut… ? », répliqua Harrington, et Annabel ouvrit grand la porte pour les guider jusqu'au salon.

« Ah ! lança Weathers à Harrington. Dieu merci. Il fait plus frais ici. » Elle regarda Annabel. « La clim' de notre voiture ne fonctionne plus, désolés si nous sommes en nage. »

Annabel se surprit à sourire. « Suez autant que vous voulez, dit-elle. Mais allez droit au but. »

Les inspecteurs s'assirent et échangèrent un regard. Harrington prit la parole : « Il y a eu un nouveau développement dans l'affaire qui concerne votre père, mademoiselle Harker.

– Appelez-moi Annabel. »

Harrington acquiesça. « Annabel. Il y a eu un retrait sur le compte bancaire de votre père. À partir d'un distributeur automatique dans une station-essence de Greensboro. Cela s'est passé dans la nuit du dimanche 26 juin, à 23 h 23. 500 dollars. Deuxième retrait à Atlanta deux jours plus tard. Et à part ça, rien d'autre. Juste ces deux retraits d'espèces. » Harrington observa une pause, comme pour prendre son courage à deux mains. Il lança un bref regard à sa collègue, et Annabel sentit son cœur se glacer. « Le système de vidéo-surveillance de la station-service montre clairement la voiture de votre père. »

Weathers lui tendit une photographie, un arrêt sur image d'une vidéo de la station. On distinguait deux camionnettes et une voiture, une Volvo métallisée. Un agrandissement de la plaque d'immatriculation était joint, assez clair pour qu'on puisse lire le numéro.

La voix d'Annabel se mit à chevroter : « Alors vous l'avez retrouvé ? »

Weathers tendit une autre photo, un arrêt sur image, encore, provenant cette fois de la caméra de la boutique de la station braquée sur les pompes. « À notre connaissance, dit Weathers, cet homme était le seul occupant du véhicule. »

L'homme en question était grand et décharné. Il portait un jean et un T-shirt blanc. Un début de calvitie. Il était impossible d'estimer précisément son âge – quelque chose entre 20 et 40 ans. Pourquoi portait-il des lunettes noires en pleine nuit ?

« Qui est-ce ? » Harrington ne broncha pas, mais l'expression de Weathers trahit sa déception.

« Vous ne l'avez jamais vu ? répliqua Harrington. Ce n'est pas un ami de votre père ? »

Annabel regarda à nouveau la photo. « Jamais vu, non. » Elle avait la tête vide. « Qu'est-ce qu'il y a ? Qu'est-ce qui se passe ?

– Votre père est très riche, Annabel », soupira Harrington, et elle sentit le sol se dérober sous ses pieds.

*

Le soir même, une équipe d'experts scientifiques se présenta chez elle. Annabel observa le moindre de leurs gestes. Intérieurement, ils devaient la maudire pour tout le temps qu'elle avait passé ici, à toucher à tout. Pour sa défense, elle n'avait remarqué aucune trace de lutte à son arrivée, rien qui eût pu indiquer que son père avait été agressé chez lui. La thèse de l'enlèvement lui paraissait toujours aussi improbable.

Sans demande de rançon, la police partait du principe que le ou les kidnappeurs avaient forcé Daniel à les payer de sa poche. Aucun mouvement bancaire n'avait été détecté sur ses autres comptes. La police envisageait l'existence de comptes off-shore et secrets : les limites de transfert quotidien qui leur étaient propres pourraient entraîner une prolongation du kidnapping. Annabel les trouva trop sûrs de leur théorie. Ni elle ni le comptable de son père n'avaient jamais eu vent de l'existence de tels comptes et cependant, les policiers s'en tenaient à cette piste. Elle réalisa soudain que c'était la seule dont l'issue pouvait s'avérer heureuse.

Il était 22 heures quand Annabel se retrouva seule. On lui avait recommandé de ne pas ébruiter l'affaire tant que rien de concret ne serait trouvé. Bien entendu, elle serait tenue au courant des évolutions.

Quelle que soit la raison de son enlèvement, et où qu'il se trouve à présent, son père devait traverser une terrible épreuve. Même s'il s'en sortait sain et sauf, il ne serait plus tout à fait le même.

Annabel mit la main sur les bouteilles qu'elle avait sagement rangées et se remit à boire, entourée de fantômes. Les jours passèrent, et elle n'appela personne. Lorsque le téléphone sonnait, c'était toujours la police, pour l'informer que rien n'avait changé.

Mais en vérité, quelque chose avait bel et bien changé : elle n'avait plus aucun espoir. Chaque jour qui passait rendait la situation plus sinistre. Elle finit par demander aux inspecteurs de ne la rappeler que lorsqu'ils auraient quelque chose de concret à lui annoncer.

Huit nuits après avoir quitté le Royaume-Uni, Annabel était donc assise dans les ténèbres de la maison familiale, les yeux rivés sur le téléphone qui refusait de sonner.

Elle savait qu'il sonnerait bien assez tôt.

CHAPITRE 12

C'était le dernier jour de Sam Deering au FRS, et Never était en train de rédiger l'un des trois rapports de ressuscitation en salle qu'il était censé rendre avant ce soir. Il avait déjà hâte de prendre part aux festivités données en l'honneur de Sam.

De plus en plus agité, celui-ci avait passé la journée à courir dans tous les sens, s'efforçant d'apporter les dernières finitions avant son départ. En plein tumulte, il s'avança vers Never : « Tu as une minute ?

– Ouaip.

– Je vais donner mon accord pour cette demande de matériel que tu m'avais soumise il y a un mois.

– La demande qui n'avait aucune chance d'aboutir selon toi ?

– Celle-là même. C'est un cadeau de départ. Ça te va ?

– Tu rigoles ? Bien sûr que ça me va. » Sam acquiesça en souriant, mais Never remarqua qu'il était exténué. « Et toi, ça va ?

– Il me reste, quoi… » Sam consulta sa montre. « Moins de deux heures. Après ça, Hugo prend les manettes, et moi ma retraite. Plus rien à faire.

– Ça va aller, Sam. Tu as ce symposium dans quelques semaines, et je parie que ce n'est pas le seul engagement que tu as pris. »

Sam sourit. « C'est vrai… mais une conférence de temps à autre, ce ne sera pas la même chose. Et si Helen était au courant, je doute qu'elle approuverait. Elle s'attend à ce que son mari devienne un gentil retraité inactif. »

Un moment de silence. Une certaine froideur s'était installée entre eux deux depuis la réaction de Jonah lors de l'affaire Wood, mais le vent semblait tourner. Bientôt, leur collaboration toucherait à sa fin.

« Écoute, Sam », commença Never, mais Sam le devança.

« Moi aussi, je suis désolé, Never. Je me sentais coupable de ce qui est arrivé, et j'ai rejeté ça sur toi. On est tous les deux responsables, on a cédé au caprice du gamin. » Sam fronça les sourcils. « Et merde, qu'est-ce que je dis là. "Gamin". C'est un homme, à présent, et c'est ça, mon problème : je le traite encore comme un gamin. Je lui passe ses lubies, et toi aussi.

– Ouais… On réagit de la même façon.

– Prends bien soin de lui, Never.

– Je ferai de mon mieux. Ceci dit… »

Sam haussa un sourcil : « Quoi ?

– Je suis heureux que Jonah se soit occupée du cas Wood à la place de Jason Shepperton. » Never haussa les épaules. « Désolé, je peux pas m'en empêcher. »

Sam se pencha vers lui et baissa la voix : « Tu sais quoi, Never ? Moi aussi, je m'en félicite. »

Alors que Sam regagnait son bureau, Never entendit quelqu'un l'appeler. Il tourna la tête. JJ s'avançait vers lui.

JJ était revenu de Seattle la nuit dernière, après deux semaines de formation auprès de nouveaux techniciens des bureaux de la côte Ouest. Ils ne s'étaient pas vus depuis la ressuscitation d'Alice Decker sur laquelle JJ avait secondé Jonah. Ce matin, tout s'était enchaîné très vite : JJ avait tout juste eu le temps de présenter à Never un rapide rapport de son séjour à Seattle, avant d'être dépêché sur une nouvelle ressuscitation.

« Salut, JJ. L'intervention de ce matin s'est bien passée ? »

JJ haussa les épaules. « La routine. Rien d'intéressant. » Il observa une pause, comme pour réfléchir à quelque chose. « Euh, Never, ça peut peut-être attendre plus tard, mais...

– Dis-moi.

– J'ai eu le temps de consulter mes mails à mon retour. J'ai lu celui que tu as envoyé, à propos de la ressuscitation de Decker.

– Ah, oui. Je me suis dit qu'on pourrait peut-être inclure dans la procédure standard le fait de poursuivre l'enregistrement jusqu'à ce qu'il soit temps de tout démonter. L'idée serait d'installer le matériel de façon à ce que la copie destinée à la police puisse être transmise sans qu'on soit obligé de tout arrêter. Ce n'était pas une critique, juste une suggestion. Histoire d'améliorer la procédure. »

JJ acquiesça. « Le truc, c'est que ça m'a rappelé quelque chose. Il y a eu une panne juste après la ressuscitation. J'aurais dû te le dire avant que je parte, mais tout s'est enchaîné très vite. Je suis désolé.

– Une panne ? » La fierté de Never fut piquée au vif : il s'agissait de son système, il l'avait conçu en insistant sur les redondances afin de se prémunir contre tout impondérable, explosion nucléaire exceptée.

« Ouais. Et je ne m'en suis rendu compte qu'au moment de tout ranger. Il n'y a pas eu d'avertissement.

– Une caméra est tombée en rade ? Et il n'y a pas eu d'avertissement ? »

JJ hocha la tête. « Pas une caméra. Les trois ont été privées de courant. »

Un moment, Never crut qu'il avait mal entendu. Ce genre de trucs ne *pouvait* pas arriver. Point à la ligne. « Ça s'est passé sous tes yeux ?

– Nan. J'étais en train de discuter avec les flics en m'occupant de leur copie. Je n'ai rien remarqué. Tu sais comment ça se passe, la ressuscitation était terminée, l'enregistrement aussi.

– Il y aurait dû avoir une alerte sonore.

– Je sais, mais ça n'a pas été le cas.

– Tu es en train de me dire que toutes les batteries de secours ont lâché en même temps et que le système d'alarme n'a pas fonctionné ? » Les problèmes techniques étaient chose courante, Never le savait, mais de là à imaginer que tout était tombé en rade *simultanément*... Il fit soudain le lien entre plusieurs éléments, et son sang se glaça dans ses veines.

« Justement. Quand j'ai voulu tout démonter, j'ai remarqué que la caméra principale était hors tension. Et puis je me suis rendu compte que c'était aussi le cas des deux autres. J'allais éteindre-rallumer la principale mais, avant même que j'aie pu la toucher, les trois caméras se sont rallumées. J'ai tout vérifié à mon retour, et je n'ai rien trouvé d'anormal. Impossible de comprendre ce qui s'est passé. »

Un pesant silence suivit. Never avait la chair de poule.

JJ reprit la parole : « J'ai réfléchi à tout ça durant mon séjour à Seattle. Je me suis rappelé que la moquette du bureau était chargée d'électricité statique, je l'avais remarqué en installant le matos. » Il se pencha alors vers Never pour murmurer : « Je crois qu'on a un problème d'électricité statique. Il va falloir qu'on fasse quelques tests.

– Ouais, exactement. Un problème d'électricité statique. » Never dut réprimer un frisson. « Écoute, JJ. Tu peux me rendre un service ? J'aimerais que tout ça reste entre nous. Le temps qu'on comprenne ce dont il s'agit. Tu sais, c'est la première fois qu'on est confronté à ce genre de problème, mais certains éléments de l'actuelle configuration ont été ajoutés il y a quelques mois à peine. » Ils avaient en effet changé de marque de batteries auxiliaires six mois auparavant. *Peut-être n'est-ce que ça*, pensa Never sans conviction.

« Je ne comptais pas en parler à qui que ce soit. Je vais établir une procédure de test dans la matinée.

– Merci, JJ. Et bien joué. On s'occupera du test la semaine prochaine, O.K. ? »

Resté seul, Never était incapable de songer à autre chose qu'à ce supposé problème d'électricité statique et à cette brusque rupture de courant. Il repensa au visage d'Alice Decker qu'il avait vu sur la vidéo. Il s'imagina Jonah après la fin de l'interrogatoire, face à ce visage déformé, face au sourire maléfique qui avait pris sa place. Et cette fois, il ne put contenir un frisson.

*

La journée touchant à sa fin, le bureau se vida. La fête de Sam se tiendrait dans un grand pub proche du FRS. Chacun rentra chez soi pour se changer.

Afin de s'épargner des trajets inutiles, Never avait enfilé le matin même ses plus beaux vêtements. Personne n'avait remarqué de différence.

Il se rendit chez Jonah à pied. Plus tôt dans la journée, son ami l'avait appelé pour l'informer des bonnes nouvelles que lui avait données Stephanie Graves. Il lui avait paru assez ragaillardi pour que Never se fasse un peu moins de souci à son égard, mais une certaine inquiétude subsistait.

« Je me suis dit que ce serait sympa de passer, annonça-t-il à Jonah alors que celui-ci le faisait entrer. Comme ça on pourra y aller tous les deux en taxi. »

Jonah sourit : « C'est surtout pour t'assurer que je ne reste pas chez moi, non ?

– Oh, je sais bien que tu ne serais pas resté chez toi », répondit Never en s'asseyant sur le sofa, à côté de Marmite à moitié endormi. Il gratta le cou du chat. « Tu serais juste arrivé à 21 heures et tu serais reparti une demi-heure plus tard.

– Eh. Marmite déprimerait si je restais trop longtemps dehors.

– Alors c'est à ça que tu passes ton temps ? À dorloter ton chat ?

– Ouaip. Et à réfléchir, aussi.

– C'est inquiétant, répliqua Never. Réfléchir à quoi ?

– À ma vie.

– C'est *très* inquiétant. Et à quelles conclusions es-tu parvenu ? »

– Graves m'a expliqué que mon esprit m'avait simplement joué un vilain tour. Et je veux y croire, Never, il n'y a rien que je désire plus. Mais j'ai fini par me demander si c'était pour les bonnes raisons. La ressuscitation, c'est tout ce que je sais faire, tu comprends ? Ce boulot, c'est ma vie. C'est moi. Si je n'arrive pas à me persuader que c'était une hallucination, à quelle conclusion est-ce que j'aboutis, en toute logique ? Qu'il existe quelque chose, *autre chose* au-delà du seuil de la ressuscitation. »

Jonah laissa retomber sa tête. Repensant à ce que JJ lui avait dit, Never se réjouit que son ami ne le regardât pas à cet instant : il aurait pris conscience de son malaise. Il s'en voulut aussitôt. L'imbécillité superstitieuse dont il faisait preuve, il était le premier à la fustiger chez les autres. Laisser croire ne serait-ce qu'un instant à Jonah que lui aussi nourrissait des doutes eût été la pire chose à faire.

« Allez, Jonah. Graves a raison, et tu le sais pertinemment. Tu veux continuer à faire ce boulot parce que tu es un *bon*. Merde, la ressuscitation de Nikki Wood ? Tu as géré des dizaines de cas aussi délicats que celui-ci. Et tu es un des seuls à pouvoir le faire aussi bien. »

Jonah releva les yeux. « C'est peut-être là qu'est le problème. Le fait que je n'arrive pas à refuser d'intervenir, ne serait-ce que pour une seule ressuscitation. Je suis incapable de ne pas me surcharger de boulot. Graves m'a suggéré de bosser dans le privé, pendant une courte période au besoin. C'est peut-être la seule façon pour moi de lâcher un peu prise, de ne plus me trouver dans cet état d'urgence permanent. Ça m'aiderait à reprendre du poil de la bête, non ? J'ai dit à Graves que ça ne m'intéressait pas mais j'y ai réfléchi cette semaine, et je commence à penser que ce ne serait pas une si mauvaise idée. Je reprends le boulot dans quelques jours, peut-être que j'y verrai plus clair d'ici là. »

Il y eut un silence, et Never dévisagea Jonah. A quel point croyait-il ce qu'il disait ? « Et merde, mon pote. Peut-être bien. Si c'est ça que tu veux. Mais tu ne vas pas prendre ta décision tout de suite, hein ? Si on y met vraiment du nôtre, il nous reste peut-être une chance de nous amuser ce soir. Sans vouloir déranger ton chat.

– Ça ira, répondit Jonah, résigné. Laisse-moi juste le temps de me changer. »

*

Ils en étaient à leur deuxième verre lorsque Hugo Adler demanda le silence. Sam était au supplice, Never ne l'avait jamais vu aussi mal à l'aise. Tout le monde s'approchait et posait les yeux sur lui, et Sam rougissait un peu plus à chaque seconde.

Son visage était littéralement cramoisi lorsque Hugo termina son discours, qui se conclut dans un tonnerre d'applaudissements. Sam était même au bord des larmes. Puis ce fut le moment des cadeaux de départ.

Arriva tout d'abord une petite sélection de vins de renom : une demi-douzaine de bouteilles aux appellations prestigieuses.

« On a demandé conseil à Helen, expliqua Beth alors que Sam lisait les étiquettes. Il paraît que tu as envie de te constituer une cave à vin mais que la seule chose qui te retient, c'est la peur d'ouvrir les bouteilles trop vite. Alors on t'en a trouvé six suffisamment chères pour te faire mourir de honte.

– Je me demande si ce n'est pas une forme de torture », chuchota Never à l'oreille de Jonah. Mais à en juger par la mine ravie de Sam, le cadeau paraissait lui plaire.

Le deuxième cadeau fut plus personnel : c'était une photographie de la toute première équipe du FRS, qui remontait à son installation dans les locaux de Richmond. Sam était tiré à quatre épingles et, au milieu de la photo, Never souriait de toutes ses dents. Jonah était également présent, si jeune que c'en était effrayant.

Sam regarda un moment la photo. Tous le pressèrent d'entamer son discours d'adieu et, bien que grimaçant à cette perspective, il remercia l'assemblée, les yeux humides. « Vous savez déjà ce que j'ai sur le cœur, je ne peux vraiment rien ajouter de plus. Ça a été un privilège de bosser ici. Je suis fier de vous, et vous allez tous me manquer. Et maintenant, voici le dernier ordre que je vous donnerai en tant que patron : amusez-vous ! »

*

La quasi-totalité des conversations nostalgiques tournèrent autour de Sam. *Pas étonnant*, songeait Jonah. Sam avait créé ce bureau, il s'en était occupé : à bien des égards, le FRS était son enfant, et Sam avait été un véritable père pour certains membres de son équipe. En particulier pour Jonah, orphelin de mère, littéralement adopté par cet homme de principes, qui n'avait jamais cessé de lutter au nom de l'honneur et de la justice. Cet homme dont Jonah voulait être la première des fiertés.

Sam était assis à l'autre bout de la salle, entre son épouse, Helen, et Robert Thorne, directeur du FRS basé à Chicago. Le fait que Robert Thorne se soit déplacé était censé être un honneur, mais c'était un bureaucrate notoirement dénué d'humour, et l'expression de Sam disait tout le plaisir qu'il prenait en sa compagnie.

« Thorne l'a pris au piège, fit remarquer Jonah.

– Sans doute en train de le faire culpabiliser pour le coût de cette soirée, enchaîna Never. Regarde un peu la tête de Sam. À chaque fois que Thorne lui glisse un mot, il ne peut s'empêcher de tiquer. »

Ils observèrent la scène. Sam, qui parlait avec Helen, serra la main d'un convive venu le saluer. Thorne se pencha alors vers lui, et ils le virent se raidir.

« Allons lui prêter main-forte, proposa Jonah.

– Bonne idée. En plus, il est près du comptoir. »

Ils attrapèrent leur verre et rejoignirent Sam.

« Excuse-moi, dit Never. Pardon, monsieur Thorne – Sam, on peut te parler une seconde ? »

Sam leur sourit, avant de se tourner vers Thorne : « Vous voulez bien m'excuser, Robert ? » Le visage impassible de Thorne semblait dire que non, mais il parvint à s'arracher un sourire.

« Je vous en prie, Sam, c'est votre soirée. Je ne devrais pas prendre sur votre temps pour parler boutique. » Thorne eut un bref éclat de rire, si artificiel que Jonah en grinça des dents. Puis il se tourna vers Cecily Hunter, directrice du bureau du Nord-Est, et cette dernière regarda Sam s'éloigner avec une expression de désespoir.

« Vous vouliez vraiment me dire quelque chose ou c'était une mission de sauvetage ? demanda Sam lorsqu'ils se furent suffisamment éloignés.

– Mission de sauvetage, répondit Jonah.

– Et on va te traîner jusqu'au comptoir, renchérit Never. Nous nous sommes donné pour deuxième mission de te saouler, Sam.

– Après ces quinze minutes de considérations budgétaires, je dois dire que j'ai grand besoin d'un autre verre. Je n'ai pas réussi à comprendre s'il voulait me punir de prendre ma retraite ou s'il voulait me prouver que j'ai fait le bon choix. Dieu merci, je n'aurai plus jamais à le supporter.

– Ça ne l'empêchera peut-être pas de te harceler chez toi », dit Jonah.

Sam éclata de rire. « Helen et moi partons pour dix jours dans les Keys, et vous savez quoi ? J'ai comme l'impression d'avoir malencontreusement oublié de donner notre adresse et notre numéro de téléphone. Ce bon Hugo va devoir se débrouiller seul. »

Tandis que Never se dirigeait vers le comptoir, Sam retint Jonah : « Je n'ai pas encore eu le temps de te parler. Comment tu te sens ? Mieux ? »

À sa grande surprise, Jonah sourit spontanément. La perspective de quitter le FRS n'y était pas étrangère. Cette simple éventualité, même s'il y renonçait finalement, constituait une véritable bouffée d'air frais. Mais il lui semblait inutile de tout révéler à Sam. « Je vais mieux, c'est vrai.

– Je me suis mis à culpabiliser pour ce qui s'est passé. C'est de ma faute si on t'a laissé bosser autant. Stephanie Graves m'a envoyé un e-mail, et elle n'a pas mâché ses mots quant à la façon dont nous te traitions.

– Ne t'inquiète pas pour moi, Sam. Et toi, comment tu gères tout ça ?

– Pour être tout à fait honnête, j'ai passé ma journée à redouter ce moment. Mais maintenant qu'on y est... Je suis franchement heureux. Le nombre de vieilles connaissances qui sont venues me voir, c'est impressionnant. Ça fait remonter un tas de bons souvenirs à la surface. Tout ce qui me reste à faire ce soir, c'est éviter Thorne, et essayer de ne pas penser au coût de ce pot de départ. »

Arrivés au comptoir, Sam et Jonah se rendirent compte que Never regardait fixement quelque chose derrière eux deux, bouche bée. Jonah le considéra, intrigué, et Sam jeta un coup d'œil par-dessus son épaule. « Merde alors ! s'exclama-t-il, amusé. En parlant de vieilles connaissances ! »

Jonah la vit traverser la salle. Grande, des courbes parfaites, des cheveux auburn qui lui tombaient sur les épaules, une robe légère qui lui donnait un air presque éthéré – elle attirait tous les regards masculins, et beaucoup de regards féminins. Souriant, Sam lui fit un signe de la main. La jeune femme lui rendit son coucou et se dirigea vers eux.

« Tu sais qui c'est ? », demanda Never, réalisant que Jonah la connaissait. Puis, plissant les yeux : « Est-ce que c'est qui je crois que c'est ?

– Oh oui, c'est bien elle », murmura Jonah. Plus d'une fois, il avait parlé à Never de son coup de foudre à Baseline. La jeune femme les salua de la main, enjouée. Jonah sourit à son tour, béatement, jusqu'à ce qu'il se rende compte qu'il devait avoir l'air idiot. Il savait que Never se régalait de la scène, mais il s'en moquait.

Tess Neil. Sa première véritable passion amoureuse. Leur relation platonique avait culminé jusqu'à ce bref baiser échangé la dernière fois qu'il l'avait vue, sept ans auparavant, alors qu'il avait tout juste 19 ans, et elle 25. À présent, elle semblait encore plus belle, si c'était possible. Il aurait voulu l'embrasser avant qu'elle ouvre la bouche, avant qu'elle rompe le sortilège.

Il fit un pas vers elle. Ils se sourirent, à moins de deux mètres l'un de l'autre, puis elle se rapprocha, assez pour que Jonah puisse entendre sa voix, réduite à un murmure.

« Salut, Jonah », dit-elle, et il eut l'impression que ses mots lui caressaient le front. Il se sentait exposé, vulnérable, mais, pour une fois, cette sensation n'avait rien de désagréable.

« Salut, Tess. »

CHAPITRE 13

Les talents de Reviver de Tess Neil étaient presque aussi impressionnants que ceux de Jonah Miller : elle était classée K4, et Jonah K3. Neuf ans auparavant, alors qu'il passait une semaine sur six à Baseline, il avait rêvé d'elle – fantasmé, aussi. Après tout, c'était un jeune homme de 17 ans et Tess était sublime. Dès le départ, il avait été subjugué.

Mais il avait dû se contenter d'embrassades amicales et de taquineries inoffensives. Pour les équipes de Baseline, et Tess ne faisait pas exception, Jonah était un petit frère, une mascotte.

Sans compter qu'elle était déjà prise. Elle fréquentait Will Barlow, ce jeune homme charmant, intelligent, et manipulateur. Ce dernier trait ne reflétait que l'opinion d'une minorité à laquelle appartenait Jonah, qui voyait là l'explication de l'attachement que Tess lui témoignait.

Pourtant, elle consacrait une bonne partie de son temps à Jonah. Leur amitié datait de ce premier jour où le jeune homme s'était vu incapable de retenir ses larmes et où Tess s'était occupée de lui. À chacun de ses passages à Baseline, tous deux jouaient au billard durant la pause déjeuner, dans la salle de jeux. Jonah parlait, se confiait à elle. Tess écoutait. Mais il ne parvenait pas à lire ses sentiments. Lorsqu'elle se retrouvait en compagnie d'autres personnes, de Barlow en particulier, elle changeait : froide et cynique, elle semblait à peine se soucier de lui. Et lorsque, seule à seul, il parvenait à la faire parler de sa vie, elle se montrait systématiquement laconique.

Tess était une véritable énigme, mais aux yeux du jeune amoureux qu'il était, cela n'avait aucune importance. Les rares fois où elle s'ouvrait à lui, il était convaincu qu'il s'agissait là de la vraie Tess, et qu'elle finirait par partager ses sentiments.

À mesure que le nombre de revivers et de projets de recherche augmentait, Baseline se transformait en une véritable ruche ; Jonah vit Tess de moins en moins souvent. Il passait le plus clair de son temps sur les projets de Sam, des études médico-légales menées sous l'égide du FBI. Tess, quant à elle, travaillait essentiellement avec les plus gros partenaires de Baseline, telle la compagnie Andreas Biotech.

Et puis il y avait eu les accusations.

Les chercheurs de Baseline étaient soumis aux caprices de la fortune. Dès qu'un sujet était disponible, il était transféré à l'équipe la plus appropriée. Ce mode de fonctionnement eut pour conséquence de faire péricliter certains domaines de recherche par manque de sujets adaptés. La frustration de certains était grande.

L'une des premières actions de Sam Deering à son arrivée à Baseline fut l'amélioration des procédures ayant trait à ce qu'on appelait « l'acquisition de sujets ». Recourir à des sources d'approvisionnement alternatives restait une tentation, mais Sam voyait les problèmes se profiler à l'horizon.

L'utilisation de cadavres non identifiés. Les sans-abri. Les exclus. Des corps provenant de pays où les pauvres étaient encore plus exposés au risque d'exploitation. Les sommes en jeu pouvaient être considérables si l'on se jouait du système de volontariat alors en usage. Sam avait bien conscience que la « sous-traitance » pouvait conduire à des abus généralisés, peut-être même au meurtre. Un retour aux répugnantes méthodes des résurrectionnistes du XIXe siècle.

Le système conçu pour éviter ces terribles déviances avait pour nom « Traçabilité des sujets ». Un historique détaillé de chaque sujet, avec un suivi de chaque étape. Des contrôles impromptus afin de s'assurer que la procédure était suivie.

Mais nul système n'est infaillible.

Des rumeurs virent le jour, selon lesquelles au moins un des membres de Baseline avait opéré hors des cadres du système en falsifiant des documents. C'était à peu près à la même époque que la ressuscitation de Lyssa Underwood, et ces on-dit avaient poussé Jonah à s'entretenir avec Sam. Le malaise qu'il avait éprouvé durant l' opération avait en partie été dû à la confusion du sujet, un morcellement de la conscience que Jonah n'avait jamais rencontré jusqu'alors. Tous les sujets de Baseline s'étaient préparés à leur ressuscitation de leur vivant ; ils s'attendaient à ce qui leur arrivait. Toutes les personnes que Jonah avait ramenées avaient compris d'emblée qu'elles étaient ressuscitées.

Toutes, à l'exception de Lyssa Underwood.

Peut-être fut-ce le peu d'estime qu'il éprouvait pour Will Barlow qui poussa Jonah à aller trouver Sam après cette cession.

Il n'en restait pas moins que la confusion de Lyssa Underwood ne pouvait être passée sous silence.

« Je ne peux pas entrer dans les détails, Jonah, avait déclaré Sam. Ils ont employé tes talents dans le respect des règles de Baseline, et il n'y a aucune irrégularité à ce titre. J'ai entendu certaines rumeurs, mais tu es la première personne à me présenter quelque chose de véritablement concret. Je vais me pencher dessus. Laisse-moi faire. »

Les rumeurs ne sortirent pas de Baseline. Personne ne souhaitait laver le linge sale de l'organisation en public sans preuves solides.

On finit par enterrer l'affaire sous l'appellation ambiguë d'« irrégularités mineures dans la constitution de documents ». Une semaine plus tard, l'équipe du projet incriminé quitta Baseline, et son départ fut mis sur le compte d'une « redéfinition des priorités de recherche », officiellement sans rapport avec cette histoire de documents.

Will Barlow quitta également Baseline, supposément pour le secteur privé. Aux yeux de tout un chacun, il était évident que les recherches menées par cette équipe (quelle qu'en fût la nature et quels qu'en fussent le ou les mandataires) avaient simplement été délocalisées.

Bien évidemment, beaucoup étaient d'avis que Tess en savait plus, mais elle écartait systématiquement toute question. Les rares fois où Jonah l'interrogea à propos de Will, elle lui parut sincèrement choquée par l'affaire. Elle avait alors entretenu une relation orageuse avec l'un des techniciens de Baseline, une succession de ruptures et de rabibochages.

Peu après que Barlow eut quitté Baseline, Sam fit de même afin de lancer les bases du FRS à Quantico. Jonah était resté à Baseline en partie à cause de Tess. Un mois après son dix-neuvième anniversaire, celle-ci l'informa qu'elle quittait l'organisation sans délai pour travailler dans le privé au Canada. Elle lui souhaita bonne chance et l'embrassa longuement sur la bouche. Puis elle s'en alla, en lui lançant par-dessus son épaule un regard rieur.

Neuf semaines plus tard, Jonah intégrait le FRS au moment même où l'organisation s'installait à Richmond.

*

Sept ans qu'il ne l'avait plus revue et elle se tenait à présent là, devant lui. Il ignorait complètement ce qu'elle avait fait depuis lors. Elle savait qu'il avait rejoint le FRS. Comme toujours, elle avait l'avantage. « Surprise ! », dit-elle en lui prenant la main. Jonah ne s'attendait pas à ce que son contact ait cet effet sur lui. Il fut saisi d'un léger vertige et se retrouva incapable de parler.

Sam adressa un sourire à Tess. « Bon sang, dit-il. Ça fait plaisir de te revoir.

– Salut, Sam.

– J'ai complètement perdu ta trace après ton départ de Baseline. J'avais encore bon espoir de te convaincre d'entrer au FRS. Comment vont les choses, pour toi ?

– Bien.

– Tu as revu Will ? »

Elle hocha la tête. « Non. Tu as eu des nouvelles de lui ?

– Silence radio. Alors, qu'est-ce que tu as fait, toutes ces années ?

– J'ai bossé dans le privé. Pas trop de défis à relever, mais ça paye bien. »

Sam l'examina avec plus d'attention et ne put s'empêcher de remarquer la qualité exceptionnelle de chaque chose qu'elle portait. De délicats gants blancs. Un collier discret mais de très grande valeur. Des vêtements simples, et d'excellente facture.

« Je vois ça, commenta Sam. Tu es splendide.

– Toi aussi, lui répondit Tess avant de se tourner vers Jonah. Et toi aussi. »

Jonah rougit instantanément.

Sam tendit le cou : « Ah, je crois qu'Helen est en train de me faire signe. Ça me fait vraiment plaisir que tu sois venue, Tess. On papotera un peu plus tard, histoire de voir si je peux te convaincre de sacrifier ton train de vie au nom du service public. »

Tess sourit. « Ça risque d'être assez difficile. Mais bonne chance quand même. »

Sam lui adressa un bref salut de la tête et traversa la salle pour rejoindre Helen.

Jonah désigna Never. « Tess Neil, je te présente Never Geary. Technicien de ressuscitation.

– J'ai beaucoup entendu parler de vous, Tess », fit Never en tendant la main.

Tess la lui serra d'un air circonspect. « Pas qu'en mal, j'espère.

– Non, répondit Never. En bien, aussi. » Cela lui valut un froncement de sourcils de Jonah, mais Never afficha son légendaire sourire, que Tess lui rendit.

« Je peux vous voler Jonah un moment ? demanda-t-elle. On a pas mal de temps à rattraper.

– Aucun souci, dit Never. On se revoit plus tard. »

*

Jonah et Tess s'assirent à une table éloignée de la foule, dans un coin de la salle. Tess enleva ses gants et les posa sur la table. Jonah était assis en face d'elle.

Elle haussa un sourcil. « Si loin ?

– J'ai envie de te regarder bien en face, répondit-il, conscient qu'il rougissait de nouveau. J'ai envie de savoir tout ce que tu as fait. Et en quel honneur tu es venue. »

Tess Neil but une gorgée, et sa lèvre inférieure se détacha voluptueusement du verre. Jonah savait qu'il avait les yeux rivés à sa bouche mais il ne pouvait s'en empêcher.

« Je suis venue fêter le départ à la retraite de Sam », répondit-elle.

Jonah hocha la tête. « Comme ça, de nulle part ? Comment as-tu su pour le pot de départ ?

– Des bruits couraient. Mais j'avoue. Ce n'est pas que pour ça. Je voulais te revoir. » Tess baissa légèrement la voix. « Ça fait sept ans que j'ai envie de te revoir, Jonah. »

Cette réponse le laissa pantois. « Tu étais complètement libre de me contacter. »

Tess haussa les épaules. « Dans un sens, oui. »

Jonah la dévisagea un moment, soupçonneux. « Alors, qu'est-ce que tu as fait toutes ces années ? demanda-t-il.

– Toi d'abord.

– FRS.

– C'est tout ? En sept ans ? Tu n'as rien d'autre à raconter ?

– Rien.

– Et ta vie privée ? Des conquêtes ? Des amours ? De l'aventure ? »

Il hocha la tête. « Meurtre et tragédie me suffisent amplement. »

Tess pencha légèrement la tête, singeant l'affliction. « Mon pauvre. Et tu es heureux ? »

La question le prit de court. « Heureux ? Ça m'arrive.

– Tu sais, du temps de Baseline, j'ai toujours été convaincue que tu étais destiné à un grand avenir. Que ta vie serait vraiment géniale.

– Ça peut aller.

– Mais tu es seul. »

La remarque toucha sa cible. Il repensa au regard horrifié dont Nala George l'avait gratifié, et baissa les yeux. « Parfois, dit-il avant de boire une gorgée. Et toi, alors ? C'est vrai que tu n'as plus jamais eu de nouvelles de Will ? » *Bon sang*, pensa Jonah. *Elle rougit*. Il ne se rappelait pas l'avoir jamais vue rougir.

« D'accord, j'avoue. Je l'ai revu il y a quelques années.

– Tu as fini par savoir ce qu'il faisait ? En quoi consistait le projet sur lequel il travaillait ? »

Elle réfléchit un instant, puis secoua la tête. « Non. Il ne m'a rien dit de tout ça. Mais il avait l'air assez heureux.

– Je me rappelle à quel point tu étais en colère lorsque tout le monde a su pour cette affaire de documents. »

Tess leva les yeux au plafond avec un soupir. « C'est du passé, mais oui. J'étais furieuse. J'étais un peu impétueuse, à l'époque. »

Jonah haussa un sourcil. « Tu veux dire que tu ne l'es plus ? »

Elle eut un bref éclat de rire. « J'ai changé, Jonah. Tu n'imagines pas à quel point. Je crois... Je crois que tu serais fier de moi. »

Ce fut au tour de Jonah de rire. « Ça signifie que tu vas rejoindre le FRS ? » Il avait lancé cela comme une plaisanterie, mais il crut voir dans ses yeux qu'il l'avait blessée.

« Ça ne risque pas d'arriver, Jonah. Même dans un lointain avenir. Les ressuscitations dans le secteur privé, ça me convient parfaitement. Aux États-Unis, à l'étranger, pour l'une des boîtes les plus select du marché : ça paye extrêmement bien. Et c'est une vie de rêve. Ils ne sont pas nombreux, ceux qui peuvent garantir une ressuscitation. Tu devrais y songer sérieusement.

– On n'arrête pas de me le dire.

– Et ça ne te tente pas ?

– Il y a ne serait-ce qu'une semaine, je t'aurais répondu non. Mais le boulot a été assez dur. J'en ai trop fait. Ne le répète à personne, mais j'y réfléchis pas mal depuis quelques jours. »

Jonah pouvait se tromper, mais Tess lui parut surprise, presque déçue. « Si tu choisis de changer de secteur, autant que ce soit pour bosser dans l'une des meilleures boîtes. Histoire de gagner vraiment de l'argent. Ça te changerait un peu.

– Si je devais laisser tomber la ressuscitation médico-légale, ce ne serait pas pour l'argent. Beaucoup de gens payent leur assurance-ressuscitation au prix fort malgré un taux de réussite déplorable. Ce serait un plaisir de relever un peu le niveau. »

Tess gloussa. « Si je tenais à te revoir, c'était en partie pour savoir ce que tu étais devenu.

– Conclusion ?

– Tu n'as pas beaucoup changé.

– Je dois le prendre bien ou mal ?

– Oh, bien. » Elle eut un sourire doux, un sourire chaleureux et sincère, pas le sourire artificiel dont elle faisait usage en public. Jonah retrouvait enfin la fille dont il était tombé amoureux. « J'aurais aimé que tu aies une vie un peu plus remplie, mais je suis heureuse de constater que tu es toujours aussi chou. Ton courage et ton honneur sont intacts. C'est vraiment réconfortant. » Elle baissa la voix et se pencha au-dessus de la table. Sa main droite quitta son verre pour se poser sur le genou de Jonah. Celui-ci était au paradis. « Et très attirant », chuchota-t-elle d'un ton espiègle. « Tu as toujours été idéaliste, poursuivit-elle. Alors dis-moi un peu : pourquoi restes-tu si loin ?

– Quoi ?

– Viens t'asseoir à côté de moi. »

Jonah se sentit gêné. Il avala une gorgée et regarda autour de lui. Le coin dans lequel ils se trouvaient était isolé, plus sombre que le reste de la salle. Never semblait avoir disparu.

« D'accord, répondit-il. Mais seulement si tu réponds à une question.

– Dis-moi.

– Pourquoi m'as-tu embrassé le dernier jour ? »

Tess détourna un instant le regard. « Parce que j'en avais envie.

– Tu savais forcément ce que j'éprouvais pour toi. Tu savais forcément que ça allait me retourner le cerveau.

– J'étais sur le départ. C'était ma dernière chance de le faire. Et puis tu n'étais plus un gamin, Jonah. »

Il secoua la tête. « Justement, si, Tess. C'est sur un gamin que tu as jeté ton dévolu juste avant de partir, et pour quelle raison ? Pour te sentir un peu mieux ? Pour avoir quelqu'un à tes pieds, comme Will t'avait à ses pieds ? »

Le visage de Tess se referma. « Ne dis pas des choses pareilles. Ça n'a rien à voir avec ce qui s'est passé.

– Alors pourquoi ?

– Avec toi, je devenais quelqu'un de meilleur. » Elle observa une pause, cherchant ses mots. « Loin de toutes ces conneries, j'étais quelqu'un de meilleur. Et je *voulais* être quelqu'un de meilleur. C'est grâce à toi que j'en ai eu envie.

– Alors pourquoi n'avoir donné aucune nouvelle ? En sept ans, ce ne sont pas les occasions qui t'ont manqué. »

Tess Neil inspira profondément. « Jonah, toi et moi, on sait que nous sommes trop différents. Ça aurait mal fini. Je me serais comportée comme une salope et je t'aurais brisé le cœur. Je ne voulais pas que ça arrive. Bon sang, Jonah, ce n'est pas parce que je *voulais* devenir quelqu'un de meilleur que je l'aurais été pour autant. »

Jonah se sentit à plat. Il savait qu'elle avait raison, comme toujours, mais il était trop difficile d'entendre la vérité de sa bouche. « Alors pourquoi es-tu venue ce soir ?

– Parce que je vais quitter le pays pour de bon. C'est vraiment la dernière chance.

– Pour quoi ? »

Tess hocha la tête. « Pas de détails. » Elle tapota la place à sa gauche. « Viens t'asseoir à côté de moi. »

Jonah s'exécuta, circonspect. *Pas de détails.* Une énigme, jusqu'au bout. « La dernière chance pour quoi, Tess ? »

Elle approcha son visage à quelques centimètres du sien. Il observa ses yeux, sa peau, son sourire malicieux, et l'instant se grava dans sa mémoire. Malgré toutes les alarmes qui résonnaient dans son esprit, il était d'ores et déjà complètement à sa merci.

« J'ai envie d'un autre baiser », dit-elle doucement, et son haleine chaude caressa les lèvres de Jonah, l'odeur de tequila et de citron vert se mêlant à son parfum. Il était hypnotisé. Elle pressa ses lèvres contre les siennes. Elles étaient incroyablement douces, pleines et vibrantes, et il avait tellement envie de les embrasser qu'il n'eut pas d'autre choix que de reculer. Comme par peur de se noyer.

Les yeux de Tess reflétaient sa déception et son inquiétude. « Jonah ? »

Il détourna le regard, saisit son verre, vida le dernier tiers. « C'est un peu intense, dit-il. Je vais me chercher un verre. Tu reprends la même chose ? » Il parlait à toute vitesse, comme si ses paroles pouvaient effacer ce qui venait de se passer.

Tess Neil acquiesça, découragée. « Je suis désolée, Jonah, je... » Jonah leva une main.

« Ne sois pas désolée. Et ne bouge pas. » Il lui sourit. « Je reviens tout de suite. »

*

Le bar n'avait pas désempli. Jonah s'en réjouit : le temps qu'il lui faudrait pour commander leurs consommations lui donnerait l'occasion de réfléchir sur ce qu'il s'apprêtait à faire. Une main se posa sur son épaule.

« Comment ça se passe ? demanda Never.

– J'en sais trop rien. Et toi ?

– Je me fais de nouveaux amis. » Never Geary désigna un groupe assis près du comptoir. « Thorne s'est fait accompagner par toute une troupe de Chicago, et certains membres du bureau du Nord-Est sont venus aussi. Une bande bien sympathique. » Son ton se fit soudain plus discret. « Je crois que la brune m'a dans l'œil. » Il affichait un air satisfait.

Jonah regarda dans la direction indiquée par Never au moment même où la jeune femme leur lançait un sourire. « Elle est très mignonne, commenta-t-il. Essaye de ne pas trop te saouler.

– Ce n'est pas à moi qu'il faut dire ça. Ces cinglés ont déjà vidé la moitié de la carte des cocktails. Et pour toi ? Raconte un peu.

– C'est déroutant.

– Elle en a après ton corps », déclara Never. Jonah sourit en acquiesçant.

« Je suis un peu secoué. » Le large sourire de Never le gênait. « Je t'en prie, sois sérieux cinq minutes. Je suis partagé. Ça fait sept ans qu'on ne s'est pas vus et, tout à coup, elle réapparaît, sortie de nulle part. Je ne sais pas si c'est vraiment une bonne idée.

– Pourquoi est-elle venue ?

– Pour me dire au revoir. Elle va quitter le pays, définitivement.

– Ah ! voilà qui explique tout. Ce qu'elle veut, c'est un dernier petit coup pour la route ! »

Jonah lui lança un regard noir. « S'il te plaît. Je ne sais plus où j'en suis.

– Désolé. » Never haussa les épaules. « Elle veut te dire au revoir. En faisant l'amour.

– On dirait.

– Et tu restes sur tes gardes parce que...

– Je ne sais pas trop comment le prendre.

– Écoute, cette fille te trotte dans la tête depuis que tu es tout gamin, pas vrai ? » Il attendit l'acquiescement de Jonah. « Si tu en as marre de penser à elle, la meilleure chose que tu aies à faire, c'est de la baiser.

– Tu m'expliques un peu la relation logique entre ces deux trucs ?

– Crois-moi sur parole. Tant qu'on n'a pas baisé une fille qui nous plaît, impossible de passer à la suivante. Le fait de baiser te pousse à être honnête envers toi-même vis-à-vis de la fille en question. Et bonus non négligeable : tu tires un coup. Tu comprends ?

– Non.

– Le lendemain, ou bien tu l'as dans la peau, ou bien tu en es débarrassé. À moins que... merde. À moins que tu ne saches pas trop ce qui t'attend si tu franchis le pas. C'est ça, ton problème ? »

Jonah baissa les yeux. « Je ne veux pas commettre d'erreur, voilà tout. »

Never passa son bras autour des épaules de Jonah et poussa un soupir. « Je ne peux pas te dire quoi faire, mon pote. Si tu ne sais pas comment tu te sentiras après, mieux vaut te montrer prudent. Mais si elle t'a dit la vérité, demain, elle aura à nouveau disparu. Une telle chance ne se représentera plus jamais. Et tant qu'à faire une connerie, autant que ce soit une grosse. »

Jonah considéra Never pendant dix bonnes secondes, époustouflé. Il finit par rendre les armes. « O.K. Ta logique est imparable.

– Et comment. Tu veux un verre ?

– Tout à fait.

– Laisse-moi voir ce que je peux faire pour toi. »

Never se pencha au-dessus du comptoir : « Ivan ! » Il répéta six fois le prénom jusqu'à ce que le barman approche.

« T'es gentiment gonflé, toi », fit ce dernier, aussi amusé qu'énervé.

« Je sais, répondit Never, mais mon ami ici présent se trouve en compagnie d'une ravissante jeune femme qui a grand besoin d'un verre. »

Le barman se tourna vers Jonah, tout sourire. « Alors si c'est une urgence... Qu'est-ce que ce sera ? »

*

Un verre dans chaque main, Jonah rejoignit sa table par un chemin détourné, afin de pouvoir observer Tess un bref instant. Doigts croisés sur la table, elle considérait ses mains d'un air pensif. Tandis qu'il approchait, elle ferma les yeux. Son visage reflétait une mélancolie un peu inquiétante.

« Hé », fit Jonah en s'asseyant et en posant les verres sur la table.

Tess sourit, mais il restait un soupçon d'anxiété dans son regard.

« Qu'est-ce qu'il y a ? demanda Jonah. Tu as des problèmes ? C'est pour ça que tu quittes le pays ?

– Non, Jonah. La raison qui me pousse à partir est sans doute la meilleure chose qui me soit jamais arrivée. J'étais juste un peu nostalgique en pensant à tout ce que j'allais laisser derrière moi. C'est vrai, ce que je t'ai dit. Tu m'as toujours poussée à devenir meilleure que je ne le suis. Tu es très important pour moi, et je tenais à ce que tu le saches. »

Elle prit sa main dans les siennes en le regardant droit dans les yeux, avec une intensité qui l'envoûta littéralement.

Il ouvrit la bouche pour parler. Il avait la gorge sèche. « Tess… », murmura-t-il, plein d'appréhension. « On est train de faire quoi, là, au juste, là ?

– On se repenche sur une affaire en souffrance. »

Il allait répondre quelque chose, mais elle posa son index sur ses lèvres et l'embrassa, longuement, profondément. Il répondit à son baiser.

Ils se regardèrent une bonne minute, en silence. Tess lui souriait avec cette franchise innocente qu'il adorait chez elle, à mille lieues de l'amusement circonspect qu'elle affectait habituellement.

Jonah avait fait son choix. Il vida son verre cul sec. « Allons-y », décréta-t-il.

Accoudé au comptoir, Never Geary vit son ami quitter les lieux et leva son verre dans sa direction. « Bonne chance », murmura-t-il.

*

Sur la banquette arrière du taxi, Tess et Jonah demeuraient silencieux, dans les bras l'un de l'autre.

Vingt minutes plus tard, ils sortirent du taxi. Jonah ouvrait la marche d'un pas décidé, tirant par la main une Tess hilare. Aussi vite qu'ils le purent, ils gravirent les marches qui menaient à l'appartement de Jonah. Celui-ci sortit sa clef et avant d'ouvrir, se retourna vers Tess.

« Tu sais depuis combien de temps j'attends ce moment ? », demanda-t-il, et en guise de réponse, Tess l'embrassa.

Jonah ouvrit la porte. Ils entrèrent en trébuchant, et dans un duo de gloussements, commencèrent à se déshabiller avant même que la porte soit refermée. Ils se trouvaient tous deux en sous-vêtements lorsque Tess saisit la main de Jonah, qui s'apprêtait à retirer son boxer. Elle hocha la tête.

« Pas avant d'être au lit », murmura-telle. Jonah eut un rire embarrassé, mais le sourire de Tess le rassura : « Faisons un peu durer cet instant. » Jonah approuva et se retourna vers la chambre. Tess, qui le suivait, s'arrêta net en entendant un bruit dans la cuisine : c'était Marmite qui miaulait. Tess était comme hypnotisée.

« Tu as un chat ? »

Il acquiesça, étonné que Tess se laissât distraire aussi facilement. Marmite était assis sur le seuil de la cuisine. Il miaula à nouveau, et Tess s'avança et le prit dans ses bras.

« Elle s'appelle comment ?

– Il, corrigea Jonah. Marmite. Fais attention : il a grand besoin d'une manucure et il est un peu vif. » Tess se mit à caresser l'animal en lui soufflant des mots doux. Jonah soupira et ouvrit le réfrigérateur, aussi amusé qu'ennuyé par cette réaction. Il essaya de se consoler. La température était montée si vite que tout se serait fini en un instant. Techniquement, une petite pause s'imposait. « Tu veux manger quelque chose ? Boire un verre, peut-être ? »

Tess releva les yeux. « Un verre de vin, ce serait… » Une ombre coupable parut sur son visage. « Oups. Je me suis un peu dispersée.

– Un peu vite, effectivement », répondit Jonah. Tess éclata de rire et hocha la tête.

« Désolée. J'adore les chats. J'ai eu un petit chaton noir quand j'avais 5 ans. Il n'arrêtait pas de faire ses besoins sur le tapis. Au bout d'un mois, il a disparu. Mon père m'a dit qu'il s'était enfui. »

Jonah était au courant pour le père de Tess : abusif sur le plan moral, au minimum. Il avait toujours été une source de souffrances pour elle.

« En fait, il s'est avéré qu'il l'avait vendu à quelqu'un, poursuivit-elle. Je ne l'ai appris qu'après sa mort. » Elle gratta la tête de Marmite. « Je ne me souviens même plus du nom de mon chat. C'est terrible, quand même. Je peux lui donner quelque chose à manger ? »

Jonah posa la main sur la boîte de croquettes, puis se ravisa. Il vida une boîte de thon dans la gamelle du chat, et la passa à Tess. Marmite se frotta contre la jambe nue de Tess, et celle-ci déposa la gamelle devant lui. Jonah et elle contemplèrent un instant le chat qui dévorait son souper avec grand appétit.

« Il mange comme toi, constata Tess. Peut-être un peu plus lentement. »

Jonah sourit. « Tu n'as pas encore vu Never manger. »

Elle eut un bref hochement de tête. « Je n'en aurais pas le temps. »

Jonah lut une tristesse sincère sur son visage. « Alors tu vas vraiment partir. Et je ne te reverrai plus. » Elle acquiesça en silence. « Et pas d'explication. »

Elle hocha la tête, et se tourna vers Marmite. La lumière crue de la cuisine éclairait une longue cicatrice sous les cheveux de la jeune femme, juste au-dessus de l'oreille gauche. Elle s'en rendit compte, et par réflexe voulut la cacher. Jonah tendit une main pour la caresser. « Une opération ? demanda-t-il d'une voix inquiète. C'est pour ça que tu... ?

– Ce n'était pas aussi grave qu'il y paraît. Et ce n'est pas à cause de ça que je m'en vais. Mais ça a changé pas mal de choses, oui. Ça m'a fait réfléchir à ce que je désirais vraiment. » Pendant un bref silence, elle le considéra d'un air malicieux. « Qui je désirais vraiment... » Son regard se fit plus profond encore. « Au lit. Tout de suite. »

Il la conduisit jusqu'à la chambre, se félicitant intérieurement d'avoir changé ses draps moins d'une semaine auparavant et d'avoir fait un peu de rangement. « Une seconde », lui glissa-t-il, se rappelant soudain que la boîte de préservatifs qu'il avait achetée au distributeur des toilettes de l'hôtel se trouvait toujours dans sa veste. À son retour, Tess était allongée, complètement nue. Il la dévora des yeux. Elle lui lança un regard perplexe.

« Quelque chose ne va pas ? »

J'ignore pourquoi tu es là, pensa Jonah.

J'ignore si je suis sur le point de commettre une erreur.

« Rien. Absolument rien », répondit-il avant de refermer la porte de sa chambre.

*

Lorsqu'il ouvrit les yeux, le lendemain matin, il sut aussitôt qu'elle était partie. Son parfum imprégnait encore l'oreiller à son côté. La nuit avait été longue. La nuit avait été parfaite. Ils avaient joué, fait l'amour, ils s'étaient caressés encore et encore sans la moindre pudeur, sans la moindre honte. Jonah referma les yeux. Le souvenir de sa peau le hantait, ses courbes douces, le contact de son corps, de son intimité, un paradis démultiplié par chaque centimètre carré de chair. Il repensa à sa bouche qu'il avait embrassée et mordillée, qui s'était close sur lui et avait dévoré son cou.

Il rouvrit les yeux. Un bref instant, il eut l'espoir qu'elle soit encore là, peut-être dans la cuisine. Il se leva pour aller voir, mais il ne trouva que Marmite, en train de boire dans sa gamelle. À côté de l'évier se trouvait une deuxième boîte de thon ouverte. Elle avait au moins pris le temps de nourrir le chat.

Près de la boîte gisait un bout de papier plié, arraché au calepin destiné aux listes des courses. « Jonah », pouvait-on lire au recto. L'intéressé laissa la note à sa place et passa au salon, où il retrouva son boxer et son jean. Il les enfila et s'assit un instant sur son sofa. Il aurait aimé lui dire au revoir. Ne serait-ce que lui dire au revoir.

Il était 11 h 15. Il avait dormi longtemps, d'un sommeil réparateur. Cela faisait certainement plusieurs heures qu'elle était partie.

Se sentant prêt, il repassa en cuisine et lut le mot qu'elle lui avait laissé.

« Jonah. Il fallait que je parte. Je n'ai pas voulu te réveiller. Tu avais l'air en paix, et il ne faut pas briser de tels moments. Sois heureux. Tess. »

Anéanti, Jonah s'assit lourdement à la table de la cuisine. Marmite se frotta contre ses jambes, et Jonah baissa les yeux.

« Au moins, elle t'a dit au revoir, à toi. » Le chat miaula et le regarda en plissant les yeux. « J'imagine que c'est déjà ça. » Et Jonah se mit à pleurer.

Il prit une douche en pensant à elle. L'eau lava ses larmes, ces larmes longtemps retenues mais dont il se sentait à présent purgé.

Il repensa à ce qui avait poussé Tess à le revoir. Une affaire en souffrance. Pour pouvoir enfin tourner la page.

Tu es très important pour moi, et je tenais à ce que tu le saches. Le pensait-elle vraiment ?

Il n'arrivait pas vraiment à déterminer en quoi, mais elle lui avait paru différente. Dans ses souvenirs, elle semblait toujours un peu perdue, sans but, alors que, la veille, elle lui avait semblé… semblé quoi, au fait ?

Il se creusa la tête un moment avant de trouver les mots justes. *Concentrée. Sûre d'elle.* C'était ça. Il pensa à l'opération qui lui avait valu sa cicatrice. Rien de sérieux, lui avait-elle certifié, mais il n'y croyait pas une seconde. Il ignorait toujours pourquoi elle quittait le pays mais, sans le moindre doute, c'était dans ce départ qu'elle puisait sa toute nouvelle assurance.

Elle n'était plus perdue, et Jonah lui souhaita tout le bonheur du monde.

Tess Neil avait occupé une place considérable dans sa vie tout au long des années difficiles qui avaient suivi la mort de sa mère et la découverte de son pouvoir. La possibilité de renouer contact avec elle, depuis lors, était restée comme une porte ouverte dans son esprit. Une porte, mais aussi une plaie, en un sens.

La porte était à présent fermée. Avec de la chance, la plaie guérirait peut-être.

CHAPITRE 14

CETTE NUIT-LÀ, JONAH RÊVA DE SA MÈRE.

Le rêve commençait comme d'habitude. Jonah regardait le ciel, perdu dans les nuages. Son sanctuaire.

« Jonah ? » La voix de sa mère, assise sur le siège passager, le tira de sa rêverie. Il se demanda combien de fois elle l'avait appelé avant qu'il s'en aperçoive.

« Ta mère se demandait si tu voulais sortir ce soir. » Stephen, le beau-père de Jonah, lui parlait toujours d'un ton monocorde. L'un et l'autre se supportaient pour faire plaisir à Claire, mais leurs conversations étaient toujours empreintes de froideur. Sa mère avait conscience de cette tension, Jonah le savait.

Son père, David Miller, était architecte. Il était mort quatre ans auparavant, électrocuté sur un chantier. Des dédommagements avaient été versés au terme du procès, suffisants pour assurer la sécurité financière de la veuve et de son fils pendant une dizaine d'années.

A 10 ans, Jonah avait vécu son deuil en silence. Il avait coupé les ponts avec tous ses amis, s'enfermant dans la solitude. Il passait autant de temps que possible auprès de sa mère, terrifié à l'idée de la perdre.

Stephen Brinley était le conseiller financier engagé par Claire Miller après qu'elle eut perçu les indemnités versées par la compagnie de David. Il était beau, plein de charme et assez riche : ce ne fut évidemment pas le pécule de Claire qui l'attira. Jonah était assez intelligent et lucide pour savoir que n'importe quel autre homme désireux de remplacer son père aurait suscité chez lui la même réserve, mais l'attitude de Stephen à son égard transforma très vite sa méfiance en haine.

Aux yeux de Stephen, Jonah ne représentait rien de plus qu'une contrariété. À l'époque où il faisait encore la cour à sa mère, il leur était arrivé de sortir ensemble tous les trois. Claire avait beau répéter à son fils que rien n'arriverait sans son approbation, Jonah s'était bien rendu compte qu'elle était de nouveau heureuse, et que sa propre tristesse s'estompait peu à peu. Il s'était senti piégé. Sa mère avait changé, peu à peu. Et puis, bientôt, sa relation avec Stephen était devenue assez sérieuse pour qu'elle n'envisage plus l'avenir sans lui, et elle s'était montrée plus dure.

Jonah comprit qu'il l'avait déjà perdue en partie et qu'il risquait désormais de la perdre totalement. Il n'y avait qu'un seul moyen d'empêcher ça. Il s'était plié aux volontés de Stephen en se tenant à l'écart, en n'ouvrant que rarement la bouche et en tâchant d'avoir l'air heureux. La méthode avait fonctionné– un peu trop bien, même : le jour de Noël, Stephen et sa mère lui avaient annoncé qu'ils allaient se marier.

Jonah se renferma de plus en plus. Aveuglée par son propre bonheur, sa mère ne s'en rendit pas compte. Une fois passé la douloureuse épreuve du mariage, la routine du quotidien s'était vite installée, et Jonah n'avait plus eu besoin d'arborer son masque. Sa présence quasi fantomatique et son statut de bon élève (il n'était jamais mêlé aux mauvais coups de ses camarades et obtenait les notes qu'on attendait de lui, ni plus ni moins) lui valurent progressivement de ne plus être considéré comme une menace par Stephen.

*

Jonah n'était vraiment heureux que lors des rares occasions où Stephen s'en allait assez longtemps pour que sa mère cesse de se comporter comme si elle était son ombre, et redevienne la femme qu'elle avait été jadis.

À présent, assis sur la banquette arrière, Jonah en aurait presque souri : c'était précisément l'un de ces moments de grâce qu'il s'apprêtait à vivre en compagnie de sa mère. Ils se rendaient à l'aéroport : son beau-père partait pour un voyage d'affaires en Europe. Sa mère avait lourdement insisté pour que Jonah les accompagne pour dire au revoir. Son désir de donner de sa famille une image unie et heureuse confinait à l'obsession : à ce titre, des adieux émus avant décollage s'imposaient. La tension avait grimpé d'un cran avant même qu'ils se mettent en route : Stephen mit un certain temps à retrouver son passeport, ce qui les fit partir en retard. Comme à son habitude, il avait rejeté la faute sur les autres plutôt que de reconnaître ses torts.

La circulation étonnamment dense n'avait rien arrangé à son agacement. Appels de phare, pointes de vitesse : il tentait par tous les moyens les moins raisonnables de rattraper son retard.

« Je disais que ta mère se demandait si tu voulais sortir ce soir », répéta-t-il d'un ton impatient.

Jonah répondit directement à sa mère d'une voix douce.

« On pourrait peut-être aller au ciné ?

– Ce serait sympa, oui.

– Je vous rappelle que j'arrive à 21 heures selon votre fuseau horaire, intervint Stephen. J'aimerais que vous soyez à la maison lorsque j'appellerai.

– Il me semble qu'il sera plutôt 23 heures, corrigea respectueusement Claire. Nous serons déjà rentrés, ne t'inquiète pas. »

Durant tout cet échange, Stephen avait collé de près la voiture qui se trouvait devant eux. Il accéléra soudain et la doubla, malgré la proximité des véhicules qui roulaient dans l'autre sens.

– « Ralentis, chéri, conseilla Claire. On arrivera à l'heure.

– On est à quinze minutes de l'aéroport, répliqua Stephen d'un ton cinglant. Je suis censé enregistrer mes bagages dans les vingt minutes. Alors à moins que tu saches comment voyager dans le temps, laisse-moi conduire comme je l'entends, compris ? »

Sur ces mots, il entreprit de dépasser le camion qui se trouvait devant eux, en plein virage, sans apercevoir l'autocar qui approchait dans l'autre sens.

« Non ! », hurla Claire, et le son de sa voix fut écrasé par le fracas de l'autocar percutant le côté droit de la voiture.

Une rafale de douleurs, une sensation de chute sens dessus dessous, un vacarme assourdissant. Et puis plus rien.

Jonah fut réveillé par l'odeur d'essence et d'huile et la chaleur du métal. Il comprit qu'il avait brièvement perdu connaissance. Plus rien ne bougeait, mais la tête lui tournait. Prudemment, il ouvrit les yeux, incapable de comprendre dans quelle position il se trouvait. Il leva les mains devant son visage et l'image se précisa soudain : elles étaient couvertes de sang. Il regarda autour de lui. Sa mère était toujours à sa place, la tête tournée vers le siège conducteur vide.

« Maman ? croassa-t-il. Maman ? » Aucune réponse. Il détacha sa ceinture de sécurité. Une douleur vive parcourut sa poitrine à l'endroit précis où la ceinture avait mordu sa chair. Ses jambes étaient en coton. Il les remua avec précaution et se pencha en avant. Il avait l'impression qu'on lui poignardait la poitrine.

Les yeux de Claire étaient fermés. « Maman ? » Jonah se demanda où pouvait bien être son beau-père. Les lézardes du pare-brise fracturé l'empêchaient de distinguer quoi que ce soit. Il voulut sortir de la voiture mais la portière arrière droite refusa de s'ouvrir. Celle de gauche céda sans problème. En s'extirpant du véhicule, Jonah fut pris de nausée. La voiture avait traversé la rangée de jeunes arbres qui bordaient la route et, au terme d'une chute de dix mètres, avait fini dans un champ. Au sommet du terre-plein, des gens appelaient Jonah en pointant quelque chose du doigt. Jonah considéra le champ et remarqua qu'il était en pente. Trois hommes et une femme avaient longé la route et avaient trouvé un chemin sûr pour parvenir jusqu'à la carcasse.

À une douzaine de mètres, Stephen tentait de se relever en leur faisant signe. Jonah fit le tour de la voiture, et ouvrit tant bien que mal la portière de sa mère.Il eut un haut-le-cœur en la voyant. Une partie de son crâne était enfoncée. Il s'agenouilla et prit sa main. Elle était encore chaude.

« Maman ? » Il ne savait pas quoi faire. « Vite ! hurla-t-il. Vite, s'il vous plaît ! » Il pleurait, à présent. Les sauveteurs, qui pataugeaient dans la boue, avançaient comme au ralenti.

Ravalant ses sanglots, Jonah posa la tête sur les genoux de sa mère. « Ça va aller. Ça va aller. Les secours arrivent, maman. Accroche-toi. Accroche-toi. » Il la serrait dans ses bras, de toutes ses forces. Il ne pouvait pas la perdre. Bientôt, sa voix se réduisit à une faible plainte. Il avait l'impression d'avoir à nouveau 3 ans. « S'il te plaît, ne me laisse pas. Ne me laisse pas tout seul. »

Une image s'imposa à lui : celle de son père, souriant, en train d'allumer la guirlande électrique du sapin de Noël.

« S'il te plaît, ne m'abandonne pas… », répéta-t-il, presque aphone. Un bref torrent de lumière et de bruit l'envahit, sans qu'il comprenne ce dont il s'agissait.

Il crut sentir quelque chose. Trois secondes plus tard, sa mère parlait.

« Jonah ? » Sa voix était étrange. Distante, vague. Perdue. Jonah se figea, abasourdi, le regard toujours tourné de l'autre côté. Une partie de lui savait. L'histoire d'Eleanor Preston avait été rendue publique six mois auparavant : il l'avait lue, sans savoir pourquoi elle le fascinait tant. Il serrait la main de sa mère dans la sienne, et une partie de lui comprenait ce qui était en train d'arriver. Mais une autre partie exultait à la simple idée que Claire était encore vivante.

« Maman ? » Il releva la tête, et son sourire se fana. Pas la moindre étincelle de vie dans ses yeux. Pas la moindre expression sur son visage. Quelque chose clochait terriblement. Son désir de la voir vivre éclipsait l'évidence. « Maman ? »

Dans son dos, il entendait des gens approcher, certainement pour l'aider.

Enfin, sa mère répondit : « Laisse-moi, s'il te plaît. »

Il la dévisagea.

« Jonah, je t'en prie. Laisse-moi. »

Soudain, il comprit, et le souffle lui manqua. « Je ne sais pas comment faire », dit-il

Plusieurs personnes arrivèrent. « Laissez-moi vous aider, commença une femme, je suis médecin, laissez-moi... » Elle se figea, les yeux écarquillés.

« S'il te plaît, laisse-moi... », implora la mère de Jonah. Quelqu'un, derrière lui, étouffa un juron. Muet de stupeur, le médecin posa son regard sur Jonah, qui refusait toujours d'affronter la réalité.

« Elle va s'en sortir, répétait-il. Elle va...

– Bon sang, qu'est-ce que tu fais ? »

Jonah tourna la tête. Soutenu par un autre homme, Stephen le regardait, plein de colère. « Mais qu'est-ce que tu fais ? répéta-t-il.

– Elle va s'en sortir », répondit Jonah, le visage toujours sillonné de larmes, tandis que son pauvre sourire s'effaçait. Au comble de l'horreur, Stephen vit alors le cadavre de son épouse parler.

« Je t'en supplie, Jonah. Laisse-moi. »

Ces mots suffirent à les faire réagir. Se penchant en avant, il tira brutalement Jonah en arrière. La main de l'enfant lâcha celle de sa mère. Le contact était rompu : il la sentit s'en aller, soulagé et dévasté à la fois. Stephen serra sa femme dans ses bras en sanglotant. Dans les regards de l'assistance, la peur, la confusion et l'horreur.

Jonah Miller leva les yeux au ciel dans l'espoir de se perdre dans les nuages. Mais son sanctuaire ne s'y trouvait plus.

La seule personne qu'il aimait, la seule qui l'aimait, venait de mourir. Il était seul au monde.

*

Jonah se réveilla avant l'aube en proie à une douleur aussi vive que douze ans auparavant. De l'armoire de sa chambre, il ouvrit un tiroir et en sortit une petite boîte qu'il avait trouvée trois mois après la mort de sa mère, dans un carton plein de souvenirs qu'elle gardait à la cave. Elle lui avait déjà montré ce carton que Stephen Brinley méprisait au plus haut point. Dévasté par le deuil, Jonah avait retrouvé la boîte et l'avait prise. Il ne voulait pas courir le risque que Stephen mette la main dessus.

Dans la pénombre de sa chambre, il l'ouvrit et en sortit la première alliance de sa mère, qu'elle avait cessé de porter le jour où elle l'avait informé de son remariage. À côté d'elle : l'alliance de son père. Elle les avait gardées toutes deux ensemble. La boîte contenait un dernier objet, un petit mot que Jonah avait lu tant de fois que le papier était maintenant tout usé. C'était un mot de sa mère, adressé à son père. Jonah préféra le laisser dans la petite boîte, par peur de l'endommager.

Il en connaissait le contenu par cœur.

« *Tu me manques* », disait le mot.

Jonah rangea les deux alliances et referma la boîte.

CHAPITRE 15

Ce même matin, Annabel Harker fut tirée de son sommeil à 11 heures par un coup frappé à sa porte. Elle avait dormi tout habillée sur son lit. Avec un juron, elle se souvint ; elle avait passé une commande tard dans la soirée. La simple idée de s'aventurer jusqu'à une épicerie lui répugnait, mais il fallait bien se nourrir. Pour la première fois depuis son arrivée, elle avait allumé son ordinateur portable. La configuration de la connexion wifi de son père n'avait pas changé depuis l'année précédente.

Une semaine de lait, de céréales et de repas préparés à réchauffer au micro-ondes. Elle se saisit des sacs posés sur le perron en marmonnant des remerciements et s'empressa de refermer la porte.

Lorsqu'elle eut tout rangé, elle se prépara un bol de cornflakes. Debout devant le plan de travail, elle renversa un peu de lait en se servant. Elle prit quelques feuilles de papier toilette, essuya, et contempla un long moment la trace propre qu'elle venait de laisser sur la couche de poussière uniforme. Elle essuya encore, agrandissant la trace. Ce fut comme un déclic. Elle se mit à essuyer toute surface passant à sa portée, dépoussiérant avec énergie, et elle s'en trouva mieux.

Emportée par son élan, elle parvint à mettre la main sur l'aspirateur de son père et passa de pièce en pièce, mue par un mélange croissant d'agitation et d'allégresse. Ce sentiment, elle le savait, confinait à la panique.

Arrivée dans sa chambre, elle retira les draps du lit, qui rejoignirent le tas des vêtements qu'elle avait portés jusqu'ici.

Puis, le souffle court, elle passa à la chambre de son père, et son désespoir la rattrapa. Elle parvint à ôter les draps du lit avant de tomber à genoux, secouée de sanglots, laissant couler les larmes qu'elle retenait depuis des jours.

C'est lorsqu'elle parvint à se ressaisir qu'elle l'aperçut.

Elle avait dû le déplacer en retirant les draps : de sous le matelas dépassait un carnet de notes : le fidèle carnet de son père, celui qu'il avait caché sous son lit afin de la préserver de la curiosité de sa fille et de sa femme, même après la mort de cette dernière, même malgré les centaines de kilomètres de distance.

Annabel s'en saisit et se mit à le feuilleter. Des notes en vue de son prochain livre. Elle reconnut le nom d'un personnage, un détective privé qu'il avait déjà utilisé dans un roman précédent. Elle continua à feuilleter. Elle dut tourner une bonne quarantaine de pages avant de tomber sur les dernières notes.

Celles-ci étaient bien différentes des autres. Deux pages, l'une couverte d'un fatras d'abréviations, de phrases nominales, de points d'interrogation, de flèches et de soulignements qui ne signifiaient rien à ses yeux, avec, au beau milieu, une date.

Trois semaines avant la disparition de son père, écrite à côté des initiales « T.Y. ». Et juste à côté, cerclé, le mot « UNITÉ ».

Sur la deuxième page figurait une autre date, trois jours avant la disparition, et les mots : T.Y. PAS PASSÉ. Son père lui avait dit qu'il travaillait sur une enquête, pas un roman.

Jusqu'ici, elle pensait qu'il s'agissait de quelque chose de simple, d'anodin. Mais ces dates, si proches de sa disparition, changeaient peut-être complètement la donne. Il était tentant d'imaginer que ces nouveaux éléments conduiraient peut-être à une explication toute bête de sa disparition, mais elle ne pouvait se permettre d'appréhender les choses de la sorte. Elle n'avait pas besoin de se bercer de faux espoirs.

Non. Elle déchiffrerait toutes ces phrases et, si elles recelaient la moindre information d'importance, elle en informerait la police.

Les mots et les abréviations inscrits en capitales étaient les éléments les plus obscurs ; elle en dressa la liste : TY, UNITÉ, BL, AB, BPV, AL, puis elle se pencha sur son ordinateur portable.

« BPV » fut le premier sigle qu'elle parvint à décrypter : c'était le nom d'une substance active utilisée par les revivers. Une ligne le rattachait à « TY », sous laquelle avait été écrit le chiffre « 15 ». « BL » correspondait selon toute probabilité à « Baseline ». Mais Annabel ne trouva rien de probant ni pour « TY », ni pour « UNITÉ ».

« AB » semblait faire référence à Andreas Biotech, le plus grand soutien financier du projet Baseline. « MA » représentait peut-être les initiales de Michael Andreas, fondateur de la compagnie. Une grosse flèche reliait ces deux lettres à « BPV ».

Le visage de Michael Andreas lui était familier. Elle essaya d'en apprendre plus sur lui. Andreas avait été un élément moteur des débuts de Baseline, tant par les fonds qu'il avait injectés que par le niveau d'expertise de sa société. Certains articles évoquaient son parcours avec suspicion : à moins de quarante ans, il paraissait incroyablement jeune pour avoir amassé une telle fortune. Cinq ans avant la création de Baseline, l'une de ses allocutions publiques concernant ses objectifs avait soulevé un tollé : Andreas avait déclaré qu'en moins d'un siècle il éradiquerait la mort.

On savait qu'il avait investi dans le développement de la technologie cryogénique. En faisant construire un centre de stockage de corps cryogénisés dans le Nevada, il réservait à ses clients fortunés le privilège d'éviter la fâcheuse permanence du tombeau.

Lorsqu'il commença à s'investir dans le projet Baseline, certains commentateurs tournèrent en dérision ce qu'ils considéraient comme une obsession malsaine. Tout en continuant de lire plusieurs articles en diagonale, Annabel se demanda ce qui les étonnait vraiment : la plus grosse contribution financière à l'étude de la ressuscitation émanait d'un homme fasciné par la mort. Quoi de plus logique ? Certains articles faisaient remonter l'origine de cette fascination au décès de son premier amour, neuf ans avant que le phénomène de la ressuscitation soit révélé au monde. Le ton des papiers allait du mélodrame poignant à l'étude de cas pathologique.

Sans l'engagement d'Andreas, le destin de Baseline aurait été compromis. Le concept même de ressuscitation suscitait la gêne, tant auprès de l'opinion publique qu'au sein des milieux politiques et financiers. La plupart des entreprises ne souhaitaient pas être associées de trop près au phénomène, et cette réserve se vérifiait à l'échelle internationale. Une fois passé le stade initial de fascination de l'opinion publique, le gouvernement américain lui-même se montra soucieux de prendre ses distances.

L'approche d'Andreas, qui ignorait cette réserve, avait dans un premier temps suscité les louanges d'une presse unanime. Mais au fil du temps, le cynisme l'avait emporté. Pourquoi cet homme investissait-il autant d'argent de sa propre poche ? Quel était son véritable but ? On l'attaqua sur son obsession morbide, on l'accusa d'être un sordide profiteur. Lorsque Baseline ferma définitivement ses portes, beaucoup se demandèrent si Andreas n'en avait pas eu assez. Il évitait à présent l'attention des médias, lesquels interprétaient ce comportement comme un caprice.

Annabel considéra les notes de son père. Andreas avait joué un rôle-clef dans le développement du BPV, qui, apparemment, inhibait le stress post-traumatique des revivers. Mais ce qui avait poussé son père à souligner spécifiquement ce lien, Annabel n'en avait pas la moindre idée.

Elle garda le sigle « AL » pour la fin, croyant deviner ce dont il s'agissait. Comme prévu, la seule occurrence plausible était liée aux Afterlifers. Dans le carnet, une nébuleuse de mots indéchiffrables entourait les lettres « AL ». Annabel parvint pourtant à déchiffrer ce qui avait été écrit sous une flèche reliant le terme à « TY ». *Abscom si au courant*. Une énième recherche sur le Net la mena droit à un vieil article dépeignant le jusqu'au-boutisme des Afterlifers.

« Abscom », c'était ainsi que les groupuscules afterlifers les plus extrémistes s'étaient eux-mêmes baptisés. « *Absolute commitment* » : « engagement absolu ». Un verbe était même né de cette expression, un euphémisme pour signifier qu'il fallait faire ce qui s'imposait, sans se poser la moindre question. C'était une menace destinée à ceux qui faisaient preuve de faiblesse ou communiquaient des informations aux autorités. Quiconque mollissait s'exposait à un passage à tabac, voire pire.

TY est forcément quelqu'un, se dit Annabel. Quelqu'un que son père avait réussi à rencontrer, s'apprêtait à revoir, et qui n'avait pas réapparu. Quelqu'un dont les attaches afterlifers étaient assez anciennes pour qu'il redoute de parler à un journaliste.

Quelqu'un que la police pourrait identifier.

« Dans quoi es-tu allé te fourrer, papa ? », demanda Annabel à voix haute.

Elle se saisit du téléphone et appela la police, demandant à parler à l'inspecteur Harrington. Elle lui expliqua ce qu'elle venait de découvrir, ne s'interrompant que pour reprendre haleine, et ne remarquant le silence total à l'autre bout de la ligne que lorsqu'elle en eut terminé.

« Mademoiselle Harker, répondit l'inspecteur d'un ton lent et maîtrisé, un ton qu'Annabel trouva aussitôt terrifiant. Annabel. L'affaire n'est plus entre nos mains, il y a eu de nouveaux développements, mais... »

Harrington n'acheva pas sa phrase.

« Dites-moi », pressa Annabel. La gêne de son interlocuteur était palpable.

« Annabel, je vais vous demander quelques instants. » Le silence se fit à l'autre bout de la ligne, et elle l'imagina dans son bureau, tentant de soutirer des bribes d'information à ses collègues. Trente secondes s'écoulèrent. Elle serra le combiné un peu plus fort entre ses doigts. Il y eut un cliquetis ; Harrington était de retour, circonspect, mal à l'aise. « Annabel, je viens d'apprendre que quelqu'un est en chemin au moment même où je vous parle. Ce quelqu'un devrait arriver chez vous d'ici...

– Dites-moi. S'il vous plaît. »

Une longue pause. Harrington finit par se décider.

« On a retrouvé un corps il y a quatre heures. On pense qu'il s'agit de votre père. »

CHAPITRE 16

L'INSPECTEUR RAY JOHNSON AVAIT FROID. DEBOUT dans une chambre d'examen médico-légal du bâtiment du FRS de Richmond, il observait un expert en pleine chasse aux vers.

Le corps de Daniel Harker avait été retrouvé dans une maison louée à Warrenton. La bâtisse était passablement isolée. Deux mois de loyer avaient été payés d'avance. Le propriétaire avait appelé plusieurs fois ces derniers jours parce qu'il voulait abattre un vieil arbre qui se trouvait au bout du jardin. Incapable de joindre les locataires, il s'était rendu sur place et avait retrouvé sa maison vide. Une odeur singulière émanait de la cave.

Le portefeuille retrouvé dans la poche arrière du pantalon de Harker avait permis de l'identifier. La question de savoir qui allait mener l'enquête prit d'emblée des proportions considérables. La ville, le district, l'État ? Une seule erreur dans la procédure, et l'échec aurait un écho désastreux auprès de l'opinion publique. Aucune des autorités concernées ne souhaitait une telle publicité.

L'affaire Woods avait accaparé les médias plusieurs jours durant ; le nom de Crenner avait été rapidement avancé, l'idée étant de capitaliser sur sa notoriété récente.

Le matin même, Johnson avait donc suivi Crenner et le légiste en charge, Peter Rierson, jusque dans cette cave sombre et fétide. Sur les conseils de Rierson, il avait enfilé un masque de protection. Une ampoule nue pendait au plafond. Un photographe de la police les attendait. Ainsi qu'un cadavre.

Au milieu de la pièce : une chaise renversée. Sur cette chaise, un homme. Les mains liées dans le dos. La peau violette, noircie. C'était de là que provenait l'odeur. Johnson perçut un frémissement : un ver creusait la joue du cadavre.

« Mon Dieu », souffla-t-il, réprimant une brusque envie de vomir.

Rierson acquiesça. « Ça fait déjà dix bonnes minutes que je récupère ces petits enfoirés. J'ai dû en prélever une bonne moitié. J'aime que mes cadavres restent tranquilles. » Il s'accroupit, tira de sa poche un sachet plastique et une pince, avec laquelle il se remit à attraper les larves l'une après l'autre.

« Putain, dit Crenner. Je n'arrive même pas à le reconnaître. »

Considérant le visage gonflé et déformé de la silhouette recroquevillée, Johnson éprouvait les mêmes difficultés que son supérieur.

« À quand remonte la mort ? demanda Crenner.

– Il nous faudrait une estimation de la température qui règne ici l'après-midi, répondit Rierson. À priori, une cave conserve toujours une certaine fraîcheur, mais avec la chaleur accumulée de ces derniers jours, l'estimation est moins évidente.

Ces larves ont dû sortir de leurs œufs au bout de deux ou quatre jours, tout dépend de l'espèce et de la température. Leur nombre est relativement faible, il devait n'y avoir qu'un insecte dans la cave lorsque la victime est morte, et un autre a dû trouver son chemin par la suite. La pièce doit être très bien isolée, sans quoi on croulerait sous les larves. Ça nous donne une estimation minimale de cinq jours mais, vu l'état du corps, je miserais sur plus : ce n'est peut-être pas une espèce qui pond dans des cadavres frais. Certains insectes attendent que le corps soit un peu spongieux et pondent dans les plaies existantes. On en retrouve ici surtout dans le cou : peut-être les œufs ont-ils été déposés autour d'une blessure. Des éraflures un peu marquées peuvent suffire à attirer des insectes. On se fera une meilleure idée après le passage de l'entomologiste.

– Cinq jours minimum. Et maximum ?

– Bon sang, il suffit de regarder dans quel état il est. Dix jours, peut-être, voire deux semaines. Il est plus que mûr. Je suppose que vous n'avez pas l'intention de tenter une ressuscitation ? » À en juger par son expression, Rierson était convaincu que ce serait peine perdue.

« L'agent de liaison médico-légale du FRS Nord-Est doit bientôt arriver, répondit Crenner. On verra ce qu'il dit. »

Ce qu'il dit fut tout sauf encourageant. Une ressuscitation *in situ* était plus que délicate. Dans un environnement contrôlé, il estimait les chances de ressuscitation à 5 %, même pour les meilleurs revivers du pays. L'affaire relevait de la juridiction de la division Nord-Est, mais les meilleurs éléments de cette dernière étaient tous en période de récupération. Crenner devrait supplier une autre antenne du FRS s'il tenait à réaliser la ressuscitation le jour même. Il sut aussitôt qui appeler.

La décision prise, le corps de Harker fut emballé avec la chaise dans une bâche en polyéthylène. Il fut directement transporté en salle de préparation, dans les locaux du FRS de Richmond, où on le détacha du siège avant de le déshabiller. Les vêtements et la chaise furent transférés au labo médico-légal pour analyse.

La peau était quasi noire autour de la tête et du cou. Le reste du cadavre était plus clair, sillonné de veines vertes qui témoignaient du processus de putréfaction. En haut du bras gauche se trouvait un tatouage celtique très simple qui avait permis d'identifier le corps avec certitude : les résultats des analyses dentaires et génétiques n'arriveraient pas avant plusieurs jours, mais le tatouage était visible sur l'une des photos fournies par la fille de Harker. Crenner passa le relais aux experts scientifiques et partit informer Annabel Harker de la découverte, sans savoir qu'elle avait déjà été prévenue.

Ray Jonhson se retrouvait donc seul tandis que Peter Rierson poursuivait son examen en quête des derniers vers qui auraient pu lui avoir échappé.

« Combien de temps avant qu'on puisse s'y mettre ? », demanda Johnson.

Rierson releva la tête. « Quand j'aurai la certitude d'avoir récupéré la totalité de ces enfoirés, il me faudra une vingtaine de minutes supplémentaires pour prélever les échantillons préliminaires qui nous permettront de mieux cerner les causes de la mort.

– Et pour l'heure, quelle est l'hypothèse de travail ?

– Pas très joyeuse. Très grave déshydratation, des jours sans eau ni nourriture, mais il nous faudra regarder à l'intérieur pour nous en assurer. Apparemment, on l'a attaché à cette chaise et on l'a abandonné là. »

Johnson hocha la tête. « Putain. Combien de temps ça a pris ?

– Tout dépend de la température qui régnait dans la cave. Trois jours peut-être avant qu'il perde connaissance, et un ou deux de plus avant la mort. Il était très solidement ligoté. Plusieurs signes semblent indiquer qu'il a tenté de se libérer.

– Nom de Dieu », souffla Johnson. Son téléphone sonna, et il prit l'appel. C'était Bob Crenner. Johnson l'écouta un moment avant de l'informer qu'ils seraient prêts dans une trentaine de minutes. Il raccrocha et revint vers le cadavre. « La fille de Harker est en chemin. Elle tient à assister à la ressuscitation. »

Rierson écarquilla les yeux. « On n'a pas vraiment eu le temps de le préparer », dit-il, passant un doigt sur le cou de Harker. « Lui enlever les larves, c'est tout ce que je peux faire. »

Tous deux se turent, et Rierson se remit au travail. Johnson recula d'un pas et nota soudain quelque chose sur la peau du cadavre. La partie inférieure de la jambe était très sombre, le pied quasiment noir, mais on distinguait tout de même une marque au-dessus de la cheville. Il s'approcha pour mieux l'examiner.

« C'est quoi, ça, à votre avis ? » Il indiquait la marque, dont la largeur n'excédait pas un centimètre.

« Un tatouage, répondit Rierson sans relever les yeux. Je l'ai remarqué tout à l'heure. Sa fille ne l'a pas mentionné mais il est possible qu'elle n'en ait jamais eu connaissance.

– Mais ça représente quoi ? insista Johnson. Je n'arrive pas à distinguer ce que c'est. » Les tissus étaient trop sombres pour qu'on distingue clairement les détails.

« Moi non plus. Comme on avait déjà le tatouage de l'épaule, il m'a paru inutile de perdre du temps à examiner celui-ci. »

Johnson scruta intensément la marque et parvint enfin à comprendre ce qu'elle représentait. C'était un rouge-gorge[1].

*

Lorsque Bob Crenner fut de retour au FRS en compagnie d'Annabel Harker, un officier de liaison les attendait déjà dans la salle d'observation. Crenner laissa la jeune femme entre ses mains et gagna la salle d'examen médico-légal afin de briefer tout le monde.

« Re-salut », lui lança Ray Johnson avec un léger mouvement de tête.

Peter Rierson achevait d'étiqueter les échantillons prélevés. L'équipe du FRS était là : Hugo Adler, Never Geary et Pru Dryden. Dryden serait la reviver en charge de la ressuscitation. Crenner avait été un peu déçu en l'apprenant, mais il avait pleine confiance en ces gens.

« Voilà ce qu'on sait, déclara-t-il. Daniel Harker a disparu il y a plus de trois semaines et la police a ouvert une enquête il y a dix jours. L'argent était considéré au départ comme le mobile le plus vraisemblable, mais la possibilité que la victime ait été enlevée par un groupe d'Afterlifers ou apparentés n'était pas exclue. Les inspecteurs ont tâché de minimiser la gravité de sa disparition auprès de sa fille et sont restés le plus discrets possible. On a retrouvé son corps ce matin. On pense qu'il a été abandonné et qu'il est mort de soif.

« Le système de vidéosurveillance d'une station-service de Greensboro a filmé sa voiture : un individu de sexe masculin

1. En anglais, « *robin* » (N.d.T.).

a utilisé sa carte bancaire pour effectuer un retrait dans la station-service, et la même carte a été utilisée quelques jours plus tard à Atlanta. On n'a toujours pas retrouvé sa voiture, mais il semble à présent que le seul but de ses retraits était de brouiller les pistes. Daniel Harker a été retrouvé à deux heures de route de chez lui. Apparemment, on a tenté de nous faire croire que suspects et victime avaient traversé la moitié du pays. Il n'est pas exclu que cet enlèvement ait eu pour objectif de lui soutirer de l'argent mais, si c'est le cas, nous avons affaire à des incompétents de première. S'il s'agit d'activistes, en revanche, on peut attribuer à cette mort une valeur symbolique. Ni l'une ni l'autre de ces théories ne me convainc. » Crenner se mit à tourner autour du cadavre, à pas lents, sans cesser de parler. « S'ils désiraient qu'il soit ressuscité afin, peut-être, de délivrer un message spécifique par son biais, le temps pris pour trouver son corps paraît tout à fait absurde. Peut-être qu'ils se sont plantés. En fouillant dans ses affaires, la fille de Harker a découvert que son père enquêtait sur les Afterlifers pour son prochain bouquin. Il a disparu quelques jours seulement après que son contact lui a posé un lapin. Si tout cela a un rapport avec notre affaire, pourquoi l'avoir laissé ainsi ? Et s'il était au courant de quelque chose, à quoi bon prendre le risque qu'il soit ressuscité ? Pourquoi ne pas décapiter son cadavre ? Jusqu'à présent, on n'a rien trouvé d'intéressant dans la maison où il était détenu. Des restes de feux de bois dans le jardin. Pas mal d'empreintes digitales, mais sans correspondance dans nos dossiers jusqu'ici. La description d'un homme qu'a rencontré le proprio, sans le moindre signe particulier. Aucune information sur un quelconque véhicule. Une dizaine d'inspecteurs battent la campagne, pour l'instant en vain, et il ne se passera pas longtemps avant que la presse ait vent de cette affaire. Nous devons absolument tenter une ressuscitation. Notre priorité, en cas de succès, est d'éclaircir les circonstances de l'enlèvement, d'obtenir les descriptions des kidnappeurs et, le cas échéant, de demander à Harker de nous mettre au parfum sur ces récentes découvertes. Hugo ? »

L'interpellé haussa un sourcil. « La victime sera ramenée si cela est possible. » Il se tourna vers Pru, qui lui adressa un sourire effrayé. « Pru, les inspecteurs Crenner et Johnson prendront place dans la salle de contrôle, avec Never et moi. Annabel Harker désire parler à son père. Les chances sont minces mais vous devrez vous entretenir avec elle pendant que nous transférerons Harker en salle de ressuscitation. »

Pru Dryden acquiesça. Bob Crenner la regarda quitter la pièce puis, comme malgré lui, revint au cadavre. Dryden s'apprêtait à relever un défi de première ampleur. Et il avait peur pour elle.

*

À la quatre-vingt-sixième minute de sa tentative de ressuscitation, la jeune femme s'évanouit. Dans la salle de contrôle, Never n'avait rien perdu de la scène. Le corps nu de Daniel Harker sur la table matelassée de la salle de ressuscitation, noir, verdâtre et déformé. Le visage de Pru, agité d'émotions fugaces, paupières closes la majeure partie du temps, et sourcils froncés.

Dès le début, Never s'était inquiété. Pru lui avait paru beaucoup trop sur ses gardes, et beaucoup trop sous pression, tant en raison de l'identité du sujet qu'à cause de la difficulté manifeste de la ressuscitation.

L'une des caméras était braquée en gros plan sur le visage de la jeune femme. Never put mesurer la progression de son effort et l'évolution de son malaise. Il fut le premier à entrer dans la salle de ressuscitation lorsque les choses tournèrent mal, poussant la porte avant même que quiconque ait bougé.

Pru avait lâché la main de Daniel Harker. Elle avait basculé de sa chaise, heurtant le sol avant que Never puisse la rattraper. Une blessure à la lèvre avait laissé une trace de sang sur le carrelage blanc.

Hugo entra aussitôt après. Ils transportèrent la jeune femme jusqu'à un lit de camp, dans une salle voisine.

Crenner les accompagna. « Comment va-t-elle ? » demanda-t-il.

– Elle va s'en remettre, répondit Hugo. Never, trouvez quelqu'un pour veiller sur elle. »

Revenue à elle, Pru s'assit sur le lit. « Merde. Désolée. Trop difficile d'aller le chercher.

– Tu t'en es bien tirée, fit Hugo.

– Stacy descend », lança Never en raccrochant.

Crenner paraissait inquiet. « Elle peut y retourner ? »

Hugo observa Pru. Celle-ci secoua la tête, et il acquiesça. « Tu restes jusqu'à ce que Stacy estime ton état satisfaisant. Ensuite tu rentres chez toi et tu te reposes. »

Stacy arrivée, Never, Hugo et Crenner retournèrent dans la salle de ressuscitation.

« Nous savions tous que ça serait difficile », commença Hugo.

Crenner jura. « On a absolument besoin de cette ressuscitation. Vous m'aviez dit...

– Je sais parfaitement ce que je vous ai dit. » Hugo évitait le regard de Crenner. Never, je peux te parler ? Inspecteur, si vous voulez bien nous laisser une minute... »

Crenner acquiesça et quitta la pièce.

Hugo se tourna vers Never. « Je ne pensais pas qu'on en arriverait là. Je pensais que Pru allait ou bien réussir, ou bien échouer. Mais elle était à deux doigts d'y parvenir. Cela signifie que la ressuscitation est possible. Et le temps ne joue pas en notre faveur.

– Qu'est-ce que tu as raconté à Crenner ? », demanda Never en plissant les yeux.

Hugo soupira. « Il avait demandé à ce que Jonah se charge de la ressuscitation. Je lui ai dit que Jonah était notre plan de secours. Stacy et Jason se trouvant en récup, seuls Pru et Jonah pouvaient tenter leur chance. J'ai expliqué à Crenner qu'il était hors de question d'impliquer Jonah, à moins que... » Hugo laissa sa phrase en suspens.

« À moins qu'on n'ait plus d'autre choix », acheva Never à sa place.

Hugo acquiesça. « Nous devons effectuer une deuxième tentative dans les quatre-vingt-dix minutes. Jonah est censé reprendre le travail demain. Il a le feu vert.

– Je doute que Graves ait envisagé ce genre de cas pour le retour de Jonah aux affaires, commenta Never.

– Mais quel est ton avis ?

– Je pense... », commença Never, avant de s'interrompre pour réfléchir. « Je pense que si Sam était encore là, il n'aurait pas demandé à Jonah de réaliser cette ressuscitation. » Hugo demeura muet, mais Never savait qu'il partageait son opinion. « Je pense aussi que si on ne prévient pas Jonah, il ne nous le pardonnera jamais. »

*

Jonah se trouvait dans sa cuisine lorsque le téléphone sonna. Vêtu d'un caleçon et d'un T-shirt, il était en train de manger une tartine tandis que le café chauffait. Son rêve l'avait vidé de ses forces.

Il laissa le répondeur prendre l'appel mais décrocha dès qu'il entendit la voix de Never.

« Salut, Never. » Des bruits de voix en fond sonore. « Tu es au boulot ?

– Oui, », répondit Never avec, dans la voix, un soupçon de répugnance que Jonah perçut instantanément.

« Qu'est-ce qu'il y a ?

– Tu es au courant pour Daniel Harker ?

– Bien sûr.

– Cela faisait quelques semaines qu'il avait disparu.

– Je l'ignorais.

– On a passé ça sous silence. »

Never avait beau tourner autour du pot, Jonah savait parfaitement où il voulait en venir. Never l'avait appelé pour lui poser une question très simple. Le délai de repos minimum imposé par Stephanie Graves était écoulé, mais Jonah savait qu'ils ne l'auraient pas contacté s'ils n'y avaient pas été contraints. Et cela signifiait qu'il s'agissait d'un cas difficile.

Jonah inspira profondément. « Depuis combien de temps est-il mort ?

– Un sacré bout de temps. Il est mal en point. Même Pru n'a pas réussi. Mais ça s'est joué à un rien.

– Elle va bien ?

– Secouée. Comme jamais, à ma connaissance. »

Jonah demeura silencieux. Le fait d'affronter ce à quoi elle avait été confrontée était loin de le réjouir. « Pourquoi a-t-on besoin d'une ressuscitation, Never ? Ça ressemble à quoi ?

– Ça ressemble à un meurtre. »

Jonah réfléchit un instant. « On va voir ce qu'il a à nous dire. »

Il raccrocha, et s'habilla.

*

Jonah arriva trente minutes plus tard sur les lieux. En temps normal, la perspective de ressusciter un sujet en état de décomposition avancée l'aurait rendu malade de peur mais, lorsque Never l'avait appelé pour lui expliquer qu'ils avaient besoin de lui, tout s'était soudain éclairci dans sa tête. Malgré ses doutes, c'était là une mission qu'il ne pouvait refuser. Harker avait joué un rôle crucial dans l'acceptation de la ressuscitation par l'opinion publique : chaque reviver avait une dette envers cet homme.

Il prit l'escalier pour accéder au niveau des salles de ressuscitation et gagna directement la salle de contrôle pour s'entretenir avec Never. Au bout du couloir, la porte était ouverte. Hugo Adler discutait avec d'autres personnes. Une jeune femme était assise un peu à l'écart. Elle avait l'air exténué.

Jonah fit son entrée.

« Salut, mec, lança Never. Tu m'en veux ? »

Jonah lui sourit. « On n'a pas le choix, sur ce coup. Comment va Pru ?

– Elle est dans une autre salle. Pas fière du tout. »

Jonah acquiesça. « Je vais prendre mes médicaments et demander un briefing. On pourra commencer dans une dizaine de minutes. J'imagine que tout est déjà en place ?

– On a baissé la température de la pièce après la tentative de Pru. Je la monterai un peu. À part ça, oui : tout est en place. »

Jonah désigna l'un des écrans de contrôle. « Qui assistera à la ressuscitation ? »

Never pointa chaque personne sur l'écran. « Bob Crenner, Ray Johnson – impossible de se débarrasser de ces deux-là. Ils seront avec moi pendant la ressuscitation. Peter Rierson, le légiste. Et elle, c'est la fille de Daniel Harker. »

Jonah secoua la tête. « Ce doit être un vrai cauchemar de voir son père dans cet état. Elle est venue pour... ?

– Oui. »

Jonah considéra la jeune femme, et ses derniers doutes s'évanouirent. De toute évidence, elle était brisée. Tout ce qu'elle voulait, c'était parler une dernière fois à son père. Jonah pouvait toujours se mentir lorsque l'anonymat prévalait. Il pouvait toujours se dire qu'il avait le choix, que sa peur et son dégoût étaient des raisons suffisantes de tout laisser tomber. Mais lorsqu'il se trouvait en contact direct avec les personnes concernées, se défiler devenait inconcevable. Tess avait vu juste lorsqu'elle l'avait traité d'idéaliste. Même si ce n'était pas franchement un avantage dans la vie.

*

Jonah frappa à la porte, et Stacy lui ouvrit.

« Elle est en mesure de parler ? » Stacy acquiesça. Il lui emboîta le pas, et fut aussitôt frappé par le teint grisâtre de Pru Dryden. De toute évidence, l'impact de la ressuscitation avait été sérieux. Pru avait beau être menue, Jonah la savait plus que solide. Son petit copain de longue date, avec qui elle avait eu une fille, s'était mis à la maltraiter, et Pru s'en était sortie comme un chef : plaquant le petit copain, élevant seule sa fille de deux ans, menant de front une carrière des plus exigeantes. À présent pourtant, elle paraissait incroyablement fragile.

« Quelques trucs et astuces ? demanda-t-il.

– Je croyais que tu étais en congés forcés, répliqua Pru.

– C'est le cas.

– Mauvais choix de destination pour tes vacances. » Le sourire qu'elle s'était efforcée d'afficher ne tarda pas à s'évanouir. « Déferlante très rapide – et très puissante. J'ai vite été dépassée. Si ça peut t'aider. »

Jonah acquiesça. « Merci. »

Il se servit un verre d'eau à la fontaine. Il avait fait un crochet par le bureau pour prendre ses médicaments. Chaque reviver possédait son propre dosage. Son nouveau dosage devait arriver dans les prochains jours. Graves ayant augmenté de 50 % celui du BPV, il n'aurait qu'à avaler un demi-cachet en plus.

Pru et Stacy lui souhaitèrent bonne chance. Jonah tenta d'ignorer l'inquiétude qu'il lisait dans leurs yeux.

*

Il entra dans la salle d'observation : il ne lui restait plus qu'une tâche à accomplir avant la ressuscitation. Il s'approcha d'Annabel Harker et s'accroupit devant elle.

« Mademoiselle Harker...

– Je vous en prie. Appelez-moi Annabel.

– Jonah Miller. Je suis chargé de la deuxième tentative de ressuscitation de votre père. Je suppose que la première reviver vous a déjà tout expliqué ?

– Oui. Est-ce qu'elle va bien ?

– Elle va s'en remettre. Me confirmez-vous que vous souhaiteriez parler à votre père ?

– Oui.

– Vous devez bien être consciente que les chances de réussite sont infimes. Même si je parviens à le ramener, il est plus que probable que le temps nous manque. Si je donne le feu vert, vous serez conduite en salle de ressuscitation. Je transmettrai à votre père ce que vous désirez lui dire. Nous allons tenter une ressuscitation non vocale : durant l'interrogatoire, vous verrez les réponses de votre père s'afficher sur cet écran à mesure que je les taperai. Au cas où vous lui parleriez, je me contenterai de répéter ce qu'il me dira. Vous avez bien compris ?

– Oui. »

Jonah se releva. Annabel le retint alors, ses doigts serrés sur son poignet. Jonah était sur le point de s'écarter, mais il ne ressentit aucun frisson. « Je vous en prie, dit Annabel. Faites tout ce qui est en votre pouvoir.

– Je vous le promets. Et je peux toujours lui transmettre un message de votre part si le temps nous manque. » Les larmes coulèrent soudain sur les joues d'Annabel Harker. « Dites-lui que je suis désolée. »

*

« Il caille, se plaignit Ray Johnson en croisant les bras.

– 6 °C pendant les ressuscitations, répondit Never. On reste à 2 °C lorsque rien ne se passe.

– Ça permet de mieux conserver la viande, pas vrai ? »

Jonah releva les yeux vers le mur qui lui faisait face. Un voyant rouge indiquait que le son n'était pas transmis à la salle d'observation. Il se détendit.

« À simple titre indicatif, ce voyant signifie que la fille du sujet n'a pas entendu votre remarque. »

Johnson leva les mains. « Désolé. »

« On peut commencer ? », demanda Jonah. Les autres se tournèrent vers lui. « Bien. Je viens de lire le rapport préliminaire. J'ai juste besoin de l'accord formel, et on peut lancer le briefing. Aucune objection ? Docteur Rierson ?

– Aucune.

– Inspecteur Crenner ?

– Allons-y. Bonne chance.

– Je vais faire tout mon possible. Les résultats d'une deuxième tentative de ressuscitation sont toujours très aléatoires. Pru était à deux doigts de réussir. Il nous reste une chance. Gardez cependant à l'esprit qu'un sujet dans un tel état peut s'avérer difficile à interroger. D'un instant à l'autre, il peut se taire à jamais. À présent, je vais vous demander de vous installer le plus confortablement possible : cela pourrait prendre un certain temps. »

*

Une fois seul, Jonah s'assit sur sa chaise qu'il positionna de façon adéquate. Le rideau de la salle d'observation avait été tiré mais le son n'avait pas encore été activé. Il leva la main gauche, les doigts engourdis par le froid, et la posa sur le mini-clavier. Sa maîtrise de la sténographie n'était plus à prouver. Tous les revivers susceptibles de réaliser des ressuscitations non vocales s'entraînaient régulièrement. Le fait de répéter chaque parole du sujet à voix haute représentait une complication inutile dans le cadre d'un interrogatoire. Jonah tapa quelques phrases afin de s'assurer du bon fonctionnement du clavier, et les mots s'inscrivirent sur l'écran au-dessus de lui. Il saisit l'oreillette qui reposait à côté du clavier et la mit en place.

« Test, test », fit la voix de Never.

Jonah leva le pouce. « Parfait. Je suis prêt. »

En réalité, il se sentait tout sauf prêt. Il considéra Harker. Impossible d'ignorer l'énormité de la tâche qui l'attendait. Elle se lisait dans ce cadavre, dans chaque déformation, chaque gonflement, dans les veines noires et les plis de la peau. Qui pouvait bien être prêt pour une intervention pareille ?

Il tendit la main droite. Celle de Daniel Harker était glaciale, sa peau caoutchouteuse. Contrairement au reste du corps, cette main avait été méticuleusement nettoyée afin d'optimiser le contact. Jonah observa le cadavre putréfié qu'il avait devant lui. Il releva la tête ; le voyant de la salle d'observation était toujours rouge : seul Never pouvait l'entendre. « Je l'ai rencontré, une fois, annonça-t-il.

– C'est vrai ? répondit Never.

– Il m'a interviewé quelques mois après mon entrée à Baseline. À propos de l'accident dans lequel ma mère est morte, notamment. Je n'avais jamais parlé de ça à personne avec autant de détails. Une vraie catharsis. Le lendemain, je l'ai appelé pour lui demander de ne pas réutiliser cette histoire. Il a accepté sans discuter, ni même grommeler. Je crois que c'était vraiment quelqu'un de bien. » Jonah inspira profondément. Le froid atténuait l'odeur de putréfaction. « Tu peux enregistrer. »

Tous les voyants du mur passèrent au vert.

« Ressuscitation non vocale du sujet Daniel Harker. Reviver en charge : JP Miller. »

CHAPITRE 17

La main de Daniel Harker reposait dans celle de Jonah. La peau était aussi flasque qu'une mue de serpent, aussi lâche que celle du torse noirci et enflé. De larges veines striaient l'abdomen verdâtre. Le visage était déformé, les paupières gonflées.

Jonah ferma les yeux. Son esprit flottait au-dessus du cadavre, effleurait la peau distendue, goûtait le sel ignoble des poignets meurtris et du cou piqueté de trous minuscules, là où s'étaient nourris les vers.

Plusieurs minutes s'écoulèrent ainsi, jusqu'à ce que Jonah sente qu'il était temps de s'enfoncer plus profondément, de se perdre dans les méandres internes du cadavre. Ce faisant, il sentit sa propre chair se dégrader. Lentement, ses intestins commencèrent à se dissoudre dans un océan épais de bactéries. Ses globes oculaires se contractèrent. Ses cheveux perdirent de leur vigueur et se mirent à tomber. La rigidité cadavérique s'empara de ses membres, les pétrifia, puis s'estompa à mesure que les protéines musculaires s'étiolaient.

Le temps passa dans les ténèbres et le silence. Jonah avait la sensation d'être mort. Sa bouche, si sèche, s'emplit bientôt des sucs de la décomposition.

Puis sa chair se mit à trembloter, à remuer au niveau du cou, sous les assauts des larves qui venaient d'éclore, et grouillaient, s'enfonçaient, se repaissaient de lui, emplissant sa bouche, le submergeant...

C'en fut trop. Jonah tomba à terre, rompant d'un coup le contact avec Harker. Il sanglotait, et Never était déjà à ses côtés, le prenant dans ses bras, lui répétant « Ça va aller, ça va aller ». Jonah se rassit et consulta l'horloge. Soixante-douze minutes venaient de s'écouler. Cela lui avait paru beaucoup plus long.

Hugo pénétra dans la salle de ressuscitation. « Ça suffit, déclara-t-il. Je n'aurais même pas dû te demander d'essayer. » Il s'avança vers le cadavre, tendant la main vers le bras qui pendait, s'apprêtant à le remettre en place le long du corps.

« Ne le touche pas ! »

Hugo se tourna vers Jonah, déstabilisé par le ton autoritaire de ce dernier et par la lueur de défi qui brillait dans ses yeux alors que tout son être paraissait brisé.

« Ne le touche pas, répéta Jonah plus calmement. J'y suis presque. » Il se leva, essuyant de sa main gauche la sueur froide qui faisait luire son front. Il était allé si loin que les chances de réussite ne seraient pas affectées s'il reprenait sans trop attendre. « Il va me falloir une ou deux minutes pour m'y remettre mais j'y suis presque. »

Hugo secoua la tête, résigné. « Cinq minutes de pause. On avise ensuite. »

Jonah passa les deux premières minutes à se forcer à vomir dans les toilettes. Never Geary veillait devant la porte, anxieux. Son ami finit par sortir. Il se rinça la bouche au lavabo et se frotta le cou afin de se débarrasser de la sensation de grouillement qu'il éprouvait encore et qui, il le savait, ne le quitterait complètement qu'au bout de quelques jours. Il but à même le robinet, avalant gorgée après gorgée, prenant à peine le temps de respirer.

Il se redressa, attrapa une serviette en papier et essuya l'eau qui gouttait à son menton. « J'ai une de ces soifs », lâcha-t-il, à bout de souffle. Rien d'étonnant à cela : Harker était très probablement mort de déshydratation.

Jonah réintégra la salle de ressuscitation et prit de nouveau place. Il attendit que son estomac cesse de gargouiller, et que le grouillement s'estompe. L'enregistrement reprit. Il saisit la main de Daniel, et en quelques instants se retrouva au stade qu'il avait atteint – le plein développement des larves.

À présent préparé, il tint bon pendant de longues minutes, jusqu'à ce que les vers disparaissent et que le processus de putréfaction s'inverse, sa chair se régénérant, retrouvant sa consistance originelle.

Lentement, ses globes oculaires s'emplirent à nouveau de fluides, ses entrailles liquéfiées se reformèrent. La pourriture le quittait. Il était Daniel Harker, à nouveau sain et intact. Il en appela à l'essence de Harker – quelle que fût la nature de cette essence, où qu'elle se trouvât – et attendit, prêt à subir la déferlante.

Une réponse lui parvint. Jonah eut l'impression de tomber en chute libre, roulant sur lui-même tandis que des images innombrables se succédaient. Il n'était pas allé aussi loin pour tout laisser tomber. Il s'accrocha, autant qu'il le put. Et au bout d'un moment, Harker fut là.

Jonah rouvrit les yeux. Il était assis dans la même position, tenant un corps ravagé par la main. Mais ce corps, à présent, était plus qu'un cadavre : Jonah sentait la conscience qui l'habitait, les idées qui prenaient forme en lui. De nouveau, il consulta l'horloge. Quarante minutes s'étaient écoulées depuis qu'il avait repris la ressuscitation. Il lui avait fallu près de deux heures en tout et pour tout.

Il était exténué. Enfin, l'interrogatoire pouvait commencer.

*

« Daniel ? Je m'appelle Jonah Miller. Comprenez-vous ce qui vous est arrivé ? »

Lentement, très lentement, le tourbillon de pensées s'éclaircit. L'attente d'une réponse était un véritable supplice.

« Oui. Je suis mort. »

De sa main gauche, Jonah tapa ses mots sur le clavier. Son entraînement portait ses fruits. Dans les salles d'observation et de contrôle, tous pourraient suivre sur leurs écrans les propos de Harker.

« Je suis un reviver du FRS. J'aimerais vous poser quelques questions sur ce qui vous est arrivé.

– Jonah. Je me souviens de vous. Vous êtes ce jeune homme qui a ramené sa mère de la mort. Où suis-je ? Qui est là ? » La réponse de Harker avait été immédiate, cette fois : sa présence était forte, à présent. C'était le signe que la durée de la ressuscitation se compterait en minutes plutôt qu'en secondes.

« Vous vous trouvez dans une salle de ressuscitation du bureau de Richmond. L'inspecteur Crenner est en charge de l'affaire.

– Annie est là ? Ma fille ? » La question s'accompagna d'un serrement au cœur que Jonah ne put retranscrire, ainsi que d'une distance soudaine, qui l'inquiéta. Il lui fallait changer de sujet au plus vite.

« Oui, répondit Jonah. Elle a tenu à assister à votre ressuscitation. Lorsque nous en aurons fini, vous pourrez lui parler. Je ferai en sorte de vous en laisser le temps. Je vous le jure. » Nouvelle pause. La présence de Harker s'affaiblissait encore. Jonah se demanda s'il allait pouvoir tenir sa promesse.

« Merci, Jonah. Maintenant, posez-moi les questions que vous avez à me poser. Nous n'en avons peut-être pas pour longtemps.

– Dites-nous ce qui est arrivé le jour de votre disparition. Décrivez les personnes impliquées avec le plus de détails possible. »

Une autre pause. Jonah espéra que Harker rassemblait simplement ses pensées. Lorsqu'il répondit enfin, ce fut avec une détermination inattendue. Il savait que le temps n'était pas leur allié. « Vendredi, autour de 13 h 30. Quelqu'un a frappé à ma porte et j'ai ouvert. Un homme, la trentaine. Cheveux noirs coupés court, visage long et fin – un nez acéré, un regard froid. Petites lunettes rondes, aux verres franchement épais. Une voix étonnamment grave, pleine d'assurance. Vocabulaire châtié. J'ai cru qu'il s'agissait d'un fan. Il semblait avoir une bonne raison d'être là. Il semblait savoir qui j'étais.

« Il a prononcé un nom. À cet instant précis, j'ai su que j'allais au-devant de gros ennuis. C'était le nom d'un homme que j'avais rencontré, qui m'avait confié certaines choses, et qui était convaincu qu'on essaierait de le tuer à cause de ses révélations. Même si cela peut paraître superflu, je m'en suis voulu de ne pas avoir passé la chaîne de sécurité de la porte. J'ai essayé de refermer, mais il avait déjà coincé son pied dans l'entrebâillement.

« Il a poussé la porte, assez fort pour que je bascule en arrière. Je me suis tourné vers le téléphone mais il a été plus rapide : il s'en est emparé avant moi. Un second homme est entré à sa suite. Plus petit, roux, les cheveux coupés en brosse. Un visage dur, un nez de boxeur. Un vrai bulldog, le regard nerveux, jeune. Une vingtaine d'années. J'étais pétrifié.

« Le premier homme a pris la parole : il m'a assuré du respect qu'il avait pour moi et m'a dit qu'ils s'en iraient dès que j'aurais promis de ne rien révéler au sujet de ce qu'on m'avait confié. Il a tendu la main en disant "sans rancune", et je la lui ai serrée. Il a empoigné ma main avec force. Aucune empathie dans son regard. Il m'a attrapé le bras et son complice est passé derrière moi pour me ceinturer. De sa main libre, l'homme aux cheveux noirs a tiré une seringue de sa poche. Il m'a planté brutalement l'aiguille dans le bras et m'a injecté un produit. La douleur a été très vive. Puis j'ai perdu connaissance. »

Harker s'interrompit. Jonah lui laissa quelques instants, espérant qu'il était en train de remettre de l'ordre dans ses souvenirs. Dans son oreillette, Bob Crenner lui demandait le nom du contact de Harker.

Continue, pensa Jonah en ignorant momentanément la demande de Crenner. Mieux valait attendre que Harker soit prêt à répondre de lui-même.

« Et ensuite ? demanda Jonah. Que s'est-il passé ?

– J'ai repris connaissance sur cette putain de chaise, voilà ce qui s'est passé. J'étais perclus de crampes. On m'avait solidement bâillonné. Le rouquin se tenait là, avec un autre type – gros et grand, cheveux bruns. Il l' a prévenu que je m'étais réveillé. Ils m'ont demandé le code de ma carte de crédit. Je leur ai lancé un regard noir. J'éprouvais de la haine. De la colère, aussi. Je savais qu'Annie allait arriver. J'aurais voulu que ma haine jaillisse de mes yeux et carbonise ces enfoirés. Je leur ai donné le code.

« Le rouquin et le gros m'ont surveillé à tour de rôle. Je n'ai jamais revu le premier homme, celui au visage émacié et au regard froid. Ils ne m'ont donné à manger que le soir : ils m'ont retiré mon bâillon sans me détacher de la chaise. Aussitôt, j'ai crié. Je n'avais aucun espoir que quelqu'un d'autre m'entende, mais c'est sorti tout seul. Le rouquin m'a donné un coup de poing dans le ventre. Un sacré uppercut. Il m'a remis le bâillon et m'a parlé comme à un enfant. Ils m'ont laissé seul toute la nuit, et ont réessayé le lendemain matin. J'avais faim. Le rouquin m'a fait manger à la cuiller une sorte de ragout dégueulasse, et m'a fait boire du Coca sans bulles. »

Daniel se tut. Jonah sentit avec certitude que c'était le souvenir de cette boisson qui l'avait interrompu. Étant donné ce qui restait à venir, la simple pensée d'un Coca éventé devait être paradisiaque.

Au bout de vingt secondes de silence, Crenner ne put contenir son impatience. « Il est toujours là ? » Jonah tapa sa réponse, uniquement destinée à la salle de contrôle : « Oui. » L'heure n'était pas encore venue de presser Harker, mais dix secondes supplémentaires s'écoulèrent encore, et il commença à s'inquiéter. « Daniel ? » demanda-t-il.

– Veuillez m'excuser », répondit le cadavre, lentement, et dangereusement vague. « Qu'est-ce que je disais ? »

Jonah se demanda combien de temps il leur restait au juste, et si sa fille aurait une chance de lui parler. Il formula prudemment sa réponse. Il lui fallait éviter de reparler du Coca. « Ils vous ont nourri. Que s'est-il passé ensuite ? »

Une nouvelle pause. *Le temps presse*, songea Jonah. « Ils m'ont remis le bâillon, ont attaché mes pieds à une courte chaîne qu'ils ont fixée au mur, et ils m'ont détaché de la chaise. Mes mains étaient ligotées devant moi, et mes chevilles prisonnières. Ils m'ont laissé seul, passant régulièrement pour voir comment je me portais. J'avais un seau pour mes besoins, mais il me fallait leur aide pour m'en servir. À chaque fois, j'essayais de me soulager le plus salement possible, espérant qu'ils finiraient par détacher mes mains, ne serait-ce qu'un instant. Je n'ai vu personne d'autre que le rouquin et le gros mais, à l'étage, j'entendais parfois des voix qui n'étaient pas les leurs. Deux, peut-être trois autres personnes. Des fois, j'entendais quelqu'un sortir de la maison. Un véhicule démarrait et s'en allait, pour revenir quelques heures plus tard. Lorsqu'ils sortaient tous, ils me rattachaient à la chaise. Ils ne me donnaient à manger qu'une fois par jour. J'essayais de leur parler mais ils n'étaient pas très bavards.

« Je crois que c'est à partir du cinquième jour qu'ils se sont mis à descendre des boîtes. Le rouquin m'a dit que l'air conditionné de la maison était foutu. La cave était la seule pièce où il régnait un semblant de fraîcheur. Je les entendais faire du feu dans le jardin. Il y avait des bruits curieux, comme un feu d'artifice raté. Je leur ai demandé ce qu'ils fabriquaient. Ils ont souri sans me répondre. Pourtant le rouquin a dit quelque chose… quelque chose… »

Harker s'interrompit. Jonah resta figé, sentant qu'il essayait de se souvenir d'un élément crucial. Plus il tentait de se rappeler, plus le souvenir lui échappait. Il ne fallait pas qu'il s'obstine, sans quoi il allait perdre toute cohérence. *Le rouquin a dit quelque chose.* Quoi que ce soit, Jonah devait inciter Harker à abandonner, en espérant qu'ils disposeraient d'assez temps pour y revenir plus tard.

« Daniel. Qui était votre contact ? »

Rien. Rien d'autre que le profond désespoir de Harker, qui lutttait toujours pour se remémorer les paroles du rouquin. Jonah devait jouer sur un terrain plus personnel.

« *Daniel.* Pourquoi vous ont-ils laissé mourir ? »

Ce fut comme s'il l'avait giflé. Les pensées tourbillonnantes de Harker se pétrifièrent d'un coup, cristallisées autour de cette seule question.

« *Pourquoi m'ont-ils laissé mourir ?* »

La douleur, l'horreur véhiculées par ces mots.. De nouveau, Harker se concentrait. Jonah inspira longuement, regrettant la cruauté dont il faisait preuve tout en sachant qu'elle était nécessaire.

« Racontez-moi ce qui s'est passé.

– Il était tôt. Le rouquin et le gros sont venus me dire qu'ils allaient s'absenter quelques heures mais qu'ils reviendraient bientôt. Ils m'ont rattaché à la chaise. Et ils ne sont jamais revenus. J'ai passé la journée attaché. Le manque de confort s'est rapidement changé en douleur, et la soif est vite devenue insupportable. Une éternité s'est écoulée. Le lendemain matin, j'ai commencé à paniquer. À la nuit tombée, j'ai eu des hallucinations. Je voyais Robin, mon épouse, je lui parlais, je parlais à Annie, aussi. Lorsque j'ai repris mes esprits, j'ai compris que j'allais mourir ici. J'était fou de peur, fou de colère. J'ai essayé de me libérer, je me suis débattu de toutes mes forces. La chaise s'est renversée, et j'ai perdu connaissance. À mon réveil, j'ai su que c'était fini. Je me suis agité jusqu'à ce qu'il ne me reste plus la moindre force, pas même celle de souffrir. Ça a sans doute été ma chance. J'ai dû mourir peu de temps après. Je ne m'en souviens plus. »

Harker se tut. Au bout d'un moment, Bob Crenner prit la parole : « Nous avons besoin d'informations sur son contact, Jonah. Sur ce qu'il lui a dit.

– Daniel. Qui était votre contact ?

– Il s'appelle Tobias Yarrow. Il m'a adressé une lettre dans laquelle il demandait à me rencontrer. Quelque chose se préparait au sein de Baseline, quelque chose de secret et terrible. Il était lié à des personnes qui désiraient empêcher ça. Ça a piqué ma curiosité. Je connais bien ce genre de phénomène. Les conspirationnistes s'en donnent généralement à cœur joie avec des organisations comme Baseline. Ça m'a toujours fasciné de voir comment certains peuvent fonder tout un mode de pensée sur des rumeurs et des spéculations. J'avais déjà eu maille à partir avec les Afterlifers, quelque temps auparavant, mais c'étaient les franges du mouvement qui m'intéressaient le plus. Cette croyance totale en des choses absolument absurdes. Yarrow était un client parfait.

« Je m'étais déjà demandé plus d'une fois s'il était possible d'utiliser ce type de matériau pour un article ou pour un livre. Avec Yarrow, je tenais enfin ma chance. Le sujet m'intéressait assez pour me faire sortir de chez moi et, si vous me connaissiez, vous prendriez la pleine mesure de ce signe-là. Nous nous sommes fixé rendez-vous, et il m'a raconté des choses. Il connaissait quelqu'un qu'il appelait “15”, qui lui avait révélé des informations sur le développement du BPV. Je lui ai demandé si ce “15” avait travaillé pour Andreas Biotech, mais il a prétendu ne rien savoir à ce sujet. Peut-être préférait-il ne rien dire. Quoi qu'il en soit, les informations reçues avaient conduit Yarrow et ses amis à découvrir l'existence de ce qu'il appelait « l'Unité ». Il ne m'expliqua pas ce dont il s'agissait, se contentant de m'assurer que ses amis entendaient y mettre un terme par tous les moyens possibles. Lui était d'avis qu'on pouvait s'y prendre autrement, et que j'étais en mesure de l'aider. Il ne m'a rien dit de plus, mais m'a proposé de me révéler le reste lors d'un nouveau rendez-vous. J'ai accepté. Il m'a certifié que ses associés le tueraient s'ils avaient vent de notre rencontre. À sa façon de formuler ça, j'ai cru comprendre qu'il avait été un Afterlifer. Il ne s'est jamais présenté à notre second rendez-vous. Ça m'a déçu, mais pas surpris outre mesure. J'étais certain que je ne tarderais pas à avoir de ses nouvelles. Je croyais savoir à quel type d'individu j'avais à faire – le genre de conspirationnistes portés sur le mélodrame. Je pensais que ce qu'il m'avait raconté au sujet de ses amis n'était que pure exagération. J'avais tort. »

Jonah attendit quelques secondes, jusqu'à ce qu'il soit sûr que Harker en ait terminé. « Merci, Daniel. »

Il se sentait gagné par une profonde fatigue, signe que la présence de Harker se faisait de plus en plus ténue. Dans son oreillette, il entendait Crenner et Johnson discuter à voix basse des informations qu'ils venaient d'obtenir.

Jonah savait qu'il pourrait en récolter davantage s'il aidait Harker. Mais ce faisant, il épuiserait les dernières minutes qui leur restaient. Et briserait du même coup la promesse qu'il leur avait faite, à lui et à sa fille.

« Qu'est-ce qui se passe ? demanda Crenner. Vous croyez qu'on n'en tirera pas plus ? »

Jonah tapa un message à destination de la salle de contrôle. « Non. »

Estimer le degré de présence de Harker devenait malaisé. « Concentrez-vous, Daniel. » Faible, mais toujours là. « Le rouquin a dit quelque chose. Vous vous en souvenez. »

Silence.

« *Je n'arrive pas à...*

– Je vous en prie, Daniel. Vous vous en souvenez. »

Jonah tâcha de retrouver son calme afin de raffermir son emprise sur Harker. Le souvenir était là, à portée de main : il sentait les efforts de Harker pour se le remémorer. Soudain, une image s'imposa violemment à son esprit : celle d'une boîte renversée sur le sol de la cave. Jonah ressentit le choc du flash. Cela ne lui était jamais arrivé au cours d'une ressuscitation.

Harker reprit la parole. « La boîte est tombée. »

Jonah se concentra de toutes ses forces mais Harker était de retour – un flot de paroles précipitées :

« Une nuit que les autres étaient de sortie, le rouquin est resté seul, à moitié ivre. Il est descendu, et a déclaré que les boîtes allaient disparaître. Il les a ramenées à l'étage, l'une après l'autre. Il remontait la dernière lorsqu'il a trébuché. Il est tombé dans l'escalier. La boîte a atterri juste en face de moi. J'ai vu des récipients, mais le rouquin a été rapide. Il a ramassé la boîte, a regardé à l'intérieur, m'a regardé. Un regard triste. Il m'a dit qu'avant de me relâcher ils me raconteraient tout, et que je pourrais écrire là-dessus. C'est à moi que reviendrait le privilège d'expliquer leurs actes au reste du monde. Il m'a dit qu'il n'était pas fier. Il m'a dit que c'était ainsi, tout simplement. Parfois, a-t-il ajouté, certaines personnes doivent mourir. »

Dans la salle de contrôle, Crenner jura.

« Que voulait-il dire, Daniel ? Qu'y avait-il dans la boîte ? » Jonah sentait approcher l'instant fatidique. Daniel Harker s'estompait un peu plus à chaque seconde.

« Je n'ai pas vu ce qu'il y avait dans les récipients, Jonah. J'en suis désolé. Mais j'ai vu l'étiquette d'expédition. Je crois que la compagnie s'appelait Alpha Chemicals, quelque chose comme ça. Et j'ai lu la date. Je l'ai lue, et tout s'est figé. C'était le jour de sa mort, Jonah. Le jour où Robin est morte. »

Voilà ce qui l'avait bloqué : la date figurant sur la boîte. Le jour de la mort de son épouse. Jonah ressentit le désespoir de Harker. Ce souvenir-là avait suffi à le submerger, et sa présence ne tenait plus à présent qu'à un fil infime.

Peut-être l'évocation de sa fille parviendrait-elle à le retenir ? « Daniel ? Daniel, je vous en prie, votre fille est ici. Annie est ici. » Mais Jonah sut que c'était peine perdue.

La voix de Harker n'était même plus un murmure. « *Est-ce que je reverrai Robin ? Est-ce que je la reverrai* ?

– Daniel, insista Jonah, je vous en supplie. Annie est ici. »

Mais Daniel Harker était déjà parti.

*

La ressuscitation était terminée. Le froid qui régnait dans la pièce saisit immédiatement Jonah. Il avait besoin de chaleur. Les voyants verts passèrent au rouge, et il se leva, les yeux rivés au sol. La tête lui tournait. Il sortit dans le couloir, relevant brièvement le menton tandis que la porte de la salle d'observation s'ouvrait sur Annabel Harker. En colère, éperdue, elle le fusillait du regard. Elle ouvrit la bouche, mais aucun son ne sortit.

Il détourna les yeux et passa devant elle.

Faites tout ce qui est en votre pouvoir. Tremblant, il entra dans les toilettes. Bouche vissée au robinet, il but jusqu'à la nausée puis il se rua dans la cabine de W.C. la plus proche et vomit de violents jets de bile jusqu'à ce que son estomac soit complètement vide.

Il retourna devant l'évier et, parcouru de démangeaisons, se lava compulsivement les mains et le cou. Un quart d'heure plus tard, la porte s'ouvrit.

C'était Never. « Ça fait un moment que tu es là. Ça va comme tu veux ? » Never lui laissait toujours le temps nécessaire pour se remettre d'une ressuscitation, mais Jonah comprit à son regard que son ami s'était retenu pour ne pas entrer plus tôt.

– J'ai connu mieux. » Il attrapa une poignée de serviettes en papier et se sécha le cou avec hargne. Il surprit son expression dans le miroir. On y lisait de la colère. De la déception, aussi.

« Tout doux, Jonah. Tu t'en es bien sorti. Crenner était plus que satisfait quand il est parti, même si, à mon avis, les heures à venir risquent d'être assez chargées pour lui. »

Jonah ne répondit pas.

« Ça ne marche pas toujours, déclara Never en le regardant droit dans les yeux. Des fois, tu ne peux pas leur offrir des derniers adieux. Ce n'est pas ton boulot. Ton boulot, c'est d'obtenir autant d'informations que possible. »

Jonah acquiesça, mais une partie de lui pensait précisément le contraire. En réalité, les adieux étaient la seule chose qui importait. Jonah n'avait plus qu'un désir : rentrer chez lui. « Est-ce que sa fille est partie ? » Il n'aurait pu supporter de croiser à nouveau le regard d'Annabel Harker.

« Elle est restée un moment dans la salle de ressuscitation mais elle a fini par s'en aller.

– Dans ce cas, je vais attendre quelques minutes et je vais rentrer chez moi, Never. Je vais me coucher.

– Tu préfères pas roupiller ici ? »

Jonah secoua la tête et Never sortit, le laissant à son sort.

« Pourquoi m'ont-ils laissé mourir ? », demanda Jonah à son reflet dans le miroir. Frappant le mur de sa main ouverte sur le mur, il jura.

*

De retour dans son appartement, Jonah avait été tenté de se coucher aussitôt, mais il se força à manger quelque chose. Il dormirait mieux le ventre plein. Il jeta un plat de spaghettis surgelés dans son four à micro-ondes et ouvrit une cannette de bière en attendant la fin de la cuisson.

Il la vida quasiment cul sec, ce qui ne fit qu'accentuer sa soif. Il se versa un grand verre d'eau qu'il commença à avaler avant de s'arrêter soudain.

« Merde », dit-il. Pas étonnant que la soif le taraude autant : c'était un pseudo-souvenir de Harker que rien au monde n'aurait pu étancher. Jonah s'assit et se concentra sur sa respiration, s'efforçant de se détendre jusqu'à ce que la sensation disparaisse.

Le micro-ondes émit un signal sonore qui le fit sursauter.

Il avala son plat à pleines bouchées, ne s'interrompant que pour nourrir Marmite qui s'était mis à le harceler. Il s'efforça de ne pas repenser à sa journée. Après toutes ces années au FRS, il en était venu à exceller dans cet exercice. Ne plus y penser. Compartimenter.

Mais tout lui revint en tête, à commencer par le visage d'Annabel Harker déformé par la colère, et la promesse qu'il n'avait pas su tenir. Et il y avait cette question qui demeurait sans réponse.

Pourquoi m'ont-ils laissé mourir ?

À travers la porte de la cuisine, il vit sur le mur de son salon une ombre floue et singulière, qui ne correspondait à aucun des objets de la pièce. Jonah eut soudain froid. Distraitement, il se gratta le cou.

Puis il ferma les yeux, inspira profondément, et les rouvrit. L'ombre avait disparu.

CHAPITRE 18

Au fond de la camionnette qui leur servait de centre d'opération, l'inspecteur Ray Johnson était assis à droite de Bob Crenner, sur un siège peu confortable. Il était près de 3 heures du matin, l'une des journées les plus longues de son existence s'achevait, et il avait grand besoin d'un café. Dans une autre camionnette stationnée devant la leur, une unité d'intervention antiterroriste se préparait à investir une maison située 200 mètres plus loin, maison que Crenner, lui et les autres inspecteurs chargés de l'enquête étaient parvenus à localiser suite à la ressuscitation de Daniel Harker.

Face à lui, un mur d'écrans diffusait en direct les images filmées par les caméras frontales des membres de l'unité d'intervention. Tous affichaient le même air renfrogné, prêts à agir dès qu'on leur donnerait le feu vert. Le moment où l'accord pour une intervention armée avait été donné avait sans doute été le plus excitant de sa carrière de policier, mais six heures s'étaient écoulées depuis.

Ray Johnson n'aurait jamais pensé qu'une intervention rapide puisse être aussi longue à mettre en place. Quatre heures durant, ils avaient patienté au bord d'une route, à cinq minutes de la cible, avant que l'agent chargé de la reconnaissance les informe que la dernière lumière de la maison avait été éteinte. Il leur avait fallu deux heures supplémentaires avant d'être autorisés à s'approcher de la cible. Un tel niveau de tension nerveuse était loin de convenir à Johnson.

La ressuscitation de Harker n'avait pas été vaine. Le nom de Tobias Yarrow était lié à des coups d'éclat d'Afterlifers remontant à cinq ans, des délits mineurs en marge de plusieurs manifestations. Il faudrait cependant attendre avant d'interroger certaines de ses connaissances. La disparition de Harker n'avait pas encore été révélée, sans parler de sa mort. Il ne se passerait pas longtemps avant que l'information fuite, mais retarder les interrogatoires leur permettait de conserver l'effet de surprise.

L'étiquette de livraison mentionnée par Harker avait laissé penser aux enquêteurs qu'ils avaient mis en plein dans le mille, mais il s'était avéré que cinq sociétés américaines au moins possédaient un nom proche de celui « d'Alpha Chemicals », et le nombre total d'expéditions effectuées par ces sociétés à la date qui les intéressait s'élevait à près de deux cents.

Partant du témoignage de Harker, Bob Crenner avait passé plusieurs coups de fil afin d'établir une liste d'ingrédients potentiellement dangereux, des produits chimiques en vente libre susceptibles d'entrer dans la composition d'une arme artisanale.

Ils durent avoir recours aux bonnes vieilles méthodes pour restreindre le champ de leurs recherches aussi vite que possible, et ils finirent par trouver ce qu'ils cherchaient.

Alper Chemicals, et un lot de six boîtes de poudre d'aluminium commandé sur Internet. La même carte de crédit avait été utilisée pour le paiement d'un assortiment de produits chimiques auprès d'autres entreprises, sur une période de deux mois. Tous ces produits figuraient sur la liste de Crenner. Ils entraient dans la composition d'explosifs et d'engins incendiaires. L'adresse de livraison des commandes était chaque fois la même : il s'agissait de la maison qu'ils s'apprêtaient à investir.

L'heure était venue de laisser faire les spécialistes du RAID. Les responsables de l'antiterrorisme souhaitaient agir au plus vite, avant que la découverte du corps de Harker ne soit relayée par les médias. Une unité d'intervention rapide, une descente en force, et la permission pour Bob et Ray d'assister à l'opération. Après tout, les circonstances du meurtre restaient encore à déterminer.

La porte arrière de la camionnette s'ouvrit, et le capitaine de l'unité s'engouffra.

« Ils passent à l'action dans cinq minutes. »

La nervosité de Ray monta d'un cran. Le temps semblait s'allonger indéfiniment.

Enfin, la camionnette de l'unité d'intervention s'ébranla. Ray avait les yeux rivés sur les retransmissions vidéo. La camionnette s'arrêta à hauteur de la maison, et les membres de l'équipe sortirent en silence. L'un d'eux tenait un bélier : deux coups suffirent pour faire céder la porte. L'équipe entra. Ceux qui ouvraient la marche montèrent directement à l'étage, et un coup de feu éclata. Ray entendit les cris d'une femme. Une rafale de riposte. Les membres de l'équipe se mirent à couvert.

« West, qu'est-ce qu'il se passe ? », lança le capitaine.

– Swan est touchée, répondit une voix masculine. Je vais la faire sortir. » Sur l'écran correspondant à sa caméra, on vit sa main agripper le bras d'une membre de l'équipe et la tirer à lui.

« Position du tireur ? », demanda le capitaine.

On entendit un cri étouffé. Toutes les caméras se braquèrent vers le sommet de l'escalier, et le cri se fit de nouveau entendre.

« *Je vais descendre.*

– Mains sur la tête ! ordonna une voix masculine. Descendez lentement. Lentement. »

Dans l'obscurité, une marche après l'autre, un homme apparut : les faisceaux des lampes torches des fusils de l'unité ne le quittaient pas.

« *Il tient quelque chose* », souffla une autre voix.

Ray vit ce dont il s'agissait. L'homme éloigna ses mains de sa tête. La première tenait un petit tube en plastique. L'autre était serrée en un poing.

« *Restez où vous êtes !* », cria quelqu'un.

L'homme s'immobilisa et desserra les doigts afin de leur montrer ce qu'il tenait : une télécommande.

« Sortez tous de là, ordonna le capitaine. *Immédiatement.* »

Avant que l'équipe ait pu réagir, le tube en plastique que l'homme tenait explosa dans une gerbe de lumière. Une sorte de gel incendiaire gicla, et les flammes l'engloutirent.

« Démarrez ! », cria le capitaine au conducteur de la camionnette. Ray s'accrocha comme il put.

Les radio-émetteurs retransmettaient des cris, des vociférations. « J'en ai sur moi ! C'est en train de bouffer ma putain de chaussure ! »

Il y avait des bruits étouffés, des explosions.

La camionnette s'arrêta. Le capitaine attrapa un fusil d'assaut et sortit.

« Vous restez là », dit-il à Bob et à Ray.

Ray jeta un œil par la portière ouverte : sur le trottoir d'en face, la maison était déjà en proie aux flammes.

La nuit s'annonçait longue.

*

Sortant de la voiture, Jonah mit sa main en visière pour se protéger du soleil matinal. Il considéra la maison calcinée. « Ça ne s'est pas très bien passé, on dirait. »

La rue de cette banlieue résidentielle était jalonnée de vastes maisons espacées, chacune dotée d'un jardin dont les plantes et les arbres garantissaient une protection idéale contre les curieux. La rue avait été bouclée, l'ensemble des riverains évacué. L'hélicoptère d'une chaîne d'information tournait au-dessus de leurs têtes.

Hugo Adler fit le tour de la voiture et se campa à côté de Jonah. « Bon sang, quelle odeur ! », fit-il, grimaçant.

Jonah acquiesça. Sous l'âcre puanteur de la fumée perçait un relent pétrochimique, mais l'odeur pestilentielle de la chair calcinée était la plus insupportable.

La nuit de Jonah s'était résumée à un désagréable cocktail d'épuisement et de terreur. La soif permanente, les démangeaisons au cou s'étaient révélées des inconvénients mineurs, en définitive. Le pire, ç'avait été ce mélange d'anciens cauchemars et de nouveaux. Il avait rêvé de ressuscitations, de sa mère, de Lyssa Underwood. À chaque fois, le sujet s'était changé en Alice Decker, et Jonah s'était retrouvé face à son visage mutilé, à la terrible étincelle qui luisait dans ses yeux morts.

Il s'était rendu au FRS de bonne heure. Après la ressuscitation de la veille, il aurait pu demander un congé supplémentaire, mais aujourd'hui, c'était le jour de son retour officiel, et il avait beaucoup de travail à rattraper. En outre, après les cauchemars de cette nuit, il préférait éviter de rester seul.

À 9 h 30, Bob Crenner avait téléphoné au FRS afin qu'ils dépêchent un légiste de liaison pour examiner un cadavre à Gaithersburg. Les informations nationales faisaient déjà état de l'évènement, mais la situation restait des plus vagues. Aucune information n'avait filtré quant aux pertes humaines ou aux arrestations éventuelles ; les réponses des riverains aux journalistes se révélaient confuses et contradictoires. Avant même l'appel téléphonique, Never avait établi le lien entre cette affaire et la ressuscitation de Harker : en arrière-plan d'un panoramique sur le sinistre, il avait reconnu le visage de Bob Crenner.

Le FRS Nord-Est avait de nouveau déclaré forfait : ses meilleurs éléments en avaient encore pour douze heures de récup. Crenner s'était retourné vers Hugo en jouant cartes sur table : c'était probablement une perte de temps, mais ses supérieurs étaient sur la brèche, et la demande d'une tentative de ressuscitation était inévitable.

Stacy et Jason sur la touche, Hugo avait accepté, à condition que l'examen préliminaire du cadavre soit effectué par l'un des quatre officiers de liaison de Richmond. Il enverrait Beth Sheridan et, soucieux de protéger son équipe au maximum, il l'accompagnerait en personne.

La première réaction de Jonah avait été de débouler dans le bureau de Hugo pour proposer son concours : un observateur de plus ne pouvait pas faire de mal.

« Depuis quand tu prends ce genre de précautions ? », lui avait demandé Never, et Jonah lui avait répondit en des termes flous et peu convaincants. La vraie raison, c'est qu'il voulait voir cela de ses propres yeux.

Jonah, Hugo et Beth passèrent sous la bande jaune qui délimitait le périmètre d'enquête autour de la maison. Jonah reconnut les inspecteurs Crenner et Johnson. Il leur adressa un signe de la main, et les deux inspecteurs les rejoignirent. *On dirait qu'ils ont encore moins dormi que moi*, pensa Jonah, et ce n'était pas peu dire.

« Salut, fit Bob. Jonah, si vous arrivez à ramener celui-là, c'est que vous devez être Jésus.

– Si tentative de ressuscitation il y a, inspecteur, je ne m'y collerai pas moi-même. Je ne suis ici qu'à titre de simple observateur.

– Et de toute évidence, ajouta Beth, je ne suis ici que pour une simple formalité. »

Bob acquiesça et se tourna vers Hugo en souriant. « Et vous, vous êtes ici pour quoi ?

– Soutien moral. Merci de nous avoir mis sur le coup, Bob. »

Celui-ci haussa les épaules. « Tout le plaisir est pour moi. Ça fait une sacrée route pour un simple coup de tampon, mais les enjeux sont considérables. Ça n'aurait tenu qu'à moi, on n'aurait dérangé personne au FRS, mais qu'est-ce que j'y connais, hein ? Venez jeter un œil. Celui qui nous intéresse se trouve là-bas, sous la bâche plastique blanche. Restez discrets. » D'un hochement de menton, il désigna les cameramen de chaînes d'information qui s'agitaient à la limite de la zone interdite.

« Qu'est-ce qui s'est passé, au juste ? », demanda Jonah tandis qu'ils marchaient vers le cadavre. Bob les mit au parfum.

« Un sacré feu d'artifice, c'est moi qui vous le dis, commenta-t-il après avoir décrit la fin de l'intervention. Dieu sait ce dont il s'agissait, mais la baraque s'est embrasée en l'espace de quelques secondes. Sans compter les explosions. On ignore si ces dernières ont été provoquées par des bombes qu'ils avaient eux-mêmes conçues ou par les produits chimiques qu'ils avaient entreposés, mais il a fallu six heures pour éteindre le feu. Le seul truc ressemblant encore à un corps se trouve là-dessous. » Crenner bâilla. « La nuit a été longue. »

Ils s'arrêtèrent devant la bâche plastique.

« Combien étaient-ils ? demanda Beth.

– Cinq, répondit Ray Johnson. Celui-ci est parvenu à sauter par l'une des fenêtres de l'étage, recouvert de gel. Nom de Dieu, il était parfaitement conscient. La chute ne l'a même pas assommé. Il se débattait là, en hurlant, mais la chaleur des flammes était telle qu'on ne pouvait même pas s'approcher. Le temps que les pompiers arrivent, il s'était définitivement tu. »

Beth s'accroupit et posa la main sur la bâche. « Et c'est parti », fit-elle en la soulevant juste assez pour qu'ils puissent se faire une idée.

Des pieds à la poitrine, le cadavre n'était plus qu'une masse de charbon, les premières côtes noircies perçant la base de l'abdomen. Le tissu fondu s'était mêlé à la chair. La majeure partie du visage, curieusement, était intacte. C'était probablement la seule raison pour laquelle certains envisageaient encore une ressuscitation. Le reste de la tête se réduisait à une masse carbonisée, dénuée de pilosité.

« Putain, souffla-t-elle. À mon avis, il risque de ne pas être très bavard. Jonah ? »

Jonah considéra la dépouille. « C'est celui que Harker désignait par le surnom de "rouquin", dit-il.

– Vous en êtes sûr ? demanda Bob. Si vous voulez mon avis, je crois que lui-même serait incapable de se reconnaître.

– J'en suis sûr », certifia Jonah. Cette certitude le troublait lui-même, et il remarqua le regard inquiet de Hugo, mais à quoi bon le nier ? Ce visage suscitait de la colère chez lui, tout comme il en avait suscité chez Harker. Ce n'était pas grâce à la description qu'en avait donnée ce dernier que Jonah le reconnaissait. C'était bien plus profond que ça.

« Alors il n'y a vraiment aucune chance ? demanda Bob.

– Aucune, répondit Beth. Trop cuit.

– Je m'en doutais.

– Et la suite des évènements ? demanda Hugo.

– Il faut qu'on détermine quelle cible ils s'étaient fixée. On dispose d'une identification préliminaire pour trois d'entre eux, mais la confirmation peut prendre un peu de temps. On ne va pas tarder à rendre publique la mort de Harker, et on va commencer à chercher toute personne liée de près ou de loin à cette affaire. Tous ceux qu'on a réussi à identifier ont été impliqués dans le mouvement Afterlifer, ce qui signifie que l'ensemble des divisions du FRS vont être amenées à revoir leur niveau de sécurité à la hausse, du moins jusqu'à ce qu'on y voie un peu plus clair. »

Beth laissa retomber la bâche plastique. S'il existait ne serait-ce qu'une chance infime de ressusciter cette dépouille carbonisée, se dit Jonah, il aurait relevé le défi. Sans ressuscitation, la dernière question de Harker resterait à jamais sans réponse.

*

Beth, Hugo et Jonah regagnaient la voiture.

Jonah s'apprêtait à monter derrière quand quelque chose attira son attention. De l'autre côté de la rue, quelqu'un se tenait à l'ombre d'un arbre, tourné dans sa direction. Impossible de distinguer clairement la silhouette à cause du soleil, mais elle était vêtue d'un long manteau et se tenait courbée, les bras le long du corps. Jonah plissa les yeux, et sentit les poils de ses bras se hérisser. Un courant d'air glacial passa sur sa nuque.

La silhouette l'observait sans bouger. Jonah sentait qu'elle le fixait avec intensité, et il repensa au visage déformé d'Alice Decker. Mais ce n'était pas elle.

« Allez, grimpe. » Beth était déjà dans la voiture.

Jonah lui lança un bref regard avant de reporter son attention sur l'arbre. La silhouette avait disparu.

*

Jonah passa la matinée du lendemain avec de nouvelles recrues. Sur les six vidéos de ressuscitations qu'il leur fit voir, une seule était de son fait, et elle remontait à quatre ans. Un braqueur armé, abattu par la police. Un cas que Jonah avait très mal géré. Il faut dire que le contexte n'était pas favorable : les complices du sujet avaient réussi à s'enfuir en blessant grièvement un civil et un policier. La ressuscitation s'était déroulée dans une atmosphère de colère et de vengeance, et l'approche de Jonah s'était révélée trop agressive.

En visionnant l'enregistrement, il ne pouvait s'empêcher de grimacer. Le jeune Jonah qui se démenait sous ses yeux ignorait ostensiblement les signaux d'alerte indiquant qu'il allait échouer. C'était un spectacle désagréable, mais cet enregistrement était l'un de ceux dont il comptait se servir pour sa participation au symposium, prévu dans maintenant trois semaines. Il lui fallait s'y habituer.

Il appuya sur le bouton « pause » afin que la classe puisse commenter. Les recrues avaient saisi l'idée générale. Jonah relança la lecture. L'approche changeait enfin : l'interrogatoire s'était mué en une conversation basée sur la confiance mutuelle, à la manière d'une confession, et les jeunes recrues du FRS parurent très impressionnées par ce retournement de dernière minute. En définitive, le sujet avait fourni assez d'éléments pour qu'on puisse localiser ses complices.

Jonah déjeuna seul à son bureau en essayant de ne penser à rien. Il regardait par la fenêtre.

Le trottoir d'en face était à l'ombre. Sous l'auvent de la boulangerie où il avait acheté ses sandwiches se tenait une silhouette qui se détachait à peine de la pénombre : Jonah dut la fixer un bon moment pour s'assurer que ses yeux ne lui jouaient pas des tours.

Les poils de sa nuque se hérissèrent. Il y avait bien quelqu'un tapi dans l'ombre. La même silhouette qu'il avait aperçue la veille. Il s'approcha de la fenêtre. *Il ne faut pas qu'elle te voie*, songea-t-il.

La silhouette releva lentement la tête. Jonah s'écarta aussitôt de la fenêtre.

Une main se posa sur son épaule, et il sursauta. « Merde !

– Hé ! fit Never. Qu'est-ce qu'il y a ?

– Rien », marmonna Jonah en s'approchant de nouveau de la fenêtre. Mais la silhouette avait disparu, et l'ombre de l'auvent semblait désormais plus claire. « Bon..., dit Never. Ça s'est bien passé, ce matin ? La formation ?

– Très bien », répondit Jonah, l'esprit toujours hanté par l'apparition, les yeux toujours rivés au même endroit. Il dut se faire violence pour penser à autre chose. « Et toi, quand est-ce que tu fais le baby-sitter ?

– Je dois en amener trois sur la première scène de crime qui requerra une intervention.

– Ils n'ont pas l'air mauvais. Ils sauront se tenir.

– Ouais, ça va bien se passer... Euh, Beth m'a un peu parlé de la maison, hier. Violent, quand même. Les médias restent vagues, et aucun journaliste n'a encore mentionné Harker.

– J'espère qu'ils ne mettront pas trop de temps à sortir une déclaration publique. Je suis curieux de connaître la suite.

– Ils savent déjà qui était ciblé ?

– Leurs soupçons portent sur une campagne d'Afterlifers. Peut-être une série d'incendies criminels. Hugo va renforcer la sécurité du site. Et puis... » Jonah sentit soudain le besoin impérieux de regarder à nouveau sous l'auvent. Il s'avança, et resta pétrifié. La silhouette était revenue. « Regarde un peu par ici. S'il te plaît.

– Où ça ?

– La boulangerie. Est-ce que tu vois quelqu'un dans l'ombre ? Juste devant ? »

Plaçant sa main en visière, Never observa. La silhouette releva de nouveau la tête, et Jonah sentit son regard se poser sur lui. Cette fois, il s'obligea à rester là où il était.

« Tu vois ça, Never ? » La silhouette était plus distincte, à présent. Voûtée, long manteau. Jonah n'hallucinait pas.

« Il n'y a personne sous cet auvent, mon pote. »

Jonah gardait les yeux rivés sur la silhouette.

« Tu as l'air crevé. Tout va bien ? »

Jonah inspira profondément, et regarda Never droit dans les yeux. « Pas sûr. J'ai l'impression... » Il reporta son attention sous l'auvent : la silhouette avait encore disparu. « J'ai l'impression que la ressuscitation de Harker continue de me hanter.

– Dans ce cas, tu ferais mieux de rentrer chez toi. Tu en as fini ici ?

– Quelques petits trucs à boucler.

– Allez, ça peut attendre, ces conneries. Rentre chez toi. Prends quelques jours de repos. J'avertirai Hugo.

– Mais il me reste des heures de formation.

– On se débrouillera, Jonah. Rentre chez toi. »

Sortant de l'immeuble du FRS, Jonah traversa la rue et alla se placer à l'ombre, sous l'auvent de la boulangerie. Au début, il ne sentit rien. Puis il leva les yeux vers son bureau.

Derrière sa fenêtre, la silhouette le regardait.

*

Il rentra chez lui à pied. Il avait l'impression qu'on le suivait. À chaque coin de rue, la silhouette était là, tapie dans l'ombre. Il baissa la tête, cœur battant. Arrivé sur le seuil de son appartement, il était en nage. Il entra, et Marmite s'avança à petits pas à sa rencontre, en ronronnant. Jonah le prit dans ses bras pour lui gratouiller la tête. Il avait besoin de calme.

Il passa le reste de l'après-midi à lire l'exemplaire de *David Copperfield* que Sam lui avait offert pour Noël et qu'il n'avait jamais touché en l'espace de trois mois. Il avait des phases de lecture intenses, mais il ne s'y adonnait que lorsque son travail le laissait en paix, ce qui n'arrivait pas très souvent. Après la ressuscitation de Harker, il était à peu près sûr qu'on ne lui demanderait de rempiler qu'au bout de deux semaines. À tout le moins, cela lui permettrait de lire un peu.

Au bout de trois heures, la faim guida ses pas jusqu'à la cuisine. Il fit réchauffer un poulet au curry au four à micro-ondes, attrapa une cannette de Coca et s'assit devant son PC pour consulter les infos les plus fraîches. Il faillit tomber de son siège : la mort de Harker avait enfin été rendue publique. Rien ne la liait à l'intervention dans la maison des Afterlifers.

Il rechercha la vidéo la plus récente.

Le sujet débutait par des images du bâtiment du FRS, de la route menant à la maison de Harker, de celle où on l'avait retrouvé. « Le corps sans vie de Daniel Harker, commentait la voix off, a été retrouvé dans la cave d'une maison de location. Malgré son état, il a fait l'objet d'une tentative de ressuscitation mardi, au siège du FRS de Richmond. Les autorités ont déclaré que la ressuscitation avait été couronnée de succès sans fournir plus de détails. Une nouvelle déclaration publique est prévue pour demain.

« La fille de Daniel Harker, qui a quitté sa résidence au Royaume-Uni à la suite de la disparition de son père, aurait, selon certaines sources, assisté à la ressuscitation, mais elle s'est refusée à tout commentaire. »

Suivait un plan de la fille de Harker au volant d'une voiture, quittant la propriété de son père, encerclée par une nuée de journalistes qui aboyaient des questions. La caméra vola un gros plan de son visage.

Le journaliste poursuivait son commentaire : « Pour cet homme qui dut son succès à la découverte il y a douze ans d'Eleanor Preston, la première reviver connue, devenir lui-même l'objet d'une ressuscitation résonne comme une tragique ironie du sort. »

Le journaliste enchaîna sur un rapide aperçu de la vie de Daniel, photos et vidéos d'archive à l'appui. Bien qu'il connût les détails par cœur, Jonah regarda la suite. Certaines petites choses l'irritèrent, des libertés prises par le journaliste, qui, manifestement, ne s'embarrassait pas de scrupules. Ce qui le dérangea le plus, ce fut qu'on présentât sa carrière comme un coup de chance : il s'était retrouvé au bon endroit au bon moment et avait simplement profité de l'aubaine. On ne lui reconnaissait aucune part dans la popularisation du phénomène.

Ses romans ne furent pas même mentionnés. Jonah savait que les trois premiers n'avaient rencontré qu'un succès modéré, mais le quatrième était devenu un best-seller international. Son nom de plume avait été un secret de polichinelle. Mais le fait de ne pas mentionner une seule fois sa carrière littéraire était proprement indigne. Jonah repensa au livre sur lequel il était en train de travailler, et qui n'existait pour l'instant chez lui qu'à l'état de notes manuscrites, – une poignée d'idées dont il n'avait même pas encore parlé à Annie et qui commençaient à peine à s'amalgamer en un...

Jonah renversa son Coca en jurant.

Ces pensées n'étaient pas les siennes.

Exactement comme pour Nikki Wood.

Soudain, il comprit qui était cette silhouette cachée dans les ténèbres, qui l'avait suivi depuis les ruines calcinées de la maison des Afterlifers.

Daniel Harker.

CHAPITRE 19

Le lendemain matin à la première heure, Jonah appela Stephanie Graves. À midi, elle lui faisait passer un scanner, balayant d'un revers de main ses excuses piteuses.

L'examen terminé, elle le fit passer dans son bureau. « On a effectivement trouvé des traces de vestiges, lui dit-elle. Des traces puissantes. Aussi délicate qu'ait été cette ressuscitation, tu aurais dû t'en sortir sans séquelles. Je ne comprends pas pourquoi le nouveau dosage de BPV n'a pas fait barrage. »

Jonah sentit ses joues s'empourprer. « J'étais censé reprendre le service le lendemain. J'ai pris ma boîte d'anciens médicaments et je me suis contenté d'avaler un demi-cachet supplémentaire. »

Graves fronça les sourcils. Elle ouvrit la bouche, mais se ravisa : « Pas très malin, tout ça. Il n'empêche que tu as pris la dose qui convenait. Tout était censé bien se passer. Peut-être aurais-je dû t'imposer une pause plus longue, te cantonner aux cas faciles. Quoi qu'il en soit, tout ce dont tu as besoin à présent, c'est de repos. Les vestiges engendrés par la ressuscitation de la petite fille ont été de courte durée. Avec un peu de chance, il en ira de même pour ceux de Daniel Harker. Je vais te donner un cocktail à prendre pendant trois jours afin de nous en assurer. Sois prudent : c'est un médicament qui agit sur la mémoire, ainsi que sur la vigilance. Un comprimé chaque soir avant de te coucher. Tu te sentiras un peu désorienté le matin, mais c'est un effet secondaire tout ce qu'il y a de plus normal et il s'estompera rapidement. Préviens-moi si les symptômes persistent. Je vais en référer au conseiller du FRS. Tu seras contrôlé une fois par semaine et, dans un mois, tu reviens ici pour un nouveau scan. Cette fois, je ne laisserai rien au hasard. Et lorsque tu pourras te remettre à travailler, tu te limiteras aux ressuscitations simples jusqu'à ce qu'on soit fixé sur ton état.

– Tu as dit que ces vestiges étaient puissants. À quel point ? »

Graves parut soudain mal à l'aise. Réticente à lui dire la vérité.

« S'il te plaît, à quel point ?

– Ils sont particulièrement forts, Jonah. J'en ai vu de plus puissants, mais pas souvent.

– Jusqu'où ça peut aller ? Ça m'a vraiment fait peur, cette fois. Cette sensation d'être observé. De se croire suivi...

– C'est ainsi que ton système nerveux interprète les signaux. C'est très déstabilisant, mais ça passera.

– Et puis quand les pensées de Harker ont remplacé les miennes... J'ai eu l'impression que quelqu'un pensait à ma place. Comme si je ne me trouvais plus aux commandes. Réduit au rôle de spectateur. Comment est-ce possible ?

– La plupart des chercheurs spécialisés considèrent les vestiges comme des souvenirs indésirables, de simples flashback post-traumatiques. Toi et moi savons que c'est bien plus que ça. Une théorie scientifique affirme que l'être humain est obligé de se construire un modèle mental d'autrui pour le comprendre. Une sorte de simulation, si tu veux. Cette faculté même serait à l'origine de la complexité des interactions sociales humaines. Plus nous connaissons quelqu'un, plus la représentation qu'on s'en fait est précise. De nos jours, on parvient à observer l'activité cérébrale si finement qu'on en est presque à voir ces simulations. Mais jusqu'à présent, elles ne diffèrent en rien de nos autres pensées. Notre cerveau crée ces représentations à partir de mécanismes sous-jacents à notre conscience. Dans les cas les plus extrêmes, l'esprit humain gère ces vagues d'activité cérébrale anormale et les souvenirs étrangers qu'elles engendrent en les séparant du reste des pensées, en les mettant en quarantaine, en quelque sorte, ce qui leur confère le statut de représentations. T'est-il déjà arrivé d'imaginer ce qu'une autre personne que toi pourrait éprouver dans une situation donnée, comment elle réagirait : ce que tu as vécu n'est qu'une exagération de ce processus. Tu as eu l'impression – fausse – que tes pensées ne t'appartenaient plus parce que tu possèdes un modèle mental très détaillé d'un homme qui, fondamentalement, demeure un inconnu pour toi. Intrinsèquement, tout cela se fonde sur un processus mental d'une absolue banalité. Tu n'as aucune raison d'en avoir peur. Les médicaments que je vais te donner vont fragmenter ces souvenirs de sorte qu'ils se dissiperont naturellement.

– Mais jusqu'où cela peut-il aller ? »

Stephanie Graves soupira. « Fais ce que je t'ai dit, repose-toi un maximum, et tout ira très bien. On s'en est occupé avant que ça aille trop loin. »

Trop loin, se répéta intérieurement Jonah, avant de se demander ce qu'elle voulait dire exactement par là. « Est-ce que tu t'es déjà occupée de quelqu'un pour qui c'était allé... trop loin ? »

Le regard perdu, Graves observa un silence. Elle finit par acquiescer. « Ça m'est arrivé une fois, il y a six ou sept ans. Ce patient avait exercé en tant que reviver médico-légal à Toronto mais, à la suite de certains problèmes, il était revenu aux États-Unis pour travailler dans le privé. L'entreprise pour laquelle il travaillait m'a transmis son dossier après qu'il a suivi l'épouse de l'un de ses sujets. Elle avait fait un signalement, et il avait été interpellé en état d'ivresse. Il n'arrêtait pas de répéter qu'il était son mari. Les examens ont permis d'établir qu'il était victime de quatre vestiges différents, tous d'une très grande intensité. Et l'un d'eux était assez puissant pour qu'il se prenne momentanément pour quelqu'un d'autre. C'est le cas le plus extrême auquel j'ai été confronté. Il lui a fallu des mois pour s'en remettre. »

Jonah acquiesça, mais insista malgré lui : « Que lui est-il arrivé ? A-t-il retravaillé en tant que reviver ?

– Je le lui ai déconseillé. » Grave partit ouvrir son placard et revint vers Jonah, un petit flacon transparent à la main. À l'intérieur, trois gros comprimés jaunes. « Tiens. Efficacité garantie à 150 %. Au classement des pires cas de vestiges, mon numéro deux était un reviver médico-légal. Avec ces médicaments et un bon mois de repos, il était définitivement guéri. Il s'est remis à travailler sans jamais plus souffrir de ces symptômes. Tu vas vite t'en remettre. Souviens-toi : une pilule avant de te mettre au lit. Une fois que tu les auras toutes avalées, Daniel Harker ne viendra plus jamais t'embêter. »

*

De retour dans son appartement, Jonah entreprit de rédiger un e-mail à l'attention de Hugo Adler pour l'informer de ce qui s'était passé. Tout en pianotant, il se demanda s'il devait tout raconter à Never. Il finit par se dire qu'il valait mieux le laisser en dehors de l'histoire. Cela lui épargnerait des inquiétudes inutiles.

Ses pensées revinrent à Stephanie Graves, à sa proposition empressée de lui faire repasser un scanner, à sa promesse d'un nouvel examen. Les vestiges étaient très peu étudiés, elle l'avait dit elle-même. Peut-être avait-elle vu en lui une occasion d'approfondir ses recherches comme six ans auparavant. Il réalisa soudain que six ans auparavant, Graves faisait encore partie du FRS, et ce cas touchait à une ressuscitation médico-légale. Étant donné les liens existant entre le FRS et Baseline, il n'était pas exclu que le dossier se trouve dans les archives du FRS. Trouver l'accès à ces documents, à distance qui plus est, serait plus que délicat. Mais cela valait la peine d'essayer.

Sans même terminer l'e-mail qu'il destinait à Hugo Adler, il se connecta au réseau du FRS, accéda aux archives et, dans la barre de recherche, tapa une série de mots-clefs. La liste de résultats contenait un document signé Stephanie Graves et intitulé « Liste des facteurs affectant les propriétés anti-vestiges du BPV ». Un numéro de référence figurait à côté de l'entrée. Il cliqua dessus.

Une nouvelle fenêtre s'ouvrit, pour le prévenir que le contenu du document était sensible et contenait des données médicales confidentielles. « Veuillez vous assurer que vous vous apprêtez à consulter ce document dans un lieu privé », recommandait le message. Jonah lança un coup d'œil par-dessus son épaule ; Marmite venait de s'allonger sur le sofa afin de piquer un somme.

« J'espère que tu sauras tenir ta langue », dit Jonah. Puis il cliqua sur « O.K. ».

Un message d'erreur apparut : « L'accès à ce document vous est interdit. »

Jonah étouffa un juron, et bondit littéralement sur place lorsque son téléphone fixe, posé juste à côté de lui, émit sa première sonnerie.

C'était Never. « Salut Jonah ! Je viens de voir que tu t'étais connecté. Je me suis dit, tiens, appelons pour voir comment il va. »

Jonah répondit dans un murmure : « Tu étais en train de me fliquer ? » Il regretta aussitôt le ton sur lequel il avait prononcé ces mots.

Il y eut un silence, puis Never répondit : « D'accord, je te laisse tranquille. C'était juste pour te prévenir : en ce qui concerne Hugo, tu es censé ne revenir que dans une semaine. Je crois que tu serais bien avisé d'observer ce congé *pour de vrai*. Travailler de chez toi, c'est de la triche. »

Jonah baissa la tête. « Putain. Écoute, excuse-moi. Je suis crevé. Comment s'est passée ta journée ? »

– C'est rien, je t'en veux pas. C'était pas mal, ce matin. Une jeune femme tout récemment séparée, retrouvée étranglée. Son petit copain dans la pièce d'à côté, battu à mort avec une pince-monseigneur.

– C'est moche.

– Pas très propre, en effet. On a effectué une double ressuscitation sur place, avec Stacy et Terry pour revivers, et JJ et moi comme techniciens.

– C'était l'ex-mari ?

– C'était la première théorie envisagée, renforcée par le fait qu'il était aux abonnés absents. Mais ça s'est avéré plus compliqué que ça. Le petit copain a commencé à s'en prendre à la femme, qui a réussi à appeler son ex à la rescousse. À son arrivée, celui-ci l'a trouvée étranglée, alors il a tué le petit copain. Et il s'est évanoui dans la nature. Apparemment, l'ex est aussi cauchemardesque que le petit copain. Cette fille savait choisir ses mecs, pas de doute. Bon, et toi, comment ça va ? Mieux qu'hier ? Tu vois toujours des trucs ?

– Il faut que je me repose, Never.

– Si tu manigançais quelque chose, tu me le dirais, pas vrai ? »

Jonah savait très bien pourquoi son ami s'inquiétait. Il ne pouvait décemment pas noyer le poisson.

« Je suis en train de faire des recherches sur un truc. Ce n'est sans doute rien, et je te promets que je t'expliquerai tout très bientôt, mais j'aimerais que tu me laisses m'occuper de ça tout seul. S'il te plaît.

– Très bien, répondit Never, perplexe. Mais tu as intérêt à tenir parole. Et je ne vais pas te lâcher d'une semelle. Si je peux me rendre utile en quoi que ce soit… »

Jonah eut soudain une idée. « Eh bien… J'aurais aimé consulter un dossier. Il se trouve dans les archives du FRS, mais je ne suis pas autorisé à le consulter. Tu es admin', pas vrai ? Est-ce qu'il y aurait moyen de…

– Espèce de petit cachottier. Va te préparer un café. Le temps que tu te le serves, tu auras plein accès au dossier qui t'intéresse. Mais ça reste entre nous, O.K. ? »

*

Jonah suivit scrupuleusement les consignes. Tasse de café à la main, il se rassit à son bureau, répéta le processus de recherche, puis cliqua sur la référence.

Cette fois, le dossier apparut.

« Mille mercis, sieur Geary. »

Le reviver s'appelait Victor Eldridge. Comme Graves le lui avait dit, il lui avait été présenté après avoir suivi l'épouse d'un sujet ressuscité une semaine auparavant. L'épouse ne s'était pas sentie directement menacée et n'avait pas porté plainte contre lui, mais la compagnie pour laquelle il travaillait avait contacté Graves. Eldridge faisait partie de leurs plus talentueux revivers. Il méritait à leurs yeux le meilleur suivi qui soit.

« À l'heure qu'il est, expliquait le rapport, on considère l'effet dit de vestiges comme une réminiscence des souvenirs et des émotions surgissant lors de la phase de « déferlante » de la ressuscitation. Cependant, le patient a connu des périodes d'interaction lucide durant lesquelles il semblait croire qu'il était réellement le sujet décédé. Cinq de ces périodes ont été observées au cours des entretiens, la plus longue ayant duré vingt-sept minutes. Les réponses du patient étaient cohérentes et détaillées, et les informations relatives au sujet de la ressuscitation semblaient correctes. Après chaque épisode, on a demandé au patient s'il avait eu conscience de ce qui se passait, et il a confirmé avoir conservé toute sa lucidité, sans toutefois pouvoir contrôler ses paroles et ses pensées. Ces observations suggèrent que, s'il est suffisamment puissant, l'effet dit de "vestiges" s'apparente à une sorte d'intelligence parasite, avec survivance de schémas de pensée et de comportements, et domination de l'hôte par ceux-ci. Aux dernières nouvelles, on ignore combien de temps peuvent durer ces effets en l'absence de soins appropriés. Dans le cas présent, une prescription de Novadafinil et de Propanolol à haute dose s'est avérée efficace. »

Jonah inspira profondément. C'était exactement ce qu'il avait ressenti. Pourtant, les mots utilisés par Graves dans son rapport différaient considérablement de ceux qu'elle avait employés pour lui présenter le phénomène : il ne s'agissait plus d'un processus mental banal, mal interprété par un esprit soumis à un stress important.

Elle avait voulu le rassurer. Aucune raison d'avoir peur.

Mais dans les faits, c'était beaucoup plus grave que ça. « Une sorte d'intelligence parasite, » avait écrit Graves.

Une sorte de possession.

Jonah remarqua une référence en marge du paragraphe qu'il venait de lire. Cliquant dessus, il tomba sur une liste de fichiers datés, étiquetés « extraits entretien » et numérotés. Sans trop savoir combien de lois il enfreignait, il ouvrit le premier.

C'était une vidéo. Caméra fixe, braquée sur un homme qui, selon toute probabilité, devait être Eldridge. Les yeux écarquillés, nerveux.

« Aviez-vous conscience de parler ? », demanda une voix étouffée qui ressemblait à celle de Graves.

« Oui. » Le sourire crispé d'Eldridge suggérait des dommages psychiques considérables. Sa fragilité était palpable. « J'entendais le moindre mot. J'entendais des murmures, les pensées qui menaient aux mots. Mais ni ces pensées ni ces mots n'étaient les miens. C'est toujours comme ça. Je ne contrôle rien. Je suis prisonnier de mon propre cerveau et tout ce que je peux faire, c'est observer. » Son sourire brisé ne le quittait pas, et sa voix tremblait. La vidéo s'arrêta. Jonah revint au dossier. Eldridge se trouvait en piteux état et bien qu'un seul vestige dont il était victime fût assez puissant pour interférer avec ses actes, les examens avaient révélé l'existence d'autres vestiges.

« Traces fantômes », avait dit Graves. Plus que jamais, l'expression paraissait judicieuse.

Une demi-heure durant, Jonah consulta les autres entretiens filmés. Sa nervosité croissait : tant à cause de leur contenu que de la culpabilité qu'il éprouvait à les consulter illégalement. Rien ne le déstabilisait plus que l'expression d'Eldridge. Cet homme semblait avoir définitivement baissé les bras.

Jonah parcourut le passage qui s'attachait aux détails du traitement médical.

« Le patient a connu plusieurs crises de paranoïa profonde au cours desquelles il a fait référence à une force extérieure censée le poursuivre. » Jonah repensa à la présence fugitive de Harker. Il y avait une référence dans la marge. Il cliqua dessus.

Le visage exténué d'Eldridge réapparut. Le lieu n'avait pas changé.

« De quoi avez-vous peur, Victor ?, demanda la voix off.

– Quelque chose m'observe. Quelque chose qui est avec moi.

– Vous sentez cette chose, en ce moment ?

– Oui. C'est comme si elle était tapie au fond de mon esprit. Je l'ai déjà entendue murmurer. Il m'arrive encore d'avoir l'impression de l'entendre.

– Quand cela a-t-il commencé ?

– Avec le cas Ruby Fleming. Quelque chose d'autre était là. » Eldridge avait prononcé ces mots dans un chuchotement précipité, en jetant des regards soupçonneux autour de lui.

Jonah fut saisi d'un frisson. Cette fois, ce n'était pas de la présence Harker qu'il se souvint.

C'était de la ressuscitation d'Alice Decker.

Il se replongea dans le rapport de Graves : « Par le passé, le patient a connu une expérience similaire au sein du département de ressuscitation médico-légale de Toronto. Ses supérieurs ont alors considéré que son état d'esprit avait affecté le sujet, provoquant la panique de ce dernier et, au final, la perte de contact. »

Encore un lien. Jonah cliqua dessus, s'attendant à accéder au rapport concernant l'antécédent mentionné mais, à sa grande surprise, il lança la vidéo de la ressuscitation en question.

Les procédures canadiennes suivaient de près celles du FRS : trois prises de vue, le plan général permettant de contextualiser les deux autres plans plus serrés.

Une ruelle étroite, une porte, menant à un couloir éclairé, un gros tas de sacs-poubelle noirs entassés contre le mur. Sur le seuil gisait une femme, morte, les yeux grands ouverts. Aucune blessure n'était visible.

Eldridge passa sous la bande jaune et apparut dans le champ de la caméra. Jonah fut surpris par sa corpulence. Il avait sous les yeux un bon vivant, confiant en lui-même, bien loin de la coquille vide qu'il était destiné à devenir.

Eldridge s'annonça, déclamant son nom et les informations basiques, avant de saisir la main du cadavre.

Sans s'en rendre compte, et comme s'il avait besoin de se raccrocher à quelque chose de tangible, Jonah serrait le bord de son bureau. Il aurait voulu arrêter la vidéo, mais il en était incapable. Le processus de ressuscitation était lancé. Jonah accéléra jusqu'au moment où le cadavre changea de position. Il revint légèrement en arrière. La poitrine de la femme se soulevait et s'affaissait avec la lenteur exagérée propre aux morts.

« Ruby, fit Eldridge. Est-ce que vous m'entendez ? Je m'appelle Victor. »

Crispée sur le bureau, la main de Jonah serrait le bord de plus en plus fort. Tous les muscles de son corps étaient bandés.

Cet Eldridge était doué. Très doué, même. Le sujet avait été ressuscité raisonnablement vite, mais c'était surtout la façon du reviver de diriger l'entretien qui forçait le respect.

Ruby coopérait pleinement. Elle décrivit l'agression dont elle avait été victime, identifiant l'homme qu'elle avait vu comme un client qu'elle avait servi dans le bar où elle travaillait. Eldridge lui annonça que l'homme avait été filmé par la caméra de vidéo-surveillance. Que le témoignage qu'elle venait de lui soumettre leur permettrait de le retrouver plus rapidement, et de le traîner devant les tribunaux. Qu'elle avait effectué un super boulot.

« Merci à vous », murmura Ruby. Puis son ton changea. Jonah n'aurait su dire pourquoi, mais il avait l'impression que la température de sa chambre venait de chuter de plusieurs degrés. Il frissonna.

Ruby reprit la parole. « Il y a quelque chose d'autre, ici. Dans la ruelle. Je sens sa présence. Trop sombre, impossible à voir. *Il y a quelque chose ici.* »

Manifestement, Eldridge était décontenancé. Il jeta un regard à la caméra. Une voix résonna hors champ, celle de l'inspecteur chargé de l'enquête. « Elle est en train de perdre le fil, Victor. On a quasiment tout ce qu'il nous faut. Reparle-lui de l'homme.

– Ruby, pouvez-vous me dire autre chose au sujet de l'homme qui vous a agressée ? »

Ruby inspira profondément. « Ça brille dans les ténèbres. Ça pue. Ça se dérobe au regard. Je n'arrive pas à le voir. S'il vous plaît. Laissez-moi. »

L'inspecteur intervint de nouveau : « Allez, Victor. Ou bien tu la ramènes sur les rails, ou bien on arrête là.

– Ruby, s'il vous plaît. Reparlez-moi de l'homme.

– L'odeur est forte, maintenant. Tellement forte. Comme de la viande avariée.

– Je vous en prie. L'homme qui vous a agressée. Vous disiez qu'il parlait pendant qu'il vous étranglait. Que disait-il ? Vous souvenez-vous de ce qu'il disait ?

– Je... C'est ici. S'il vous plaît, laissez-moi !

– Ruby ? N'ayez pas peur, il n'y a rien, ici. Absolument rien.

– C'est ici ! Je vous en supplie, aidez-moi ! Je n'arrive pas à voir ce que c'est ! Je n'arrive pas à voir ce que c'est ! Ça s'approche !

– Ruby, concentrez-vous sur ma voix. Essayez de rester calme.

– Je vous en supplie, ça se rapproche de plus en plus. JE LE SENS, C'EST JUSTE EN DESSOUS DE MOI, JE... »

Le corps de Ruby se figea sur une inspiration brusque. Puis, progressivement, la poitrine se vida.

« Ruby ? Ruby, vous m'entendez ? » Eldridge se tourna vers la caméra, s'adressant ostensiblement aux observateurs. « J'ignore ce qui vient d'arriver. Je crois qu'elle est partie. Ruby ?

– Tu veux dire que tu l'as perdue ? Tu as rompu le contact ? »

Eldridge leva la main de Ruby, qu'il tenait toujours serrée dans la sienne. « Je n'ai pas rompu le contact. Elle ne m'a pas échappé. Elle est... partie, tout simplement. Elle a cessé d'être là. » Il lâcha la main et se releva. « Rien ici. Absolument rien. » Il hochait la tête, l'air complètement perdu.

La vidéo prit fin. Jonah contemplait fixement la dernière image, le visage d'Eldridge tourné vers la caméra. Déjà, on y distinguait les prémices de la confusion et du désespoir qui allaient le consumer. Lentement, Jonah se détourna de l'image fixe et regarda sa main : il avait serré le bord de son bureau si fort qu'il avait attrapé une crampe.

Je n'arrive pas à voir ce que c'est, se répéta-t-il. *Ça s'approche.* Ces mots rappelaient trop ceux d'Alice Decker. Beaucoup trop.

*

Jonah passa le reste de sa soirée à essayer de chasser ces images de son esprit, mais il bondissait au moindre bruit. *Il n'y a rien à redouter*, se répétait-il. *Rien du tout.*

Mais il savait à quoi s'en tenir. Ce qui s'était passé avec Alice Decker ne relevait pas de l'hallucination. La chose qui lui avait parlé avait déjà harcelé les morts par le passé. Dans le cas d'Eldridge, on avait mis cela sur le compte de la panique du sujet. Jonah se demanda combien de fois cela s'était produit depuis que les ressuscitations existaient, combien de phénomènes similaires avaient été tout bonnement ignorés.

Eldridge avait prétendu que cette chose s'était adressée à lui en murmurant. Jonah se demandait ce qu'elle avait bien pu lui dire.

Il se surprit à se gratter le cou. Une soif dévorante le tenaillait. Le contrecoup de la ressuscitation de Harker ne s'était pas encore dissipé. Il était grand temps de prendre le traitement que Stephanie Graves lui avait prescrit. Grand temps de se débarrasser de cette présence pernicieuse.

Les médicaments se trouvaient toujours à côté de ses clefs, sur l'étagère près de l'entrée, là où il les avait déposés. Il décida d'avaler une pilule et de filer se coucher. Inutile d'attendre.

Il alla se remplir un verre d'eau dans la cuisine. Main tendue vers le robinet, il éprouva un frisson soudain et se figea. Il se retourna.

A l'exception de la cuisine, tout l'appartement baignait dans l'obscurité. Un instant auparavant, les lumières étaient allumées. Plus maintenant.

Il se frotta le cou, et sa soif qui n'était pas la sienne redoubla d'intensité. Il ressentait autre chose, quelque chose qu'il fut un moment incapable d'identifier. Lorsqu'il comprit ce dont il s'agissait, il eut l'impression que le sol se dérobait sous ses pieds.

Il y avait quelque chose dans le salon. Quelque chose qui l'épiait.

Jonah s'avança sur le seuil de la cuisine, précédé par son ombre. Dans un coin de la pièce, au cœur des ténèbres, se tenait une silhouette. Jonah sentit sa gorge se serrer.

« Il y a quelqu'un ? », lança-t-il. Il fit un pas de plus. « Hé ho ? »

Il sonda les ténèbres. Il y avait si peu de lumière et pourtant, là – des mains, serrées. Et là – un renfoncement plus sombre : les yeux. Là encore : une relative blancheur, qui ne pouvait être que les dents.

La silhouette respirait.

« Daniel ? », dit Jonah d'un ton presque suppliant. *Pas Alice*, pensa-t-il. *Je vous en supplie, pas elle.* Il approcha une main de l'interrupteur, sans quitter des yeux le coin sombre.

La silhouette bougea, presque imperceptiblement.

« Que voulez-vous ? », demanda Jonah, terrifié.

Il alluma soudain la lumière.

La pièce était vide.

Il gagna aussitôt l'entrée, saisit le flacon de pilules et repassa à la cuisine.

Hallucinations, se dit-il en remplissant son verre. *Inutile d'aller me coucher dans cet état. Je vais me poser devant une merde à la télé, et puis...*

Il se redressa, et le verre lui échappa des mains, se brisant au sol. L'eau coulait toujours. Derrière lui. Il sentait une présence derrière lui. Lentement, il se retourna pour lui faire face.

Le cadavre gonflé de Daniel Harker se tenait là, à moins d'un mètre, tête baissée, vêtu du long manteau qu'il portait depuis sa première apparition. Les jambes de Jonah refusaient de lui obéir. Le cadavre se rapprocha en relevant la tête. Les paupières étaient closes. Lentement, la bouche s'ouvrit et, dans un soupir, expira un air fétide. L'obscurité envahissait tout tandis qu'il posait ses mains sur les épaules de Jonah. Sa peau se liquéfiait ; son corps semblait se dissoudre en une masse sanguinolente qui contaminait tout ce qu'il touchait.

Jonah voulut crier, mais il était trop tard.

CHAPITRE 20

Souvenirs et rêves s'imposaient à Jonah par flashes successifs.

Le moment où il avait lâché la main de sa mère.

Au volant de sa voiture, roulant sur une route qu'il n'avait jamais vue auparavant mais qui lui était terriblement familière.

La famille tuée par Dominic Pritchard.

Une porte qui s'ouvrait, le visage troublé d'une jeune femme.

Les réponses absurdes qu'avait données Lyssa Underwood aux questions qu'on l'avait forcé à lui poser.

Et soudain, il était Daniel Harker, ligoté à une chaise dans la cave obscure. Face à lui, le visage brûlé que Jonah avait vu sous une bâche plastique deux jours auparavant. Bien vivant à présent, sinistre, un regard puant la peur et l'alcool.

« Nous sommes les seuls à savoir », dit le rouquin, une bouteille de vodka à la main. Une gorgée avalée au goulot. « Nous sommes les seuls capables de l'empêcher. Quelque chose est venu des ténèbres. C'est sorti des ténèbres et ça leur a parlé. »

*

Jonah ouvrit les yeux, en proie à un mal de crâne effroyable. Il avait un goût atroce dans la bouche. Il se frotta furieusement le cou. Les démangeaisons des larves n'avaient pas cessé. Les rêves l'imprégnaient toujours. Il se redressa, regarda autour de lui. Il avait froid et se sentait perdu, comme s'il n'avait pas dormi depuis des jours.

C'est alors qu'il se rendit compte qu'il n'avait pas la moindre idée de l'endroit où il se trouvait.

C'était une pièce à la fois familière et étrangère : un fatras de bibelots répartis un peu partout, une télévision grand écran dans un coin, une bibliothèque croulant sous les livres. Il quitta le canapé sur lequel il s'était réveillé, méfiant. Sa veste avait été jetée sur un fauteuil, les clefs de sa voiture se trouvaient dessus. En se penchant pour tout ramasser, il remarqua une photographie encadrée sur l'une des étagères : Daniel Harker, sa femme et sa fille. Juste à côté, une photo qu'il avait déjà vue. La photo d'auteur qui figurait dans tous ses ouvrages traitant de la ressuscitation. Harker, debout sur une plage de galets balayée par le vent, avec la mer en arrière-plan. Il portait un long manteau.

Les pièces du puzzle commencèrent à s'assembler. L'image du cadavre de Harker avançant vers lui lui traversa l'esprit. Il frissonna. C'était Harker qui l'avait conduit jusqu'ici. Comme pour Victor Eldridge, le vestige avait pris le contrôle.

À une différence près : Eldridge était resté conscient tout du long. Ce n'était pas le cas de Jonah. Les éclats épars de rêves et de souvenirs datant de la veille au soir étaient les seuls indices dont il disposait, et ils lui échappaient déjà. Tout ce qui lui revenait à l'esprit, c'étaient de vagues images de la fille de Harker.

« Quelque chose est sorti des ténèbres », dit Jonah à haute voix, se demandant où il avait entendu cette phrase. Puis il se souvint du kidnappeur de Harker, de son regard affolé, et de la terreur qui perçait dans son ton.

Mais pouvait-on vraiment appeler cela un souvenir ? Cette image appartenait à Harker, pas à lui. *C'est sorti des ténèbres et ça leur a parlé.*

Un bruit le fit sursauter – un tintement de verre tranchant dans le silence. Jonah passa par le vestibule et vit Annabel Harker endormie, la tête reposant sur la table de la cuisine. Devant elle : une bouteille de whisky et un verre renversé.

Jonah fut pris d'une soudaine envie de sortir de cette maison. Il repassa au salon et rafla sa veste et ses clefs. Plus que tout, il voulait rentrer chez lui et prendre ces foutues pilules avant qu'une semblable mésaventure ne lui arrive à nouveau. Repensant au flacon, il fouilla ses poches.

Le flacon avait disparu. Évidemment. Cela avait sans doute été la première chose qu'avait faite Harker : se débarrasser des pilules avant qu'on ne se débarrasse de *lui*. Jonah savait parfaitement ce que cela impliquait. *Harker projette de revenir*, pensa-t-il.

Devant la porte de la maison, il s'arrêta net. Il avait beau mourir d'envie de partir, son besoin d'apprendre ce qui s'était passé en son absence était plus pressant encore. Il fit volte-face et entra dans la cuisine.

« Mademoiselle Harker ? »

Elle remua faiblement.

« Mademoiselle Harker ? »

Elle ouvrit un œil, grimaça, et finit par se redresser. « Vous êtes debout. Et vous êtes vous-même. » Elle le dévisagea. Son expression n'était pas dénuée d'hostilité.

Il se rendit compte qu'il tremblait. « Dites-moi ce qui s'est passé.

– Asseyez-vous. » Elle paraissait exténuée. Trop fatiguée pour éprouver la moindre émotion.

Jonah s'assit face à elle. Elle plongea une main dans sa poche et lui tendit le flacon de pilules que Stephanie Graves lui avait donné. Jonah le prit et constata qu'il ne restait plus que deux pilules jaunes. *Il ne veut pas que je les prenne toutes.*

« Il en manque une. »

Annabel Harker le regarda droit dans les yeux pendant dix bonnes secondes. Visiblement, elle était mécontente. « Tenez. » Elle fit glisser un téléphone portable dans sa direction. Jonah le prit. Le lecteur vidéo occupait tout l'écran, en mode pause. Il considéra l'image immobile. C'était lui : un verre de whisky à la main, assis sur la chaise qu'il occupait à présent. Et devant lui, le flacon de pilules.

« Lancez la vidéo », intima Annabel. Elle se leva et gagna le salon.

Jonah regarda son propre visage à l'écran. Il inspira profondément, retint sa respiration et effleura l'écran du doigt. L'image s'anima.

« Bonjour. » Il avala une pleine rasade de whisky. *Voilà pourquoi j'ai mal au crâne*, pensa Jonah. « Ça a été une sacrée nuit. Je ne voulais pas que ça se passe comme ça. Croyez-moi. Je ne savais pas du tout ce que j'étais en train de faire. Ni par quel miracle j'étais en mesure de le faire. Non, attendez. Faux départ. Commençons par les présentations. Je suis Daniel. Vous l'avez sans doute deviné. Il a fallu pas mal de temps pour en convaincre ma fille. » Daniel Harker soupira. « Nous avons pas mal de choses à nous dire, Jonah Miller. Mais avant tout, je vous dois des excuses. Je suis désolé. Bon sang. Je suis vraiment désolé. Qu'est-ce que j'ai fait ? » Incrédule, Harker observa ses mains, ou plutôt celles de Jonah. « Quelle belle façon de tromper la mort ce serait si on arrivait à prolonger ça, hein ? J'étais là tout du long. J'observais. Vous comprenez ? Quand vous êtes allé trouver Stephanie Graves : j'étais là. Quand elle vous a donné *ceci*... » Il fit rouler le flacon de pilules entre ses doigts. « Et je me suis dit : il faut que je dise au revoir à ma fille. Vous ne m'avez pas laissé le temps de le faire. Ça m'a mis en rogne et puis... Bon sang. Me voilà. Mais ce n'est pas tout. J'ai *envie* de comprendre. Ma fille aussi veut comprendre. Comprendre ce que voulaient empêcher les gens qui m'ont laissé mourir. Yarrow appelait ça "Unité". J'ai cru à un canular. Et puis ils m'ont enlevé. *Nous sommes les seuls à savoir*, a dit le rouquin. *Les seuls capables de l'empêcher.* J'ai lu la peur dans ses yeux. Je veux savoir ce qu'est cette fameuse "Unité", si une telle chose existe vraiment. Je veux savoir ce qu'ils comptaient empêcher. Et par-dessus tout, je veux savoir pourquoi ils m'ont laissé *crever.* »

Harker ponctua ce dernier mot en tapant du poing sur la table. Puis il inspira à pleins poumons, et reprit. « Aidez ma fille. Je ne suis plus là pour veiller sur elle alors vous allez devoir vous en charger. Vous nous devez bien ça, Jonah. Faites-le pour moi. Faites-le pour Annabel. En échange, elle trouvera ce que vous, vous voulez. »

Harker observa une pause, puis avala une nouvelle gorgée de whisky.

« Et qu'est-ce que je veux ? », demanda Jonah à l'écran.

Son propre visage, emprunté par un autre, lui adressa un sourire. « Eldridge. Vous voulez parler à Eldridge. Vous voulez savoir pourquoi ce qui lui est arrivé vous est également arrivé à vous. Et plus que tout, vous voulez savoir comment il a fini, afin de vous rassurer sur la façon dont *vous* finirez. Alors je vous en supplie. Aidez-la. » Harker souleva le flacon de pilules à hauteur de ses yeux et en considéra le contenu. Il y avait de la peur dans son regard. Stephanie Graves avait très clairement expliqué que ces médicaments sonneraient la fin de Daniel Harker.

Figé, Jonah vit Harker ouvrir le flacon et prendre l'une des pilules. Il la fit rouler entre les doigts, la scruta attentivement. Puis regarda l'objectif. « Que suis-je, à votre avis ? Graves semblait me décrire comme une sorte de pot-pourri de souvenirs. Le fruit de votre imagination. Rien de plus qu'un *rêve*. Laissez-moi vous dire une bonne chose : ce n'est pas du tout comme ça que je vois les choses. » Son regard se détourna. « Le plus grand mystère de la ressuscitation. Malgré tout ce dont nous avons été témoins, nous ne savons toujours rien de ce que cela peut signifier. Nous ne savons rien de ce qui se passe *après*. Je n'étais pas croyant, Jonah. Pour être tout à fait franc, j'étais même le contraire d'un croyant. Je ne l'ai jamais crié sur les toits, mais c'est ainsi. Qui aurait pu penser que l'homme qui a trouvé Eleanor Preston était athée ? Ma femme savait. Elle m'a demandé comment je pouvais continuer à l'être alors que nous détenions la preuve de l'existence d'une vie après la mort. Je lui ai répondu que ce n'était pas une preuve. La ressuscitation est peut-être un simple *bis*. Une mauvaise blague. La somme de tout ce que nous avons été, de tout ce que nous avons fait, de nos souvenirs – une somme qui se prendrait soudain à croire en sa propre existence. » Il reporta son regard sur l'objectif, et sourit. Un sourire doux, perplexe. « D'aucuns diraient qu'un être humain n'est rien d'autre que cela. »

Il avala la pilule, et la fit passer avec une lampée de whisky. « Bonne nuit, Jonah Miller », dit-il, tendant une main vers l'objectif. Et la vidéo s'arrêta.

*

Longtemps, Jonah resta assis sans réagir. Puis il rassembla son courage et passa au salon. Annabel Harker l'attendait sur le canapé. Les yeux humides.

« Il y a une chose que je dois vous dire, mademoiselle Harker. On a retrouvé les hommes qui ont enlevé votre père. L'annonce n'a pas été rendue publique et j'ignore qui ils sont au juste, mais... »

Elle releva la tête. Toute hostilité l'avait quittée : ne restait plus qu'une intense fatigue. « Je sais.

– Comment ça ?

– J'ai trouvé des gens spécialisés dans ce genre de services, et je les ai payés. Grassement. Ne prenez pas cet air étonné. Mon père était très riche. Je suis journaliste, et je dispose soudain de moyens financiers considérables. Une combinaison dangereuse. »

Elle lui sourit, et il se surprit à lui sourire aussi, malgré son extrême fatigue. Il aurait donné n'importe quoi pour dormir. L'alcool qu'avait ingurgité Daniel Harker n'était pas seul responsable. Il y avait aussi le médicament qu'il avait avalé : Graves l'avait averti de cet effet secondaire. Il s'installa à l'autre bout du canapé, et ferma les yeux.

« Je crois que c'est la première fois que je vous vois sourire, fit Annabel. Ça vous va bien. »

Jonah rouvrit les yeux et la contempla, se remémorant son expression juste avant la ressuscitation de son père, et juste après. Lui non plus ne l'avait jamais vue sourire. Et, même si ce sourire était terriblement fragile, il était mille fois plus agréable que l'expression de colère qu'elle avait affichée après la ressuscitation. « Le vôtre aussi vous va bien.

– Je n'ai pourtant aucune raison de sourire. » Le sourire vacilla, et s'évanouit. Une larme roula sur sa joue. « J'ai pu lui dire au revoir. C'est déjà ça. »

Jonah baissa les yeux. « Je suis désolé. Ce n'était pas...

– Non. C'est moi qui suis désolée. Je croyais qu'il s'agissait d'une faveur, et j'ai eu l'impression qu'on me l'arrachait. En réalité, votre rôle était de faire avancer l'enquête. Et c'est précisément ce que vous avez fait.

– Il n'en reste pas moins que j'ai manqué à ma parole. »

Annabel sourit à nouveau à travers ses larmes et se rapprocha pour poser sa main sur la sienne. Malgré l'absence de frisson, Jonah eut le réflexe de s'écarter un peu. Mais la jeune femme persévéra et lui saisit les doigts. « Jour après jour, vous faites votre boulot, et pourtant, vous continuez à vous soucier des sujets et de leurs proches. Ce doit être difficile. Ça doit vous coûter beaucoup. Et puis un jour, quelqu'un comme moi débarque et vous lance un de ces regards, l'air de dire "tout est de votre faute"... » Elle hocha la tête. « J'aimerais tellement que vous oubliiez ma réaction. Si vous êtes d'accord.

– C'est oublié », répondit-il, soudain terriblement las. Et il posa la tête sur un coussin.

*

Il rouvrit les yeux d'un coup. Il s'était endormi. Combien de temps ? Plusieurs heures, à en croire ses courbatures. La tête d'Annabel reposait sur ses genoux. Elle dormait, mais elle n'avait pas lâché sa main. Il l'observa, et ce contact le mit mal à l'aise : c'était à cause du lien étrange entre son père et lui qu'elle ne l'avait pas lâchée.

Au bout de quelques minutes, il se décida à se lever, glissant délicatement un coussin sous sa tête. Il passa en cuisine, et revint avec un plateau chargé de deux cafés, un petit pot à lait et un sucrier.

Annabel se réveilla et s'assit, l'air hagard, les joues légèrement rougies.

« J'ignore comment vous aimez votre café, dit Jonah.

– Noir. Un sucre. » Elle regarda derrière Jonah. « Bon sang. On dirait qu'on a hiberné. »

Jonah suivit son regard et vit l'horloge au mur. Il était 14 h 30. « Merde », souffla-t-il en se saisissant de son téléphone portable. Il le ralluma, et attendit. Comme il s'y était attendu, Never l'avait appelé.

« Dix appels en absence », grommela-t-il. *Je ne vais pas te lâcher d'une semelle*, avait promis son ami. Jonah se retrancha dans le vestibule pour l'appeler.

« Putain, t'étais où ? demanda Never.

– Longue histoire. Mais je vais bien. T'excite pas.

– Facile à dire. Ça fait plus de deux heures que j'essaye de te joindre.

– Sérieux, tout va bien. Je t'expliquerai plus tard. »

Jonah dut le rassurer encore un peu avant que Never s'apaise. Puis il raccrocha.

« Qui était-ce ? demanda Annabel. Votre femme ? »

Jonah sourit en secouant la tête. « Un ami. Il se faisait du souci. »

Annabel but une gorgée de café. « Il se prend pour votre mère ? » Elle avait lâché ces mots sans réfléchir. « Merde. Jonah, je ne voulais pas... »

Il lui fallut quelques secondes pour comprendre. « Comment savez-vous ? Pour ma mère, je veux dire. »

Elle baissa les yeux. « Mon père m'a parlé de vous, il y a des années. Ça remonte à l'époque où il vous a interviewé. Il ne m'avait pas révélé votre nom mais, hier soir, il m'a révélé qu'il s'agissait de vous. Quel âge aviez-vous ?

– Seize ans quand j'ai répondu à ses questions. Quatorze quand elle est morte.

– Ça m'a paru tellement dur. Vous aviez perdu vos deux parents, et... »

Jonah resta silencieux, laissant le temps à Annabel d'aller au bout de sa pensée. Elle ferma un moment les yeux.

« Putain, finit-elle par lâcher. Alors dites-moi : on a droit à des réductions spéciales quand on est orphelin ? »

Jonah éclata de rire. « Celle-ci était vraiment de très mauvais goût. »

Annabel haussa les épaules. « On appelle ça de l'humour noir. Le genre qu'on apprend à développer dans des circonstances spécialement pourries.

– Alors on doit être dans une situation *vraiment* désespérée. »

Elle acquiesça avec un sourire, et ils burent leur café en silence.

Annabel reposa sa tasse. « Pourquoi est-ce que votre ami se fait du souci pour vous ? »

Jonah la dévisagea. Il se sentait terriblement mal à l'aise rien qu'à l'idée de lui en parler. « C'est lui qui m'a retrouvé quand... Il y a deux ans de ça. J'étais surchargé de travail, une pression pas croyable. Quelque chose est arrivé, et tout s'est enchaîné. J'ai dû prendre des congés forcés. Il m'appelait tous les jours pour savoir comment j'allais. Je lui en voulais – je n'avais pas encore compris qu'il était le seul à avoir vu quelque chose en moi. Un jour, je n'ai pas répondu à un de ses appels. Il a forcé la porte de mon appartement. J'étais étendu dans ma salle de bains, inconscient, je gisais dans mon vomi – un cocktail d'alcool et de tous les médicaments que j'avais pu trouver. Depuis, il se fait un peu de souci pour moi.

– Et est-ce qu'il a raison ? »

Jonah baissa les yeux. « Plus maintenant. Je vais mieux. »

Il attendait qu'elle lui pose la question qui s'imposait. Et se demandait s'il lui répondrait.

Elle prit une inspiration profonde. « Qu'est-il arrivé ? Qu'est-ce qui s'est passé pour que vous vous mettiez dans un état pareil ? »

Muet, il regardait fixement le sol. Il lui avait parlé ouvertement de sa tentative de suicide, et il en était le premier surpris. Mais il ne pouvait pas lui parler de Dominic Pritchard.

« Je n'aurais pas dû vous poser cette question, reconnut Annabel. Veuillez m'excuser. »

Ils restèrent assis dans un silence absolu. Au bout d'un moment, Jonah se releva.

« Je dois y aller.

– Comme vous voulez. Ou alors, vous pouvez rester et faire ce que mon père vous a demandé. M'aider.

– Je suis un reviver. Je ne sais rien faire d'autre. J'ignore complètement comment je pourrais vous aider.

– En refaisant du café, par exemple. » Elle lui souriait.

Jonah parvint à lui renvoyer son sourire. *Pourquoi pas ?* pensa-t-il. C'était une façon comme une autre de faire pénitence. « D'accord. Je vais vous aider. Par quoi commence-t-on ? »

Annabel se pencha sur l'accoudoir du canapé pour attraper quelque chose, et laissa tomber un gros tas de feuilles sur la table basse.

« Par ça », répondit-elle.

CHAPITRE 21

Annabel ouvrit le dossier, et Jonah contempla le portrait qui figurait en première page. C'était celui de l'homme qui avait frappé à la porte de Daniel Harker. Le visage était plus rond – rien à voir avec les joues creusées dont il se souvenait – mais le regard était toujours aussi froid. « Est-ce que vous avez montré ceci à... euh... votre père ? »

Annabel acquiesça. « Lui aussi l'a reconnu. Sur la page suivante, vous allez découvrir un homme du nom de Peter Welsh. Tout porte à croire que c'est lui que mon père surnommait "le rouquin". Sur les pages suivantes : des photos de la maison dans laquelle on les a retrouvés. Le cadavre est bien celui de Peter Welsh. Le visage est presque intact, on le reconnaît facilement. En ce qui concerne les autres, l'identification risque de prendre plus de temps.

– J'étais sur place. J'ai vu le corps de Welsh. »

Annabel écarquilla les yeux. « Il y a eu une tentative de ressuscitation ?

– Sur Welsh ? Les autorités auraient adoré, mais c'était impossible. »

Les photographies suivantes montraient des choses que Jonah n'avait pas vues ce jour-là : des gros plans de masses carbonisées, des crânes blanchâtres, là où la chair calcinée s'était détachée des os. Il revint aux premières pages du dossier. L'homme au regard froid s'appelait Felix Hannerman, à en croire le document associé à ses photos. Puis venait le visage souriant de celui que Daniel avait surnommé « le gros », de son vrai nom, Brad Grimmet.

« Celui-ci aussi, vous le reconnaissez. »

Ce n'était pas une question. L'expression de Jonah parlait d'elle-même. « La police connaît donc leur identité, lâcha-t-il.

– Pour l'heure, ils ont décidé de taire ces informations. Six cadavres. La maison n'a pas été totalement ravagée : certains objets demeurés intacts ont permis d'identifier les victimes. Ces trois-là ont été mêlés au mouvement Afterlifers. Hannerman a fait deux séjours en prison à cause de ses activités. Mais il ne s'agissait que de délits mineurs. Rien de ce qu'il avait fait jusque-là n'aurait permis d'imaginer qu'il soit capable de quelque chose d'aussi grave.

– Et en ce qui concerne Tobias Yarrow ?

– On n'a presque rien sur lui. 48 ans, et le seul problème qu'il ait eu avec la police remonte à dix ans, une bagarre dans un bar. Il était alcoolique. Sa femme venait de le quitter après dix ans de mariage à cause de son problème de boisson. Son cadavre était l'un des six. L'identifier n'a pas été difficile : l'état de conservation de son visage était optimal. »

Jonah se redressa, stupéfait. « On ne m'a pas parlé d'un corps en bonne condition.

– La police ne l'a retrouvé que trente heures après la descente, lorsque les lieux ont été considérés assez sûrs – et froids – pour que l'on procède à une fouille poussée de la maison. Il se trouvait dans un congélateur, sans doute depuis des semaines. Une balle dans la tête, décapité. Ils ont fait le nécessaire pour qu'il ne puisse plus jamais parler.

– Est-ce que la police a trouvé quoi que ce soit d'autre en rapport avec leurs projets ?

– On sait qu'ils étaient prêts à tuer, et prêts à mourir de façon à empêcher toute ressuscitation. Ils avaient conçu des dizaines de dispositifs incendiaires. On pense qu'ils préparaient une vaste campagne d'attentats à la bombe.

– Hannerman et ses amis avaient peur d'une chose bien précise. "L'Unité". Ce devait être leur cible principale.

– Je suis d'accord, mais les autorités persistent à suivre le même chemin que mon père. À leurs yeux, ces personnes sont des illuminés. Les motifs de leurs actions sont quasiment sans importance – probablement un pot-pourri d'élucubrations paranoïaques, rien de plus. La priorité de la police est de retrouver toute personne potentiellement impliquée dans leur projet. Jusqu'ici, ils sont presque certains qu'il n'existe aucun autre complice. Les membres du groupe avaient coupé tout contact avec leur famille et leurs amis il y a au moins un an de ça, parfois plus pour certains. Hannerman était assez fortuné pour financer à lui seul l'ensemble de l'opération. La seule personne susceptible d'en savoir plus sur leurs activités criminelles est celle que Yarrow appelait "15" – et qui en sait long sur le développement du BPV.

– La police dispose-t-elle d'éléments à son sujet ?

– La police est hors du coup à présent. L'enquête pour homicide est close. L'affaire est désormais entre les mains d'une unité antiterroriste du FBI. Ils vont tenter d'identifier cet individu surnommé "15", mais... Mon père m'en a parlé, hier soir. À son avis, ils ne trouveront personne.

– Pourquoi ça ?

– Mon père m'a raconté comment Yarrow avait parlé de lui. Il avait dit : "on va l'appeler 15" d'un air satisfait, mais ça sonnait surtout comme une blague entre lui et lui-même. Mon père était d'avis que ce surnom était une invention. Si nous voulons découvrir de qui il s'agit, nous allons devoir mener notre propre enquête. »

*

Jonah rentra chez lui peu avant 18 heures. Refermant la porte derrière lui, il éprouva un profond soulagement.

Marmite apparut sur le seuil du salon et l'observa avec suspicion. Jonah posa un genou à terre et tendit la main. Le chat vint la renifler avant de miauler et de se frotter contre lui en ronronnant.

Jonah gagna la cuisine suivi de Marmite, et jura en découvrant les éclats du verre brisé, ce verre qu'il avait laissé tomber, la veille au soir, lorsque Daniel Harker lui était apparu. Une éternité semblait s'être écoulée depuis lors.

Jonah posa le dossier qu'Annabel lui avait donné sur la table de la cuisine, puis s'occupa du verre brisé et donna à manger au chat. Marmite lui avait servi d'excuse pour prendre congé, et cela avait amusé la jeune femme, mais la vérité était qu'il ne parvenait plus à gérer la situation avec sérénité. Le besoin de se retrouver en territoire familier était devenu pressant.

Avec Alice Decker, il s'était dit à plusieurs reprises qu'il était en train de perdre la tête. Avec Daniel, c'était *précisément* ce qui s'était passé. Et malgré toutes les excuses, sincères ou non, du défunt, il se sentait en colère. En colère et coupable, ce qui était tout sauf sain.

Assis à la table de la cuisine, une bière à la main, il ouvrit le dossier. Annabel disposait des scans des originaux sur son ordinateur portable. Jonah avait promis de boucler son étude du dossier d'ici au lendemain soir. Tous deux compareraient alors leurs notes respectives et décideraient de la marche à suivre.

Une pensée lui traversa l'esprit. Il sortit de sa poche le flacon de pilules et le posa sur la table. D'une certaine façon, son regard était aussi méfiant que celui de Daniel Harker la veille au soir. *Plus tard*, pensa-t-il. Lorsqu'il aurait lu tout son saoul.

Annabel lui avait parlé du reste de ses recherches avant qu'il s'en aille. Sur la base du lien entre le BPV et Andreas Biotech dûment souligné par son père, elle avait consulté une multitude d'articles sur Michael Andreas et ses sociétés, ainsi que plusieurs listes de ses employés.

« Bon sang, avait lâché Jonah. Des infos de la police, et maintenant, ça... L'obtention de ces documents doit être passible d'au moins sept chefs d'accusation, non ?

– Je connais un type à Londres », avait répondu la jeune femme avec un sourire charmeur.

« À Londres ?

– Bienvenue dans l'ère du tout-numérique, Jonah. On peut violer les lois de n'importe quel pays sans même quitter sa chambre. »

Jonah avait secoué la tête. L'illégalité du procédé suffisait en elle-même à le mettre mal à l'aise, mais quelque chose l'irritait plus encore : la façon dont elle avait dit «*Je connais un type à Londres*», et ce qu'il avait ressenti.

De la jalousie.

C'est à cet instant précis qu'il avait éprouvé le besoin impérieux de partir.

*

Jonah lut le dossier. Un bref instant, il considéra la photo de Felix Hannerman, en repensant au visage émacié et au regard froid de l'homme qui avait frappé à la porte de Daniel Harker. Le profil de Hannerman était le plus complet de tous. Son profil était celui d'un fils à papa complètement paumé, dont la haine envers les revivers prenait sa source dans la ressuscitation ratée de sa mère et les conséquences désastreuses qu'elle avait eues sur sa famille. Peu de temps après, son père s'était suicidé, laissant Hannerman (20 ans au moment des faits) et sa sœur seuls au monde. Julia avait géré la situation en quittant le pays, voyageant sans cesse, ne restant jamais plus de deux ans au même endroit, limitant ses contacts avec son frère à un strict minimum. Selon toute vraisemblance, elle se trouvait en Nouvelle-Zélande à présent, mais les autorités n'avaient pas encore réussi à la retrouver pour lui annoncer la mort de son frère.

Jonah réfléchit à la façon dont elle accueillerait la terrible nouvelle. Il avait déjà vu des gens dans cette situation. Des parents de criminels décédés après avoir commis de véritables atrocités. Déchirés entre la nécessité de pleurer le disparu, et la honte et la culpabilité qu'ils éprouvaient. Comme si le fait de regretter la disparition du criminel les rendait complices. C'était bien là l'un des pires deuils qui soit.

Il poursuivit sa lecture, consultant des articles sur Michael Andreas et les sociétés qu'il avait créées ou rachetées. Andreas ayant été l'un des principaux financiers de Baseline, toutes ces informations lui étaient vaguement familières. Mais ce dont Jonah se souvenait surtout, c'était l'intérêt de la presse pour les obsessions morbides d'Andreas. Son but ultime, à en croire les rumeurs, était de tromper la mort, au sens littéral du terme.

Tromper la mort. Soudain, Jonah se souvint de ce que Daniel lui avait dit, dans la vidéo qu'il lui avait laissée : *Quelle belle façon de tromper la mort ce serait, si on arrivait à prolonger ça, hein ?*

À minuit, Jonah avait déjà bu deux bières et sirotait la troisième. Installé sur son sofa afin d'être plus à son aise, il avait tout lu, à l'exception de la liste des employés de Michael Andreas. Il la parcourut, convaincu qu'elle ne lui apprendrait rien. N'y figuraient ni salaire, ni description des postes, ni dates. Quarante pages extrêmement denses et truffées d'abréviations, de noms en vrac, chiffres de paie et numéros de sécurité sociale.

C'était potentiellement une liste de contacts, des personnes qu'Annabel pourrait contacter par la suite pour découvrir ce qu'elles savaient. Elle avait tenu à ce que Jonah la lise avec attention, au cas où il y aurait reconnu le nom d'un ancien membre de Baseline : il aurait été plus à même de soutirer des informations à un ancien collaborateur qu'une journaliste sortie de nulle part. Jonah avait alors compris que Daniel Harker lui avait demandé de l'aide essentiellement à cause de son implication dans le projet Baseline.

Il partit du principe que les abréviations accompagnant chaque nom se référaient aux entreprises d'Andreas. Elles semblaient en effet correspondre aux informations glanées par ailleurs par Annabel : Andreas Biotech, Reese-Farthing Medical, Sankley OptiSen, MLA Research. Cette dernière, qui n'employait que quatre-vingts salariés, était la plus petite société appartenant à Andreas.

Vu le nombre de noms, Jonah en vint à penser qu'il s'agissait d'une liste exhaustive des personnes ayant travaillé un jour ou l'autre pour Andreas. À nouveau, il se demanda par quel tour de passe-passe on pouvait avoir accès à de telles informations.

Consciencieusement, il lut tous les noms. Sa soif était tenace. À mi-chemin, il avala une nouvelle gorgée de bière. Soudain, il reposa sa bouteille et se leva pour aller chercher le flacon de pilules qu'il avait laissé sur la table de la cuisine.

Flacon en poche, il revint s'asseoir sur le sofa. La soif, passe encore. Mais si quelque chose de *vraiment* inquiétant arrivait, il n'hésiterait pas : il goberait une pilule et irait se coucher.

Il arriva à la fin de la liste. Il était 2 heures du matin. Epuisé, il bâilla.

« Ça ira pour aujourd'hui, décréta-t-il à voix haute. On verra la suite demain. » Il sortit le flacon et s'apprêtait à l'ouvrir quand, soudain, il s'interrompit, et le posa sur la table basse.

Une soudaine intuition. Idiote, sans doute, mais il se repencha quand même sur le deuxième tiers de la liste. C'était à ce moment qu'il avait éprouvé cette soif qui n'était pas la sienne.

Il relut les noms, et la sensation de soif revint. Le phénomène n'était pas assez net pour qu'il puisse déterminer à quelle page exactement il avait commencé à se manifester, mais une chose était claire : le vestige de Harker était toujours présent, et il voulait attirer son attention sur quelque chose.

« Qu'est-ce que c'est, Daniel ? »

Jonah attrapa les six pages qu'il avait parcourues avant de sentir la soif, et relut les trois premières. Rien. Il examina ensuite chaque page l'une après l'autre, en observant une pause d'une minute à chaque fois. La soif revint à la troisième.

Il entreprit alors de lire les noms à voix haute et, très vite, remarqua quelque chose. Éparpillés dans la liste figuraient des noms francophones, québécois sans doute, tous affiliés à MLA Research. Armand Dion, Isabeau Poulin, Lafayette Girard, Xavier Vernet, Delphine Lavoie. Cela cadrait avec les informations dont ils disposaient au sujet de cette société. MLA Research était une entreprise canadienne. Fondée à Montréal, elle s'était relocalisée à Toronto dix ans auparavant.

Victor Eldridge avait travaillé au sein du département de ressuscitation médico-légale de Toronto. Se pouvait-il que son activité ne se soit pas limitée à ce cadre professionnel ? Son nom ne figurait pas dans la liste, mais se pouvait-il que...

Jonah secoua la tête. *Simple coïncidence*, songea-t-il. *Rien de plus.*

Jonah relut les noms francophones, en observant chaque fois une longue pause.

Armand Dion.

Isabeau Poulin.

Lafayette Girard.

Xavier Vernet.

La soif s'imposa de nouveau.

Jonah fixa le nom des yeux et le répéta à voix haute. *Xavier Vernet*. C'était bien ce que Harker voulait lui montrer, mais il ne parvenait pas à comprendre pourquoi. Était-ce le nom d'un membre de Baseline, quelqu'un que Jonah aurait dû reconnaître ?

Peut-être s'agissait-il d'un nom familier à Daniel, mais pas à Jonah ?

Une énième fois, il le répéta : *Xavier Vernet.*

Jonah comprit alors. Avec un juron, il se saisit d'un stylo. Il entoura le nom et, dans la marge, écrivit ses initiales, en appuyant très fort soigneusement afin d'épaissir les lettres.

Il éclata de rire.

« Merde, Daniel. Et moi qui trouvais ma théorie sur Eldridge tirée par les cheveux. Tous ces noms. Ce n'est certainement pas le seul à posséder ces initiales... »

Pourtant, il était à présent sûr que Daniel avait voulu attirer son attention sur ce nom en particulier. Et il savait qu'il tenait là le début d'une piste.

De nouveau, il se saisit du flacon et considéra les pilules à l'intérieur. Puis il se leva, marcha jusqu'à la porte et posa le flacon sur l'étagère où se trouvaient ses clefs. *Ça peut attendre encore un peu*, se dit-il. *Pour l'heure, je vais avoir besoin d'aide.*

Il était près de 3 heures du matin, et il était exténué. Il gagna sa chambre et posa la page où figurait le nom de Xavier Vernet sur son lit. Puis il se déshabilla et se glissa sous les draps. De nouveau, il examina la page et sourit. Même si la piste était mince, il savait qu'Annabel serait impressionnée. Et cette idée lui était agréable.

Xavier Vernet.

XV.

15.

CHAPITRE 22

JONAH AVAIT HÂTE DE RÉVÉLER À ANNABEL CE QU'IL avait découvert. Il l'appela avant 10 heures et lui parla de Vernet, passant sous silence l'intervention probable de Daniel. Elle parut intriguée mais sceptique. Elle le rappela deux heures plus tard avec une unique consigne : rendez-vous à l'aéroport à 13 heures. Elle raccrocha, et ne répondit à aucun des appels qui suivirent.

Jonah n'avait pas le choix. Il rejoignit l'aéroport de Richmond, ignorant absolument ce que la jeune femme avait en tête. Dès son arrivée, il la rappela. Cette fois, elle décrocha, et lui indiqua à quel guichet d'enregistrement il devait la retrouver.

Elle sourit à son approche. Jonah lui renvoya son sourire puis détourna le regard de ses courbes, se forçant à ignorer des pensées peu opportunes.

« Alors. Que se passe-t-il ?

– On tient une piste, Jonah : une vraie. Vernet a travaillé sur le BPV. J'ai appelé MLA Research en me présentant comme la

DRH d'une grosse entreprise pharmaceutique. J'avais sous les yeux le site de la boîte en question, au cas où ils auraient cherché la petite bête. Je leur ai expliqué que Vernet avait candidaté à un poste et les avait cités dans son C.V. Je leur ai demandé de me confirmer un certain nombre d'informations. »

Jonah acquiesça, impressionné. « Et par "confirmer", vous voulez dire "révéler", n'est-ce pas ?

– On va se dire "tu". Et c'est effectivement ce que j'entends par là. Xavier Vernet est originaire du sud de la France. Il a rejoint MLA après avoir bossé trois ans dans une entreprise de biotechnologie basée à Paris. Il est parti il y a cinq ans, et a bel et bien travaillé sur le BPV, mais je n'en sais pas plus.

– Très bien. Et que faisons-nous ici ? »

Elle haussa les épaules. « Oh, j'ai tout simplement trouvé son numéro et je l'ai appelé. Il se trouve à Chicago. Nous allons l'y rejoindre par le premier vol. »

Jonah la regarda, médusé. Elle était on ne peut plus sérieuse.

*

Ils discutèrent tout du long, et Jonah fut surpris de sa propre aisance. Bien sûr, il ne s'agissait de rien de plus qu'un échange cordial mais, en temps normal, il aurait vécu cela comme un calvaire.

Annabel lui présenta une sélection d'ouvrages concernant Baseline, parmi lesquels figuraient des livres de son père.

« Il faut que je révise un peu, précisa-t-elle. Si tu penses à quoi que ce soit d'utile, dis-moi.

– Est-ce qu'il sait qui on est ?

– J'ai pensé que ce serait moins compliqué s'il l'ignorait. Je suis Sarah Townes, tu es John Sullivan. Nous sommes journalistes et nous préparons un papier sur les premiers jours de la ressuscitation, sous un angle que nous voulons inédit. Une sorte d'ode aux héros anonymes.

– Et il t'a crue ?

– Il a accepté de nous rencontrer. C'était soit aujourd'hui, soit dans deux semaines, d'où ma précipitation. Tu n'auras qu'à me laisser parler, et guetter la moindre phrase curieuse qui sortira de sa bouche. La mort de Yarrow n'a pas encore été rendue publique : j'essayerai de caser son nom quelque part et nous verrons bien sa réaction. »

Xavier Vernet avait accepté de les rencontrer au nord de la ville. Annabel indiqua au taxi l'adresse du café que Vernet lui avait donnée. Arrivés sur place avec dix minutes d'avance, ils s'installèrent confortablement dans un coin et commandèrent deux cappuccinos. Seul, Jonah aurait eu besoin d'une semaine de préparatifs pour accomplir un tel voyage. Annabel avait tout organisé sur un simple coup de tête.

Ils attendirent, épiant chaque client qui faisait son entrée. Au bout d'un moment, un homme grand et maigre d'une quarantaine d'années apparut. Il promena son regard un peu partout, avant de le poser sur Annabel, qui lui adressa un sourire.

« Sarah Townes ? demanda Vernet avec un accent qui ne laissait planer aucun mystère sur ses origines françaises. Xavier Vernet.

– Enchantée. John, tu veux bien commander un café pour M. Vernet ?

– Double espresso, s'il vous plaît », précisa l'intéressé.

Jonah s'exécuta et attendit un peu au comptoir afin de laisser Annabel préparer le terrain. Son téléphone portable sonna. Il consulta son écran et prit l'appel.

« Salut, Never.

– Ton chat avait faim.

– Tu es chez moi ? C'est du harcèlement.

– Je voulais passer te dire bonjour et tu n'y étais pas. Tu es où, au fait ?

– Dans un café.

– Je peux t'y rejoindre ? Tu m'inquiètes un peu, à vrai dire.

– Euh... C'est un café de Chicago. »

Un bref silence. « Tu es à Chicago ? »

Le double espresso arriva. « Écoute, Never, je dois te laisser. Promis, je t'explique tout dans quelques jours, O.K. ? »

Nouveau silence. « Tu m'avais déjà promis de tout m'expliquer. Je vais te laisser deux jours de plus. Passé ce délai, je te ferai tellement culpabiliser que tu t'excuseras à genoux. » Il raccrocha.

Jonah poussa un soupir puis éteignit son téléphone, au cas où Never essaie de le rappeler. Il attrapa le café et revint à la table, où il trouva Annabel et Vernet en train de rire comme deux vieux amis. Pas de doute, elle savait y faire.

Vernet prit le café et le remercia.

« Xavier était en train de me dire qu'il a tout bonnement *travaillé* à la conception du BPV, annonça Annabel. C'est incroyable, tu ne trouves pas, John ? »

Jonah approuva en silence. Il préférait parler le moins possible, par peur d'appeler Annabel par son vrai prénom.

« Je n'étais pas là au début du projet, précisa Vernet. Les recherches avaient commencé un an plus tôt, et mon travail concernait surtout des variantes du BPV, en vue d'améliorations. Tous ceux qui ont écrit là-dessus donnent l'impression que les travaux se sont arrêtés à la synthèse du produit. Mais le BPV n'était qu'un terme générique désignant toute une famille de composés chimiques. Et nous avons réussi à doubler son efficacité. »

Annabel sourit. « C'est exactement de ce genre de choses que nous aimerions parler, Xavier. L'homme qui nous a transmis votre contact pensait justement que vous seriez le plus à même de nous aider. »

Jonah faillit tiquer. De toute évidence, Annabel avait opté pour une approche frontale.

« Sans vouloir être indiscret, répliqua Vernet, qui vous a parlé de moi ?

– Un contact d'un de mes collègues, répondit-elle en fixant Vernet droit dans les yeux. Un certain Tobias Yarrow. »

Vernet demeura muet, les sourcils arqués de surprise. « Tobias Yarrow ?

– Vous vous souvenez sûrement de lui, n'est-ce pas ? Cela ne remonte pas à si longtemps. »

Vernet réfléchit. « Trois ans.

– Je ne l'ai pas rencontré en personne : tout ce que je sais à son sujet, je le tiens de mon collègue. Pardon s'il y a eu méprise, mais j'ai cru comprendre que vous lui aviez raconté beaucoup de choses. Lui, en tout cas, se souvient parfaitement de vous. »

Vernet semblait toujours sous le coup de la surprise. « Alors vous... vous savez quand nous nous sommes rencontrés... ? »

Annabel se contenta d'acquiescer. Jonah fut impressionné par son assurance.

À son tour, Vernet opina du chef, sourcils à présent froncés. « Dans ce cas, vous en savez trop sur moi pour que je me sente tout à fait à l'aise.

– Rien de tout cela ne figurera dans le papier », assura Annabel.

Vernet baissa la voix : « J'ai fait la connaissance de Tobias Yarrow au cours d'une réunion d'Alcooliques Anonymes. Nous avons pris un café à la fin. Même chose la semaine suivante. Après cela, je ne l'ai plus jamais revu.

– Mais vous vous souvenez de lui, non ? Il a dû vous faire une certaine impression.

– Il est assez intense, il faut bien l'avouer. Je me rappelle lui avoir raconté certaines de mes histoires. Il buvait littéralement mes paroles. Un peu trop, en fait. »

Jonah se pencha en avant. « Quelles histoires ?

– Vous savez, le genre de trucs que les gens aiment entendre au sujet des prémices de la ressuscitation. J'ai débuté ma carrière en travaillant sur la mémoire, la maladie d'Alzheimer ; puis je me suis retrouvé à bosser sur le phénomène de la ressuscitation au milieu d'un tourbillon de rumeurs, sachant que des ressuscitations étaient réalisées dans l'édifice même où je travaillais. Les gens ont tendance à oublier ce que c'était, voyez-vous ? A quel point c'était macabre, au début. Le temps efface ce genre de mauvaises impressions. On finit par s'habituer au fait que les morts puissent parler. Je buvais beaucoup trop à l'époque. Il m'arrive encore de replonger parfois mais, durant ces premières années de travail, ça a été pire que tout. Certaines personnes adorent entendre ce genre d'histoires. Toutes ces conneries terrifiantes. Yarrow prenait vraiment son pied, alors je lui ai raconté deux ou trois choses. »

Annabel acquiesça. « Quoi, au juste ?

– J'ai commencé par lui raconter les problèmes de fabrication du BPV. Je vous en parlais tout à l'heure, quand je vous expliquais comment on avait amélioré le produit. Ça remonte à huit ou neuf ans. On disposait en fait de trois produits, et leur efficacité était variable. Assez pour susciter des doutes, disons. On a effectué des contrôles qualité mais, à première vue, ils étaient identiques. En fait, il s'agissait d'énantiomères : des impuretés dont la structure chimique était identique mais inversée, comme l'image d'un miroir. Le processus de fabrication variait légèrement et les proportions également, entre 1 et 4 %. Un mois après que nous avons identifié le problème, on nous a demandé d'examiner les propriétés de ces impuretés. On a commencé par augmenter la proportion, afin de voir l'effet que cela aurait sur l'efficacité.

– L'efficacité ? », répéta Jonah. Annabel se renfonça dans son siège, afin de lui faire comprendre qu'il pouvait à présent mener la conversation à sa place.

« Le BPV était une famille de variantes d'une substance utilisée contre le syndrome de stress post-traumatique, reprit Vernet. Il interfère avec les systèmes mémoriels mis en jeu dans le SSPT. Son rôle principal est d'empêcher qu'une crise ou, dans le cas d'une ressuscitation, ce que le cerveau considère comme une crise, se grave dans la mémoire profonde. En clair, il supprime les vestiges. Afin de comprendre comment la substance miroir agissait, nous avons pris le problème à l'envers. Nous avons augmenté les doses…

– Et ?

– Ceux qui l'ont essayé… Eh bien, ça les a pas mal chamboulés.

– S'agissait-il de revivers volontaires ? »

Vernet sourit. « Ils étaient plus que convenablement payés. Le fait est que cette substance *augmentait* leurs capacités. Dans une moindre mesure, le BPV fait ça aussi, mais la substance miroir était autrement puissante. Vous savez peut-être que les utilisateurs du BPV, les revivers… leur traitement est conçu sur mesure, les proportions sont contrôlées très précisément selon chaque individu. Le but recherché est une augmentation optimale des talents naturels avec le moins d'effets secondaires possible. On peut ajouter tout un tas d'autres substances à la médication de base afin d'annuler les effets secondaires. On a effectué des tests avec d'énormes doses de substance miroir, et d'énormes doses de substances censées contrebalancer les mauvais côtés. Ça n'a pas amélioré pour autant les capacités des revivers. On nous a demandé alors de tester certaines variantes du BPV ne différant que très légèrement du produit originel, sans version miroir – leur purification était nettement moins coûteuse. Certaines se révélaient aussi efficaces Par la suite, nous avons étudié les propriétés des versions miroir. Cela n'a pas été simple, mais l'une de nos expériences a abouti à une augmentation *considérable* des capacités de ressuscitation. Seul petit problème : presque personne n'était capable de tolérer cette substance ; les effets secondaires étaient si graves qu'ils la rendaient totalement inutilisable. Nous avons cessé là nos expériences. »

Jonah se raidit : « Quel genre d'effets secondaires ?

– Des hallucinations. Des vestiges. Des troubles psychologiques. Ce genre de choses. Lorsqu'ils ont su que nous allions détruire la substance, certains de nos cobayes en ont réclamé. Il s'agissait de revivers assez médiocres qui pensaient que ce produit leur permettrait d'atteindre un stade supérieur, au mépris des effets secondaires destructeurs à terme. De la folie pure et simple. »

Jonah observa un silence et Annabel se pencha à son tour en avant. « C'est tout ce que vous avez raconté à Yarrow ? »

Vernet les considéra d'un air méfiant. « À quoi ça rime, ces questions ? »

Annabel posa sa main sur la sienne. « C'est très important, Xavier. Je vous en prie. »

Vernet hocha la tête. « Peu importe, de toute façon. MLA Research a cessé toute recherche sur le BPV après ça. Nous nous sommes penchés sur certaines maladies dégénératives chroniques, des recherches de fond *a priori* prometteuses. On a connu quelques succès. J'étais heureux de revenir aux domaines pour lesquels j'avais été formé. J'ai cessé de boire, ou presque. Bref. Quelques années après la fin des études sur le BPV, j'ai obtenu un super poste ici, à Chicago. Peu après mon installation, au cours d'une conférence, j'ai croisé d'anciens collaborateurs qui, comme moi, avaient changé de boulot. Le soir venu, on a été boire un verre. Je vous l'ai dit : ça m'arrive encore, de temps en temps. La conversation s'est vite résumée à une sorte de petit concours, chacun essayant d'en mettre plein la vue aux autres. L'un des types présents avait entendu des rumeurs à propos de la version miroir de la variante du BPV. Comme quoi on avait continué à l'utiliser après la fin de nos recherches. Elle avait même si bien fonctionné dans un cas particulier qu'il s'était passé quelque chose au cours d'une ressuscitation. Le reviver avait réussi à ramener son sujet mais, lorsque ce dernier s'était mis à parler, c'était autre chose qui s'était exprimé à sa place. Quelque chose qui était mort depuis longtemps, quelque chose qui n'avait rien d'humain. Apparemment, certains voulaient ramener cette chose dans notre monde. Pour de bon. »

Alors que Vernet prononçait ces mots, son visage devenait terriblement sérieux. Il regardait Jonah droit dans les yeux et Jonah se sentait blêmir. Vernet finit par sourire, puis il éclata de rire. « Veuillez m'excuser. Ce ne sont que des rumeurs, tout ça. Vous ne devriez pas les prendre pour argent comptant.

– Et Tobias Yarrow ? demanda Annabel. Est-ce qu'il a cru à tout ça, lui ?

– Dur comme fer. J'ai eu beau lui dire que ce n'était que des foutaises, il a refusé d'en démordre. Je lui ai recommandé de passer à autre chose, mais il ne semblait pas être le genre de type à se détendre facilement.

– Avez-vous dit à Yarrow qui vous avait raconté tout ça ?

– À l'époque où j'ai fait sa connaissance, cette histoire était déjà vieille de deux ans. J'étais saoul, qui plus est. Je ne me rappelle plus qui était là, et encore moins qui avait raconté cette histoire. Mais je suis quasi sûr que cette personne le tenait de quelqu'un d'autre.

– Avez-vous déjà entendu parler de "l'Unité" ? »

Vernet secoua la tête. Annabel et Jonah passèrent vingt minutes de plus en sa compagnie sans apprendre rien d'autre. Pour finir, la jeune femme lui tendit une carte de visite au nom de Sarah Townes, au cas où un détail lui reviendrait.

Dans le taxi qui les ramenait à l'aéroport, Jonah réfléchissait encore à cette entrevue.

« Yarrow a discuté avec Vernet il y a trois ans, Annabel. Pourquoi tout ce temps ? Pourquoi avoir tant attendu avant d'agir ? »

Annabel hocha la tête. « Peut-être a-t-il commencé à agir bien avant. En dépit de ce qu'il nous a dit, Vernet a dû en révéler assez à Yarrow pour que celui-ci décide de mener sa propre enquête. Yarrow a peut-être réussi à retrouver l'homme dont Vernet parlait. Si c'est le cas, et à moins que Vernet ne se souvienne d'autre chose, notre enquête s'arrête là. Et si Yarrow a omis quelque chose d'important en discutant avec mon père, on peut également tirer un trait sur nos recherches. Merde. Je n'arrive pas à croire que ça se résume à ça. Une simple histoire d'horreur pour boy-scouts. »

Le reste du trajet jusqu'à l'aéroport se passa dans le silence. Enfermée dans un silence renfrogné, Annabel gribouillait quelques notes, mais sa frustration devenait palpable. Le vol n'améliora pas son humeur et, lorsqu'ils se quittèrent à l'aéroport international de Richmond, Jonah se sentit étrangement blessé par cette distance soudaine.

« Tu me rappelles ? demanda-t-il. Au sujet d'Eldridge ? »

Elle marmonna une réponse évasive et fila droit vers sa voiture, laissant Jonah seul avec ses questions.

De retour chez lui, il se réchauffa un plat de chili con carne qu'il avala sur son sofa, zappant sans discontinuer. Blotti contre lui, Marmite cherchait désespérément à attirer son attention.

Le rendez-vous avec Vernet s'était révélé prometteur mais Jonah comprenait la lassitude et la déception d'Annabel : sa meilleure piste avait abouti à un cul-de-sac. Peut-être était-ce le mot de la fin. Peut-être était-il préférable qu'Annabel mette un terme à ses recherches. Peut-être était-il préférable de ne jamais retrouver Victor Eldridge.

Sans cesse, les mots de Vernet lui revenaient en mémoire : *quelque chose qui était mort depuis longtemps, quelque chose qui n'avait rien d'humain. Apparemment, certains voulaient ramener cette chose dans notre monde.*

Il frissonna.

CHAPITRE 23

ANNABEL SE SENTAIT MAL À L'AISE. ET LES PROPOS de Vernet n'étaient pas seuls en cause.

Elle avait remarqué la façon dont Jonah la regardait. Ce n'était pas la première fois qu'elle était confrontée à ce genre de regards. Elle allait tout faire pour le décourager.

Annabel respectait une règle secrète : ne jamais se rapprocher d'un homme qui lui plaisait vraiment. Ainsi, il était plus facile de maintenir ses distances, et l'inévitable rupture était toujours moins douloureuse.

Jonah lui plaisait. Pour être tout à fait franche, cela ne datait pas d'hier. Elle avait quinze ans lorsque son père lui avait parlé pour la première fois de ce garçon qui avait ressuscité sa mère, et qui voulait mettre à profit un talent que d'autres considéraient comme une malédiction. C'était le genre de choses qui marquaient irrémédiablement.

À présent, elle repensait aux yeux gris-bleu de Jonah, à la façon dont ils l'attiraient, irrépressiblement. Il fallait à tout prix qu'elle s'épargne ce genre de complication, surtout en pareilles circonstances. Qu'aurait dit son père de cette situation ?

Elle allait devoir refroidir Jonah un bon coup, s'assurer qu'il comprenne bien. La politesse qu'elle avait héritée de sa mère rendrait la manœuvre assez délicate mais, si tout se passait comme elle le prévoyait, elle surmonterait facilement l'épreuve.

*

Jonah ne fut pas surpris lorsque Annabel l'appela le lendemain matin à 9 heures. Elle se montra assez brève, lui demandant seulement de la retrouver chez son père afin de discuter de la suite, mais son ton était plus enjoué que la veille, et à nouveau plein d'enthousiasme. Où trouvait-elle les ressources pour rebondir aussi vite ? C'était un talent dont il était dépourvu, et il le regrettait.

Elle l'accueillit sur le seuil et le guida jusqu'à la cuisine.

« Désolée pour hier, Jonah. Je m'étais emballée. Mais ce matin, j'ai réfléchi un peu.

– Alors on fait quoi, maintenant ?

– Ou bien on attend que Vernet nous rappelle pour nous apprendre quelque chose qu'il aurait omis, ou bien on espère tomber par hasard sur l'une des choses que Yarrow a découvertes. Ces deux possibilités sont loin de m'enthousiasmer. Donc...

– Oh oh », répondit Jonah avec un sourire forcé. Il lisait quelque chose dans les yeux d'Annabel. Quelque chose qui ne lui plaisait pas.

« Le mieux à faire, c'est de trouver quelqu'un d'autre qui soit au courant de tout ça. Quelqu'un capable de remplir les blancs à notre place.

– Qui ?

– Michael Andreas. »

Jonah émit un rire poli.

« Je ne plaisante pas, reprit la jeune femme. Tout le monde sait qu'il participait activement aux recherches. Il est forcément au courant de quelque chose.

– Il y a aussi autre chose que tout le monde sait : il est extrêmement difficile de décrocher un rendez-vous avec Andreas. Et même à supposer que tu y parviennes, qu'est-ce qui te dit qu'il te révélera quoi que ce soit d'intéressant ?

– Jonah, quelle est la seule chose à laquelle un reviver est tenue lors d'une ressuscitation ? »

Jonah haussa les épaules. « Faire parler son sujet.

– Exact. Et si le sujet ment, le reviver sait qu'il ment. S'il noie le poisson, le reviver le sent. Je suis journaliste. Ce que tu fais avec les morts, je le fais avec les vivants. Je ferai parler cet homme, et je saurai ce qu'il nous cache, ou à quel sujet il nous ment. Pour ce qui est d'obtenir un rendez-vous, je vais tout simplement me présenter comme la fille endeuillée que je suis, déterminée à rédiger un article sur son père et sa contribution au phénomène de la ressuscitation. J'ai déjà lancé quelques lignes : on ne tardera pas à savoir si ça mord. »

Elle lui sourit, et Jonah lui renvoya son sourire en hochant la tête : « J'adore ta façon de négliger l'adversité. Mais tu aurais pu me dire tout ça au téléphone. Pourquoi m'avoir fait venir ici ?

– En partie parce que je voulais m'excuser, Jonah. Et puis j'ai une dette envers toi. Tu m'as aidée à retrouver Vernet. À présent, c'est à mon tour de t'aider. » À côté de l'évier reposait un dossier. Elle le lui tendit.

« Eldridge, murmura-t-il en consultant la première page. Encore ce type de Londres ? »

Annabel acquiesça. « Eldridge ne se trouve pas au mieux de sa forme. Au cours des quatre années écoulées, il a multiplié les séjours dans un hôpital psychiatrique de Caroline du Nord. Il y a huit mois, on lui a diagnostiqué un cancer de la prostate. Il a réussi à trouver une place dans un hospice dans le sud de Baltimore, spécialisé dans l'accueil des patients souffrant de troubles mentaux. Cela fait maintenant quatre mois qu'il s'y trouve. Il n'en a plus pour très longtemps.

– Et quelles sont les chances qu'il accepte de nous voir ? » Annabel sourit en haussant les sourcils. De nouveau, Jonah sentit son estomac se nouer. Il commençait à connaître ce regard. « Bon sang. Tu ne chômes jamais. Quand ?

– Nous lui rendrons visite ce soir, mais je doute qu'il soit au courant. Cela étant, nous ferions sans doute mieux de nous présenter sous nos véritables identités, cette fois. Je ne voulais pas effrayer Vernet parce que je ne savais pas à quel point il était lié à Yarrow. Ce soir, nous suivrons le même plan qu'avec Andreas : la fille de Daniel Harker écrit un papier sur son père et l'héritage spirituel qu'il a laissé, elle réunit des témoignages, et quoi de plus poignant que celui d'un reviver mourant ? En outre, Annabel Harker possède un avantage considérable sur Sarah Townes, et c'est cet avantage qui va s'avérer décisif.

– Je ne te suis pas.

– L'hospice dans lequel Eldridge se trouve accueille une partie de ses patients à titre gracieux. Les candidats laissés pour compte ne manquent pas, hélas. Ils s'efforcent de tenir bon. »

Le visage de Jonah trahissait sa perplexité.

« Je vais faire un *don* à cet établissement. On doit partir dans une heure et demie. Avant ça, il faut que je mange quelque chose. Je vais faire des pâtes. Ça te dit ?

– Il vaudrait mieux que je parte le ventre plein, moi aussi.

– Parfait. » Elle le guida jusqu'au salon et désigna une porte. « Je n'en aurai pas pour très longtemps. Il y a là une salle de jeux, si tu veux te détendre un peu.

– Merci », dit Jonah se retenant de justesse d'ajouter « je sais ».

Il entra dans la salle de jeux et se figea à côté de la table de billard. Il se sentait presque comme chez lui, ici. Sans y penser, il mit la main sur la télécommande de la télé grand écran fixée au mur, et se baissa pour allumer l'unité centrale. Il zappa un instant avant d'arrêter son choix sur une chaîne musicale. Il voulait rester actif tout en se vidant un peu la tête : à ce titre, une petite partie de billard avec musique de fond paraissait s'imposer. Peut-être cela lui ferait-il oublier le sentiment d'étrangeté qu'il ne pouvait s'empêcher d'éprouver.

Il disposa les boules à l'intérieur du triangle et, pendant dix minutes, se prouva à lui-même son manque absolu de talent en la matière, tout en laissant son esprit vagabonder. Dans un coin de la pièce se dressait un petit bar, où étaient posées plusieurs photos de famille encadrées.

Il en saisit une. On y voyait Daniel avec sa femme.

« Robin », dit-il. Robin Harker. Il grimaça, sentant germer en lui une douleur sans fond. Il reposa le cadre aussitôt, comme s'il représentait un danger. Il allait reprendre sa partie quand un autre souvenir refit surface.

Annabel : debout sur le seuil de la pièce, les yeux rougis de larmes.

« Et tu pensais que ça ne me mettrait pas en colère ? », s'écria-t-elle. Elle était plus jeune, son accent beaucoup moins britannique. « J'avais *besoin* de ta présence. *Maman* avait besoin de ta présence.

– Je n'ai pas pu, répondit Daniel en lui tournant le dos. Je n'ai pas pu.

– Elle n'a pas compris, papa.

– Je suis désolé. » Daniel se retourna. Jonah tentait de saisir le contexte de cette scène : et soudain, il comprit. Robin était morte. Daniel ne l'avait pas accepté. Il avait refusé d'assister à la ressuscitation.

« C'était ta dernière chance de lui dire au revoir, papa. Sa dernière chance de te dire au revoir. Tu ne comprends pas à quel point une telle chose peut blesser ? Tu lui manquais, papa. Tu lui manquais tellement. »

La déception qui se lisait dans le regard d'Annabel était insupportable. Daniel détourna les yeux.

« Nom de dieu, papa. Tu te fous pas mal de savoir à quel point ça a pu être difficile pour moi. »

Daniel garda le silence jusqu'à ce que sa fille ait tourné les talons. Alors, seulement, il se mit à pleurer. « Annie, pardonne-moi. S'il te plaît. » Elle avait quitté la pièce. Daniel la poursuivit. « Annie ! Pardonne-moi, pardonne-moi ! »

Annabel était sortie dans la nuit sans refermer la porte, laissant derrière elle un vide noir et béant. Daniel Harker tomba à genoux, submergé par la douleur.

Jonah revint d'un coup à l'instant présent. Désorienté, il ressentit une bouffée de panique. Et une soif malheureusement familière.

« Nom de Dieu », souffla-t-il. Il palpa sa poche. Il avait toujours sur lui le flacon de pilules que Stephanie Graves lui avait donné. Au cas où.

Il aurait dû s'y attendre. Un environnement familier, d'anciens et pénibles souvenirs. Ceux de quelqu'un d'autre. Le genre de vestiges auxquels Jonah était un peu plus préparé.

Annabel arriva avec deux assiettes de *penne*. « Tout va bien ? J'ai cru entendre quelque chose. » Jonah hocha la tête et tendit la main vers son assiette. Alors qu'elle la lui passait, leurs mains se touchèrent.

Ses réflexes prirent le dessus ; il écarta brusquement la main. L'assiette tomba au sol avec un bruit sourd : elle était intacte, mais les pâtes étaient renversées. Annabel le regarda, perplexe.

Jonah considéra les *penne* puis releva les yeux sur Annabel. « Désolé. L'habitude. Les gens sensibles au frisson passent un très mauvais moment quand ils m'effleurent.

– Tu sais bien que je ne suis pas sensible au frisson.

– Je sais. Mais les vieilles habitudes sont les plus difficiles à perdre. Tu as déjà croisé pas mal de revivers par le passé. Ne me dis pas que je suis le plus cinglé que tu aies jamais rencontré. » Il sourit, mais se pencha aussitôt, par peur de lire la réponse dans son regard. Il se mit à ramasser les pâtes.

« J'en ai connu quelques-uns, commença Annabel. Quand j'étais enfant. Papa les invitait à la maison. Pour l'écriture de son deuxième livre. Je n'ai jamais eu peur. Peut-être parce que je ne suis pas sensible au frisson. Maman et papa aussi.

– Je suis vraiment navré, fit Jonah en lui tendant l'assiette. Je vais chercher une éponge, histoire de... »

Elle l'interrompit : « Ça peut attendre. Jonah, il faut que tu me promettes quelque chose. » Elle attendit qu'il acquiesce. « Ne t'excuse jamais pour des choses dont tu n'es pas responsable. N'aie jamais honte de ce que tu es. »

Elle l'observait, attendant sa réponse.

« D'accord, parvint-il à articuler.

– Bien. Maintenant, suis-moi. » Elle tapota l'assiette. « Il en reste une marmite entière. »

Assis à la table de la cuisine, ils mangèrent en silence, de bon appétit.

Lorsqu'il eut fini, Jonah regarda l'horloge au mur. Le moment de rencontrer Eldridge approchait, et une question lui brûlait les lèvres.

« Qu'est-ce que ton père t'a raconté, Annabel ? À propos des raisons me poussant à vouloir retrouver Eldridge ?

– Que vous avez souffert de vestiges similaires. Eldridge a connu le même problème que toi : un sujet ressuscité prenant le contrôle de son être.

– C'est tout ? »

Elle acquiesça.

« Quelque chose est arrivé, fit Jonah. Avant l'épisode des vestiges, au cours d'une ressuscitation. On a classé ça au rayon des hallucinations dues au surmenage. Eldridge a vécu une expérience identique. Il y a un lien entre ce que nous avons vécu, et je veux comprendre ce dont il s'agit.

– Que s'est-il passé ?

– Le sujet s'est mis à paniquer. Il pensait que quelque chose approchait. Quelque chose d'obscur, de terrifiant. Une présence *prédatrice*. Le sujet d'Eldridge s'est soudain volatilisé. J'ai relâché le mien avant. C'est là que... c'est là que ça s'est adressé à moi. La scène n'a eu aucun témoin, mais ça a parlé. » Sa voix n'était plus qu'un murmure. « Quelque chose de mort depuis bien longtemps. Quelque chose qui n'avait rien d'humain. »

Annabel le dévisagea, livide. « Alors... ce que Vernet a dit, tu... tu l'as pris au sérieux ?

– Quoi qu'ait pu être cette présence, elle était maléfique, Annabel. J'aimerais pouvoir expliquer ça. J'aimerais pouvoir dire que mon esprit me jouait un tour. Mais je ne crois pas que ce soit le cas. »

*

Ils arrivèrent à l'hospice Walter-Hodges peu après 17 heures. La majeure partie de la façade était dissimulée par des échafaudages, au pied desquels trônait une pancarte affublée d'un visage rond et souriant, et un poing démesuré , un pouce dressé, accompagné de ces quelques mots : « Merci pour vos dons ! ».

L'hospice jouxtait un centre médical plus vaste, plus moderne et, apparemment, en bien meilleur état. Annabel gara le Boxster Porsche rouge de sa mère derrière le bâtiment. Elle avait insisté pour que Jonah laisse sa voiture, et Jonah, que l'expérience de la séparation à l'aéroport avait affecté, n'avait pas fait d'histoires. Il avait profité du trajet pour prendre connaissance des informations dénichées par le hacker londonien d'Annabel.

Ils firent le tour du bâtiment à pied pour rejoindre l'entrée principale. De l'autre côté de la rue, sur un grand panneau publicitaire, s'étalait une affiche du mouvement Afterlifer. Jonah marqua le pas et le considéra en fronçant les sourcils. La coïncidence était peu heureuse.

Le hall de réception bourdonnait d'activité. Annabel s'annonça à l'accueil et ils attendirent dix bonnes minutes avant qu'un homme aux cheveux grisonnants et à l'allure athlétique arrive à leur rencontre. Ses traits étaient excessivement raffinés. La photo « avant » d'une publicité pour teinture de cheveux, songea Jonah.

« Docteur Edward Buckle, fit l'homme en s'adressant à Annabel. Toutes mes condoléances, mademoiselle Harker. » Il lui serra la main et Jonah resta à l'écart, mains dans les poches.

« Merci. Je vous présente Jonah Miller, qui m'aide pour l'article. »

Buckle sourit. « Annabel, Jonah, soyez les bienvenus. Je ferai tout mon possible pour vous éclairer sur la situation. Votre générosité va nous permettre de respirer un peu. Il est très rare que des donateurs aussi généreux s'intéressent aux hospices de manière générale, et encore plus à des établissements comme le nôtre. » La fenêtre principale donnait droit sur le panneau publicitaire. « Vous avez dû voir les travaux de réfection en cours. L'ensemble du bâtiment a besoin d'un sérieux rafraîchissement, et ce n'est pas notre seul problème. Tous les jours, je passe devant cette satanée affiche et je pense aux dons qu'ils reçoivent. Ça leur donne bonne conscience, de s'inquiéter du sort des morts, mais ce sont les vivants qui ont le plus besoin d'aide. » Sans cesser de parler, il les précéda dans un petit couloir et les fit entrer dans son bureau. « J'ai lu quelque part que les personnes qui donnaient aux Afterlifers avaient statistiquement plus de chance de mettre la main à la poche pour la protection des animaux qu'au profit des mourants. Et vous savez à quelles œuvres ils donnent le moins ? Aux hospices et aux institutions psychiatriques. Ce qui fait de nous leurs petits chouchous, pour ainsi dire. »

Annabel acquiesça. « Je comprends tout à fait ce que vous ressentez, docteur. Les Afterlifers sont parvenus à focaliser l'attention des médias sur la mort alors que c'est la vie qui devrait nous intéresser.

– Exactement ! », s'exclama Buckle. Il prit place à son bureau et fit signe à Annabel et à Jonah de s'asseoir. « La mort génère des sommes colossales. Depuis que j'ai commencé à travailler ici, je dois reconnaître que les assurances ont mis de l'eau dans leur vin. Mais lorsqu'elles trouvent un moyen de priver un patient de leurs services, cependant, ce n'est pas beau à voir. Nous en accueillons gratuitement autant que possible, mais c'est une lutte de tous les jours. Vous n'avez pas idée du nombre de personnes en fin de vie incapables d'accéder aux soins dont elles auraient besoin dans ce pays. Et pourtant, les « unes » de nos journaux sont accaparées par des sujets sur la ressuscitation. Si vous voulez mon avis, mademoiselle Harker, ce problème pourrait faire l'objet d'un article explosif.

– Je vais y réfléchir, docteur. Mais pour en revenir au sujet qui nous intéresse...

– Victor Eldridge, dit Buckle en croisant les doigts. Victor a de nombreux problèmes. Je suis tenu par le secret professionnel, mais disons qu'il a encore toute sa tête.

– A-t-il accepté de me voir ?

– Vous m'aviez certifié que, même en cas de refus, vous procéderiez au don convenu. Est-ce toujours le cas ?

– Oui », répondit Annabel. Jonah dut se mordre les joues pour ne pas jurer. Si Annabel éprouvait le même sentiment que lui, elle le dissimulait à la perfection.

« Je vous rassure tout de suite, reprit Buckle. Victor serait ravi de s'entretenir avec vous. Il a le droit de recevoir autant de visites qu'il le souhaite, mais... eh bien, il n'en reçoit pas énormément. J'ai pas mal de choses à faire dans l'immédiat mais je vais veiller à ce qu'on vous accompagne. »

*

Buckle leur proposa d'attendre dans son bureau. Difficile de ne pas s'impatienter. Annabel éteignit son téléphone. Jonah n'avait pas rallumé le sien depuis son échange avec Never.

Au bout de trente minutes, un jeune infirmier vint les chercher.

Ils lui emboîtèrent le pas, et Jonah se tourna vers Annabel, chuchotant : « On dirait qu'il a 12 ans.

– Et ?

– Je m'inquiète un peu, c'est tout. »

Annabel haussa les épaules. « Je suis sûre que mon père a dû se dire la même chose à ton sujet lorsque tu travaillais à Baseline. » Elle pressa le pas pour rattraper l'infirmier, et lut le nom inscrit sur son badge. « Alors dites-moi, Greg. Ça fait longtemps que vous travaillez ici ?

– Six mois.

– Vous êtes à la fac, c'est ça ?

– Ouais. En psychologie.

– Et ça paye bien, ici ? »

Greg grimaça. « Ça peut aller. Juste ce qu'il faut.

– Qu'est-ce que vous pouvez nous dire sur ce M. Eldridge ?

– Je dois juste vous conduire jusqu'à sa chambre.

– Ça ne le dérange pas de se retrouver seul à seul avec nous ?

– Non, pas de problème. Victor se montre parfois un peu fébrile mais, ces derniers temps, il est assez tranquille. En cas de besoin, il pourra toujours nous appeler en tirant sur le cordon de la sonnette.

– Et de quoi souffre-t-il, au juste ? »

Greg s'immobilisa, si désarçonné que Jonah eut presque envie de lui tapoter l'épaule pour lui dire que tout allait bien se passer mais à en juger par l'expression d'Annabel, c'eût été un mensonge. Greg baissa la voix : « Je... je ne suis pas autorisé à vous révéler quoi que ce soit du dossier médical des patients, madame. Ce sera à Victor de décider de ce qu'il a envie de vous dire.

– D'accord. C'est juste que vous venez de dire qu'il était assez… tranquille, ces derniers temps. Ça sous-entend qu'il l'est un peu moins d'habitude. Si vous en connaissiez la raison, nous serions vraiment ravis de l'apprendre. » Annabel glissa un billet de 100 dollars dans la poche de poitrine de Greg. Greg le sortit, et le considéra en silence. « Un petit cadeau qui n'engage à rien, expliqua Annabel. Mais si vous faites un effort, vous pourriez en avoir quatre autres pareils. »

Greg resta muet, puis rempocha l'argent et se remit en route. Annabel semblait parfaitement décontractée. *Une journaliste avec de l'argent*, pensa Jonah. Une combinaison dangereuse, comme elle l'avait elle-même parfaitement résumé.

*

L'état des couloirs confirmait ce que Buckle leur avait confié au sujet des difficultés de financement. Greg ouvrit une porte qui donnait dehors. Ils avaient traversé tout le bâtiment et ils pouvaient voir leur voiture derrière la haute grille.

« Victor habite au numéro 11, annonça Greg. On n'a que douze appartements indépendants de ce type. Une chambre à coucher, une salle de bain, un petit salon. D'habitude, on évite d'y loger les patients souffrant de troubles mentaux. Mais Victor se comporte convenablement, et les docteurs ont décidé de lui offrir un peu d'intimité, de dignité. Un endroit rien qu'à lui, après toutes ces années. »

Annabel dévisagea Greg avec dureté. « Vous voulez développer ? »

Le jeune infirmier acquiesça, mais il était manifestement mal à l'aise. « Et merde. O.K. Voilà ce que je sais. Avant que Victor

Eldridge arrive ici, il a souffert de tout un tas de symptômes : hallucinations auditives graves, crises de panique incontrôlables. Il avait peur de tout et de n'importe qui, ses réactions étaient imprévisibles. Il s'en prenait régulièrement au personnel soignant, et ils étaient obligés de l'enfermer en cellule de confinement. Quand on a diagnostiqué un cancer en phase terminale, tout a changé.

– À cause du diagnostic ? »

Greg baissa la voix en jetant des regards méfiants aux alentours. « Pas vraiment. Il a toujours eu ses périodes d'accalmie. Au cours de l'une d'elles, on lui a permis de se joindre au groupe d'activités ludiques. Un jour, ils ont fait un loto. Chaque patient avait sa petite carte et son crayon. C'est là qu'un des patients l'a vu faire. Il s'est enfoncé son crayon dans l'oreille. Parfaitement calme, jusqu'à ce que seuls quatre centimètres dépassent de l'oreille. C'est l'une des aides-soignantes qui m'a raconté ça quand Victor a été transféré ici. Selon elle, le crayon a dû transpercer le tympan. La douleur devait être insupportable mais, comme je viens de vous le dire, Eldridge était parfaitement calme. Le patient qui a assisté à la scène raconte qu'Eldridge s'est levé soudain, a traversé la pièce et s'est frappé la tête contre un mur pour enfoncer le crayon plus profondément encore. Il s'est effondré à terre. Le sang coulait de son oreille mais il a survécu.

– Quels dégâts cela a-t-il provoqués ?

– Les chirurgiens ont réussi à sortir le crayon. L'oreille interne était foutue, irréparable. Le crayon s'était enfoncé de deux centimètres et demi dans son cerveau. Ça l'a complètement métamorphosé. À partir de ce jour-là, il n'a plus jamais posé le moindre problème. »

Annabel regarda Jonah, légèrement déçue. Jonah haussa un sourcil. Tous deux se posaient la même question : ce qui restait de Victor méritait-il d'être interrogé ?

« Plus jamais le moindre problème, vous voulez dire... ? demanda Annabel.

– Quoi, vous voulez savoir si c'est un légume ? Loin de là, putain. C'est un des types les plus normaux de tout l'hospice. Très poli, très discret. Il essaye toujours d'enrôler les autres dans une partie d'échecs.

– Alors, qu'est-ce qui a changé ?

– Il prétend que les voix ont cessé. Selon lui, c'était toujours dans cette oreille qu'il les entendait. Quand il a appris qu'il allait mourir, il a décidé de finir ses jours dans la paix et le silence. »

– Mais ses voix étaient dans sa tête, non ? »

Greg haussa les épaules. « C'est tout ce que je sais. »

Annabel lui tendit les 400 dollars promis. « Merci. » Greg ne répondit pas, et se remit en route.

Les appartements, regroupés par trois, ressemblaient à des préfabriqués et rappelaient à Jonah les bureaux de Baseline, en plus petit. Les quatre lotissements disposaient chacun d'une pelouse bien entretenue et de parterres de fleurs. Un large sentier les reliait entre eux, ainsi qu'au bâtiment principal.

Devant chaque lotissement, un panneau était planté, où figuraient les noms des habitants.

Sur celui du dernier lotissement, on pouvait lire : « V. Eldridge, appt 11 ». Greg frappa à la porte.

Une infirmière vint lui ouvrir. Elle approchait de la quarantaine, et portait un badge à son nom : « Jan ».

« Salut, Greg.

– Salut, Jan. Ces deux personnes sont venues rendre visite à Victor.

– On m'a prévenue. J'ai terminé. » Elle regarda Annabel. « Tâchez de ne pas dépasser la demi-heure, s'il vous plaît. Il est assez fatigué aujourd'hui, mais il est du genre têtu. »

Jonah jeta un œil à l'intérieur. Une porte ouverte donnait sur une chambre. Il aperçut une machine imposante bardée d'écrans de contrôle, des bombonnes d'oxygène et un pied à perfusion. Sur la gauche, la cuisine, où un vieil homme traînait les pieds.

« Victor ? », appela l'infirmière.

L'homme se retourna. Pas si vieux que ça, constata Jonah. Ses gestes étaient lents, sa maigreur extrême, mais il n'avait pas plus de 50 ans. Il sortit de la cuisine, ponctuant chaque pas d'une grimace. Jonah dut se faire une raison : c'était bien l'homme qu'il avait vu sur cette vidéo.

« Est-ce que ce sont eux, Jan ? » Eldridge souriait, non sans effort. Il approcha, attrapant les lunettes qui pendaient à son cou par une chaînette.

« Oui, Victor. Ce sont bien les gens dont le docteur Buckle vous a parlé. »

Annabel fit un pas vers lui : « Je m'appelle Annabel Harker, monsieur Eldridge. Voici Jonah Miller. »

Le sourire d'Eldridge se fit plus chaleureux. « Ravi de faire votre connaissance, Annabel. » Son regard glissa en direction de Jonah. Il chaussa ses lunettes, le dévisagea un instant, et son sourire se fit plus incertain.

L'infirmière s'inquiéta : « Victor ? »

Eldridge afficha aussitôt son sourire un peu forcé. « Tout va bien, Jan. Juste un petit vertige mais vous pouvez nous laisser. Ça va aller.

– Vous êtes sûr ? »

Eldridge acquiesça avant de se tourner vers Annabel. « Elle est adorable, mais j'ai parfois du mal à m'en débarrasser. »

L'infirmière éclata de rire, tourna les talons, et parut soudain se rappeler quelque chose. « Au fait, avant que je parte... Nous sommes en pleine campagne de dons, et je me demandais si vous vouliez apporter votre contribution. Une participation serait la bienvenue – même modeste. »

Jonah surprit le regard d'Annabel. « Avec plaisir », dit-il en sortant un billet de 20 dollars de son portefeuille.

Satisfaite, l'infirmière mit l'argent dans une pochette, dont elle tira quelque chose. Il s'agissait d'un petit badge rouge – la même figure ronde et souriante que sur la pancarte des échafaudages. Jonah considéra un instant le badge, et l'infirmière crut que l'objet n'était pas à son goût. « Si vous préférez, nous avons aussi des porte-clefs et des magnets pour frigo...

– Non, non, merci, c'est parfait.

– Promettez-moi que vous ne le fatiguerez pas trop », ajouta l'infirmière, et Jonah acquiesça.

« J'attendrai dans le bâtiment principal, annonça Greg. Quand vous en aurez fini, je vous raccompagnerai. » Puis Jan et lui partirent en discutant.

Dès que la porte fut fermée, le sourire de Victor Eldridge disparut. « Dieu merci, soupira-t-il, la voilà partie. Je ne plaisantais pas quand je disais que j'avais parfois du mal à m'en débarrasser. Qu'est-ce qu'elle peut jacasser... » Il leva les yeux au plafond. « Venez par ici. Il faut que je m'asseye. »

Ils prirent place dans le salon. Eldridge s'était installé dans un fauteuil inclinable dont l'un des accoudoirs était équipé d'une tablette. Il prit le verre de jus d'orange qui y était posé et en but une gorgée. Il regarda autour de lui d'un air appréciateur. « Un joli coin pour passer le temps, non ? » Il n'y avait aucune amertume dans sa voix, pas même une once de résignation.

C'était une simple constatation. « Vous êtes donc la fille de Daniel Harker. Le bon docteur Buckle m'a expliqué que vous écriviez quelque chose, mais je dois vous avouer que je n'ai pas bien compris pourquoi vous vouliez me parler.

– Vous étiez un reviver talentueux, Victor », répondit Annabel.

Eldridge afficha un demi-sourire. « Oh, je vous en prie. Vous êtes ici parce que je suis à l'article de la mort, et que vous goûtez l'ironie de la chose. On ne trouve plus que ça dans la presse, de nos jours. De l'ironie et du cynisme. »

Annabel ouvrit la bouche, mais aucun son n'en sortit. Eldridge lui avait littéralement cloué le bec.

« Ce n'est pas pour ça que nous sommes ici », intervint Jonah.

Eldridge reposa son verre et se redressa. Son expression se fit plus dure. « Alors pourquoi ?

– Je m'appelle Jonah Miller.

– J'avais bien entendu la première fois.

– Je suis reviver. »

Eldridge observa une pause, puis acquiesça. « Je me disais bien que votre nom m'était familier. Que voulez-vous ?

– Vous souvenez-vous de Ruby Fleming, monsieur Eldridge ? »

Eldridge était manifestement mal à l'aise. Il leva une main à hauteur de son oreille droite, qu'il se mit à frotter de sa paume. « Je ne connais personne de ce nom.

– Vous vous souvenez parfaitement d'elle », insista Jonah.

Eldridge le considéra, les yeux écarquillés, le regard presque suppliant. Il secoua la tête. « Je vous en prie...

– Vous vous souvenez parfaitement de Ruby. Et vous savez quoi ? Il m'est arrivé quasiment la même chose qu'à vous. On m'a raconté que c'était du surmenage, que mon esprit m'avait abusé. Et puis les sujets de mes ressuscitations se sont mis à... Vous voyez ce que je veux dire, n'est-ce pas ? »

Eldridge paraissait complètement perdu. « Ils sont restés avec moi. J'étais perdu en eux. »

Jonah acquiesça. « J'ai été pris en charge par le même docteur auquel vous avez eu affaire, monsieur Eldridge. Stephanie Graves.

– Elle est arrivée trop tard. Je n'ai plus retravaillé par la suite. Mais ils ne m'ont pas cru. Je leur ai dit qu'il y avait quelque chose d'autre, et ils n'ont pas prêté attention à mes paroles. Je pouvais encore l'entendre, pourtant. Oui, je me souviens de Ruby Fleming. Je me souviens de ces appels à l'aide. Quelque chose est venu la prendre. Quelque chose est venu et je n'ai *rien fait.* »

Eldridge porta de nouveau une main à son oreille. « Les voix vous ont quitté, maintenant », dit Annabel. Elle saisit sa main libre. « Mais que vous disaient-elles ? »

Le regard d'Eldridge se fit plus distant. Visiblement, il était terrifié. « J'ai entendu murmurer, après la ressuscitation de Ruby. Ça tentait de s'adresser à moi, mais je... je n'étais pas assez fort pour l'entendre, Dieu merci. Et pourtant, c'était toujours là. Je pouvais l'entendre, ça essayait d'entrer en contact. Et puis un peu avant que j'apprenne que j'étais condamné, les murmures sont devenus plus forts. Plus distincts. Je savais que si je les comprenais, ce serait la fin... » Le regard empli d'une peur panique, il se tourna vers Jonah et lui saisit la main. Aussitôt, un même frisson les parcourut tous les deux. Eldridge retira aussitôt sa main, et se la frotta.

« Eh bien, dit-il, abasourdi. Pour une surprise... Un reviver qui ressent le frisson au contact d'un autre reviver.

Manifestement, je ne possède plus le don. Peut-être parce que je suis sur le point de mourir.

– Dites m'en plus sur ces murmures, Victor, souffla Jonah.

– Il a fallu que je les fasse taire. Vous savez, il est très difficile de mettre un terme à sa propre vie dans un lieu où les tentatives de suicide sont monnaie courante. Ce n'était pas la mort que je désirais : elle m'est promise. Mais il fallait que je fasse cesser ces murmures avant de les *comprendre*. Alors je me suis servi de ce crayon. Je pensais qu'en l'enfonçant assez profondément, ils cesseraient. J'espérais en mourir. Ça n'a pas été le cas.

– Mais les murmures ont cessé. »

Eldridge acquiesça.

« Savez-vous pourquoi cela vous est arrivé à vous, Victor ? Avez-vous entendu parler d'autres personnes qui auraient vécu la même expérience ? »

Eldridge écarquilla les yeux. « Rien que moi. Peut-être en existe-t-il d'autres, mais je n'en ai jamais eu vent.

– Je sais deux ou trois choses sur vous, Victor, dit Jonah. Et il y a une chose que je ne comprends pas. »

Annabel lui lança un regard interrogateur. Il ne lui en avait pas fait part, mais un détail l'avait interpellé dans le dossier d'Eldridge. Un détail qui semblait le narguer, et qui concernait son statut de reviver au Canada, puis aux États-Unis. « Vous étiez au top, Victor. Secteur privé, secteur médico-légal – tous deux avaient visiblement de quoi vous regretter. Mais ça ne colle pas. »

Eldridge parut nerveux. « Comment ça ?

– Votre classement était trop bas. Je vous ai vu réaliser des ressuscitations. Vous étiez... tellement bon. Aucun reviver de votre niveau n'est aussi bon. Aucun reviver de votre niveau n'est en mesure de travailler dans le secteur médico-légal.

– On a revu mon classement à la hausse. Grâce à l'entraînement que j'ai suivi. Ça arrive. »

Effectivement, cela pouvait arriver, et Jonah le savait. Les revivers s'amélioraient avec la pratique. Mais dans ce domaine, Jonah ne croyait pas aux miracles. « Vous êtes sorti de nulle part. Vous gagniez votre vie en tant que reviver, soit, mais vous vous trouviez en bas de l'échelle. Et puis, tout à coup, votre talent se voit démultiplié. Et juste après, vous souffrez des pires vestiges qu'ait jamais éprouvés un reviver. »

Eldridge demeurait muet.

« Avez-vous déjà entendu parler de MLA Research ? », demanda Jonah en le regardant droit dans les yeux.

Eldridge finit par baisser le regard.

Annabel considéra Jonah, puis Eldridge, et se pencha en avant. « Vous faisiez partie des cobayes volontaires ? »

Eldridge gardait la tête baissée. Annabel posa une main sur la sienne. « Victor, je vous en prie. »

Eldridge secoua la tête, et finit par la relever. « J'étais un bien piètre reviver – dernier niveau ou presque. Je travaillais pour des assurances à Toronto, pas de quoi rouler sur l'or. Je ramenais un sujet sur trois, faiblement, et pour une très courte durée. J'étais une blague ambulante. Mais ils étaient en train de tester une nouvelle substance, censée améliorer les talents de certains d'entre nous. J'en ai volé. J'étais un des seuls à pouvoir en prendre. Peut-être le *seul* capable de la supporter si longtemps. J'en ai volé, et j'en ai pris. J'en ai pris pendant *deux ans*. En mettant mes progrès sur le compte de l'entraînement. Après tout, c'était déjà arrivé. Mon niveau a été revu à la hausse ; j'ai trouvé un poste dans le médico-légal. J'aurais pu me faire beaucoup plus d'argent mais, au fond de moi, j'avais conscience d'être un imposteur, vous comprenez ? Et à ce titre, je voulais me racheter. Je voulais contribuer à améliorer les choses en ce bas monde. Mais avec cette substance, il y a un prix à payer. De tous ceux qui en ont pris, je suis celui qui s'en est le mieux sorti. Je me suis persuadé que je m'y étais habitué, que j'avais développé une sorte de tolérance. Méthode Coué, en quelque sorte. Mais tout a fini par me rattraper. Les vestiges dont vous avez eu vent, et puis d'autres encore. La substance me permettait d'aller plus loin. Mais plus loin jusqu'à *quoi* ? Parce qu'il y a bien quelque chose, là-bas, tapi dans les ténèbres. Et je crois savoir ce que c'est. Je pouvais l'entendre. De plus en plus fort. »

Eldridge s'interrompit un moment, dépassé par ses propres paroles. « Je suis heureux d'être mourant. Je suis tout près, à présent. Tout près de la fin. Mais, parfois, cette pensée me terrifie. Perdu dans les ténèbres, seul... Je repense à Ruby Fleming. Je repense au diable qui l'a emportée. »

CHAPITRE 24

ILS QUITTÈRENT ELDRIDGE PEU DE TEMPS APRÈS. BIEN qu'il fût considérablement secoué, le mourant parvint à singer un sourire lorsque Greg, l'infirmier, vint voir comment il allait.

« Alors ? demanda Annabel une fois dans la voiture de sa mère. Est-ce que tu as trouvé ce que tu cherchais ? »

Jonah secoua la tête. « Je n'en sais rien. Il est dans un sale état, avec tous les stigmates d'une profonde dépression. Trop de travail. Troubles psychologiques à répétition. Pendant des années, il a absorbé une substance qui décuplait les effets néfastes de la ressuscitation. J'ai abouti au même résultat en me surchargeant de boulot. Peut-être que c'est la seule chose qui nous lie. »

Annabel lui jeta un coup d'œil. « Tu n'en crois rien.

– Il pense être allé trop loin. Ce que je voudrais croire, c'est que nous avons tous les deux provoqué la panique de nos sujets. Mais peut-être sommes-nous allés tous les deux trop loin. Trop *près*. » Il secoua à nouveau la tête. « Je n'en sais rien. »

Annabel ralluma son téléphone portable. Jonah ne toucha pas au sien. Combien de temps encore allait-il pouvoir éviter sa prochaine conversation avec Never ? L'heure des explications allait bientôt sonner.

« Tiens donc, fit Annabel.

– Quoi ? »

Elle lui montra son portable. Elle avait reçu un e-mail du bureau de Michael Andreas.

*

Andreas avait accepté d'être interviewé dans le cadre de l'article qu'Annabel prétendait écrire : rendez-vous avait été pris pour le lendemain dans les locaux de Sankley OptiSen, à l'ouest de Philadelphie.

Après un repas frugal, Jonah se coucha sur le canapé du salon : il leur faudrait se lever de bonne heure le lendemain. Ni l'un ni l'autre n'avait évoqué la possibilité qu'il dorme dans le lit de Daniel.

Le bâtiment abritant Sankley OptiSen ressemblait à l'image que Jonah s'était faite du siège de Baseline douze ans auparavant. La moindre surface semblait soigneusement polie, la moindre plante ressemblait plus à un produit manufacturé qu'à un végétal naturel.

À 14 heures précises, on les conduisit au dernier étage.

Michael Andreas leur ouvrit lui-même la porte de son bureau. C'était un bel homme. Étonnamment beau, même. Il émanait de lui une aura de bien-être et de compétence extrêmement rassurante. « Mademoiselle Harker, fit-il en lui serrant la main. Que puis-je dire ? La disparition de votre père est une perte infinie. » Le tout accompagné d'une sincérité absolue.

Jonah songea d'emblée qu'il devait être très facile de le détester.

Andreas les invita à entrer. Les proportions titanesques de la pièce laissèrent Jonah bouche bée.

« Asseyez-vous, je vous prie », dit Andreas. Il s'installa derrière son énorme bureau de chêne massif, et Annabel et Jonah prirent place face à lui.

« Je suis heureux que vous m'ayez contacté, reprit Andreas. Votre père n'a pas reçu toute la reconnaissance qu'il méritait. Ce serait pour moi un honneur que de vous aider à corriger cela.

– Merci. Vous souvenez-vous de votre première rencontre ?

– C'est Sam Deering qui nous a présentés. L'homme qui est à l'origine de la ressuscitation médico-légale. » Il posa sur Jonah un regard qui le mit mal à l'aise. « J'ai cru comprendre qu'il venait de prendre sa retraite. Sam officiait alors en tant que représentant du FBI au sein de Baseline. À l'époque dont nous parlons, Baseline accueillait également des émissaires de l'ensemble des religions recensées, et il semblait parfois que les scientifiques se trouvaient en minorité. Daniel, lui, possédait l'esprit scientifique. Il m'a plu dès le début. » Andreas saisit le verre qui reposait sur son bureau et but une gorgée d'eau. « Il m'a interviewé à deux reprises, assez brièvement. Ses questions concernaient la recherche, non ma personne. Assurément, votre père était un homme éminemment respecté. Aimeriez-vous que je développe un peu ? »

Annabel répondit par un lent acquiescement. « Plus tard, peut-être. Mais, avant cela, j'aurais aimé savoir si vous pouviez nous parler des recherches menées par MLA Research sur des variantes dangereuses du BPV, il y a huit ans. »

Andreas la regarda comme si elle venait de se métamorphoser en folle furieuse.

Jonah fit de même.

Andreas croisa les doigts et observa son interlocutrice. Il finit par soupirer. « Pourquoi êtes-vous ici, Annabel ?

– Les hommes qui ont enlevé et assassiné mon père étaient convaincus qu'un terrible événement allait bientôt se produire. Un évènement lié à une substance créée par votre société. J'aurais aimé entendre ce que vous savez à ce sujet. Étiez-vous vraiment sincère lorsque vous disiez vouloir m'aider à redorer le blason de mon père ? Je vous pose cette question parce que, à l'heure où je vous parle, personne ne semble réellement s'inquiéter des véritables desseins de ceux qui l'ont tué. »

Andreas se leva et marcha jusqu'à une fenêtre. « J'étais sincère, oui. » Au bout de quelques instants, il revint s'asseoir ; son expression s'était radoucie, mais il arborait un sourire méfiant. « De toute évidence, Annabel, vous n'avez pas arrêté depuis la mort de votre père. Je dois l'admettre, en apprenant que vous me rendriez visite avec l'homme qui l'a ressuscité, je me suis dit que votre visite risquait de sortir des sentiers battus.

– C'était l'effet recherché.

– Dans ce cas, c'est réussi. »

Jonah les regarda tous deux et eut la sensation de perdre pied. Annabel n'avait jamais douté qu'Andreas vérifierait l'identité de ses interlocuteurs. Il avait servi d'appât.

« Allez-vous nous répondre ? », demanda Annabel.

Andreas réfléchit un instant, avant d'acquiescer. « Des chercheurs ont effectivement travaillé sur une variante du BPV qui augmentait l'effet de vestige. Ils en ont affiné la formule.

– Sous vos ordres ?

– J'étais au courant de la découverte. Nous étudions un panel de phénomènes assez obscurs, et celui-ci représentait un domaine de recherches tout à fait prometteur. Mais les variantes les plus puissantes ont été abandonnées. Leurs effets secondaires étaient bien trop dangereux pour qu'on puisse s'en servir. »

Jonah prit le relais. « Saviez-vous qu'une partie de cette substance avait été dérobée ?

– Non.

– Connaissiez-vous les rumeurs selon lesquelles cette substance était utilisée pour entrer en contact avec quelque chose de mort depuis longtemps ? Quelque chose qui n'avait rien d'humain ?

– Jonah, ce que vous me racontez là n'est rien d'autre qu'un mythe.

– Un mythe auquel les meurtriers de Daniel Harker croyaient. Un mythe qu'ils n'étaient pas les seuls à connaître.

– Oh, je ne dis pas n'avoir jamais entendu parler de ça. Mais ce n'est qu'une légende. Une pure invention macabre. Une diversion.

– Alors vous aviez bel et bien connaissance de cette histoire ?

– Il arrive parfois qu'on veuille cacher une chose dont l'existence est déjà partiellement connue. Préserver le secret nécessite alors de lever un écran de fumée. La tactique n'est pas nouvelle. Pour la zone 51, ça a été les extraterrestres. Pour la ressuscitation, ce genre de contes à dormir debout.

– Qu'est-ce que vous entendez par là ? »

Andreas secoua la tête. « Je ne suis pas en mesure de vous en dire plus.

– Ils ont tué mon père, lança Annabel. Je ne demande qu'une chose : savoir ce qui selon eux allait se passer, et pourquoi.

– Je suis désolé, mais...

– Ils ont assassiné la seule famille qui me restait et vous vous en foutez complètement. Et vous vous en foutez complètement parce que vous ignorez ce que ça peut représenter. »

Jonah vit la colère briller dans le regard d'Andreas. Annabel le provoquait dans l'espoir de lui faire commettre un faux pas. Mais c'était jouer avec le feu.

Andreas ferma les yeux un instant. Lorsqu'il les rouvrit, il semblait à nouveau très calme. « J'ai failli fonder une famille, Annabel. J'avais 20 ans lorsque je suis tombé amoureux ; j'étais encore à Harvard. À 24 ans, j'ai développé une nouvelle technique d'insertion d'ADN et je suis parvenu à la faire breveter. Grâce à cette découverte, j'ai pu fonder Andreas Biotech. Les sommes en jeu étaient considérables, et j'ai pu toucher ma part. Notre situation financière était confortable, et nous faisions tous les deux ce que nous aimions. À l'approche de la trentaine, nous avons décidé d'avoir des enfants. Elle était enceinte de huit mois lorsqu'elle est morte. Éclampsie. Notre fils n'a pas survécu non plus. Nous n'étions pas mariés. » Andreas baissa les yeux, observant une pause. « Cette cruelle ironie du sort ne cesse de me hanter : je me trouvais à la pointe des connaissances médicales de l'humanité, et ma *famille* a été emportée par l'un des maux les plus anciens qui soient.

« Lorsqu'on a découvert la ressuscitation, j'ai immédiatement voulu en connaître le sens profond. Le gouvernement recherchait des partenaires, mais les atermoiements des investisseurs freinaient leurs projets. Tout le monde voulait des réponses, mais aucune société ne tenait à être si clairement associée à un phénomène qui dérangeait l'ensemble de la population. Les financements tombaient au compte-gouttes. Je me suis engagé corps et âme dans cette entreprise. Au commencement, les médias m'appréciaient : ils m'ont propulsé au statut de héros. Mais cela ne changeait rien au malaise qu'ils éprouvaient quant à la ressuscitation. Et puis Baseline s'est mis à péricliter. On a remis en question les raisons de mon engagement. On a cessé de me présenter comme un altruiste pour faire de moi un simple profiteur.

« Fut un temps où le profit revêtait à mes yeux une importance considérable, Annabel. Mais mon but était uniquement de consolider mes sociétés, pas de remplir le portefeuille des actionnaires et encore moins mes propres poches. Je suis un homme riche. Tous les hommes riches que j'ai pu croiser finissent par tomber dans l'une ou l'autre catégorie. Certains sont obsédés par l'accumulation des richesses, et cette obsession finit par les consumer. D'autres comprennent ce que tout cet argent peut leur permettre de réaliser. Cela les change, d'une tout autre façon.

« Le cynisme des médias, je pouvais encore le supporter. Mais, un jour, ils ont mêlé sa mort à tout ça. Un article en particulier suggérait que j'avais investi dans la cryogénie afin de préserver son corps, puis dans la ressuscitation afin de... » Andreas leva les yeux au plafond avant de reprendre. « Un autre papier m'a affublé du surnom d'Orphée des temps modernes. Cela m'a mis dans une colère noire. Peut-être étais-je en colère parce qu'ils n'étaient pas si loin de la vérité. J'ai racheté la société spécialisée en cryogénie deux ans après sa mort. Ce n'était bien évidemment pas pour conserver ce qui restait d'elle. Je voulais simplement mettre un terme à la *douleur*. La douleur de la perte d'un proche. Vous savez parfaitement de quoi je parle. Je voulais mettre un terme au deuil en soi.

« Sans cap clairement défini, Baseline battait déjà de l'aile. J'avais prévu de poursuivre certaines recherches dans le cadre de mes propres sociétés. L'une d'elles était susceptible de provoquer un scandale sans précédent si elle était dévoilée. C'est Sam Deering qui m'en a parlé. Il savait que j'aurais fini par en avoir connaissance, et que je me serais aussitôt retiré si on avait refusé ma collaboration. Vous savez de quoi je parle, Jonah. Vous étiez là, vous vous souvenez d'Underwood. »

Jonah acquiesça. « Le problème de la traçabilité des corps », murmura-t-il. Il se tourna vers Annabel. « Certaines ressuscitations ont été réalisées dans des conditions... disons plus que douteuses. Les sujets n'étaient pas passés par les filières imposées.

– Mais ce n'était pas là le fond du problème, ajouta Andreas. La véritable question était de savoir pourquoi certains chercheurs s'étaient procuré des corps hors du système en place. Dans quel but ? Et je sais qu'ils ont continué après avoir quitté Baseline.

– Saviez-vous ce qu'ils faisaient au juste ? demanda Annabel.

– Le fait est qu'ils ont réussi à étouffer l'affaire. Mais, comme je vous l'ai dit, j'ai entendu par le passé l'histoire à dormir debout que vous m'avez racontée. Il semblerait que les individus pour lesquels vous avez ressuscité Underwood en soient à l'origine. Elle leur a servi de paravent : une fable si improbable que même le peu de vérité qu'elle recelait a été rejeté.

– S'il vous plaît, Michael, implora Annabel. Je dois savoir.

– Je compatis, mais j'ai mes propres soucis. Je m'en remets à votre honnêteté, ne dites rien avant que la nouvelle soit officielle, mais j'ai récemment revu l'ordre de mes priorités. Je me retire de la compagnie. Je dois subir une intervention chirurgicale dans quelques jours. Après cela, plus rien ne sera comme avant.

– Je suis désolée pour vous.

– Merci. À présent, je vous en prie, mettons un terme à notre entretien. » Andreas se leva et leur ouvrit la porte.

Alors qu'il s'apprêtait à la refermer, Annabel la bloqua de la main. « Vous ne voulez pas revenir sur votre décision ? Je ne demande pas grand-chose : je veux simplement savoir pourquoi mon père est mort. »

Andreas baissa la tête. Lorsqu'il la releva, ses yeux étaient humides. « Dans ce cas, demandez à Sam Deering. Demandez-lui de vous parler de Kendrick. »

Tandis qu'ils sortaient du bâtiment, Jonah se tourna vers Annabel.

« J'ai servi d'appât.

– Ça va, répondit-elle d'un ton irrité. Tu voulais te rendre utile, non ? J'ai pu rencontrer Andreas. Mission accomplie. »

Pendant un moment, sidéré, Jonah se contenta de la regarder. Elle s'était servie de lui sans le lui dire, et elle se moquait éperdument de ce qu'il pouvait ressentir. La lueur qu'il avait cru discerner dans son regard la veille n'était finalement qu'une illusion. Il lui fallait tout simplement l'accepter.

« Très bien, lâcha-t-il finalement. Allons voir Sam. »

CHAPITRE 25

SAM VINT LEUR OUVRIR, AFFUBLÉ D'UN T-SHIRT TROP large. « Jonah ! s'écria-t-il. Tu aurais dû appeler avant de passer. On est tout juste rentrés hier. Helen a repris le boulot, ce qui fait de moi un homme au foyer, et ce qui fait de ce foyer un vrai foutoir. Qu'est-ce qui t'amène ? »

Gêné, Jonah jeta un regard à sa voiture, garée sur l'allée qui menait au garage. Il avait demandé à Annabel de rester à l'intérieur afin de déterminer si sa présence pouvait encourager Sam à révéler ce qu'il savait ou, à l'inverse, si elle risquait de le braquer. « Je passais juste voir comment ça allait. Ton petit séjour s'est bien passé ? »

Sam rayonnait. « Merveilleux. Je crois que je profiterai pleinement de ma retraite quand ce ne sera plus que de longues vacances avec Helen. Il va falloir que je me réinvestisse dans mon rôle de grand-père, que je passe un peu plus de temps avec la petite Jess. Déjà 6 ans, tu te rends compte ? Mais le fait est qu'après seulement une matinée livré à moi-même, je ne sais déjà plus quoi faire. J'ai l'impression de devenir timbré.

– Ça avance, ta participation ? »

Sam devait prononcer le discours de clôture du symposium qui aurait lieu la semaine suivante. Il haussa les épaules. « Quasiment bouclée. Ça va sûrement m'occuper pas mal ces prochains jours, mais il faut aussi que je travaille Helen au corps pour la convaincre de prendre sa retraite sans tarder. Allez, entre : un peu de compagnie me fera le plus grand bien. Tu es juste passé voir comment j'allais ? »

Jonah resta planté sur le perron. « Pas uniquement. Je voulais te parler de quelque chose. J'ai réalisé une autre ressuscitation, Sam. La première depuis la fin de mon arrêt forcé.

– Comment ça s'est passé ? Tu n'as pas eu de nouveaux problèmes, au moins ?

– Il s'agissait de Daniel Harker. »

La mine de Sam s'assombrit. « J'ai appris sa mort aux infos. J'ai appelé Hugo pour lui demander comment ça s'était passé. Il a réussi à me cacher que c'était toi qui t'en étais chargé.

– Ce n'était pas prévu. Il n'a tout simplement pas eu le choix. Mais il est arrivé quelque chose, et j'ai besoin de ton aide. *Nous* avons besoin de ton aide.

– Nous ? »

Jonah fit signe à Annabel. Il ne savait toujours pas si sa présence était une bonne ou une mauvaise chose, mais il tenait à jouer franc jeu.

« Qui est-ce ? demanda Sam en voyant Annabel sortir de la voiture et venir à leur rencontre.

– Annabel Harker. La fille de Daniel. Si tu préfères ne parler qu'à moi, ça me va, mais si tu tiens à lui dire quelque chose à elle... »

Sam acquiesça. Annabel arriva à leur hauteur, et Sam lui serra spontanément la main. « Toutes mes condoléances. Entrez, tous les deux. Vous allez m'expliquer en quoi je peux vous être utile. »

*

« Êtes-vous venue ici en tant que journaliste, mademoiselle Harker ? » Ils avaient pris place dans le salon de Sam. Celui-ci s'était servi un bon remontant ; Jonah et Annabel avaient décliné l'offre.

« Tout ce que je veux, dans l'immédiat, c'est découvrir les raisons de la mort de mon père. » Elle adressa un regard à Jonah pour l'inciter à poursuivre.

« On a retrouvé un véritable arsenal de bombes incendiaires chez les kidnappeurs de Daniel Harker, déclara Jonah. Ils ont tout fait sauter lorsque les autorités ont donné l'assaut. Aucun survivant, et personne n'est en mesure d'être ressuscité. Rien de tout cela n'a été ébruité pour l'instant. Apparemment, ils préparaient une série d'attentats visant selon la police à ternir l'image de la ressuscitation. Tous étaient liés au mouvement Afterlifer. Daniel a été enlevé parce qu'il est entré en contact avec l'un d'eux, qui lui a parlé d'une certaine "Unité". L'homme en question a été assassiné, et Daniel a été kidnappé. Les autorités ne s'intéressent guère aux raisons de l'enlèvement, ils mettent ça sur le compte d'une paranoïa conspirationniste. Nous voulons savoir ce qu'était cette fameuse "Unité".

– "Unité" ? Ça ne me dit rien. »

Jonah regarda Annabel. Elle opina. Il poursuivit.

« Les kidnappeurs redoutaient quelque chose. Apparemment, ils auraient eu vent d'une rumeur selon laquelle, lors de la ressuscitation d'un sujet, *quelque chose* se serait exprimé à sa place. Quelque chose de mort depuis longtemps, quelque chose qui n'avait rien d'humain, et que certains voulaient ramener définitivement. Voilà ce que les kidnappeurs voulaient empêcher. »

L'expression de Sam se figea. « Quel... rapport ça peut bien avoir avec cette affaire ?

– Tu veux dire, qu'est-ce que la police en pense ?

– Oui.

– Ils ne sont pas au courant. Nous avons mené l'enquête nous-mêmes. Cette rumeur prend sa source dans des recherches menées sur le BPV. On nous l'a confirmé.

– Comment ça ? »

Annabel intervint : « Michael Andreas nous l'a confirmé. » Elle attendit en le regardant droit dans les yeux.

Sam était visiblement nerveux. « Vous avez parlé à Andreas ? »

Annabel acquiesça. « Il nous a affirmé que cette rumeur était un écran de fumée. Mais il nous a conseillé de vous voir pour que vous nous en parliez. Pour que vous nous parliez d'un certain *Kendrick*.

– Et d'Underwood, ajouta Jonah. Selon Andreas, Underwood est liée à tout ça. Cette fameuse "Unité", quelle qu'en soit la nature, est liée au projet dont la ressuscitation d'Underwood faisait partie. Et c'est ce qui terrifiait les personnes qui ont laissé mourir Daniel Harker. Je t'en prie, Sam. Si tu sais quoi que ce soit, il faut que tu nous le dises. »

Sam inspira profondément. « C'est classé top secret.

– Docteur Deering, fit Annabel, je veux découvrir ce qui a poussé ces individus à agir de la sorte. Ils sont responsables de la mort de mon père, mais "l'Unité" en est la véritable cause. »

Sam ne baissa pas les yeux. « Mademoiselle Harker, j'ai une dette envers votre père. Baseline a une dette envers lui. Je vais vous dire ce que je sais. Tout ce que je vous demande en retour, c'est de ne jamais me citer comme source. »

Annabel acquiesça. « Vous avez ma parole. »

Sam avala une gorgée d'alcool. « Mademoiselle Harker, seriez-vous surprise d'apprendre que des services de renseignement militaire se sont servis des talents de revivers ?

– C'est le contraire qui me surprendrait. Qu'est-ce que Kendrick a initié ? »

Sam eut un sourire sinistre. « Le flou juridique était total. Les morts ont des droits, à présent – du moins dans une certaine mesure. Mais ce n'était pas le cas à l'époque. Nous savions que personne ne se soucierait de la façon dont nous traiterions nos sujets. Quand il s'agit d'une victime, vous mettez un point d'honneur à lui témoigner du respect. Mais un assassin ? Nous savions déjà qu'un sujet, même bien disposé, pouvait s'avérer inutile. La question était de savoir comment gérer un sujet hostile. Tel était le cœur du projet : la mise au point d'une procédure d'interrogatoire violent. »

Jonah ne put que le dévisager, abasourdi. Cette fois, Sam évita son regard.

« Le projet est né sous l'égide des services de renseignement militaire. Kendrick était un expert en “interrogatoires poussés”, pour reprendre leur terminologie. Il a assisté à la ressuscitation de Lyssa Underwood. C'était un homme froid, dépourvu d'empathie. Toujours vêtu d'un complet noir. »

Jonah repensa à la pulsation de la pompe cryogénique, si semblable à un cœur, ainsi qu'à l'expression inquiétante de l'homme en noir. « Je me souviens de lui.

– Kendrick bénéficiait de fonds considérables, cela va sans dire ; il a embauché les meilleurs. Le docteur John Gideon représentait la crème de la crème d'Andreas Biotech. Il avait dirigé l'équipe de recherches à l'origine de la pharmacopée de ressuscitation, BPV compris. Et comme tu le sais, Will Barlow était l'un de leurs revivers. Le peu que j'aie vu de leurs recherches m'a suffi à comprendre où Kendrick voulait en venir. Ils sont ensuite passés aux contre-mesures : former des gens à résister, à rester muet malgré les pressions, même après la mort. Puis aux contre-contre-mesures : comment briser ces mêmes défenses. En somme, ils faisaient de la ressuscitation une arme de guerre. »

Jonah repensa à Lyssa Underwood. À la liste de questions qui lui avait été soumise, et aux curieuses réponses qu'elle avait données. Il soupira. « Ils m'ont affirmé que la ressuscitation d'Underwood s'inscrivait dans le cadre de recherches sur la préservation des corps. Que le but était de garder un corps assez frais pour que les chances de ressuscitation augmentent. Mais quelque chose clochait. Elle semblait complètement désorientée, et ses réponses n'avaient aucun sens.

– C'était sans doute une volontaire, Jonah. Grassement rémunérée, dûment formée, et atteinte d'une maladie en phase terminale. C'est sa formation qui a conditionné ses réponses. J'ignore comment sa ressuscitation s'inscrivait dans les travaux de Kendrick, mais je sais pertinemment quel était l'objectif visé. Kendrick a développé des méthodes d'interrogatoire propres aux ressuscitations qui, à mon humble avis, doivent être actuellement utilisées par les services de renseignement américains, et probablement aussi par leurs alliés. Le peu qu'on a daigné m'apprendre à ce sujet dépasse de loin les limites de l'éthique.

Mais le projet a été classé top secret. Après les tout premiers résultats, je n'ai pas réussi à glaner grand-chose d'autre. »

Sam vida son verre d'un trait et se leva. Son expression se fit songeuse, puis résolue. Il venait de prendre une décision. « J'ai quelque chose à vous montrer. »

Dans un coin du salon, il s'agenouilla devant un petit placard. Il y avait un coffre-fort à l'intérieur. Il composa le code, ouvrit le battant, et tira une grosse enveloppe.

« Chaque projet de Baseline obéissait à des procédures de traçabilité des sujets extrêmement rigides. La dernière chose que nous voulions, c'est d'être accusés de remettre la mode des pilleurs de tombes au goût du jour. Ces documents étaient confidentiels, mais l'équipe de Kendrick ne jouait pas selon les règles. C'est bien pourquoi tu étais venu me voir, Jonah. Tu pensais qu'Underwood n'était pas passée par la filière habituelle, et tu avais raison. Je leur ai un peu forcé la main, et j'ai découvert qu'il n'existait aucun document relatif à Underwood. Pas un seul. Ils m'ont raconté que son dossier avait dû être égaré, mais il était évident qu'ils n'avaient tout simplement pas eu le temps d'en produire un faux. Je crois qu'ils disposaient de leur propre stock de patients en phase terminale, formés et prêts à être ressuscités, des gens dont les noms les auraient gênés s'ils étaient apparus dans une base de données. L'équipe de Kendrick a déguerpi aussi vite que possible ; ça ne m'a pas laissé le loisir d'approfondir ma petite enquête. J'aurais pu consulter l'ensemble de leurs rapports, mais ils les avaient emportés avec eux. Avant leur départ définitif, cependant, j'ai décidé de prendre un gros risque. J'ai réussi à m'introduire dans le bureau de Kendrick, et je lui ai subtilisé quelques documents. La plupart sont truffés d'euphémismes et de phrases à double sens si abscons qu'on du mal à les distinguer d'une commande de matériel de bureau. Mais l'un d'eux est plus explicite. »

Il ouvrit l'enveloppe et en tendit le contenu à Jonah.

« Rapport de cession » : tel était le titre de la première page.

Jonah lut à haute voix. « Les techniques d'imagerie agressive ont été efficacement bloquées par les contre-mesures. Les approches de bombardement émotionnel (phase 2) et de transfert de douleur se sont avérées une fois de plus efficaces. Le sujet a révélé des informations pseudo-confidentielles de manière exhaustive.

« Recommandations : examen du blocage de l'imagerie agressive afin de déterminer le niveau de conditionnement. Priorité à la phase 2 du bombardement émotionnel, même si le transfert intensif de douleur est de loin la technique la plus efficace. N.B. : toute tentative de soumission d'informations fausses a été détectée. Aucune information valide n'a été détectée comme suspecte. »

Jonah tendit le document à Annabel et se rendit compte qu'il tremblait. Il ne pouvait s'empêcher de se souvenir de Pritchard, de la rage qu'il avait déchaînée sur cet homme. « Imagerie agressive ? Bombardement émotionnel ? Transfert de douleur ? Nom de Dieu, Sam. On n'est plus en train de parler d'un interrogatoire. C'est de torture qu'il s'agit. »

Sam acquiesça. « Avec un sujet vivant, les informations qu'on parvient à soutirer sont si peu fiables que la torture est, on le sait, inutile. Ce qui n'empêche pas les intéressés d'y avoir tout de même recours. Mais dans le cadre d'une ressuscitation, on peut contraindre un sujet à avouer, et on sait s'il dit la vérité ou non. La ressuscitation est le seul moyen d'établir la vérité. Tout est devenu soudain très clair pour Kendrick et compagnie : la seule façon d'obtenir des renseignements fiables à 100 %, c'est de tuer d'abord, et d'interroger ensuite.

– Tu crois vraiment qu'ils étaient prêts à tuer des gens uniquement pour pouvoir les interroger ? »

Sam soupira. « Bien sûr, Jonah. Tuer, ressusciter, et torturer. L'équipe de Kendrick voulait mettre au point une technique infaillible. Ils voulaient constituer le parfait arsenal de ressuscitation militaire. Comment s'en servir, et comment empêcher les autres de s'en servir contre eux. J'ai réussi à les exclure de Baseline, mais je sais parfaitement qu'ils ont continué les expériences ailleurs. Et parfois, je me dis qu'ils ont *déjà* commencé à appliquer leurs méthodes, à notre nez et à notre barbe. »

Sam se servit un autre verre. « Il y a dix autres documents du même genre. Aucun n'est aussi intéressant, mais gardez-les tous. Pour ce que ça vaut. Peut-être parviendrez-vous à en tirer quelque chose. »

Jonah se sentait à bout de force. Le respect qu'il témoignait aux morts semblait dérisoire face à ce genre d'abus. Et il y avait pris une part active. Pire encore, il avait été un pionnier en la matière, en apprenant aux autres comment faire revenir des sujets fraîchement décédés.

« Docteur Deering, s'il s'avérait qu'ils disposent de bases d'opération, pensez-vous qu'elles puissent se trouver dans la région ? demanda Annabel.

– Peut-être bien, répondit Sam. Langley[1] n'est pas loin. Et ce n'est pas les relais de la CIA et de la NSA qui manquent. »

Annabel se tourna vers Jonah.

« Peut-être que les cibles des kidnappeurs de mon père correspondent aux lieux où sont perpétrés ces crimes ? Jonah ? »

1. Ville où se trouve l'un des plus anciens centres de recherche de la NASA (N.d.T.).

Mais Jonah ne l'entendait pas. Il était en train de parcourir les autres documents de Sam, et il en avait la nausée. Les rapports étaient effectivement rédigés en termes flous et verbeux, rendant toute interprétation de surface anodine, mais lui lisait suffisamment entre les lignes pour comprendre jusqu'où ils étaient allés.

Le problème du feedback émotionnel, l'un des premiers que tout reviver apprenait à gérer, avait été pris à l'envers. Un reviver devait éviter que la désorientation et la panique du sujet ne le contaminent, afin d'empêcher la dissolution du lien et la fin abrupte de la ressuscitation. A contrario, l'état d'esprit du reviver pouvait influencer le sujet de façon néfaste. Le cas Alice Decker. Le cas Ruby Fleming. La dépression, le chaos mental d'un reviver pouvait engendrer panique et paranoïa chez le sujet ressuscité.

Une phrase en particulier attira l'attention de Jonah : « Par subterfuge, l'hostilité univoque et contrôlée permet de cibler efficacement toute émotion extrême. » Jonah comprenait ce que cela signifiait, parce que c'était exactement ce qu'il avait ressenti, et appliqué, avec Pritchard.

La vindicte. Le mépris. À condition de les canaliser, ces émotions extrêmes devenaient affûtées comme une lame. Rien à voir avoir le feedback trop émotif du novice.

« Jonah ? » Annabel avait répété son nom. Il releva la tête, horrifié. Il s'en était fallu de peu que ce type de ressuscitation devienne la norme. On aurait commencé par les cas indiscutables, en tourmentant les assassins les plus endurcis jusqu'à ce qu'ils se repentent de leur crimes. Et puis, très vite, tout délit, même mineur, aurait été concerné. Il s'en était fallu de peu, mais rien ne garantissait que ça ne finisse pas par arriver un jour.

Sam et d'autres avaient fait barrage. Ils s'étaient portés garants d'une certaine dimension morale, avaient imposé des garde-fous légaux. Mais s'en faudrait-il de beaucoup pour redéfinir ces limites ? Si cette méthode était un jour rendue publique, son usage ne se généraliserait-il pas inévitablement ?

Jonah se tourna vers Sam. « Comment Kendrick a-t-il pu entamer de telles recherches ? Pourquoi n'as-tu pas fait cesser ces travaux dès que tu en as eu connaissance ? »

Sam avait du mal à le regarder. Lorsqu'il reposa ses yeux sur Jonah, celui-ci y lut de la honte. « Kendrick n'est pas à l'origine de ce projet, lâcha Sam. Je suis le seul responsable. »

Jonah le dévisagea. « Non.

– Nous commencions à peine à percevoir le potentiel de la ressuscitation médico-légale. Il nous fallait absolument étudier l'approche des sujets récalcitrants. Une partie de ces recherches a influencé la formation encore en cours au FRS. Celle-là même que tu as suivie. Si j'avais pu imaginer ne serait-ce qu'un instant qu'on en arriverait à de telles extrémités… »

Saisi par une émotion qu'il ne parvenait pas à nommer, Jonah rebaissa les yeux sur les documents qu'il avait en main. Mais très vite, un mot s'imposa à lui : *trahison*. « Pas toi, Sam. Bon sang, pas toi. » Il se releva.

Sam fit de même, et posa une main sur son bras. « Jonah. Je t'en prie… »

Comme s'il venait d'éprouver le frisson des revivers, Jonah tressaillit. Incapable de prononcer un mot, il se contenta de hocher la tête. Puis il quitta les lieux.

*

Annabel, qui s'était levée également, dut résister à la tentation de suivre Jonah. Elle se tourna vers Sam. « Êtes-vous certain de vouloir nous laisser ces documents, docteur Deering ? Vous pourriez porter le chapeau au nom de toutes les personnes impliquées. »

Sam secoua la tête. Il semblait exténué. « Je dois assumer ma part de responsabilité. Il m'aura fallu du temps pour prendre la mesure de la gravité des faits, Annabel. J'espère qu'il comprendra un jour. »

Annabel le salua et courut retrouver Jonah dans la voiture. Le moteur ronronnait déjà.

Lorsqu'il la vit approcher, Jonah replia rageusement les documents de Sam et les fourra dans sa poche. Elle prit place sur le siège passager. Elle tenait toujours la première page à la main.

« Écoute, dit-elle. Lorsque nous rendrons cela public... »

Jonah lui arracha la feuille des mains, la froissa, et la fit disparaître dans sa poche. « Nous ne pouvons pas utiliser ces documents, Annabel. Si nous les rendons publics, la ressuscitation en sera ternie à tout jamais. »

Ils roulèrent dans un silence pénible. Arrivé devant chez lui, Jonah sortit de voiture et fit le tour pour ouvrir la portière à Annabel. Son visage était fermé. « Ta voiture est là-bas », annonça-t-il, pointant l'endroit où Annabel l'avait garée plus tôt.

« Jonah, fit la jeune femme en descendant, nous tenons là des preuves dont l'opinion doit avoir connaissance. Il faut mettre un terme à cette folie. Qu'est-ce que tu vas faire de ces documents ? »

Il avança jusqu'à la porte de son immeuble et sortit sa clef sans lui jeter un regard. « Je vais les brûler.

– Tu ne peux pas faire ça. On ne peut pas laisser passer ça. C'est beaucoup trop important.

– Si on commençait à utiliser ce genre de techniques dans le cadre des procédures habituelles...

– Bon sang, Jonah. Personne ne permettrait que cela arrive. »

Il se tourna vers elle. « Il y a dix mois de ça, j'ai ressuscité une femme, Annabel, une femme victime de viol et de meurtre : elle avait été brûlée vive. J'ai opéré sur les lieux du crime ; la ressuscitation était non vocale. Je suis parvenu à la ramener, mais tout ce qu'elle a été capable de faire, c'est de hurler dans ma tête – hurler de terreur. Rien de ce que j'ai pu tenter n'a réussi à l'apaiser. L'inspecteur en charge de l'enquête me pressait de poursuivre, de tout essayer pendant le temps qui nous restait. Mais je l'ai relâchée avant. Résultat : une plainte officielle a été déposée à mon encontre. L'accusation a été déboutée, mais l'un des membres du jury chargé d'examiner la plainte a voté contre moi. Certains étaient d'avis que j'aurais dû arracher un témoignage à la victime quel qu'en soit le prix pour elle. *Quel qu'en soit le prix*. Ce n'est pas la première fois que ce genre de choses arrive, et ce ne sera pas la dernière. Je refuse que ce qui se trouve dans ces documents donne des idées à des individus pareils. Je refuse que cela devienne une composante de mon travail. » Il ouvrit la porte.

« Les gens valent mieux que ça, Jonah. »

Il s'immobilisa. « J'aimerais que ce soit le cas, répondit-il sans se retourner. Mais je ne le crois pas. » Il entra dans le hall de l'immeuble et referma la porte derrière lui.

Annabel resta longtemps devant la porte. Devait-elle tenter de lui parler encore ? Pouvait-elle lui faire entendre raison ?

Elle avança le doigt vers l'interphone, mais n'appuya pas sur le bouton. L'importance primordiale de ces documents, comprit-elle, n'était pas la seule raison pour laquelle elle tenait à lui parler. Il était en colère, et elle ne pouvait le supporter. Elle voulait crever l'abcès.

Les gens valent mieux que ça, Jonah.

J'aimerais que ce soit le cas. Mais je ne le crois pas. Elle se demanda si cette réponse lui était destinée en partie. Peut-être le plan qu'elle avait mis au point pour le rejeter avait-il trop bien fonctionné. Elle se rappela son regard, lorsqu'il avait compris qu'elle s'était servie de lui pour voir Andreas. Son estomac se noua.

C'était bien là le problème. Le plan avait peut-être marché pour Jonah, mais pas pour *elle*.

Elle rejoignit sa voiture et partit.

CHAPITRE 26

Jonah raconta tout à Never. Presque tout.

Lorsqu'il avait l'appelé au bureau, le lendemain, son ami n'avait pas caché son envie d'en savoir plus. Il était arrivé si vite chez Jonah qu'on aurait cru qu'il s'était téléporté.

Jonah fit l'impasse sur le délicat problème du vestige de Daniel Harker. Si Never avait su, il n'aurait pu s'empêcher d'en faire état à Graves ou à Hugo ; dans le meilleur des cas, il aurait réussi à convaincre Jonah de leur révéler lui-même la vérité. Il se contenta donc de lui dire qu'Annabel lui avait demandé son aide, en espérant que le mensonge passerait.

Jonah lui laissa consulter les documents qu'Annabel lui avait donnés. À chaque nouvelle photo de la maison carbonisée, Never ne pouvait s'empêcher de grimacer.

« Putain. Et ils ont réussi à analyser chaque morceau de charbon dans ce merdier ?

– À ma connaissance, Yarrow et Peter Welsh, celui que Harker surnommait le rouquin, sont les seuls individus dûment identifiés. Les autorités n'ont fait aucune déclaration là-dessus, ce qui laisse à penser qu'ils attendent encore confirmation. Je ne peux m'empêcher de penser à leurs proches. Hannerman avait une sœur. C'était la seule famille qui lui restait, et il meurt comme ça. Supplicié. »

Jonah parla à Never de Vernet et d'Eldridge. Une version abrégée de ce qui s'était passé, qui n'évoquait en rien la profonde angoisse que ces entrevues avaient éveillée chez lui.

Enfin, il lui raconta ses échanges avec Andreas et Sam, ce que cachait cette histoire de fantômes montée de toutes pièces, et Never pâlit.

« J'ai besoin d'un remontant, dit-il, pour se voir aussitôt servi.

– Qu'est-ce que tu penses de tout ça ? demanda Jonah

– Je n'arrive pas à croire que ce soit resté secret tout ce temps.

– C'est tout ?

– Tu veux que je te dise que ça me fout dans une colère noire ? Bien sûr, que ça me fout dans une colère noire. Mais il faut bien regarder les choses en face : ça te surprend, toi, que les militaires aient fait des saloperies pareilles ? Qu'ils soient allés aussi loin, sans réfléchir un instant aux implications morales ? Il y a un dicton qui dit que seule la religion peut convaincre les gens bien de faire le mal, ou quelque chose comme ça. Apparemment, la sécurité nationale y réussit tout aussi bien.

– C'est un peu facile de critiquer les militaires. Si ces méthodes étaient connues de l'opinion publique, tu ne penses pas que le FRS ferait l'objet de pressions pour les appliquer ?

– Parce que tu crois que c'est de l'ordre du possible ?

– D'après ce que j'ai lu, oui. N'importe quel reviver serait capable d'appliquer ce genre de méthodes. Et il y aurait forcément quelqu'un pour trouver l'idée géniale.

– Jonah, il y aura toujours des enfoirés pour préparer des sales coups, mais je ne veux pas croire que ce genre de choses pourrait être toléré. »

Pendant plusieurs minutes, ils sirotèrent leurs bières en silence. Never finit par reprendre la parole : « Tu sais ce que je n'arrive pas à croire non plus ? Annabel Harker. Annabel *Harker*, quoi ! » Il s'interrompit pour dévisager Jonah.

Jonah lui rendit son regard. Ainsi, se dit-il, son mensonge n'avait pas convaincu son ami. Il ne lui restait plus qu'à tout lui révéler sur ce fameux vestige… « Eh bien quoi, Annabel Harker ?

– Je suis sûr que même légalement, tu n'as pas le droit de la draguer ! »

Jonah ferma les yeux en secouant la tête. « Putain, Never. Tu es complètement à côté de la plaque.

– Elle est peut-être un peu trop bien pour toi, mais ce n'est pas une mauvaise chose. » Il baissa la voix. « Tu lui plais. Je le sais, et j'en ai même la preuve : elle t'a adressé la parole plus d'une fois. Moi, en tout cas, c'est à ça que je reconnais que je plais à une fille. » Il afficha son légendaire sourire, pour l'abandonner aussitôt en surprenant l'expression de Jonah : « O.K., désolé. J'essayais juste de détendre un peu l'atmosphère.

– Et Sam, Never ? Tu n'es pas en colère contre lui ?

– Sam est quelqu'un de bien », répondit Never d'un ton doux mais sérieux. Jonah pencha la tête de côté, prêt à répliquer, mais son ami l'en dissuada, main levée. « Laisse-moi finir. Sam est quelqu'un de bien, et tu le sais. Les choses étaient différentes, à l'époque. Il a agi en partie pour de bonnes raisons. Et pour ce qui est des moins bonnes raisons, il en a honte, à présent. Tu ne peux pas lui en demander plus que ça. »

Jonah baissa la tête. À quoi bon avoir des héros si on ne pouvait compter sur eux ?

*

À trois jours du symposium de vendredi, Jonah suait sang et eau sur son texte. Le respect dû aux morts. Il allait devoir faire face à un public, et expliquer aux personnes présentes combien le respect du sujet était primordial pour un reviver. Quelle que fût l'opinion qu'on nourrissait à leur égard, et quoi qu'ils eussent pu faire, les sujets devaient toujours bénéficier de l'indulgence du reviver. Ceux qui prétendaient que les ressuscitations agressives servaient à quelque chose avaient tout simplement tort. Jonah avait compilé des données qui le prouvaient.

L'agression. Le mépris. Ces approches-là pouvaient miner une ressuscitation.

L'honnêteté. Le respect. Celles-là seules permettaient d'obtenir des résultats.

Jonah n'avait trouvé aucun cas de ressuscitation où la méthode agressive avait permis d'aboutir à des résultats plus intéressants ou plus nombreux que ne l'aurait fait une approche respectueuse.

La ressuscitation agressive ne fonctionnait pas : voilà ce qu'il allait leur dire.

Quelle blague.

Non, se dit Jonah. Les chiffres étaient vrais, ils étaient univoques.

Pourtant, si on poussait la méthode plus loin, comme Kendrick, l'approche respectueuse ne pouvait plus rivaliser. Si l'on voulait arracher la vérité à un sujet au mépris de toute considération éthique, on pouvait le faire. Mais il fallait plus que de la simple agressivité, alors. Il fallait de la terreur.

Le respect d'un côté. La terreur de l'autre. Jonah connaissait les deux côtés de la médaille, et c'était donc sans grand enthousiasme qu'il peaufinait son discours dans son bureau du FRS, sous le regard bienveillant mais considérablement crispant de Never.

Jennifer Early, la conseillère du FRS, avait déjà rendu son estimation. Jonah devrait encore attendre la prochaine session avec Stephanie Graves pour savoir quand il pourrait reprendre son activité de reviver, et cette session n'aurait lieu que dans une semaine. Daniel Harker ne s'était plus manifesté depuis qu'il avait attiré son attention sur le nom de Xavier Vernet, et Jonah se refusait à avaler les deux pilules qu'il lui restait. Il commençait à croire que Harker l'avait quitté pour de bon et qu'il n'avait plus besoin des cachets de Graves.

Il les gardait cependant toujours sur lui au cas où.

*

Vendredi matin, Jonah se réveilla dans l'état auquel il s'était attendu : littéralement malade de peur. Il se prépara, incapable de se débarrasser de sa nausée, et alla attendre Never en bas de son immeuble, tenant sous le bras le dossier du discours qu'il avait écrit pour le symposium.

« Paré ? demanda Never derrière son volant tandis que Jonah refermait la portière.

– Paré », répondit Jonah, et ce fut là les seules paroles qu'ils échangèrent jusqu'à leur arrivée au centre de conférences : Jonah passa le trajet à lire et relire ses notes, se demandant s'il allait vraiment avoir le courage de prononcer ce discours.

Ils se garèrent, passèrent les contrôles de sécurité et pénétrèrent dans le hall principal de l'hôtel. Ils étaient en avance, quarante minutes avant le discours d'ouverture, mais déjà le hall s'emplissait, et une douzaine de petits groupes s'étaient formés. Jonah regarda autour de lui, et reconnut certains visages. Des revivers médico-légaux, dans leur immense majorité, mais également quelques pointures œuvrant dans le secteur privé. Il se rappela Tess, sa richesse ostentatoire, son amusement face à l'indifférence qu'il témoignait au luxe. Où se trouvait-elle en cet instant ? Il chassa ces pensées de son esprit. Ils avaient fait le grand saut, mais il était toujours incapable de mettre des mots sur les sentiments qu'il éprouvait à son égard.

« Vous avez le droit d'être ici ? », demanda une voix sévère. Jonah se retourna. Ray Johnson se tenait devant eux, tout souriant.

« Inspecteur Johnson, fit Never en lui rendant son sourire. Vous êtes venu pour affaires, ou juste pour le plaisir ?

– Je suis ici pour m'asseoir, écouter, et ravager le buffet. On a demandé à Bob d'envoyer un représentant, et il m'a choisi. Je crois qu'ils ont prévu de nous demander un petit discours pour l'année prochaine, et Bob aimerait autant que ce soit moi qui m'en charge. Une inspectrice de New York doit faire une intervention aujourd'hui. Je vais lui demander conseil et m'assurer qu'elle est aussi mignonne qu'on le dit.

– La triste rançon du succès médiatique, commenta Never. Un instant, j'ai cru qu'on vous avait engagé pour renforcer la sécurité. »

Johnson regarda autour de lui, haussant les épaules. « La sécurité se débrouille bien sans moi. Et il n'y a pas que des vigiles. Pas mal de policiers aussi, si vous regardez bien. Mais on se revoit tout à l'heure. J'ai une fliquette à séduire. »

Il prit congé, et Jonah regarda à nouveau autour de lui. Il ne voyait que des vigiles au cou massif, à l'étroit dans leurs costumes, mais si Johnson disait que des policiers étaient aussi de la partie, il avait sûrement raison.

Quelques connaissances le saluèrent d'un geste. Jonah répondit par de brefs hochements de la tête, tandis que Never et lui intégraient la petite file d'attente menant au comptoir de la réception.

Il consulta le programme du jour pendant que Never déclinait leurs identités. Les différents discours étaient répartis dans trois salles. Le sien se tiendrait dans la plus petite, à l'étage, à 11 heures. Le fait de le voir écrit noir sur blanc exacerba sa nausée.

« Tout va bien ? demanda Never.

– Non.

– Quand tout sera fini, je t'offre un verre. »

La simple idée de boire une bière lui souleva le cœur. « Tu ne m'aides pas, là.

– Désolé. Il n'empêche que j'ai prévu de te rendre royalement saoul, ce soir. Tu es prévenu. »

De l'autre bout du hall leur parvint alors un cri : « Geary ! ». C'était JJ Metah, accompagné des autres membres du FRS conviés au symposium, Pru Dryden et Jason Shepperton. Jonah et Never les rejoignirent.

« Bonne chance pour ta participation, dit Pru à Jonah. L'année dernière, c'est sur moi que c'était tombé.

– Vous êtes partants pour boire un verre, après ça ? demanda Never.

– Pas possible pour moi, répondit Pru. Ma mère garde Elsa et j'ai promis de rentrer au plus vite. Mais je suis prête à parier que ces deux-là répondront présent. »

Shepperton eut un bref éclat de rire. « Il faut bien regarder les choses en face : après une journée passée ici, on aura *tous* envie de boire un coup.

– À propos, hasarda Jonah, est-ce que vous pourriez ne pas assister à mon discours ? Je me sens très mal à l'aise, ça m'aiderait vraiment. » *Et si Jason se trouve dans le public, je serai strictement incapable de dire ce que j'ai à dire*, pensa-t-il.

Tous jurèrent de ne pas mettre un pied dans sa salle de conférence. C'est alors que Jonah entendit une voix dans son dos.

« Salut. » Jonah se retourna vers Sam, sans parvenir à dissimuler ses sentiments. « Jonah, enchaîna Sam. Je me demandais si toi et moi on pouvait... »

Jonah lui tourna le dos, s'adressant aux autres : « Je vous laisse, je vais relire mes notes. » Et il s'éloigna à grands pas, sans un regard par-dessus son épaule.

*

L'heure du discours d'ouverture de Sam approchait. Jonah se tenait au niveau des portes de la salle principale, et le regardait se préparer à son pupitre tout en échangeant quelques mots avec Never et les autres, qui s'étaient installés au premier rang. Leurs relations redeviendraient-elles normales un jour ? Lorsque l'heure sonna enfin, les portes de la salle se refermèrent. Jonah resta figé quelques instants avant de monter seul à l'étage.

Gravissant les marches, il se surprit à balayer du regard la foule qui se massait dans le hall de réception en contrebas. Il avait l'impression de chercher quelqu'un en particulier, et ce sentiment était des plus singuliers. Des agents de sécurité étaient disséminés un peu partout, immédiatement repérables malgré leur tenue discrète : d'un regard professionnel, ils scrutaient chaque recoin. *À l'affût du moindre problème*, songea Jonah. *Comme moi ?*

La salle de l'étage était trois fois plus petite que celle du bas. Jonah assista à la conférence qui précédait son allocution dans l'espoir de s'habituer aux lieux. Il ne prêta que peu d'attention à ce qui se racontait, feuilletant ses notes en s'efforçant de se concentrer.

L'allocution se termina trop vite, et la salle se vida presque totalement. Jonah prit place devant le pupitre, mit de l'ordre dans ses notes, et se prêta à un bref test micro. Puis il attendit. La salle s'emplissait de nouveau. À cinq minutes du début, Never entra et le rejoignit.

« Je sais que ça va à l'encontre de tes ordres, souffla-t-il, mais je tenais à te souhaiter bonne chance. »

Jonah opina. « Merci. Mais il va quand même falloir que tu dégages. »

Le large sourire qui apparut sur le visage de son ami fut un véritable soulagement pour lui. « Je disparais de ce pas, répliqua Never. Tu me retrouves une fois que tu as fini, O.K. ? »

Jonah acquiesça. L'un des organisateurs lui fit comprendre que le moment était venu, et il pressa Never de déguerpir. Les portes se refermèrent sur son ami, et les lumières se tamisèrent. La bouche soudain très sèche, Jonah porta à ses lèvres le verre d'eau qu'on lui avait laissé, et avala une gorgée.

Trop tard pour reculer, à présent.

*

« Je m'appelle Jonah Miller », commença-t-il. Mal à l'aise, il s'interrompit. Il venait de dire son nom, rien de plus et sa voix chevrotait déjà. La salle était à moitié pleine, les spectateurs répartis un peu partout, sauf au premier rang qui était vide. Jonah savait que, s'il avait fait partie du public, il se serait senti mal à l'aise pour le pauvre abruti qui bafouillait sur l'estrade.

Il avala une autre gorgée et approcha sa bouche du micro pour poursuivre. « Quand j'ai... » Trop près. Trop fort. Un larsen emplit la salle. Il but une nouvelle gorgée d'eau, et respira profondément, avant de s'éclaircir la gorge. À nouveau, la nausée. *C'est pire qu'avant une ressuscitation*, pensa-t-il. « Quand j'ai commencé à travailler dans le domaine médico-légal, il y a sept ans de cela, je savais que j'avais trouvé là un métier pour lequel je possédais des prédispositions et qui, en outre, me permettait d'agir pour le bien commun. J'ai vu l'effet qu'une ressuscitation menée dans le respect du défunt pouvait avoir sur sa famille. J'ai vu l'effet qu'elle pouvait avoir sur une enquête. » Une autre pause, une autre inspiration, une autre gorgée. Ses yeux se rivèrent à ses notes pour ne plus les quitter. « Le respect devrait toujours être la première des priorités. Dans le domaine privé, c'est l'essence même du travail des revivers. En ce qui nous concerne, c'est ce à quoi nous devrions aspirer. »

Il tourna la page, posa la main sur son verre, et s'étonna qu'il soit déjà vide. Il saisit la carafe posée à côté sans relever les yeux vers le public. Il tremblait juste assez pour renverser un peu d'eau sur ses notes. Il les essuya d'un revers de main avant de reprendre. « Certains, cependant, adoptent une autre approche, une approche qu'ils prétendent efficace. Il peut nous arriver de partager leur avis. Nombreux sont ceux qui, parmi nous, ont eu à ressusciter un sujet suspecté d'un crime atroce. Un père dans une affaire de meurtre/suicide. Un chauffard responsable de la mort d'une famille entière. » Nouvelle gorgée. Jonah toussa, regrettant cette référence à Pritchard que seul lui pouvait comprendre. Mais il ne pouvait s'empêcher de voir la moitié du visage du petit garçon de deux ans, pas plus qu'il ne pouvait chasser de sa mémoire les hurlements de Pritchard.

Il but une nouvelle gorgée, et se rendit compte qu'il venait de vider son deuxième verre.

Pourquoi avait-il si soif ?

Et d'où lui venait cette peur de relever les yeux ? Son cœur battait à ses oreilles. L'adrénaline accentuait la sensation de nausée. Il respira avec calme et se força à lever les yeux sur le public.

Tout au fond de la salle, dans un coin d'ombre, Daniel Harker l'observait.

Jonah baissa brusquement les yeux et tâcha de reprendre le fil de son discours. « Nombreux sont ceux qui… et… » *Où est-ce que j'en étais ?* « Et… et nous les avons traités avec dédain. Peut-être avons-nous eu l'impression qu'une telle attitude était justifiée. Et pourtant, tous autant que nous sommes, nous devons bien prendre conscience d'une chose… »

De nouveau, il releva les yeux. L'ombre s'était approchée de la porte. Harker levait un bras à son intention, désignant le panneau de sortie.

Jonah toussota. Il aurait voulu remplir son verre, mais ses mains tremblaient trop. « Nous devons prendre conscience que… » Il ferma les yeux. Il aurait voulu disparaître. Il les rouvrit et releva la tête. Harker se tenait à présent juste en face de la porte.

« Veuillez m'excuser », dit-il aux spectateurs. Il descendit de l'estrade et gagna la sortie à grands pas, rougissant de plus en plus alors que des murmures emplissaient la salle. Les premiers symptômes d'une crise de panique étaient là, mais il parvint à les contrôler. Devant lui, Harker avait disparu.

Jonah poussa la porte et courut vers le balcon qui dominait le hall principal. Se penchant au-dessus de la balustrade en fer forgé, il observa la foule en contrebas.

Encore une fois, il ferma les yeux. L'air frais lui faisait du bien. Il inspira à pleins poumons, attendant que la crise de panique se dissipe.

Pourquoi Harker m'a-t-il fait sortir ?

Il rouvrit les yeux et inspecta la foule, s'attardant sur chaque visage. Puis, dans l'ombre d'un coin du hall, il aperçut Daniel Harker, tête baissée.

Le bras de Harker se releva lentement. Sa main était tuméfiée, sa peau distendue. Il montrait quelque chose.

Jonah suivit la direction pointée par son bras sans rien voir de remarquable.

« Quoi, Daniel ? »

Et soudain, un visage. Une barbe coupée court, un visage émacié. Des lunettes, des cheveux coupés ras, un passe presse épinglé à la chemise noire. Impossible d'identifier cet homme si l'on n'avait vu que les photos dont la police disposait. Mais Jonah connaissait ce visage. Il le connaissait grâce aux souvenirs de Daniel Harker.

Felix Hannerman. Vivant. Et ici.

Le fait qu'il soit encore en vie était un mystère dont l'explication pouvait attendre. Le plus important, en cet instant, c'était la raison de sa présence. *La police pensait que le symposium pouvait être une cible*, songea Jonah. Manifestement, la police avait vu juste.

La peur brouillait son jugement. Devait-il le suivre ? Il le voyait parfaitement, de là où il se trouvait. S'il descendait les marches et que Hannerman s'avisait de bouger, il le perdrait. Il saisit son téléphone portable. Pas de réseau.

Jonah ne quittait pas Hannerman des yeux, et Hannerman scrutait la foule, survolté, dans l'attente. Désespéré, même. *Il prépare quelque chose.*

Soudain, il se mit à marcher. Dans une direction précise. Jonah avait beau observer la foule, il était incapable de dire ce que Hannerman venait de voir.

Il hésita, puis descendit une volée de marches et se retrouva parmi la foule du hall, s'efforçant de paraître calme. Il essaya de repérer Hannerman. Il l'avait perdu.

« Merde. » Il regarda autour de lui, et tressaillit en apercevant de nouveau Harker dans un coin sombre, pointant toujours une direction du doigt. Jonah suivit le cap indiqué. Il hâtait le pas à chaque seconde. Il ne pouvait prendre le risque de se mettre à courir.

Il contourna le comptoir de la réception. Un couloir aux parois de verre menait à un petit jardin clos, sur l'un des côtés du complexe hôtelier. Hannerman venait de s'y engager. Devant lui : Sam, Jason Shepperton et Pru Dryden, marchant dans la même direction que Hannerman.

Qui était-il en train de suivre ? Pas eux, quand même ?

Le fait qu'il soit venu seul en ces lieux signifiait sans doute qu'il ne pouvait plus compter que sur lui-même. Le désespoir que Jonah lisait sur son visage prouvait qu'il improvisait. Peut-être, d'une manière ou d'une autre, entendait-il s'en prendre aux revivers ? Jason et Pru comptaient parmi les meilleurs du pays.

À moins qu'il ne vise Sam, songea soudain Jonah. Sam, à l'origine du projet contre lequel Hannerman et ses amis s'étaient dressés.

Par pitié, non, implora silencieusement Jonah. Il tenta d'appeler Never. Cette fois, la tonalité retentit.

« Jonah ? chuchota Never. Et ton discours ?

– Où es-tu ?

– Dans la salle 2, avec JJ, en pleine conférence de techniciens.

– Felix Hannerman n'est pas mort.

– Quoi ?

– Hannerman est ici, Never. Dans le hall principal, il se dirige vers le jardin latéral. Je crois qu'il est en train de suivre Sam. Je ne veux pas prendre le risque de le perdre de vue. Préviens la sécurité. »

Un bref silence, le temps que Never digère l'information. *Soit il me croit*, pensa Jonah, *soit il se dit que je suis devenu fou à lier.* « Je m'en charge », finit par répondre Never.

Sam et les autres arrivaient au bout du couloir. *Ce n'est pas eux qu'il est en train de suivre.*

Une feuille tomba du dossier de Sam. Il s'arrêta, la ramassa, et reprit sa marche.

Hannerman s'était arrêté lui aussi. Il calquait son pas sur le sien.

Sam était en danger.

Jonah accéléra, se demandant quel était le but de Hannerman, et ce qu'il pourrait faire pour l'empêcher de nuire.

Au bout du couloir, Sam, Jason et Pru bifurquèrent pour se diriger vers le jardin fermé. Hannerman s'approchait dangereusement du trio.

Jonah le vit glisser une main dans l'une de ses poches et en sortir quelque chose. Un bref éclat de lumière. Un couteau ? Il n'aurait pas pu passer la sécurité avec un couteau, mais il ne devait pas être très sorcier d'en trouver un dans un hôtel.

Hannerman pressa soudain le pas. Jonah l'imita, se mit à courir. Hannerman se retourna et le vit. La fureur se refléta sur son visage : il se retourna, et se mit à courir lui aussi, trop vite pour que Jonah puisse le rattraper.

Non, pensa Jonah. *NON*.

« Sam ! hurla-t-il. Cours ! » Il entendit un cri derrière lui et, arrivé à hauteur de la bifurcation, regarda brièvement pardessus son épaule. Deux agents de sécurité accouraient. Surpris, Sam considéra Jonah sans même voir que Hannerman fondait sur eux. Jonah se dit qu'il n'avait fait qu'aggraver la situation mais Jason Shepperton, lui, avait compris : il fonça droit vers Hannerman alors que la lame s'élevait et s'abattait.

Jonah arriva à leur hauteur.

La main de Hannerman ne cessait de s'abattre et les bras de Shepperton remuaient en tous sens, tâchant d'infléchir la trajectoire de la lame dans des éclaboussements de sang. Sam et Pru donnaient des coups de pied et des coups de poing à l'agresseur. Jonah arriva comme un boulet et se jeta sur Hannerman, le plaquant lourdement au sol avant de se jucher sur lui. Hannerman était couvert de sang, et la chemise de Jonah en était maculée aussi.

Hannerman lâcha son arme, qui tomba hors de sa portée avec un petit bruit métallique : ce n'était qu'un petit couteau d'office, qu'il avait dû voler dans les cuisines de l'hôtel.

Hannerman était essoufflé, et Jonah bénéficiait d'un autre avantage sur son adversaire : chaque contact avec sa peau nue déclenchait un frisson exceptionnellement puissant. Il plaqua ses mains sur son visage et, pendant un bref instant, lut de la détresse dans son regard. La seconde d'après, Hannerman se débarrassait de lui d'un violent coup de genou. Contrairement à ce que sa minceur extrême pouvait laisser présumer, c'était un homme fort. Sur pied avant que les renforts arrivent, il fendit la foule et traversa le jardin, jusqu'à une porte verrouillée, qu'il ouvrit d'un puissant coup de pied.

Jason Shepperton gisait à terre, couvert de sang, les bras lacérés de plaies profondes. Plusieurs personnes se pressaient autour de lui, parmi lesquelles Sam et Pru, agenouillés. Le visage de Sam était grisâtre.

L'homme que Jonah avait pris pour un agent de sécurité avait sorti un pistolet ; un insigne de police étincelait à la poche de sa veste. Radio en main, il donnait des ordres brefs. « Où ça ? », hurla-t-il.

Jonah respira à fond. « Par ici », dit-il, avant de reprendre sa course.

*

La porte ouverte par Hannerman donnait sur un parking réservé au personnel de l'hôtel. Jonah, qui menait les poursuivants, longea plusieurs entrées de service avant d'apercevoir le fuyard. Arrivés devant l'hôtel, ils le perdirent de vue. L'inspecteur fit signe aux autres policiers et aux agents d'approcher, tandis que Jonah tâchait de trouver quelqu'un qui aurait vu Hannerman. Ceux qu'ils questionnaient se contentaient de le regarder, les yeux écarquillés. Jonah réalisa alors que sa chemise blanche était rouge de sang. Vêtu de noir, Hannerman avait dû passer inaperçu.

Une voiture passa devant l'hôtel. Derrière le volant, le regard de Hannerman croisa le sien, et le véhicule accéléra.

« Par ici ! », cria Jonah à l'inspecteur en reprenant sa course sans espoir.

À deux cents mètres de là, pourtant, à l'embranchement d'une artère plus importante, la voiture dérapa et percuta de plein fouet le poteau de béton d'un grillage. Hannerman fit rugir le moteur et les pneus crissèrent dans le gravier, mais peine perdue : il était bloqué.

« Faites rentrer tout le monde, ordonna l'inspecteur sans quitter la voiture des yeux. Maintenant ! »

Hannerman sortit et tenta de libérer la partie avant de son véhicule du grillage dans lequel elle s'était encastrée.

Jonah sentit la colère monter en lui. Il avait beau ne pas porter Jason Shepperton dans son cœur, un collègue restait un collègue, et ses blessures semblaient sérieuses. Mais ce qui le rendait véritablement furieux, c'était le fait que Hannerman se soit attaqué à Sam. Sam était ce qui ressemblait le plus à un père pour lui.

Mû par une rage incontrôlable, il se rua en direction de la voiture. Quelqu'un cria derrière lui, mais la colère le rendait sourd. Il courait plus vite qu'il n'avait jamais couru de toute sa vie. Soudain, il s'immobilisa.

Hannerman l'avait vu. Il s'était redressé, les yeux écarquillés, un pistolet à la main.

Un autre cri retentit derrière Jonah, mais ses jambes ne lui obéissaient plus. Il venait de comprendre d'où lui venait cette colère : Daniel Harker, l'infime reliquat de sa personnalité qui voulait toujours s'en prendre à l'homme qui l'avait laissé mourir.

Hannerman leva son arme.

L'espace d'une fraction de seconde, Jonah perçut un mouvement rapide sur sa droite. Hannerman tira. Quelque chose le percuta, et il entendit la balle siffler. Il bascula par-dessus le muret qui longeait la route, dans un épais buisson.

Paniqué, il voulut se relever aussitôt. Un autre coup de feu retentit, et la balle frappa le muret tout près de lui. Des mains l'attrapèrent et le tirèrent au sol. Il se tourna.

C'était Never, le visage rouge de colère. « Putain de merde, reste accroupi. »

Jonah ne répondit pas. Il s'imaginait Hannerman s'avancer vers le muret, les dominer de toute sa hauteur avec un sourire sadique, et les cribler de balles jusqu'à les réduire à deux tas de chair informe. La peur le tétanisait. Il entendit une portière de voiture s'ouvrir, puis se refermer. Au loin, l'écho de sirènes. Des cris qui approchaient. Une nouvelle salve de tirs. Des crissements de pneus.

Never se redressa lentement et regarda par-dessus le muret.

« Ça va ? », demanda une voix masculine.

Levant la main, Never acquiesça, avant de revenir à Jonah. « Toi, ça va ? Tu es couvert de sang. Dis-moi que ce n'est pas le tien. »

Jonah se palpa d'une main tremblante. « Ça va. Je crois.

– Putain, mais t'as joué à quoi, là ? Tu t'es pris pour Bruce Willis ? »

Il se redressa complètement et tendit la main à Jonah pour l'aider à se relever.

« J'en sais rien. J'ai pété un plomb. Je ne savais pas qu'il était armé. Si j'avais su... » Prononçant ces mots, il se demanda s'il aurait réagi différemment. Si Harker aurait agi différemment. « Putain, Never, si tu n'avais pas été là...

– Tout le plaisir était pour moi. Blague à part, c'est pas passé loin. » Il adressa un sourire peiné à Jonah, qui, de soulagement, sourit également.

Puis, synchrones, leurs sourires s'effacèrent d'un coup sous l'effet de la même pensée. Jason. Pru. Sam.

*

Ils traversèrent l'hôtel à toutes jambes.

Une foule de curieux avait envahi le jardin latéral, que la police et le service de sécurité essayaient de faire rentrer dans l'hôtel.

« Jonah ! » C'était Ray Johnson. « Nom de dieu, qu'est-ce qu'il s'est passé ?

« Hannerman… répondit Jonah.

– Hannerman est mort, répliqua sèchement Johnson. Son corps a été identifié. »

Jonah se souvint de la dépouille carbonisée qu'il avait aperçue après le raid-catastrophe, et les mots de Bob Crenner s'imposèrent à lui : *Le seul truc ressemblant encore à un corps se trouve sous la bâche.* « Il y a eu erreur sur la personne, inspecteur. J'ignore qui l'a commise, mais il y a eu erreur. »

À contre-courant, ils se frayaient un chemin à travers la foule. Les curieux étaient en effet repoussés vers l'entrée principale de l'hôtel.

« Personne ne sort », leur lança un agent de sécurité, mais Johnson lui colla son insigne sous le nez, et ils gagnèrent le petit jardin. Un petit groupe de personnes s'était rassemblé dans un coin, à côté d'un tas de serviettes imbibées de sang. Un homme et une femme étaient accroupis à côté de Jason Shepperton : des participants au symposium, à en croire leurs badges. Pru se tenait non loin. Les sirènes hurlaient de plus en plus fort. Les ambulances.

Jonah aperçut Sam assis seul sur un banc, pâle et égaré. Quelqu'un avait jeté une couverture sur ses épaules, et du sang coagulé maculait son visage et ses manches. Jonah se précipita vers lui, tandis que Never et Johnson rejoignaient Pru et Jason.

« Sam ? » Il releva les yeux sur lui, perdu. Il y avait quelque chose d'effrayant dans son expression. « Sam ? » Jonah tourna la tête, appelant Never du regard.

« Jason est hors de danger, assura Never en s'approchant. Les blessures sont assez profondes mais ils ont réussi à juguler l'hémorragie et ses jours ne sont pas en danger. » Il remarqua l'inquiétude qui perçait dans le regard de son ami. « Quoi ?

– Sam a quelque chose », répondit-il.

Never s'accroupit et posa sa main sur le bras de Sam. « Sam ? Comment tu te sens ? » Ses yeux étaient vitreux. « On dirait qu'il est en état de choc. »

Jonah saisit la main de Sam. Elle était glacée. Il écarta un pan de la couverture, et ne put réprimer un grognement. De la hanche jusqu'au genou, le jean de Sam était imbibé de sang frais.

Regardant de plus près, il aperçut une coupure dans le tissu, juste au-dessus de la hanche, là où la lame s'était enfoncée. Il releva les yeux et vit deux ambulanciers qui se précipitaient en direction de Jason ; déjà Never les appelait à l'aide.

*

Silencieux, dévorés d'inquiétude, Jonah et Never étaient assis dans une salle d'attente de l'hôpital. Sec depuis longtemps, le sang qui recouvrait les vêtements de Jonah arborait à présent une teinte marronnasse. Deux policiers étaient de faction devant l'entrée du bâtiment, et un troisième montait la garde devant la salle d'opération où les chirurgiens s'occupaient de Sam. Hannerman n'avait toujours pas été retrouvé : la présence policière était une précaution qui s'imposait. Mais Hannerman était le cadet des soucis de Jonah, à présent. Sam luttait contre la mort.

Sam et Jason avaient été pris en charge par la même ambulance. Jonah et Never les avaient suivis, après avoir rapidement soumis leurs témoignages aux inspecteurs présents sur place. Jonah ne s'était pas étendu sur les détails : il avait simplement expliqué que la ressuscitation qu'il avait réalisée sur Daniel Harker lui avait permis de reconnaître Hannerman.

Jonah avait dû appeler Helen Deering pour lui annoncer ce qui s'était passé. Elle se trouvait dans une autre salle d'attente, désormais. En dépit des supplications de Jonah, elle avait insisté pour rester seule.

Jason était conscient, quant à lui, et se trouvait dans un état stable, à l'étage supérieur. Jonah et Never étaient allés le voir : un policier surveillait chaque entrée et chaque sortie, et sa petite amie était assise à son chevet. L'état de Sam était tout ce qui l'intéressait. Ses bras étaient couverts de bandages. Quatre-vingt-sept points de suture, mais pas une artère endommagée, pas le moindre tendon tranché, tandis que Sam, à cause d'une seule blessure, se trouvait entre la vie et la mort. Jonah et Never étaient retournés dans la salle d'attente, et ne l'avaient pas quittée depuis.

« Je vais voir Helen, déclara Never. Il y a peut-être du nouveau. »

Resté seul, Jonah tenta d'établir le bilan de ce qu'il venait de vivre. De ce qu'il avait éprouvé lorsque le pistolet avait été braqué sur lui. Il repensa à Sam, aux derniers mots qu'ils avaient échangés. Des mots de colère, de mépris.

Lorsque Never fut de retour, il n'avait trouvé aucune réponse à ses questions.

« Toujours rien pour l'instant, lâcha son ami. Ils nous tiendront au courant dès qu'ils auront du nouveau. »

Trois heures s'écoulèrent. Ils virent Helen venir à leur rencontre, le visage défait. Arrivée à leur hauteur, elle éclata en sanglots et serra Jonah dans ses bras : ses pleurs les secouèrent tous les deux. Au bout d'un moment, elle parvint à parler : « Il vient de sortir du bloc mais il est toujours dans un état critique. Ils ne se risquent à aucun pronostic. Ils ne savent pas s'il va s'en tirer. » Ce fut tout ce qu'elle réussit à articuler avant que les sanglots ne la secouent de nouveau.

*

Jonah avait les yeux rivés sur l'horloge de la salle d'attente des urgences. 18 heures passées. La trotteuse faisait le tour du cadran avec une lenteur inconcevable. Assise à son côté, fixant le sol, Helen se tenait la tête entre les mains. Elle s'apprêtait à passer dans la salle de réveil où Sam allait être bientôt transféré. Leur fils Robert avait quitté la Floride, et devait atterrir avant 19 heures. Jonah attendait son arrivée avec impatience : il réconforterait Helen bien plus efficacement que lui.

Never était parti chercher des cafés : Helen et Jonah se retrouvaient seuls dans la salle d'attente.

Reniflant discrètement, elle releva les yeux vers l'horloge que Jonah fixait avec obstination. « On en a une, tu sais. »

Jonah se retourna, perplexe. « De quoi ?

– Si le pire devait arriver. » Ses yeux ne quittaient pas l'horloge. Son ton était monocorde, curieusement détaché.

« Je ne comprends pas où tu...

– Une assurance-ressuscitation. »

Jonah sentit son sang se glacer.

« Il a toujours dit qu'il ne fallait pas se faire d'illusions, dit Helen. Plus on prend de l'âge, plus le prix du service premium augmente. On finit par ne plus être en mesure de s'offrir le meilleur service. Et puis il comparait toujours les revivers du privé avec vous tous. Il était tellement fier de vous. Peut-être qu'il n'est pas le mieux placé pour émettre un jugement objectif. » Elle regarda Jonah et gloussa, mais son petit rire sonnait faux. « 83 %. Ce sont les chiffres. 83 % de taux de réussite. C'est le mieux auquel on puisse prétendre. Ça revient à jeter un dé en espérant ne pas tomber sur le “un”. Et si la première tentative échoue, il n'y a pas de deuxième essai – pas avec l'assurance qu'on a contractée. » Elle tenta de sourire. « Sam m'a souvent parlé de ta façon de gérer les choses, Jonah. De l'attention que tu témoignais aux familles, de l'effet que ça avait sur elles. »

Le cœur de Jonah battait à tout rompre. L'air de la salle était devenu irrespirable.

Helen poursuivit : « Je sais que c'est injuste, je le sais. Et je sais qu'il ne te l'aurait jamais demandé. Mais au fond de lui, Sam ne voudrait pas être ressuscité par quelqu'un d'autre que toi. »

Jonah en avait le tournis. Les yeux pleins de larmes de Helen ne quittaient pas les siens. Ce qu'elle lui demandait était très clair. Jonah ne put que répondre : « Il va s'en sortir, Helen. C'est quelqu'un de fort. »

Helen Deering hocha la tête sans conviction. « Je n'ai pas le droit de te demander ça, Jonah. Mais cette situation, je ne peux pas la supporter. J'en suis incapable. S'il te plaît. Promets-moi. Si on devait en arriver là. Laisse-nous nous dire au revoir. »

Au pied du mur, Jonah se surprit à acquiescer.

Lorsque Never revint avec les cafés, il marmonna une excuse et courut s'enfermer dans les toilettes. Il se fit vomir jusqu'à ce que son estomac soit complètement vide et qu'il ne lui reste plus que de la bile à cracher.

CHAPITRE 27

La journée de Ray Johnson ne se passait pas comme il l'avait espéré. L'inspectrice new-yorkaise s'était avérée être très mignonne, mais très mariée aussi, et, après son allocution, la situation avait tourné au cauchemar. Il avait dû faire une croix sur le buffet.

Sam Deering transféré à l'hôpital, le centre de conférences avait été évacué. D'autres policiers étaient arrivés pour recueillir des témoignages, mais les témoins étaient si nombreux que leur tâche s'était vite limitée à une prise de noms, d'adresses et de numéros de téléphone.

Tout cela ne concernait pas Ray, pas officiellement en tout cas, mais le lien entre ces évènements et son affaire était si évident qu'il ne parvenait pas à se défaire d'un certain sentiment de culpabilité. Ce n'était pas lui qui avait formellement identifié le cadavre de Hannerman, mais il avait vu son portrait à de nombreuses reprises et, se basant sur la description soumise par Daniel Harker durant sa ressuscitation, il se l'était imaginé avec des traits plus émaciés. Hannerman présumé mort, il y avait des chances pour que les photos dont on disposait n'eussent même pas été communiquées aux équipes de sécurité, et quand bien même.

Ray faisait partie du petit nombre de personnes capables de reconnaître Hannerman, et il ne s'était pas rendu compte de sa présence.

L'inspecteur en charge de cette nouvelle affaire était un certain Earl Pellman : un flic un peu usé, assez vieux pour être grand-père, mais assez costaud pour pouvoir allonger à peu près n'importe qui d'un simple coup de poing. Ray l'informa qu'il avait travaillé sur l'affaire Harker. Pellman avait déjà pris connaissance de cette enquête et de ce qui s'en était suivi. La nouvelle théorie en vigueur voulait que Hannerman ne se soit jamais trouvé dans la maison investie par le groupe d'intervention antiterroriste, et ait œuvré seul. Cette tentative de meurtre avait été un ultime baroud d'honneur.

La question de savoir si la conférence avait auparavant été ciblée par le petit groupe restait entière. Si c'était le cas, on pouvait penser que l'acte de Hannerman ne correspondait nullement à ce qu'avaient prévu les kidnappeurs de Harker. De toute évidence, il avait dû improviser.

« Il ne devait pas s'attendre à en réchapper, grogna Pellman.

– Si je peux vous aider en quoi que ce soit, répondit Ray. Parmi les policiers présents, je suis sans doute le plus à même d'identifier Hannerman. Et je connais Miller et Geary. Cette affaire me tient à cœur. »

Pellman le considéra un instant. « Miller, hein ? Le reviver qui a repéré Hannerman ? J'ai lu son témoignage. Dites voir, tous les revivers sont à ce point cinglés ?

– Pas que je sache, mais c'est un droit qu'on aurait un peu de mal à ne pas leur concéder.

– Amen. Et puis vous savez quoi ? Si vous tenez vraiment à nous donner un coup de main, je serais bien con de refuser. Il faut vite qu'on sorte de cette situation avant qu'on nous envoie des nounous d'autres services. Je vais lancer des gars sur le terrain, histoire de voir si on peut un peu restreindre le périmètre de recherche. On ne sait même pas si Hannerman a quitté Richmond ou s'il se terre en ville. Que ce soit une caméra de vidéosurveillance ou une paire d'yeux, il y a bien quelqu'un qui a vu dans quelle direction il est parti, et plus tôt nous le saurons, mieux ça vaudra. Trouvez-vous un binôme. Si vous connaissez aussi bien le visage de ce type que vous le prétendez, vous pourrez nous aider à faire le tri dans ce qu'on aura récolté. »

Ray le remercia, sans trop savoir si Pellman était réellement convaincu qu'il pouvait leur apporter son aide, ou s'il faisait simplement preuve de compassion.

Huit inspecteurs, quatre voitures. Ray jeta son dévolu sur celle qui partait vers Washington, en partie parce que cela le rapprochait de sa juridiction, et en partie parce qu'il se souvenait que les kidnappeurs les avaient lancés sur une fausse piste, au sud de la maison de Harker, jusqu'à Atlanta.

La voiture était donc lancée plein nord, l'inspectrice Ellen Pierce au volant. Dom Lloyd, son coéquipier, à sa droite. Ray était installé sur la banquette arrière.

À la tombée de la nuit, des policiers de Fredericksburg en patrouille signalèrent une voiture répondant au signalement communiqué : la plaque minéralogique correspondait, mais le numéro relevé au centre de conférences se révéla faux – il correspondait en réalité à une Nissan rouge. Hannerman avait dû changer de plaque.

Les policiers pensaient avoir identifié des impacts de balles, un sur la portière du conducteur, et deux au moins à l'arrière, mais la carrosserie noire rendait toute certitude impossible. Ils avaient notifié le signalement au Q.G. puis avaient pris le véhicule en filature jusqu'à ce qu'il se gare sur le parking d'une station-service, sur Lafayette Boulevard. La patrouille était passée devant la station sans ralentir, avait pris la première à droite et s'était garée un peu à l'écart.

Pierce et Lloyd étaient le binôme le plus proche des lieux lorsque la notification fut relayée. Moins de dix minutes s'écoulèrent avant qu'ils arrivent à la station-service. On leur demanda de passer devant et, dans la mesure du possible, de confirmer l'identité du conducteur, avant de rejoindre la voiture de patrouille pour attendre les renforts.

Tandis qu'ils passaient devant la station, Ray vit un homme allumer une cigarette. C'était Hannerman, sans le moindre doute possible. *C'est pour ça qu'il s'est arrêté*, se dit Ray. *Pour acheter des clopes, tout simplement*. Et après tout, c'était bien compréhensible : Hannerman avait eu une journée franchement difficile.

Il n'y avait aucun client dans la station-service, et la route était quasi déserte.

Pourvu que ça dure, pensa Ray.

« C'est lui, dit-il.

– Vous en êtes sûr ? », demanda l'inspecteur Lloyd en consultant le portrait grand format de Hannerman qu'on leur avait communiqué.

Ray comprenait ses réserves mais cela ne changeait rien.

« À 100 %. »

Ils allèrent se garer à côté de la voiture de patrouille et attendirent, les yeux rivés sur la station. Sans arme, sans ordre de mission officiel, Ray serait tenu de rester à l'écart, mais être là lui suffisait.

Hannerman resta planté quelques minutes à tirer sur sa cigarette, puis il écrasa son mégot par terre.

Fumes-en une autre, pensa Ray. Les renforts n'allaient plus tarder.

Mais Hannerman remonta en voiture.

« Merde », lâcha Ellen Pierce. Elle mit le contact, prête à le prendre en filature.

La voiture noire commença à rouler, mais c'était simplement pour se ranger le long d'une pompe à essence. Hannerman ressortit et attrapa un pistolet de distribution. Ray vit l'employé de la station-service lui jeter un coup d'œil et détourner le regard. Un break familial passa : papa et maman devant, les enfants somnolant sur la banquette arrière. Ray vit la mère indiquer une direction et fut soudain saisi d'un sentiment d'urgence.

« Et merde, dit-il. Ils ne vont quand même pas s'arrêter. »

Le break ralentit et se gara à hauteur d'une pompe. La mère sortit et commença à remplir le réservoir. Hannerman ouvrit l'une de ses portières arrière. Il dirigea le pistolet vers l'intérieur de la voiture.

Ray écarquilla les yeux. L'essence coulait du véhicule pour se répondre sur le béton.

« Nom de Dieu, lâcha-t-il.

– Il veut se débarrasser de la voiture, souffla Dom Lloyd.

– Il va incendier tout le boulevard ! », ajouta Ellen Pierce.

Un instant d'hésitation. L'homme était armé, mais les renforts arriveraient d'une minute à l'autre. L'employé de la station-service venait de comprendre ce qui se passait. La femme aussi. Avec un cri, elle bondit à l'intérieur de sa voiture, son époux redémarrant et s'éloignant avant même qu'elle ait le temps de refermer la portière. La scène avait alerté un groupe de jeunes qui s'approcha.

« Putain, pesta Ellen. On doit agir. »

Ils foncèrent vers la station-service, et s'arrêtèrent dans un crissement de pneus. Pierce et Lloyd sortirent armes au poing, à couvert derrière leurs portières.

Ray descendit également en faisant signe aux jeunes de s'éloigner. « Reculez ! leur cria-t-il. Police ! Reculez ! » Les plus proches comprirent ce qui était en train de se passer ; ils ne se firent pas prier pour obéir aux ordres. « Reculez ! Immédiatement ! »

Le carburant continuait à se répandre aux pieds de Hannerman. Celui-ci sortit son pistolet. Un instant, Ray resta figé ; il venait de prendre conscience qu'il était plus exposé que Pierce et Lloyd. Hannerman leva son pistolet au-dessus de sa tête et tira à deux reprises, ses deux dernières balles : cela suffit à effrayer les passants qui battirent immédiatement en retraite. L'employé de la station-service, lui, s'était rué vers la sortie de secours.

Hannerman dirigea ensuite le pistolet de distribution sur sa poitrine, imbibant ses vêtements d'essence, puis il le laissa tomber à terre. À ses pieds, la mare de carburant s'élargissait. Il ouvrit la portière et jeta son arme, presque avec dédain. Puis il s'assit au volant et s'enferma.

« Qu'est-ce qu'il fabrique ? », demanda Dom Lloyd. Mais c'était l'évidence même.

« Manifestement, il a changé d'avis, répondit Ray. Il a décidé d'en finir. »

Un autre groupe de curieux approchait. Dom Lloyd se tourna vers eux. « Reculez ! », leur cria-t-il. Pierce jeta un coup d'œil dans leur direction. Lorsqu'ils se retournèrent tous deux, Ray se trouvait déjà à mi-chemin entre leur véhicule et celui du suspect, les mains en l'air pour bien montrer qu'il n'était pas armé.

« *Johnson !* aboya Pierce. *Qu'est-ce que vous foutez ?* »

Intérieurement, Ray se posait la même question. En vérité, il voulait faire parler Hannerman. Il voulait savoir pourquoi Harker était mort. « Appelez les autres, répondit-il sans se retourner, essayez de me faire gagner un peu de temps. Tant qu'à faire, je préférerais que ce type ne panique pas à cause de deux ou trois sirènes. »

Il s'approchait de la voiture. Par la vitre baissée côté du conducteur, il vit Hannerman porter à ses lèvres une cigarette encore intacte.

« Rendez-vous, dit-il d'un ton calme. Ça ne servirait à rien. »

Hannerman le considéra sans répondre. Ray avait étudié sa photo sous toutes ses coutures, et il était convaincu de s'être imaginé à la perfection la version plus maigre de ce visage selon la description de Harker mais, visiblement, il avait sous-estimé son état. Hannerman n'était pas maigre, c'était bien pire : il paraissait usé, desséché. Il toussa, maculant le dos de sa main de sang frais, et Ray comprit alors. La portière était percée d'un impact de balle. Il avait été touché. Et il lui avait fallu tout ce temps pour accepter sa fin inéluctable.

« Au contraire, répliqua Hannerman, c'est primordial. Il y a bien trop de questions, et je n'ai pas envie de parler. »

Les relents d'essence étaient insupportables. Ray jeta un coup d'œil à la banquette arrière, et aperçut une douzaine de boîtes en plastique semi-transparent : il n'arrivait pas à distinguer nettement ce qu'elles contenaient, mais des fils électriques en partaient. En définitive, le plan d'attaque de la conférence était peut-être plus élaboré qu'ils ne l'avaient cru.

« Ne faites pas ça. »

Hannerman poussa un soupir qui lui glaça le sang. À tous égards, on aurait dit le dernier souffle d'un condamné. Hannerman porta un briquet à hauteur de sa cigarette et posa son pouce sur la molette. Il regarda Ray droit dans les yeux, et Ray lut dans son regard une détermination glacée.

Ray sentit une main se refermer sur son épaule. Il se retourna, entendit un souffle dans son dos, puis des hurlements. Il courut de toutes ses forces et ne jeta un coup d'œil par-dessus son épaule que lorsqu'ils atteignirent la route : la voiture était un véritable brasier, d'où sortait un bras. Ray ne s'arrêta pas. Il se trouvait au milieu de la chaussée lorsqu'un brusque changement se produisit. Un sifflement aigu, presque imperceptible d'abord, puis se précisant, gagnant en puissance à chaque fraction de seconde.

Quelque chose le poussa violemment dans le dos, et il eut l'impression que deux mains géantes se plaquaient sur ses oreilles pour supprimer tout bruit. Il tomba à terre, incapable de contrôler sa chute, et tout ne fut plus alors qu'éclats de verre, flammes et bitume.

CHAPITRE 28

Il plut durant les funérailles : une pluie insistante qui adoucissait la canicule des jours passés. Jonah s'en réjouissait. Sur son visage trempé de pluie, ses larmes passaient inaperçues.

Lorsque le corps de Daniel Harker fut enfin porté en terre, il eut la vague impression qu'une partie de ses larmes étaient celles du défunt lui-même. Harker pleurait sa fille, et sa propre disparition. Ou plutôt, les circonstances abjectes de sa mort.

Mais c'était surtout lui, Jonah, qui pleurait. Et la raison de ses larmes n'était autre que Sam. Après l'opération, on l'avait volontairement plongé dans le coma. Cela faisait neuf jours à présent, et ses chances de s'en tirer ne cessaient de s'amenuiser. Même s'il s'en sortait, des complications liées à l'hémorragie interne lui vaudraient sans doute des séquelles.

Jonah n'était passé lui rendre visite qu'une seule fois. Robert, son fils, avait trouvé le moyen de faire venir femme et enfant à Richmond. Le spectacle de cette famille si soudée était pénible à Jonah. Cela lui rappelait qu'il n'en avait pas. Il avait beau considérer Sam comme un deuxième père, il ne se leurrait pas.

Jason Shepperton, quant à lui, se remettait parfaitement de ses blessures : il avait pu quitter l'hôpital au bout de deux jours. Son bras droit était le plus touché, tout mouvement lui était difficile, mais ses mains étaient intactes. Jonah ne l'avait pas revu depuis sa sortie de l'hôpital. Never, si. Il lui avait donné des nouvelles : Jason avait prévu de longue date de prendre des vacances, et il entendait bien se tenir à ce programme. Étant donné ce qui venait de lui arriver, son désir de se faire bichonner par sa petite amie sur une plage ensoleillée était parfaitement compréhensible.

La pluie se mit à faiblir. Jonah se tenait à l'arrière du cortège funèbre, juste assez pour ne pas se faire remarquer. Il ne se sentait pas à sa place, mais Annabel ne lui avait pas laissé le choix. La veille au soir, elle lui avait envoyé un e-mail, leur seul mode de communication depuis les révélations de Sam. Suite aux évènements du symposium, elle l'avait appelé, mais Jonah n'avait pas répondu, préférant lui expliquer ce qui s'était passé par écrit. Jusqu'à présent, il n'avait pas encore détruit les documents que Sam lui avait remis, mais il était inutile d'aborder le sujet. Annabel parut comprendre et cessa de le presser.

Debout devant la tombe, elle demanda si quelqu'un souhaitait rendre un ultime hommage à son père. Elle fut la dernière à prendre la parole, évoquant l'amour qu'elle lui portait et les souvenirs qu'elle garderait toujours de l'homme qu'ils portaient en terre. Son allocution fut brève ; elle remercia toutes les personnes présentes en s'efforçant de ne pas craquer. Et ce fut tout.

Elle adressa un mouvement de la tête à Jonah et s'éloigna de la tombe où, à présent, ses deux parents reposaient.

Contrairement au reste du cortège, Jonah ne lui emboîta pas le pas. Il lui avait très clairement signifié qu'il ne viendrait qu'à l'enterrement et pas à la veillée. Un homme vêtu de noir se détacha de la foule pour venir à sa rencontre.

« Jonah », murmura Bob Denner en se plantant à côté de lui, face à la tombe de Harker. Il demeura un instant silencieux, ne sachant trop comment présenter les choses. « Ça m'a fait un sacré coup quand j'ai appris pour Sam. »

Jonah acquiesça. « Comment va Ray ?

– Il a eu de la chance. Quelques plaies, deux-trois ecchymoses. Il a mal partout et il est à moitié sourd, mais ça devrait passer d'ici quelques semaines. Ce qui lui pèse le plus, en fait, c'est de ne pas bosser. J'ai entendu dire que vous étiez pareil. »

Jonah sourit. « Ça m'est insupportable, effectivement. » Il avait vu Stephanie Graves la veille. Elle n'avait trouvé aucune trace de vestiges, mais de son côté, il n'était pas certain que Daniel l'avait complètement quitté. Il n'en restait pas moins qu'officiellement, il était guéri. Graves lui avait délivré une ordonnance sur mesure, à tester pendant dix jours : cinq petites doses quotidiennes, à l'essai. Cela impliquait qu'il devait transporter ses médicaments partout avec lui, et il lui arrivait souvent d'oublier de prendre une dose, mais si le traitement s'avérait efficace, il serait en mesure de reprendre le travail dans moins de trois semaines.

« On se tient au courant », conclut Crenner en rejoignant la fin du cortège.

Jonah vit tout le monde quitter les lieux et demeura seul sous la pluie, à l'affût du moindre signe de Daniel Harker. Au moment où il s'apprêtait à partir, la soif se rappela à son souvenir. Discrète, mais caractéristique. Il tourna la tête. A l'ombre d'un grand rhododendron, à une quinzaine de mètres, une silhouette l'observait. Une ombre grise dans les ténèbres, floue comme un détail agrandi de peinture à l'huile. Une trace, ici, suggérant un sourire, et là, peut-être, un bras levé en signe d'adieu. Puis l'ombre engloutit tout, et Jonah réalisa une chose : lorsque Annabel avait évoqué ces moments passés avec son père face à sa tombe, ses paroles n'avaient rien fait résonner en lui, n'avaient éveillé aucun de ces souvenirs d'emprunt qui l'avaient hanté durant une éternité, lui semblait-il – quelques semaines en réalité.

Peut-être s'en était-il enfin allé. Les seules réponses que Jonah avait réussi à obtenir ne lui avaient apporté aucune satisfaction. Il n'avait pas le sentiment que justice avait été rendue. Et il était probable que Harker partage son avis.

« Je suis désolé, Daniel », fit Jonah avant de s'éloigner de la tombe.

*

Jonah passa chez lui pour changer de tenue et arriva au bureau à 14 heures.

« Hé, lui lança Never alors qu'il passait devant son bureau. Tu t'es bien amusé ? »

Jonah fronça les sourcils mais parvint tout de même à sourire. « Super, merci. J'ai croisé Bob Crenner. Il m'a dit que Ray allait bien.

– Et Annabel ? »

– Je l'ai laissée avec le cortège. Tu es passé à l'hôpital, aujourd'hui ?

– Ouais. Tout le monde avait l'air abattu et la situation est stable, mais de ce que j'ai compris, on ne peut pas s'attendre à mieux. Ils vont tirer Sam de son coma artificiel d'ici cinq jours : ce sera un moment critique. Robert a promis qu'il nous tiendrait au courant. »

Ce fut un week-end pluvieux, et Jonah resta chez lui durant ces deux jours, à lire.

Annabel lui avait envoyé un e-mail. Elle le remerciait d'être venu à l'enterrement et l'informait qu'elle lui envoyait un paquet, des copies de nouveaux documents qui, selon elle, devraient l'intéresser.

Le lundi matin, Never interpella Jonah dès qu'il entra dans l'open-space. « Courrier pour toi. »

C'était le paquet qu'Annabel lui avait envoyé, une petite enveloppe matelassée. Il l'ouvrit et y trouva une clef USB. Le nombre de documents devait être trop important, ou leur nature trop sensible, pour qu'elle les lui communique par e-mail. Il fit disparaître la clef dans l'une de ses poches et se rendit enfin compte que Never l'observait.

« Quoi ?

– J'ai vu qui t'a envoyé ça, Jonah. Les nom et adresse de l'expéditrice figurent sur l'enveloppe. Tu ne regardes pas ce qu'il y a sur la clef ?

– Ça attendra que je sois rentré chez moi. » La déception de Never était presque palpable.

« Tu m'invites à boire une bière chez toi après le boulot, alors ? »

Jonah soupira. Il ne savait pas si Never était tout simplement curieux de connaître le contenu de la clef ou s'il était repassé en mode baby-sitter. Dans un cas comme dans l'autre, il était impossible de l'éconduire.

*

Entrant dans son appartement, Jonah demanda à Never de nourrir Marmite et de prendre deux cannettes de bière tandis qu'il allumait son PC pour parcourir les fichiers qu'Annabel lui avait fait parvenir. De son bureau, il put voir Never remplir à la va-vite le bol de croquettes et se précipiter sur le frigo pour en tirer deux cannettes.

Essoufflé, il vint s'asseoir à côté de Jonah, les yeux déjà rivés à l'écran. « Allez, balance. »

Et ils se mirent à lire.

La majeure partie des documents concernaient Felix Hannerman, et exposaient les détails de l'enquête policière concernant l'agression perpétrée sur Jason et Sam. Les documents d'Annabel mettaient en évidence les précautions prises par Hannerman pour que sa ressuscitation soit impossible. Cela faisait partie du personnage : il ne laissait jamais rien au hasard.

Sa voiture contenait cinq dispositifs incendiaires. L'enfer garanti. L'explosion qui avait suivi était une ultime sécurité, et sa cause faisait encore l'objet de recherches approfondies. Il était impossible de savoir si Hannerman avait transporté ces bombes incendiaires à la seule fin de se faire disparaître, ou s'il avait eu l'intention de s'en servir au symposium. Le dispositif de sécurité accru avait dû le dissuader de recourir aux explosifs, le poussant en dernier lieu à se rabattre sur un simple couteau.

Le plus gros problème demeurait la déclaration précipitée du décès de Hannerman dix-huit jours plus tôt, motivée par des raisons qui restaient encore à déterminer. L'ensemble des suspects ayant été déclarés morts, l'enquête avait cessé d'être considérée comme une urgence. Les choses se seraient sûrement passées différemment si l'on n'avait pas conclu si vite à la mort de Hannerman. Dans l'un des derniers fichiers se trouvaient les réponses à ces questions. Jonah ne put retenir un juron.

Seuls quatre corps avaient été identifiés avec certitude : Yarrow et le rouquin avaient été les cas les plus simples, et on avait pu établir l'identité des deux autres grâce à des échantillons d'ADN prélevés sur des parents. À l'occasion d'une prochaine déclaration publique, le FBI révélerait qu'en l'absence d'échantillon d'ADN, on n'avait identifié les deux dernières victimes que grâce à leurs effets personnels. On s'était trop fié à ces éléments d'enquête, et les autorités présentèrent leurs excuses. Le cadavre censé être celui de Hannerman était toujours en cours d'identification.

Des effets personnels.

Le contact d'Annabel avait découvert que les policiers avaient identifié un téléphone portable trouvé sur l'un des cadavres comme appartenant à Hannerman. Il était hors d'usage, mais la carte SIM était intacte.

Never releva la tête. « Ça veut dire qu'ils ont conclu à la mort de Hannerman alors que la seule chose qu'ils ont réussi à identifier, c'était son putain de portable ? Quelle bande d'abrutis. »

Jonah acquiesça. Soudain, il se sentit très las. Il avait rapporté plusieurs documents du bureau avec l'intention de les parcourir le soir même, mais il n'était pas sûr d'en avoir la force. Il rangea les documents dans leur dossier. Dans quelques semaines, il devrait comparaître devant un tribunal. Un instant, il se demanda par quel miracle Hugo avait pu tenir les instances judiciaires à l'écart pendant sa récupération. Puis il réalisa que peu de jours avaient passé en réalité.

« Alors, dis-moi, lança Never, tu vas la recontacter ou ça ne va se résumer qu'à ça ? Des envois de ses découvertes ? »

Jonah réfléchit à la situation. Ils avaient fait ce qu'il convenait de faire, et ils pouvaient en rester là. Mais la lueur dans les yeux de Never lui montra qu'il avait compris. « Oh. Mon. Dieu. Elle et toi... Il s'est *vraiment* passé quelque chose entre vous.

– Il ne s'est rien passé du tout.

– J'ai dit qu'il s'était passé quelque chose : pas forcément ce qu'on aurait pu espérer. Avec toi, "quelque chose", c'est déjà très bien. Elle te plaît. » Never avait prononcé ces mots sans la moindre once de moquerie.

Jonah acquiesça. « Pour ce que ça m'a apporté...

– Je ne vois pas où est le problème. » Never s'interrompit, et grimaça. « Bon, si je peux émettre une suggestion, ce serait évidemment de laisser passer un peu de temps après l'enterrement. Le timing n'est pas optimal... »

Et il faut espérer que son père ait définitivement quitté mon cerveau, pensa Jonah. « Au début, j'ai cru qu'il se passait quelque chose, reconnut-il en parcourant les derniers documents d'Annabel. Mais je me faisais des idées. À moins que ce ne soit dû à tout ce qu'elle a traversé ces derniers temps. Ce serait plus que compréhensible.

– Tu pourrais aussi, et je te dis ça avec tout le respect que je te dois, tu pourrais pour une fois faire preuve d'un peu de *cran*, et la rappeler dans deux semaines ? Jonah ? »

Mais Jonah n'écoutait plus. Son regard était fixé sur l'écran, et une soif douloureuse le tenaillait tandis qu'il examinait la dernière page du fichier. Il savait maintenant ce que cette soif signifiait. Daniel Harker était toujours là. Et il attirait son attention.

« Il y a quelque chose ici, Never. Quelque chose d'important sur cette page. »

La page montrait deux photos tirées d'un rapport de police. Elles concernaient l'appartement fouillé suite à la tentative de meurtre de Hannerman. Ce dernier le louait depuis plus d'un an sous un faux nom. Il l'occupait à l'occasion mais, depuis la mort de ses complices, semblait y avoir passé plus de temps qu'à son habitude.

La première image était un gros plan d'une photo de vacances. On y voyait Hannerman au côté d'une femme de son âge : les cheveux blonds, un visage plein de caractère. Presque belle, mais les yeux un peu trop rapprochés, et un nez un peu trop long, un peu trop fin. Hannerman paraissait beaucoup plus jeune que sur la photo de la police, et bien plus mince aussi – presque aussi maigre que durant la dernière partie de sa vie. Jonah remarqua leur ressemblance et, intuitivement, comprit qui elle était. C'était la sœur de Hannerman, Julia. À en juger par ses bords, cette photo avait été collée sur une surface, à côté d'autre bouts de papier empiétant légèrement sur elle.

La seconde image révélait la nature de cette surface. Il s'agissait d'un cliché de la cuisine de Hannerman telle que l'avait trouvée la police. Dans un coin, un frigo. Sur la porte de celui-ci, la photo de Julia et Felix, entourée de notes diverses.

C'est alors qu'il *vit*.

Au milieu de la porte du frigo, une feuille de papier avait été collée à l'aide de quelque chose de jaune. Un petit objet, indistinct. Un magnet ? Jonah concentra son regard, et les contours parurent se préciser.

« Jonah, qu'est-ce qu'il y a ? »

Son regard était fixe. Peut-être se trompait-il. Il agrandit la photo. C'était une image haute définition : il put voir clairement ce dont il s'agissait. Le doute n'était plus permis.

« Jonah ! »

Un magnet jaune, une figure ronde et souriante et un poing géant, pouce dressé, avec ces quelques mots : « Merci pour vos dons ! »

Jonah avait gardé le badge qu'on lui avait donné à l'hospice d'Eldridge dans l'une des poches de sa veste. Il alla le chercher et revint en le brandissant sous le nez de Never. Badge et magnet étaient identiques. Rien ne permettait de les rattacher à un organisme précis.

Jamais les policiers qui avaient passé l'appartement au peigne fin n'auraient pu retenir cet objet comme un élément d'enquête pertinent. Mais Jonah connaissait sa vraie valeur.

C'était la preuve que Hannerman s'était rendu au même hospice que lui.

« Qu'est-ce que c'est ? demanda Never.

– Un début de réponse », répondit Jonah. Soudain, il éprouva une intense sensation de froid. « Si on décide d'aller jusqu'au bout. »

CHAPITRE 29

VICTOR ELDRIDGE OUVRIT SA PORTE À UN HOMME tout sourire.

« Monsieur Eldridge ? »

Accent irlandais, remarqua Eldridge en plissant les yeux face à la silhouette qui se découpait dans l'aveuglante lumière du soleil couchant. Il opina du chef.

« Inspecteur O'Donnell. Le personnel soignant m'a autorisé à venir vous déranger. Je serais ravi que vous m'accordiez quelques instants... » L'homme sortit quelque chose de sa poche pour le lui présenter. Une carte quelconque, illisible à contre-jour, et trop vite rangée. Eldridge s'en remit à la bonne foi de son interlocuteur. Mais il fronça les sourcils.

« C'est à quel sujet ?

– Excusez-moi. Je peux... ? », répondit l'homme, et Eldridge s'écarta pour le laisser entrer. L'homme fit un pas en avant. Quelque chose dans sa façon d'entrer alerta Eldridge, qui regretta aussitôt de ne pas avoir mieux examiné sa carte. Mais il était trop tard. Il voulut poser sa main sur la poignée ; le battant le percuta, et il recula avec un glapissement. Un second homme referma derrière lui. Eldridge le reconnut.

« Vous !.... », dit-il au reviver avec mépris.

« Salut, Victor, répondit Jonah d'un ton tout aussi dédaigneux. J'ai quelques questions à vous poser. »

*

Jonah observait Never. Pour son ami, il le devinait, cet homme quasi impotent ne devait être mêlé que de très loin à ce qui était arrivé à Sam. Et si Never le secondait, ce n'était pas de gaieté de cœur. Il s'était senti passablement mal à l'aise en voyant Jonah sortir d'un magasin de bricolage avec un sac et une pince coupante ; son agitation était passée à un stade supérieur lorsque Jonah avait découpé le grillage qui se trouvait derrière l'hospice Walter-Hodges. Le niveau de sécurité de l'hôpital était déplorable : cette zone n'était surveillée que par une seule caméra, et l'angle mort était vaste.

Jonah ne se sentait pas particulièrement à l'aise non plus, mais il était guidé par une colère juste, qui alimentait sa détermination. À ses yeux, il était évident que Hannerman était passé par ici et qu'Eldridge lui avait parlé.

Son silence avait failli entraîner la mort de Sam.

Eldridge semblait encore plus fragile que deux semaines auparavant. Il dardait sur Jonah un regard sombre. « Il me suffit de crier, prévint-il, et vous vous retrouvez derrière les barreaux dans l'heure.

– Vous ne crierez pas, Victor. Vous savez parfaitement pourquoi nous sommes venus vous voir, et la dernière chose que vous avez envie de faire, c'est d'attirer l'attention de la police. À présent, asseyez-vous. »

Ils le poussèrent sur une chaise. Jonah sortit un rouleau de chatterton de sa poche et attacha ses avant-bras aux accoudoirs, puis ses jambes aux pieds du fauteuil.

« Voilà comment ils ont laissé Daniel Harker, déclara-t-il en regardant Eldridge droit dans les yeux. Attaché à une chaise. Abandonné. Et ils l'ont laissé mourir seul. Je n'ai pas l'intention de vous faire du mal. Mais je n'hésiterai pas si vous refusez de m'aider. » C'était un coup de bluff, mais la colère de Jonah était tout sauf feinte. Il avait pris avec lui la photo de Hannerman dont disposait la police. Il la montra à Eldridge. « Est-ce que vous savez qui c'est ? Vous avez dû le connaître beaucoup plus maigre. »

Eldridge secoua la tête, mais Jonah sut qu'il mentait ; il le lisait dans ses yeux.

« Réfléchissez, monsieur Eldridge. Est-ce que vous le reconnaissez ? »

À nouveau, il secoua la tête, avant de détourner le regard. Jonah agita le cliché. « Cet homme est responsable de l'enlèvement et du meurtre de Daniel Harker. Il a également poignardé l'un de mes amis, quelqu'un que j'aime profondément, et qui a failli succomber à sa blessure. Il est dans le coma à l'heure où nous parlons, et pas du tout tiré d'affaire. » Eldridge regardait dans le vide. « Je crois que vous pouvez comprendre ce qui nous rend aussi furieux, putain ! » Eldridge sursauta. Jonah avait laissé la photo sous son nez : « Est-ce que vous le reconnaissez ? »

Eldridge ne répondit pas.

« Vous ne pouvez plus le protéger, Victor. Je sais que c'est ce que vous croyez faire mais vous ne pouvez plus le protéger, parce qu'il est mort. » La réaction fut instantanée : le visage d'Eldridge s'allongea. « Il s'est suicidé après sa tentative de meurtre. Par le feu. Avant qu'on ait pu lui demander ce qui l'avait poussé à agir ainsi. Comme tous les autres.

– Ils sont... tous morts, murmura Eldridge.

– Y compris Tobias Yarrow, ajouta Jonah, qui devina à son expression qu'Eldridge le connaissait. Hannerman vous a-t-il dit qu'il avait tué Yarrow ? Est-ce vous qui avez tout raconté à Vernet ? »

Eldridge secoua la tête, paupières closes, et Jonah crut qu'il s'enfermait dans son mutisme. Mais il rouvrit soudain les yeux.

« Je ne connais personne du nom de Vernet, mais je connaissais Tobias. Hannerman m'a expliqué que Tobias s'était dégonflé, qu'il avait abandonné. Il ne m'a pas dit qu'il était mort. Tobias Yarrow a eu connaissance d'une rumeur, et il a mené sa propre enquête des années durant. Lorsqu'il est arrivé au bout de sa piste, l'homme qu'il recherchait était mort. Mais il m'a trouvé, moi, et je lui ai tout raconté.

– Et il vous a cru.

– Je ne lui ai dit que la vérité.

– Non, Victor. Ce que vous lui avez raconté n'était qu'un écran de fumée destiné à dissimuler la vérité. La vérité, c'est que des membres du renseignement militaire ont fait de la ressuscitation une arme. Meurtres de suspects afin de leur soutirer toute information sensible. Interrogatoires sûrs à 100 %. C'était... »

Jonah ne termina pas sa phrase. Eldridge avait baissé la tête, agité de légers soubresauts. Jonah crut d'abord qu'il sanglotait. Mais en le voyant relever la tête, il comprit qu'il s'était mépris. Eldridge riait, et son rire s'acheva en une quinte de toux.

« Qu'est-ce qu'il y a de si drôle, Victor ? »

Eldridge le considéra d'un regard noir. « Qu'est-ce qui vous fait croire que l'une de ces deux versions est vraie, et pas l'autre ?

Vous êtes venus pour trouver des réponses, n'est-ce pas ? Que ferez-vous, lorsque vous saurez ? Hannerman a eu le courage d'affronter la vérité, lui. Il a pris tous les risques. Vous vous croyez des héros ? Vous n'êtes que des figurants. Les héros, c'étaient eux. Et maintenant, ils sont morts – tous. Plus personne ne pourra empêcher ce qui doit arriver.

– Qu'est-ce qui doit arriver ? Dites-le-moi.

– Hannerman voulait révéler l'existence de "l'Unité". » Jonah le fixa sans rien dire, et Victor Eldridge soutint son regard. « Détachez-moi, et je vous raconterai tout. »

Jonah réfléchit un moment. Puis il alla chercher un couteau et trancha le chatterton.

*

« J'avais un ami, commença Eldridge. Quand j'étais gamin, à Vancouver. Robert Durmey. À 19 ans, il a suivi une fille à Boston. Il a perdu la fille mais il a trouvé un boulot. On est restés plus ou moins en contact. Deux ans après les premiers cas de ressuscitation, il est revenu à Vancouver. Ça faisait un bout de temps qu'on ne s'était pas vus. J'avais 34 ans, je menais une existence morne, j'enchaînais les petits boulots pour survivre, et Rob m'annonce qu'il est à présent reviver. Très bien payé. Et il me dit que moi aussi, j'ai le don, qu'il l'a senti rien qu'en me serrant la main. Il était bien meilleur que moi : il a même fini par travailler à Baseline, pendant que je menais des interventions pourries pour des assurés que je décevais la plupart du temps. Mais il m'a beaucoup aidé au cours de ces années. On se voyait de temps en temps. C'est par lui que j'ai décroché mon boulot à MLA Research, pour une paye qui n'avait rien à voir avec ce que je gagnais dans le privé.

« Ça remonte à quoi ? Huit ans ? Après ça, je n'ai plus eu de ses nouvelles. Jusqu'à il y a deux ans. À l'époque, je passais déjà la moitié de mon temps en centre psychiatrique. Invariablement, ils finissaient par me laisser sortir, mais je ne tenais jamais le coup très longtemps. Pas facile de garder la tête froide quand on entend une voix murmurer, et qu'on sait qu'il y a quelque chose, quelque part, qui nous *attend*. À l'époque de la ressuscitation de Ruby Fleming, lorsque j'ai commencé à entendre le murmure, j'ai tout raconté à Rob. Il m'a écouté plus attentivement qu'aucun autre mais, comme tout le monde, il m'a dit que mon imagination m'avait joué un vilain tour.

« Quand je l'ai revu, en revanche, il était terrifié. Il m'a tout avoué. Il était venu me trouver parce qu'à présent, il me croyait. Il voulait savoir si je savais ce que c'était. C'est Rob Durmey que Tobias a cherché pendant tout ce temps, avec le succès que l'on sait. Rob était mort. Écrasé par une voiture, quatre mois après être venu me voir. Accident ? Je n'en sais rien. Je suis allé à son enterrement. Yarrow s'y trouvait aussi, et il n'arrêtait pas de poser des questions. »

Eldridge s'interrompit pour finir son verre de jus d'orange.

Jonah le relança : « De quoi ce Rob Durmey était-il au courant ?

– Il avait travaillé avec un certain Kendrick. Membre des services de renseignement militaire que vous avez mentionnés tout à l'heure. Des projets secrets. Des techniques d'interroga-
ire propres aux ressuscitations. Ils avaient tout mis au point,
e-mesures, contre-contre-mesures. Un reviver du nom de
condait Kendrick. Rob ne l'aimait pas. Il n'avait pas la

moindre confiance en lui. Barlow n'arrêtait pas d'émettre des propositions bizarres, qui influaient sur le cap suivi par le reste de l'équipe. Les recherches sur les variantes du BPV à MLA, c'était l'une de ses idées. Mais il y en avait une autre, qui les surpassait toutes. Une idée complètement folle. Une idée qui a beaucoup plu à Kendrick. Merde, il trouvait même que c'était une idée *humaniste*.

« Réfléchissez un peu : la ressuscitation est la seule façon de s'assurer que la personne qu'on interroge dit la vérité. La seule. Un interrogatoire classique n'est jamais 100 % fiable. Les données physiologiques enregistrées par les détecteurs de mensonge sont très faciles à fausser. Et la torture de sujets vivants ? Tout sauf fiable. La ressuscitation est la seule et unique méthode absolument certaine. Le problème, c'est qu'il faut un cadavre. La nécessité du meurtre limite la portée de la technique. Un meurtre est toujours compliqué à dissimuler et, si le sujet est mort, on n'a le droit qu'à un essai : une seconde ressuscitation est impossible. »

Eldridge avala une autre gorgée de jus. « Ils étaient encore à Baseline lorsqu'ils se sont penchés sur tout ça. Très vite, leurs activités ont attiré des soupçons, et ils ont été contraints de partir. Mais vous savez déjà tout cela, n'est-ce pas ? Je sais qui vous êtes, Jonah Miller. »

Jonah le regarda droit dans les yeux. « Qu'est-ce que tout cela a à voir avec moi ?

– Quand j'ai su qui vous étiez, je n'en ai pas cru mes oreilles. Yarrow n'arrêtait pas de parler de destin, ce qui était assez peu rassurant du point de vue de sa santé mentale. Même chose pour Hannerman. Mais quand vous êtes entré ici pour la première fois... Dites-moi, vous souvenez-vous d'un sujet du nom d'Underwood ? »

Jonah sentit son sang se glacer dans ses veines. « Oui.

– Rob Durmey m'en a parlé. Les petits projets de Kendrick étaient en train de prendre l'eau. L'idée folle de Barlow ne fonctionnait pas. Alors ils ont fait appel à vous. Vous avez fichu un sacré bazar après ça. Une enquête interne a établi que les documents relatifs au cadavre étaient faux, et Kendrick s'est fait virer de Baseline. Tout ça parce que vous avez eu l'impression que quelque chose avait cloché durant la ressuscitation d'Underwood.

– C'est vrai, répondit Jonah. Il y avait quelque chose d'inhabituel dans cette ressuscitation. Quelque chose de différent.

– Et vous aviez raison. Les documents étaient des faux, pour la simple et bonne raison qu'il n'y avait pas de cadavre. »

Il agrippa solidement le bras de son interlocuteur, assez pour lui faire mal ; il ignora la sensation de frisson que tous deux éprouvaient. Jonah aurait voulu s'écarter, mais il ne parvenait pas à détourner les yeux. « Elle n'était pas morte, Miller. *Elle n'était pas morte.* »

Silence.

Jonah recula, sans quitter Eldridge des yeux. « Quoi ? », finit-il par articuler d'une voix à peine audible. Il se tourna vers Never mais celui-ci, très pâle, avait également les yeux rivés sur Eldridge.

« Pourriez-vous me passer ces médicaments, s'il vous plaît ? Derrière vous ? » Never s'exécuta, et Eldridge avala deux comprimés. Fermant quelques instants les yeux, il respira avec difficulté.

Jonah peinait à se remettre du choc. Il reprit toutefois la parole. « Qu'est-ce que faisait Kendrick, au juste ?

– Qu'est-ce qu'être mort ? C'était la grande question de … On peut éteindre un corps humain comme on éteindrait un appareil électrique, on peut le refroidir jusqu'à ce que toute vie le quitte. Des gens ont survécu à la noyade, Miller, à la noyade dans des rivières gelées après avoir passé une heure ou plus dans des eaux glaciales. Depuis des années maintenant, on utilise des techniques de refroidissement du sang pour certaines opérations chirurgicales. On est en mesure d'arrêter le cœur d'une personne, de faire ce qu'on a à faire, et de faire repartir la machine ensuite. Alors qu'est-ce qu'être mort ? À quel point doit-on être mort pour pouvoir être ressuscité par un reviver ?

– Il faut être mort, c'est tout.

– C'est la réponse simple, répondit Eldridge, et c'est ce que j'ai dit lorsque Rob Durmey m'a posé la même question. Mais il semble que Barlow se soit montré très convaincant dans sa démonstration. Tout le monde voulait travailler sur ce projet. Kendrick espérait pouvoir mener des interrogatoires agressifs sans avoir à tuer le sujet au préalable. Petite précision, ce n'était pas par bonté d'âme : son seul but était de se faciliter la tâche. Le directeur des recherches était un certain Gideon, l'un des meilleurs scientifiques d'Andreas Biotech, et il trouvait l'idée fascinante. Il espérait pouvoir déterminer le moment précis auquel la ressuscitation deviendrait possible. L'intérêt d'Andreas pour la cryogénie se trouve à l'origine de nombreuses innovations utilisées dans les opérations chirurgicales à basse température corporelle. Kendrick et les autres se sont servis de l'équipement mis à leur disposition pour travailler sur des sujets vivants. Ça a échoué, mais de peu, selon Barlow. Ils ont réessayé, et réessayé, et échoué encore, jusqu'à ce qu'ils comprennent la nature du problème. »

Jonah comprenait, lui aussi. « Les sujets étaient trop frais.

– Si quelqu'un au monde était en mesure d'y arriver, vous étiez le candidat idéal. Vous étiez le seul reviver à avoir ramené quelqu'un aussi vite. Le seul cas connu. Vous étiez unique.

– Ma mère. »

Eldridge acquiesça. « À ce qu'il paraît, elle était morte depuis moins de dix minutes, peut-être même moins de trois minutes. On vous a donc fait entrer en scène. Et tout a commencé grâce à vous. »

Never était abasourdi. « Tout ça, c'est de la connerie. Qu'est-ce que ça peut bien vouloir dire, ressusciter un vivant ? Comment est-ce que ça peut marcher ? »

Eldridge soupira. « Oh, ça n'a pas marché. »

Jonah le considéra d'un air sombre. « Mais vous venez de dire qu'Underwood...

– Ça n'a pas marché. Rappelez-vous les réponses aux questions que vous avez posées, Miller. Elles n'avaient aucun sens. Rappelez-vous ce qu'elle vous a dit. »

Les villes brûlent. L'ombre est arrivée.

« Qu'est-ce que vous être en train de raconter ? demanda Jonah.

– Ce n'était pas *elle*. C'était quelque chose d'autre. La ressuscitation ouvre une porte et, de l'autre côté, se trouve l'âme de la personne que vous ressuscitez. Mais dans ce cas précis, l'âme se trouve toujours dans le corps. La porte est ouverte mais rien n'y passe. C'est une invitation.

– Adressée à qui ? »

Eldridge était fébrile, angoissé. De nouveau, il avait du mal à respirer. « À une chose morte depuis longtemps. Une chose cherchant un moyen de sortir. L'équipe de Kendrick est partie ailleurs, et Rob l'a suivie. Les ressuscitations sur sujets vivants ont rapidement été abandonnées. Les résultats obtenus ne servaient à rien. Kendrick pensait que ça ne fonctionnait tout simplement pas, que les phrases obtenues n'avaient aucun sens, point à la ligne. Gideon et Barlow sont partis de leur côté. Rob a passé les années suivantes à faire des choses dont il refusait de me parler, moyennant des émoluments plus que substantiels – des choses honteuses qu'il n'avait même pas la décence de regretter.

« Et puis, il y a deux ans, Rob a appris qu'après avoir quitté Kendrick, Gideon et Barlow avaient demandé à Michael Andreas de financer leurs recherches. En vérité, ils n'avaient jamais cessé de travailler, et ils étaient prêts, à présent : prêts à ramener cette chose ancienne et maléfique. Ils avaient trouvé comment faire. Ils appelaient cela "l'Unité" : pour la réaliser, ils avaient besoin de la crème des crèmes des revivers, ainsi que de la variante du BPV qu'ils avaient étudiée dans le temps. Rob en a parlé à plusieurs personnes avant de s'adresser à moi. Cela faisait des années que je savais que quelque chose se terrait derrière le seuil. Enfin, quelqu'un me croyait.

« J'ignore si on a tué Rob pour le réduire au silence. Le fait est qu'il commençait à devenir bavard, et qu'il savait tout des recherches de Kendrick.

« J'ai raconté à Yarrow tout ce qu'il m'avait confié. Après ça, plus de nouvelles – jusqu'à la visite de Hannerman. Celui-ci m'a expliqué qu'ils avaient réussi à retarder Barlow et les autres. Andreas n'avait trouvé qu'une seule reviver capable de s'acquitter de la tâche, et les amis de Hannerman l'avait assassinée. Andreas avait eu le plus grand mal à lui trouver un remplaçant, et Hannerman cherchait à découvrir de qui il s'agissait.

– Pourquoi la bande de Hannerman a-t-elle mis sur pied une campagne d'attentats à la bombe ? demanda Jonah.

– Il ne m'a donné aucun détail. Mais je sais qu'ils avaient envisagé toutes les possibilités. Il est venu me voir parce que sa foi en sa cause était ébranlée. Il voulait s'assurer que ce qu'il s'apprêtait à faire était juste. Je lui ai dit qu'il devait les empêcher d'atteindre leur but à tout prix.

– À tout prix ? Ils ont tué un innocent, et en ont grièvement blessé un autre.

– Je ne regrette pas de lui avoir dit ça. Au plus profond de mon être, je sais que j'ai raison. Pendant des années, j'ai senti cette chose. *Des années.* Les murmures que j'entendais étaient insistants, mais lointains. La première fois que vous êtes venu ici, vous m'avez parlé de Ruby. Vous m'avez dit que quelque chose de similaire vous était arrivé.

– C'est le cas. Un sujet du nom d'Alice Decker.

– Est-ce que... est-ce que vous avez entendu les murmures ?

– Ce n'était pas un murmure, Victor. C'était une voix. Une voix qui s'est servie d'Alice pour me parler. »

Eldridge ferma les yeux et secoua la tête. « Mon Dieu. Est-ce à dire que c'est plus près, à présent ? » Il rouvrit les yeux pour planter son regard dans ceux de Jonah. « Que Dieu nous vienne en aide s'ils parviennent à leurs fins. Quelle que soit la nature de la créature qu'Andreas entend ramener dans notre monde... il ne reste à présent personne pour l'en empêcher. »

*

Never conduisait, les yeux fixés sur la route. Ils avaient quitté l'hospice depuis vingt-cinq minutes lorsqu'il se décida enfin à parler : « Tu l'as cru, toi ?

– J'ai été confronté à ce dont il parlait, Never. Confronté à cette chose. Tout le monde m'a répété que ce n'était que le fruit de mon imagination, et du surmenage.

– Mais qu'est-ce qu'il a bien pu vouloir dire ? De quoi voulait-il parler ?

– Je n'en sais rien. Le problème, maintenant, c'est de savoir ce qu'on va faire. Qui doit-on essayer de convaincre de ce truc ? »

Un silence passa. « Attends un peu, lança Never. Tu te souviens de ce qu'Eldridge a dit, qu'Andreas avait dû trouver un nouveau reviver ? Peut-être Hannerman avait-il découvert de qui il s'agissait. Or, il a attaqué Jason Shepperton.

– Qui semblait très pressé de quitter l'hôpital. Et qui s'apprêtait à partir pour de longues vacances. Tu crois qu'il a accepté l'offre d'Andreas ?

– Si c'est le cas, on va le faire changer d'avis. »

Jonah saisit son téléphone portable et appela Annabel.

« Jonah, répondit-elle d'une voix surprise mais ravie.

– On a du nouveau, Annabel. Je suis allé trouver Eldridge et il m'a expliqué ce qu'était "l'Unité". C'est Andreas qui se trouve derrière tout ça. Où es-tu ?

– Chez moi.

– Je suis en route avec Never. Ils ont engagé un reviver. Et nous savons qui c'est. »

*

Il était près de minuit lorsqu'ils arrivèrent chez Annabel. Son Boxster Porsche était garé devant la porte close du garage, et l'éclairage extérieur était éteint.

« Jolie caisse, fit Never en s'attardant devant le véhicule.

– Quand tu auras fini de baver, tu pourras entrer », lança Jonah en gagnant le porche.

La porte était entrouverte. Soudain inquiet, il posa une main sur le battant.

« Annabel ? » Le vestibule était plongé dans l'obscurité. Sur sa gauche, la porte du salon était fermée mais un filet de lumière filtrait. Il ouvrit. « Annab... »

En une fraction de seconde, il eut le temps de voir Annabel, bâillonnée, les yeux écarquillés, ligotée sur le fauteuil préféré de son père. À ses côtés se tenaient deux colosses en veste de cuir et jean noir, leurs yeux masqués par des lunettes de soleil. Annabel secoua la tête, et Jonah perçut un mouvement derrière lui. On l'attrapa au moment où il se retournait. À l'extérieur, près du Boxster Porsche, Never avait tout vu.

« Jonah ! Qu'est-ce que... »

L'homme qui tenait Jonah s'adressa à ses deux complices : « Il y en a un autre dehors. Attrapez-le. »

Jonah s'écria : « Never ! Cours ! »

L'homme qui se tenait à la droite d'Annabel se précipita vers la porte d'entrée en plongeant une main dans sa poche. Jonah vit son arme et jura.

L'homme leva le bras et visa Never.

Sans sommation, il appuya sur la détente.

CHAPITRE 30

Ils furent fouillés sans ménagement, et on les fit monter dans le compartiment arrière d'une camionnette noire sans vitres.

« Nous ne vous ferons aucun mal », entendirent-ils tandis qu'on refermait les portières. Jonah n'était pas convaincu.

Des heures durant, ils roulèrent. Jonah raconta à Annabel tout ce qui s'était passé avec Eldridge. Ils demandèrent à leurs ravisseurs de faire une pause, sans être entendus. Une faible veilleuse leur tenait lieu d'éclairage, et les plaintes de Never Geary devenaient de plus en plus insistantes. Le choc du Taser ne lui avait pas seulement fait mal : il lui avait aussi vidé la vessie. Chacun de ses mouvements s'accompagnait d'un bruit humide.

« J'arrive pas à croire qu'il m'ait tasé », gémit-il en frottant l'endroit où les électrodes du Taser s'étaient plantées dans sa peau. « Je pensais pas que ça pouvait faire aussi mal.

– Ça reste moins douloureux qu'une balle, fit remarquer Annabel.

– J'arrive pas à croire non plus que je me sois pissé dessus, renchérit Never d'un air piteux. Merde, j'arrive même pas à croire qu'on soit ici. Qu'est-ce qu'ils vont faire de nous ?

– Tout dépend de qui il s'agit, répondit Annabel. Peut-être se contenteront-ils de nous intimider avant de nous relâcher. »

Jonah la dévisagea, puis détourna le regard. *Elle ne croit pas un instant que les choses vont se passer ainsi*, pensa-t-il. *Elle a seulement dit cela pour rassurer Never.* Andreas ? Kendrick ? Jonah hésitait. Mais qu'il s'agisse de l'un ou de l'autre, la méthode la plus simple pour se débarrasser d'eux aurait été de maquiller leur meurtre en accident. Au minimum, celui qui avait commandité leur enlèvement désirait leur parler, sans doute pour apprendre ce qu'ils savaient. Jonah espérait que cela n'irait pas plus loin.

« Jonah, demanda Annabel, franchement, qu'est-ce que tu en penses ? Tu ne crois pas qu'Eldridge est complètement fou ?

– Fou, il l'est. Mais ce n'est pas pour autant qu'il a tort. Depuis la ressuscitation d'Alice Decker, j'ai essayé de me convaincre que tout ça ne provenait que de mon imagination, mais Eldridge a probablement visé juste. Il nous a dit que le fait de ressusciter un sujet revenait à ouvrir une porte. Qui peut savoir ce qui se trouve au-delà de ces portes ? »

Lorsque la camionnette s'arrêta enfin, ils durent attendre un long moment avant qu'on vienne leur ouvrir. Ils se trouvaient dans un vaste garage souterrain. Six vigiles les poussèrent à travers un dédale de couloirs pour les faire entrer dans un petit bureau qui semblait faire office de dépotoir à fournitures. Contre le mur du fond, trois tables reposaient retournées sur trois autres tables, avec six fauteuils en prime. Sur le mur de gauche, cinq bibliothèques vides. Une horloge indiquait qu'il était près de 6 heures du matin. Les deux autres murs étaient pourvus de larges fenêtres dont les stores avaient été baissés. Jonah voulut en soulever un quand l'un des gardes s'avança pour plaquer un grand carton contre la fenêtre. Un autre garde arracha une bande de chatterton pour le fixer.

Seule la petite fenêtre de la porte du bureau ne fut pas recouverte, sans doute pour permettre aux gardes de les surveiller.

« Ils agissent à la hâte, commenta Annabel. Ils n'avaient pas prévu tout ça. » Elle regarda Jonah, et il crut deviner ce qu'elle avait en tête. Ils avaient été kidnappés dans la précipitation, et leurs ravisseurs avaient improvisé. Tout comme cela avait été le cas pour son père.

« Tu as une idée de l'endroit où on est ? », lui demanda Jonah.

Annabel s'approcha des bureaux et se mit à ouvrir tous les tiroirs méthodiquement. Elle finit par trouver un Post-it froissé. Elle le déplia, l'observa, le lui tendit. Y figuraient le nom d'une société et son logo, une sorte de double hélice d'ADN.

« Reese-Farthing Medical : l'une des boîtes d'Andreas. Recherches en biotechnologie, spécialisées dans les virus et les thérapies géniques. Ce qui nous situerait dans les environs de Pittsburgh. Mais je ne vois pas trop en quoi ça peut nous aider. »

Dix minutes plus tard, la porte du bureau se rouvrit. Deux des hommes qui s'étaient trouvés chez Annabel se campèrent de part et d'autre de la porte. Jonah resta alors bouche bée : Will Barlow venait de faire son entrée.

« Merde, lâcha-t-il.

– Eh bien, Jonah… Je ne m'attendais pas à te voir sauter de joie, mais il y a quand même des façons moins désagréables d'accueillir quelqu'un. » Le sourire de Barlow semblait aussi peu sincère que jadis.

« Tu le connais ? demanda Never.

– Ça remonte à longtemps. C'est Will Barlow. »

Ce fut alors au tour de Michael Andreas de pénétrer dans la pièce. Il portait une casquette estampillée du logo d'Andreas Biotech. Jonah remarqua qu'une partie de ses cheveux avait été rasée. La casquette dissimulait la plus grande partie du crâne, mais on apercevait un bout de pansement à la hauteur de la tempe gauche.

« Monsieur Andreas, lâcha Jonah, impassible. Comment va la santé ?

– Mieux que jamais, Jonah, répondit Andreas. J'admets avoir exagéré la gravité de mon état, mais votre attention me va droit au cœur. » Il arborait le même sourire incroyablement sincère qu'il avait affiché lorsque Jonah et Annabel l'avaient rencontré. « Je vous présente à tous mes plus sincères excuses. Et en particulier à vous, monsieur Geary. » Il toisa Never. « Nous aurions aimé que votre voyage soit plus confortable, mais tout est allé très vite.

– Allez vous faire foutre », lança Never avec un froncement de sourcils. « Est-ce que je peux espérer changer de pantalon ? Il semblerait que je me sois pissé dessus quand vos gorilles m'ont électrocuté. » Il jeta un regard noir aux deux gorilles en question, qui ne tiquèrent même pas.

Le sourire d'Andreas ne s'effaçait pas. Il se tourna vers Will Barlow. « Will ? Veuillez trouver un pantalon propre, je vous prie. » Barlow acquiesça et quitta la pièce.

« À quoi rime tout ça ? demanda Annabel.

– Je vous prie de me croire, Annabel : nous ne vous voulons aucun mal. » Il se retourna vers les gardes. « Attendez-moi dehors. » Ses hommes s'exécutèrent sans un mot. Andreas referma derrière eux et prit un siège, encourageant Annabel à faire de même. Elle obtempéra, tandis que Jonah et Never restaient debout. « Nous nous sommes intéressés de très près à votre enquête. J'ai bien peur que cela nous ait conduits à mettre votre téléphone sur écoute, mais c'est en définitive une bonne chose. Lorsqu'il est apparu évident que vous étiez sur le point de découvrir la nature de nos activités, j'ai décidé d'intervenir. Nous ne pouvons plus nous permettre la moindre perte de temps, et nous ignorons ce que vous savez exactement de notre projet. Il nous a paru plus sûr de vous accueillir ici, en tant qu'invités. Vous serez libres de partir lorsque nous en aurons terminé.

– J'ai l'impression que vous vous méprenez sur la définition du mot "invité" », répliqua Annabel.

Andreas ne releva pas. « Lorsque vous êtes venus me trouver, vous en saviez déjà tellement que j'ai jugé bon de vous donner un os à ronger afin de vous occuper un peu. L'os en question ne représentait peut-être qu'une *partie* de la vérité, mais ce que je vous ai révélé était vrai. Vous êtes-vous entretenue avec Sam Deering, Annabel ?

– Oui.

– Je suppose qu'il vous a révélé ce à quoi les autorités avaient consenti au nom des intérêts de la nation.

– Vous supposez bien.

– Torturer des morts. L'inquisition des âmes. Lorsque vous avez appelé Annabel, Jonah, vous lui avez dit avoir parlé avec Victor Eldridge. Ce dernier vous aurait expliqué ce qu'était "l'Unité", et qui se trouvait derrière ce projet. Je suis au courant pour Eldridge. Je sais que, depuis des années, il ne cesse de parler de *choses* qui se trouvent dans l'après, des choses qui *murmurent*. Lorsque ses problèmes psychiatriques se sont révélés, il a contacté des membres de MLA Research auxquels il a avoué avoir frauduleusement utilisé la variante du BPV que nous avons évoquée. Andreas Biotech a pris en charge ses frais médicaux mais, il y a quelques années de cela, il a refusé notre aide. J'ignorais totalement qu'il était au courant pour "l'Unité", mais croyez-moi, rien de ce qu'il a pu vous dire n'est vrai. Voici ce que je vous propose : racontez-moi ce que vous savez, et je vous révèle le reste. »

Jonah éclata de rire. « Pourquoi feriez-vous cela ?

– Parce que vous ne pouvez plus rien y changer. Nous vous retiendrons ici jusqu'à ce que nous en ayons terminé et ensuite, nous partirons. J'aurais préféré ne pas vous mêler à tout cela de façon aussi directe mais puisque vous nous avez quelque peu forcé la main, votre présence en ces lieux semblait s'imposer. À tout prendre, je préfère encore que vous sachiez la vérité. Votre père a connu une mort tragique, Annabel, et vous avez à tout le moins mérité des réponses. Quant à vous, Jonah... Vous ne vous en rendez peut-être pas compte, mais sans vous, rien de tout cela n'aurait été possible. »

Jonah s'avança vers Andreas d'un pas décidé. « Je vais vous dire ce que je sais. Je sais que vos employés se livraient à des ressuscitations de sujets *vivants*. Je sais qu'on s'est servi de moi pour pousser les recherches aussi loin que possible et que quelque chose est tapi de l'autre côté, quelque chose capable de se servir d'un sujet vivant comme d'un hôte. Je sais que vous cherchez à ramener cette chose parmi nous, définitivement. » Il se pencha, jusqu'à ce que son visage ne se trouve plus qu'à quelques centimètres de celui d'Andreas. Sa voix n'était plus qu'un murmure tranchant. « J'ai vu cette chose. Je l'ai sentie, j'ai senti comme Eldridge à quel point elle était maléfique. J'ignore pourquoi vous vous êtes fixé un tel objectif, mais je ferai tout pour vous empêcher de l'atteindre. »

Andreas acquiesça. « J'ai eu vent de vos soucis, Jonah. Vos hallucinations, votre suspension temporaire, et... »

Jonah l'interrompit : « Vous en avez eu vent ? Vous me semblez être sacrément bien renseigné.

– Vous êtes venu me voir dans mon bureau, Jonah. Vous m'avez interrogé. Il va sans dire que j'ai procédé au préalable à quelques recherches.

– Vous étiez au courant, pour Hannerman ? demanda Annabel. Vous connaissiez son existence avant qu'ils kidnappent mon père ? »

Andreas fronça les sourcils. « Bon sang, Annabel, pour qui nous prenez-vous ? Nous ne savions rien sur Hannerman avant d'avoir retrouvé votre père. Ce n'est qu'à ce moment-là que nous avons compris : les agissements de ce groupe étaient liés aux nôtres, même si les informations dont disposait Hannerman étaient atrocement erronées. Nous avons modifié nos plans en conséquence. Nous nous sommes installés ici, et avons attendu que la menace passe.

– Ce que vous projetez de faire est totalement insensé, dit Annabel, voire atrocement dangereux. Vous ne vous en rendez pas compte ?

– J'ignore comment vous convaincre. Mais je veux au moins essayer. Nous ne sommes pas inconscients, croyez-moi. Pas plus que fous. »

Annabel le considérait d'un regard impassible.

Jonah fronça les sourcils. « Andreas, ce que j'ai senti est quelque chose qu'il faut redouter...

– Votre expérience est le fruit du surmenage.

– S'il vous plaît, pas vous.

– Ce ne sera pas la fin du monde, Jonah. Aucun Armageddon au programme.

– Comment le savez-vous ?

– Les créatures avec lesquelles nous sommes entrés en contact sont plus qu'intelligentes, Jonah : elles sont sages. "L'Unité" est une chose merveilleuse.

– "L'Unité"... répéta Jonah d'un ton de défi.

– C'est le terme que nous employons tant pour désigner notre groupe que notre objectif. L'unité permanente avec ces êtres, voilà notre but. Un but auquel nous travaillons depuis maintenant plus de sept ans.

– Ce dont vous êtes en train de parler n'est rien d'autre qu'une possession démoniaque.

– Oh, Jonah, je vous en prie. Ne soyez pas si puéril. Ce ne sont pas des démons. Au risque de me répéter, aucun Armageddon n'est prévu ces prochains jours.

– Mais comment pouvez-vous en avoir la certitude ? insista Jonah d'un ton presque suppliant. Comment pouvez-vous être certains qu'au moment où vous atteindrez votre but, ces créatures bienveillantes ne vous montreront pas leur véritable visage ? »

Le sourire d'Andreas s'adoucit. « Parce que nous avons déjà commencé. »

Jonah accusa le coup. Il se tourna vers ses amis, qui écarquillaient tous deux les yeux. Puis il se tourna vers Andreas : « Qu'est-ce que vous voulez dire par là ? demanda-t-il d'une voix légèrement chevrotante.

– Nous l'avons déjà fait. La première "Unité" remonte à seize mois. » Il se permit un bref éclat de rire bienveillant. « Et ce ne sont pas des monstres.

– Vous mentez », répliqua Jonah. La peur le saisissait aux tripes.

« Peut-être aimeriez-vous rencontrer la première ? »

Jonah écarquilla les yeux.

Andreas hocha la tête. « Inutile d'avoir peur, Jonah. Tout à fait inutile. Vous la connaissez. »

Jonah crut qu'il allait défaillir avant même qu'Andreas ouvre la porte, avant même qu'elle entre dans la pièce. À l'instant où Andreas avait dit « la », il avait su de qui il parlait.

« Salut Jonah, dit-elle.

– Tess… », répondit-il.

CHAPITRE 31

JONAH LA CONTEMPLA.

« Qui c'est, celle-là ? murmura Annabel à Never.

– Tess Neil. C'est, euh, comme qui dirait l'ex de Jonah. Une ex très récente.

– Oh », fit Annabel avant de se taire tout à fait.

Jonah avait toujours les yeux rivés sur Tess. Il inspira profondément. Une peur panique s'était emparée de lui lorsqu'il l'avait vue s'avancer, et il ne s'était toujours pas remis de cette très désagréable surprise. Les questions se bousculaient dans sa tête, mais l'une d'elles se détachait nettement : « Qu'est-ce que vous allez faire de nous, Tess ? »

Elle le regarda, sincèrement étonnée, blessée, même, par ce que sa question impliquait. « Vous n'avez rien à craindre, Jonah. Nous allons vous garder le temps de finir ce que nous avons commencé et, ensuite, vous n'entendrez plus jamais parler de nous. Nous vous laisserons partir. D'ici deux jours, grand maximum. Je suis désolée que vous deviez en passer par là, et désolée que Never ait été si brutalement interpellé.

– Tu ne sais peut-être pas, pour Sam. Il a failli mourir, Tess. Et il est loin d'être tiré d'affaire.

– Je suis au courant. »

Ils se regardèrent dans les yeux, et Tess fut la première à détourner le regard. Jonah lisait une véritable douleur en elle, un regret sincère. Elle était désolée, réellement, mais il était si furieux qu'il avait envie de lui hurler sa colère.

Michael Andreas reprit la parole. « Peu après avoir quitté Kendrick, Will Barlow et John Gideon se sont adressés à moi. L'histoire qu'ils m'ont racontée était stupéfiante, et presque impossible à croire. Ils m'ont expliqué qu'ils avaient trouvé des âmes perdues, prises au piège, et que ces âmes avaient besoin d'aide. Perdues depuis si longtemps qu'elles avaient oublié jusqu'à leur nom. Ils m'ont assuré qu'elles détenaient les réponses aux questions que l'humanité tout entière se posait et ils m'ont montré ce qu'ils avaient trouvé. Je me suis senti honoré. *Privilégié.* De faire partie de ce petit nombre de personnes à avoir *vu*, d'être en mesure d'apporter mon aide. Le processus n'a rien de simple. Une ressuscitation normale ne saurait suffire à ramener ces êtres. Il faut un sujet vivant. Un sujet dont on abaisse la température corporelle, dont on arrête le cœur…

– Je sais tout ça. » Jonah imaginait Tess, attachée comme Lyssa Underwood, une machine injectant du sang artificiel dans ses veines.

« Tous ceux qui sont entrés en contact avec ces êtres ont ressenti leur présence par la suite, comme s'ils faisaient désormais partie d'eux. Des souvenirs leur revenaient, vagues, confus, des images inconcevables. Nous espérions qu'avec le temps nous pourrions aider ces êtres à découvrir qui ils étaient. Et nous savions quelle importance aurait cette découverte.

– Alors dites-moi, Andreas : qui sont-ils, ces êtres ? », demanda Annabel.

Andreas sourit. « Une race formidablement ancienne. Plus vieille que l'humanité, de très loin. Nous nous sommes entretenus à de nombreuses reprises avec celui que vous avez ramené par le biais de Lyssa Underwood, Jonah. Il était désorienté, confus, il ne cessait d'évoquer un cataclysme terrifiant. Leur monde a été détruit. Il prétendait qu'il fallait en faire vivre le souvenir, et prévenir ceux qui écouteraient. Il mentionnait les Treize, parmi les derniers de leur espèce, qui s'étaient portés volontaires pour une tâche sacrée. La suite de l'histoire reste ouverte aux interprétations mais je vais vous dire ce que je crois. Je suis convaincu que ces êtres ont préservé l'ensemble de leurs connaissances au fond d'eux. Les Treize ont été chargés de les transmettre, et nous allons être les premiers à prendre le relais.

– L'appât du gain, encore et toujours », soupira Annabel, et Andreas parut fâché de la remarque.

« C'est votre intelligence que vous insultez, répliqua-t-il. Je ne fais pas cela pour *moi*. Ces connaissances, l'humanité tout entière les partagera. Nous avons passé des années à tenter de déterminer comment aider ces êtres à se souvenir de ce qu'ils étaient. Ils sont restés seuls, prisonniers des ténèbres, pendant un temps immémorial. Des centaines de milliers, des millions d'années, peut-être plus longtemps encore. Essayez d'imaginer ce qu'ils ont enduré. C'est Will qui a compris le premier que nous pouvions les ramener. Après chaque ressuscitation, ces êtres restaient présents dans l'esprit des sujets, mais pour une courte période : quelques heures, tout au plus. Lorsque l'on s'entretenait à nouveau avec eux, pourtant, ils se souvenaient de ces instants partagés. Une véritable fusion était réalisée, une authentique "Unité". Je ne parle pas de vulgaires vestiges. Durant ce bref laps de temps, ils faisaient partie de nous.

« Nous avons commencé à y voir un peu plus clair. La variante du BPV dont nous avons parlé a joué un rôle crucial. Elle permettait d'augmenter considérablement les effets. Sans elle, nous ne serions pas allés bien loin.

« Nous avons recherché une solution plus pérenne. Nous avons eu recours à l'imagerie médicale. En procédant à des scans des cerveaux des sujets, nous avons déterminé les zones cérébrales impliquées dans la dégradation progressive de l'effet. Nous avons établi que des lésions mineures pouvaient être infligées en plusieurs endroits précis, et nous avons eu recours aux services d'un neurochirurgien afin de...

– Un neurochirurgien ? » Jonah avait répété le mot sans même s'en rendre compte. Il se souvint de la cicatrice qu'il avait vue sous la chevelure de Tess, la nuit du pot de départ de Sam, et de ce qu'elle avait laissé entendre. Une opération chirurgicale. Bénigne. Elle n'avait pas voulu en dire plus et il n'avait pas insisté, pensant qu'elle avait encore quelque difficulté à en parler. En réalité, elle avait simplement eu du mal à lui mentir. Et soudain, il comprit pourquoi le crâne d'Andreas avait été partiellement rasé : lui aussi avait subi cette opération. Jonah avait la sensation de trembler comme une feuille. « Nom de Dieu, Tess. Tu les as laissés te trifouiller le cerveau ?

– L'opération s'est très bien passée. Dix jours plus tard, nous avons procédé à la ressuscitation et nous avons atteint "l'Unité" : ça a marché. »

Jonah la dévisagea, stupéfait. Il avait toujours considéré Tess comme quelqu'un d'indépendant et d'intelligent, dotée d'une grande confiance en elle. Et la voilà qui avouait être assez fragile et assez avide de trouver un sens à sa vie pour laisser quelqu'un planter son scalpel dans son cerveau. *Nous sommes tous un peu paumés*, pensa-t-il. *Mais certains le cachent mieux que d'autres.*

« Oui, renchérit Andreas. Ça a marché. Mais cela n'a pas suffi à leur faire recouvrer totalement la mémoire. Nous en avons appris davantage à mesure que nous les ramenions. Ils avaient constitué une série de barrières de protection avec, au cœur du système, le Treizième et dernier d'entre eux. Chacun d'eux était plus lointain, plus difficile à ramener que le précédent. Mais nous avons persévéré, jusqu'à ce qu'il n'en reste plus qu'un. C'est alors que notre meilleur élément a trouvé la mort dans un accident de voiture. Une Française du nom de Grâce Ferloux, la reviver la plus puissante que j'aie jamais rencontrée. Nous avons cru à un accident, à l'époque. À présent, je pencherais plus volontiers pour un assassinat habilement déguisé. Nous avions besoin d'elle pour cette dernière ressuscitation. C'était le plus faible de ces êtres, et leur chef à tous. Le plus respecté. Un Ancien, si vous préférez.

– Et laissez-moi deviner, lança Annabel. À en juger par l'état de votre crâne, c'est avec vous que l'Ancien réalisera "l'Unité", n'est-ce pas ? Après tout, c'est vous qui financez toute l'opération : rien de plus normal à ce que vous vous réserviez la meilleure place. »

Andreas la considéra, irrité, sans relever son commentaire. « Seul un excellent reviver pourrait le ramener. Parmi tous ceux dont nous disposions, Grâce en était la seule capable. Nous avions besoin d'un remplaçant ; nous avons établi une liste des candidats potentiels. Pour ce type de ressuscitation, le reviver doit prendre la variante du BPV, et rares sont ceux qui la supportent. Afin de trouver un reviver assez puissant et ne souffrant pas des effets secondaires de cette substance, eh bien... nous avons procédé de manière très pragmatique. Je possède l'entreprise qui fournit aux revivers du monde entier leur traitement personnalisé. Nous avons ajouté à chaque traitement une faible dose de la variante du BPV afin de déterminer les candidats les plus sérieux à la succession de Grâce. »

Jonah darda un regard noir sur Andreas. « Les effets secondaires...

– Pour un dosage aussi faible, une légère réduction des chances de réussite et une légère augmentation du temps nécessaire à la ressuscitation. Des performances amoindries également, autant d'informations qui nous sont communiquées afin que nous puissions optimiser le dosage de chaque reviver.

– Mais pour certains revivers, ces effets secondaires peuvent inclure des hallucinations. Des vestiges. »

Sans prononcer un mot, Andreas acquiesça.

Jonah plongea sa tête dans ses mains. La substance qu'Eldridge avait été le premier à tester. La substance qui avait suscité les vestiges dont il avait souffert. Il tenait enfin le lien existant entre Eldridge et lui. Juste avant la ressuscitation de Daniel Harker, il avait pris une double dose de son ancien BPV, ce BPV qui n'en était pas vraiment et qui avait provoqué la pire crise de vestiges qu'il ait jamais connue. « J'étais sur la liste. Vous avez modifié ma médication. C'est pour cela que vous êtes convaincu que mon expérience avec Alice Decker n'était qu'une simple hallucination. »

À nouveau, Andreas acquiesça. « Votre réaction a été particulièrement puissante. Dans la plupart des cas, elle est extrêmement discrète. Lorsqu'il ne nous est plus resté qu'une douzaine de candidats potentiels, Will Barlow les a classés, et nous les avons contactés l'un après l'autre.

– Comment Will a-t-il procédé à son classement ?

– À l'instinct. C'est lui qui a déniché Grâce. Il prétend que c'est son intuition qui le guide. Quoi qu'il en soit, ça fonctionne. L'un d'entre nous entrait en contact avec un candidat et le déclarait apte ou pas. »

Jonah se tourna vers Tess. « C'est pour ça que tu tenais à me voir ? »

Tess sourit. « Tu avais déjà réagi aux effets secondaires, Jonah. Mais même si tu t'en étais mieux sorti, je savais que tu aurais refusé l'offre. Je savais que l'argent ne te convaincrait pas. Non. Je suis venue parce que je voulais te voir une dernière fois avant de partir.

– Quelle somme proposiez-vous ?

– Cinq millions. »

Jonah observa une courte pause. Il ne s'était pas attendu à un tel chiffre. « Nom de Dieu.

– L'un après l'autre, tous les candidats ont été écartés, jusqu'à ce que nous trouvions notre reviver. Il s'agira du dernier, sans l'ombre d'un doute. Lorsque nous en aurons terminé, nous nous cacherons là où nul ne pourra nous retrouver. Nous parachèverons "l'Unité" aujourd'hui même puis nous disparaîtrons, pour de bon. »

Jonah reporta son regard sur Tess. « Alors tu ne mentais pas lorsque tu disais qu'il s'agissait de tes derniers adieux.

– Non, Jonah. Nous allons bel et bien partir. Si on ne t'avait pas emmené ici, tu ne m'aurais plus jamais revue. »

Jonah la regarda droit dans les yeux. « Alors pourquoi avoir… ? »

Tess sourit à nouveau. « Ça, ça ne concernait que Tess. J'espère que tu ne le regrettes pas, parce que moi, pas du tout. »

Jonah la contempla encore un instant et baissa soudain les yeux, réalisant qu'Annabel le dévisageait. « Vous allez essayer de découvrir qui vous êtes, tous ? Ce que vous êtes ?

– Oui. Et nous ignorons le temps que ça prendra. »

Jonah ne parvenait pas à se débarrasser de la peur qui le tenaillait. Même s'il possédait à présent une explication pour ce qu'il avait vu à la fin de la ressuscitation de Decker. Son esprit lui avait joué un vilain tour, tout simplement. Comme on le lui avait dit, et comme il avait tenté de s'en convaincre. Une hallucination due à une modification de sa médication.

« Il y a autre chose, Tess. Je l'ai vue. »

Elle secoua la tête. « Je t'en prie, Jonah. Nous avons fait ça douze fois. Tu ne penses pas que je l'aurais remarqué ? Si quelque chose de maléfique tentait de passer, tu ne crois pas que ce serait déjà arrivé ? »

Jonah la regarda droit dans les yeux, parfaitement conscient qu'il ne parviendrait pas à la convaincre de tout annuler. Son degré d'implication dans le projet donnait le vertige. Elle s'était laissé lier à quelque chose d'inconnu. Si le véritable but de cette entité était maléfique, quelles en seraient les conséquences sur son existence ?

« Mais quelle est ton opinion, là, maintenant ? demanda Jonah. À ton avis, que sont ces entités ?

– C'est en moi, Jonah. À l'état dormant, la plupart du temps, mais pas toujours. Je sens qu'il tente de se souvenir. Parfois, des images nous reviennent : étranges, incroyables. Bientôt, je commencerai à comprendre. Lors de ma première prise de contact, j'ai éprouvé successivement de la chaleur, de l'espoir, un sentiment de protection, d'honneur, une confiance à peine concevable... La dernière fois que j'ai quitté la maison de mes parents, je leur ai volé deux choses : de l'argent, et un bracelet porte-bonheur qui avait appartenu à ma grand-mère. Ma mère ne l'avait jamais porté, mais je me souvenais l'avoir vu au poignet de ma grand-mère et l'avoir trouvé magnifique. J'avais ma breloque préférée, celle qui, à mes yeux, était plus belle que toutes les autres. » Elle leva le poignet gauche et lui montra le bracelet, ainsi que la breloque dont elle parlait. Un petit ange. « C'est cette image qui m'est restée de ma première prise de contact.

– Des anges », dit Jonah qui s'efforçait de dissimuler son scepticisme sans y parvenir complètement.

Tess baissa le poignet, qu'elle recouvrit aussitôt de son autre main. « C'est un peu simpliste, mais c'est ce que j'ai ressenti.

– Et l'être qui se trouve en toi est le même qui s'est adressé à moi durant la ressuscitation d'Underwood ? »

Tess l'examina d'un air méfiant, avant de se tourner vers Andreas.

« Non, répondit ce dernier. Tess a été la première à survivre, mais pas la première à tenter l'expérience. Le premier, notre pionnier, en quelque sorte, a trouvé la mort. Une faiblesse cardiaque, semble-t-il, passée inaperçue lors des examens : il a succombé à la ressuscitation. Le lendemain, nous avons tenté de parler à l'être qui lui était lié. Il avait disparu. Il est mort avec lui : preuve tragique que "l'Unité" avait été atteinte. Une fois libérés de leur prison, ces êtres sont aussi mortels que nous. À présent, nous sommes onze touchés par la grâce de "l'Unité". Bientôt, nous serons douze. »

Annabel s'adressa à Tess. « Cela fait plus d'un an que vous avez ce truc dans la tête et vous n'en êtes encore qu'à spéculer sur ses réelles intentions ? »

Tess parut éprouver un soupçon de honte. Elle baissa la tête. « Je fais tout ce qui est en mon pouvoir », répondit-elle. Elle jeta un rapide coup d'œil à Andreas. Jonah nota un soupçon d'impatience dans le regard de celui-ci, et un sentiment d'échec dans celui de Tess. « C'est difficile à décrire. Nous ne formons qu'un être, à présent. Des souvenirs reviennent parfois, brouillés, inconcevables. L'être auquel je suis liée est le plus fort de tous, mais sa présence s'impose surtout par des rêves presque impossibles à comprendre. Les choses s'éclaircissent pourtant, petit à petit. Je crois qu'ils sont venus nous sauver. Une ombre gigantesque s'est étendue jadis sur le monde, mais ils ont trouvé un moyen de la vaincre. Ils peuvent nous enseigner ce moyen. »

Jonah inspira profondément : Tess voulait à tout prix qu'ils la croient, qu'ils valident son choix.

Andreas se leva de son siège. « À présent, nous devons nous occuper des préparatifs. Une fois de plus, toutes mes excuses pour cette détention, mais nous n'avons pas le choix. Nous ferons en sorte que vous vous sentiez le plus à l'aise possible.

– Quand nous relâcherez-vous ? demanda Jonah.

– Vous demeurerez ici jusqu'à ce que l'ensemble du groupe ait quitté le pays. Aujourd'hui, nous procéderons à la ressuscitation à 15 heures. Si tout se passe bien, nous fêterons l'évènement ce soir et partirons après-demain. Vous serez relâchés dans les vingt-quatre heures qui suivront notre départ. Pas avant, j'en suis désolé. Libre à vous de décider du rôle que vous jouerez par la suite. Vous pourrez raconter ce qui s'est passé ici à qui vous voudrez. Qu'on vous croie ou non, nous serons hors d'atteinte.

Je vous suggère de profiter de l'occasion pour récupérer de votre nuit blanche. Une dernière chose : si vous désirez assister à la ressuscitation de l'Ancien cet après-midi, nous serons plus que ravis d'accéder à votre requête. »

Il les regarda à tour de rôle.

« J'en serai, fit Annabel d'un ton cruellement sceptique qui lui valut un autre regard froid d'Andreas.

– Sans moi », lança Never.

Jonah demeura silencieux. Il devait y assister, pour en avoir le cœur net. Peut-être existait-il une chance pour que les modifications de sa médication expliquent tout. Peut-être l'espoir de Tess était-il fondé sur autre chose qu'une illusion. Peut-être que ce qu'il avait vu en Alice Decker n'existait tout simplement pas. Eldridge était pourtant convaincu que la menace était réelle. Cette chose, il ne l'avait pas rêvée. Elle était là, maléfique... et patiente.

Et s'il s'agissait bien de l'ultime ressuscitation du projet "Unité", c'était sa dernière occasion de se manifester.

*

Peu après le départ d'Andreas et Tess, un garde ouvrit la porte.

« Vous, dit-il à Never, suivez-moi : c'est l'heure de la douche. »

C'était l'homme qui l'avait tasé.

« Uniquement s'il y a un verrou à la porte. Je n'ai pas confiance en vous. »

Le garde semblait s'en moquer. « Si vous préférez croupir dans votre propre pisse, ce n'est pas moi que ça dérangera. »

Jonah et Annabel attendirent un long quart d'heure en silence. Quand Never réapparut, il avait les cheveux humides, portait un pantalon de bloc opératoire, et tenait une pile de serviettes propres.

« Ils m'ont laissé emporter ça pour qu'on se fasse des oreillers, expliqua-t-il. Ils ont dit qu'ils trouveraient quelque chose de plus confortable pour demain. Apparemment, on ne va pas sortir d'ici de sitôt. »

Il distribua les serviettes puis éteignit la lumière de la salle. À cause de la lumière qui filtrait par la petite fenêtre de la porte, la pénombre n'était pas totale. Ils s'allongèrent tous les trois, soudain rattrapés par le stress et la fatigue.

« Jonah, fit Never, qu'est-ce que te dit ton instinct ? Tu crois vraiment à cette histoire ?

– Ils sont peut-être complètement cinglés, mais je crois qu'ils jouent cartes sur table et qu'ils n'ont l'intention de faire du mal à personne, si ce n'est à eux-mêmes. Je sais ce que j'ai ressenti pendant la ressuscitation de Decker, et je ne l'ai pas ressenti ici. En fait, je ne sais plus trop ce que je dois croire.

– Et en ce qui concerne ton… euh, ton *amie* ? demanda Annabel.

– Ouais, c'est vrai, lança Never. Pas trop dur à encaisser, comme nouvelle ?

– Ce qui importe vraiment, rectifia Annabel, c'est de savoir si tu lui fais confiance. »

Jonah réfléchit un instant. Que devait-il penser de Tess ? Elle lui semblait si vulnérable d'un seul coup. Cela la rendait-elle plus digne de confiance ou moins fiable ?

« Tout ce dont je suis sûr, c'est que je dois impérativement savoir ce qui prendra pied dans notre monde à l'issue de cette dernière ressuscitation. Et la seule façon de le savoir, c'est d'y assister. »

Annabel acquiesça. « Alors nous y assisterons. Et puis, pour tout dire, nous n'avons que ça à faire, ici. Nous y assisterons, en espérant qu'il n'y aura pas de mauvaises surprises. Mais autre chose me gêne. Le propre des fous, c'est d'avoir tendance à se sentir très rapidement désemparés. À mon avis, on devrait mettre au point un plan. Au cas où.

– Quel genre de plan ? demanda Jonah.

– Never, selon vous, est-ce qu'on peut facilement s'échapper d'ici ? »

Never Geary afficha un large sourire. – « S'échapper ? Mais oui. Bien sûr. » Puis il remarqua la lueur dans le regard d'Annabel, et son sourire s'effaça. « Vous êtes sérieuse.

– Vous êtes un technicien expert, non ? Vous devez bien avoir une idée du type de sécurité d'un bâtiment de ce genre. Alors réfléchissez un peu.

– Je crois que vous m'avez confondu avec l'Agence Tout Risque. Mais je vais me pencher sur la question. » Il se leva et marcha jusqu'au coin opposé de la pièce, bras croisés. Au bout de quelques minutes, il revint s'allonger et ferma les yeux.

« Vous abandonnez déjà ? demanda Annabel.

– Pour commencer, répondit Never, on va se tutoyer. Et pour ce qui est du plan, j'ai une ou deux idées. Mais le sommeil porte conseil. Comme je l'ai dit à Andreas, vous assisterez au retour du treizième petit veinard sans moi. Tess croit que ce sont des anges, Andreas, des extraterrestres. Je resterai dans cette pièce à chercher un moyen de nous sortir d'ici, des fois qu'Eldridge ait raison et qu'on soit invités à dîner avec l'Antéchrist.

– Et c'est quoi, ton idée, Houdini ?

– Problème numéro un, on doit trouver un moyen de sortir de cette pièce fermée à clef.

– Ensuite ?

– Nous nous trouvons dans les bureaux d'un laboratoire de recherches. Le dispositif de sécurité de ce genre de lieux a pour fonction d'empêcher tout intrus d'entrer, pas d'empêcher toute sortie. C'est un bâtiment normal, un peu plus sécurisé, soit, mais soumis à la même réglementation qu'un autre en matière de sécurité incendie.

– C'est-à-dire ? » Jonah avait l'intuition que la suite ne lui plairait pas.

« S'il y a un départ de feu, les issues incendie vont s'ouvrir.

– Ton plan consiste à faire partir un incendie ?

– Bien sûr que non. On arriverait peut-être à déverrouiller les portes en fracturant une alarme incendie mais le fin mot de l'histoire, c'est la fumée. Si on parvenait à produire assez de fumée, je suis convaincu que l'ensemble du système anti-incendie s'enclencherait avant que quiconque ait le temps de réagir. À l'heure la plus calme de la nuit, entre 3 et 4 heures du matin, on se débrouille pour sortir de cette pièce, on déclenche l'alarme, on se précipite vers l'issue la plus proche, et à nous la liberté.

– Et comment fait-on pour sortir d'ici ? demanda Jonah.

– Bureau partitionné, répondit Never en pointant le plafond du doigt. L'existence d'un système d'air conditionné implique celle d'un faux plafond. Il suffit de passer au-dessus de cette cloison. » Il désigna le mur contre lequel les bureaux avaient été poussés. « Quand on m'a emmené prendre une douche, j'ai bien observé les lieux. Sauf erreur, derrière cette cloison se trouve un autre bureau vide. Il y a de fortes chances qu'il ne soit pas verrouillé mais, dans le pire des cas, on peut toujours rejouer les passe-muraille jusqu'à tomber sur une porte ouverte. C'est plus risqué, mais c'est de l'ordre du possible.

– Et la fumée, on la produit comment, après ça ?

– J'y travaille, figure-toi. Pas encore trouvé le moyen, il me faut un peu plus de temps, et j'ai besoin de laisser mon cerveau quelques heures au repos. J'aurai tout le loisir de cogiter lorsque vous assisterez tous les deux au petit spectacle d'Andreas. » Il regarda alors son ami droit dans les yeux. « Mais promets-moi une chose, Jonah. Si cette fois, c'est bien Satan, crie aussi fort que possible. Tant qu'à faire, je préférerais prendre de l'avance. »

CHAPITRE 32

JONAH SE RÉVEILLA BRUSQUEMENT DANS LA PÉNOMBRE du bureau, désorienté, terrifié. Il venait de rêver de Lyssa Underwood, assise sur la table d'opération, hurlant que les villes brûlaient tandis que son visage devenait celui d'Alice Decker, tout enflé et en sang.

L'horloge murale indiquait 11 heures. Il avait dormi à peine plus de quatre heures sur cette moquette de bureau extra-fine, et son corps le sentait. Il se releva en grimaçant tandis que ses muscles retrouvaient leur place. S'approchant de la porte, il jeta un coup d'œil par la petite fenêtre. Un garde était assis de l'autre côté, en train de lire un magazine. Jonah tapa à la porte jusqu'à ce que le garde le remarque.

Lorsqu'il revint des toilettes, Annabel et Never étaient levés.

Ils demandèrent à boire et à manger ; une heure plus tard, on leur apporta des sandwiches et du soda.

« Et ça, c'est pour vous », fit le garde en lançant un sac plastique à Never.

Celui-ci regarda à l'intérieur. C'étaient ses habits, dûment lavés. « J'espère qu'ils ont utilisé de la lessive avec phosphates. J'ai la peau très sensible. » Il accompagna sa blague d'un sourire particulièrement irrespectueux, mais le garde se contenta de grogner en refermant la porte.

*

Le bâtiment s'emplissait d'une agitation croissante mais les trois prisonniers restaient silencieux. Annabel et Jonah s'étaient forcés à manger bien qu'ils n'eussent pas très faim. Never, lui, avait englouti tout ce qui s'était trouvé à sa portée.

Jonah lui avait jeté un coup d'œil. « Ça t'est déjà arrivé de perdre ton appétit ? Rien qu'une fois ?

– Je mange quand je suis nerveux, avait répondu Never. Et actuellement, je suis *très* nerveux. »

On leur donna des lits de camp pour la nuit à venir, avec des sacs de couchage. Ils les déplièrent en évitant de parler de l'heure de la ressuscitation qui approchait.

Lorsqu'on vint chercher Jonah et Annabel, le refus de Never fut accueilli d'un simple haussement d'épaules par le garde chargé de les mener jusqu'à la salle de ressuscitation.

« On m'avait prévenu, expliqua-t-il en lui tendant un seau. Vous allez avoir besoin de ça : il n'y aura plus personne pour vous emmener aux toilettes.

– Merci, répondit Never, mais je crois que je vais piquer un somme. Vos employeurs sont fous à lier, vous savez ça ? »

Un infime instant, Jonah crut voir le garde esquisser un sourire. Il se demanda ce que savaient ces hommes, et s'ils croyaient à tout ça. Quel que soit leur point de vue, ils étaient sûrement grassement payés.

Une fois la porte close, Never Geary déplaça les lits de camp de façon qu'on puisse les apercevoir en partie par la lucarne de la porte. Il emplit l'un des sacs de couchage avec les serviettes qu'on leur avait données : si on jetait un coup d'œil, on pouvait prendre cette masse pour un dormeur. Il éteignit la lumière, s'assit hors de vue, et attendit quinze minutes avant de soulever l'un des panneaux du faux plafond.

*

Jonah et Annabel furent conduits dans une zone d'observation tout en longueur qui dominait une grande salle plongée dans les ténèbres. Deux rangées de sièges s'alignaient face à une énorme vitre épaisse. La plupart étaient occupés, et un brouhaha enthousiaste et impatient emplissait la pièce. Jonah observait chaque visage, se demandant qui parmi ces personnes faisait partie de "l'Unité", qui possédait son âme secrète, qui avait en soi cette chose qui attendait de révéler sa vraie nature. Il y avait vingt-sept personnes au total. Quatre étaient de toute évidence des agents de sécurité : visages sévères, physique imposant. Tess étant absente, il devait donc se trouver dans cette salle dix autres membres de "l'Unité". Dix individus qui ignoraient complètement ce à quoi ils avaient consenti.

Un garde indiqua à Jonah un siège de la première rangée, parmi les plus proches de la porte. Un garde s'assit à sa droite, et Annabel prit place à son tour.

Le cauchemar de ce matin avait mis Jonah sur les nerfs. Plus que jamais, il espérait que ce qu'il avait vécu avec Alice Decker était la simple conséquence d'un changement de médication. Tout serait tellement plus simple si c'était le cas. Michael Andreas obtiendrait cette "Unité" qu'il recherchait si ardemment, et Jonah et ses amis recouvreraient leur liberté dans un monde qui n'aurait rien à redouter.

Il était plus que tentant d'y croire. Parce que si c'était faux, quelles seraient les conséquences pour Tess ?

Jonah regarda en contrebas, dans la salle de ressuscitation sur laquelle donnait la baie vitrée. Plusieurs assistants s'affairaient, efficaces et concentrés. Tous ceux qui se trouvaient dans cette salle portaient des combinaisons vertes et des masques chirurgicaux. Jonah partit du principe que Gideon était présent, mais Will Barlow fut le seul qu'il reconnut : il connaissait bien ce regard.

Barlow se tenait à côté de la table matelassée où gisait Michael Andreas, pâle, nu sous sa blouse d'opération verte et déjà endormi. Un moniteur indiquait les données vitales du sujet. Des tubes qui semblaient plantés dans ses bras et ses cuisses faisaient circuler dans son corps les fluides réfrigérés qui bientôt feraient cesser ses pulsations cardiaques et son activité cérébrale. On l'avait en outre intubé, ce qui impliquait que la ressuscitation serait non vocale, contrairement à ce que Jonah s'était imaginé. Toute cette mise en scène le mettait mal à l'aise. Le souvenir de Lyssa Underwood le poursuivait.

Et puis ce ballet et toutes ces précautions ne laissaient pas de le surprendre – jusqu'à ce qu'il prenne conscience qu'il faudrait bien, à un moment donné, ramener Andreas à la vie et le réchauffer jusqu'à ce qu'il soit possible de faire repartir son cœur. Si la procédure échouait, des mesures plus radicales s'imposeraient sans doute. C'était la raison pour laquelle une équipe au complet se tenait prête, dans un environnement aussi stérile que possible.

Des haut-parleurs retentirent soudain, le faisant sursauter. « Mesdames et messieurs », dit la voix de Barlow. Jonah le regarda, en contrebas, et remarqua qu'il portait un casque micro.

Les murmures se turent. « Mesdames et messieurs, bienvenue à tous. Nous sommes ici réunis pour assister à un évènement historique. Vous, membres de “l’Unité”, avez déjà vécu cette expérience. Quant à vous, chers invités, veuillez accepter mes salutations les plus chaleureuses. L’heure de notre ultime “Unité” a sonné. C’est à la fois un jour exceptionnel, et un jour de tristesse, car le dernier. Il devait en être ainsi, hélas. »

Jonah regarda autour de lui. Certains acquiesçaient, et les mines désolées trahissaient ceux qui, parmi l’assemblée, s’étaient associés au projet dans l’espoir de faire partie de “l’Unité”, et voyaient leurs rêves prendre fin.

« À vous autres touchés par la grâce, poursuivit Barlow, votre présence seule est un don à nos yeux, et la source d’un réconfort infini. Vous avez fait preuve d’un courage incommensurable en offrant votre existence à cette cause, cette quête de l’ineffable mystère. Bientôt, nous devrons disparaître afin de nous préparer à la révélation ultime. Lors du premier contact avec les Autres, ce jour nous semblait si lointain que nous pensions ne jamais le voir arriver. Mais certains rêves deviennent parfois réalité. Et aujourd’hui verra la fin du commencement. »

Le public applaudit. Il y eut des larmes versées, et des échanges de regards emplis d’une joie sincère. Jonah ne pouvait s’empêcher de renverser la phrase de Barlow. *La fin du commencement. Le commencement de la fin.* Intérieurement, il se réprimanda.

« Le temps est maintenant venu, déclara Barlow. Je vous demanderais d’observer un silence absolu et de vous armer de patience. Michael se trouve encore en phase de préparation. Bientôt débutera la phase finale de refroidissement. Elle durera vingt minutes. Lorsqu’elle s’achèvera, son cœur cessera de battre et toute activité cérébrale s'interrompra. Au bout de quinze minutes supplémentaires, nous initierons le processus. »

Toute activité cérébrale s'interrompra, se répéta Jonah. Assez mort pour faire apparaître la fameuse porte. Assez mort pour ouvrir la voie.

Une salve d'applaudissements retentit. Barlow leva une main pour imposer le silence. « Permettez-moi de vous présenter la personne qui a pris la place de Grâce, disparue tragiquement. La dénicher ne fut pas une mince affaire... » Barlow éclata de rire, et l'assistance l'imita. Jonah sentait une colère sourde l'envahir. Victor Eldridge avait déclaré que c'était cette quête du remplaçant de Grâce Ferloux qui avait poussé Hannerman à agir comme il l'avait fait au moment du symposium. Si c'était vrai, alors c'était à cause de cette quête que Sam avait été grièvement blessé.

Il songea à Sam, et éprouva soudain une détresse infinie. Il ignorait si l'on avait tiré de son coma artificiel. Les images de la tentative de meurtre lui revinrent en mémoire, Jason Shepperton se protégeant tant bien que mal des coups répétés de Hannerman, Sam et Pru assistant à la scène, figés d'effroi. Et pourtant, d'un instant à l'autre, Shepperton pénétrerait dans cette salle et procéderait à la ressuscitation moyennant une somme astronomique.

« Veuillez accueillir chaleureusement notre reviver », déclara Barlow. Pru Dryden franchit le seuil de la porte au fond de la salle, vêtue comme tous les autres d'une combinaison de chirurgien.

Jonah en resta bouche bée. « *Merde...* », souffla-t-il malgré lui. Il sentit des regards peser sur lui, et le garde qui se tenait à son côté se pencha pour lui demander de la fermer.

Jonah darda sur Pru Dryden son regard le plus sombre. Ainsi, c'était elle que Hannerman avait prise pour cible. Et Shepperton n'avait fait rien d'autre que se mettre en travers de son chemin. S'il s'en sortait sain et sauf, Jonah allait devoir s'obliger à être aimable avec ce type.

Des applaudissements fournis emplirent de nouveau la salle d'observation. Pru prit un siège. Jonah ne la quittait pas des yeux, mais elle ne releva pas le regard vers lui. Il se demanda si on l'avait prévenue de leur présence. Si cela avait été le cas, cela n'avait pas dû la réjouir. Quoi qu'il soit, il doutait fortement qu'elle projetât de poursuivre sa carrière de reviver médico-légale. Il pensa à la somme en jeu, et à ce que cela signifiait pour elle. Quelques heures de travail en échange d'une sécurité financière pour sa fille et pour elle jusqu'à la fin de leurs jours. En toute discrétion.

Les murmures excités des spectateurs avaient repris. Le contraste entre l'état d'esprit général et le sien avait quelque chose d'irréel.

Il jeta un coup d'œil à Annabel. Elle lui rendit son regard et haussa les sourcils ; manifestement, elle était aussi tendue que lui.

Jonah reporta son regard en contrebas. Tess venait d'entrer dans la salle de ressuscitation. Elle approcha de Michael Andreas et lui prit la main. Elle embrassa son front, puis recula.

« La phase finale va à présent débuter », déclara Barlow, plus à l'attention du reste de son équipe qu'à celle des spectateurs.

*

Never Geary maudit son tour de taille à voix basse.

Se glisser dans l'espace étroit du faux plafond s'était révélé assez compliqué. À présent, il était tout bonnement coincé. Lui et son fichu coup de fourchette !

De gros câbles gênaient ses mouvements, limitant le nombre de dalles qu'il pouvait tenter de soulever.

Ce matin dans la douche, Never avait tenté de dresser un plan mental des lieux. À priori, il y avait un bureau vide de l'autre côté de la cloison. Il n'avait aucun moyen d'être sûr que la porte de ce bureau ne fût pas verrouillée mais il était assez optimiste.

Ou tout du moins, il l'avait été. Parce qu'à présent, il se trouvait dans un sacré pétrin.

Il palpa les ténèbres autour de lui. La seule source de lumière dont il disposait était la dalle qu'il avait soulevée pour s'introduire dans le faux plafond, et c'était insuffisant.

Au prix de quelques ahanements discrets, il parvint à soulever la première dalle. En contrebas, la pièce était plongée dans la pénombre, mais il parvint à déterminer l'endroit le mieux indiqué pour procéder à sa descente : un peu plus sur sa gauche, au-dessus d'un bureau, ce qui lui permettrait de ne pas tomber de toute la hauteur.

Il se cramponna à la structure qui supportait le faux plafond et tira sur ses bras en gigotant, sentant le métal acéré s'enfoncer douloureusement dans la pulpe de ses doigts. À son grand soulagement, il parvint à bouger. Le fait de tirer plus fort l'aurait immanquablement conduit au désastre : il avait la conviction que les jurons d'un Irlandais en rogne ne manqueraient pas d'alerter les gardes, quand bien même se contenterait-il de les chuchoter.

Il se laissa tomber sur le bureau dans un bruit sourd, qui lui parut dangereusement sonore. Deux minutes durant, il demeura ainsi, immobile et pantelant.

Personne ne se montra.

*

Cinquante minutes après que Jonah eut pris place dans la salle d'observation, Pru Dryden commença à justifier son salaire de cinq millions de dollars.

Dès le moment où elle s'était assise à côté d'Andreas pour lui saisir la main, l'intérêt des spectateurs s'était accru. À mesure que les rares murmures laissaient place au silence, la tension devenait palpable.

Jonah observait Pru avec intérêt, essayant de se rappeler la dernière fois où il avait assisté ainsi à une ressuscitation. Il lui arrivait souvent de visionner des vidéos dans l'espoir de se perfectionner (l'image d'Eldridge dans la ruelle sombre lui revint soudain en mémoire), mais la dernière fois qu'il avait été présent à une ressuscitation sans en être le reviver remontait à au moins un an.

Ignorant quelles difficultés attendaient Pru, il se gardait bien d'émettre le moindre pronostic quant à la durée de l'opération. Lorsqu'il entendit le premier murmure, il ne put s'empêcher de sursauter.

C'était un murmure informe, saccadé. Pru Dryden releva la tête : ses yeux semblaient bouger au rythme de ces bruits. Jonah jeta un coup d'œil aux autres observateurs. L'attente se lisait sur leurs visages mais rien n'indiquait qu'ils entendaient ces sons.

Les murmures se firent plus présents. Jonah considéra Annabel : de toute évidence, elle non plus n'entendait rien. Elle regardait Dryden avec le même air pensif qu'il avait dû afficher quelques instants plus tôt.

Dans la salle de ressuscitation, Will Barlow semblait plus au fait de ce qui était en train de se passer. Il s'était redressé sur son siège, et venait de poser sur Jonah un regard scintillant d'un éclat mauvais.

C'est alors que la voix de Pru Dryden se fit entendre.

« Je le sens », dit-elle. Une pause, puis : « Il est prêt. »

Ces simples mots soulevèrent un tonnerre d'applaudissements.

Barlow se leva pour s'adresser aux observateurs. « À présent, nous attendons. L'Ancien saura nous trouver. »

L'attente ne dura que deux minutes, mais elles parurent beaucoup plus.

Tout d'un coup, Jonah ressentit quelque chose qu'il n'avait jamais éprouvé auparavant. Une chaleur le parcourut, comme un souffle doux, réconfortant. Comme une brise. Il regarda tout autour de lui. Personne d'autre ne semblait avoir réagi de la sorte.

« J'ai senti quelque chose », chuchota-t-il à Annabel. Cette sensation, sa nature même, le prenait au dépourvu. « Quelque chose de... bon. De bienveillant. »

Annabel parut perplexe. « Qu'est-ce que ça signifie ? », murmura-t-elle, mais le garde perdit patience et leur intima l'ordre de se taire. Jonah se contenta de hausser les épaules. *Je n'en sais rien.* Était-ce suffisant pour envisager qu'Eldridge avait tort ?

Pru Dryden reprit la parole : « Ami ? demanda-t-elle. Ami ? Êtes-vous là ? »

Michael Andreas resta immobile et muet (après tout, il s'agissait d'une ressuscitation non vocale), mais Jonah fut surpris d'entendre malgré tout la réponse. *Oui... Je suis là.* Il savait que ce n'était pas Andreas qui parlait, même si cette voix était la sienne. À présent, il en avait la certitude : ce n'était pas la créature qui avait possédé Alice Decker. C'était quelque chose de radicalement différent.

« Bienvenue, Ami », fit Pru Dryden. Une salve de chuchotements s'éleva de l'assistance pour se taire aussitôt.

Merci, dit la voix.

« Êtes-vous prêt ? »

Oui. Maintenant. S'il vous plaît.

Pru leva sa main qui tenait celle d'Andreas afin que tous puissent bien la voir.

Jonah n'avait pas la moindre idée de l'utilité de ce geste, mais il vit Pru regarder Barlow, comme si elle attendait son feu vert, et ses doigts s'ouvrirent lentement. La peur qui saisit Jonah était d'ordre purement professionnel, cette fois : Pru allait rompre le contact, et la ressuscitation s'achèverait aussitôt. Un instant, il envisagea le fait que Pru puisse poursuivre un tout autre objectif. Peut-être une tentative de sabotage.

La main d'Andreas retomba sur la table matelassée. Les spectateurs étouffèrent un cri de surprise. Jonah était abasourdi, mais lorsqu'une clameur s'éleva des rangs des observateurs, il comprit qu'il s'était trompé. La rupture de contact se révélait un moment crucial de la procédure.

Les applaudissements montèrent crescendo. Au bout d'une minute, Barlow imposa le silence pour prendre la parole : « Les indications ne nous laissent aucun doute. » Les spectateurs attendirent, et Barlow parut apprécier ce suspense. « "L'Unité" a été atteinte. »

Les observateurs se levèrent alors pour applaudir. Seuls Jonah, Annabel et leur garde restèrent assis.

« Vous allez bientôt devoir nous relâcher, on dirait », glissa Annabel au garde en élevant la voix pour se faire entendre.

Le garde lui adressa un sourire sardonique : « J'ai déjà hâte, m'dame. »

*

Never commença par pousser le bureau sur lequel il avait atterri juste sous la dalle la plus proche du faux plafond. Ils gagneraient ainsi un temps précieux si jamais il leur fallait appliquer son plan.

Il jeta un coup d'œil à la pièce. Apparemment, celle-ci non plus n'était pas utilisée. Comme sa jumelle de l'autre côté de la cloison, c'était un dépotoir à meubles de bureau et autre matériel.

Les lattes des stores étaient entrouvertes. Il les ferma et, tout en regardant à travers une mince fente, posa la main sur la poignée de la porte. Il resta à l'affût pendant un bon moment : personne ne passa.

Il appuya sur la poignée. Contre toute attente, la porte s'ouvrit. Il la referma aussitôt et sourit. Puis il fronça les sourcils. L'unique objectif de sa mission venait d'être atteint : vérifier si la porte était verrouillée ou pas, et retourner dans sa prison. Il releva les yeux pour considérer le trou par lequel il s'était faufilé. Et remarqua soudain quelque chose dans le coin opposé de la pièce. Un téléphone.

Il alla décrocher ; à sa grande surprise, une tonalité se faisait entendre. Il composa aussitôt le premier numéro qui lui vint à l'esprit : celui du bureau du FRS.

La sonnerie qui suivit lui était familière. Les téléphones du labo de médecine légale de Quantico produisaient exactement le même son lorsqu'on composait un numéro externe sans l'indicatif requis. Il raccrocha, décrocha de nouveau, et appuya sur la touche « 9 » avant de jurer : une voix préenregistrée lui demandait son code. Les appels externes nécessitaient ici une identification. Moins par mesure de sécurité, sans doute, que pour empêcher les employés d'abuser de la gratuité des communications, mais cela ne changeait rien à l'affaire : ce téléphone était complètement inutile.

Never balaya la salle du regard et aperçut sous l'une des tables quelque chose qui le fit sourire : un PC flambant neuf qui semblait lui tendre les bras. Le moniteur reposait juste à côté, avec tous les câbles nécessaires.

Sans se laisser griser, Never sortit tout l'attirail de sous le bureau et procéda aux branchements. Le seul élément manquant était un câble de réseau. Il fouilla dans les boîtes en carton toutes proches et, bien vite, en trouva un.

Si l'ordinateur était en état de marche, si l'un des ports réseau du bureau fonctionnait, s'il arrivait à se connecter, et si l'un des réseaux externes était accessible... alors peut-être parviendrait-il à prévenir le monde extérieur.

Cela faisait beaucoup de si, mais ça valait le coup d'essayer.

L'ordinateur observa un silence obstiné lorsque Never tenta de l'allumer. Mais une fois qu'il eut trouvé une paire de ciseaux qui firent office de tournevis, il lui fallut deux minutes à peine pour démonter la tour et faire booter la machine récalcitrante. Il croisa les doigts en essayant tous les mots de passe administrateurs qu'il connaissait, le genre qui aurait fait grimacer d'horreur n'importe quel administrateur système un tant soit peu compétent, et la neuvième tentative s'avéra la bonne.

S'intéressant de près à la configuration réseau, il fouilla le disque dur à la recherche du moindre élément intéressant. Ce fut alors un coup de massue. Le réseau n'était pas configuré du tout. Le disque dur était flambant neuf : il ne comportait rien d'autre que le système d'exploitation. Il s'essaya à une configuration réseau sommaire par autodétection et quelques autres techniques, mais en vain.

Cette saloperie était tout simplement trop neuve.

« Putain », lâcha-t-il. Le temps était venu de réintégrer sa prison. Un bref instant, il envisagea d'aller voir si d'autres bureaux se trouvaient dans les parages, mais il préféra finalement ne pas s'y risquer. Après tout, si les téléphones étaient configurés pour empêcher toute utilisation abusive, il y avait de grandes chances qu'il en soit de même pour l'accès à Internet.

Never éteignit l'ordinateur, se rendant soudain compte du temps considérable qu'il venait de perdre. Tout de suite après, il entendit des pas dans le couloir, juste devant le bureau. Par un minuscule interstice entre deux lattes, il jeta un coup d'œil.

Deux gardes. Chaque muscle de son corps se contracta.

Ils s'arrêtèrent un peu plus loin et se mirent à discuter de la saison de football américain qui allait bientôt débuter, et du premier match des Pittsburgh Steelers contre les Cleveland Browns. Retenant son souffle, Never attendit.

Les gardes changèrent de sujet. Apparemment, ils attendaient le buffet de ce soir avec impatience, évoquant le nombre de bouteilles qu'ils pourraient « emprunter » sans se faire sermonner, un projet qui, en dépit de son intense nervosité, arracha un sourire à Never. Quoi de mieux pour une tentative d'évasion que d'attendre que ses geôliers soient saouls ?

« Je dois aller faire une ronde dehors, annonça l'un des gardes. On se voit tout à l'heure.

– Pas de problème, répondit l'autre. Faut que j'aille jeter un coup d'œil à Geary, de toute façon. »

Le sourire de Never s'effaça aussitôt, et se braqua sur la dalle manquante du faux plafond. Il inspira à pleins poumons, et se précipita.

*

Barlow attendit que les applaudissements se taisent avant de prendre la parole.

« Mesdames et messieurs, nous allons servir le champagne. Le processus de réanimation va maintenant commencer. Durant les quarante minutes à venir, nous allons progressivement ramener la température corporelle de Michael à son niveau normal en lui transfusant du sang. Ce n'est qu'alors que nous pourrons faire repartir son corps. Il n'y aura pas grand-chose à voir. Notre petite fête débutera ensuite à l'étage. Michael demeurera inconscient durant une heure supplémentaire, puis nous le réveillerons et le garderons en observation jusqu'à ce que nous soyons entièrement satisfaits de son état. Ce n'est qu'alors qu'il vous rejoindra pour prendre part aux réjouissances. Avant toute chose, je vous prierai de saluer le travail de mes collègues... » D'un geste large, il désigna le personnel médical présent dans la salle de ressuscitation. Après les applaudissements de rigueur, il éteignit son micro pour se remettre au travail.

La porte de la salle d'observation s'ouvrit, et des serveurs entrèrent, poussant des chariots couverts de coupes et de bouteilles de champagne. À mesure que les spectateurs étaient servis, la salle s'emplit à nouveau de conversations surexcitées.

Jonah et Annabel observaient l'équipe médicale qui préparait la réanimation d'Andreas. Dans la salle de ressuscitation,

Tess suivait également la scène, Pru Dryden à ses côtés. Immobile, Will Barlow se tenait dans le coin opposé de la salle.

« Tu crois que tout ça était vrai, Jonah ? », demanda Annabel. Les gardes s'étant levés pour se dégourdir un peu les jambes : c'était leur première occasion de se parler sans témoins depuis qu'on les avait fait entrer.

« J'en suis sûr. Je l'ai senti. Quelque chose a été ramené, mais ce n'est pas ce que j'ai déjà croisé. Ça n'avait rien de maléfique… »

Il s'interrompit, distinguant un son à la limite de l'audible. Une sorte de murmure, comme celui qu'il avait perçu durant la ressuscitation.

Mais cette fois, le murmure se mua en ricanement, distant, cruel. Jonah regarda autour de lui : son inquiétude se lisait sur son visage.

« Qu'est-ce qu'il y a ? demanda Annabel.

– Je ne sais pas. »

Il savait qu'elle ne sentait rien. Personne ne semblait sentir quoi que ce soit. Le murmure se fit plus insistant.

Il eut soudain la sensation qu'une ombre fondait. Sur lui, autour de lui, *sous* lui.

C'est juste en dessous de moi : telles avaient été les paroles de Ruby Fleming. La sensation de mouvement s'intensifia, remontant brusquement, puis tournant tout autour de lui, pour retomber encore. Le murmure était à présent assourdissant.

« Mon Dieu… », réalisa-t-il. Quelque chose d'autre. *Quelque chose d'autre avait été ramené.*

Annabel saisit son bras : « Jonah, qu'est-ce qui se passe ? »

Il regarda les personnes qui se trouvaient dans la pièce. Aucune ne semblait alarmée. Aucune ne percevait quoi que ce soit. Il se leva pour s'approcher de la vitre. En bas, dans la salle de ressuscitation, le visage de Pru Dryden exprimait une profonde détresse. Balayant du regard le moindre recoin, elle semblait chercher quelque chose.

Jonah posa une main sur la baie vitrée, et Pru releva lentement les yeux sur lui. Chacun comprit la terreur qui habitait l'autre.

Le murmure enflait ; littéralement, il allait l'ensevelir. Jonah perdit l'équilibre et se raccrocha à l'épaule d'Annabel pour ne pas tomber.

De nouveau, il sentit un mouvement – derrière lui, cette fois. Quelque chose d'énorme, de sombre – une présence prédatrice qui fondait sur son esprit et, au dernier moment, passa devant lui pour poursuivre son chemin. Jonah tomba à genoux, tâchant tant bien que mal de retrouver son souffle. Une puanteur soudaine parvint à ses narines. Une odeur de pourriture.

Annabel l'aida à se relever. De nouveau, il regarda dans la salle de ressuscitation, cherchant en vain la présence.

Pru contemplait le corps d'Andreas. Tess lui parlait, l'air inquiet.

Jonah regarda Andreas. Les murmures n'avaient pas cessé, une litanie de mots qu'il avait du mal à comprendre. Bientôt, cependant, les syllabes se détachèrent plus distinctement, jusqu'à ce qu'il puisse les percevoir clairement.

Nous te voyons.

La main d'Andreas fut prise de soubresauts répétés, et son bras tomba dans le vide. Un membre de l'équipe médicale alerta ses collègues, qui se précipitèrent vers le corps.

Toute force quitta alors Jonah. L'Ancien avait été ramené, mais quelque chose l'avait suivi.

L'ombre est arrivée.

Sa vision s'obscurcit. Il savait qu'il était sur le point de perdre connaissance. Mais juste avant, il eut le temps de voir le visage de Will Barlow, esquissant un froid sourire, arborant un air de triomphe à peine perceptible.

Barlow releva la tête et regarda Jonah droit dans les yeux.

Nous te voyons, firent à nouveau les murmures, et Jonah sentit qu'il tombait.

CHAPITRE 33

« QU'EST-CE QUI LUI ARRIVE ? »

C'était la voix du garde, plus impatiente qu'inquiète. Jonah rouvrit les yeux et tenta de se relever, paniqué.

« Tout doux ! souffla Annabel en le retenant. Il a tourné de l'œil. Rien de grave. »

Jonah regarda autour de lui, désorienté. Ils se trouvaient dans le couloir qui menait à la salle d'observation.

« Ils t'ont sorti, expliqua Annabel. Ils ne voulaient pas déranger ces bonnes gens. »

Les gardes leur laissèrent une minute pour se remettre, puis les reconduisirent à l'escalier qui menait à leur prison. Au détour d'un couloir, Jonah vit un groupe sortir par une porte. Tess et Pru Dryden étaient parmi eux. Ils prenaient une autre direction.

Jonah se précipita vers eux, trop vite pour qu'un garde l'en empêche.

« Tess ! »

Elle s'arrêta, manifestement fatiguée, mais nullement angoissée. Pru, elle, avait presque l'air malade.

« Jonah, fit Tess. Attends-moi un instant ici, s'il te plaît. » Elle fit quelques mètres avec l'équipe médicale, terminant sa discussion. Jonah croisa le regard de Pru, et se rapprocha.

« Tu as entendu. Tu l'as senti. »

Elle était livide. Silencieuse, elle baissa simplement la tête.

Il se pencha vers elle, chuchotant : « Sors d'ici, Pru. Va-t'en. »

Son regard exprimait une sorte de peur confuse. Elle reprit son chemin.

Tess ne tarda pas à rejoindre Jonah. « Tu as vu ? Un simple réflexe. Pas de quoi s'inquiéter.

– Il y avait quelque chose, Tess. Au début de la ressuscitation, lorsque ton Ancien est arrivé, j'ai senti un courant bienveillant nous parcourir, tous autant que nous étions. C'était bel et bien réel.

– Tu es d'accord, alors : c'était bienveillant.

– Tess. Tout ce que tu m'as dit à propos de tes amis, je le crois. » La jeune femme sourit, circonspecte. « Mais après la ressuscitation... *Quelque chose d'autre est passé.* Cette même chose que j'ai vue. Cette même chose contre laquelle Eldridge vous a mis en garde. Tu ne l'as donc pas senti ? »

Le sourire de Tess s'évanouit. « Assez, Jonah. Rien d'autre n'est passé. Tu te trompes. » Et elle le laissa là. Elle n'avait pas menti, Jonah le savait : elle ne l'avait tout simplement pas senti. Contrairement à ce qu'il avait imaginé, ce n'était pas à la portée de n'importe quel reviver. Seuls Pru et lui avaient détecté cette présence. Il se demanda pourquoi. Le fait qu'ils aient tous deux pris de la variante du BPV, peut-être ? À moins que le processus de "l'Unité" n'ait lésé les capacités de Tess ?

« Pru Dryden l'a senti, elle aussi », s'écria Jonah. Tess l'ignora. « Demande-lui, insista-t-il. Et surveille bien Andreas, Tess. Surveille-le bien. »

Will Barlow sortit à cet instant. Il regarda Jonah, et ce dernier eut la certitude qu'il savait. Il savait tout. Ce n'était pas une surprise. Qui avait mené le projet jusqu'à cette ultime étape ? Qui avait choisi le reviver de cette dernière ressuscitation ? Il devait exister un groupe secret de revivers en contact avec cette créature, ou plus vraisemblablement, à ses ordres.

Depuis combien de temps Barlow se trouvait-il aux commandes ? se demanda Jonah. Les murmures qui avaient hanté Victor Eldridge, Will devait s'y être soumis depuis longtemps.

Barlow passa devant lui et se retourna brièvement pour lui décocher un sourire sombre. Jonah frémit.

*

« Bon sang, qu'est-ce qui t'est arrivé ? », demanda Annabel sitôt la porte de leur prison refermée et verrouillée.

Une longue estafilade perlée de sang parcourait la base du cou de Never Geary.

« Rien du tout. D'ailleurs, c'est pas la seule. » Il leva sa chemise. L'un de ses flancs était pareillement strié. « J'ai dû me presser un peu. J'étais à deux doigts de me faire prendre. C'est fou comme on peut aller vite à l'intérieur d'un faux plafond quand on se moque de se faire mal. Et vous, le petit spectacle, c'était comment ? »

Jonah le regarda droit dans les yeux.

« Oh putain, lâcha Never.

– Mais pourquoi maintenant, Jonah ? demanda Annabel. Ils ont fait ça tellement de fois. Qu'est-ce que cette séance avait de si particulier ?

– Je l'ignore. Peut-être *ça* avait besoin de l'Ancien pour passer dans notre monde. Quelle que soit la raison, j'ai de nouveau senti cette créature. Et je crois qu'elle se trouve à présent dans le corps de Michael Andreas. »

*

À 18 heures, fixant l'horloge, Jonah se dit qu'Andreas devait à présent s'être réveillé. La tension qui régnait dans le petit bureau désaffecté était à son comble.

À 20 heures, Tess leur rendit visite.

« Michael veut te voir. Rien que toi, Jonah. »

Jonah considéra ses deux amis. Leur expression ne lui apporta aucun réconfort : on aurait dit qu'ils dévisageaient un condamné à mort. « Souhaitez-moi bonne chance. »

Sous l'escorte d'un garde, Tess conduisit Jonah au sixième et dernier étage. En sortant de l'ascenseur, celui-ci haussa un sourcil. Le seul niveau qu'il connaissait jusqu'à présent était le rez-de-chaussée, fonctionnel, utilitaire. Le dernier étage, au contraire, était clairement destiné à la direction, son luxe ostentatoire visant manifestement à convaincre le visiteur de la rentabilité de l'entreprise. Le couloir qu'ils empruntèrent paraissait gigantesque, tout d'acier poli et de granit noir. Il était coupé par des portes d'obsidienne à double battant, ouvertes. À chaque extrémité, des miroirs semblaient allonger le couloir à l'infini.

« Est-ce que tu l'as observé, Tess ? »

Elle lui sourit, sûre d'elle. « Il va très bien. À tous égards. »

Jonah restait à l'affût. Il espérait une fenêtre, n'importe quelle ouverture sur l'extérieur, pour découvrir à quoi ressemblaient les alentours. Annabel avait estimé leur position géographique mais il leur faudrait composer avec la topographie s'ils parvenaient à s'évader d'ici. Une route proche, fréquentée : pas de problème. Un coin paumé ? Ce serait nettement plus fâcheux. Jusqu'à présent, le peu qu'ils avaient réussi à entrevoir du monde extérieur se limitait à un coin de parking et à une masse de buissons au pied d'une rangée d'arbres.

À mi-chemin, deux battants étaient ouverts sur une vaste pièce. Sur les tables disposées en désordre, du personnel installait des coupes à champagne. Dans le fond de la pièce, un piano à queue trônait face à une énorme baie. La plupart des persiennes étaient fermées mais l'une d'elles, ouverte, lui offrit le paysage auquel il ne croyait plus. Des bâtiments. Des routes. Des voitures. L'ensemble était assez clairsemé mais, au moins, ils n'étaient pas perdus au milieu de nulle part.

« Du champagne, hein ? fit remarquer Jonah d'une voix plate. "L'Unité" ne fait pas les choses à moitié.

– Nous allons dire adieu à nombre de bons amis, ce soir. La plupart de ceux qui nous ont aidés ne nous accompagneront pas dans notre retraite. Et pour nous autres, je suppose que ce sera la dernière occasion de nous amuser avant de laisser nos anciennes vies derrière nous, pour de bon. »

Il la considéra d'un air neutre, mais la peur serrait un nœud dans sa gorge. La peur de rencontrer Andreas. La peur, également, de ce qu'il adviendrait de Tess.

Ils avaient atteint la dernière porte. Le garde qui les escortait se posta à côté.

« Jonah, fit Tess, je t'en prie. Michael s'est entretenu avec beaucoup de gens depuis son réveil, et il doit se reposer un peu avant notre fête. Il tenait à te voir de nouveau pour s'excuser. Tu ne te rends pas compte à quel point ton incrédulité le blesse. »

Jonah se demanda si elle avait fait part à Andreas de sa réaction après la ressuscitation. « Je prendrai des gants. »

Ils entrèrent. Andreas était allongé sur un lit, tout habillé. Il se redressa aussitôt qu'il les vit.

Will Barlow se tenait dans un coin de la chambre. Il adressa son habituel demi-sourire à Jonah, mais celui-ci l'ignora pour regarder Andreas droit dans les yeux. Il paraissait épuisé, mais rien de maléfique ne couvait dans son regard. Aucune noirceur. Peut-être... peut-être Tess avait-elle raison.

« Jonah », fit Andreas en souriant. Il tendit une main que Jonah ne saisit pas. C'était peut-être la seule façon d'être fixé sur son cas, mais Jonah n'était pas prêt à vivre pareille épreuve.

« Michael, fit Tess, si vous voulez bien m'excuser, je dois encore organiser quelques petites choses pour plus tard. Promettez-moi de vous reposer un peu.

– Promis, répondit Andreas. Faites ce que vous avez à faire. »

Jonah la regarda s'en aller. La perspective de rester seul avec Andreas était loin de le réjouir. La porte se referma pourtant derrière elle.

« Quand allez-vous nous libérer ? », demanda Jonah.

Andreas soupira. Il semblait nerveux, déçu. « Ne comprenez-vous donc pas que nos intentions sont pures, Jonah ? Vous n'avez aucune raison de nous craindre.

– Quand allez-vous nous libérer ? »

Andreas secoua la tête. « Très bien. Ce soir, "l'Unité" fêtera son ultime succès. À minuit, je me présenterai aux autres et, pour la première fois, nous formerons un groupe. Nous célébrerons l'occasion en buvant et en dansant, conformément aux habitudes de notre ancienne existence. Mais pour tout vous avouer, j'irai me coucher dès que possible. Les autres membres de "l'Unité" ont dix ans de moins que moi, et à l'instant où je vous parle, je sens plus que jamais cette différence d'âge... » Le sourire d'Andreas finit par s'estomper : quoi qu'il tente, il n'aurait pas raison de l'hostilité de Jonah. Il soupira encore. « Nous partirons demain. Vous serez relâchés le jour suivant, et vous serez libres de tout raconter à qui vous voudrez. » Il s'assit sur le bord du lit, se frotta le front. « J'aimerais tant parvenir à vous expliquer l'importance de ces derniers jours, Jonah. Et l'importance de ceux qui suivront. Pour l'humanité entière.

– Je croyais que vous ignoriez encore ce qui allait se passer.

– Nous... nous ne connaissons pas encore la nature de ce qui nous attend, pas complètement en tout cas, mais cela... cela est notre première prise de contact, vous saisissez ? Ce qu'ils auront à nous dire, nous le saurons avec le temps.

– La première prise de contact. Avec une race éteinte.

– Ils ont consenti à un sacrifice qui dépasse l'imagination pour transmettre leurs connaissances. Et cela va tout changer, Jonah. Si seulement vous parveniez... »

Jonah l'interrompit. « En avez-vous fini avec moi ? »

Andreas déposa les armes. « Oui. » Il se leva, tendit à nouveau la main. « Oubliez toute rancune, Jonah. Je vous en prie. »

Jonah considéra la main tendue. Il n'avait pas besoin de regarder Barlow pour savoir que ce dernier prenait plaisir à la scène.

Il serra la main d'Andreas.

Les ténèbres.

De la fumée, tout autour de lui.

Les villes brûlent, dit une voix.

Des cris. Puis la fumée se dissipa.

Et le spectacle qu'il découvrit alors le pétrifia. Il se trouvait en plein air, au cœur d'un paysage gigantesque, sauvage et sombre. Le vent hurlait. Le ciel était noir. De grands piliers de verre, d'énormes piliers qui devaient appartenir à un édifice plus gigantesque encore, se dressaient au loin, léchés par les flammes.

Loin en contrebas, des gens s'enfuyaient. Bizarrement, il ne parvenait pas à distinguer leurs visages, ou plutôt, à les *comprendre*.

Une grande main descendit sur la terre. Une pince, en vérité. À chaque contact de cette pince avec qui ou quoi que ce soit, une fumée dense s'élevait. Les gens hurlaient.

Devant lui, sur la terre désolée, s'étendait une ombre immense.

Il voulut tourner la tête pour voir à qui elle appartenait et soudain, il comprit. Cette ombre était la sienne. Cette pince était la sienne aussi. Il ouvrit la bouche pour crier, et un rugissement de triomphe ébranla la terre.

L'ombre est arrivée, annonça la voix.

Jonah lâcha la main d'Andreas. La vision n'avait duré qu'un instant, mais il savait qu'elle reflétait une réalité pure et crue, une réalité qui le terrifiait. Car la voix était celle de Lyssa Underwood. Et l'ombre était la créature qui avait parlé par le biais d'Alice Decker.

C'était l'ultime confirmation. Tess avait tort. Il regarda Michael Andreas droit dans les yeux et y vit que la créature était toujours tapie en lui.

Andreas baissa les yeux sur sa propre main. Il la serra jusqu'à ce que ses phalanges blanchissent.

Jonah recula d'un pas et jeta un regard vers Will Barlow qui, prenant conscience du changement qui s'était opéré en Andreas, demeurait stupéfait.

« Cela s'est-il… réalisé ? », demanda-t-il.

Andreas releva lentement la tête et se tourna vers lui. « Je suis encore faible, répondit-il presque avec difficulté. Il est fort. Il résiste, même s'il n'en a pas conscience. Patience. Demain. Peut-être plus tôt. Et puis, pour toujours. »

Jonah les considéra, pétrifié, vaguement conscient qu'il était question du véritable Andreas. Barlow s'agenouilla, saisit la main d'Andreas, et la baisa.

Tous deux se tournèrent vers Jonah, les yeux pleins de mépris.

Andreas chancela, et recula pour s'asseoir sur le lit.

Jonah sentit la poignée de la porte contre son dos. Son instinct lui disait de ne pas les quitter des yeux, mais un instinct plus primaire encore lui hurlait de s'enfuir. « Quoi que vous soyez, dit-il, nous vous empêcherons de nuire. »

Barlow éclata de rire. « Vraiment ? Et avec quelle aide ? Celle de Tess et de ses amis ? Ils ont oublié qui ils étaient. Perdus dans les ténèbres et le silence, des éons les ont dépouillés de leur identité. Je veux voir leurs visages lorsqu'ils se souviendront. » Il s'avança, et la peur de Jonah se changea en terreur, ses jambes menaçant de le lâcher. Il se retourna, ouvrit la porte et percuta presque aussitôt Tess qui sur le seuil tendait la main vers la poignée.

« Jonah ? s'exclama-t-elle, surprise. Je venais pour… » Elle n'acheva pas sa phrase : le regard perdu au loin, elle plissait le front. Jonah se retourna, et vit Andreas effondré sur le bord du lit, à moitié soutenu par Will Barlow. Ses yeux étaient ouverts : il semblait confus, mais la créature l'avait quitté. Momentanément.

« Viens m'aider », fit Barlow à Tess, et elle accourut.

« Qu'est-ce que... », commença-t-elle, mais Barlow lança un regard en direction de Jonah.

« C'est à cause de Miller. Il a eu des mots extrêmement durs, Tess. »

Elle toisa Jonah, et sa déception se transforma en colère.

« Tess, je dois absolument te dire ce que...

– Je ne veux rien entendre », répliqua-t-elle en lui fermant la porte au nez, le laissant seul sur le seuil avec le garde.

Jonah voulut rouvrir, mais Barlow sortit au même instant en refermant derrière lui.

Il s'adressa au garde : « Ramenez-le. Enfermez-le. Et ne le laissez parler à personne, pas même à vous, entendu ? » Il se tourna vers Jonah. « Tu devrais avoir honte, Miller. Vraiment. »

Et sachant que le garde ne le regardait pas, il se fendit d'un sourire triomphant. Jonah entendait encore résonner dans son esprit le rugissement de victoire de la créature qui s'était dressée au milieu du désert noirci.

*

Lorsque Jonah réintégra sa prison, Annabel se précipita pour le serrer dans ses bras. Il lut un soulagement infini dans ses yeux, ainsi que dans ceux de Never. Ils avaient douté de son retour.

Il leur raconta ce qui était arrivé et, à chaque mot, leurs visages perdirent un peu plus de leur couleur.

« Andreas, le véritable Andreas, est en train de lutter contre cette chose. Mais lorsque la créature finira de le terrasser, le temps nous sera cruellement compté. Tout est paré pour ton plan, Never ?

– Il faut bien, c'est le seul espoir qu'il nous reste. On va attendre l'heure la plus tranquille, entre 3 et 4 heures du matin, et, à ce moment-là, on croise tous les doigts qu'on peut croiser. Jonah, qu'est-ce qu'Andreas est en réalité ? La vision que tu as eue, est-ce qu'elle est prémonitoire ? »

Jonah se remémora les gigantesques piliers de verre rongés par les flammes, et ces visages qu'il n'était pas parvenu à comprendre. « Je crois que tout cela est arrivé il y a vraiment très longtemps, Never. Ça devait être le cataclysme auquel Andreas a fait allusion. Celui qui a détruit leur monde.

– Andreas disait que ces êtres voulaient faire vivre le souvenir de cette catastrophe, ajouta Annabel. Qu'ils voulaient "prévenir ceux qui écouteraient". Peut-être que leur but était de nous mettre en garde contre cette créature.

– Eh bien, souffla Never. Tu parles d'une putain de mise en garde efficace. »

Jonah secoua la tête. « Ils sont restés perdus dans le néant pendant un temps inconcevable. Peut-être qu'ils avaient pour mission de servir de... phares. Et peut-être qu'au bout d'un temps, ils ont fini par oublier leur mission.

– Et ils sont devenus des appâts. Des appâts auxquels nous avons mordu », dit Annabel.

*

Ils attendirent dans leur prison. Jonah demanda plusieurs fois à voir Tess – en vain.

La peur au ventre, ils finirent par éteindre la lumière et firent semblant de dormir, attendant minuit, l'heure à laquelle Andreas se présenterait au reste de "l'Unité".

Jonah se demandait si Andreas était encore lui-même. *Demain*, avait dit la créature. *Peut-être plus tôt. Puis, pour toujours.*

Derrière leur porte, ils entendaient le garde de faction en train de rire avec des collègues. Il y avait des bruits d'ouverture de cannettes. Leur mission touchait presque à sa fin, la paye ne tarderait pas à tomber : enfin, ils commençaient à se détendre. À 1 heure, ils entreprirent de se répartir les rondes. Une par heure, à la demie. A 1 h 30, comme prévu, le garde de faction s'éloigna, pour revenir un quart d'heure plus tard. Il en fut de même à 2 h 30.

Lorsque le garde de 3 h 30 partit, ils décidèrent de passer à l'action.

Silencieux, rapides, ils s'empressèrent de remplir leurs sacs de couchage pour faire croire qu'ils dormaient. Puis, Never en tête, ils passèrent dans le bureau voisin par le faux plafond.

Le plan était simple. Ils devaient atteindre une réserve que Never avait remarquée en allant prendre une douche, et improviser un petit feu dans une poubelle ou tout autre récipient afin de produire autant de fumée que possible.

Avant de sortir de la pièce, ils attendirent, soucieux de s'assurer que personne ne se trouvait dans les parages.

Jonah posa la main sur la poignée de la porte. Il était prêt à ouvrir.

« Attends », chuchota Never. Il s'immobilisa, aux aguets. Au bout d'un instant, il entendit lui aussi. Des bruits de pas. Il se figea. Le bureau était plongé dans l'obscurité, son visage était dissimulé par les ténèbres, mais il avait une bonne visibilité sur le couloir. Une femme en blouse blanche passa, marchant d'un air décidé.

« Quelqu'un fait des heures sup' », murmura-t-il. Cette femme lui disait vaguement quelque chose. Un visage un peu spécial. Des yeux trop rapprochés, un nez un peu trop long, un peu trop fin. Il relégua cette sensation de déjà-vu dans un coin de son esprit, et ne prêta aucune attention à la légère soif qu'il venait d'éprouver.

« À mon avis, dit Annabel, les seules personnes qui se trouvent encore dans le bâtiment font ou bien partie de "l'Unité", ou bien partie de l'équipe de sécurité. » Jonah attendit encore une minute, puis ouvrit la porte.

Never les guida jusqu'à la réserve qu'il avait repérée. Sur la porte, un écriteau : « DANGER – Zone de stockage – Réservé au personnel. Veuillez respecter les protocoles de sécurité ». Suivait, écrite en plus petit, la liste exhaustive des directives de sécurité. Matériel corrosif. Inflammable. « Et c'est parti, murmura Never en posant la main sur la poignée.

– Tu ne penses pas que c'est fermé à clef ? », demanda Annabel.

Never tourna la poignée et ouvrit la porte de quelques centimètres en affichant un large sourire. « J'ai déjà travaillé dans des labos. On ne verrouille les portes que quand il y a des choses à piquer. » Il ouvrit la porte en grand.

La réserve contenait dix rayonnages qui se dressaient jusqu'au plafond. La porte se referma silencieusement derrière eux, et ils passèrent devant une série d'extincteurs. Boîtes de vêtements de protection, blouses, petit équipement laissèrent bientôt place à du matériel électrique et électronique. L'une des étagères semblait accueillir un véritable cimetière pour ordinateurs. Elle attira évidemment le regard de Never. Le mur du fond disparaissait derrière quatre énormes placards en fer. Des symboles de danger un peu partout. Des dizaines de récipients. Dans un coin, un petit lavabo doté d'un robinet unique, et une bouteille de solution saline. Au-dessus du lavabo, une petite pancarte indiquait les instructions à suivre en cas de brûlure chimique. Déterminé, Never ouvrit tiroir après placard jusqu'à trouver ce qu'il cherchait. Jonah et Annabel attendaient patiemment.

« Bon, fit enfin Never, qui avait disposé trois grosses bouteilles à ses pieds. On a ce qu'il nous faut. Maintenant, il nous faut de quoi allumer tout ça. Ou bien on trouve un briquet là-dedans, ou bien je m'arrange pour produire quelques étincelles avec une prise électrique. Vous, vous vous chargez de la partie étincelles. Moi, je vais chercher quelque chose qui pue. »

Jonah fronça les sourcils. « Comment ça ?

– Nous avons besoin de fumée mais, si quelqu'un remarque notre manège, il faut que l'odeur soit aussi désagréable que possible. Ça suffira à empêcher un agent de sécurité de s'approcher un peu trop et de constater que c'est une simple poubelle incendiée. N'importe quel corrosif fera l'affaire. On en asperge la moquette, et on a toute la fumée âcre qu'on veut. Suffit de ne pas respirer les émanations. » Il ouvrit un autre placard, et le battant lui resta dans les mains. Il le remit aussitôt en place. « Oups… »

Jonah hocha la tête. « Évite de tout démolir.

– Pas de ma faute s'ils ont une équipe de maintenance à la con », répliqua Never en s'agenouillant. Avec un petit cri de joie, il exhiba une bouteille sur laquelle était écrit « Formamide ». Hautement corrosif. Sur l'étagère du dessus se trouvaient des bouteilles d'alcool modifié, plus petites. « Et la petite sœur pour nous porter chance », conclut-il en en saisissant une, pour reculer aussitôt avec un juron. La bouteille d'alcool lui glissa des mains, tombant au sol dans un bruit sourd. Annabel sursauta.

« Fais gaffe ! s'exclama-t-elle.

– Il y a euh... quelque chose, là. »

Annabel et Jonah le regardèrent, puis se penchèrent pour voir ce dont il voulait parler. Une petite boîte en plastique avait été rangée derrière les bouteilles d'alcool modifié. Un simple Tupperware, à première vue, à ceci près que des fils électriques en sortaient.

Annabel se redressa d'un coup. « Merde... est-ce que c'est... ?

– Une boîte avec des fils électriques », fit Never, cogitant à toute vitesse. « À ton avis ?

– Merde, souffla Annabel. Hannerman devait avoir une taupe. Au cas où ils ne parviendraient pas à empêcher "l'Unité"... »

Jonah se souvint du dossier de Hannerman. Sa méticulosité, son obsession du plan B. À présent que "l'Unité" avait été atteinte, la seule solution était de les détruire tous.

« On s'en tient au plan initial, dit Never, les yeux rivés à la boîte en plastique. On allume ce feu et on déclenche l'alarme incendie. Ils feront évacuer tout le bâtiment mais nous serons partis depuis déjà longtemps. On est d'accord ? »

Jonah acquiesça à contrecœur. Il ne pouvait le nier : une partie de lui souhaitait la mort d'Andreas. S'il était tout à fait honnête, seule la présence de Tess l'empêchait de ne pas mettre lui-même le feu à ce bâtiment. Mais il y avait autre chose. Les membres de "l'Unité", si la mémoire leur revenait, étaient sans doute les seuls au monde à savoir ce qu'était en réalité Andreas. Peut-être étaient-ils aussi les seuls à pouvoir l'arrêter.

« D'accord, » répondit Annabel. Jonah et elle se rendirent à l'autre bout des rayonnages.

C'est alors qu'ils entendirent la porte de la réserve cliqueter, et grincer légèrement en s'ouvrant.

Annabel et Jonah se trouvaient juste devant. Jonah leva la main, présentant sa paume à Never. *Reste où tu es*, lui faisait-il comprendre. *Pas un mot, pas un geste*.

La femme que Jonah avait vue passer dans le couloir entra. *Merde*, pensa-t-il. Ce visage. Ce nez trop long, ces yeux rapprochés. La soif qu'il avait ressentie : un avertissement de Daniel, sans aucun doute. Il la reconnaissait, à présent. Ces longs cheveux blonds, comme sur la photo. Cette photo d'elle, en compagnie de son frère.

Hannerman avait bien une taupe depuis le début, songea Jonah. *Dieu sait comment elle est parvenue à s'infiltrer.*

Cette femme n'était autre que la sœur de Hannerman.

Julia.

À l'instar de ses collègues, Felix Hannerman avait fait en sorte qu'on ne puisse le ressusciter. Mais ce suicide spectaculaire n'avait rien d'un acte gratuit. Il se savait blessé, proche de la mort. Il ne pouvait prendre le risque d'être ressuscité. Il s'était immolé par le feu afin de protéger leur dernier espoir : sa sœur. Sa sœur, qui avait attendu que "l'Unité" se retrouve au complet au même endroit.

Et, tout comme Jonah et ses amis, elle avait attendu que le calme règne dans le bâtiment, attendu l'instant où ceux qui s'y trouvaient seraient le moins sur leurs gardes.

Julia Hannerman les vit.

« Ne bougez plus, fit-elle d'une voix timide, chevrotante.

– S'il vous plaît, Julia, dit Jonah. Nous pouvons vous aider. Baissez cette arme. »

CHAPITRE 34

« Je sais qui vous êtes, Julia. Je m'appelle Jonah Miller. Nous sommes leurs prisonniers. »

Julia Hannerman fit un pas en avant, laissant la porte se refermer derrière elle. « Je sais. Je suis au courant de tout ce qui se passe entre ces murs.

– Et voici Annabel Harker. Vous savez ce qui est arrivé à son père. »

Une fraction de seconde, Julia Hannerman baissa le regard. Se sentait-elle coupable ?

« S'il vous plaît, dit Annabel. Nous voulons simplement sortir d'ici. »

Le pistolet de Julia Hannerman s'abaissa un bref instant, mais elle s'empressa de le redresser d'un air farouchement déterminé. « Je n'ai pas le choix. Ils sont tous ici, en train de dormir, au dernier étage. L'alarme incendie est désactivée. Idem pour le système auxiliaire. Toutes les issues de secours sont condamnées. » De sa main libre, elle sortit de sa poche une poignée de tubes vides qu'elle jeta aux pieds d'Annabel.

Celle-ci les ramassa. Cyanoacrylate, pouvait-on lire. De la superglu. Elle eut un rire discret. « Vous avez collé ces putains de portes de secours ?

– Mon frère avait pensé à tout, répliqua Julia. Il apportait toujours le plus grand soin aux détails. À chaque plan correspondait un plan B. Toutes les éventualités ont été prévues. Ma mission n'était pas uniquement d'observer, de découvrir ce qu'ils préparaient. » Elle fouilla à nouveau dans sa poche et en sortit une petite boîte en plastique noir, pourvue d'un interrupteur et d'un bouton blanc. Elle poussa l'interrupteur, et une diode rouge s'alluma. Puis elle porta le boîtier à sa bouche et déplia une antenne avec les dents. « Notre objectif était d'empêcher l'arrivée de leur chef, qui signifierait notre fin à tous. Mais à présent que je suis seule, il ne reste plus qu'une solution. Le laisser prendre corps et les brûler *tous*. »

Jonah écarquilla les yeux. « Je sais ce que vous avez l'intention de faire, Julia, mais il y a des personnes innocentes dans ce bâtiment.

– Victimes collatérales. Sacrifices pour une juste cause. »

Ces mots suffirent à mettre Jonah en rage. C'était donc ainsi qu'elle percevait la situation, et c'était sûrement en ces termes qu'elle considérait la mort de Daniel Harker. « Andreas est le seul qui représente un danger, Julia.

– Ils doivent tous brûler. L'issue de secours de ce couloir est la seule qui fonctionne, et je suis la seule à pouvoir l'ouvrir. J'ai posé des bombes incendiaires un peu partout dans le bâtiment. Lorsque je me serai assurée qu'elles ont fait leur boulot, je sortirai par cette issue, je prendrai position dehors, et j'abattrai tous ceux qui échapperont aux flammes. Si vous n'essayez pas de me mettre des bâtons dans les roues, alors peut-être que je vous autoriserai à me suivre. À distance. Mais n'imaginez pas un seul instant que je reviendrai sur ma décision : toutes ces créatures doivent retourner en enfer. »

*

Accroupi, Never avait débouché aussi discrètement que possible la bouteille de formamide qu'il avait entre les jambes.

Il regarda Jonah, et celui-ci acquiesça. *Le moment est venu de faire diversion*, se dit Never. Il lâcha la bouteille débouchée et la fit rouler sous les rayonnages. Elle alla buter contre le mur du fond et commença à se vider de son contenu. Des vapeurs toxiques s'élevèrent. Surpris par leur virulence, Never ne put réprimer une quinte de toux.

Julia Hannerman l'entendit, et aperçut la bouteille qui avait buté contre le mur. La fumée blanche montait en volutes et, à l'instar de Never, elle fut saisie par les émanations âcres. Secouée d'une toux puissante, elle se retourna, mais Annabel s'était déjà jetée sur elle, saisissant la main qui tenait l'arme. Le coup partit avec un bruit assourdissant, et une balle se logea dans le plafond. Poing serré, Jonah la frappa au visage.

Elle tomba à la renverse et, dans sa chute, sa tête heurta une étagère de métal. Inconsciente, elle resta étendue au sol, une main baignant dans le liquide corrosif.

« Merde, fit Annabel. Sa main. » La peau de la main de Julia Hannerman rougissait, des cloques commençaient à apparaître. Annabel attrapa la solution saline sur le bord de l'évier, ainsi que des serviettes en papier, puis elle écarta la main du formamide et la rinça avec la solution. Never, de son côté, avait raflé un autre flacon de solution. Il se pencha pour redresser la bouteille de formamide et la reboucha précautionneusement, avant de verser la solution saline sur la traînée restante. Le système de ventilation de la salle évacuait la majeure partie des fumées nocives, mais leurs poumons étaient tout de même irrités.

Lorsqu'elle en eut terminé, Annabel se saisit du pistolet de Hannerman et du petit boîtier qui avait glissé sous un rayonnage. Elle rangea l'arme dans sa poche et tendit le boîtier à Never. « Éteins ça.

– Euh… pardon ? », fit Never en considérant le mécanisme. Annabel repoussa l'interrupteur, et la diode rouge s'éteignit. Méfiant, Never rentra l'antenne télescopique, et fit disparaître le boîtier dans sa poche.

Julia Hannerman poussa un faible gémissement.

Jonah avait aperçu des rouleaux de chatterton sur une étagère ; il en attrapa un. « Elle est en train de reprendre connaissance. »

Le temps qu'elle recouvre totalement ses esprits, Jonah avait déjà solidement ficelé ses jambes, et attaché ses mains dans son dos à la base de l'un des lourds rayonnages de métal.

« Ne soyez pas stupides, fit Julia. Relâchez-moi. Il faut absolument les arrêter, vous le savez aussi bien que moi. »

Annabel la regarda droit dans les yeux. « Comment sort-on d'ici ?

– Écoutez-moi. C'est la seule chance d'en venir à bout ! Andreas et les siens sont en train de dormir, je m'en suis assurée. J'ai mis autant de narcotique dans le champagne que j'ai pu. Seule la putain d'Andreas était encore éveillée, en train de pleurer seule dans une salle vide. » Julia Hannerman sourit, et son sourire se mua en une grimace de mépris. « J'ai bien peur qu'elle ne vienne de prendre conscience de ce qu'elle était. »

Annabel jeta un coup d'œil à Jonah afin de jauger sa réaction, puis regarda Hannerman. « Dites-nous comment on peut sortir d'ici. On vous emmènera avec nous. »

Julia Hannerman resta muette.

« Eh bien allez vous faire foutre, conclut Annabel d'un ton sec. On se débrouillera sans vous. » Elle attrapa le reste de chatterton et bâillonna Julia Hannerman en faisant trois fois le tour de sa tête, puis elle enfonça une main dans l'une des poches de sa blouse et se mit à fouiller. Voyant les yeux de Hannerman étinceler de rage, Jonah sut qu'elle était sur la bonne voie. Elle passa à la poche intérieure, et en sortit ce qui ressemblait à un passe magnétique de sécurité.

Ils se précipitèrent le long d'un petit couloir vers la porte coupe-feu qui se trouvait à un embranchement. Annabel tendit le passe à Never. « Vas-y. Connaissant son frère, on n'en a sûrement pas pour longtemps. »

Jonah la dévisagea. « Quoi ?

– Tu as vu l'assurance qu'elle affichait.

– Effectivement..., concéda Never d'un air soudain inquiet. Elle était saucissonnée de la tête aux pieds mais elle n'a pas franchement insisté pour qu'on la libère. Elle restait confiante. Elle nous a sûrement caché quelque chose.

– Exact. Peut-être que ces bombes incendiaires sont à retardement. Au cas où. »

Tess est toujours ici, songea soudain Jonah. En une fraction de seconde, il s'était décidé. Il se mit à courir vers le cœur du bâtiment.

« Jonah ! s'écria Annabel. Attends !

– Donnez-moi cinq minutes, leur répondit Jonah par-dessus son épaule. Après ça, partez sans moi. »

*

Jonah atteignit le dernier étage par l'escalier, gravissant les marches deux à deux. À la dernière volée, il dut ralentir. Ses jambes commençaient à le tirailler.

Il inspecta le couloir. C'était celui qu'il avait parcouru avec Tess plus tôt dans la journée – les mêmes battants d'obsidienne grands ouverts et cette impression de longueur sans fin. Personne en vue : la seule lumière provenait de la salle dans laquelle ils avaient fêté l'ultime ressuscitation. Il regarda par la lucarne de la porte et la vit : seule dans le clair-obscur de l'éclairage tamisé, assise près d'une table à présent recouverte de verres et d'assiettes à moitié vides. Jonah ouvrit la porte, grimaçant au grincement de ses gonds.

Elle releva les yeux et essuya ses larmes. « Jonah ? fit-elle, les yeux écarquillés. Il est arrivé quelque chose. C'est Michael. Il aurait dû se reposer plus longtemps. C'est pour ça. Je lui ai dit qu'il était encore trop tôt mais… »

Jonah referma la porte derrière lui.

« Je viens te sortir de là, dit-il à voix basse.

– Il… il était très confus, Jonah. Son regard n'arrêtait pas de changer d'expression. Et puis… Et puis à un moment, il s'est tourné vers moi, m'a pris la main et m'a supplié de l'aider. Il avait l'air terrorisé. Il m'a dit qu'il était en train de se noyer. Qu'est-ce qui a bien pu le pousser à dire une chose pareille ? Nous avons quitté la salle, il m'a alors regardée, et il m'a souri, et son sourire était si *froid*. Puis il a éclaté de rire, et a rejoint la fête… » Elle se tut soudainement.

« Viens avec moi, Tess. »

Elle hocha la tête. « Il a besoin de moi. Il est tellement… confus. Il doit encore récupérer.

– Tess, quelque chose d'autre est passé dans notre monde. C'est en lui, à présent. Tu dois venir avec moi. » Il lui tendit la main, et elle s'apprêtait à la saisir lorsqu'elle s'immobilisa d'un coup. Elle fixait un point derrière lui.

« Monsieur Miller, déclara Will Barlow. J'ai bien peur que la petite fête soit finie. »

*

Annabel et Never attendaient Jonah devant l'issue de secours. Les sentiments d'Annabel étaient partagés. Elle venait de voir Jonah se précipiter au-devant d'un danger certain pour une femme qui n'était pas étrangère à tout ce bordel. En vérité, à cet instant, elle avait terriblement envie de mettre un coup de poing dans la figure de Jonah.

« Pourquoi est-il allé la chercher ? demanda-t-elle.

– S'il y a bien une chose que tu aurais déjà dû comprendre à propos de Jonah, c'est que c'est un couillon bourré de principes. En temps normal, ça ne me donne pas des pulsions meurtrières. Salope ou pas, Tess est une vieille amie à lui. Remarque, tu as vu la tête qu'il a faite quand elle a fait son apparition dans notre prison improvisée ? À mon avis, tu peux la rayer de la liste de tes concurrentes. Si ça peut te rassurer.

– Ça n'a rien à voir.

– C'est ce que vous vous tuez à répéter tous les deux. » Never consulta sa montre, et secoua la tête. « Et puis merde. Julia a certifié que l'alarme avait été coupée. On peut au moins ouvrir la porte. » Il fit glisser le passe dans la fente. Sur le petit écran à cristaux liquides s'afficha le mot « CODE ».

« Putain », lâcha Never.

Annabel le regarda. « Est-ce qu'on ne pourrait pas...

– Quoi ? coupa Never, désespéré. Deviner ? Pirater ?

– *J'allais dire*, puisque l'alarme est hors d'usage... est-ce qu'on ne pourrait pas simplement trouver une fenêtre et la briser ? »

Never observa une pause, avant d'arborer son large sourire : « Je te dois un verre. »

*

« Ils t'aimaient bien, Jonah », déclara Barlow. Son élocution laissait à désirer, et il ne marchait plus très droit. Avançant dans la salle, il attrapa une coupe de champagne encore pleine, la leva comme pour un toast, et la vida. Puis il referma la porte derrière lui, et poussa le verrou. « Tu avais quelque chose de différent, de spécial. Ils ont réussi à t'atteindre quand tu as ressuscité cette psychologue. Comment s'appelait-elle, déjà ?

– Alice Decker.

– Voilà ! Ils t'ont même *parlé*. Ça leur a plu. C'était assez inattendu, mais une libération, même fugace, est toujours un grand moment, surtout après tout ce temps passé dans les ténèbres. À mon avis, ils espéraient que tu deviennes notre reviver. Ils pensaient que si c'était toi qui t'en chargeais, ils deviendraient plus puissants. Beaucoup plus puissants qu'ils ne le sont à présent. Mais tu ne supportais pas le traitement... »

Jonah posa son regard sur Tess. Elle était toujours assise, avec l'air hébété d'un lapin surpris par les phares d'une voiture.

Elle ouvrit la bouche : « Qu'est-ce... qu'est-ce qui ne va pas, avec Michael ? Qu'est-ce que tu lui as fait ? »

Barlow la considéra avec pitié et s'assit à côté d'elle.

« Ah, Tess, que de bons moments nous avons partagés ensemble. Tu sais, depuis l'instant où tu as été choisie, je t'ai observée de très près. J'ignorais combien de temps il te faudrait pour *comprendre*. J'ai essayé de dissuader Michael de te choisir, je ne voulais pas que tu sois la deuxième à tenter d'atteindre "l'Unité" – d'autant que j'avais fait en sorte que le premier ne survive pas. » Il se tourna vers Jonah. « Tu vois, celui avec lequel tu t'es entretenu par le biais d'Underwood, celui-là *savait*, ou du moins était sur le point de se rappeler, sur le point de faire éclater la vérité. Une mort, c'était facile. D'autres, ce serait devenu plus délicat. Mais le suivant était si faible en comparaison que je me suis dit que j'avais du temps devant moi, et j'avais raison. Parmi tous ceux qui ont atteint "l'Unité" et qui ont survécu, Tess est celle qui accueille le plus puissant, et elle ne le sait toujours pas. Mais, depuis qu'elle s'est unie à lui, je me tiens prêt à m'occuper de son cas. Des fois qu'elle finisse par se souvenir et qu'elle se mette en tête de tout ruiner. Je me félicite de ne pas y avoir été obligé, Tess. J'ai envie de profiter encore de ta compagnie. »

Tess dévisagea Barlow. « Qu'est-ce qu'il y a en moi ? Qu'est-ce qu'il y a *en moi* ?

– Ah, enfin ! Elle commence à comprendre. Mais ce n'est pas à moi de te le révéler. Ils tiennent à te le dire eux-mêmes.

– Ils ? Eux ? lança Jonah. De qui tu parles, Barlow ? Des autres membres de "l'Unité" ? »

Barlow sourit. « Tu sais de qui je parle. Tu l'as vu, Jonah. Je l'ai bien remarqué. Quand tu as serré la main de Michael, tu as senti ce que c'était. Nous sommes ce que nous mangeons, Jonah. Ils sont *tout* ce qu'ils ont consumé et ils te prendront, toi aussi. *Eux*. *Ça*, un et plusieurs à la fois. Ils te prendront, et tu ne feras plus qu'un avec eux. »

Jonah saisit la main de Tess. « Tess. Viens, je t'en prie. »

Barlow se leva en éclatant de rire. « Bien essayé. »

Jonah contempla cet homme qui lui avait toujours déplu parce qu'il avait les faveurs de Tess. « Depuis combien de temps, Will ? demanda-t-il. Depuis combien de temps joues-tu les larbins ?

– Beaucoup plus longtemps que tu ne le crois. Et ma récompense sera éternelle. Je serai comblé de privilèges. Aucun plaisir ne me sera refusé, tandis que souffriront ceux qui ne se seront pas montrés dignes d'eux. »

Jonah poussa Tess à quitter son siège. « On y va. »

Barlow posa une main sur l'épaule de Tess et l'obligea à se rasseoir. « Tu feras ce que je te dirai de faire. »

Jonah sentit que Barlow avait le plus grand mal à focaliser son regard. « Je suppose que tu n'as pas dû boire beaucoup de champagne, Tess », dit Jonah. Elle lui adressa un regard perplexe. Soudain alerté, Barlow considéra sa coupe et la jeta à l'autre bout de la salle.

« Qu'est-ce que tu as… », commença Barlow.

De toutes ses forces, Jonah enfonça son genou dans l'entrejambe de Barlow, puis le projeta à terre. Barlow geignit un instant avant de se taire complètement. Alcool, narcotique, peu importait : il était inconscient, et Jonah venait de réaliser un rêve très ancien.

« Bon, fit-il en tendant la main à Tess. Maintenant, il faut vraiment qu'on y aille.

– Et les autres ?

– On les préviendra quand on sera loin d'ici, en sécurité. »

Ils se dirigèrent vers la porte, et s'immobilisèrent aussitôt. Dans leur dos, quelqu'un venait d'applaudir. Jonah espérait qu'il s'agissait de Barlow, miraculeusement revenu à lui. L'autre possibilité était bien pire.

« Quel chevalier servant ! », s'exclama Andreas de l'autre bout de la salle. Jonah vit son ombre se dresser derrière le piano à queue. Il était là, dès le début, et avait tout observé en silence.

Jonah serra plus fort la main de Tess, fit les deux pas qui les séparaient de la porte, et la déverrouilla. Il ne l'avait pas entrebâillée de deux centimètres que la main d'Andreas s'abattit sur le battant.

Le regard de Jonah passa d'Andreas au siège qu'il occupait un instant auparavant, évaluant la distance qu'il avait parcourue. Inconcevable. Andreas pouvait lire la terreur sur son visage.

Il sourit, avec dans les yeux un éclat sombre qui ne laissait aucune place au doute. Ce n'était plus Andreas. Il tourna la tête, et considéra Will Barlow à terre. « Pauvre Will. Il voulait que ce soit lui. Mais Andreas est riche, et il ne fallait pas risquer de perdre Will. Qui plus est, il ne pouvait demander à s'unir aux autres : il savait ce qu'ils étaient. Pourquoi aurait-il voulu en accueillir un en lui ?

– Michael..., murmura Tess, tremblante. Est-ce que Michael... est mort ?

– Non, Tess. Nous sommes en train de faire connaissance, ici. » Il tapota son crâne. « Michael vivra en nous. Pour toujours. »

Il sourit. Son expression était terrible. D'une main, il ouvrit la porte. L'autre main se referma sur la gorge de Jonah et se mit à serrer avec une force considérable. Aussitôt, une vision saisit ce dernier. Le même paysage noirci, la même ville en proie aux flammes. La même créature qui attrapait des poignées entières de chair vivante et les regardait se consumer en rugissant de plaisir.

La vision se dissipa à l'instant où Jonah se sentit projeté en arrière. Il heurta le mur du couloir, et tomba au sol devant la porte. Andreas s'approcha et tira Tess par le bras. Le visage de la jeune femme était déformé par la douleur. Andreas considéra Jonah puis se dirigea vers les doubles battants les plus proches.

« Un peu d'intimité s'impose », annonça-t-il en passant une carte dans la fente. Les doubles battants se refermèrent. Andreas pianota sur un petit cadran, et la diode verte du système de fermeture passa au rouge.

Jonah lança un coup d'œil à l'autre bout du couloir, là où Annabel et Never l'attendaient : le passage était toujours libre.

Andreas revint vers lui, et jeta Tess à son côté.

« Qu'est-ce que vous êtes ? réussit à articuler Jonah en massant sa gorge douloureuse.

– Vous n'avez pas écouté Will ? Je suis un et plusieurs. En nous, en moi, vous trouverez la vie éternelle. Ils n'ont pas réussi à me tuer. J'ai pris leur monde, les croyant impuissants. Mais il leur restait une ruse ultime. Par un sacrifice, ils m'ont lié. Un Ancien, douze gardiens, autant de murs à ma prison. Avec le temps cependant, je savais qu'ils faibliraient. Le temps était mon allié. Ils n'avaient pas compris à quel point je suis ancien. Des éons passèrent. Dix mille ans. Dix millions. Chaque million semblable à mes yeux à une seconde. Pour eux, une éternité. Ils se sont perdus eux-mêmes.

« Leurs pensées ont contaminé les rêves des hommes. Leurs souvenirs de cette guerre qui nous avait opposés. Le souvenir de leur sacrifice, de ce qu'ils avaient affronté et vaincu. Le Mangeur d'Âmes, la Grande Ombre. L'humanité me connaît et me craint depuis des temps immémoriaux, depuis que les premiers chamans ont commencé à transmettre leurs histoires par les nuits froides et impitoyables. Chaque peuple me connaissait sous un nom différent. Yama. Apophis. Ahriman. Le diable. Il m'a fallu attendre que les murs de ma prison deviennent plus fragiles pour pouvoir atteindre votre royaume. L'atteindre, et me *nourrir* enfin.

« Ce que je suis, Jonah Miller ? Vos scientifiques se posent de grandes questions sur la nature même de la vie. Ils se demandent si le statut d'être vivant peut être attribué à un virus, à une bactérie, à une fourmi. Je vais vous donner ma définition. Une chose est vivante à partir du moment où elle peut souffrir. La vie, c'est la douleur. La *souffrance*, jusqu'à la mort. N'est-ce pas là la grande leçon de l'évolution ? Et je suis la vie elle-même, dans sa forme la plus pure. En moi, la vie est éternelle. Un supplice éternel. Beaucoup ne demandent qu'à en faire partie. Bientôt, cette chance leur sera donnée. Les autres, je les prendrai par la force. »

Il se pencha en avant et releva Jonah en le saisissant de nouveau à la gorge. Jonah entendit le vent rugir sur les terres noires, tout autour de lui, mais, se concentrant, il parvint à bloquer la vision pour rester dans l'instant présent. Andreas resserra sa main autour de son cou. Jonah ne respirait plus. Ses doigts se refermèrent sur le bras d'Andreas. Rigide comme l'acier.

« Lâchez-le », fit Tess en s'approchant. Andreas la repoussa brutalement dans la salle de réception et elle tomba contre une table, renversant les coupes qui se brisèrent à terre.

Jonah savait qu'il perdrait bientôt connaissance.

« MICHAEL ! », hurla Tess, qui revenait vers eux, et Jonah vit son bras décrire un arc de cercle. La bouteille de champagne qu'elle avait empoignée percuta la tête d'Andreas avec un craquement horrible : le verre épais était plus solide que le crâne.

Tess lâcha la bouteille et recula, se couvrant la bouche de la main.

Jonah sentit l'étreinte se relâcher. Du sang coulait des cheveux d'Andreas sur son visage. Andreas le lâcha tout à fait, recula en titubant, et tomba à genoux.

Jonah tenta de reprendre sa respiration : il avait toujours la sensation qu'on l'étranglait. Tess s'approcha d'Andreas, le regard empli d'horreur. De la partie postérieure de sa tête, le sang coulait abondamment.

« Michael..., murmura-t-elle. Qu'est-ce que j'ai fait ? »

Andreas la contempla, et Jonah lut dans ses yeux que la créature l'avait quitté.

« Tess..., dit Andreas. *Fuis.* »

Il s'écroula tête la première. Tess restait immobile. Jonah s'était suffisamment remis pour savoir qu'une seule réaction s'imposait. « Viens », lui dit-il en la conduisant jusqu'à la porte ouverte.

Ils parvinrent à l'escalier. Tess, qui le précédait, descendit quelques marches avant de se retourner.

« Nous pouvons peut-être l'aider, dit-elle, désespérée. Il peut peut-être résister. »

Jonah jeta un coup d'œil par-dessus son épaule : Andreas gisait dans le couloir. Il se retourna vers Tess. « Nous ne pouvons rien faire pour lui. Nous... »

Il sentit alors un souffle, et tourna lentement la tête.

Andreas se trouvait à côté de lui. Le visage couvert de sang, un large sourire aux lèvres, et dans les yeux, un éclat sombre et froid. Jonah était incapable de bouger désormais, incapable de *réfléchir.*

Avec une force stupéfiante, Andreas les attrapa tous les deux par les cheveux et les traîna jusque dans le couloir. Il s'arrêta devant la porte et les jeta à terre. Jonah tomba lourdement. Souffle coupé, il vit Andreas verrouiller la porte. Ils étaient pris au piège.

« Où en étions-nous ? », demanda Andreas en touchant d'une main la partie postérieure de son crâne avant d' observer ses doigts. Il essuya le sang dont ils étaient enduits sur son propre visage, et sourit à nouveau. « Ah oui », fit-il en refermant ses doigts sur la gorge de Jonah, le renvoyant aussitôt dans les terres noires : son visage, à présent, se confondait avec celui de la créature sombre qui dominait le sol carbonisé.

« As-tu compris, Tess ? As-tu enfin compris ce que tu étais ? »

Tess écarquilla les yeux d'horreur.

Andreas la dévisageait. « L'Ancien est en moi, à présent, il hurle de désespoir. Je ne vous tuerai pas tout de suite, toi et les tiens : je veux que vous contempliez votre échec tandis que je prendrai ce monde. Vous avez tenté de m'arrêter. Vous avez été mes *geôliers*. J'ai dû attendre, attendre une éternité, jusqu'à ce que vous oubliiez qui vous êtes. Jusqu'à ce que les murs soient assez fins et que les lézardes apparaissent, ces lézardes que j'ai élargies des siècles durant et à travers lesquelles je me suis immiscé, enfin, dans l'espoir de trouver quelqu'un qui écouterait. Quelqu'un qui accepterait de m'*aider*.

– Je vous en prie… Arrêtez… Vous allez le tuer… » Tess se leva et s'approcha prudemment d'Andreas. Jonah avait le plus grand mal à respirer.

« Les hommes ont fini par trouver les Treize, désespérés et pitoyables, incapables de se souvenir de ce qu'ils étaient, mais conscients qu'ils avaient quelque chose d'important à transmettre à votre race. » Andreas sourit, dardant sur eux un regard froid et amusé. « L'un après l'autre, ils ont abandonné leur poste sans comprendre ce qu'ils faisaient, croyant qu'ils avaient trouvé le salut, croyant qu'ils se libéraient enfin du terrible *vide*. Mais quitter le vide, c'était se lier à nouveau à la condition mortelle. Le sacrifice fut annulé. Lorsque le dernier de mes geôliers fut libéré, je le fus également. La prison est vide, à présent. Et moi, je suis ici.

– Lâchez-le, je vous en supplie… »

De sa main libre, Andreas la gifla violemment, ce qui la fit tomber au sol. Désespérée, elle releva les yeux.

Andreas souleva Jonah de terre, serrant de plus en plus fort. Son champ visuel se rétrécissait dangereusement. Il savait qu'il allait perdre conscience.

Tess se releva, avança d'un pas. « Lâchez-le.

– Regarde-toi, répliqua Andreas. En toi sommeille le plus fort des Treize. Mais tu as beau le savoir, il continue à dormir. Il sait qu'il a perdu. »

Elle fit un pas de plus. Andreas leva la main mais, croisant son regard, s'immobilisa soudain. Jonah aperçut également le changement. Une colère subite s'était réveillée au fond de son regard. « Non », dit-elle. Quelque chose s'éveillait en elle. Jonah sentit les poils de ses bras se hérisser : l'air se chargeait d'électricité statique. « NON ! », hurla Tess.

Son cri s'accompagna d'une puissante onde de force, précipitant Andreas au sol, et le faisant glisser sur plusieurs mètres jusqu'à ce qu'il percute la première porte verrouillée. Jonah s'écroula, toussant, s'efforçant de reprendre son souffle. Tess, qui trébuchait, tomba à son tour. À terre, elle parvint à relever la tête. Un peu plus loin, Andreas gisait, immobile. Jonah l'entendit appeler : « Tess…

– Michael ? répondit-elle.

– C'est trop fort. Je ne peux pas lutter.

– Michael... », répéta-t-elle, et sa tête bascula soudain. Elle venait de perdre connaissance.

Jonah se redressa, à genoux. Andreas avait fait de même, mais il semblait incroyablement las. Malgré la distance, Jonah vit dans son regard que Michael était à nouveau lui-même.

C'est alors que les explosions retentirent.

CHAPITRE 35

LA FENÊTRE REFUSAIT DE SE BRISER.

Suivant le conseil d'Annabel, Never s'était mis en quête d'une salle ouverte pourvue d'une fenêtre donnant sur l'extérieur. Au détour d'un couloir, tout près de la réserve, ils avaient déniché un petit bureau. Mais ils avaient beau tout essayer (presse-papier, chaise, PC) l'épais double vitrage tenait bon, sans présenter la moindre fêlure.

« Tu sais quoi ? lança Never. J'ai le pressentiment que Hannerman savait à quel point cette saloperie était solide. »

Soudain, ils entendirent un bruit, le genre de bruit que Never désespérait de produire : celui du verre qu'on brise. Mais cela venait d'autre part.

« La réserve », fit Annabel, et ils se précipitèrent.

Ils ouvrirent la porte, et du regard embrassèrent la scène : la femme en blouse blanche s'éloignant du rayonnage ; la bouteille marron de formamide : brisée ; un éclat de verre brun, ensanglanté, à l'endroit où aurait dû se trouver Julia Hannerman ;

un bout de chatterton déchiré, encore attaché à la base du rayonnage.

Annabel et Never se ruèrent vers Hannerman juste au moment où celle-ci s'accroupissait devant les placards de métal. À cause de la blessure qu'elle avait été obligée de s'infliger, sa blouse blanche était tachetée de sang. Des volutes de fumée s'élevaient de ses chaussures aspergées de formamide. Elle avait dû décocher un coup de pied à la bouteille pour la briser. Ses deux mains, surtout la droite, étaient recouvertes de cloques.

« Le flingue ! », lança Never à Annabel. Un bref instant, elle le dévisagea, hébétée, avant de se souvenir. Tirant le pistolet de sa poche, elle le lui tendit.

« On ne bouge plus, fit Never en pointant l'arme sur Julia Hannerman.

– La ferme », répondit celle-ci d'un ton méprisant. Elle se retourna et se releva. Elle tenait la boîte en plastique remplie de fils électriques qu'ils avaient découverte plus tôt. « Si je déclenche ça, on part tous en fumée.

– Mais vous ne le ferez pas, répliqua Never. Si vous n'incendiez que cette petite salle, vos cibles s'en sortiront indemnes.

– Toutes les bombes que j'ai posées sont reliées entre elles. Si l'une explose, toutes les autres suivent. Ça prendra plus de temps mais vous pouvez me croire : ce bâtiment ne sera bientôt plus qu'un tas de cendres. Alors reculez.

– Je vais tirer.

– Vous en êtes incapable. Je le vois dans vos yeux. »

Never brandit agressivement l'arme pour se donner une contenance, mais l'effet tomba à plat. Il se tourna vers Annabel et lui rendit le pistolet. « Tire, toi. »

Julia Hannerman s'avança, les forçant à reculer jusqu'à ce qu'ils se retrouvent tous trois hors de la réserve.

« Sérieux, fais quelque chose, insista Never. Tire-lui dans la jambe ou un truc de ce genre. »

Annabel lui décocha un regard sombre avant de braquer l'arme sur Hannerman. « Julia, ça ne sert plus à rien. Nous avons votre télécommande. Donnez-nous le code de la porte et sortons d'ici. Il y a forcément un autre moyen d'arrêter Andreas.

– Reculez encore », répondit Hannerman en brandissant la petite bombe. Ils obéirent.

Julia Hannerman longeait le couloir à reculons en direction du cœur du bâtiment. Elle enfonça une main dans une poche de sa blouse, et Never se rappela soudain qu'Annabel n'avait pas vérifié celle-ci. En voyant ce qu'elle en extirpa, il comprit la crainte qui avait saisi Julia lorsque Annabel s'était mise à la fouiller. Il comprit ce que Julia leur avait caché.

Il n'y avait pas de compte à rebours. Julia tenait une autre télécommande.

« Felix a voulu me joindre pour me demander mon aide, expliqua Julia sans cesser de reculer, d'une voix qui révélait à quel point elle était exténuée. Il a essayé de me joindre même s'il savait qu'il était déjà trop tard. Mais il prévoyait toujours un plan B. Et il avait toujours un double de tout. » Arborant un large sourire, elle porta la deuxième télécommande à ses lèvres et déplia l'antenne avec ses dents comme elle l'avait fait précédemment. « Moi aussi. »

Never eut alors une révélation. Julia Hannerman aurait pu sortir sa télécommande bien avant et tout faire exploser. Pourquoi ces menaces ? Pourquoi continuait-elle à reculer de la sorte ?

« Problème de réception, souffla-t-il, et il perçut un léger agacement dans l'expression de la jeune femme. Si vous tentez de tout déclencher ici, le signal ne sera pas assez puissant. J'imagine qu'il faut que vous soyez près de l'escalier pour que ça marche. Peut-être même à l'étage que vous visez en priorité. » Never arracha alors le pistolet des mains d'Annabel : quand la goutte d'eau faisait déborder le vase, il se savait capable de tout. *On va bien voir ce qu'elle lit dans mon regard, maintenant.* « Mon meilleur ami est toujours quelque part ici. Alors vous posez cette saloperie par terre. Tout de suite. »

Julia Hannerman sourit. « Félicitations, dit-elle, vous m'avez eue. Je vais devoir tenter le coup d'ici. » Et du pouce, elle appuya sur le bouton blanc de la télécommande.

La bombe qu'elle tenait de l'autre main se mit à grésiller et bourdonner, avant d'exploser. Annabel et Never se jetèrent en arrière et, horrifiés, virent un liquide enflammé recouvrir la partie supérieure du corps de Hannerman, qui s'écroula à terre en hurlant.

Saisissant des extincteurs dans la réserve, ils la recouvrirent de mousse. Mais, les extincteurs vides, le feu continuait de ronger son corps. Les hurlements ne cessèrent que lorsque la dernière flammèche mourut. Le bras de Julia Hannerman trembla encore un court instant avant de s'immobiliser définitivement.

Annabel se pencha au-dessus d'elle. Ses yeux étaient grands ouverts, son regard était mort. L'expression qui se lisait sur son visage se passait de commentaires.

Une question demeurait pourtant dans l'esprit de Never. Il se tourna vers Annabel. « Tu crois qu'elle était assez près ? Tu crois que les autres bombes ont explosé ? »

Ils tendirent l'oreille. Au-dessus de leurs têtes, ils entendirent la réponse.

*

Andreas tourna la tête pour regarder par-dessus son épaule. Jonah suivit son regard, et vit une lueur vacillante à travers la vitre de la porte. Des hurlements se firent entendre. Andreas se mit à taper sur la porte du plat de la main en hurlant, sortant sa carte magnétique de sa poche. Soudain, il se recula, et tomba à la renverse en direction de Jonah. Une intense lumière jaune, aveuglante, avait jailli de la vitre.

« *Non !* », s'écria Andreas.

Soudain, il s'immobilisa. Inspirant profondément, il baissa la tête et s'approcha de Jonah.

« Je suis devenu la mort », dit-il d'une voix rauque, en regardant ses mains comme pour la première fois.

Pétrifié par la peur, Jonah le vit redresser la tête : il croiserait ce regard sombre et froid une dernière fois et ce serait la fin.

Il s'agissait du véritable Andreas. La seule chose que Jonah lut dans son regard fut un désespoir infini.

« Je le sens grandir en moi, Jonah. Il est en train de me posséder, et je ne peux rien y faire. L'Ancien qui est avec moi est trop faible : je ne sens en lui que désolation. Il n'y a plus aucun espoir. Mon Dieu, Jonah… Je voulais soulager l'humanité de la douleur du deuil. Je pensais que ces êtres nous y aideraient et maintenant, je suis la mort personnifiée. Le destructeur de mondes. »

Une lumière attira leur attention, et ils tournèrent la tête vers le couloir. Au niveau de la porte la plus éloignée, du feu liquide commençait à couler du plafond.

« Cette chose a eu peur lorsque Tess l'a frappée, poursuivit Andreas. Le processus de "l'Unité" s'accompagne d'une condition nouvelle, Jonah : la mortalité. Je ne pensais pas que cet être en serait affecté mais c'est bien ce qui s'est passé. Pour l'instant, il peut encore mourir. Peut-être n'en sera-t-il pas toujours ainsi. »

À côté d'eux, une autre porte à double battant était grande ouverte. Andreas s'en approcha et se servit de sa carte. Les battants commencèrent à se refermer.

« Prenez bien soin d'elle », lâcha Andreas. Il posa la carte au sol, près de Jonah, et passa de l'autre côté. Du côté où le feu faisait rage, gagnant du terrain à chaque seconde. « Le code est 5972 », ajouta-t-il. Les battants se refermèrent sur lui, et se verrouillèrent automatiquement.

Jonah se releva et s'approcha de la vitre. De l'autre côté, Andreas le considérait. Il lui adressa un acquiescement muet, se retourna et s'avança vers les flammes.

Il sait ce qui lui reste à faire, pensa Jonah, se demandant s'il aurait été capable de faire preuve d'un tel courage.

Les cris distants enflaient un peu plus à chaque instant, se mêlant au rugissement des flammes. Jonah ne pouvait détourner son regard. À mi-chemin, Andreas plaça une main en visière afin de protéger ses yeux de l'intensité de la chaleur. Le plafond blanc noircissait au-dessus de sa tête. Jonah entendit un craquement et, soudain, le plafond s'ouvrit, s'effondrant dans les flammes, ensevelissant totalement Andreas. Jonah le vit se débattre au cœur du brasier dans d'horribles hurlements.

Il leva les yeux au plafond, au-dessus de sa tête, se demandant combien de temps cette partie tiendrait le coup. Il se pencha pour ramasser la carte qu'Andreas avait laissée derrière lui.

Un bruit sourd et distant retentit à l'intérieur du bâtiment. L'éclairage du couloir s'éteignit, laissant les lumières rouges d'urgence prendre le relais. Les flammes projetaient sur les murs de longues ombres fugaces.

Se redressant, Jonah s'approcha de la vitre pour regarder une dernière fois. La fumée était de plus en plus dense.

Soudain, le visage d'Andreas apparut de l'autre côté. Le feu semblait rouler sur sa peau, ses cheveux avaient totalement disparu. La créature avait repris le contrôle et elle dévisageait Jonah d'un regard plein de fureur. Jonah ne bougeait plus. Pendant de longues secondes, ils se regardèrent droit dans les yeux, jusqu'à ce qu'Andreas se mette à cogner contre la porte.

Jonah considéra encore Andreas un moment, et l'incendie qui progressait derrière lui. « Brûle », lâcha-t-il enfin. Et il s'éloigna en traînant Tess.

Andreas assenait aux battants des coups délibérément lents, et d'une prodigieuse puissance. La porte semblait solide, mais elle tremblait dangereusement à chaque impact. Jonah ne la quittait pas des yeux, priant pour qu'elle tienne.

Derrière Andreas, les flammes grandissaient. Jonah recula plus vite. Les battants cédaient un peu plus à chaque assaut. Andreas ouvrit la bouche, et hurla : le rugissement inhumain de la bête victorieuse des terres noires emplit alors l'espace, dominant le fracas infernal de ses poings. Les battants allaient céder. Jonah le savait. Ils allaient céder.

« Brûle ! », hurla-t-il.

Les flammes engloutirent Andreas, dans un ronflement de cauchemar. Les battants continuaient à trembler, mais le cri avait changé de nature. C'était un hurlement de désespoir, à présent, de douleur – de *défaite*.

« BRÛLE ! »

Puis le rugissement cessa soudain. Les battants vibrèrent violemment sous l'impact du dernier coup, mais ils tinrent bon. À travers la vitre, on ne distinguait plus que des flammes.

Tout était fini.

Un nouveau craquement tira Jonah de sa torpeur. Il se remit à traîner Tess.

Derrière lui, des flammes perçaient le plafond. Bientôt, elles atteignirent la porte derrière laquelle Andreas venait de disparaître. Jonah jeta un coup d'œil au panneau de contrôle : aucune diode n'était allumée, l'écran était vierge. Il passa la carte magnétique d'Andreas et composa la combinaison : 5972.

La porte ne se déverrouilla pas.

« *Non* », cria-t-il en se retournant. Le feu approchait, la fumée ne cessait de s'épaissir. Il s'accroupit pour essayer de mieux respirer. C'était sans issue. Soudain, la porte s'ébranla sous un violent impact. Jonah se retourna, terrorisé, et regarda à travers la vitre de la porte. Il distingua un Irlandais armé d'une hache d'incendie. Il en aurait pleuré de joie.

Deux coups supplémentaires, et Never parvint à planter la lame assez profondément pour entrouvrir les battants.

« Je me suis dit que tu aurais peut-être besoin d'un coup de main », commenta-t-il.

Ils rejoignirent l'escalier, Never portant Tess, Jonah tenant la hache. La lueur des flammes jaunissait les paliers.

« On va essayer de péter une vitre pour sortir, annonça Never. Les fenêtres sont balèzes, mais la hache devrait en venir à bout.

– Le passe n'a pas fonctionné ?

Il fallait un code. Celui de Julia.

– J'ai le passe d'Andreas et son code. »

Au moment où ils atteignaient le rez-de-chaussée, ils entendirent un énorme fracas au-dessus d'eux. Jonah releva la tête et vit que la partie supérieure de la cage d'escalier avait disparu dans l'incendie.

Annabel les attendait. Ils se dirigèrent droit vers le petit couloir à côté de la réserve. Le cadavre de Julia Hannerman gisait là, dans une flaque de mousse d'extincteur. Jonah s'arrêta pour la regarder, puis il passa la carte d'Andreas dans la fente de l'issue de secours, et composa le numéro 5972.

Le mot « INVALIDE » s'afficha sur l'écran. Il lui fallut un moment pour comprendre. Il tenta à nouveau, et le même mot s'afficha.

Il regarda Never.

« Elle a désactivé toutes les issues, mec, lui dit celui-ci. La fenêtre, c'est notre seul espoir. Par ici. »

Ils rebroussèrent chemin et pénétrèrent dans la pièce où Annabel et Never avaient déniché une fenêtre donnant sur l'extérieur. Never déposa délicatement Tess à côté de la porte et prit la hache que lui tendait Jonah.

Il prit du recul, et tous tournèrent la tête avant l'impact. Le fer de la hache rebondit contre le verre avec un bruit sourd ; il ne lui avait infligé qu'une légère éraflure.

À travers la vitre, Jonah vit les voitures qui passaient, le ciel nocturne où perçaient les premières lueurs de l'aube. La sécurité, à quelques millimètres à peine.

Annabel lança un regard désespéré à Jonah au moment où Never abattait à nouveau sa hache. À chaque seconde, le rugissement de l'incendie s'intensifiait.

« NON ! », hurla Never tandis que le fer rebondissait à nouveau. Il frappa une troisième fois, avec un juron cette fois, et un petit trou apparut sur la surface translucide.

À l'autre bout de la pièce, une partie du plafond s'embrasa dans un sifflement.

Un nouveau coup de hache. Le trou s'agrandit.

Le feu progressait rapidement. Jonah regarda Annabel, et il sut qu'elle pensait la même chose : c'était maintenant ou jamais.

Une partie du plafond s'effondra.

« Il faut qu'on dégage d'ici », cria Jonah, mais Never l'ignora, assenant un nouveau coup. Le fer de la hache traversa le verre, sans pour autant briser la vitre. « C'est pas vrai ! », hurla Never, incrédule, et incapable de retirer la lame de la fenêtre.

« Allons-nous-en, cria Annabel en soulevant Tess. Tout de suite ! »

La mort dans l'âme, Never lâcha la hache. Ils quittèrent la pièce, et refermèrent la porte au moment où le reste du plafond s'effondrait.

Une épaisse fumée noire émanait de la cage d'escalier. Il ne leur restait plus qu'une issue. Annabel et Never traînèrent Tess jusqu'à l'issue de secours et la déposèrent au pied du mur.

« Où est passé Jonah ? demanda Annabel en se retournant vers le couloir.

– Il était juste derrière nous », répondit Never avant de crier : « Jonah ! »

Ils se précipitèrent et virent un rideau de fumée noire qui avançait, cachant la porte de la réserve. « Bon sang, pesta Annabel, où est-ce qu'il est ? »

Jonah émergea du nuage de fumée en postillonnant. Il traînait quelque chose derrière lui.

Never accourut pour l'aider, et vit aussitôt de quoi il s'agissait : le corps de Julia Hannerman.

« Attrape ses jambes, fit Jonah. Et fais attention, elle est encore brûlante.

– Tu es allé la chercher ? »

Jonah acquiesça. « C'est la seule à connaître son code. »

Ils arrivaient à hauteur de l'issue de secours lorsqu'une explosion retentit, dangereusement proche.

« La réserve », souffla Never. Déjà, la fumée noire s'épaississait au détour du couloir.

Jonah sortit de sa poche sa plaquette de nouveaux médicaments : chacune des huit pilules représentait un cinquième de la dose qu'il était censé prendre à chaque ressuscitation. Il les avala toutes. La substance ne prendrait pleinement effet qu'au bout de plusieurs minutes mais il ne pouvait se permettre d'attendre. Et il ne tenait absolument pas à ce que cette femme réside dans son esprit ne serait-ce que temporairement.

Agenouillé au côté du corps sans vie de Julia Hannerman, il prit sa main droite dans la sienne et sentit sa peau calcinée craquer entre ses doigts. « Prépare-toi, Never. Je ne sais pas du tout si ça va marcher mais, quoi qu'il arrive, il faudra réagir aussi vite que possible. Je vais tenter une ressuscitation non vocale, je te dirai si j'obtiens quelque chose. Souhaite-moi bonne chance. »

Tous trois avaient les yeux rivés sur la fumée qui continuait d'avancer. À demi appuyée contre le mur, Tess grogna, sans reprendre connaissance. « OK, annonça Never en tirant la carte de Julia de sa poche. Je suis prêt. Mais tu crois vraiment qu'elle va te donner le code ?

– Peut-être bien. Mais si elle refuse, j'ai d'autres moyens de l'obtenir.

– Qu'est-ce que tu veux dire ?

– Tu le sais très bien », répliqua Jonah.

Il était capable de le faire. Il pouvait la ramener, quelques minutes seulement après sa mort. Et si elle lui laissait le choix entre laisser mourir ses amis ou aller à l'encontre de ses principes, il n'hésiterait pas un seul instant.

Il s'efforça de faire abstraction de tout ce qui l'entourait, d'ignorer la température qui continuait de grimper. Sous la rumeur de l'incendie, il lui semblait distinguer de faibles hurlements. Il tenta de les ignorer également et se concentra de toutes ses forces. Julia Hannerman ne pouvait être que proche.

Brusquement, il sentit monter une chaleur considérable, et sentit une douleur cuisante sur toute la partie supérieure de son corps. Il s'empêcha d'ouvrir les yeux pour s'assurer qu'il s'agissait bien de la ressuscitation, et pas de ce qui se passait autour de lui. Il y parvint. Et en l'espace de quelques instants, elle fut là.

« Julia.

– Felix ?

– Non. Je m'appelle Jonah Miller. Vous savez qui je suis. Nous sommes devant l'issue de secours. Nous avons besoin de votre code. Aidez-moi.

– Non.

– Nous n'avons rien à voir là-dedans, Julia. Nous sommes innocents. Personne d'autre ne s'échappera, l'incendie a presque tout ravagé. Je vous en prie.

– Personne ne sort. »

La certitude qu'elle avait de faire le choix le plus juste irritait Jonah au plus haut point. « Pourtant vous aviez l'intention d'en réchapper, vous. C'était ainsi que vous aviez conçu votre plan : vous vous étiez gardé une dernière issue. » Il ressentit son contentement. Elle était fière d'elle. « Vous vous étiez gardé cette issue de secours. Nous avons besoin de votre code.

– Un nombre. » Elle semblait si satisfaite de sa petite personne que Jonah dut lutter contre la colère qu'il éprouvait. « Rien qu'un petit nombre, et vous pourriez sortir. Mais vous avez voulu m'empêcher d'agir. C'est par votre faute que je suis morte. Alors pourquoi vous laisserais-je vous en tirer ?

– Parce que nous sommes innocents. Annabel Harker est avec nous. Votre frère est responsable de la mort de son père. Vous avez une dette envers elle.

– Personne n'en réchappera. Pas cette fois. »

La sentence était irrévocable, et Jonah comprit qu'il ne lui restait plus d'autre choix que celui qu'il redoutait depuis le début. Il repensa aux documents de Baseline que Sam leur avait donnés, à ces méthodes qui l'avaient horrifié. Il repensa à Pritchard, mort dans sa voiture ; à ce moment où il avait déversé toutes ses peurs, toute sa haine et toute sa colère sur cet homme mort, à l'en emplir jusqu'à ce qu'il hurle.

Jonah essaya d'invoquer ce souvenir. La colère, la douleur qu'il avait éprouvées à la mort de sa mère. Celle qu'il ressentait envers Felix Hannerman pour ce qu'il avait fait à Sam. La peur de la fumée et des flammes qui les entouraient, ses amis et lui.

« Quoi ? dit Julia. Que se passe-t-il ? »

Il voulait lui offrir un cauchemar véritable. Il pensa à la créature que Will Barlow avait ramenée – cette entité qu'il avait rencontrée pour la première fois à la fin de la ressuscitation d'Alice Decker. La créature qui avait finalement péri dans le corps de Michael Andreas. Il repensa à son regard, au désert calciné et noirci. Au rugissement de triomphe et à la pestilence.

Julia Hannerman était terrorisée. « Qu'est-ce que c'est que ça ? L'un d'entre eux ? Oh, mon Dieu, Felix, qu'est-ce que c'est ? » Elle était complètement déboussolée, à présent, exactement comme Jonah l'espérait.

« Julia, c'est Felix. Je suis là, mentit Jonah. C'est l'un d'entre eux. C'est toi qu'il veut. Il arrive.

– Felix ! Je t'en supplie, aide-moi ! C'est tout près ! » Jonah suscita une nouvelle cascade d'images et de sensations. Il sentait la terreur de Julia croître d'instant en instant.

« C'est toi qu'il cherche, Julia. Il faut qu'on ouvre cette porte. Il faut qu'on sorte de là.

– Felix, pleurnicha-t-elle, je ne comprends pas... » Jonah insista, s'efforçant de la noyer sous un flot de terreur. Il sentit sa raison l'abandonner : elle en oubliait qu'elle était morte. Ce n'était plus qu'une petite fille terrorisée et perdue dans les ténèbres, avec son frère à son côté, son frère qui, seul, pouvait la tirer de là. À condition qu'elle lui donne le code. Rien qu'un nombre. « Je t'en supplie, Felix, j'ai tellement peur !

– Donne-moi le code, Julia. Donne-moi le code. » Elle finit par le lui livrer. Il pouvait la laisser, maintenant. Il devait la relâcher. Mais sa colère était intacte, et il lui restait une dernière question. Il lui envoya une ultime rafale : Daniel Harker, attaché, rongé par la vermine. Felix Hannerman hurlant dans sa voiture en flammes. Il la submergea d'une tristesse infinie, d'une tristesse abominablement pure.

Une pure douleur.

Il lui posa sa dernière question, et sentit (ou imagina, mais cela avait-il encore la moindre importance ?) Daniel Harker qui l'observait, impassible – incapable de lui reprocher ce traitement qu'il infligeait à Julia Hannerman, pour la simple raison que lui aussi voulait savoir.

La réponse lui parvint sous la forme d'un flot d'images, un flot de vérité pure et froide qui l'abasourdit un bref instant.

(« *Jonah !* », hurla Never. « *Dépêche-toi !* »)

Il en avait terminé avec elle. Il la laissa au sort qui l'attendait, quel qu'il soit, lâchant la main calcinée, rouvrant les yeux. Tout n'était plus que fumée épaisse et flammes rugissantes. Il lui était presque impossible de distinguer ou d'entendre quoi que ce soit.

« *Tu as le code ?* », hurla Never.

Jonah lui prit la carte de Julia des mains, la passa dans la fente, et composa le code.

La porte s'ouvrit.

Ils se précipitèrent à l'extérieur, trébuchant, Annabel et Never portant Tess à bout de bras tandis que Jonah, regardant par-dessus son épaule, voyait les flammes surgir de la fumée noire qui se déversait à présent au-dehors.

Ils coururent jusqu'à ce qu'ils aient l'impression de se trouver assez loin, au bout d'un parking qui jouxtait le bâtiment. Là, tous tombèrent à genoux.

Sur le toit en flammes, des gens criaient. Une torche humaine sauta dans le vide.

« Putain, croassa Never. Putain de merde. »

CHAPITRE 36

Ils s'étaient tous trois assis par terre, à côté de Tess, toussant, crachant, les poumons encore emplis de fumée. Gêné, Never tira le pistolet de Hannerman et la première télécommande de ses poches arrière. Il jeta l'arme au loin et considéra la télécommande. Tess se mit à remuer en grognant.

« Vous êtes sûrs qu'il n'y a pas moyen de les aider ? », lança Never.

Sifflant à chaque inspiration, Jonah se releva pour observer la catastrophe. « Non, on ne peut plus rien faire. » Il s'aperçut que Never pleurait. Puis il prit conscience qu'il pleurait lui aussi.

« Vous entendez ? », fit Annabel en se relevant. Au loin, des sirènes résonnaient. Annabel fut prise d'une soudaine quinte de toux. Jonah s'approcha d'elle, se demandant s'il allait trouver le courage de lui répéter la réponse de Julia Hannerman à l'ultime question qu'il lui avait posée : pourquoi avaient-ils laissé mourir Daniel Harker ?

C'est alors qu'il sentit un mouvement dans son dos. Il se retourna. Tess, désorientée mais à nouveau consciente, venait de se relever. Elle était furieuse, en larmes. Et, les mains tremblantes, elle braquait le pistolet de Hannerman sur Never.

« Qu'est-ce que vous avez fait ? Qu'est-ce que vous avez fait ? », hurla-t-elle à Never, qui se rendit compte qu'il tenait la télécommande. Il la lâcha, et leva les mains. Il jeta un coup d'œil à Jonah, et avança d'un pas.

« Ce n'est pas nous qui avons fait ça. C'est la sœur de Hannerman. Pas nous.

– Qu'est-ce que vous avez fait ? »

Jonah était en proie à une peur tout juste contrôlable. Tess était déboussolée, complètement perdue. Elle avait vu la télécommande dans la main de Never, et tous les membres de "l'Unité" étaient en train de mourir sur le toit. Elle était la seule survivante du groupe. Et elle était persuadée que Never en portait la faute.

« Arrête ! », cria Jonah. Il s'interposa entre le canon de l'arme et Never. « Tess. Je t'en prie. Ce n'est pas nous qui avons fait ça. Crois-moi. »

Tess baissa très légèrement le bras. « Où est Michael ? »

Jonah secoua la tête.

« Il aurait pu combattre cette chose, lâcha-t-il d'une voix éteinte. Il aurait pu la vaincre. Nous aurions pu tout arranger. »

Il s'approcha d'elle. « Tess. Je t'en prie.

– Tu souhaitais sa mort, cracha-t-elle d'un ton impérieux en relevant son arme. Tu voulais qu'il meure. N'essaye pas de le nier.

– Tess, je t'en supplie. » Il fit un pas de plus vers elle. « Il a combattu cette chose. Et il a remporté la seule victoire qu'il était en mesure de remporter. »

Elle le regarda droit dans les yeux, et Jonah sut qu'elle comprenait. Des cris provenant du toit attirèrent leur attention, et ils tournèrent la tête vers eux. Lorsque Jonah abaissa le regard, Tess courait au loin.

Il voulut la poursuivre, mais Never l'en empêcha : « Laisse-la partir. »

Jonah réfléchit un bref instant. En dépit de toutes ses erreurs, de toutes ses fautes, Tess et lui étaient liés. Jadis, c'était lui qui s'était trouvé seul et perdu, et elle l'avait aidé. C'était à son tour de lui prêter main-forte. « Je veux simplement qu'elle sache qu'elle n'est pas toute seule », expliqua-t-il à Never avant de se lancer à sa poursuite.

Elle courait entre les rangées de voitures en direction de la route. Jonah était loin derrière, mais il la voyait. Le parking était planté de jeunes arbres et de buissons touffus. Tess disparut derrière l'un d'eux. Jonah ralentit, puis s'immobilisa : elle s'était arrêtée et s'était tournée vers la droite, en braquant son pistolet. Elle parlait à quelqu'un. Jonah s'avança le plus discrètement possible, puis s'accroupit derrière un 4 x 4. «... fils de pute », lâcha Tess.

Un homme en complet noir venait d'apparaître dans le champ de vision de Jonah, dos tourné. Tess gardait son pistolet braqué sur lui mais, d'après sa position, Jonah avait la certitude que l'homme pointait lui aussi une arme sur Tess.

« Veuillez me suivre, Tess.

– N'approchez pas.

– Nous vous avons surveillés de très près. Nous étions vraiment curieux de savoir ce que vous fabriquiez. Ne me dites pas que ça vous surprend. Officiellement, nous vous considérons comme des illuminés mais entre nous, Tess, entrer en contact avec des *entités inconnues*, cela pose un problème de sécurité nationale sans précédent.

– C'est vous qui êtes responsable de ça ?

– L'incendie ? Bien sûr que non. Nous surveillions Andreas d'assez près pour savoir que quelque chose d'important allait enfin se réaliser. Ma présence s'imposait mais, pour vous dire les choses franchement, je n'ai pas la moindre idée de ce qui s'est passé cette nuit, si ce n'est que vous êtes l'une des rares à vous en être sortie vivante. À présent, veuillez me suivre. Nous vous protégerons, Tess. Nous sommes les seuls en qui vous pouvez avoir confiance. »

L'homme leva lentement les mains. De sa main gauche, il saisit son arme par le canon, et le déposa à ses pieds.

Jonah observa le visage de Tess. De toute évidence, elle réfléchissait à la proposition. *Non*, pensa-t-il. Si elle acceptait de le suivre, Jonah savait quel genre de protection l'attendait : la sécurité d'une cellule.

Tess abaissa doucement son arme. Jonah pouvait lui donner une chance de s'enfuir. Il n'hésita qu'un court instant. Il savait parfaitement ce que Never aurait pensé en le voyant : un sacré risque à prendre pour une femme qui l'avait toujours traité comme une merde.

Jonah se souvint de la façon dont il avait plaqué Hannerman. Il suffisait de laisser faire l'énergie cinétique. Il s'élança, le plus silencieusement possible. L'homme se retourna, mais trop tard : tandis que Jonah le ceinturait, chacun put lire la surprise dans les yeux de l'autre. Ils se connaissaient.

Kendrick heurta violemment l'asphalte.

« Cours, Tess ! »

La jeune femme se précipita vers la sortie du parking. Jonah perçut alors un mouvement sur sa droite, et comprit qu'un autre homme se trouvait là depuis le début, à quelques mètres, et qu'il n'avait pu le voir de là où il s'était trouvé.

L'homme leva son pistolet, visa...

Jonah se releva dans un bond et s'interposa en levant la main. « *Non !* », hurla-t-il.

Une détonation retentit. Jonah inspira, et éprouva une terrible douleur.

Kendrick baissa son arme en secouant la tête d'un air irrité.

Jonah se retourna et vit Tess sortir du parking, traverser la route où passaient des voitures, puis disparaître derrière une rangée de témoins qui assistaient de loin à l'incendie du bâtiment.

Ses jambes cédèrent et il tomba à genoux, puis sur le flanc. La douleur empirait à chaque instant. Il baissa les yeux sur sa poitrine. Elle était maculée de sang. Il ne parvenait plus à bouger, et chaque inspiration était un supplice.

Le deuxième homme se mit à courir vers la route.

« Laissez-la », ordonna Kendrick en s'agenouillant à côté de Jonah. Il semblait regretter la situation. « On ne devrait avoir aucun problème à la rattraper.

– Et lui, monsieur ? On l'achève ? »

Kendrick parut consterné. « Je le connais. Il est dans le camp des gentils. » Il observa un bref silence. « On l'emmène. Qu'il survive ou non à sa blessure, je veux savoir ce qu'il faisait ici.

– Il sait qui vous êtes ?

– Personne ne le sait. Nous n'existons pas. » Kendrick porta son poignet à ses lèvres. « Venez nous chercher à l'entrée B », ordonna-t-il avant d'écouter une réponse silencieuse. Son expression changea du tout au tout. « Quand ça ? Vous en êtes sûr ? On arrive. » Il se tourna vers son subordonné. « Changement de programme. On le laisse ici, et on attend de voir ce qu'il racontera à la police.

– Qu'est-ce qui s'est passé ? »

Kendrick haussa les épaules. « Un vrai coup de chance. » Il jeta un dernier regard au blessé avant de s'éloigner.

Jonah les entendit partir. Après un temps qui lui fut impossible d'évaluer, des cris et des bruits de pas approchèrent.

Annabel et Never s'agenouillèrent à ses côtés, criant son nom, pleurant, désespérés.

« Non, lui dit Never. Ne t'endors pas. »

Jonah entendit les sirènes approcher à leur tour. Des véhicules étaient arrivés devant le bâtiment. Des camions de pompiers. Des ambulances.

Il se sentait si las.

« Jonah, je t'en supplie, accroche-toi. Les ambulanciers arrivent. Les ambulanciers arrivent. » La voix d'Annabel. Jonah éprouva des regrets en l'entendant.

Il était à bout de forces.

« *Je t'en supplie.* »

Il était grand temps de se reposer.

CHAPITRE 37

Il n'était nulle part.

Sans la moindre conscience de son corps. Quelque chose l'entourait, pourtant. Une sorte d'espace. Une espèce de *vide*. Il voulut parler, mais aucun son ne franchit ses lèvres. Il se rappela la voix d'Annabel, le large sourire de Never, et son cœur se pinça. Ils lui manquaient.

La peur s'insinua alors en lui. Il s'imagina ce que cela devait être de se retrouver au milieu de cet espace-là, en compagnie de cette présence colossale, prédatrice, et de la sentir vous encercler comme cela avait été le cas de Ruby, le sujet d'Eldridge. Il pouvait presque la voir : un gigantesque requin noir, se fondant dans les ténèbres.

Mais il n'y avait rien ici – en tout cas pour l'instant. La peur se volatilisa. Jonah était calme. Qu'allait-il se passer, à présent ?

Une autre peur le saisit, un vertige : peut-être était-ce tout. Une conscience sans fin, pour l'éternité. C'était donc cela qu'avaient vécu les Treize. Cette pensée était tout simplement terrifiante.

Non, pensa-t-il. Les morts ne faisaient pas état de ce genre de situation. Aucun n'avait jamais raconté être resté conscient, seul avec ses souvenirs, des heures ou des semaines durant. Tous prétendaient n'avoir été conscients qu'un bref instant, juste avant que...

Juste avant qu'on les ressuscite.

Un brusque flot de bruits et d'images surgit soudain, trop bref pour être compréhensible. Puis, de nouveau : les ténèbres, le silence.

Jonah se demanda qui s'en chargeait. Certainement pas Pru. Ou bien elle était morte dans les flammes, ou bien (et c'était plus probable), elle avait quitté le bâtiment bien avant l'incendie. Ce ne devait pas être non plus Jason Shepperton, parti en vacances pour se remettre de ses blessures. Stacy Oakdale, peut-être, mais il y avait fort à parier qu'il s'agissait de quelqu'un de nouveau, quelqu'un qu'il ne connaissait pas.

Jonah se demanda quelles questions on lui poserait. Sa ressuscitation était impérative, évidemment. La situation était bien trop importante pour qu'on ne l'interroge pas, quand bien même ses réponses n'avanceraient guère les enquêteurs. Lui-même avait procédé à de nombreuses ressuscitations qui s'étaient révélées de simples formalités. Souhaitaient-ils comparer sa version des faits avec celles des deux autres témoins ? Mais à quoi bon, même à supposer que les versions concordent ? On écarterait cette histoire comme les simples délires d'un groupe d'illuminés. Les membres de "l'Unité" s'étaient crus les hôtes d'âmes anciennes, et ils resteraient sans aucun doute les seuls à le croire.

On allait le ramener pour lui poser des questions inutiles. Pour qu'il puisse faire ses adieux.

Je ne veux pas qu'on me ramène, pensa-t-il. *S'il vous plaît.*

Il sentit qu'on le tirait avec plus d'insistance. *Ça y est*, pensa-t-il. *C'est maintenant.*

Des fragments de souvenirs lui revenaient. Il était assis dans un champ boueux, les yeux levés au ciel, sa mère, morte, dans la voiture derrière lui. Dans une chambre froide, il saisissait la main en décomposition de Daniel Harker. Il considérait le visage grisâtre de Sam, et le sang qui imbibait son pantalon. À toutes jambes, il quittait le lieu de la ressuscitation d'Alice Decker. Il se trouvait à Baseline, pleurant dans le mouchoir de Tess. Il se réveillait dans son appartement pour constater que Tess était partie pendant qu'il dormait. Il voyait l'autocar percuter la voiture, et entendait le cri étranglé de sa mère : « Non ! »

S'il vous plaît. Laissez-moi dormir. Laissez-moi.

Un autre flot d'images et de sons. Tellement de bruit. Cela dura plus longtemps, cette fois. Il avait l'impression qu'on le tirait en avant. Il voulait rester là où il se trouvait. Une lumière vive le submergea, et il poussa un cri muet.

*

Il ouvrit les yeux.

Il était étendu dans des herbes hautes, un ciel légèrement voilé au-dessus de sa tête. Il faisait chaud.

Il se leva. Les herbes lui arrivaient aux genoux. Il regarda autour de lui, et se rappela cet endroit : c'était le champ où il avait ressuscité sa mère. Un simple champ de boue à l'époque. La voiture de son beau-père se trouvait là, épave rouillée dont la présence même lui prouvait que tout cela n'était pas réel.

« Est-ce que je suis mort ? demanda-t-il à haute voix.

– Non », répondit quelqu'un derrière lui.

Il se retourna et vit Daniel Harker, semblable en tous points à la photo dont il se souvenait, vêtu de son long manteau sombre.

Il souriait. « Enfin, corrigea-t-il, si *vous* êtes mort, alors je ne vois pas trop ce que je suis, moi ! Bon sang, si je suis vraiment le fruit de votre imagination, la moindre des politesses, c'est que vous soyez vivant, non ? »

Jonah sourit. « Ça fait plaisir de vous voir enfin, Daniel. En personne. » Ils se serrèrent la main. « Je suis désolé. Pour ce que Julia Hannerman a dit. »

Daniel secoua la tête. « Il fallait que je sache. Pas de votre faute si la réponse n'était pas agréable à entendre. »

Jonah regarda à nouveau autour de lui, émerveillé par le réalisme du moindre détail. Il se demanda ce dont il s'agissait vraiment. Le préambule à une ressuscitation, sans doute. Jamais il n'avait fait un rêve de cette sorte. « Tout semble si vrai.

– À qui le dites-vous », répondit Daniel en contemplant sa main avec la même expression étonnée.

« Daniel, Andreas a dit quelque chose... Enfin, la créature qui l'a possédé. Elle a dit que toutes ses victimes vivaient en elle. Ça m'a rappelé...

– Le phénomène de vestige. Vous vous êtes souvenu de moi. »

Jonah acquiesça.

« J'ignore ce qu'était cette foutue créature, Jonah, mais elle est morte, à présent. Pour de bon. »

Jonah ne répondit pas. Il hésitait à le croire.

« Je me demande..., reprit-il en faisant courir sa main dans les herbes hautes, je me demande bien pourquoi on se retrouve ici. Pourquoi cet endroit ?

– Je n'en sais rien, répondit Daniel. Mais vous feriez peut-être bien d'en profiter au maximum. » D'un mouvement de la tête, il indiqua quelque chose derrière Jonah.

Celui-ci se retourna. Et il la vit. Indemne, souriant comme jamais elle n'avait souri depuis la mort du père de Jonah. Il la contemplait sans oser y croire.

« Je ne comprends pas, souffla-t-il à Daniel.

– Peut-être est-ce ce qui reste d'elle dans votre esprit. Le souvenir que vous avez gardé d'elle. Les vestiges naturels dont Graves vous a parlé. Ou alors c'est plus que ça. J'aimerais que cette dernière hypothèse soit la bonne, mais je ne suis pas le mieux placé pour émettre un avis objectif sur la question. » Daniel sourit, et d'un autre mouvement de la tête, lui fit signe de la rejoindre.

Jonah courut vers sa mère, les larmes aux yeux.

Ils tombèrent dans les bras l'un de l'autre.

« Mon petit garçon, dit-elle. Mon fils, mon chéri. »

Jonah sanglota en l'étreignant de toutes ses forces.

« Je me suis senti si seul à ta mort.

– Tu n'es pas seul.

– Tu veux dire que tu...

– Ce n'est pas ce que je voulais dire. »

Elle le serra plus fort et il la serra aussi, sans plus penser à rien, tout à la joie de la retrouver, sans se soucier du sens de ces retrouvailles. Ses larmes ne coulaient plus. Il lâcha sa mère afin de mieux contempler son visage.

« Il est temps, dit-elle. Tu dois me laisser.

– Je ne veux pas... », commença-t-il, mais elle posa un index sur ses lèvres.

« Chut », murmura-t-elle avec un sourire. D'un geste tendre, elle écarta une mèche de cheveux de son front. « Il faut que tu me laisses. »

Il acquiesça, puis la serra à nouveau contre son cœur en fermant les yeux, afin de trouver le courage nécessaire. Il ouvrit ses bras, et sentit qu'elle faisait de même. Au bout d'un moment, il regarda de nouveau. Elle avait disparu.

Jonah se retourna.

Daniel se tenait là. « Je crois que c'est à mon tour de déguerpir. Pour où, mystère. Le néant ou l'éternité. En tout cas, j'espère qu'ils servent des cocktails. » Ils échangèrent un sourire.

« Bonne chance, Daniel. J'espère… j'espère que vous reverrez bientôt Robin. »

Daniel se détourna un bref instant, en proie à une vive émotion. « Merci, Jonah. Et bonne chance à vous aussi. Prenez soin de vous. Et d'Annabel. »

Jonah sourit. « Qu'est-ce qui vous dit que j'en aurai l'occasion ?

– Oh, je ne peux vous le garantir. Mais regardez un peu autour de vous. »

Jonah s'exécuta, mais il n'y avait rien à voir. Il se retourna.

Daniel avait disparu.

Jonah sentit la fatigue le gagner. Sous le soleil voilé, il s'assit au milieu des herbes hautes et, exténué, s'allongea. Il ferma les yeux, se demandant s'il allait se réveiller, et si c'était le cas, où.

*

Un mouvement : sous lui. La lumière lui parvenait, rouge à travers ses paupières closes. Le bruit d'un moteur. Le roulis d'un véhicule. On lui avait posé un masque.

Il ouvrit les yeux. Une ambulancière l'observait.

« Essayez de vous détendre, Jonah. Votre état est stationnaire. On ne va pas tarder à arriver. »

Il sentit qu'on lui tenait la main, et serra les doigts. Incapable de bouger la tête, il tourna les yeux autant qu'il le put. Never se tenait là, tout proche, avec Annabel. Elle serra sa main en réponse à son geste.

« Accroche-toi, fit Never. Accroche-toi. »

Sa mère avait raison.

Jonah n'était pas seul.

CHAPITRE 38

LE TEMPS SE PARTAGEAIT ENTRE DOULEUR ET RÊVES. Des ténèbres, parfois. Puis les rêves prirent le pas sur la douleur, un lent retour vers la conscience, jusqu'à ce que Jonah ouvre les yeux dans une chambre d'hôpital.

Il tentait de se rappeler. Son arrivée à l'hôpital, d'abord, après la mort de sa mère. Puis la ressuscitation de Nikki Wood. Enfin, il se souvint d'Andreas. De l'incendie. De Tess.

Il demanda des nouvelles de ses amis, et on lui répondit que tous deux allaient bien, qu'ils n'étaient restés qu'une nuit en observation. Bientôt, son état étant jugé satisfaisant, il fut transféré au centre hospitalier universitaire de Richmond, où Sam se trouvait encore.

Un médecin vint l'informer de la nature de ses blessures. La balle avait brisé l'une des côtes et une nuée de fragments d'os avait perforé un poumon, provoquant une hémorragie interne assez grave pour entraîner la mort. Les premiers jours, la situation avait paru sans issue. Au bout d'une semaine, son état était toujours critique. Mais on en était à présent à la troisième semaine, et il était définitivement hors de danger.

Jonah écouta tout cela dans son lit, respirant avec prudence afin de ne pas aggraver la douleur. Dès lors qu'il restait immobile, il ne tardait pas à éprouver une vague euphorie, signe qu'on lui injectait un puissant antidouleur.

« Votre cœur n'a pas été touché, affirma le médecin. Étant donné l'importance de vos blessures, c'est un vrai coup de chance. »

L'expression même employée par Kendrick avant de disparaître. Jonah se demanda quelle forme avait prise le coup de chance de l'homme au costume noir.

Le docteur lui parla ensuite des complications que pouvaient engendrer ses blessures à long terme, de l'importance d'une récupération complète. Jonah se sentit rapidement las, et s'endormit au milieu d'une phrase.

Ténèbres et rêves, à nouveau. Lorsqu'il se réveilla, il lui fallut un moment pour prendre conscience que les visages qu'il voyait étaient bien réels.

« Hey, dit-il.

– Hey », répondit Sam, assis à son chevet, en pyjama et robe de chambre, amaigri, fragile. Annabel et Never se tenaient derrière lui. « On a bien failli te perdre, ajouta-t-il.

– Toi aussi.

– Ça m'a fait plaisir d'apprendre qu'ils te transféraient ici, tu sais. Ça signifiait que je pouvais garder un œil sur toi. Never et moi avons parié sur qui, de toi ou moi, sortira le premier.

– J'ai parié sur Sam », dit Never.

Jonah se souvint de son dernier séjour à l'hôpital et du grand ménage effectué chez lui par Never. L'inquiétude lui fit plisser le front.

« Qu'est-ce qu'il y a ? demanda Sam en se redressant.

– Quelqu'un s'est occupé de mon chat ?

– Marmite va bien, répondit Never avec un éclat de rire. Je m'en suis occupé. Putain, après tout ce qui s'est passé, le premier truc qui te vient à l'esprit, c'est le bien-être de ton chat ! »

Tous restèrent un instant silencieux.

Sam finit par se lever. « Il faut que j'aille me reposer un peu. Je tâcherai de venir te voir plus tard, O.K. ? »

Jonah vit Sam se saisir d'une paire de béquilles pour quitter la chambre, à pas lents, douloureux. Il sentit son estomac se nouer.

Annabel et Never prirent place de chaque côté de son lit, et Annabel lui prit la main.

« Tu nous as vraiment fait peur.

– On a eu des nouvelles de Tess ?

– Aucune, répondit Never. Putain de bon débarras. »

Annabel s'approcha un peu plus de Jonah. « On pensait que c'était Tess qui t'avait tiré dessus. Mais un témoin a dit avoir vu deux hommes avec vous. Personne ne sait de qui il peut s'agir.

– Kendrick, affirma Jonah.

– Oui, c'est peut-être Kendrick qui les a envoyés.

– L'un d'eux *était* Kendrick, rectifia Jonah. Ils ont eu vent des activités d'Andreas, et ils voulaient en avoir le cœur net. Kendrick a expliqué qu'ils étaient là en tant qu'observateurs. L'incendie les a pris de court. » Les images des flammes lui revinrent soudain en mémoire. « Combien de personnes sont mortes ? Est-ce que d'autres que nous ont réussi à en réchapper ?

– Une trentaine de victimes, répondit Never. L'incendie a été si violent qu'on ne connaîtra sans doute jamais le nombre exact. Deux vigiles s'en sont sortis, et l'un des six agents de sécurité engagés spécialement par Andreas a été grièvement blessé. Personne d'autre n'a survécu. On a retrouvé des corps, certains ont été identifiés.

– Aucune info concernant Pru ? Barlow ? Andreas ?

– Pru était déjà rentrée chez elle : elle avait dû partir tout de suite après la séance. On a rien sur Barlow, mais on a identifié la dépouille de Michael Andreas quelques jours après le sinistre, par empreinte dentaire. On attend encore les confirmations de l'analyse génétique. »

Jonah se souvint de la chaleur intense, des flammes, et ferma les yeux. Une trentaine de victimes, mais Andreas était du nombre. Il espérait que Michael ne s'était pas trompé sur la nature mortelle de la créature, et qu'il ne s'était pas sacrifié en vain.

Une pensée lui traversa soudain l'esprit. « Est-ce que l'un d'eux... Mon Dieu, est-ce qu'*Andreas*...

– Est-ce qu'il y a eu des ressuscitations ? », compléta Never.

Jonah acquiesça. Il n'avait pas eu le courage de prononcer le mot.

« Non. Je crois que c'est pour cette raison que Hannerman a planifié un incendie. Aucune dépouille ne devait pouvoir être ressuscitée.

– Trente personnes, et Michael Andreas est mort. Je ne sais pas trop quoi penser de tout ça.

– Laisse tomber, mec. Ce qui est fait est fait. »

Jonah acquiesça, sachant pertinemment qu'il passerait beaucoup de temps à réfléchir à tout ça lors des prochains jours, des prochaines semaines, voire des années à venir.

« Et comment les gens l'ont-ils pris ? Qu'est-ce que vous avez rendu public ? Uniquement les méthodes d'interrogatoire, ou "l'Unité" aussi ? »

Annabel et Never échangèrent un regard.

« Justement, à ce propos, dit Annabel. La police va te demander ta version des faits, alors on ferait mieux de se concerter avant.

– Comment ça ? Je vais leur raconter ce qu'on sait, tout simplement.

– On ne peut pas révéler l'existence de "l'Unité", Jonah. Il me faut encore du temps pour tout étayer. Si on rendait ça public aujourd'hui, personne ne nous croirait. Et les sources refuseraient de parler.

– Qu'est-ce que vous avez raconté à la police ?

– On s'en est tenu à la version d'Andreas. Officiellement, il avait fait passer cette soirée pour une petite sauterie destinée à un groupe d'amis et d'investisseurs triés sur le volet. J'ai expliqué aux autorités que j'avais été invitée pour honorer la mémoire de mon père et qu'Andreas m'avait autorisée à emmener deux amis : Never et toi. »

Jonah n'en croyait pas ses oreilles. « Donc, l'incendie est censé n'avoir été qu'un simple accident ? Ils ont parlé à Pru ?

– Ils ignorent que Pru se trouvait là-bas, répondit Annabel. En ce qui concerne l'origine de l'incendie, le *New York Times* a reçu il y a quelques jours un courrier dans lequel le groupe de Hannerman revendique la responsabilité de l'attentat, et expose ses raisons. Apparemment, le document a été authentifié. Ce qui indique qu'au moins une autre personne était impliquée, une personne chargée de poster une lettre en l'absence de nouvelles après une certaine date.

– Que dit ce courrier ?

– Aucune source n'y est révélée mais la lettre explique ce que, selon eux, Andreas comptait faire : à savoir, plonger notre monde dans le chaos et la désolation. La lettre précise en outre qu'ils se préparaient à une guerre au cas où ils ne parviendraient pas à l'en empêcher. Si tu veux te faire une idée de la façon dont les gens réagiraient à la vérité, renseigne-toi sur la polémique que cette lettre a soulevée.

– Ça a été moche ?

– On peut dire ça comme ça, répondit Never. Tout le monde est maintenant convaincu qu'une bande de malades paranoïaques et schizophrènes ont assassiné le plus grand des génies américains.

– Alors quand les flics viendront m'interroger, je leur dirai que j'étais allé *faire la fête* ?

– Plus ou moins, répondit Annabel. S'ils te posent une question délicate, il te suffira de prétendre que tu ne te souviens pas bien des détails.

– Est-ce qu'ils savent, pour Tess ?

– Ils savent qu'une femme en a réchappé, mais ils ignorent son identité. Ils pensent que tu t'es fait tirer dessus par l'un des extrémistes impliqués dans l'incendie. Je t'en supplie, ne leur dis rien au sujet de Kendrick.

– Ni à propos de ce que Kendrick a fait, Annabel ? Le meurtre comme première étape d'un interrogatoire ? Les documents que Sam nous a passés ? Tu n'as rien révélé là-dessus non plus ?

– Le choix te revient, Jonah. Je pense que les gens n'auront aucun problème à y croire mais, si nous décidons de rendre l'information publique, il vaudrait mieux que nous le fassions bien. J'aurai besoin de ces documents, si tu es toujours en leur possession. »

Jonah acquiesça. Mais il posa une condition : « Uniquement si on n'explique pas aux gens comment on fait. Je brûlerai tous les documents décrivant leurs méthodes.

– Marché conclu. En ce qui concerne "l'Unité", ça risque de prendre du temps. Certaines personnes étaient au courant de leurs agissements, et maintenant que Michael Andreas et la majorité des autres membres sont morts, j'espère qu'elles auront moins de réticences à témoigner. Mais le plus dur, ce sera de révéler tout ça sans prêter le flanc au ridicule. Il faut voir les choses en face, Jonah : même le meilleur papier de tous les temps pourrait passer inaperçu. Pour dire les choses autrement, je doute fort qu'un tel article me vaille la couverture du *Time*. Et ce n'est pas tout : si l'opinion mondiale nous croit, le concept même de ressuscitation se retrouvera en ligne de mire. Les Afterlifers tiendront le haut du pavé.

– Ce n'est pas la ressuscitation qui pose problème.

– Je n'ai aucun plaisir à le dire, répliqua Annabel, mais c'est précisément comme ça que les gens verront les choses. »

Jonah resta silencieux. Elle avait raison : la ressuscitation ne comportait en soi aucun risque. Même s'il restait encore quelque chose au-delà de ces portes, il faudrait un groupe aussi illuminé et déterminé que "l'Unité" pour la ramener dans notre monde. Et seule la ressuscitation d'un sujet vivant permettait d'ouvrir ce genre de portes.

Il repensa à la cicatrice que portait Tess au-dessus de la tempe, et à celle, plus fraîche, d'Andreas. Sans ce type d'opérations extrêmes, rien ne pouvait rester très longtemps dans notre monde. Il n'y avait rien à craindre de la ressuscitation en soi. Cette vérité était ancrée au plus profond de son être.

Mais en convaincre autrui était tout autre chose.

Lentement, il acquiesça. Comme Annabel l'avait dit, il fallait voir les choses en face. Et pour ce faire, il aurait besoin de temps.

Dans l'immédiat, il devait parler à Annabel seul à seul. Il croisa le regard de Never et, d'un simple coup d'œil, lui indiqua la porte. Son ami écarquilla les yeux lorsqu'il comprit.

« Je vais... me chercher un café, dit-il. Je te rapporte quelque chose, Annabel ? »

Elle déclina, et il les laissa seuls.

Annabel le dévisagea et il releva les yeux, un peu mal à l'aise. Elle lui avait repris la main. Ses yeux étaient humides, sa voix tremblait un peu. « Tu as bonne mine. Vu ce qu'il t'est arrivé.

– Non. J'ai une gueule pas possible. Et toi, tu as l'air fatigué.

– Ça fait plusieurs jours que je n'ai pas vraiment dormi. Je vais bientôt rentrer à Londres. Je suis sûre que je vais passer ma première semaine à dormir, d'une traite. »

Jonah se sentit triste. Elle allait renouer avec son monde, avec sa vie d'avant.

« Ça va ? », demanda-t-elle, surprenant son expression.

Il s'obligea à sourire. « J'étais en train de penser à la fois où j'ai... », commença-t-il, pour s'interrompre brusquement. *Où j'ai vu mon nom sur la couverture*, allait-il dire. Certains souvenirs de Daniel ne l'avaient toujours pas quitté, mais cela ne l'inquiétait plus : il n'avait plus l'impression d'avoir quelqu'un d'autre dans sa tête. Ces reliquats de souvenirs s'estomperaient avec le temps. Déjà, ils paraissaient moins réels. « Je me souviens de la fois où j'ai vu ton père en couverture du *Time*, reprit-il. Ça remonte à longtemps.

– On dirait que ce qui s'est passé il y a un mois remonte à une éternité. »

Jonah acquiesça, et se redressa un peu, grimaçant de douleur. « C'était six mois avant la mort de ma mère : avant que je découvre ce que j'étais vraiment. Je me souviens de... l'excitation que j'ai éprouvée en lisant l'article de ton père. Je me suis dit qu'il restait encore de la magie et du mystère dans notre monde. Je me rappelle en avoir parlé à ma mère. Elle était aussi enthousiaste que moi. Mon beau-père était en déplacement. On a vécu un week-end absolument parfait... » Il se tut alors. Puis il releva les yeux, accablé. « Annabel, lorsque j'ai ressuscité Julia Hannerman. Lorsqu'elle m'a donné le code...

– Tu n'es pas obligé de m'en parler, Jonah. Tu n'avais pas d'autre choix que d'agir ainsi.

– Il n'empêche : je ne pourrais jamais repenser à ce qui est arrivé sans éprouver du dégoût envers moi-même. Mais ce n'est pas de ça que je veux te parler. Je lui ai demandé autre chose. Je lui ai demandé pourquoi ton père était mort. Pourquoi ils l'avaient abandonné. »

Annabel le regarda dans les yeux, stupéfaite.

« Elle ne m'a pas vraiment répondu, enfin pas avec des mots, tu comprends. La réponse a simplement émané d'elle, soudainement. »

Il s'interrompit, intimidé par l'expression intense d'Annabel.

« *Et ?*

– Ils s'apprêtaient à changer de planque. Une nuit, ils sont partis en mission de reconnaissance. Sur le chemin du retour, ils se sont aperçus qu'on les suivait. Ils ont réussi à semer leurs poursuivants, mais ils étaient confrontés à un dilemme. Leur planque était-elle compromise ? Devaient-ils retourner chercher Daniel, ou était-ce courir un trop grand risque ? Ne pas revenir, ils le savaient, c'était signer son arrêt de mort. Ils savaient aussi qu'on ne le retrouverait pas tout de suite, qu'ils bénéficieraient de quelques jours de répit. Ils ont procédé à un vote : c'est ainsi que les décisions étaient prises. Felix Hannerman avait beau faire figure de chef, lorsqu'un choix devait être fait, ils étaient tous égaux, et tout le monde devait se plier au résultat du vote. Ils ont donc voté. Il y a eu égalité. Deux voix pour, deux voix contre. Felix Hannerman a été le dernier à s'exprimer. Il a voté en faveur de l'abandon. »

Annabel hocha la tête, et tous deux demeurèrent un moment silencieux. Puis elle prit la parole : « Merci.

– Je n'étais pas très sûr que... »

Elle l'interrompit : « C'est toujours mieux de savoir, Jonah. Toujours. »

Il approuva à son tour, se demandant s'il avait fait le bon choix. Après tout, c'était un petit mensonge pieux. La vérité était autrement plus violente.

En vérité, il y avait eu deux voix pour, deux voix contre, et une abstention. Le vote de Felix Hannerman, partisan du silence, ne s'était pas révélé décisif. Il n'y avait qu'une façon de procéder en cas d'égalité parfaite des suffrages. Et Felix Hannerman n'avait fait que suivre la directive.

C'était un simple pile ou face qui avait décidé de la mort de Daniel Harker. Annabel n'avait pas besoin de le savoir.

« Alors, tu vas retourner en Angleterre ? »

Annabel soupira et acquiesça. « Oui, vendredi. » Dans deux jours. Pour Jonah, la réponse fut plus douloureuse encore que ses blessures.

« Déjà ?

– Je reviendrai dans quelques semaines. Certains détails à régler. J'ai la double nationalité, ça facilitera les choses. Et puis j'ai une maison ici, maintenant. Deux maisons, deux pays. Je me disais que ce serait peut-être une bonne idée de me cacher un temps. Mon père plaisantait souvent à ce sujet : il disait qu'il ne se cachait pas seulement à cause de la dépression. Que le reste du temps, c'était par plaisir. J'ai toujours pensé qu'il voulait me rassurer. Je commence à comprendre ce qu'il voulait dire vraiment. »

Jonah sourit, se retenant d'émettre un commentaire. Il la connaissait assez pour savoir qu'elle se lasserait rapidement de rester loin du monde. C'était là la grande différence entre elle et lui. Il pensa à son appartement, s'imagina rentrer chez lui, et fermer la porte à double tour. Il avait hâte d'y être.

« Est-ce qu'ils t'ont dit quand tu pourrais partir ? demanda Annabel.

– D'ici une semaine. Avec ordre de rester un mois chez moi.

– Et après ça, retour au boulot ?

– Retour au boulot ? » Revenir au FRS après tout ça ? Il n'y avait pas réfléchi, mais ça ne servait à rien pour l'instant.

« Qu'est-ce que je pourrais faire d'autre ? », répondit-il en souriant.

*

Lorsque Jonah entendit la voix d'Annabel grésiller dans son interphone, il ressentit un mélange de joie et de panique. Son appartement se trouvait dans un état déplorable. Il ouvrit la porte de l'immeuble. Il avait quarante secondes pour améliorer les choses.

« Ç'aurait été fair-play de me prévenir ! », s'exclama-t-il en ouvrant la porte, tout sourire. Ils s'embrassèrent.

« Je viens d'arriver ce matin. J'avais envie de te faire la surprise.

– C'est réussi. » D'un geste, il l'invita à entrer. « Déblaie comme tu peux un coin du sofa. J'aurais fait un peu de rangement si j'avais su.

– Je ne voulais surtout pas que tu te déranges pour moi. C'est pour ça que je n'ai pas appelé. » Elle déposa à terre le paquet qu'elle portait, et scruta le salon en affichant un sourire sardonique. « Joli foutoir, dis-moi. Ça fait quoi, deux semaines que tu es rentré chez toi ?

– Il faut du génie pour foutre un bordel pareil en aussi peu de temps. »

Annabel commença à tirer sur un peignoir jeté sur un coin du sofa. Une plainte aiguë l'arrêta net, et la tête de Marmite apparut entre les plis. Annabel éclata de rire. « Salut, toi. » Marmite la contempla d'un air circonspect, mais la jeune femme lui gratta le menton, et il s'avoua vaincu.

« Il est un peu joueur, ces derniers temps, il risque de...

– Hé ! » Annabel avait voulu se retirer mais Marmite s' accrochait à sa main, mordillant ses phalanges. Lorsqu'il finit par la lâcher, elle ne put résister à la tentation de lui chatouiller le ventre, jusqu'à ce qu'il passe à nouveau à l'attaque.

« Enfin, tu vois ce que je veux dire. Ça te dit, un café ?

– Je ne fais que passer, vraiment. Je voulais juste savoir comment tu allais. Je n'ai pas envie de m'imposer, je sais que tu aimes hiberner. »

Jonah sourit en rougissant un peu. « C'est vrai, je ne tiens pas la meilleure des formes. Trop d'analgésiques, trop de fatigue. Alors, comment ça se passe, par chez toi ? Ton chez toi londonien, j'entends.

– Plein de monde. Plein de bruit. Génial, quoi. Mais mon chez moi d'ici est chouette, aussi. Ça me fait encore bizarre de me dire que cette maison m'appartient, à présent. » Marmite tapota la main d'Annabel de la patte, sans déclencher cette fois la moindre réaction. Abattu, il sauta du sofa et se dirigea vers la cuisine.

« Alors tu vas arrêter de bosser ? Parcourir le monde ? », demanda Jonah, sourcils arqués. Elle lui renvoya son sourire.

« Tu sais bien que non. J'ai un article à écrire. Je vais parcourir le monde, soit, mais pour raisons professionnelles. » Elle lui tendit le paquet qu'elle avait apporté. « Écoute, je ne sais pas si ça t'intéresse vraiment, mais je me suis dit que tu aimerais bien le garder, après ce que tu m'as dit. Et je sais que mon père aurait aimé que tu l'aies. »

Jonah défit le paquet : c'était la couverture du *Time* encadrée, avec le portrait de Daniel. Il sourit en la découvrant, et se souvint de la bouffée d'enthousiasme qu'il avait ressentie la première fois qu'il avait lu l'article. « Merci. Ça me touche vraiment. » Elle tendit la main pour le débarrasser du papier, et leurs doigts se touchèrent. Pendant un long moment, ils se regardèrent droit dans les yeux.

Annabel se leva soudain et marcha vers la porte. « Je dois vraiment y aller.

– Déjà ? », lança-t-il, tâchant de prendre un air détaché.

« J'arrête pas, en ce moment. Mais je reviendrai te voir bientôt. » Elle se pencha vers lui, et Jonah eut le réflexe de détourner la tête, par peur du frisson.

« Il faut que tu travailles un peu ça », dit-elle en souriant. Puis elle l'embrassa sur la joue. La caresse de ses lèvres était un délice.

« Vieille habitude. Difficile à perdre.

– Je peux peut-être t'y aider. Avec un autre baiser, par exemple ? Mais avant ça, un dîner ou quelque chose de ce genre. » Elle lui sourit à nouveau, avec un air que Jonah prit quelque temps à identifier, pour la simple et bonne raison qu'elle était aussi nerveuse que lui. « Ça te dit ? »

Jonah ne trouvait plus ses mots. Il parvint à sourire vaguement.

Annabel insista. « Alors ? »

Il secoua la tête. « Je ne suis pas encore tout à fait prêt à passer une soirée dehors...

– Allez, un dîner ? Un déjeuner ? Cette semaine ? Avant que je reparte ?

– Je ne sais pas trop, Annabel. C'est juste que je ne… »

Elle leva la main pour l'interrompre : « Dis-moi au moins que tu vas y réfléchir, O.K. ? »

Il la regarda un instant. « Peut-être. » Annabel sourit. Elle s'approcha à nouveau. Jonah se concentrait si fort pour ne pas reculer qu'elle parvint à le prendre par surprise. Elle l'embrassa à pleine bouche, un baiser auquel il ne put que répondre.

« Cette fois, dit-elle, tu me dois vraiment un dîner. Je t'appelle demain. »

Jonah la raccompagna jusqu'à la porte et referma derrière elle. Marmite réapparut, suppliant. « J'arrive », lui dit-il, mais il resta immobile un instant, sa paume sur le battant, pensant à Annabel, à ses lèvres sur les siennes. Il se demandait s'il aurait enfin le courage d'accueillir quelqu'un dans son intimité.

Peut-être, avait-il dit.

C'était un début.

ÉPILOGUE

« On l'a ? », demanda Kendrick. Il connaissait la réponse. Il la devinait à l'aigreur qui se reflétait dans leurs yeux. Ses supérieurs se faisaient vieux. Vieux, las, et pleinement conscients de l'être. Le visage de Priestly était émacié et parcheminé, ses cheveux gris de plus en plus fins. Ce que Wellman avait gagné en bedaine, il l'avait perdu en charisme. Des années durant, ils avaient considéré avec dédain les progrès de Kendrick dans la hiérarchie.

Wellman et Priestly échangèrent un regard. Priestly acquiesça, et Wellman enfonça une main dans la poche de sa veste.

« Tenez », dit-il en lui tendant une enveloppe blanche. Kendrick l'ouvrit sans hésiter, et Wellman écarquilla les yeux.

« Attendez ! », lança-t-il, mais, à son côté, Priestly secouait la tête.

« Laissez, Howard, dit-elle. Il a parfaitement le droit de l'ouvrir. »

Tous trois étaient assis dans la « salle de conférence », une pièce morne et minuscule. Wellman et Priestly avaient horreur de se trouver là, Kendrick le savait parfaitement. C'était, à leurs yeux, un lieu à éviter.

Ils avaient toujours mis un point d'honneur à se tenir loin du sale boulot. Ce manque d'implication leur permettait de considérer que la sécurité des États-Unis justifiait toutes ces opérations, de croire que personne ne se salissait jamais les mains.

Kendrick trouvait leur hypocrisie intolérable. On était en droit de considérer que tout cela était nécessaire, soit. Mais pas justifiable. Encore moins *juste*. Pas si on se faisait une idée de la justice digne de ce nom.

Et on se salissait toujours les mains.

C'était pour cette raison précise qu'il avait insisté pour que leur entrevue se déroule dans cette pièce.

Kendrick lut la lettre. Elle correspondait mot pour mot à ce qu'il avait demandé. Deux feuilles, versos vierges. La signature, en haut de la deuxième feuille, le fit sourire. Elle signifiait qu'ils ne prenaient pas l'affaire à la légère.

Wellman haussa un sourcil, amusé par le plaisir manifeste de Kendrick, et Kendrick plissa aussitôt les yeux. Il ne pouvait s'empêcher de s'émerveiller à la vue de cette signature. « Qu'est-ce qu'ils lui ont dit ?

– Bien assez, répondit Priestly.

– De toute façon, c'est une perte de temps pure et simple », lâcha Wellman. Kendrick le dévisagea jusqu'à ce que le vieil homme rougisse en baissant les yeux. L'essentiel de sa carrière avait été freinée par ces dinosaures. Ils avaient enterré tant de ses propositions. Et les rares fois où ils avaient consenti à lui laisser les coudées franches n'avaient été liées qu'à la certitude de son échec.

Sa victoire prochaine n'en serait que plus délectable.

« Allons voir ça, si vous le voulez bien. » Il quitta si rapidement sa chaise que Priestly sursauta.

« Oui, répondit-elle. Allons-y. » Kendrick releva le soupçon de scepticisme qui perçait dans sa voix. Ils lui en voulaient de les avoir court-circuités.

Quatre gardes les attendaient. Sous escorte, ils enfilèrent un couloir, passèrent trois portes automatiques contrôlées de l'extérieur et atteignirent finalement la porte numéro 438. L'un des gardes la déverrouilla et se campa à côté, laissant le reste du groupe entrer.

Kendrick sourit en lorgnant le numéro. Les cellules étaient numérotées au hasard, afin de donner aux détenus une impression de gigantisme. En réalité, il n'y en avait que cinq. Dans le vestibule se trouvaient une fenêtre d'observation et une autre porte, à côté de laquelle les gardes prirent position. Wellman et Priestley, mal à l'aise, se tenaient loin de la fenêtre : ils semblaient vouloir éviter de voir le prisonnier. Kendrick, en revanche, alla droit à la vitre et regarda à travers. Contrairement au reste du bâtiment, la cellule était immaculée. Blanche et vide. Déroulée au sol, une natte pour dormir. Une cuvette de W.C. en acier. Une table blanche, une chaise blanche – toutes deux vissées au sol. Et sur cette chaise, un homme vêtu d'une combinaison orange. De longues chaînes pendant à ses chevilles et ses poignets. Face à lui, de l'autre côté de la table, trois autres chaises étaient disposées.

Kendrick observa le prisonnier. Tout, dans la façon dont il était traité, avait été conçu pour le rabaisser : technique grossière, mais la plupart du temps efficace. Kendrick eut la sensation que l'homme lui renvoyait son regard, mais il se rappela soudain que la vitre était sans tain. Et pourtant. L'homme le regardait bel et bien. Kendrick sentit son calme vaciller.

« À votre signal, m'dame, dit l'un des gardes à Priestly. L'un de nous vous accompagnera. »

Priestly ouvrit la bouche pour répondre, mais Kendrick la prit de vitesse : « Je serai le seul à entrer, merci. Et sans garde. » Priestly lui décocha un regard noir, mais se força à ne rien dire.

« Il faut qu'un garde vous accompagne, monsieur. C'est comme ça qu'on travaille.

– Eh bien aujourd'hui, vous travaillerez différemment. » Kendrick plongea ses yeux dans ceux du garde. Ce genre de confrontation lui était plus que familier.

Le garde jeta un coup d'œil à Priestly, qui ne put qu'acquiescer.

Kendrick entra, et prit le soin de pousser les deux chaises inutiles contre le mur, non sans lancer un regard en direction de la glace sans tain. Il s'assit, et considéra le prisonnier.

Son regard était intimidant. Kendrick tâcha de le lui retourner.

L'homme n'avait pas prononcé un mot depuis qu'on l'avait emmené ici. Il n'avait rien demandé, n'avait émis aucune plainte. Il avait mangé ce qu'on lui avait servi et avait passé le plus clair de son temps à pratiquer des exercices physiques. On avait assuré à Kendrick qu'il souffrait énormément, mais rien ne permettait de le supposer. Les brûlures étaient très graves, encore à vif, mais elles cicatrisaient. « À une vitesse et à un degré inhabituels », avait été l'expression choisie dans le dernier rapport, mais tous savaient pertinemment que le phénomène était bien plus qu'inhabituel. Il relevait tout simplement de l'impossible. Le prisonnier avait dédié ses sept semaines d'incarcération à survivre et à maintenir sa condition physique.

C'était l'équipe de Kendrick qui l'avait intercepté. Profitant du chaos, son équipe s'était emparée de lui et l'avait escamoté dans leur fausse ambulance. Au cours des jours qui avaient suivi, ils s'étaient employés à brouiller les pistes. Ils avaient fait tout ce qui s'imposait en pareille situation, s'assurant que les erreurs adéquates étaient bien commises. Ils bénéficiaient encore de soutiens en haut lieu.

Kendrick détourna le regard, jugeant qu'il était temps. Mieux valait commencer par le mettre en confiance plutôt que de l'intimider. À supposer qu'une telle chose fût possible.

Il n'avait qu'une vague idée des évènements ayant précédé l'incendie, mais il savait une chose : Andreas avait atteint son objectif et s'était préparé à une sorte de retraite.

Les informations reçues de ces êtres si longtemps courtisés restaient un mystère pour Kendrick. Et c'était tout à fait inacceptable.

On avait donc décidé d'intercepter un membre du groupe d'Andreas, n'importe lequel. Kendrick soupçonnait Wellman et Priestly d'avoir donné leur feu vert uniquement parce qu'ils pensaient qu'un tel témoignage le discréditerait totalement.

Il avait dû improviser. Ses supérieurs s'étaient déclarés indignés par ces actes, mais le mal était fait.

Bien évidemment, ils savaient depuis longtemps quel genre d'homme était Andreas : un homme de principes, un homme bienveillant. Ils avaient réussi à réunir quelques informations quant à ses agissements secrets, et c'étaient ces informations qui avaient suscité le scepticisme dont Kendrick avait fait les frais. Assurément, il avait été de bon ton de railler l'optimisme ridicule d'Andreas, sa certitude d'initier une ère nouvelle de l'histoire de l'humanité.

Mais après toutes ces années passées à croire que Kendrick se trompait sur la nature du projet d'Andreas, ils avaient été forcés de reconnaître leur erreur en voyant comment leur prisonnier se remettait de blessures en principe mortelles.

Jadis convaincus qu'il ne s'agissait que de pures élucubrations, ils considéraient à présent que la sécurité même du pays était en jeu, à un niveau sans précédent. Les supérieurs de Kendrick n'aimaient pas les choses qu'ils ne comprenaient pas. Et les choses qu'ils n'aimaient pas, ils les enterraient. Kendrick se demanda combien de temps ils garderaient cet homme prisonnier avant de décider de s'en débarrasser. Des années, peut-être, mais il en doutait. *Pas longtemps*, pensa-t-il. Juste assez pour que la rumeur se répande dans certaines sphères et qu'on élimine certains éléments compromettants, entre autres, Kendrick lui-même.

Mais ils désiraient aussi acquérir de plus amples informations. Autant que possible. Mais les techniques classiques d'intimidation avaient échoué, et à quoi bon torturer un sujet insensible à la douleur ? *Tuez-le, ressuscitez-le et découvrez ce que vous pouvez* : ils ne l'avaient pas dit ainsi, mais c'était bien ce que Wellman et Priestly avaient en tête. Dans le pire des cas, même si l'on ne recueillait finalement aucune information supplémentaire, c'en serait du moins terminé. Ne resterait alors plus qu'à oublier toute cette déplorable histoire et à traîner Kendrick dans la boue…

La seule autre façon de procéder était d'amener le prisonnier à coopérer.

« Bonjour », fit Kendrick. L'homme répondit par un regard terrible. Kendrick savait que ses supérieurs se délectaient de cette scène, convaincus de son échec. Rien ni personne n'était parvenu jusqu'ici à faire dire le moindre mot au détenu. « J'espère qu'on vous traite bien. Si vous avez fait les frais du moindre… désagrément, je vous prie de m'excuser. »

L'homme ne répondit pas, mais Kendrick discerna un soupçon d'amusement dans son regard. Il brandit alors l'enveloppe. « Ceci devrait vous intéresser. » Il sortit les deux feuilles, les disposa sur la table, et plaqua un stylo à hauteur de la signature de la deuxième feuille. Il restait un espace vierge pour celle du prisonnier.

L'homme ne quittait pas Kendrick des yeux, et un bref instant, celui-ci se demanda s'il n'avait pas fait erreur. Peut-être sa victoire lui glissait-elle entre les doigts. Peut-être cet homme préférait-il mourir plutôt que de leur dire quoi que ce soit.

Mais soudain l'homme baissa les yeux, et tendit les bras dans un lent raclement de chaînes. Il se saisit du document, et le lut. Kendrick scrutait son visage, impassible jusqu'à la deuxième feuille. Jusqu'à la signature. Son amusement fut alors flagrant.

La lettre garantissait protection, aide et ressources. *Dites-nous ce que vous savez*, enjoignait-elle. *Expliquez-nous pourquoi nous devrions vous traiter en allié et non en ennemi. Gagnez notre confiance, et vous disposerez d'une pleine et entière liberté.*

L'homme reposa les deux feuilles et observa Kendrick avec intérêt. *Il me jauge*, comprit ce dernier.

L'homme saisit le stylo et signa. Intérieurement, Kendrick jubila, s'imaginant la colère et la déception de ceux qui assistaient à sa victoire.

L'information. Le renseignement. C'était là toute sa vie. Et l'information, c'était le pouvoir.

À présent, il aurait accès à des informations que nul autre ne pouvait se procurer. Le prisonnier relevait dorénavant de sa responsabilité exclusive. Tout ce qu'il lui permettrait de découvrir serait versé à son crédit. Sa carrière allait enfin décoller, comme aucune autre auparavant.

« Je crois que nous avons tout à gagner à collaborer, pas vous ? », demanda Kendrick.

La créature qui habitait le corps de Michael Andreas releva les yeux et sourit.

Mis en pages par Cursives à Paris
Imprimé en France par Normandie Roto Impression s.a.s.
Dépôt légal : novembre 2014
N° d'édition : 008 – N° d'impression : 1403729
ISBN 978-2-37056-008-7